〈鷹蛇纏鬥詩圖〉 2002.7.4

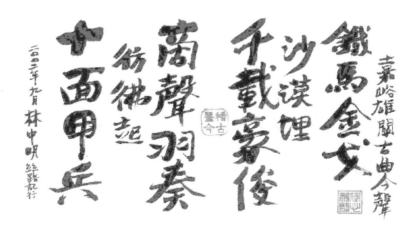

〈嘉峪雄關　古曲今聲〉2002.9

別為我哭泣　加利福尼亞

妳天藍色的眼睛，別為我飄洒棕色的淚。
被砍倒的老橡樹，對野草交待遺言：
在我這漫長的一生，我曾親眼看見
印第安人來紮營和被殺戮，
墨西哥人的歡舞和悲歌，
矽谷的大起和大落。

然而你

雖然夏季一定枯萎，　但是冬日總是復生！

別為我哭泣，　加利福尼亞！

跋：此亦淵明〈榮木〉采采榮木，人生若寄，
與〈停雲〉日月于征，說彼平生之意乎？

林中明 2003 年中秋

晝夜懸九陽　太古炎日烈　東西天色白　萬古無長夜
人人嘆其煮　后羿攜抗居　彎弓射炎陽　箭發為火滅
連弩殺之七　一陽僅殘月　生民齊歡呼　射手整帝業
功成覓嬋娥　服藥竟奔月　英雄攀雕弓　中秋明月夜

〈戲弔后羿射日，並迎火星近日詩〉2002.8

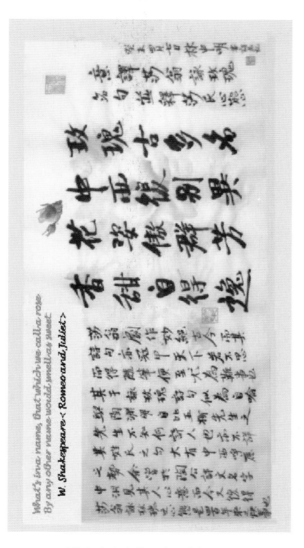

〈莎翁詠玫瑰詩及其心態〉2003.4

《書蟒詩圖漫畫繪印並跋》2003.9

《園景遺興詩書畫並跋》2003.9

書法附圖： 新疆岩畫，顏眞卿，蘇軾，黃庭堅，楊守敬，李叔同，張
敬，AT&T BL Lucent（貝爾實驗室）紅色毛筆商標商標設
計。

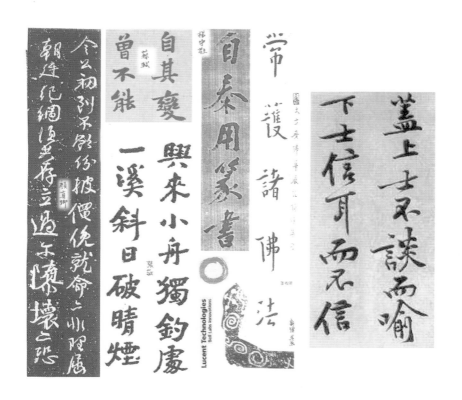

圖左　〈顏眞卿、蘇軾、黃庭堅、楊守敬、李叔同、張敬書法；新疆岩
畫；貝爾實驗室紅色毛筆商標〉2000.8

圖右　黃庭堅《苦筍賦》書法

〈白具五味朱墨圖〉2003.9.6

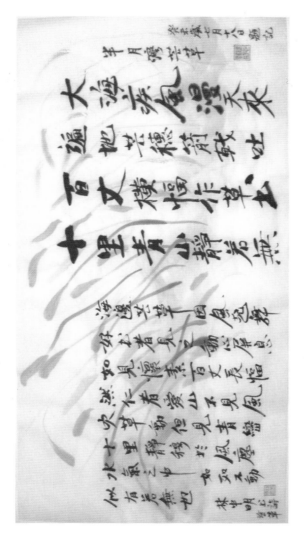

〈半月灣芒草〉2003.8

左起：張敬、馮友蘭、張寄謙

三松堂上，三代炎黃。（左起：張敬、馮友蘭、林中明）

左起：黃雅純、張敬、馮友蘭、林中明、蔡仲德

左起：蔡仲德、張寄謙

〈廢紙簍諧謔詩圖〉 2002.3

斌 心 雕 龍

林中明著

臺灣 學ㄥ書局 印行

斌　心　雕　龍

目　錄

一部異彩紛呈的著作
——林中明先生著《斌心雕龍》

張寄謙*

　　自 20 世紀 90 年代中葉，在國際漢學論壇中崛起一位黑馬式的學者林中明先生。他頻頻受到大陸，臺北，以至美國各種國際學術討論會的邀請，會上受到高度禮遇，有的會議不僅參加主席團，甚至主持開幕或閉幕致辭。他以超越傳統的論點，出人意料之外的犀利眼光，提出別具一格的論文，博得與會者的讚賞。林中明先生的《斌心雕龍》專著便是他這一篇篇異彩紛呈論文的結集。

　　林中明先生在美國是頗有成就的電子學專家，他的發明獲有二十多項美國專利。然而他以其睿智側身於中國古代學術文化的研究，短短十餘年就取得這樣卓越的成果，實在令人讚歎。從人類思維發展的角度來看，對立的，矛盾的兩者如果有機會結合，它會產生特異的功能，迸發出瑰麗的奇采。林中明先生的著作《斌心雕龍》之所以能夠勝出，同樣是因具有這種兩相矛盾，對立雙方相結合的因緣，是西方最前沿的學科

---

* 北京大學歷史系

之一，電子學科與中國古老文化傳統相撞擊而成的產物。

　　這令我不能不想到中國著名旅美學者顧毓琇先生（1902 年 12 月 24 日—2002 年 9 月 9 日）。他是一位理工與人文兩方面均達到卓越境界的學者。早在 1927 年，他獲得美國麻省理工學院博士學位時即以其《非線形控制研究》飲譽國際應用力學界。回國後，歷任清華大學工學院院長，電機系系主任。抗戰後任長沙臨時大學工學院院長，電機系系主任，及航空研究所和無線電研究所所長。1938 年起，任重慶國民政府教育部教務次長兼中央大學校長，1945 年在上海曾任市教育局長，並在上海交大任課（緣此江澤民主席得以師從顧先生學習）。1950 年赴美，先後任麻省理工學院教授，賓夕法尼亞大學教授。1959 年當選臺北中央研究院院士。1972 年被美國電機工程學會授予蘭姆獎章。

　　顧先生自 1923 年起即從事戲劇編導創作，先後撰寫出版劇本有十餘種之多。劇本在清華公演，在美國波士頓及 Syracuse 公演，他與梁實秋，冰心粉墨登場演出《琵琶記》。抗戰期間，其名著《荊軻》、《嶽飛》、《白娘娘》、《古城烽火》等公演于重慶，香港等地。

　　顧先生在音樂方面的造詣爲社會推崇，抗日戰爭時期曾任重慶青木關中央音樂學院院長，編有《唐宋歌譜二十調》，《宋詞歌譜四十調》。顧先生喜歡步唐詩韻腳寫詩，前後有 303 首。顧先生雖採用古詩韻腳，但別有意境。顧先生尚有《和淮海詞及其他》，《和淵明詞及其他》和《和夢窗詞及其他》。

　　顧先生看到西方名著亦偶爾譯語體詩數首，如譯過莎士比亞的十四行詩《商籟》，彌爾頓（John Milton）的《五月的清晨》，布萊克（William Blake）的一首短詩，爲紀念華資渥斯（William Wardsworth）逝世一百周年曾譯過他的《杜鵑》（The Cuckoo），丁尼遜（Alfred Tennyson）

的《磨坊主人的女兒》等。我雖然沒有查對過原文，但感到譯文傳神地貼切。

顧先生的眾多成就均是人文科學與自然科學相結合的產物，是中西兩種文明相撞擊之產物，正如顧先生自勵的標準「學貫中外古今，不分東西。道通儒釋道耶，合一天人。」❶

林中明先生對《孫子兵法》與劉勰的《文心雕龍》做過長期深刻的研究。文集中只有兩篇是另一種格調。一篇是懷念臺靜農先生的從北大到臺大，另一篇是有關林先生闔府（令堂張敬教授、夫人黃雅純）拜訪馮友蘭先生的記述。其餘十四篇均可稱之爲源於《孫子兵法》研究與《文心雕龍》研究的著作。

《從北大到臺大——記臺靜農》一文刊載于季羨林先生題簽的《巍巍上庠　百年星辰——名人與北大》北大百年校慶論文集中。中明先生不僅對臺靜農先生的生平和著作深有研究，而且對臺先生深愛的佛經典語也很熟悉。是撰寫臺靜農先生最合適的人物。

臺靜農先生 20 世紀 20 年代就讀於北京大學。1945 年隨許壽裳先生赴臺，許先生蒙難後，大陸人士，特別是北大人士對臺先生境遇是關切的。林先生這篇文章寫得很親切，反映了臺先生在臺生活和晚景。

這篇文章開篇，林先生以臺靜農先生酒宴中以自問自答手筆說出北大的未名湖的「未名」二字係出自于臺靜農、魯迅、韋素園等人所組織的《未名社》，此語博得臺大師生三代讚歎不已。但眾所周知，北大現今校園燕園原係燕京大學舊址，係燕京大學收購兩所明清舊園林而成。一處是以未名湖爲中心的區域，另一處是現北京大學校園西北角的「勺

---

❶　見顧一樵：《毫毫集》卷六，《梁溪話語錄》。

園」，明代學者米萬鍾的舊園，今北大外國專家和留學生宿舍區。未名湖一帶原係和珅之子豐紳殷德尚乾隆皇帝最小的也是最鍾愛的固倫和孝公主後被賜的住所。和珅在嘉慶皇帝即位後獲罪被殺，其子由於是駙馬免于此難。因此這個園子有許多建築如湖水環繞的石舫，係仿照圓明園和清漪園（即頤和園）修成。❷此湖的名稱當係原有。燕京大學在中國辦學，其校方各種建築無不竭力保持中國古建築傳統，竊以爲未名湖之命名絕不可能與《未名社》有關。

林中明先生早在 1995 年就已經發表了關於中國古代學術著作的論文，這就是本文集的首篇《劉勰〈文心〉與兵略智術》。這是一篇通過以劉勰身世爲主線分析《文心雕龍》學術成就與價值的文章。中明先生帶著感情描繪劉勰父親出身武官等等，顯然是觸動自己身世。它是一篇將《文心雕龍》與《孫子兵法》融爲一體的著作。文章盛讚劉勰每一步成長或迂迴或以退爲進，都與運用兵法戰略緊密相聯。從入定林寺學禪法，到《文心雕龍》一書寫成後，以鬻貨進書手段取得當代學尊和政壇權勢沈約的信任，滿足其自以爲是慧眼拔擢異才於汙泥之中的自豪感。使《文心雕龍》一書不僅得到時流重視與推廣，而劉勰本人也進而取得梁武帝和昭明太子的特殊信任。只可惜梁武帝後來年老昏庸，昭明太子英年夭折。在政敵四伏之下，劉勰急流勇退。自燔鬢髮而出家，隱于山林。將劉勰一生寫得才華橫溢，如見其人。

同一時期，中明先生以《孫子兵法》爲主幹，以《文心雕龍》爲載

---

❷ 《清史稿》冊18，卷166，表6，公主表高宗第十女固倫和孝公主，頁5293－5294。《清史稿》冊35，卷319，列傳106，和珅附子豐紳殷德，頁10757－10258。與公主結婚稱「尚」。

體，寫成本文集主篇《斌心雕龍：從〈孫武兵經〉探解文藝創作》。自此中明先生對中國傳統文學的研究引起學術界的重視，他也一發而不可收拾地，不斷別出心裁，不落前人窠臼地研究起各類問題。如：

從《昭明文選》上溯到《詩經》，從八大山人朱耷的繪畫藝術到對漢字形成發展的分析，寫出（Character Beyond Character 字外有字）一文，從戲劇諧隱到對飽歷人世滄桑的杜甫笑中含淚的諧戲詩的分析，從舊經典聯繫到企業管理和科技創新。篇篇引人入勝。

學術界也有些作家想要跳出對歷史名人傳統的評價。曾看到關於日本著名作家岡村繁的報導，說他的全集第四卷有一篇文章《陶淵明新論》❸，說：「作者一反歷來對陶淵明高潔的隱者形象的評價。作者認為陶淵明事實上是一位熱衷功名，個性逞強，較少責任感和對身後美名十分關注的個人利己主義者。」論點驚人。

林中明先生在本文集中也有一篇文章不同意一般人把陶淵明歸屬為隱逸詩人的看法，見文章《陶淵明的多樣性和辯證性以及名字別考》。他從分析陶淵明用過的三個名字：淵明，元亮，潛，入手，說明陶淵明所以取別號為元亮，是有志于崇尚于諸葛亮的文才武德。自期如諸葛亮，孔明之有用於世。只是後來未逢能賞識他才識的明主，懷才不遇，在劉裕篡晉，元嘉改元之後，更名為潛，以干支記年。文章又從《五柳先生傳》，《桃花源記》等文，將自己身世、志向、時代都藏匿於「不知何許人？」，「不知有漢，無論魏晉！」的寂寞淒涼隱語之中。文章高度評價了陶淵明善於「諧隱」，顯示了文字風格的多樣性。中明先生此文是一篇言之有據，別有新意的文章。

---

❸　上海古籍出版社所譯書目報導，見2002年12月10日《古籍新書報》總1587。

　　寫這篇序文時，正值國際風雲朝夕變化之際：美國對伊拉克問題；朝鮮核武器危機問題；中東以色列和巴勒斯坦世紀性衝突加劇問題；印度與巴基斯坦邊界衝突問題。處處均是箭在弦上一觸即發的局勢。倒不禁使人不能忘記中明先生論文之一所研究的《檄移》的時代了。

于北京大學中關園

2003 年 2 月 23 日

林中明先生著《斌心雕龍》

王更生*

　　林君中明向以光電、資訊之學名世，後受母教激勵，發憤苦讀。除於孫武《兵經》、劉勰《文心》深造有得外，並以之與現代科技新知、歐美古今名著、參互印證，著爲文章，揚聲國際。近年彙整其多年公開發表的學術論文，成《斌心雕龍》一書，當此即將出版面世之際，邀我講幾句話綴於卷端：我忝爲其同道好友，自不敢辭。特略攄讀後一得，聊表獻曝之忱！

　　綜觀中國學術思想界，《六經》以外，有兩部超越時空，至今仍被有識之士，視爲雖舊猶新之鉅著：一爲孫武的《兵經》，一爲劉勰的《文心雕龍》。孫武《兵經》十三篇，是兵學方面的論兵之作。其內容在總結上古戰爭的經驗，探討取勝的戰略，歸納用兵的規律；謀者讀之謂之謀，巧者讀之謂之巧。且其爲法立言，益深不窮。故被學者推之爲百家兵學的始祖。劉勰《文心雕龍》五十篇，是文學方面的論文之作，其內容蓋本「徵聖」「宗經」的思想，雜揉百代精華，獨出一己新義；體大慮周，籠罩多方，是創作的津逮，論文的準繩，後人尊之爲藝苑秘寶，

---

*　臺灣師範大學國文系

秉文之金科！

　　至於論文之與論兵，看似判若雲泥，毫無瓜葛，但深究文事武備的根本精神，則又如桴鼓相應，並無二致。是以古今文人才士，既不通軍事，也不習武備，本著個人弘深淵雅的學養，任重道遠的使命，謀定於前，兵發於後，終能達成興滅繼絕的任務者，數見不鮮！惟其如此，故弘揚孫武《兵經》與劉勰《文心》的共通理論，實乃當前學術研究上的重要課題。

　　自《文心雕龍》出，一千五百多年來，起而研究者，或張皇幽眇，或版本校勘，或董理歸納，或參綜博考，或比較分析，或評注語譯，無一不是繞著劉勰及其《文心雕龍》本文做功夫；真能鉤深窮高，別開新局的不多。或拿《文心雕龍》的學理，和古今中外的某家思想，作比較研究的更少。至於將劉勰《文心雕龍》中的文藝理論，與孫武《兵經》中的兵學理論結合，再借用科技新知和歐美作品，彼此激盪生發，而又著為文章，加以闡揚的，尤為少見。

　　一九九五年，「國際《文心雕龍》學術研討會」，在北京召開，林君即以〈劉勰《文心》和兵略思想〉為題，發表他多年鑽研的心得，立即引起與會學者的關注和討論。其間固不免有是非兩可的爭議，但會後大家均以為能合劉勰《文心》與孫武《兵經》為一爐而冶之，確實替當前《文心雕龍》研究的困境，拓展了一片新的領空。茲後，他又分別在不同的地區、場合和論文集的代序中，接連發表了多層次、多面向而中心思想又大致相近的論文。尤其一九九八年十月，在「中國第四屆國際孫子《兵法》研討會」中，林君再從〈斌心雕龍〉的主題出發，發表了他〈從孫武《兵經》看文藝創作〉。其高論鴻裁，雖如空谷跫音，但卻引起了當代兵學家們的注意而深受讚許，推為應屆學術論文中的壓卷之

作。

　　凡讀林君此書者，不可不預知其所以能跨越學術研究的界閾，融舊取新，不爲人云亦云者，必定其來也有自。以下我從其「學養」「文章」「道德修爲」三方面，進行說明：

　　林君的學養：學養者，學問涵養之意。一個人的學問涵養，必須在他的日常生活行事上有具體表現，才是眞學問、眞涵養。並非每天只知坐擁書城，咬文嚼字，學鸚鵡饒舌，做古人奴隸。林君畢業於臺灣臺南成功大學電機系，在美國深造多年後，任職於美國各大中小電子公司者三十餘年，其間從不請假。復應各大學及產業機構的邀請，擔任訪問學人。並在電子與記憶軟體設計方面，已榮獲 22 項美國及國際專利權。一九九五年以後，他又將平時致力國學方面的心得，著爲論文，在海峽兩岸及美國召開的國際學術研討會上發表。所以林君做學問，係本乎科學家求眞求實的態度，絕不依違兩可，是則是，非則非；既不強人從己，亦不屈己從人，更不受任何學院派的影響，一切的堅持，皆由發揚中華文化之一念出發。他爲文以孫武《兵經》、劉勰《文心》爲本，並挾其在科技新知，和汎濫西學的優勢，作別樹一幟的立足點；且就此再旁推交通，將研究的觸角作廣泛的運用。

　　我認爲凡學養深厚，造詣愈高者，往往根柢愈固，用力愈深。譬如過去的漢學家們，爲了要詮釋一字一義之眞，常常上考下求，索得數百證據而後才理得心安；西方學者，爲了發明一個新的理論，也同樣的不惜窮畢生之力，去尋覓有力的佐證，做爲立說的後盾。今讀林君此書，無論是談「文化傳承」，論「斌心雕龍」，講「藝術有格」，或「文化源流」，無一處不閃耀著《文心》和《兵經》的光環，無一詞不凝聚著辛苦經營的結晶，無一義不跳動著中華文化的脈搏。正所謂萬山旁薄必

有主峰，百川匯海必有源頭，像他這樣既是萬變不離其宗，而自己在生活行事上，又能踐履篤行，以身作則的態度，能說不是學養有得嗎。

次言林君的文章：語言之精者謂之文。所謂「精」，即孔子「辭達」之意。辭之如何可「達」？過去蘇東坡〈答謝民師書〉說：「求物之妙，如繫風捕影；能使是物了然於心者、蓋千萬人而不一遇也；而況能使了然於口與手者乎？是之謂辭達。」所以東坡的作品往往是先有成竹在胸，然後順手拈來，皆成妙諦；更不以艱深之辭，文淺陋之說。今觀林君此書，皆有爲而作，絕不無病呻吟。文中的奇思妙想，就像奔流不息的江河，在浩渺無垠的大地上，綻放出朵朵奇葩，令人驚爲天外飛來，如〈陶淵明的多樣性和辨證性以及名字別考〉一文，在詳列「歷來學者對淵明名字的看法」後，又借〈桃花源記〉的隱諱行文，來探測其姓名正解。以爲陶公的三個名字，如同其〈形、影、神〉三首詩影射的意義，來揭示主題，試想當陶淵明的名字於《晉書》《宋書》《南史》、蕭統〈陶淵明傳〉、顏延之〈陶徵士誄〉等文的記載，大多人各異詞的情況下，這篇小中見大之作，確實用舊案新判的敏感筆觸，替我們解決了一椿文壇公案。又於〈杜甫諧戲詩在文學上的地位〉一文中，論杜甫好以「戲」命題的變化及創新。以爲杜甫在中國文學上的地位，應屈居陶淵明之下；但因其詩作「題材廣、感情深、多樣性、體式新、又富幽默感，所以被尊爲『詩聖』。」至於杜甫「悲中有喜，笑裡帶淚」的「諧戲詩」，歷代學者均缺乏關懷。此說一出，對前人解說之未盡處，既有拾遺補缺之功；對後之研究杜詩的學者而言，更是別開生面的貢獻！

林君之於行文，多如大塊噫氣，有天馬行空，意到筆隨之勢。雖不刻意求工，但文外的曲致，卻蘊藉於字裡行間。如二○○○年「第五屆《詩經》國際學術研討會」，發表的〈中西古代情詩比探短述〉，其子

題爲〈由《易經・乾卦》推演「賦比興」的幾何時空意義〉。文中運用了大量資料：如希伯萊猶太教《聖經・舊約・所羅門王之歌》、中國《詩經》中的〈關雎〉〈狡童〉、古希臘女詩人薩芙，及羅馬歐菲德的情詩，互相結合；再舉劉勰的「情志心理術」進行分析；接著又借「幾何學」和「四度空間」的理論，印證「賦比興」的作用，另由《易經・乾卦》微觀「賦比興」的幾何時空意義，最後，證明《詩經》和現代高科技的創造力有關。並鍼對當前學者治學，過分依賴電腦網路，使心靈數位化，提出警告，希望能從古詩「賦比興」的創作技巧中體悟教訓，來開拓因過分專業而日趨窄狹的創造力。同年一月於「上海復旦大學」召開的「古代文論研究的回顧與前瞻國際學術會議」上，發表的〈由《文心》、《孫子》看中國古典文論的源流和發揚〉，文末強調欲發揚中國文論，必須運用新材料，才容易有成就。他除了提出「應用文體」「文論與藝術」「文藝與人格」等十個子題外，還涉及「兵略思考」「企管教育」「科技創新」等方向。在〈中國古典文論的局限與展望〉等三項裡，他從統計學和物理學的角度觀察，認爲「轉型期的必然局限有四」，文中特別說明：「目前通外語者日益增多，但精於古文者日益減少。精通外語者多不精通古文，精通古文者多不精通外語。精通外語而又精通古文者更少。通曉古今中外多種學科，而能跳出學問包袱，猶有創意者更難。」雖然此處只是提綱挈領，但已能從中看出作者對中國古典文論的投入、期盼與企圖的勃勃雄心！

　　林君的文章，完全甩脫陳腔濫調的歷史包袱，出於新思想、新觀念和新眼光。一切皆本乎冷眼熱腸的眞情，不矯揉造作，當行則行，當止則止，所謂「辭達」而已！讀他的文章，你理會也好，你不理會也好，必定有這樣的感覺—就像鳥鳴空山，萬壑齊應；如果要問鳥棲何處？聲

來何方？那就有點拘虛而不知其靈活變化之妙了！

　　最後，談一談林君的道德修爲：孟子說：「頌其詩，讀其書，不知其人，可乎？」我們於洞澈林君的學養與文章之後，再進一步了解其道德修爲，是有必要的。因爲知得他的道德修爲，然後才能知得他的學養和文章造詣的根本所在。關於這一部分，我想從幾件過往的小事上進行觀察：

　　林君每次來臺小憩，多約我餐敍暢談天下事，有一次茶餘之後，我逕自向他探詢：「先生何以在光電、資訊之業，卓然有成之後，又奮力拼搏，從事中國古典文學的研究呢？」他沈默片刻而語調低沈地談到過去返臺探母的一段往事。給我留下極爲深刻的印象而揮之不去！林君令堂張敬教授，北平女子文理學院畢業，長於詩、詞、戲曲、明清傳奇，對宋元雜劇尤有研究。講學於臺灣大學中文系、中文研究所。其及門弟子經裁成而任教於臺灣各大專院校者甚多。某日，其令堂大人與研究生數人在住處客廳論學，偶而涉及當前教育問題。張教授不勝感慨的說：「由於社會價值觀的改變，在今日功利而健忘的臺灣社會，年輕人多視傳統學術如敝屣；常此以往，不加改善，則今後中國古典文學的前途，將不堪設想！」此時，語氣稍微停頓了一下，他又用期盼的眼神，環視周遭在座的學生後，繼續地說：「所幸尚有各位拋開世俗的眼光，起而從事研究；中國的傳統文化，便不怕後繼無人了！像我家的小孩，皆研究科技，留學國外，沒有一個人能克紹箕裘，從事中國古典文學方面的研究。……」言下唏噓不已，環座諸生莫不相顧動容，而爲之黯然神傷者良久！當時林君雖不在座中，但被轉告此情此景，直如晨鐘暮鼓，頂門的金鍼！爲了達成母親發揚中華文化，延續古典文學一線血脈的心願，於是痛下決心，用自己工作的餘力，寢饋於中國古典學術，因此才

有一九九五年，奉邀參加北京大學主辦，在皇苑大飯店召開的「《文心雕龍》國際學術研討會」，發表了他的處女作〈劉勰《文心》和兵略思想〉。從此蜚聲兩岸學壇，受到同道們的注目。後來爲了紀念母親的教誨，又和其兄林中斌成立了「張敬國學基金會」，獎勵學術著作之出版，兩岸學者迄今蒙受其惠者，頗不乏人。

又一九九七年四月，臺灣《中華日報·副刊》連載了林君爲紀念北京大學百年校慶而寫的〈臺靜農與北大——由三代師生臺大夜宴說起〉一文。臺老的一生際遇，可以說就是一部中國現代文藝史的縮影。在背景極複雜，人事極糾纏，學術極錯綜，文壇變化又極其迅猛，而國家命運更極盡坎坷的情況下，林君採惜墨若金的手法，從「未名湖」而「未名社」的掌故開始點染，然後講到蔡元培以「有所不爲」和「無所不容」的治校策略，開高校招收女生的先河；再講到陪母親赴北京探訪四十年不見的親朋故舊。筆鋒至此一轉，文章又拉回到「臺大夜宴」的現場，和三代師生的情誼。其中藉著臺老的生平行事與藝文活動，穿插著談詩論書，說古道今；借著前塵往事的回憶，隱含傳道授業解惑的甘苦，既是弔古，亦是傷今。尤其在詩酒談讌的同時，還牽動了濃郁的親情、友情、鄉情，以及綿延百年，繼繼繩繩的師生之情，「一代不數人，百年能幾見」，這次「夜宴」，固可稱之爲文壇雜集，但是，如果換一個角度來看，又何嘗不是「爲將心曲酬知己，願作不眠徹夜彈」的一次尊師敬長，感情交流的活動呢！

一九九九年五月，「《文心雕龍》國際學術研討會」在臺灣師範大學召開。開會的首事就是籌錢。沒有錢，甚麼事都辦不成。可是，多麼遺憾，我們是一群赤手空拳的大學教授，當時，我們堅信在經濟繁榮的臺灣，定能獲得各有關單位的支援。於是向教育部、陸委會、海基會、

國民黨文工會、中華文化總會、孔孟學會，以及各個學術基金會，凡能
申請補助的公私機構，我們都以乞憐的目光和雙手，請他們無私的施
捨。爲了將《文心雕龍》——這一部中國文學理論的瑰寶，送上跨越二
十一世紀的舞台，我們幾乎動用了所有的關係。結果，等到面臨開會的
前夕，才籌集到新臺幣七十萬元，距離一百三十五萬元的起碼預算，還
差得很遠。所以當我和劉渼、林淑雲、呂新昌、許愛蓮、黃端陽等坐車
去桃園中正機場，接大陸來臺開會的學者時，我的心情就像十二個吊
桶，上下翻騰。事情如箭在弦，不能不作，但萬事齊備，只欠東風！就
在這夢斷魂牽的時刻，林君中明的越洋電話，傳來了捐款消息。不久，
他就請在臺企業界的好友段行迪先生，以一張百萬臺幣的金融卡，親手
交付大會主持人，作爲支應此次開會之需。所以這一次「龍學」會議得
以圓滿完成，和林君及段君雪中送炭的義舉，是分不開的。舉目當今臺
灣商場中的闊老、大亨，腰纏千億而又名登世界金融榜的巨擘不計其
數，但像林君中明與段君行迪肯爲學術研究而慷慨解囊者，又有幾人
乎？！

　　人生在世，不分貧富貴賤，不別才智賢愚，凡有血氣者，莫不尊親
敬長，是以聖人垂教，首重孝悌。《禮記·中庸》也以爲人之立足於社
會，不可以不修身，思修身不可以不事親，思孝親不可以不知人，思知
人不可以不知天。可見孝悌忠信，既是人事，也是天理。從上述三件往
事，可知林君能繼承父母的志業，尊從師友的教益，贊助學術性研究，
特別是其羈身海外，心繫故園，又以弘揚中華文化，作爲念茲在茲的終
身使命，對他本人來說，也許這是順天理，合人事，行所當行，微不足
道；但在當前世風日趨卑靡，人心越發陷溺，中華文化更加不受重視的
時刻，他的這種特立獨行的道德修爲，眞可以使貪夫廉，懦夫有立志。

　　昔仲尼孔氏，好禮習樂，學無常師，繼往聖，開來學，備王道，成六藝；並以《詩》《書》《禮》《樂》之教，化育弟子。我讀其與門弟子和時人問答的語錄，其中言兵者十常五六。是故齊魯會於夾谷，孔子攝行相事，收復了汶陽失地三百里。至於唐宋古文八大家之首的韓愈，「口不絕吟於六藝之文，手不停披於百家之編」，在他那閎中肆外，詞若貫珠的作品中，卻隱含著一股拔地擎天的浩氣，成就了他「忠犯人主之怒」、「勇奪三軍之帥」的不朽事功。

　　今林君師法古聖先賢，以孫武《兵經》與劉勰《文心》為研究中心，旁涉百氏，匯通中外，合文事、武備的理論加以昇華，並與現實生活需要相結合，將之應用到經學、史學、子學、文學、美學、戲曲、小說與科學技術、企業管理、投資理財等各個層面。因為作始也簡，在說理取證方面，容或有不令人滿意之處，但無可否認的，其或破或立，不與俗同的觀點，可謂空前未有之創獲！

　　林君既在學養、道德修為方面，有與眾不同的特質，其吐詞為文，亦必定心裁別出，自成一家。當你氣定神閒，明窗下座，清風徐來，香茗新沏，此時讀《斌心雕龍》，看他那運籌惟幄的廟算、徵聖宗經的脈絡，首尾圓合的布局、奇兵突襲的措詞、悅兮惚兮的奇思，尤其是那意出言外，情生腕底的靈明，令人有不覺時光易逝之感。

　　林君於學術研究之同時，常以詩、書、畫自娛，且出手極快，似不下思考工夫，又不限時間、地點、或開會、或坐車、或閒聊、或散步、或坐、或臥，只要興之所至，即可觸景生情，因情立體，就體成詩。詩成之後，即於同張作品上，或上、或下、或左、或右的空白處，題字、落款、點題、作畫、甚或繪製各體、各式的印章，或押在紙角，或押在紙心。他作畫往往因詩立意，採撥墨、寓意之法，大筆一揮而就，像是

「雪中芭蕉」，「墨梅紅花」、「東坡即東籬」、「空谷幽蘭」等，頗類八大灑脫不羈之風格。風流倜儻，眞難得一遇之奇才也！

在感謝林君將此書給我先睹爲快的同時，我更願把個人讀後的心得，以及就平時和林君過從的所見、所聞、所知、所感，和對他在詩、書、畫各方面的才藝成就，藉著這個機會，除表達一己的欽佩外，並奉獻給學術藝文界的同道知音。

王更生　二〇〇三年三月八日
序於臺灣師範大學國文系研究室

中華文藝復興的晨曦
——林中明〈斌心雕龍〉序

林中斌*

林中明不是國學教授，而是一位電機工程師。

他不是象牙塔裡多愁善感的雅士，而是美國電腦業激烈競爭下的多方位鬥士。

他事業的成長，和 1970 年代崛起的美國電晶體工業，幾乎同步。近年來他住在美國加州矽谷。別的專業成就不說，到 2002 年底爲止，他已獲得 22 項美國的專利。範圍涵蓋電腦晶片設計、測試、電子能源管理等。

超越科技，顛覆傳統

1995 年他令人意外地闖進了一個嶄新的領域，初試啼聲，一炮而紅。

---

* 林中斌曾任美國喬治城大學教授，華府「美國企業研究院」智庫亞洲部副主任。現人在臺灣任中山大學大陸所兼任教授，及國防部副部長。

那年 8 月，他在北大發表論文。題目是《劉勰和〈文心〉裏的兵略思想》，比較中華武學與文學廟堂裡最高的兩部聖典：《文心雕龍》和《孫（武）子兵法》。這是千年來沒有人嚐試的創舉。當時與會的一些年長學者和許多年青的研究生稱該文為那次「文心雕龍會議」中最佳的論作。

1998 年，他前赴北京，參與「第四次孫子兵法國際會議」。所提的論文《斌心雕龍：從〈孫武兵經〉看文藝創作》，再度引起轟動。資深孫子兵法學者楊炳安當場自觀眾席中起立向他鞠躬。另一位兵法專家解放軍中將朱軍評《斌心雕龍》為「提升到哲學層次」的軍事論文。

2000 年 8 月，他在長春的昭明文選國際會議提出論文《文選源變舉略：從詩經到桐城》。來自日本奈良女子大學的橫山弘教授會後臨走前在旅館大廳致意並贈禮，說：「先生題要視野宏大，中國及日本學者均未能做到」。

在 2003 年初，日本京都大學漢學大師川合康三教授邀請他和其他日本學者一同撰寫《白居易幽默感》的專論，將在東瀛出書。那是因為林先生 2002 年 11 月底於臺北淡江大學紀念杜甫的國際會議中所提的論文《杜甫諧戲詩在文學上的地位—兼議古今詩家的幽默感》激起了川合康三教授的興趣。

他的作品為何受到各方專家學者的重視？

滿頭白髮的他，幾年前賣掉了自己在矽谷創立的電子公司，大可舒服地安享退休生活。但是他卻忙碌的鑽研各類文化專題，例如：文心雕

龍、孫子兵法、凱撒大帝寫的戰史（The Gallic Wars）、古埃及、希臘的「詩集」、書法的科學分析、蘇東坡如何做國防部長（兵部尚書）和成立「飛彈部隊」（弓箭社）。除此之外，他還幾乎每天寫詩、「刻印」❶、作畫等等。為什麼？

影響他的研究的根源是什麼？他的研究對將來可能的影響是什麼？

不可能的婚姻：美妙的結合

有許多表面上無關甚至相反的領域，譬如「古、今」「中、外」「文、武」「詩詞、電腦」「學術、詼諧」「理性、感性」「傳統、創新」等等。林先生卻找到了它們在深層彼此相通之處，並且把它們連串起來，不止促成了「不可能的婚姻」，還創造了「美妙的結合」。

愛因斯坦 26 歲提出相對論之後，窮畢生之力企圖尋找「統一場論」（unified field theory），想把許多物理的領域「一以貫之」。但是如此超越性的壯舉談何容易？他遺恨而逝。

林先生的成就相當於另類的「統一場論」。這應是他作品受重視的原因。

氣盛則無所不至：被忽略的價值

在物質科學掛帥百年之後，人們都忘了物質世界以外還有天地。有

---

❶　林中明擺脫金石刻之桎梏，開創色筆繪畫點睛式之印章。

些看不見摸不到的東西不但存在而且很重要。它甚至可以塑造社會,改變歷史。

拿破崙說過:就決定戰爭勝負而言,「精神力量是物質力量的三倍」("The moral is to the physical as three to one.")。管仲不是說過:「禮義廉恥,國之四維,四維不張,國乃滅亡。」?別忘了管仲是個非常實際的人,他甚至不排除豪屋美食等物質的享受。他揭櫫如此高貴的價值不是說教,而是必要。

林先生是個成功的實用科學家。在今日網路的社會裡,有什麼比電腦設計更實用的?但是他所強調的是現實社會裡所忽略的要件,如「信用」、「道義」、「內涵修養」、「藝術境界」等等。那些似乎虛無飄渺的價值,從長遠的角度來看,可能比金錢、權位、個人利益更重要,並且攸關國家的興亡。林先生喜歡說「氣盛則無所不至」。這話由一位實用科學家來講更有說服力。

他似乎被使命感所鞭策。

軍人父親和詩人母親

林先生的父親林文奎(1909-82)畢業於清華大學地學系(包括地質、氣象、地理)和經濟系。他在抗戰時投筆從戎,曾於 1934 年以第一名畢業於杭州筧橋空軍官校第二期飛行班。並於 1945 年 9 月 16 日率空軍機群飛越臺灣海峽代表中國首度從日本人手中接收臺灣。中明先生的母親張敬(1913-97)是臺大中文系教授,專研詩詞曲及元明清的戲曲傳奇。林先生對軍事的興趣和文學的愛好與雙親的背景不無關係。

讀小學二年級時，林先生居然翻閱西遊記了。毛子水教授那時剛由北大來臺大，常到林家拜訪，不大相信八歲小孩能讀古小說，於是考了幾個問題，居然沒有難倒他。

在初中時，林先生已經津津有味的鑽研中外的戰史。有人問他：「爲什麼一個優秀的參謀能想出致勝的戰略，卻不能取代優秀的將領？」他說：「因爲將領能下決心，而參謀不能。」一位十幾歲的少年毫不遲疑地如此回答。

文藝復興：中華與世界

燦爛的文藝復興是怎麼來的？十五世紀時，座落於偏遠的意大利北部的佛羅倫斯（Firenzi/Florence），僅是個新興的小城邦。這地方靠工藝貿易發展，沒有文化的背景，也沒有顯赫的貴族。因歐洲在黑死病後經濟衰退，商人必須遠航到中東作生意，而帶回阿拉伯保存的希臘經典。那些像柏拉圖、亞里斯多德的作品，在歐洲黑暗時期幾乎已絕滅了。佛羅倫斯的精英，一方面熱衷研究古希臘的文化遺產，另一方面大膽好奇的探索未知的領域。在一古一新的激盪下，人才輩出，如：發明家及畫家達文西（Leonardo Da Vinci，1452-1519）、戰略家及政治思想家馬基維利（Niccolo Machiavelli, 1469-1527）、雕刻家及畫家米開朗基羅（Michelangelo Buonnarroti, 1475-1564）、畫家拉菲爾（Raffaello Sanzio, 1483-1520）、天文家伽利略（Galilei Galileo, 1564-1642）等等，他們改變了意大利、改變了世界，佛羅倫斯也成了後世永遠景仰的文化搖籃。

林先生浸淫中華的古典文化，博徵西洋的各類學問，挾持尖端科技的本領，勤習詩書畫藝的奧妙。他能綜合「創新」和「懷古」，正是歐

洲文藝復興的兩大要素。他的典範其實已經感染了各地老中青的華人朋
友們，紛紛開始寫詩作畫。

　　當他的影響藉此書的出版擴散到各個華人的社會時，我們可以依稀
遠眺到一個中華文藝復興的晨曦。當旭日東昇之時，或許全世界將蒙上
它的金光彩霞，共享它的榮耀。

林中斌　2003 年 3 月於臺北

〈智術一也〉
《斌心雕龍》自序

　　這本書，有幾個特點。首先，這本書的三篇序言，角度各異，墨分五色，出自三位不同專業的學者，但又都是縱橫於多門新舊中西學術的教授和通人。更由於本書的文章，曾受到他們的啓發和指點，所以他們寫的序言，不僅爲本書作序，也顯示了當代頂尖學人的眼手胸襟。這樣的序文，不僅是作者之榮，更是讀者之幸。

　　其次，這是一個旅美的華裔工程師，在高科技工作之餘，自修中華文化時所寫的『實驗報告』。因爲是工程師寫報告，質勝於文，常常一句話寫一個意思，一個章節想談一個新見，甚至一篇文章擠入一本書的架構，而且喜歡套用理工術語和方法，從新的「知識平台」來看文藝活動。雖然有些『患失眠症』的老友偶爾向我道謝，但更多的文友們已發出『不可承受之重』的直言和『怨聲』。

　　爲了減輕讀者閱讀時的壓力，『己所不欲，勿施于人』，作者在每組論文之前，先寫一段簡介文字，說明文章的範圍和方向。再於每篇文章之後，穿插一些和論文相呼應和互動的詩書圖印畫頁。一來闡明中華文化的全面性；二來印證舊經典可以在消化、簡化、現代化之後變成活智慧；三來精緻文藝也可以新舊同體、雅俗共賞，三絕六藝、繪印點睛

合於一紙，就像不同的電路合成於一塊積體晶片一般。**最後，「萬言不如一踐」**。因為『他都能作，誰不能作』，這是許多不分老幼的朋友，甚至包括也開始用越南文配圖寫詩出書的朋友的意見。看到他們都愉快地重拾毛筆寫詩互贈，或在宴會上朗頌自己**新寫**的『**古詩**』。這證明，簡易雅趣的文藝形式，絕對能受到，雖然身處資訊爆炸的電腦時代，但仍有心超越『**物質文明、千人一面**』者的歡迎。

這個做法，其實就是《禮記·雜記下》所謂的「文武之道，一弛一張」。「文武之道」，合以雕龍，這是本書的精神所寄。封面自畫的淡彩『**雙龍搶珠**』圖，就是專為突顯此一中華文化中，古老神秘、樸素辯證而又靈活實用的哲思而設。並且用『**文武對立、相反相成**』為象徵，分析處理『科技人文、軟體硬件、設計製造、全球本土』等『**虛實奇正、相輔相生**』辯證性的實際問題，以論文和詩畫的方式表達。

『斌心』如何雕龍？《文心雕龍》的〈序志篇〉說：「宇宙綿邈，**黎獻紛雜，拔萃出類，智術而已**」。一千五百年以前的劉勰，在通究中印諸子百家的學問之後，不僅歸納出天下學問都是「**智術一也**」的結論，而且自己更能融兵略於文論，不僅擴大了文藝理論的視野，而且發為〈通變〉〈定勢〉等專文，石破天驚，和距今兩千五百年的《孫武兵經》的文采句法相映輝。

『文』的本質是運用文字媒體表達意願感情，雖然是無中生有，但通過兵略手段爭取讀者，卻能夠扭轉人心，**變虛為實**。『武』的本質是於有限的時空爭取最多的物質，但如何「**用最少的時間、資源、廢熵，獲得最大的利益**」？其謀略的手段又不能不應用「不戰而屈人之兵」的藝術手段。所以劉勰在《文心雕龍》最後一篇〈程器篇〉的最後一段說：「文武之術，左右惟宜。郤縠敦書，故舉為元帥，**豈以好文而不練武哉**？

孫武《兵經》，辭如珠玉，豈以習武而不曉文也」？

　　精通佛儒兩門和諸子百家的劉勰，破天荒地把《孫子》高舉到和儒家五經同等的地位，這在當時是何等的眼光和膽識！但是劉勰的說法，早見於《淮南子》、《呂氏春秋》……《司馬兵法》，而推到《易經·繫辭上傳》的「天地之道，一陰一陽」和《禮記·雜記下》所謂的「文武之道，一弛一張」。『一文一武之爲道，奇正虛實是爲兵』，這可以說是中國傳統文化的特色。只是後來文化進步，去源久遠，分工愈細，文藝智術中兵略的運用，或鎔或隱，後人乃多以文武截然爲二，而忘其具兩端，其功一體。中華文化中經典研究的偏窄化，文藝氣勢的衰弱，甚至於社會活動的失衡，也或多或少與此互爲因果。

　　兩千年前《淮南子·氾論》指出『不見一世之間而文武代爲雌雄，文武更相非而不知時世之用。（好比）東面而望不見西牆，南面而視不睹北方』。這個文化史上的局限似乎至今還在重復，而當「知識經濟」和「全球化」的沖擊比翼而來的時候，不僅文武的對立沒有解決，科技企管和人文環保的對立已接踵而至。當華人社會在這新一輪的世界潮流沖擊之下，就連許多傑出的知識份子都開始懷疑自己的文化本體是不是出了問題？除了不能『換腦袋、改基因』，如何『換心、洗腎、拉皮、拔牙……』就成了新的風尚。

　　這使得老一輩的悲傷，中間的心虛，年青人困惑，大家都失望，似乎面臨一個新的渾沌時期。

　　其實這個看似渾沌的時期，也將是歷來中華文化史上的大成長時期。從歷史上看，周室衰，學官散入民間，而諸子百家興；佛教文化『入侵』中國，佛、道、儒三教相激，又給垂老的中華文化帶來新的活力；四大文明交集西域，還在敦煌留下文化寶藏。今天我們恭逢中西文化、

科技、商業、宗教的大會集，正是學新、存異、汰朽、創新的大好時機。西方、日本、印度有的好東西，而我們沒有，那當然要虛心向他們學習。他們有，我們也有，但是他們整理的比我們更有系統，易于瞭解，能「用**最少的時間、資源、廢熵，獲得最大的利益**」，那自然也是我們應該採用的系統。但是，如果我們有一些優良文化，是「**垂直**」於他們的文化，那麼我們應該重新學習和振興我們自己優良而獨特的文化，稱此一理想和行動爲 21 世紀的「**中華文藝復興**」，也不爲過。

文化的活動，像孫逸仙先生所說「政治是眾人之事」。誰能累積最多的『人·年』和選票，誰就有繼續活動的本錢。胡適論學有名言：「爲學要如金字塔，要能博大要能高」。中華文藝要想復興，需要把中華經**典現代化、消化、簡化、本土化和大眾化**。要現代化，那就需要位居主流現代科技工商諸業的知識份子共襄其事，而且，參加者，必須出入古今、來往東西，得到像旅遊佳景一般的樂趣。有例子嗎？過河有橋有船嗎？我想，在這本書裏，頗有一些實際的例子可以提供參考。雖然『橋』是簡陋的速成橋，船是吹氣的塑膠船，但仍然是可用的橋和船。這本書中，我準備了一些渡河的氣筏，依次探討五個值得探討的文化重地，溝通豐原沃土和名勝野地。但也不排除依興之所至，任意跳島跨河遊覽。

因爲全書以中華文藝復興爲目標，所以第一組題「**文化傳承**」的重點就是談中華文化在兩岸的傳承和什麼是中華文化的『要穴』？我所採用的兩篇文章，乃是借重當代頗具代表性的臺大的**臺靜農**先生，和北大的**馮友蘭**先生，來闡明文史哲和書藝方面的文化傳承和氣節修養。臺靜農先生只是書法家嗎？而馮友蘭先生只是哲學史家嗎？友蘭先生在晚年和六四前夕，又是如何處理人生價值的先後輕重？作者準備了一些<u>第</u>

一手的客觀資料，也提出一些異於表象的主觀看法。在二十天之內，連續訪問兩位國學大師，又再親睹北大臺大在六四前夕的師生活動，都給這兩篇文章帶來了實感和深度。這是我的『眼耳之福』，也是我的機緣。

第二組題「斌心雕龍」的四篇文章，構成本書講「文武合一」文化的中心。從古典文論中的兵略思想，講到文藝創作和兵略運作是同爲一理，再指出今後人類的最大戰場將是每一個人自己的「心靈戰場」和「內（心）太空戰場」，而喜劇和美學，可以化解內心的衝突、悲情和暴虐。在論《《橄欖》的淵源與變遷》一文中，作者藉此指出人類好戰好辯的本性與古代無異，而新世紀的到來，恐怕還要經歷更多的戰火。這篇 1999 年寫的論文，至今已不幸言中。而《九地之下九天之上》這一篇宏觀臺海新世紀海峽戰略態勢的學術性序文，更是在以『十度空間：五陽五陰之爲道』的現代戰略考量之外，回溯中國《老子》《管子》《孫子》和《墨子》的智慧，企圖勸告世界軍事強權領袖們，『佳兵不祥，勝戰如喪』的道理。這篇寫於一年前，美伊沙漠戰爭前半年的文章，現在也不幸言中美軍在伊拉克的窘困。有武而無文，兵倍而功半。這組文章，雖然是論文理和兵略的互動，但也是爲歷史作見證。

第三組題「文學的多樣性」包括三篇論文，《談諧讔──兼說戲劇、傳奇裏的諧趣》、《陶淵明的多樣性和辯證性及名字別考》和《杜甫諧戲詩在文學上的地位──兼議古今詩家的幽默感》。作者試圖從嶄新的角度和方法，評論和探討三個極重要的古典文學裏的文類和詩人，並對過去嚴重誤解陶淵明只是淡泊之人和杜甫只有愛國憂民的悲鬱詩篇，提出明確的相反證據。作者在意圖恢復中國經典文學和大詩人所具有的多樣性和辯證性之外，同時更深入瞭解中華文藝裏被忽視的喜劇文學，和不能與嚴肅學者共鳴，而實際上大量存在的幽默感。如果不能瞭解中華

文學裏的喜劇、幽默感和多樣性，那麼重復地述說錯誤和偏窄的前人看法，難怪使得中華文學不易和世界文學接軌，而且讓新一代的學子對似乎缺乏真正人性的古典作品，從根本上看低了它們實際的成就。要想復興中華文藝，需要正確瞭解經典文學和大詩人的複雜心態，這是建造『金字塔』的奠基工作。不過複雜的心態如幽默感，也可以用電路的矩陣來觀察「幽默特性函數」的複雜互動，避免一些心理學家用窮舉法所帶來的人我俱惑的混亂。這也是作者提出的新視角之一。

第四組題「藝貴有格」，選了兩篇論文。在《從劉勰《文心》看八大山人的六藝和人格》這篇論文裏，作者試圖突破舊有為《文心雕龍》注釋的研究工作，而選用五百年來最有個性和藝術創意的八大山人，以其人其藝，來印證《文心》的理論，擴大了《文心》的研究範圍。並以八大和石濤的比較，來呼應本書開頭紀念臺靜農和馮友蘭的文章，再次用『大筆濃墨』圈出『氣節、人格』才是中國藝術的核心價值之一。中國文人的詩、書、畫、印、款（跋）、號六藝，注重的不是筆墨技巧，而在『人品學識』。歷來研究中國書畫的學者，喜歡用「文人畫」來籠括這類重『人品學識氣韻』的藝作。我認為更精當的稱呼應該是「士人書畫」。魏文帝曹丕曾嘆「古今文人，類不護細行」。這是做皇帝太子的人不知道文人也是人，為了『活著』，只好委屈求全。劉勰比較宏觀，他在〈程器篇〉指出「文既有之，武亦宜然」。所以用「文人畫」或「武人字」都不能代表中華文化裏重『人品學識氣韻』的精神。所以我想到孔孟對「士」人的看法和期待，乃鄭重提出用「士人書畫」來取代，過時而不恰當，但日久成習的「文人畫」說法。

這一組的第二篇論文，《字外有字》，是從我的英文論文《Character Beyond Character》轉譯增潤而來。英文 Character 一字雙關另有『會意』。

中文的『字』反而單調得像是符號。這篇文字，我借用工商管理裏「人・年」的單位，來分析人類文化史上的代表性活動，從金字塔、長城，說到羅馬競技場和美式足球賽，最後總結漢字書法的文化活動，從「數量分析」『人・年』的大小，乃是世界文化史上最大最久的文藝成就。我之所以用許多篇幅來看漢字書法的藝術表現功能、毛筆的自由調變幅度……和『白具五味』等哲思，乃在於突顯中華書法藝術是「垂直」於西方文化，而且是「以少勝多」的文化精髓代表，超出『體用』之爭的文化『絕學』。並且指出，由於文字結構和歷史的限制，西方藝術不能做到三絕、六藝合於一紙。因此中國書法在 21 世紀，具有不可取代而強大的文化競爭力。

這個結論，不是民粹意識形態的感性囈論，而是用基本幾何學及如何與電腦科技結合發展，並且從新的角度分析顏魯公、蘇軾、黃庭堅、楊守敬和弘一大師的書法而得來。雖然文長，但也『字外有字』，其意不盡。

第五組題，「文化源流和發揚創新」，法古文『起承轉合』的格式，和《孫子兵法》『首尾圓合』的要求，列舉五篇論文。

第一篇《中西古代情詩比略短述——並由《易經・乾卦》推演『賦、比、興』的幾何時空意義》，把文化的源流起點回歸到人性的基本點——「情」，並聯合《易經》和幾何概念，來解釋作詩的三大基本要素——賦、比、興。文章雖短，但也出入西方古代詩典，然後歸結到既然各文明的古詩都同樣重視人類共有的男女感情，21 世紀的「文明衝突論」，應該是起於後天人為「武凌於文」，不必要的意識形態、負面鬥爭。這種不益於世界和平的「武鬥」，應該從「知同容異」的心胸加以減緩，而不是推行舊式「惟我武揚」的東征西討，弄得人我俱傷，天下大亂。

此文之末，附有一篇後記，就是實錄這種心態和對證 911 之前兩個月時，本文的「書生之見」。

第二篇《文選源變舉略：從《詩經》到桐城》是對包括《昭明文選》的「廣文選」內容結構的探討。並以幾何學上『三點定曲線』的方式，縱橫古今，用《孫子兵法》來比較六部中國文學史上最重要的文選。第三篇《由《文心》、《孫子》看中國古典文論的源流和發揚》，則是綜合過去幾年對古典文論的研究，較有系統的觀察和分析中國古典文論的源流和今後發展的方向和模式。並舉出個人研究的實例，以印證理論和實行的結果和發揚的可行性。

第四篇《舊經典 活智慧——從易經、詩經、孫子、史記、文心看企管教育和科技創新》是一篇既宏觀又實證的長文，意圖論說和證明中華文化中的經典之作，經過『消化、簡化和現代化』之後轉化成富有「文化縱深」的『活智慧』，頗適用於當今最熱門的兩個話題：企管教育和科技創新。在文章中，作者簡要的闡明這『新五經』的潛力和功能，舉出實例，從《易經·同人》和《孫子·九地》等篇看「全球化」，《詩經》看企管行銷和現代忙人的溝通問題，《孫子》看四個晶片專利權的創意，《文心》談商學院的入學散文寫作，並從《史記》談「不可見的手」和股票買賣的時機。這篇論文也曾應邀在大學和商界演講，從聽眾的反應，加強了我對『舊經典 活智慧』的信念。而這也是一些博學智深的『老中青』學者對此文的反應和對我這位『外行』研討者的鼓勵。

本書的前十五篇都是以「有我」的態度，「提出重要的問題」，來『學問』；並試圖用已建立的「學說」來「解決問題」和探討經典國學中一些隱藏的涵義和大師們的複雜心態。但在這最後一組的第五篇，也就是全書的最後一篇文章，第十六篇，作者特意以迥異於前面十五篇文

章的《禪理與管理——慧能禪修對企管教育與科技創新的啓示》來收
關。這篇論文，不是宗教論文，而是藉由禪宗六祖，慧能大師的學習、
成長和智慧，跳出傳統的思維，以「應無所住而生其心」的態度來看當
下社會最實際的商業管理和科技創新的一些棘手問題。並指出一個身具
大智慧而不識字的『野人』，在不受傳統和意識形態束縛之下，努力學
習，勇於突破，最後反而能成就其『大宗師』的地位。用這樣一篇文章
來收尾，看似「無我」，但是『文外有文』，返璞歸眞，又不止於《斌
心雕龍》的「文武之道」了。

　　最後，列詩、聯二則，以爲結語：

一 · 《論中華文藝復興》：

　　　　舊經典、活智慧，借助知識平台；

　　　　新信息、雅藝術，加強文化縱深。

二 · 《青海行》壬午秋初絲路記行並論學焉

　　　　黃土高原上，黃河滾滾流；青山似青海，青海無盡頭。

　　跋：學問之道，豈非當如立足於高原之上，坤德載物，而創意又如長河大川，
　　　　滾滾不絕，再復見山似海，終至心胸開闊，如大海之浩瀚，一望無涯也。

　　　　林中明

　　　　2003 年 10 月於美國 · 加州 · 矽谷

一日有一日之新知乎
一代有一代之創見也

江深峽險
山高水淺
逆流溯源
舟小志遠

林中明

圖右　一日有一日之新知乎？一代有一代之創見也。對聯 2002.05
　　　朱印「爲學不讓」
圖左　江峽溯源　詩圖 2002.05

一、文化傳承

　　這本書的名字，《斌心雕龍》，雖然是強調「文武合一」之道。但是「舞劍」論文，卻是「意在」從 16 個不同的「角度」，來浮雕簡畫這擱在淺灘，「其猶龍乎」的中華文化。龍的形象「與時偕行」，而且又是個多種動物或圖騰的綜合體，很難說清楚講明白，它到底始和終於何方，所謂「神龍見首不見尾」是也。所以古人畫龍，籠統其形，取其精神，只重點睛一事。唐人張僧繇，傳說善畫龍而不點睛，點則破壁飛去。不善畫龍的人也學他點睛。然而魚目混珠，一點就成死龍，都僵在牆上和柱上，再也飛不走。畫僵了不會飛走，其實也是好事。

　　本書的開場一組，既然題為『文化傳承』，自然是意在先簡畫一個「印象派」的龍頭。下面幾組文章再添足、加翅和續尾。畫龍的頭，當然不能不點睛。點睛，需要一左一右，不能獨眼，而且是大家都看得見的「眼睛」。這不容易。好在 1989 年六四之前，承北大張寄謙和臺大張清徽師生等教授的安排，讓我有機緣先後拜見了哲學大師馮友蘭和古典文學及書法大家臺靜農兩位太老師。這使得我能用以小見大的「記史」方式，把中華文化的精神氣節，藉著

這兩位文、哲大師的歷史，簡略報告於下面兩篇訪問記思，以之來「點」中華現代文化傳承的「睛」。因為自知「畫藝」有限，所以另外借助於一些照片、詩書，來補充和加強兩位大師的神彩，並為後之雕龍者添加資料。是為記。

　　《從北大到臺大：記臺靜農先生》
　　《點窺馮友蘭先生──六四前夕三松堂訪談記思》

從北大到臺大──記臺靜農先生

【從未名湖到臺大三代師生夜宴】

　　『未名湖！』靜農先生的眼睛亮起來了。雖然頭上還貼著因腦淤血動手術後的紗布，八十七歲的臺太老師，翻看著我呈上的北大詩文和校景照片，忽然間提高了聲音，神情也由夜宴的疲憊中振奮起來，他呵呵的笑了兩聲，然後問道：「未名」二字從何而來，你們知「道」嗎？

　　上星期（1989 年五月中旬）我陪母親回北京，探訪四十年不見的鄉親，由北大歷史系的三姨張寄謙教授，和語言學院的二舅張清常教授陪同，一家人團聚遊覽母校燕園，在風景如畫的未名湖邊倘佯❶攝影，數新話舊，就我這一輩搞所謂高科技的人來說，舊的好像比新的還覺得新鮮有趣。結果貪嚼不爛，在一連串的北大校景事物聲聲入耳之後，就只記得三姨特別指點過的蔡元培銅像，和在馮友蘭撰文的西南聯大紀念石碑前，由二舅帶頭，『三張』誦唱五十年前的校歌。二舅嗎，聯大校歌是他作的曲，重爲指揮，不過舉手之勞。

　　特別提蔡元培，這是因爲如果沒有蔡元培，可以說就沒有北大收女

----

❶　《張敬·還鄉曲三十韻》：「……紅樓沙灘黌舍廢，海淀燕園據一方；……晴日和風暫忘世，未名湖畔樂倘佯；……」國語日報，古今文選，新第786期，1992.7.4。

學生跟辦研究所,那麼母親也不能從北平女子文理學院,臺太老師的「中國小說史」班上,轉而考進北大國學門研究所。這雖然是一人一家的閑談,但蔡先生影響所及,就遠遠不只是一校的大事,而是一國教育興衰的天下事了。在家話校事穿梭之中,竟然忘了問問那靜臥眼前的「未名湖」名出何典。等到臺太老師靄然一問,這才覺察到,天下事雖然事事關心,然而實際上,不僅「善未易察,理未易明」,就連鼎鼎有名的「未名湖」名,也都當面錯過,未能察明。心想這「未名」二字也和《詩經》《老子》的未央,《老子》的未兆、未孩這一脈有關,似乎不是個「常名」,但一時也不敢貿然妄議。

同桌的夜宴東主,臺大文學院長,治宋詩的黃啓方教授和專究戲曲、民俗文學的曹永義教授,也互說不敢確定,又看到母親也在躊躇,就都笑著說,既然連張老師都不清楚,還是請臺老師開演解惑吧。臺先生看大夥都不能答,於是面有得色的說:「未名湖典出未名社❷❸,當

---

❷ 秦賢次《臺靜農先生的文學書藝歷程》:「(1925)同年八月三十日,魯迅與臺靜農、李霽野、韋素園、韋叢蕪、曹靖華等六人在北京成立一個文學社團——未名社,『未名』兩字來自于當時魯迅正爲北新書局編輯專收譯文的『未名叢刊』,是『還沒有名目』的意思,恰如孩子的『還未成了丁』似的。」(按:未名社成立時,燕大西郊校園已近建成,次年1926遷入,或云湖名起于北大錢穆教授。)

❸ 未名社後來王士菁、李何林曾一度參加該社工作。『未名』是還未想定名目的意思,後來該社又編輯出版《未名新集》,專出社員的創作,臺靜農的創作就發表在上面,1931年春,未名社因經濟困難和社員之間的思想分歧,有結束之意,魯迅遂聲明退出,1933年春,在京滬報刊上刊登出將未名社及未名社出版部名義取消。

年是魯迅和我們六人在北京辦起來的，現在恐怕就只剩我一人❹，可以「白頭」（黑髮上貼了白紗布）說『天寶舊事』了」。臺先生酌酒朗笑，神采飛揚，正是『舊國彈指別多日，故人轉顧無少年』，臺先生談起這件民國十四年的文壇要事，不覺「寶刀」未老，勇猛復生，剎那之間，時空從 1989 年五月底的臺大餐廳，越過海峽，在北京、北大打了個盤旋，一甲子的光陰，在三代師生的談笑中，驟乎去來，誰說「過去心不可得」？

【北大求學師友魯迅】

臺靜農先生 1902 年生於安徽霍丘，字伯簡，晚號靜者，1922 年一月在上海發表了新詩《寶刀》之後，同年九月報名在北大中文系旁聽。一年後，又在北大世界語Ｃ班選修世界語，深受蔡元培德育、美育人格教育的熏陶及重視世界觀和佛學文化的影響，晚年的靜者先生在他的「龍坡丈室」裏，長年掛著蔡元培手跡條幅❺，就可見他對孑民先生的尊崇和對母校的懷念。

1924、25 年起，他轉到由校長蔡元培兼任的北大研究所國學門下肄業，而且先後受到周作人、魯迅兄弟在魏晉六朝散文、明清性靈小品和中國小說史上的教誨；及沈兼士、沈尹默昆仲在國學和書法上的啟發，同時也在張競生主持的「風俗調查會」任職，半工半讀。靜者先生

---

❹ 按：李霽野健在天津，但少通音訊，見其《永別了，靜農1990.11.25》《記夢1991.10.22》。

❺ 蔡朝暉《一幀珍貴的照片》：陸放翁夏日于蜀州東湖旁怡齋即興所作，上款署『目寒同學兄』，臺公以己字五幅換得。

1974 年所寫《書「宋人畫南唐耿先生煉雪圖」之所見》，文章不僅承傳魯迅《魏晉風度及文章與藥及酒之關係》的研究，另外隱然有些張競生❻在北大講「美的生活」之餘，研究的『性趣』。最特殊的地方，則是文中似不經心，而有意無意的提到女冠耿先生，『每為詞句題於牆壁，自稱「北大先生」，亦莫知其旨也』，這是臺先生散文中獨到的經營和諧謔處，和他所素仰的周作人散文一樣，也都是可賞而不可以學。

在此期間，臺靜農又和同輩在國學門任考古、方言研究室的管理人莊尚嚴、董作賓及在「歌謠研究會」任職並主編《歌謠周刊》的常維鈞相熟識。在魯迅先生的啓示下❼，為了慶祝北大 25 周年校慶，共同收集民俗歌謠，開民俗文學的先鋒。1925 年春，臺靜農經由「明強」小學同學張目寒的介紹，在北京初識魯迅。此後二人在文學、小說和民俗藝術上關係密切，亦師亦友，交誼深厚。早期的靜者先生少年激切，在寫小說和學習之餘，頗有陶淵明少壯時「撫劍獨行遊，猛志逸四海」的豪氣。他寫詩抨擊軍閥，為文慈悲庶民，一度為理想于 1927 年在北京大學，加入中國共產黨地下黨❽反抗腐政❾。牽連所及，曾三度無辜牽連下獄，『命如朝菌』。

---

❻ 周作人《知堂乙酉文編1945，《紅樓內外，張競生博士》》『北大教員中有一個人，我們總不宜不提，那便是張競生博士。』

❼ 臺靜農病中未完成之作《酒旗風暖少年狂〈陳獨秀詩〉——1.憶陳獨秀，2.憶常維鈞與北大歌謠研究會（未完成）1990》（按：對北大及北大舊友的追思延綿到生命的最後階段。）

❽ 《戰斗在北京大學的共產黨員》p.79[8]（1972年在北大入黨，後脫黨）。

❾ 按孫兒名之曰「大釗」，想係紀念李大釗，見《靜農墨戲集》1990病中選梅畫賜孫，題曰：「大釗小孫永念」。

【小説家和地之子】

　　在這一時期，臺靜農所寫的兩部反映現實生活的小說，是 20 年代被稱爲鄉土文學有影響力的代表作品。第一部是《地之子》，首篇 1926 年刊登在《莽原》半月刊上。1928 年編輯成書，由未名出版社出版，爲《未名新集》之一。魯迅在《中國新文學大系小說二集·序》中給予高度評價❿，說他善于從民間取材，通過日常生活和平凡的事件來揭露社會的黑暗。作者筆調簡煉、樸實，而略帶粗獷，格局不大，但有濃厚的地方色彩。1930 年，他又寫了《建塔者》，收有小說十篇，也爲《未名新集》之一。魯迅曾記載過，『臺靜農是先不想到寫小說的，後不願意寫小說的人⓫，但爲了韋素園的獎勵，爲了《莽原》的索稿，他挨到 1926 年，也只得動手了』。臺靜農曾敘述過他爲什麼不願寫小說，因爲寫小說是心靈重復世間的酸楚，他在《地之子》的後記中敘述了韋素園看了他的『地之子』稿子後，很滿意他從民間取材，勸他多在這方面努力才好，並舉了許多作家的例子。他寫道『其實在我倒不樂于走這條路，人間的酸辛和淒楚，我耳邊所聽到的，目中所看見的，已經是不堪了；現在又將它用我的心血細細地寫出，能說這不是不幸的事麼？』『同時，我又沒有生花的筆，能夠獻給我同時代的少男少女以偉大的歡欣。』在

---

❿　按：魯迅收入集中者，最多者不過四篇，惟魯迅自己與臺靜農二人，似漢末曹操煮酒與劉備論英雄事。

⓫　臺靜農《我與老舍與酒》：『一個人能不斷的寫作下去，並不容易的事，我也想寫作過，——在十幾年以前，也有二十年了，可是開始之時，也就是終止之年，回想起來，惟有惘然，一個人生命的空虛，終歸是悲哀的。』

他筆心掙扎的寫作初期，魯迅卻以他最大的知音，肯定了這位文壇新秀的成就。魯迅寫道，『要在臺靜農的作品裏吸取偉大的歡欣誠然是不容易的，但他卻貢獻了文藝；而且在爭寫著戀愛的悲歡、都會的明暗的那時候，能將鄉間的生死，泥土的氣息，移在紙上的也沒有更多更勤于這位作者的了。』（《中國新文學大系小說二集·序》）

　　臺靜農也是最早研究魯迅作品及其思想的作家之一，1926 年 7 月，他主編出版了《關於魯迅及其著作》一書，收集了關於《吶喊》的評論和魯迅訪問記等 14 篇文章（北京未名社出版），是最早研究魯迅的專輯。而他也在魯迅病逝之後，不顧國民黨右翼對魯迅的敵視，先後寫了《魯迅先生的一生》和《魯迅先生整理中國古文學之成績》兩篇論文，來紀念和肯定他戰鬥的一生和對中國文化的傳承和貢獻。1927.9.25 魯迅致函臺靜農，婉卻劉半農致力的諾貝爾文學獎提名，表現了個人的風骨，和譏笑藉政治種族緣故而謀乞諾貝爾文學獎的國家和作者。

【白色恐怖書酒自娛】

　　臺靜農先後曾在北平女子文理學院、輔仁、齊魯、山東、廈門大學等校『輾轉』任教。抗戰開始，赴四川，在（白沙）國立女子師範學院任教授兼國文專修科及系主任。抗戰結束後，因為抗議「主政教者橫暴」處理學生運動不當，憤身辭免教職⓬，以變賣衣物購食，後乃隨魏建功、許壽棠轉入臺灣大學任教。由于他和魯迅關係深厚，來臺以後，再度處于白色恐怖之下。臺靜農自己在《記波外翁（喬大壯）》（1947）一文

⓬　給學生題字留念總是：「觀人觀其敗，觀玉觀其碎，玉碎必有聲，人敗必有氣。」

中曾描寫過這種恐怖狀況：「許季茀先生遭竊賊戕害又不幸適於這時候
發生……因季茀先生的橫禍，大學的朋友都被莫名的恐怖所罩著。……
他站在大門前，用手電燈照著院中大石頭說：「這後面也許就有人埋伏
著」，說這話時，他的神情異樣，我們都不禁為之悚然。」臺靜農的學
生也曾記述過國民黨特務對他的監視：『1970年春，我常來老師家，那
時巷口擺了一個小木桌，有兩位特務，一男一女，日日坐在那裏做品茗
狀，面相蠻凶惡的，盯視著老師的家，與老師隔壁的彭先生的家❸。』
因為形勢迫人，臺靜農不得不韜光養晦豹隱龍潛❹。教學之餘，乃以詩
酒書藝篆刻自娛，常書「誰知大隱者，迺為不羈人」一聯贈人和自解，
對於國民黨特務所深恨禁忌的魯迅，和他倆早歲成名的小說，靜者先生
在公共場所更是格外謹慎，噤若寒蟬，絕口不提，以免是非。年青一輩
的學子，多如《桃花源記》中「乃不知有漢，無論魏晉」，當然就更甭
提什麼文化傳承了。

【印度哲學禪宗機鋒】

在晚宴上聽到臺先生率然和魯迅掛鉤，說學問情誼，雖然場合是一
桌門生故舊，敏感的人也不免小吃一驚。臺先生雖已三杯下肚，但是量
豪，微醺之際，仍能明察席間神色。只見他公筷一伸，在一盤佳肴中夾
起一芽青菜，又笑著問大家，「你們誰知『肉邊菜』典出何處」？

---

❸　洪素麗《甘蔗林颯颯風吹——夜夢靜農師後記》（1990.12）。

❹　1946贈白沙舊友舒蕪《張大樽詩》：端居日夜望風雷，郁郁長雲掩不開，青草
自生楊子宅，黃金初謝郭隗台姿長隱何曾變，龍性能馴正可哀，閉戶厭聞天下
事，壯心猶得幾徘徊。

　　這一問，雖然意在化解上一答，但也是個連環，又是個機鋒。看到臺先生和二代弟子之間，不拘形式的對答言笑，我也不禁膽上生毛，就搶著應答，說這是語出《六祖壇經》的北宋契嵩本，元朝的宗寶照單接收，復增入弟子請益機緣，遂成今日之流行本。『肉邊菜』一語，未見於晚近敦煌出土的中唐法海本．臺太老師聽了我這個『外道』的評辭，面有詫色。於是語氣一變，就只說六祖惠能得黃梅的五祖弘忍傳法，得衣缽之後，「自古傳法，命如懸絲」（法海本《壇經》），亡命到了曹溪，又被惡人尋逐，曾在獵人隊中避難一十六年，隨宜說法，隨俗『但吃肉邊菜』的故事，以助席間笑談。這個機鋒，臺先生在席上雖然沒有說破，日後回想起來，他當時很可能是以惠能傳承禪宗衣缽而衛道保命的事自比❶。惠能在得傳五祖心法後，亡命南行❶，混農商于勞侶（《王維·六祖能禪師碑銘》），仍能精進持修，不墜禪宗道統，如此事跡，和他自己早期小說文藝的速名，和後來在學術教育界的漸成是有點相似了。臺先生喜歡打機鋒，可能是來自小說家的訓練，也可能是在北大讀書時起的緣。

　　蔡元培當年在北大推展世界觀，大膽而虛心的請了才出道的梁漱溟，和熊十力等人講授部份的印度哲學。自己還在課餘去廟裏聽剛入段的居士講「唯識論」。不幸梁公到頭來，只看到《心經》裏三言其苦，和《論語》「學而」第一章開頭的兩言其樂（梁漱溟《佛儒異同論之二 1966.11.10》），忘了《金剛經》結尾的『皆大歡喜，信受奉行』；和素

---

❶ 托爾斯泰主張『藝術是一個人於經歷某一種情感之後有意的把那情感傳達給人之一種活動』（按：此與禪宗傳法並無二致）

❶ （柳宗元·賜謚大鑒禪師碑）：『遯隱南海上，人無聞知，又十六年……，其辭曰：……（傳心承授）勞勤專默，終抱于深，抱其信器，行海之陰。』

有經中之王的《華嚴經》，在其《十地品》開章第一地，「歡喜地」一篇，急如風雨，一口氣演說了廿個「故生歡喜」。而熊翁也忘了《金剛經》裏說的『一切聖賢皆以無爲法而有差別』。爲了爭我是汝非，在『上窮碧落下黃泉』之餘，和黃梅（弘忍講經之地）的廢名❼，爭論僧肇之旨，一言不合，竟然『動手動腳』大白天『打差別』，始終沒勘破人、我相，更別說眾生相和壽者相。二公於是乎先後都出佛返儒，返土歸了根。而子民先生也超脫了宗教❽，提倡以美育代替宗教。從清華聘來的陳寅恪，也另在 1928 年春，教了一學期的《佛經翻譯文學》，傳了一些梵文以外的求法翻經的常識❾。早期在北大提倡「全盤西化」的『胡博士』❿，雖然稍後也研究神會《壇經》，但只是把它們當做考古、實證的樣本，沒能扎實下功夫。加以各類新主義的衝擊，古老的印度哲學，和中國土生土長的佛學，似乎都沒在北大文史哲系生根。照周作人的說法❶，就是『印度哲學在北大的運氣不大好，不能得到專家予以介紹發揮』。中學時推倒校內菩薩神像❷，在北大先是『呵佛罵祖』❸，而後

---

❼ 1. 周作人《懷廢名》（民國）32. 3. 15記于北京（按：日據之下，用民國曆，有孔子《春秋》「春王正月」的哀意。）2. 張中行《負喧瑣話，熊十力1986》

❽ 1.《蔡元培·以美育代宗教說》1917. 8《新肯年 ，2.《蔡元培·美育代宗教》1932《近代名人言論集》3.《蔡元培·以美育代宗教》1930. 12《現代學生》

❾ 勞榦《憶陳寅恪先生》1970

❿ 張中行《負喧瑣話·胡博士1986》

❶ 周作人《知堂乙酉文編1945》《紅樓內外·印度哲學》

❷ 臺傳馨《難忘的『松子』大哥》

❸ 臺靜農《憶常維鈞與北大歌謠研究會1990》

又『拈花微笑❷』的臺靜農，畢業之後一再受到政治迫害和牢獄之災，疲于奔命之餘，雖有靜者之號，似乎沒能靜下心來，研究印度哲學和中土佛學。直到知命之年才在《寫經生 1950》裏，注意到佛教小乘功德思想對社會經濟和書法的影響。又過了四分之一世紀，才把西來的佛學文化和中國固有的文學融冶一爐，在小說家的眼手根基上，寫成《佛教故實與中國小說 1975》長文。他不僅傳承魯迅五十五年前在北大的教誨，而且把先師傳世之作，——《中國小說史略》中提到的「天竺故事蛻化爲國有」的論點❷，又往前推進了一大步❷。

說到傳承，臺靜農在北大不過三、四年，和在北大前後不過五年半，就爲北大建立校制校風的蔡元培相比，算是稍短。但和在黃梅弘忍門下碓房打工，舂米八月的惠能相比，他在北大的時間就算是長了。臺靜農離開北大之後，和北大的聯繫仍然密切。在 1927 年八月，他由北大國學門導師劉半農的汲引，去中法大學中文系擔任「歷代文選」講師。應常惠的建議，用北大中文系，周氏兄弟等所選，偏於魏晉時代的作品，取其清新雅潔，一掃陳腔濫調。1928 年六月五日，奉軍退出北京，『倉卒之際，怕北京文物遭到毀壞』；北大國學門四位導師，沈兼士、陳援庵、馬叔平、劉半農和年輕的常維鈞、莊慕陵、臺靜農等九人發起「北京文物臨時維護會」❷，『本著良知與熱情』，阻擋了美國安得思從內

---

❷ 舒蕪《憶臺靜農先生》：（張友鸞）他說「靜農先生年輕時送他一張照片，手拿一枝花，照片上題道：『拈花微笑』」

❷ 魯迅《中國小說史略·六朝之鬼神志怪書（上）》

❷ 按：1937日寇入北平之後，臺靜農手抄魏建功整理的魯迅全部舊體詩長卷兩份以便保存，（其一於1946贈別舒蕪），也算是現代『寫經生』了。

❷ 臺靜農《記「文物維護會」與「圓臺印社」1982》。

蒙古盜挖竊運八、九十箱古物出口（《劉半農文選・北舊》）。其後又和莊慕陵將北京所有的漢魏石經殘石，全部由名手拓出，並一度和北大舊友常惠、魏建功等五人，組織「圓壇印社」，承傳發揚蔡元培、魯迅的美育思想❷。

【急難風義、摩頂放踵的學者們：佛家、儒家、墨家？】

1947 年臺靜農應北大、「圓壇印社」和在白沙國立女子師範學院同事好友，魏建功之邀，渡海到臺灣大學中文系任教。其時臺大是島上唯一的日本殖民地皇民大學，光復之後，原有的基礎壞了，新的設備沒有，地產不清，人事棼亂，和蔡元培在民國五年冬，從海外游學❷回歸接掌的北大情況相仿彿。臺大幸而在北大校友傅斯年（1946 年曾代胡適掌北大校務）一年十個月的領導下，以魄力與遠見，樹立起臺灣第一大學的規模，很有當年蔡元培以地藏菩薩，『我不入地獄誰入地獄❸』的理念，去整頓北大的精神。傅氏奮心銳志，百廢欲興，不幸在議會質詢時，為校務校產事，激辯是非，中風倒地不起，以身殉校，應了自己兩年前初

---

❷ 孫世哲《蔡元培、魯迅的美育思想1990》。

❷ 張寄謙《蔡元培的中西文化觀──紀念蔡元培誕辰120周年》（1989.4《論蔡元培》）：『蔡元培于1907─1926年，二十年內前後五次到國外游學考察，居留近十二載。』

❸ 《蔡元培・整頓北京大學的經過》1936.2.16：『綜計我居北大校長名義，共十年有半，而實際辦事，不過五年有半，所成就者僅僅如是。』（按：此係自豪語）。

任臺大校長時的誓識「歸骨於田橫之島❸」。如果說蔡先生對中國教育的貢獻，和周遊歐洲列國的事蹟近于孔子，那麼傅斯年受北大的傳承❸和以身殉道的結局，就有點像治衛國蒲邑的子路。所謂「食其食者，不避其難」，奮身護校，『正冠結纓』而死。静者先生雖然在知命之年曾經自治一印，曰『老夫學莊列者』。但他在年青時卻是荊高之類❸，熱血之人。1937年七月卅日，日軍進陷北乎，臺靜農受留守北大朋友之托，千里迢迢，置蕪湖的家人於次，隻身兼程趕赴南京，向胡適之請示北大同仁進止和經費的問題（《胡適年譜長編1615頁》）。嗜書如蠹的臺靜農，竟然連路旁名震天下的海源閣萬卷宋元善本書，都能望而不顧（臺靜農《始經喪亂❸》）。急難風義❸的行逕就不只是儒家孟學的動心忍性，而近乎墨家的摩頂放踵了。這和一心想出山做漢奸❸，不肯『飄然一杖天

---

❸ 《王叔岷·慕廬憶往》：1949年冬，給臺大中文系黃得時先生的題句。

❸ 毛子水《師友記·蔡元培、胡適、傅斯年》：他……最優美的文化傳統而把它移植在臺大，使後來無數青年有一個進德修學的好地方，這實在是我們今天所當慶幸的事情。

❸ 臺靜農《白沙草·詠「滬事」》：『他年倘續荊高傳，不使淵明笑劍疏。』《讀史》『敢批逆鱗者，荊卿豈酒徒。』

❸ 王羲之有唐人臨摹《喪亂帖》傳世。

❸ 《臺靜農書藝集》：『風雨吾廬舊嘯歌，故人天末意如何，急難風義今人少，傷世文章恨古多。』（梁任公庚戌感懷）

❸ 《陳漱渝·鼓翅飛向莽蒼處1990.11.》：『他（臺靜農）用斬鐵截釘的語氣說：「周作人是存心要當漢奸；保護北大校產是藉口，想當漢奸是真。李石曾的中法教育基金會還決定資助他，他硬是不走，經濟問題並不能構成他南下的障礙。」』

南行，不識輕與重㊲』的周作人，在義利大節上是雲泥有別的。

【臺大中文系廿年：無為而治，有為而行】

北大新文化急先鋒之一的傅斯年猝逝之後，臺大由清華出身的錢思亮接掌。錢校長治校，縝密而寬厚。傅斯年激賞其為人，贊為「粹然儒者」㊳。錢思亮為人行止近於夫子所說的「溫、良、恭、儉、讓」。他有精細、方正、謹慎、有桓的德行，而無多疑、拘泥、畏葸，保守的流弊㊴。在他的「慎思明辨，從容擘劃」之下，臺大二十年間，理工醫農等科學，從落後到追及西方。而臺靜農也因他和文學院長沈剛伯的一再慰留，以老子「生而不有，為而不恃」的精神㊵，無為而治，有為而行，任職中文系長達廿年之久，還代過文學院長。在此期間，他承繼北大校風，以蔡元培『古今中外』『兼容並蓄』的胸襟眼力，不以學歷文憑為唯一的掄才標準，懇請島內外最好的學者，來系裏執教，辦研究所。雖然因為政治環境的限制，未能全面繼承和發揚北大當年『文學革命、思想自由的風氣㊶』，但在穩定中求進步，把師資空蕩，學生學歷參差，中文程度不齊的中文系辦得，『一時風雲際會，盛況空前㊷』，略似民

㊲　胡適之勸周作人南行，不可做漢奸詩：『飄然一杖天南行，天南萬里豈不太辛苦？只為智者識得輕與重。』
㊳　臺靜農《龍坡雜文・粹然儒者》1983（追弔紀念錢思亮）。
㊴　蔡元培《德育講義》。
㊵　陳修武《臺靜農先生紀念文集，臺靜農先生的人格境界》（1990.12）。
㊶　蔡元培《我在教育界的經驗》1937.12。
㊷　柯慶明《臺靜農先生紀念文集・那古典的輝光》（1990.12）。

國初年，蔡元培先生領導下的北大國學門。

臺靜農主掌下的臺大中文系，在選用課程教材上，也頗受北大國學門的影響。他承繼周氏兄弟的教課選材，注重魏晉六朝文學，自己也寫了《魏晉文學思想述論》及《嵇康論》，上和魯迅，兼以述懷。對於新文學和白話文，他本是開風氣之先的人物。但在臺大，他仍本著蔡元培的舊例，文言和白話齊頭並進，各得其當。他在《中國文學由語文分離形成的兩大主流 1951》一文中，不僅從語文的歷史發展來分析探討民間文學與古文學的互動，而且幽默的把白話與文言之爭，看成茶酒兄弟爾。系裏所開元明戲曲、雜劇傳奇的課程則是上承蔡元培在北大起的餘緒❸，更從民間文學和雜劇傳奇的學術探討裏，促成了臺灣鄉土文學和民俗文藝的發揚。距離周氏兄弟和常惠、臺靜農在北大國學門的民俗歌謠調查收集，已是五十年後的事了。還值得一提的是蔡元培的《德育講義》也由臺靜農在北平女子文理學院時的弟子❹❺，張敬教授等，油印成書，經臺靜農、毛子水題序❻，在臺大當做大一國文教材❼，遍教臺大新生數年，對學生人格的培養❽，或多或少起了一些晨鐘的作用❾。

---

❸ 周作人《紅樓內外·戲曲》：『大學文學系裏有戲曲的功課，始于北大，大概也是民六吧，當時文化界聽了還議論紛然，記得上海的時事新報有過嘲罵的話……』

❹ 秦賢次《臺靜農年表·一九三三年》（1995. 5. 18）

❺ 張敬《臺靜農先生紀念文集·傷逝》（原載1990. 11. 25中華日報）

❻ 1960新版序。

❼ 羅聯添、杜其容注釋。

❽ 傅斯年臺大校訓：「敦品、勵學、愛國、愛人。」（1949）。

❾ 臺靜農《龍坡雜文·鐘聲二十一響·序》：『校園內是知識的培養地，而人的性質之善與不善，則未必因為隔了一座大門有所差異，……有人確以知識淨化

戰國時的樂毅曾用「薊丘之植，植于汶篁❺⓿（《樂毅報燕惠王書》）去提醒量窄忌賢，大言而又怕事的燕惠王，別忘了他對故國的貢獻。在今日功利而健忘的臺灣社會，這個典故，或許也可以用來看潛隱的校風轉移，和不可割裂的文化傳承❺❶。

臺先生不僅善於治系，而且對系裏的教授職員也善於「將將」。對系內外的同學更善于「將兵」。即便是一桌師生三代的晚宴，也能因「地」制宜，因「材」施教。到了宴終，三代學生可以說是「皆大歡喜，信受奉行」。

【深夜磨墨　揮筆贈詩】

對於我這個在席間追問二王書法高下和佛、馬西來異同的小門生，更是拋磚而幸及玉。臺太老師以八七高齡，在晚宴返家之後，深夜磨墨揮筆，寫了陳後山兩首七言絕句的條幅，次日一大早，便連同他去年剛出版的散文精品《龍坡雜文》，親踵賜贈❺❷。第一首是：

了人生，堅定了他的操持，相反的有了知識，更助長其狡點，這種人從校園走出來的多得是，而前一種人則絕少，在生存競爭於今日的工商社會，能將知識狡點融會貫通，才是第一等人才呢。至於說大學是培養以學術為己任與己飢己溺為精神的人才，已是理想主義了，不合時宜了。』

❺⓿　《陳寅恪·薊秋之植植於汶篁之最簡易解釋》1931. 6. 15。

❺❶　臺靜農《中國文學由語文分離形成的兩大主流1951》：『劉申叔先生的《南北文學不同論》割裂了空間的關係，也是不能求得文學的真實。因此，有些人將古文學與民間文學，看著對立的現象，那是和切斷時間與割裂空間的關係，犯了同樣的錯誤。』

❺❷　林中明《臺靜農先生賜贈手書陳後山七言絕句條幅事後記》（1992. 5）。

書當快意讀易盡，客有可人期不來；
世事相違每如此，好懷百歲幾回開？

自從 1985 年起，宣告不再「爲人役使」寫字的靜者先生，其後的墨寶
極其難得，他在年初腦部開刀後，因爲體弱，更是難得乘興揮毫。『師
友凋落殆盡，皤然一叟《臺靜農書藝集序1985》』的臺先生，在夜宴之
後，深夜爲後學選寫一身傲骨的陳後山絕句，當然是慨書己懷，而又別
有用心的。看這首《（得意詩）》寫的矯勁雅逸，神采飛動，想來是他
因三代弟子聚會一堂，酒後快意㊳，嘉勵後學，欣然下筆，相與欣悅的
藝作㊴。

後山博學好經術，詩文本妙絕，猶詩師黃庭堅。後人論江西詩派，
也常黃、陳並舉。後山爲人狷介，在京拒權臣章惇之召；受知東坡，敬
而不屈其門；任館職，冬日侍祠郊丘，貧無重裘以御寒，而猶不肯著素
鄙的新黨姻親趙挺之的棉襖，凍病而死㊵。近人研究中國文學史，動輒
說神韻情采，忘了風骨胸襟才是文人詩書畫的命穴。蔡元培在《美育與
人生》裏說人的一生以知識爲近照，以感情爲遠照。美育之所以能陶養
感情，在于它的普遍性能破人執、我執，能「眾樂樂」以分潤眾生，跨
度種族國界。美育另外又有超脫性，能陶養孟子所說「富貴不能淫，貧
賤不能移，威武不能屈」的氣概，甚至于「殺身以求仁」而不「求生以
害仁」的勇敢。我想，蔡公所說的普遍性，可以勘破《金剛經》裏耽心

㊳ 1929. 5魯迅和臺靜農、李霽野去西山病院看望韋素園。有信記曰：『上午之縱
談于西山，是近來快事。』
㊴ 《臺靜農書藝集序》：『時或有子喜者，亦分贈諸少年，相與欣悅，以之爲樂』
㊵ 《朱子語類·卷130》。

對人相、我相、眾生相的執著。至于超脫性，那就能「臨難勿苟免」，可以看淡生死❺❻，或者是超越《金剛經》裏的壽者相。北大的周氏兄弟文章同甲天下，但到了生死大節關頭，「知堂老人」的「知識」向心中文戰「神鬼二氣」的「鬼子氣」投了降；而旁照美術的魯迅，卻能「鐵肩肩道義，辣手寫文章」，既不向諾貝爾獎折腰，也不因特務暗殺而藏身。兩位北大國學門的兄弟教授，倒是給他們校長的美育理論做了最好的義證。第二首是：

> 雲海冥冥日向西，春風欲動意猶微；
> 無端一棹歸舟疾，驚起鴛鴦相背飛。

後山這首詩大有禪意而少為人知。先生深夜寫來，大概是感懷人世變幻，聚合無常，「向之所欣，伏仰之間，已為陳蹟」（《蘭亭集序》）。因藉王子猷雪夜眠覺酌酒，讀左詩，思故友，乘興發舟，而臨門逕返，以不見如見的典故，打了最後一個機鋒。先生此幅腕力猶健，氣宇未衰，不期翌年十一月竟歸道山，大雅云亡。這首詩的禪機，當時因為歸程匆匆，沒能向臺太老師印證。不過先生一向雅好晉人風範❺❼，此詩意在言外，固當以不解❺❽為解。

---

❺❻ 臺靜農常引陶淵明《自祭文》裏的「人生實難（《左傳·成公二年》），（死如之何）」和「大道多歧」并用，在《懷莊慕陵先生二三事》一文中說：「當今之世，人要活下去，也是不容易的，能有點文學藝術的修養，才能活的從容些。」

❺❼ 牟潤孫《書藝的氣韻 書家的品格》：『我常說靜農是「世說新語」中人，但他曠達而不任誕。』

❺❽ 周作人《知堂回想錄·（談自壽詩）》：『唯索解人殊不易得，昔日魯迅在時最能知此意，今不知尚有何人耳。』

【書藝和人品】

　　靜者先生的書藝，得自父親庭訓，求學北都時，耽悅新知，滿懷壯志，和明末學貫古今，高風亮節的黃道周一樣，視「作書是學問中第七八乘事，切勿以此關心，王逸少品格在茂宏、安石之間，為雅好臨池，聲實俱掩❺❾」。但蔡元培在北大提倡美育，「曾設書法研究會，請沈尹默、馬叔平諸君主持❻⓿」。而周作人教課，也選了不常見的倪元璐散文❻❶，都為他埋下日後專攻倪鴻寶書法的種子。至于他後來棄王覺斯而專攻倪鴻寶，表面上是因為老師沈尹默批評王覺斯的書法「爛熱傷雅」，而他則認為倪書「格調生新，為之心折」。其實是抗戰期間，愛國學者特重民族氣節，在這國難當頭之際，他雖然喜擬書法出自顏、米，曾在清初號稱書法第一的王覺斯書藝，但覺斯身為有明重臣，降清續任禮部尚書，不免大節有虧❻❷。書法再好，氣質上不能跟抗清戰死的黃道周，

---

❺❾　按此說在1.《顏氏家訓　雜藝》『王逸少風流才士，蕭散名人，舉世唯知其書，╪人能自敝也』；2. 趙孟頫《識王羲之《七月帖》『凡所處分，輕重時宜，為；晉室第一流人品，奈何其名為能書所掩耶！』；3. 洪邁《容齋隨筆》『（王羲之）其識慮精深，如是其至，恨不見于用爾，而為書名所掩、後世但以翰墨稱之……則一事之工，其累大矣』之後。

❻⓿　《蔡元培·我在北京大學的經歷》1934.1.1《東方雜誌》。

❻❶　周作人《關於近代的散文1945.7.27》：『（民國11年燕京大學新文學組教案）不久隨即加入了三袁，及倪元璐，……』

❻❷　沙孟海.《論書法》黃、倪、王三人，天啓二年進士同年。他們在京裏，相約學書，都很要好，後來便分做兩路了。最希奇的是字的體製也截然兩路。說藝術是人性的流露，引他們三人做例子，再恰當沒有了。

和自盡殉國，「筆法深古，遂能兼撮子瞻、逸少之長《石齋書論》」的倪元璐相比❻❸。劉熙載曾說「筆性墨情，皆以其人之性情爲本，是則理性情者，書之首務也。《藝概・書概・書品》」一生耿介，特重氣節的靜者先生專攻倪鴻寶書法❻❹，應該不是偶然的❻❺。

臺靜農被沈師一點就透，遂棄王而專攻倪鴻寶，後來在臺灣，因爲早歲和左翼運動的牽連及魯迅的關係，受到政治的壓力及特務的監視，心情每感鬱結，意不能靜，乃以弄毫墨排遣，意外的在他自家顏體和漢碑的基礎上，發展出和尹默師、二王一脈迥異，而別具一體的倪派風格。從前陳後山在接遇黃山谷之後，盡焚舊昨，但他後來的詩作，卻也和黃師氣味面目仍然大不相同。有位剛出道的書法評論者，既限於胸襟，又貧於濡染，只知從字面的形式來判斷高下，看不出中華書道裏人品❻❻氣質的韻味❻❼，以爲臺字既不似沈，又不類鄭，弄得一時風雨，雅熟失辨。難怪靜者先生早在 1976 年寫的《書道由唐入宋的樞紐人物楊凝式》裏，先引黃山谷論書說「學書要須胸中有道義，又廣之以聖哲之學，書乃可

---

❻❸　《臺靜農・顥堂所藏書畫錄・倪元璐、黃道周小簡卷》：『補天無術，殘碁難工，拼此碧血，照耀千古。若倪黃兩公者，眞不負平生相期矣。是雖片言寸楮，而英偉之氣猶鬱結於其間。』

❻❹　舒蕪《憶臺靜農先生1991. 1. 18》：『對晚明文學有深好，……他常對我說起明遺民詩。』

❻❺　啓功《臺靜農先生墨戲集序》（1995. 5. 8）：『……而臺先生書的似倪、黃，當初必屬偶合，……』

❻❻　豐子愷《藝術與藝術家》：藝術以人格爲先，技術爲次，……否則只是『形式的藝術家』。

❻❼　1. 陳師曾《文人畫之價值》：『不惟形之是求，不斤斤然刻舟求劍。』『文人畫有四個要素：人品、學問、才情和思想，具此四者，乃能完備。』（1920？）；
　　　2. 牟潤孫《書藝的氣韻與書家的品格》。

貴，若其靈府無程政，使筆墨不減元常、逸少，只是俗人耳」及「或問不俗之狀，老夫曰：難言也，視其平居無以異於俗人，臨大節而不可奪，此不俗人也」。再引曾陷『烏臺詩獄』的蘇東坡的話，說「古之論者，兼論其生平，苟非其人，雖工不貴也」。靜者先生還怕俗人看不懂他一生精坤和書法價值所寄，乘著引文氣勢，緊接著又說「楊凝式身仕五代，周旋於豺狼狐鼠間，而其書逞興揮灑，多在寺壁，不書諸竹帛為傳世想，則其為人必有不同於人人之處」。寫字畫梅『以自排遣，但不欲人知』的靜者先生論書法論到此處，已然超出了沈師尹默在《書法論叢》裏只論筆法的小乘範疇❻；更超越了自己在《龍坡雜文》卷首開宗《夜宴圖與韓熙載 1967》一文裏，藉談韓熙載以夜宴雜糅自污，狡檜自保的千古奇事，轉而批判韓文公賺誑墓金，和譏鄙「（王）覺斯埋塵」文人無品的負面教育境界．他終其一生想要達到的美育境界，可由他在《靜農論文集》壓卷之作，《題顯堂所藏書畫錄，顏魯公送裴將軍詩》一文中看出。他說「夫書畫之道，乃作者精神所寄不朽之業❻，此魯公是卷之能歷千餘年不因世變而泯滅也。其視一家興亡，直大椿與朝菌耳」。

---

❻ 1. 臺靜農《酒旗風暖少年狂—1. 憶陳獨秀·仲老給臺靜農的信（1939？）》：「尹默字功力甚深，非眼面朋友所可及。然其字外無字，視三十年前無大異也。存世二王字，獻之數種近真，羲之多為米南宮臨本，神韻猶在歐諸所臨蘭亭之下，即刻意學之，字品終在唐賢以下也，尊見以為如何？」；2.《沈尹默·馬敘倫書論序》：（自謙）……余魯拙庸謹，必依名賢矩矱，刻意臨寫，自運殆少，遂無字外之奇。

❻ 顏真卿《述張長史筆法十二意》：『筆法玄微，難妄傳授。非志士高人，詎可言其要妙？』

【結語：一代不數人，百年能幾見！】

　　靜者先生少年時寫新詩寫小說，對新文學狂而進取，老來浸淫書藝，畫梅❼治印，以小說筆法寫散文，風流蕭散，卻狷介而有所不為。做為一個學者及教育家，他不僅傳承了北大的精神而在臺大光大之，更在民族文化上也達到他在《「藝術見聞錄」序》中所說的「民族文化應該如長江大河。祖先既然留下了好的遺產，我們得承受發揚，能有自己民族的色彩與精神，站在人家的面前，才可以抬起頭來」。曾受蘇軾知薦之恩，而狷介不入其門的陳後山，在祭蘇東坡的吊文中有「一代不數人，百年能幾見」的贊語。我想，同樣的話，臺靜農這位「何止人間一宿儒❼」的「北大先生」和臺大教授，也是當之而無愧的。

【後記】

　　北大是中國歷史文化和思想學風的重鎮。為了紀念百年校慶，主事團隊仿司馬遷寫《史記》的 70 篇列傳，選了 68 位代表性的人物，由 60 位學者專家寫了 65 篇紀念文章。主編此集的蕭超然教授在「跋」中指出編此書有兩大難事：1.北大歷史名人選定難，2.尋找合適作者難。最後選定的作者，除了我之外，大約都是正宗的『北大人』或直接和北大

---

❼　1. 臺靜農給《大釗小孫永念》墨梅自題：「大千說此冬心也」。2. 臺靜農給弟子張敬（號清徽）的墨梅圓扇。正面自題：「有不寐道人意否？奉清徽發笑——龍坡里居者」，反面為臨鐘繇表文。

❼　石濤《梅竹》：『暗香觸處醒辭客，絕色開時春老夫，曉來搔首庭前看，何止人間一宿儒。』

有關者。此文能夠入選，首先要感謝張寄謙教授的慧眼和推薦，其次要感謝主編者秉持北大「兼收並蓄，和而不同」的精神，破格接納此文。一所卓越的大學，不僅要有大師和優秀的學生，更重要的是學校的學風、氣節，和胸襟、懷抱。如何證明？很不容易。但是我們可以由小看大。譬如從《名人與北大》一書的選材和容人，就可以看到北大之『大』。故有感而為記焉。

【刊載發表記歷及其他】

。《「未名湖」和『肉邊菜』》《臺靜農簡傳》1997.3.29　Northern California National Taiwan Univ. Alumni Association Year Book

。《臺靜農與北大——由三代師生臺大夜宴說起》，中華日報副刊 1997 年 4 月 18, 19, 20 日。附圖 *1.*臺靜農贈林中明陳後山絕句條幅；*2.* 臺靜農贈張清微團扇梅圖，另面臨鐘繇「昨疏還示帖」（王羲之臨本），可見他也走黃道周、沈曾植（寐叟）上溯鐘繇、索靖的奇徑新路。 *3.* 林文月素描臺靜農頭像。

。北大百年校慶紀念《名人與北大》，北京大學出版社，1998 年 5 月 4 日，505 至 517 頁。

。應上海復旦大學輳之珍上聯：

「臺灣、臺北、臺灣大學、臺靜農」，對以

「淮河、淮南、淮河博議、淮南子」，1997.5.1。

> 按：淮南子一書乃淮南王集眾門下士之博議而成。『南子』春秋時美女名，更以其『動人』，方對『靜者』，『靜農』，「子見南子」、「不如老農」又皆出于《論語》也。

。讚聯：

三傳盡豐秀，十載有迴音，臺大教授，更揚校外三絕藝。

一代不數人，百年能幾見，北大先生，何止人間一宿儒。

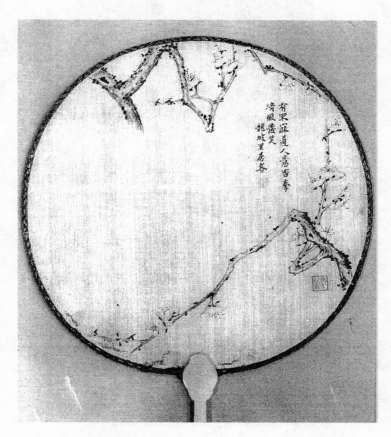

臺靜農先生 贈 張敬教授 團扇 梅花圖

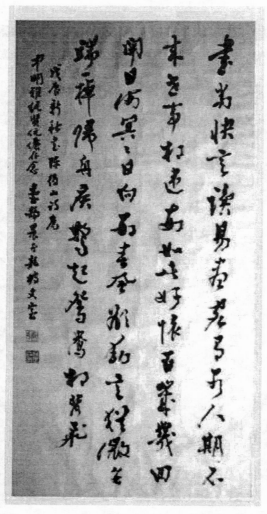

〈臺靜農贈陳後山詩二首書法條幅〉1989.5

點窺馮友蘭先生——六四前夕
三松堂訪談記思

曾賞山茶八度花，有幸南渡得還家。
當時舊事重題記，五十年間浪淘沙！

【緣起】

　　訪問馮友蘭，那幾乎是十五年前的遠事。訪問完時，因為六四後政局敏感，所以以『忍仁之心』，硬是壓下來沒有寫，而『欲將以有為也』。後來因為在高科技的『獵人隊』裏蹲點，於是把當時聽到大師所吟頌的幾條『偈句』都快要『還諸天地』去了。直到去年在淡江大學開會，和文學院的高柏園院長偶然談起『中國近代思想史』，才被高院長發現『沙中可能有金』，乃用類似宋代理學家張橫渠『為往聖述絕學』的大道理，命我書此段因緣，裨「以申馮先生之志，亦可讓中國哲學界能有機會更認識馮先生之深刻用心。相信這篇文章會給哲學界一個清楚而明確的觀念，也是對馮友蘭先生的一點敬意！（高院長來函）」高先生言辭懇切，而且馮先生已去世十二年，不再受塵世政治走向的影響，所以我也就放心重整資料，勉力而述之。

　　馮友蘭先生是中國二十世紀最有名的哲學家和學者。說他『最有名』，有兩種意思。一是最傑出的哲學家，一是最引起爭議的學者。就學術的深度和廣度而言，他是集中國傳統哲學之大成的正面學者。但就學術人格而言，他有起有伏。再加上他的長壽，和在政治壓力下的「豹變❶從君」，讓人不知那一個馮友蘭才是眞正的馮友蘭？再說過去幾十年，談論馮先生的大小文章何止百千，專寫的傳記恐怕已進入兩位數字❷？如果沒有新的角度和資料，只云人之所云，『感他人之所感』，那眞是要讓當年 95 歲還在創新，時有『非常奇怪之論』的馮老，躺在八寶山上仰天嘆氣。所以這一篇『訪問記』雖然只佔馮老一生大約百萬分之一的時間，但是因爲機緣湊巧，正趕上中國歷史上的鉅變。再加上兩位訪問長者與馮先生有近百年的師生關係，致使談話往來，不僅帶出歷史，而且激發了馮先生的對話深度，讓我能夠有更多的資料，以點聯線，以小見大。

【馮友蘭訪問追記】

　　地點：北大燕南園三松堂；對話者❸：馮友蘭、張敬（臺大中文系榮

---

❶　《周易・革》九五，大人虎變。上六，君子豹變，小人革面，征凶，居貞吉。〈象〉曰：君子豹變，其文蔚也。小人革面，順以從君也。

❷　四屆《馮友蘭學術思想研討會論文集》，北京大學出版社，2002年。《馮友蘭研究・第一集》，國際文化出版公司1997年。《解析馮友蘭》，社會科學文獻出版社，2002年。《三松堂主：名人筆下的馮友蘭》，東方出版中心1999。《解讀馮友蘭：學者研究卷，海外回聲卷》，海天出版社，1998年。程偉禮《信念的旅程：馮友蘭傳》，上海文藝出版社，1994。……等等。

❸　馮友蘭《南渡集・新對話（一）》：『地點：無何有之鄉；對話者：朱熹及戴

譽教授）、張寄謙（北大歷史系教授）、林中明；時間：1989 五月中旬，
『歷史會記住這時刻』（見大字報橫幅照片）。（座中另有蔡仲德先生接待，
和黃雅純女士隨訪在側負責攝影記錄此一歷史性的訪談。）

　　北大校園從五四以來就不平靜。白天三角地帶看大字報的人潮洶
涌，夜間的演講更是熱情澎湃。不少富文采有思想的好詩『因情立體，
即體成勢』，相信以後都有傳世的價值❹。大筆濃墨寫的橫幅，『我們
不絕望，中國有希望！』，氣勢奮昂，說出學生的心聲。有些諷刺的漫
畫，雖然色彩簡樸，但是既生動又幽默，厚積而薄發，讓人起會心的微
笑。但特別讓我注意到的是一張北大教授們簽名的大字報，排名第一
位，就是馮友蘭。季羨林和張岱年，輩份雖高，但只能和另外七位大牌
教授，排在馮老之後。在他們八位之後的教師，則『以下基本按姓氏拼
音順序』。看到馮先生的名字，確實是讓我吃了一驚。所以當張寄謙教
授安排母親去拜見她的老師馮友蘭先生，而我也能隨行瞻仰，這眞是莫
大的機緣，正如那幅有名的大字報橫幅所寫：『歷史會記住這時刻』。

　　在那個熱情澎湃，而又政情緊繃的時刻，去拜訪一位過去屢遭批
鬥，政治身份極其敏感，年高 94 歲，健康上既失明又重聽，且不良於
行的老人，本來不是一件容易的事。但是由於兩位張教授的身份特殊，
馮先生既念舊，也想趁此時機見見外人，所以我也因緣際會，得以登三
松堂親聆大師垂教。有詩爲記曰：『三松堂上，三代炎黃。不明者明，
自勝者強』。

　　震之靈魂；時間：現在。』『朱熹：亞理斯多德説：「吾愛吾師，尤愛眞理」。
　　道德亦無新舊，我們欲實行道德，非把餓死看爲小事不可。戴震：你這種學説，
　　我覺得一方面是迂闊，一方面是殘酷。』
❹　林中明《北大詩吼》，聯合報副刊，1989. 5. 28。

【瞬間印象：大師氣象：鶴乎？龍乎？】

我們由蔡仲德先生接待，延入許多訪問者曾報告過的會客室。爲了讓讀者感受『三松堂』橫匾的眞實大小，我特別在此附上一張彩色照片，用最直接的方法，傳達視覺的信息，省略文字的間接浮描。馮友蘭行動不便，從下樓慢走到客廳坐下，化了好幾分鐘。讓我能從容觀察這位當代大哲的行止和『氣象』。馮先生自己也很注意名人的氣象。曾經幾次描寫蔡元培的『大師氣象』如暖日，如『春風化雨』，他即使在走廊上和蔡先生擦身而過，也能感受到這種『氣象』。

馮先生 94 歲時的氣象和我在其他照片上看到的相當不同。他依然高大，莊厚如松非竹，面色紅潤，慢步鶴行，身上放射出不可名狀，近世紀的學養，和學術達到顛峰時，那種『躊躇滿志』的自信，甚至還有『新建設』的『舊道德』原則在內支撐。讓我聯想起他們那一代的查良釗（聯大訓導長）、臺靜農❺（北大、臺大教授）等晚年著長袍的長者風度氣象，那是這一代再也看不到，恐怕也做不到了。現在回憶起來，可以概括成幾句話：鶴乎？龍乎？『君子不重則不威』也！『君子不重則不威』是《論語·學而第一》的名句。但是如果加上後面兩句，則能更『全面』的表達我現在的看法，那就是：『君子不重則不威，學則不固。……過則無憚改！』

【口吃的大師 不口吃】

世傳馮先生有『口吃』之累。這次的訪談，我在一旁靜聽，只記得

❺ 林中明《臺靜農：從北大到臺大》，《北大百年校慶紀念文集：名人與北大》，北京大學出版社。1998.5.4. p.505-517.

他講話緩慢，時有沉吟，但沒有出現『口吃』的現象。大約是和老學生話舊，說的都是妳知我知的舊事，自然不用『意在語先』，字與句爭，心和舌搶。

【和母親的對話】一別北平四十春，問師可認昔年生？智山慧海傳薪火❻，願隨老師做犬聲。

馮先生是母親張敬在聯大的老師。母親當年是有名的才女，詩詞文章有道蘊、清照風韻。《吳宓日記》裏也有不少感性的讚詞。執手話舊（見彩色照片），幾句笑語，就把長者們都變年青了五十年。而自從北平戰亂一別，也一晃四十年矣。於是母親半感慨半開玩笑地『大聲』說，真想變成小狗，給老師看門。

以母親身為臺大榮譽教授之尊，竟然發出如此感性的比喻，馮先生雖然強調理性，但也是性情中人，當然知道這句話是源出詩書畫三絕的鄭板橋，盛讚徐文長的話❼❽。感動之下，就吟起五十年前的五四，為我父母親結婚之日寫的蘇東坡《赤壁懷古（念奴嬌）》：『大江東去，浪淘盡千古風流人物。……遙想公瑾當年，小喬初嫁了。……人間如夢，一尊還酹江月』。94歲的老人，對五十年前的『瑣事』記憶清晰，如在

---

❻ 典出馮友蘭1982年在哥倫比亞大學接受榮譽博士的賦詩『一別貞江六十春，問江可認再來人？智山慧海傳薪火，願隨前薪做後薪。』按：馮友蘭（66歲）1961年賦詩捧毛澤東（68歲）曰：『不向尊前悲老大，願隨日月得餘光。』

❼ 鄭板橋佩服徐渭之極，嘗自刻一印曰：『願為青藤門下走狗』。

❽ 哥德《浮士德‧第一部‧第三場》：魔鬼梅菲斯特得到上帝的允許，去『戲弄』浮士德，如貓之玩弄活鼠。於是伺機變成一頭黑色獅子狗，進入浮士德的書房，以誘惑之。（見：錢春綺譯本，上海譯文出版社，1999年。）

目前。難怪他能只憑記憶，咀嚼組織過去看過的千萬本書籍，寫出 150 萬字的七冊《中國哲學史新編》。

友蘭先生唸這首詩，不止是憶舊，也是稱讚家母和清華畢業投筆入空軍，并輔助陳納德飛虎隊抗日的父親林文奎，當年是一對璧人，如周瑜軍事之英材和小喬之貌麗。但也同時包括自許『千古風流❾人物』，和感嘆時間飛逝『大江東去』和『人間如夢』。

於是乎，談話因憶舊感時而暫時中斷，長者陷入沉思。母親看到對話出現冷場，於是就把話題轉到我身上，報告她帶來了『學電機，但喜歡國學的老二』，并和主編《國立西南聯合大學校史》的張寄謙教授一同鼓勵我借此良機，向『太老師』請教學問。

【我的第一個問題：爲什麼您這一次，率先簽名？】

因爲馮先生患重聽，所以我就趨前蹲下，在他的耳邊大聲的問了一個不只是我想問的『大問題』：『爲什麼您這一次，率先簽名❿，抗議政制貪污？』向『太老師』提出這樣一個直接而冒犯長者的問題，實在是大不敬。尤其是『這一次』三個字，濃縮了海內外多少關心文化，曾經敬佩而後來大大失望者的心聲和憤慨。事後回想起來，也自己覺得有些莽撞。但在歷史上如此關鍵的時刻，如果不提出這個關鍵問題，以後恐怕更對不起歷史文化。也不符合馮友蘭在《南渡集·新對話（一）》裏，藉朱熹的口，引亞理斯多德說所說的：「吾愛吾師，尤愛真理」。

---

❾　馮友蘭曾寫《論風流》，亦自許天地風流。《南渡集上編》1943年。《哲學評論》第九卷第三期。

❿　照片：六四前夕北大三角地大字報教師簽名記錄：馮友蘭第一名！

馮先生聽到我問的問題，恐怕腦中收到的音量比我的聲音還要強大。他靜默了一會兒，慢慢地說：「這是爲了中國的進步，我所應該作的事」。他的回答雖然簡短，但是其中的涵義，卻是勝過多少篇他「言不由衷」政治壓倒學術的文章和『檢討報告』。這也像他寫的《中國哲學簡史》，雖然簡短，但仍然有足夠的份量，勝過『隨風而動』的『全史』。

馮先生隨後又說了一些話，但是都是經過多年政治磨練過的『場面話』，所以我當下都沒聽進去，15年後更是記不得。可見即使是大師級哲人的話和詩文，如果「言不由衷」不帶眞情，它們的『半衰期』也可以短於分秒。

【我的第二個問題：您的《中國哲學史新編》寫得如何？】

對于這個問題，馮先生的回答就自由自在，也和許多人講過同樣的話。所以在此不浪費筆墨重復記載。但是他最後總結了一句話，值得向後人報告。他提高了聲音說：「你回到臺灣，一定要告訴大家，不要再看我從前寫的《中國哲學史》，千萬要看我的『新編』《中國哲學史》」。先生說此言語時，有些激動，臉上似乎也泛出紅光，而且重復講了兩三次。像是怕我沒聽進去，忘記了他的交待。我當時只覺得年紀大的人多半喜歡說重復的話。看來馮老也不例外。

但是經歷六四和隔年馮先生去世之後，再回想當時馮友蘭所說的話，表現的態度，和簽名的舉動，就有不同的意義。馮先生的一生根據他女婿蔡仲德先生的說法可大略分成三個階段⑪，大起大落。晚年回顧

---

⑪　蔡仲德《論馮友蘭的思想歷程》，新竹《清華大學學報》第25卷第3期，1995年9月。

大道，專注學術，一心想在有生之年，用『修辭立其誠』的態度，『不時發些奇怪（而創新、突破）之論』，裨以完成一部傳世的《中國哲學史新編》，洗淨在毛江『戲弄』下的政治污染和海內外學者志士對他的『誤解』，回復學術上『海闊天空』的自由。如杜詩所云『新詩作罷自長吟』，然後如《莊子·養生主》裏的『庖丁』一樣，『提刀而立，為之四顧，為之躊躇滿志』⓬。

在六四前夕，馮友蘭已經完成《中國哲學史新編》七冊中的六冊，正在撰寫最多是非的『現代哲學史』。跡到時代大潮流激起的大浪花，94 歲幾瀕死亡邊緣的馮老，是『應該』繼續埋頭著書，寫完大作？還是呼應北大師生的集體抗爭，和準備再度接受『公車上書』失敗後的羞辱？并失去完成經典之作的『大任』和即將『到手』的『不世之名』？在這種緊張的情況下，馮先生所交待的話，就也有一些『交待後事』，和『以防不測』的用心。

在過去的半個多世紀裏，馮友蘭雖然是公認的哲學家和大學者，但是他熱衷政治榮名，很讓人懷疑他是否為一個『說一套，作一套』的『投機份子』。而當他跡到危機，似乎總是把『生命』和『風流』看得比『聲名』和『風骨』來得重。所以對他來說，從五四到六四之間的心態表白和不顧『未完之業』和『以茶為期』的生命，就顯得更是具有關鍵性的道德意義。

1988 年，一年之前，馮先生為悼念曾嚴詞批評他『諂媚江青』的

⓬　馮友蘭《余生札記》1990年九月六日，《讀書》1990年第11期。『杜甫（《丹青引》）總的意思是說，美是出於自然而又高於自然。其所以高，是因為又藝術的創造。藝術的創造是有一個過程的。杜甫在另一首詩裏說：『新詩作罷自長吟』，這裏所說的就是詩人在完成一首詩以後所感受的『躊躇滿志』。』

梁漱溟先生去世，馮先生寫了弔文和一付對聯。下聯是『廷爭面折，一代直聲，爲同情農夫而執言。』讚美他敢於當眾批評集天下生殺和思想大權於一身的毛澤東，『在中國封建社會中，知識份子對于皇帝敢于犯顏直諫……這是封建社會中知識份子的美德』。關於『直言犯諫』，《論語・憲問14》裏記載了孔子答子路問事君曰：『勿欺也，而犯之』。此見馮先生又再回歸於孔。

同年11月11日，馮友蘭又寫了《懷念陳寅恪先生》，稱讚『靜安先生、寅恪先生即當代文化上之夷齊也。』把當代兩大學者陳寅恪和王國維比作文化史上的伯夷、叔齊，這和司馬遷把《夷齊列傳》置于諸傳之首相同。可見馮友蘭上承司馬遷，自居史家手眼矣。自古以來人們說『人之將死，其言也善（眞）』。所以我認爲馮友蘭在『五四到六四』之間關鍵時刻的表現，是早以王、陳、梁三大學者爲榜樣，不再學管仲『貪生怕死』和李陵降匈奴而『欲將以有所爲也』。也許有人仍然以爲馮友蘭又再『投機』，但我認爲他們是自己常作此事，所以認爲別人也『永遠』如此。

【孔子和司馬遷的門徒】

我之所以認爲馮友蘭骨子裏和最後都是孔子和司馬遷的門徒，原因如下。

1.『國師！』：馮友蘭中年以來熱衷於『國師』。有些學者對此不止有微詞而已。但《論語・陽貨第十七》裏記載：『佛肸召，子欲往。子路曰：昔者由也聞諸夫子曰：親於其身爲不善者，君子不入也。佛肸以中牟畔，子之往也，如之何？子曰：然。有是言也，不曰堅乎？磨而

不磷，不曰白乎？涅而不緇。吾豈匏瓜也哉，焉能繫而不食？』所以孔子和其後的無數學者，都熱衷於『學而優則仕』。

2.『忍辱偷生？』：孔子一再『忍辱』意欲出仕爲政，顯然是以管仲爲榜樣。事見《論語·憲問第十四》，『子貢曰：「管仲非仁者歟？桓公殺公子糾，不能死，又相之」。子曰：「管仲相桓公，霸諸侯，一匡天下，民到于今受其賜。微管仲，吾其被髮左衽矣。豈若匹夫匹婦之爲諒也，自經於溝瀆，而莫之知也。」』

3.『對孔發誓』：馮友蘭九十歲時，《梁漱溟與馮友蘭最後一次會面》，『根據宗璞的回憶，這次會面談了四個話題。關於『諂媚江青』，馮引了子見南子而被子路猜疑的故事，還引了孔子對子路發誓的名言**⓭**：「予所否者，天厭之！天厭之！」」』可見得馮友蘭的行止用心還是以孔子爲最高原則。

4.『積極批孔』和『毀祖滅佛』：如果馮友蘭『一貫尊孔**⓮**』，何以如此積極『批孔』？這個大疑問要從幾方面看，不能單線處理。我認爲除了政治的壓力，和『嘩衆取寵』的心理之外，馮友蘭還有學術上的看法和傾向。因爲馮友蘭早期認爲慧能的『頓悟說』是從300年前竺道生的『人皆有佛性』和『頓悟成佛』說而來（《中國哲學簡史》**⓯**）。但道生的頓悟是悟佛理，是『向上躍』的『加法和乘法』。而慧能的頓悟

⓭ 《論語·雍也第六》子見南子，子路不說。夫子矢之曰：「予所否者，天厭之！天厭之！」

⓮ 《梁漱溟問答錄》裏梁漱溟認爲馮友蘭開始『一貫尊孔』，後來卻『批孔』，人格有問題。

⓯ 馮友蘭到了晚期才體會慧能的見『性』是見宇宙的心，見《中國哲學史新編·第四冊》263頁。

是近于《老子》的除妄念，悟無所得，是『向下淨』的『減法和除法』。道生的頓悟還是『原道、徵聖、宗經』，但慧能的頓宗卻能導致『殺祖滅佛』❶，類似『除四舊、反封建』的紅衛兵。所以馮友蘭雖然『一貫尊孔』，內心還是更重視創新和傾向於『殺祖滅佛』的思路。

5.『殺祖滅佛』和『語錄權威』：經過多次鬥爭的經歷，馮友蘭更深刻地瞭解到宗教的宗派和門派之爭是人類的共性。他寫道：禪宗的興起，『主要是佛教內部的事情，對于人民并沒有什麼積極的意義。它打倒了佛教經典的權威，但是，代之而起的是禪宗『祖師』們的語錄的權威……。』馮友蘭在 1986 年寫出這樣的話，當然是對「十年文革」政經內耗和「毛語錄」盲目崇拜的嚴肅批評。只是把批評的話放在『禪宗』的學術研究裏，以爲歷史的見證。但我們也由此看出，馮友蘭思想的『正反合』和『轉變』，是數十年來『縱浪大化中』後的『漸悟』，而不是『頓悟』。

【通人司馬遷】

司馬遷自許爲『通人』，欲「究天人之際❷，通古今之變，成一家之言」，而於『文史哲兵經』等多項學問都有深刻的研究，不止是歷史家而已。馮友蘭也有志於成爲『通人』，但只能在『文史哲』有相當成績，但終不及司馬遷『文史哲兵經』的全面成就。

---

❶ 溫金玉《慧能與竺道生的『頓悟』說有何分歧？》，《禪宗三百題》，上海古籍出版社，2000年。

❷ 《浮士德·天上序曲》：（浮士德）『好高騖遠，心血沸騰，他想摘下天上最美麗的星辰……』

1.『立名』：司馬遷以立名爲人生目標。他在《報任少卿書》裏，毫不掩飾的說：『名者，行之極也』。古者，富貴而名摩滅，不可勝記，唯倜儻非常之人稱焉』。馮友蘭的人生目標也是如此。

2.『自用』：根據《報任少卿書》，司馬遷說『士爲知己者用，女爲說己者容』，所以馮友蘭爲毛澤東賞識，非常激動，大有知遇之感。所以『日夜思竭其不肖之才力，務一心營職，以求親媚於主上』。甚至于『主上所戲弄，倡優所畜，流俗之所輕也』。

3.『隱忍苟活，文采表於後世』：等到皇帝翻臉不認人，把司馬遷處以『蠶室之刑』，辱莫大焉。但司馬遷的『生存哲學』和馮友蘭一樣，他說『夫人情莫不貪生惡死，顧妻子，至激於義理者不然，乃有所不得已也』。『所以隱忍苟活，幽於糞土之中而不辭者，恨私心有所不盡，鄙陋沒世，而文采不表於後世也』。司馬遷發憤作《史記》，馮友蘭發憤寫《中國哲學史新編》，心情意志完全相同。

4.『謗議，鄉黨所笑』和『蓋棺論定』：《報任少卿書》裏還講了相同的『爲眾所笑』、『有口難辯』的情況——『下流多謗議。僕以口語遇此禍，重爲鄉黨所笑。今雖欲自雕琢，曼辭以自飾，無益於俗，不信，適足取辱耳』。所以馮友蘭也和司馬遷一樣，『要之死日，然後是非乃定』。馮友蘭熟讀《史記》，當然知道司馬遷的經歷和結果。所以他能忍辱定心，終於完成大作，幾乎是司馬遷的再版。

5.『人生目標和高下次序』：因爲深受司馬遷的影響，所以馮友蘭才會在生命的末期，特別撰寫『知己者』陳寅恪先生的紀念文章，把陳寅恪和王國維比之文化上的伯夷、叔齊。但值得我們注意的是，司馬遷把《夷齊列傳》置于諸傳之首，是依照『立德、立功、立言』三達德的次序。管晏列第二，是功；老子韓非排第三，是思想哲學和立言。以下

的司馬穰苴、孫吳、伍子胥都是兵略家，然後才輪到儒家的《仲尼弟子第七》和儒學教育。這似乎指出馮友蘭是『倒吃甘蔗』，從儒學教育開始，也學過武術和喜歡收集兵器來代替兵略作戰之學。然後寫哲史和六書『立言』。書爲天下所重之後，乃意圖作管晏，希望『立功⑱』於治國平天下。然而在學術和政治的結合發展上，經過許多次的跌跌撞撞之後，終於體會到爲什麼司馬遷把《夷齊列傳》的『德行』置于諸傳之首，而『大人虎變』，進入人生的第四個階段。更由於史家的眼光，馮友蘭以全力掌握了『現在』，完成了《中國哲學史新編第七冊》；而且臨終還強調『未來』——『中國哲學將來一定會大放光芒』；而且又提醒人們重視『過去』——『要注意《周易》哲學』。所以我們研究「馮學」的七百萬言，也不能忘記他所強調的『過去』和『未來』。

【清華、聯大往事】

說到『過去』，談話就自然轉到馮老在清華和聯大的歲月。尤其是張寄謙教授也和馮友蘭同樣是清華——聯大——北大三校的校友，而且正在編輯《國立西南聯合大學校史》，和計劃撰寫《中國教育史上的一次創舉——西南聯合大學湘黔滇旅行團記實》⑲。於是馮先生向清華弟子輩的張寄謙教授提起了當年『萬里長征，辭別了五朝宮闕……』從北

---

⑱　哥德《浮士德·第一部·第三場》浮士德把《約翰福音》的首句，從『太初有道』解成『太初有爲』。也是爲『立德、立功、立言』而內心掙扎。（見：錢春綺譯本，上海譯文出版社，1999年。）

⑲　《國立西南聯合大學校史》1996年，張寄謙《中國教育史上的一次創舉——西南聯合大學湘黔滇旅行團記實》1999年，北京大學出版社。

平到昆明，三校師生艱苦奮鬥的大遷移舊事。馮先生對張教授說，妳還記得我給《清華1938級年冊》題的字嗎？那就是《孟子·告子下》裏的：

> 『孟子曰：『天之降大任於斯人也，必先苦其心志，勞其筋骨，餓其體膚，空乏其身，行拂亂其所爲。所以動心忍性，增益其所不能。』

馮先生閉了眼睛朗頌《孟子》的名句，後來回想起來，才瞭解他是『借古揚今』，夫子自道也。但是我不記得他是否唸了後一段話，那就是『人恆過，然後能改。困於心，衡於慮，而後作。』記得《孟子·盡心篇》還有一段：『恥之於人大矣。爲機變之巧者，無所用恥焉。不恥不若人，何若人有？人不可以無恥，無恥之恥，無恥矣。』這些話《四書》的名句大家都學過。至於身體力行，只有少數的眞正『道學』『理學』大師認眞地實行。一般的『新舊儒家』恐怕都不容易做到。在暴政之下，也只有梁漱溟以大名和機智的話語扣住毛澤東，逃過大劫。（至於一般的人民，包括江澤民，都曾受到暴力欺凌，在炎暑之下被批鬥三天，昏死過去，幾乎喪命❷⓪。）所以梁可以批馮，但其他的人若要批馮，恐怕先要回答耶穌的

---

❷⓪ 香港文匯報2003.13報導，江澤民前天對湖北省的全國人大代表發表講話後，看了看放在桌上的手表說，現在快十一點三十分了，他的講話用了七分鐘，不耽誤大家吃飯時間，接下來講一點在湖北工作時的花絮。當時江澤民顯得輕鬆而興奮。江澤民說，一九六六年至一九七○年，他在武漢鍋爐研究所當所長，當時正值文革，造反派問他最怕什麼，他說最怕毛主席。就爲這句話，他被批鬥了三天，在高溫下昏了過去，被人用「十滴水（一種解暑藥）」搶救過來。他說，這輩子就在武漢昏過這一次。

名言：『如果群眾中有那一位沒有做過錯事的人，他才有資格出來丟第一會石頭❷。』然後還要親身體驗過這種長期的恐怖，才有資格批評一位只有『歌功頌德』的『口業、筆業』，但沒有『整過人、害過人』的學人。

【想問而不忍問的問題】

馮友蘭不僅是當代第一大哲，而且是著名的『公眾知識份子（the public intellectual）❷』。他在抗戰時期寫的《新世訓》中早就討論過道德和生活衝突時如何處理的基本問題。他那時說：『宋明道學家所謂「人之至者」，是在道德方面完全底人，而我們所謂「人之至者」是在道德方面及理智方面完全底人。……或可問，如此二者有沖突時，則將如何解決？……完全底生活本來是難能底，但雖是難能底，我們卻必須以之為我們的生活的標準。』

馮友蘭那時的看法傾向於用『理性』去對待衝突，這其中已經指出在求生存的奮鬥下，他會採取像管仲一般，『欲將以有為也』，而決不『感情用事』，輕易『自經於溝瀆』。但他也理解『理學家』何以堅持『餓死事小，失節事大』。（按：孔子也說過：「去食，自古皆有死，民無信不立。」《論語·顏淵篇》）也許就因為他的『貞元六書』陳義甚高，暴得

---

❷　《聖經·新約·約翰福音·第8章第7節》：“He who is without sin among you, let him throw the first stone at her.”

❷　杜維明《人文精神與全球倫理》：『公眾知識份子』就是關心政治，參與社會，而且對文化有抱負、有敏感度的一些專業人士。《中國大學學術講演錄（2001年及以前）》，廣西師範大學出版社，2002年。

大名，所以「禍兮福之所倚」。在天下人都注視的情況下，他的『逢迎權勢』就變成『君子之過也，如日月之蝕』。或者說是『明鏡惹塵埃』，所以成了『箭靶』。這有點像殷紂王，『子貢曰：紂之不善，不如是之甚也。是以君子惡居下流，天下之惡皆歸焉。(《論語·子張篇第十九》)』換成現代的白話，這大約就是所謂的『把自己的快樂，建築在別人的痛苦上』，或者是『把眾人的罪推給耶穌，讓耶穌替自己上十字架』。

《論語·子張篇》又記載曾子論典獄官曰：「上失其道，民散久矣。如得其情，則哀矜而勿喜。」曾子的話雖然久遠，而且權威性不及孔、孟，但是我想他的話有其超越時空的『共性』，值得我們兩岸和海內外人華人，甚至世界人㉓，去深思，和考慮『抽象繼承㉔』。

因此，雖然我還有其他的問題想請教馮先生，但是因為孟子所謂的「不忍人之心」，而『站失良機』。其實看似『損失』的其實不一定是『損失』；沒問的和沒說的，都在幾個會合的對話中道盡。追問和『自釋』恐怕都落俗和著相。馮友蘭曾說，要瞭解古人的思想，必先要體會古人的心境。如果不能『將心比心』，問的再多，解釋的再細，也是白搭。古人所謂『白首如新，傾蓋如故』，大概就是這個意思。

應該說的是，我們為馮先生高興，他『壽而不辱』（而不是當今散文大家張中行先生所寫的《壽則多辱》），以謙卑的名譽『空間』，『換取』著書的『時間』，終於取得了『最後的勝利』。馮友蘭雖然對『兵家』的研究相對地有限，但是他『成一家之言』的『大戰略』卻是成功的。

㉓ 這在歷史上包括：黑暗時期的歐洲人，納粹統治下的德國人，軍國主義下的日本人，文革暴亂時的中國人，以及2002年911刺激下的美國人……。

㉔ 馮友蘭《中國哲學遺產底繼承問題》，《光明日報》，1957年1月8日。

這是他個人之福，也是中華文化之幸。爲此，我有短詩記之：

　　大道終未濟，明鏡惹塵埃。貞松文史哲，芝生歸去來。

【吟詩：一百年來如反掌，五十年間浪淘沙！】

　　時間不知不覺的流過，訪者怕馮老疲勞，開始說打擾和告辭的禮貌話。就在這時，馮先生隨口拈來一首七言絕句，總結這次的對話。以詩贈別，是爲古有；隨手拈來，則恐今無。其詩曰：

　　曾賞山茶八度花，有幸南渡㉕得還家。
　　當時舊事重題記㉖，五十年間浪淘沙！

馮友蘭能寫詩塡詞作歌題碑，是當代哲人裏少有的『文史哲』全材。他不僅能用古詩說理述情，而且還寫過雅俗共賞、可以傳世的《明詩》小品論文。他用《明詩》爲名，顯然精讀過《文心雕龍》的《明詩篇》，而有承先啓後，并與朱光潛等當代《詩論》名家一別苗頭的自信。他在《明詩》中批評溫飛卿之流的詩人常寫些『沒有意義底話，亦都是自欺欺人底話。不但讀詩者知其如此，即作詩者亦自知其是如此』，這些詩當然不是『進于道底詩』，『只能以可感覺者表示可感覺者㉗，則其詩是止於技底詩。』所以他的這一首詩，特意振聲朗吟於女詞人張敬和近

㉕　馮友蘭《西南聯大紀念碑文》：稽之往史，我民族若不能立足於中原，偏安江表，稱曰南渡。南渡之人（晉、宋、明），未有能北返者。吾人爲第四次之南渡。

㉖　《四十年的回顧1959》：『不堪往事重回顧，四十年間作逆流。』

㉗　馮友蘭《明詩》：宇宙間有只可感覺，不可思議者。有不可感覺，只可思議者。有不可感覺，亦不可思議者。

代史家張寄謙之前，當然是既『有意義』，又能集《文心雕龍》『神思、通變、定勢、情采、鎔裁』等篇的文理要求於一役，而又是留下警句的好詩。這首詩我的理解如下：

第一句是說抗日戰爭時，國民政府遷都到四川重慶。馮友蘭也隨聯大三校遷校，萬里長征，逃難到昆明。因為八年抗戰，留在當地欣賞了彩色繽紛的山茶花八年。第二句也是講歷史。是說『歷史上有過晉、宋兩朝（按：尚有南明第三朝）的南渡。南渡的人都沒有能活著回來。可是這次抗日戰爭，中國一定要勝利，中華民族一定要復興。這次南渡的人一定要活著回來，這就叫『貞下起元』。這個時期就叫『貞元之際』（《馮友蘭自述》）』。八年抗戰勝利，能夠回到北平老家和學校，這是歷史上罕見的『幸事』。詩人的口氣在前兩句都是積極奮鬥而樂觀地回顧歷史。第三句又是講歷史，但也是哲人自豪他的《西南聯大紀念碑文》能夠『文壓群雄』，『有見識，有感情，有氣勢，有詞藻，有音節，寓六朝之儷句于唐宋之古。承百代之流，而會乎當今之變❷』，故文采將表於後世，殊可自喜也。

前三句是賦比鋪陳，但是第四句則承前三句八年歷史回溯，兀突一躍，激起千重浪！此句一出，大有王勃寫滕王閣警句的氣勢，就連最堅強的張寄謙教授，一時之間也欷歔感冒起來。其余的人，雖然沒有相同的悲痛遭遇，但也都瞭解馮先生和十億人所曾遭受的痛苦，於是乎，紛紛擦眼睛，擤鼻涕，情勢一片感傷。在場諸人，個個感傷，然而身心輾傷最鉅的馮先生，卻是泰然自若，好像真是眼耳俱閉，不聞不見。正如他早歲在《新理學》中說：『一詩人作一詩，必將其自己暫置於旁觀者

---

❷ 馮友蘭《聯大紀念碑碑文自識》1976年。

之地位，否則他只有痛哭流涕之不暇，又何能作詩』？

　　馮友蘭既然是司馬遷的門徒，所以寫詩好用歷史典故，和常用幾十年的長時間來看人世變化，及百千年看文化思想的變遷。譬如他在 1959 年寫的《四十年的回顧》，其中就有兩首詩，其一是『不堪往事重回顧，四十年間作逆流』。其二是『一日便如二十年，衛星直上九重天』。分別以 20 年和 40 年為時間單位，回顧比較自己和國事的變化。文革平反之後，他于 1982 年赴美，於哥倫比亞大學接受榮譽博士學位時賦詩曰：『一別貞江六十春，問江可認再來人？智山慧海傳薪火，願隨前薪做後薪。』馮友蘭熟讀古書舊詩，我認為他那一句『五十年間浪淘沙』雖然是神來之筆，但也是老杜《觀公孫大娘弟子舞劍器行》中『五十年間似反掌，風塵傾動昏王室』變化出來的畫龍點睛之句。觀諸上一世紀中國翻天覆地的變化，可真是『一百年來如反掌，五十年間浪淘沙』也！

　　和馮友蘭同時，寫過半部中國哲學史和文學史的胡適，也喜歡用長時間來看文化和社會的進步。胡適於 1947 年的《眼前世界文化的趨向》一文中寫道：『我是學歷史的人，……民主自由的趨向，是三四百年來的一個最大目標……最近三十年的反自由、反民主的集體專制的潮流，在我個人看來，不過是一個小小的波折，一個小小的逆流』。胡適和馮友蘭都曾表現了他們對『時局』的『幼稚』的樂觀看法。胡適甚至在最困難的時期，仍然自稱是「一個無可救藥的樂觀主義者」。但胡適『有幸』沒有經歷『三反、五反、反右、反修』和『反反革命』的十年浩劫，而且中風死於剎那之間，不曾遭受像馮友蘭和許多知識份子所受到的長期羞辱和折磨。胡適生前，對馮友蘭，頗有成見。可惜他沒活到百歲，

看到馮先生的「大人虎變」和橫跨古今，寫到現代的中國哲學史。

【從聯大校歌作者事件看馮友蘭性格】

　　說馮先生的「大人虎變」，其中當然有『春秋月旦，臧否人物』的意味。一般談論友蘭先生的文章好以『人格』定調㉙。我覺得這樣做似乎太單調，簡化了歷史人物的『多樣性和辯證性㉚』，不如說『性格』傾向來得實在。類似的情形也曾發生在抗戰時期，執長『僞』北大的周作人身上。周作人雖然不自辯解，但卻感嘆過人人（按：包括感性和理性）都有『神鬼二氣』。如果『鬼』氣佔了上風，所謂『理性』也者，也常只不過是爲『鬼氣』和『仇視』等負面意識形態，找尋『合理化』的藉口之工具罷了。

　　關於馮友蘭的性格，他自己曾勇敢地坦承『可是我當時也確有嘩眾取寵之心……自己犯了錯誤，不能說全是上當受騙了㉛』。借用《論語·公冶長第五》裏孔子的話，那就是『棖也慾，焉得剛？』關於馮友蘭喜歡爭取歷史性的『文史哲』創作榮譽，還有一件『校級』的『大事』，那就是聯大校史上有名的公案：『聯大校歌作者是誰？』多少年來，馮友蘭口口聲聲、『有字有據』地宣稱『西南聯合大學的校歌是我作的，歌詞調寄《滿江紅》……云云』（見《馮友蘭自述》）。

㉙　林中明《從劉勰《文心》看八大山人的六藝和人格》，《文心雕龍》2000年國際研討會論文集，學苑出版社2000年。p.574-594.

㉚　林中明《陶淵明的多樣性和辯證性及名字別考》，第五屆昭明文選國際研討會論文，2002年10月。《文選與文選學》，學苑出版社，2003年5月，p.591-611.

㉛　《三松堂全集·第一卷·三松堂自序·附記》第334頁。

但是根據史家的仔細考證，西南聯大校歌確切是羅庸作的詞，張清常譜的曲（也作了詞❸❷）❸❸！可見得馮友蘭對聲名之『執著』。他後來的熱烈地『歌德毛澤東』，和讓梁漱溟鄙夷他涉嫌『諂媚江青』，也都可以從這類『小事』見出其『可能性』。不過由此也可以看出要論定一個歷史名人，有多困難。

【全面瞭解馮友蘭：瞎子摸象乎？】

現在許多學者都說『研究中國哲學史，馮友蘭可以超出但不能繞過』，所以要『全面瞭解馮友蘭』。依我淺見，這都不容易做到。因爲馮友蘭身兼文史哲三家之長，學備中西，經歷起伏，而且長命，所以要想超出，大概只能局部或片面的超出。而全面瞭解，則除非研究者具有他那樣的廣度，否則只能瞎子摸象，各得一肢。現代的學術研究非常講專業，知古的難以鑽今，曉西的無暇弄東，學文的不易論理，究史的未必研哲，格物的又罕具文采❸❹。能夠精通幾門不同象限的學問，還能有『晉人風流』，這恐怕是新一世紀的文、史、哲各門的學者們再也不能做到了。難怪馮友蘭以他的詩詞碑歌書聯爲豪，自云新編完成之後『新

---

❸❷　《三松堂全集‧第一卷》第183頁。

❸❸　西南聯大校歌：羅庸詞，張清常曲。《國立西南聯合大學校史》，北京大學出版社，1996年，第一頁。

❸❹　我們談馮友蘭的中國哲學研究魏晉玄學唐宋思想，而不瞭解『兩漢碑文』，『魏晉之駢體』和『唐宋之古文』的『識見，感情，氣勢，詞藻，聲調』，大概最多只能從他留下的『文字』裏去瞭解他的邏輯大義，但是永遠不能『洞見』他的『玄心』『意境』和『妙賞』何謂『深情』和『風流』了。『用抽象的概念加上思索、推敲，那就是隔了。』（馮友蘭《王國維文藝思想隨感》，《中國哲學史新編第六冊》）

詩作罷自長吟』，然後『提刀而立，爲之四顧，爲之躊躇滿志』。但是若要比較馮友蘭和中國哲學史上的大家朱熹和王陽明，我認爲馮先生還要讓位兩三級。因爲朱、王不僅是承先啓後多有創新的大思想家，而且詩文書法更在友蘭先生之上。今儒若不知詩，如何能解得古人心思學理❸？除此之外，朱王二人都有兵功，朱熹是宋孝宗封的「武學博士」，王陽明倉卒之兵擊敗擁有精兵號稱知兵的寧王宸濠的大部隊，這都是馮友蘭望塵莫及之『學』，和歷來研究朱王者所忽略之處。可見得想要全面研究朱熹、王陽明和馮友蘭這類多樣性大師的困難。因此，除非學者們除去門戶之見，內外之別，各業團隊通力合作，『知行合一』的理想『境界』是很難做到的。也許，專注研究『部份儒學』，和『部份朱、王、馮學』，更符合時代的潮流和專業的訓練？

【抽象繼承法：人類共相──現代浮士德】

　　1957 年，馮友蘭『勇敢和委婉地』提出『抽象繼承法』，而招來『政治敏感』學者『們』的熱烈圍剿。在遭受到相當的批評和打擊之後，他後來用『共相』等說法試圖沖淡政治檢查的壓力。

　　其實他是本著學術精神提出『中庸』的見解，意圖調和化解意識形態下，把『如何選擇和命題』與『本質和怎樣繼承』混爲一談的錯亂。其實馮友蘭當年所說的并沒有什麼『非常奇怪之論』，人類的文化思想都有共相和異相。就其『同』者而觀之，八大文明未嘗不共通也❸。但

---

❸　馮友蘭《懷念陳寅恪先生》：『曾國藩之所以賞識（俞樾）『花落春仍在』這句詩，可以作爲「中學爲體，西學爲用」那句話的寓言。』

❸　林中明《中西古代情詩比略短述》，第五屆《詩經》國際研討會2001年論文集。學苑出版社，2002.7.，p.393-402.

若只著眼於『異』，那麼「階級鬥爭」和「文明衝突」都是『仇必不可解』，於是乎，擁有各種『大規模毀滅武器』的強權玩弄戰爭，就像在火藥庫裏玩爆竹的小孩們，爭伐不休，而人類的生存危矣。

馮友蘭一生曲折坎坷的經歷雖然是中國的悲喜劇，但是徵諸人類歷史和西方文化，我發現他的故事，又與西方文學和思想大師哥德所寫的《浮士德》類似。浮士德本來是一個大學者，只是欲「究天人之際，通古今之變，成一家之言」，并爲了『重返青春』與『學術權力』，便和『似有法制』的魔鬼定約交換『服務』和出賣靈魂的故事，和馮友蘭的過程是何等相似！我認爲馮友蘭的故事可以成爲一部 20 世紀的『新浮士德』——因爲他在最後年紀過百之時，也是雙目失明，卻同樣能奮起，向魔鬼說『不』，舍棄了曾經苦苦追求的知識、權力和青春，反而達到學術和良心上的『自由自在』如『飛龍在天』而『解放』得救。

清華大學格非先生曾在 2001 年有一篇叫著《《白鯨》的白色》演講稿流傳網路。他的結尾是『我們的捕鯨船已經駛離了麥爾維爾的那片凶險的水域，但我們依然是『裴廓德號』船上的水手。』似乎有類似馮先生悲天憫人的憂慮。馮友蘭在《中國哲學史新編第七冊·總結》裏引張載歸納辯證法的四句話，『有像斯有對，對必反其爲；有反斯有仇，仇必和而解。』來批評馬克思和毛澤東『仇必仇到底』的思想。其實『仇必仇到底』不止是馬、毛的思想，也是西方『一神教』和『進化論』等思想的偏鋒。我倒是認爲馮友蘭所受的磨折其實是他學問和道德提升的激動力，他因名而致禍，因禍而失明。但卻又是因失明而精集，因受辱

而進德。很有當代「塞翁」的味道❸。《法華經·提婆達多品第十二章》裏記載佛陀講經，竟然感謝屢次要殺害他的提婆達多是他前世的啓蒙師！禪宗的六祖慧能也說：『道無明暗，明暗是代謝之義。明暗無盡亦是有盡，相待立名。煩惱即菩提。明與無明，其性無二』。可惜馮先生在專心於中國哲學史之餘，已經精力耗盡，不能從印度哲學裏提煉另一層次的思維。不過，如果馮友蘭變成了佛教的覺者，那麼誰又能代替他寫中國哲學史，藏諸名山，傳諸後人呢？

　　馮友蘭在身經馬克思和毛澤東『無限鬥爭』思想的摧殘之後，推想馬克思的思想大約是『仇必仇到底』。但吊詭的是，天下的大師們的思想和行爲都具有『多樣性和辯證性』。譬如杜甫在悲鬱的詩之外還有幽默的諧戲詩❸，陶淵明在表面的淡泊之外，又有豪情的一面❸。作爲十九世紀影響人類最大的思想家馬克思，當然也有另外的一面。馬克思也曾說：『現代的舊制度不過是眞正的主角已經死去的那種世界制度的丑角……世界歷史形成的最後一個階段就是它的喜劇……這是爲了使人類能夠愉快地同自己的過去訣別❹』。對于熟悉『社會病理學家』馬克

---

❸　馮友蘭哲學創作的動力，可能如他所云：『如同一條河，在平坦的地區，它只會慢慢地流下去。總是碰到了崖石或者暗礁，它才會激起浪花。或者遇到狂風，它才能涌起波浪。』

❸　林中明《杜甫諧戲詩在文學上的地位——兼議古今詩家的幽默感》，杜甫1290年國際學術研討，2002年11月28及29日，臺北淡水淡江大學。里仁書局，307－335頁。

❸　林中明《陶淵明的多樣性和辯證性及名字別考》，第五屆昭明文選國際研討會論文集，鎮江，2002年10月。

❹　馬克思《黑格爾法哲學批判導言》：《馬克思恩格斯選集》第一卷，人民出版

思各類經典語錄的人，這或許是另一挑戰，可以再度發人深思。

　　莎士比亞說「人生是一個大舞台」。從莎氏的戲劇類別來看馮友蘭，他的一生是個絕無冷場的歷史劇，其中的悲歡離合，有屬精圖治的前段，然後又有鬧劇，喜劇，悲喜劇，悲劇，和終場的晚節不虧，大作完成，『提刀四顧，躊躇滿志』的喜劇收場。他留下 750 萬字的著作，和兩句擲地有聲，傳世不朽的遺言：**中國哲學將來一定會大放光彩，要注意《周易》哲學**。我去年寫了一篇文字，題目叫作《舊經典活智慧❹》，也是承傳和發揚馮先生一類的意思。而且很欣慰的是，中華兒女，不分老少地域，都很喜歡這個題目和內容。我想這也就對得起馮老，和六四前夕提攜我去訪問馮友蘭先生的張寄謙教授，和已去世五年的母親，張敬教授。有道是：

　　　不傷大哲乘風去，但憂百花無蘭芝。

　　　能識厚智何載立，後浪淘天續前知。

希望這一篇拉雜的訪問記，能在記述馮先生的眾多文字上，加上一個『百萬分之一』的時間小點，和幾條『奇怪之論』，以助有志之士的參考，而不只是在『圈內畫圈，點上加點』而已。

　　　　　　——初稿刊載於〈鵝湖月刊〉2003 年 9 月及 10 月二期。

社，1972，第五頁。

❹ 林中明《舊經典活智慧——從《易經》《詩經》《孫子》《史記》《文心》看企管教育和科技創新》，第四屆《中華文明的二十一世紀新意義》學術研討會（喜瑪拉雅基金會）主題：傳統中國教育與二十一世紀的價值與挑戰，嶽麓書院·湖南大學，2002年5月30日及31日。

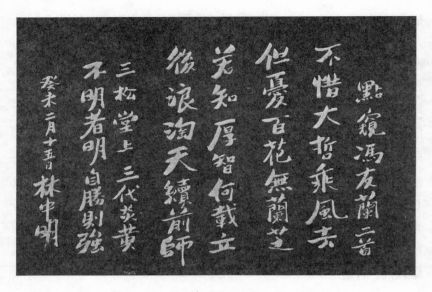

詩二首 1.不傷大哲乘風去，但憂百花無蘭芝，能識厚智何載立，後浪淘
天續前知。

2.三松堂上，三代炎黃；不明者明，自勝則強。　2001.8

圖左　歷史會記著這個時刻
圖右　我們不絕望，中國有希望

圖上　北大教授聯合簽名要求準確、客觀、公正、實事求是

左起：張敬、馮友蘭、林中明

西南聯合大學校歌

图书在版编目（CIP）数据

"国立西南联合大学校史：1937 至 1946 年的北大、清华、南开/
西南联大北京校友会编. —北京：北京大学出版社，1996.10
ISBN 7-301-03197-1

I. 国⋯ II. 西⋯ III. 西南联合大学-历史-1937—1946
IV. G649.287.4

书 名：国立西南联合大学校史——1937 至 1946 年的
北大清华南开
著作责任者：西南联大北京校友会
责 任 编 辑：郑昌盛
出 版：北京大学出版社
地 址：北京市海淀区中关村北京大学校内 100871
电 话：发行部 62752015 邮购部 62752019 编辑部 62752032
排 版：北京大学出版社激光照排中心
印 刷：北京大学印刷厂
发 行：北京大学出版社
经 销：新华书店

830×1168 毫米 32 开本 22.125 印张 575 千字
1996 年 10 月第一版 1996 年 10 月第一次印刷
定 价：35.00 元

西南聯大校歌作者：　詞：羅庸，曲：張清常

二、斌心雕龍

　　這一組題，選排了三篇論文，一篇序文。就龍的形體而言，《劉勰、《文心》與兵略、智術》這一篇在 1995 年《文心雕龍》國際學術研討會上發表的論文，可以說是這本書的龍頭。它不僅突破了近兩千年來，絕大部分人對文武不相容而且對立如水火的誤解，而且明確地用大量的古今文史哲實例來證明文武合一乃是中華文化的特性，而劉勰是中國和世界文學史上，第一個正式和大量引融兵法入文論的創意大師。

　　在證明完文論和兵法相通之後，作者反過來，在 1998 年《孫子兵法》的國際學術研討會，提出《斌心雕龍：從《孫武兵經》看文藝創作》，第一次有系統地展示文藝、科學和兵學相通，而最上乘的文藝作品，甚至包括宗教經典，都隱涵和應用兵法和物理的基本原則。並進一步指出，21 世紀人類最大的戰場是在各人的心靈戰場，而文藝和美學，能濟科技和軍經之不足。就龍的活動力來說，這一篇可以算是龍的翅翼，把兵法從純軍事的應用，翔跨到文藝創作的領空，並於戰略要津，投下傘兵。《《檄移》的淵源與變遷》則是用古今中外的宣戰文例，把《文心雕龍》裏佔 40%的應用文中

的《檄移篇》，加以現代化，並對當前（1999）世界「文明集團之衝突或將興起」，加以警示。就龍的器官來説，這是龍牙、龍舌和會噴火的龍口。《九地之下九天之上》，是為《廟算臺海：新世紀海峽戰略態勢》寫的代序。這是用活化的《孫子》兵略觀，加上高科技的知識，從「陸、海、空、天、磁、網，後勤、育材、政經外交總體戰、用間」等十維度空間，在「陰陽兩大戰鬥力場」的虛實考量。這雖然也是不免於紙上談兵，但也有墨子城守、管子宙合，和老子智慧於其中。相對於其他的文章，這可以算是觸地務實的龍爪了。

劉勰、《文心》與兵略、智術

【序言】

　　一般說來，文藝和軍事不僅風牛馬不相及，而且經常南轅北轍互相對立。如果忽然有人說文藝和兵略❶有關，乍聽之下，似乎是故弄玄虛，可以讓人捧腹大笑。但是如果靜心一想，世間資源有限，萬物競生求續，都不免運用戰鬥的思考和手段，企圖在時空和環境的限制下，以最經濟的方式，達成最大的效益❷。達爾文從鳥獸草木的層次去演繹，叫它《物種原始》。詩人騷客筆下看似無邪的麗羽花香，竟然不出生存競爭，自然淘汰這個天演法則❸。達爾文在三十歲以後，喪失了對詩畫音樂的審美興趣❹，可能和他研磨事據發現天演論有關聯，孫武、尉繚從國家生死存亡的範圍去研究，寫成《兵法》。文藝創作在神思情采之外，謀篇

---

❶　于澤民《戰略理論的奠基作—孫子兵法》：秦漢學者多用兵略，如《淮南子‧兵略訓》《三略》，劉向、歆錄奏《七略》，步兵校尉任宏校兵書，成《兵書略》。西晉以後史家學者方用戰略。

❷　朱光潛《選擇與安排》：在藝術和在自然一樣，最有效的方式常是最經濟的方式。

❸　Will Durant,《The Mansion of Philosophy, ch.13, What is Beauty?》1929。

❹　《達爾文自傳》：《三十歲以後》……從一大堆事實中研磨出一些一般的法則（天演），……高尚審美興趣（詩畫音樂）奇妙而可悲的消失是最奇怪了……。

部局，通變任勢，導意動情，也多不能脫離昇華抽象後的兵略藝術。劉勰在《程器篇》裏盛讚孫武《兵經》辭如珠玉❺，從逆向證明文武之術，左右惟宜的道理。這和人類邏輯與形象思維的關係也有相近之處。它們看似相反❻，但在人類思維的過程中卻常互相聯結，和互相滲透❼。

　　天地之道，一陰一陽❽，文武之道❾，一弛一張❿。一文一武⓫之為道，這可以說是中國傳統文化的特色。在孔子的教育和經國大綱中，培養學生具有兵略思想⓬ ⓭與訓練國民的軍事技能⓮，也是在詩書、禮樂之外的重要部份。在西方，有些學者甚至半開玩笑地說早期人類史不過是一部戰史。中華前哲亦頗有以《左傳》《老子》《淮南》為兵書，而『《史記》多兵謀⓯』。意見雖嫌有激，但也有其客觀共識，只是後來文化進步，去源久遠，分工愈細⓰，文藝智術中兵略的運用，或鎔或隱，後人乃多以文武截然為二，而忘其具兩端，其功一體。這類情形在

---

❺　參看楊少俊主編，王立國等合編《孫子兵法的電腦研究》一書中的第四部分，〈孫子兵法語言文字〉篇，其中的〈孫子兵法的文學與美學價值〉〈孫子兵法語言文字的定量分析看作者風格〉等四節。（1992）

❻　陳之藩《圖畫式的與邏輯式的》1969.12.1於劍橋大學。

❼　王元化《文學沉思錄·形象思維和理論思維》。

❽　《易經·繫辭上傳》：一陰一陽之為道。

❾　《後漢書·馬融傳》：俗儒世士，以為文德可興，武功宜廢……融乃感激，以為文武之道，聖賢不墜。

❿　《禮記·雜記下》：文武之道，一張一弛。

⓫　劉知幾《史通·自序篇》：夫開國承家，立身立事，一文一武。

⓬　《左傳》：文事必有武備。

⓭　《論語》：好謀而成。

⓮　《論語》：以不教之民而戰，是謂殺之。

⓯　《文心雕龍·諸子》。

⓰　《文心雕龍·序志》：夫宇宙綿邈，黎獻紛雜，拔萃出類，智術而已。

人類思想發展史上，也有不少相似的實例。譬如科技史上天文起自哲學❶，物理又源出天文，蔚成❶獨立大系。直到近年研究宇宙起源，物理自微粒來推求宇宙本體，天文由遠渺去研究物粒始源，二者分而復合。又如佛教有大、小乘之別，空、有宗之爭和頓、漸悟之辯，而眾想本源自一祖。文武智術之間的正反分合亦復如是。是以縱觀橫覽歷來開拓藝文疆域的先鋒—好溯古源，敏求時識❶，引融兵法以健碩其勢理者代有人出。譬如衛夫人❶及王右軍之談筆陣，杜牧之論行文，白石、滄浪、葉燮、薛雪之評詩，熙載之《藝概》，知幾之《史通❶》……，都是同於勢理，唯務折衷❶，而異乎舊談。這也可以說是天道無親，常與通人❶❶，迴視歷代一般俗儒❶武士，識拘舊規，常抱隅勢，勾心鬥角，『不見一世之間而文武代爲雌雄，文武更相非而不知時世之用❶』。難怪雅

---

❶　羅素《哲學原理》。

❶　《文心雕龍·詮賦》：六藝附庸，蔚成大國。

❶　石濤《畫譜·變化章第三》：古者，識之具也，化者，識其具而弗爲也……夫好古敏求，則變化出矣。

❷　鍾嶸《詩品序》：將百年間，有婦人焉，一人而已（班婕妤）。（按：竊以爲鍾嶸未嫻書法，不知畫中有詩，書中有畫。論詩藝乃遺書藝大家衛夫人？）

❷　劉知幾《史通·敘事》：譬如用奇兵者，持一當百，能全克敵之功也。

❷　劉勰《文心雕龍·序志》：同之與異，不屑古今，擘肌分理，唯務折衷。《史記·孔子世家贊》：言六藝者，折中於夫子；王叔師云：折中，正也。（按：不是妥協將就的意思）

❷　《太史公自序》：通古今之變，成一家之言。

❷　王充《論衡·超奇篇》：能說一經者爲儒生，博覽古今者爲通人；采掇傳書以上書奏記者爲文人；能精思著文連結篇章者爲鴻儒，通人勝儒生，鴻儒超文人。

❷　《淮南子·氾論》：不見一世之間而文武代爲雌雄，文武更相非而不知時世之用。

好兵略，折衷文武的劉勰借《淮南子》氾論文武相輔立國之文，節引其下段，以『東面而望不見西牆，南面而視不睹北方』的比喻，來諷諫一些『守信一學，不好博觀』的儒生。劉勰在《知音》一篇，起句劈頭一連四嘆，三痛「知音」，三傷其「難」。也許在自嘆才高不用之外，復隱嘆古今文武之相非而不相成。南北朝時，三教相激，百家❷爭道，博觀圓照僅屬高明。時至今朝，知識爆炸，「哲學」「博士」，學僅專攻❷，不知《老》《莊》，遑論遷固，彥和昔年之嘆，古今一同，而于今為烈了。

近代美學家有些更由社會學的角度來研究藝術創作，提出『藝術是反映現實的一種形式』❷，來制衡且擴展前期唯心、唯美論❷的看法。在類似的基礎上，高爾基也把文學看作人學的一支，認為『人及其願望、行動的全部多樣性，處于成長或毀滅的過程中的人乃是文學的素材❸』。既然文藝、智術、兵略都是人類邏輯理智和形象情感的活動，那麼說文藝創作、智術思維和兵略的邏輯運籌，彼己心理控制有關，當然就不會是穿鑿浮詭之言。這個道理，不僅散見於儒而禮佛的劉勰；清朝革新開明派，曾寫《海國圖志》的魏源，在他的《孫子集注序》裏講得

---

❷　《文心雕龍·宗經》：所以百家騰躍，終入環內者也。

❷　林中明《「哲學」「博士」及其他》（中央日報副刊1971.4.1）

❷　索波列夫《藝術是現實的藝術的反映》1947。涅陀希文《藝術是反映現實的一種形武》1953。德米特里耶娃《藝術形象反映現實的形武》1956。　錢鍾書等編譯《論形象思維》。

❷　Art for art's sake: Lessing in Laokoon (1766)。Gautier's Preface to Mademoiselle de Maupin (1835)。Swinburne, Oscar Wilde: "The Picture of Dorian Gray (The Preface)" (1890)。"The critic as Artist" (1890)。

❸　高爾基：《文學批評論文集》。

尤其痛快。他說：天地間無往而非兵也㉛，無兵而非道也，無道而非情也㉜……精之又精，習與性成㉝，羿得之以射名，秋以奕，越女以劍㉞，豪邁地闡明和回歸到古已有之『一文一武之為道』的基本運則。尤其值得注意的是，魏源允文究武，博學多治，雖無專研《文心》之作傳世，但他述文武智術之道彷彿劉勰㉟。因為二人都是學出儒門而精佛典；同為佛門弟子，而竟有緯軍國任棟樑㊱，經世致用㊲的壯志。劉勰人、事、書俱奇㊳，歷來學者多詫異費解。現在由於魏源的思想事例，參見劉勰其人其事不是孤例。而《文心雕龍》這本才士之作，在『純文學』的成就之外，還有一些值得探究的兵意。下文試由軍事背景先去瞭解他的身世根源㊴，進而忖度㊵其出處進退的謀略和部份文章隱涵的用心㊶。希望能在『弘之已精，就有深解（《文心·序志》）』的《龍》學枝條上，添加新的枝葉。

㉛　《朱子語類·讀易綱領》：天地間無往而非陰陽；一動一靜，一語一默皆是陰陽之理。

㉜　皎然《詩式》：著者須知復變之道，反古曰復，不滯曰變，復變之道，豈惟文章乎？在儒為權（按：在軍為奇變！），在文為《復》變，在道為方變。

㉝　《文心雕龍·序志》：逐物實難，憑性良易。

㉞　鄭友賢《十家注《孫子》遺說》：武之為法也，包四種，寵百家，以奇正相生為變，是以謀者見之謂之謀，巧者見之謂之巧，三軍由之而莫能知之。

㉟　《文心雕龍·程器》：文武之術，左右惟宜……。

㊱　《文心·程器》：緯軍國，任棟樑，奉時騁績，雕器光國。

㊲　王元化《龔自珍思想筆談》。

㊳　王更生《沈謙·文心雕龍批評論發微序》。

㊴　《文心雕龍·序志》：振葉以尋根，觀瀾而索源。

㊵　《詩經·小雅·巧言》：他人有心，予忖度之。

㊶　陸機《文賦》：余每觀才士之所作，竊有以得其用心。

【身世】

　　《梁書，劉勰傳》，除去《序志篇》引錄，只有短短 342 字，有關劉勰的身世，近代龍學專家學者㊷『弘之已精，就有深解。』對探究《文心》論文來龍和劉勰全人去脈的新進而言，似乎前修已啖盡甘庶，啄竭香稻㊸，以至大多後學只能嘆余生也晚，或恨材料太少㊹。如果勉強去做，難免『理事重複，遞相模效，猶屋下架屋，床上施床耳㊺』。然而換個新的方向，改從軍事角度來尋索他思想的纖維基構，林盡水源，也許別有洞天。雖然世遠莫見其面㊻，但覘文仍可行其用其心㊼。

　　劉勰祖籍東莞莒地㊽，略屬於現在山東日照。戰代齊國的田單以莒與既墨爲齊國的最後據點來抗拒燕國覆滅齊國，燕國的名將樂毅留巡齊城五年，竟不能下。後來田單運用兵略智術㊾，弄鬼神，用五間，以火牛陣大破騎劫，一月之內復齊七十餘城，遂使莒地一舉而成歷史上戰事

㊷　范文瀾《文心雕龍注卷十》；李慶甲《文心識隅集》；牟世金《文心雕龍研究》；詹鍈《劉勰與文心雕龍》；王元化《劉勰身世與士庶區別問題》；楊明照《梁書劉勰傳箋注》；張少康《劉勰的生平與思想》；興膳宏《文心雕龍論文集》；王更生《劉勰是個甚麼家？》1995.7

㊸　杜甫：香稻啄餘鸚鵡粒。

㊹　魯迅：中國文學史，研究起來，可真不容易，研究古的，恨材料太少，研究今的，材科又太多。

㊺　顏之推：理事重複，遞相模效，猶屋下架屋，床上施床耳。

㊻　《文心雕龍·知音》：世遠莫見其面，覘文則見其心。

㊼　《詩經·小雅》：他人有心，予忖度之。

㊽　莒縣曾是子夏爲宰之邑，有文治。

㊾　《淮南子·氾論》：湣王以大齊亡，田單以即墨有功，故國之亡也，雖大不足恃。道（武道、兵略）之行也雖小不可輕。

名城。七百年來鄉里父老想必津傳樂道，相信對幼年的劉勰，必曾激起戰鬥幻想的火花，和對軍事兵略的憧憬。

更有甚者，《孫子兵法》作者——孫武的父親田書，于公元前 523 年因伐莒有功❺⓪，齊景公賜姓孫氏，封邑樂安。後來孫武因司馬穰苴之死❺①從齊國南奔吳國，和劉勰祖先也是自山東奔南朝❺②相似。這段歷史淵源，對祖籍莒地的劉勰，肯定也產生了相當的影響。

劉勰的父親，據載曾為武官，恐怕更引發青年期劉勰對兵略將相的興趣。就父親曾為武官、小有戰功❺③、早喪，出身寒門而言，幼年的劉勰和他前期崇拜的孔子❺④，身世竟是何其相似！西方百科始祖，曾寫《詩論》的亞理斯多德則是少年喪父，但他的父親不是出身武官，而是御醫。亞理斯多德終其一生，和孔子、劉勰同樣對求知若渴，惟於兵謀詭變不感興趣。猜想也和他的父親不是軍人而是救人活命的醫生及環境的文化氣息有關吧。少年期的劉勰處于南北朝對立，外敵內戰連綿不斷的宋朝。他大概和許多青年一樣，少年激切❺⑤ ❺⑥，關心國事天下事，『思躡

---

❺⓪　《左傳·昭公十九年》。

❺①　楊善群的研究。

❺②　汪春泓《夢隨仲尼而南行——論劉勰的北人意識》，《文心雕龍》研究第一集，北大出版社1995.7。

❺③　1. 孔子父，叔梁紇，小有戰功。《史記·孔子世家》：丘生叔梁紇死。2.《梁書·劉勰傳》：父尚，越騎校尉，勰早孤。

❺④　《文心·序志》：自生人以來，未有如孔子者也。

❺⑤　《論語·季氏》：及其壯也，血氣方剛，戒之在鬥。（少年激切好鬥，當為人性之常）。

❺⑥　《文心·書記》：趙至（呂安）《敘離》，乃少年之激切。（劉勰到了卅幾歲應該仍然能瞭解少年心態）。

雲梯，橫奮八極……平滌九區，恢維宇宙❺❼』。對政事的企望和兵法的沉浸❺❽，很可能不下于隆中高臥常吟《梁父吟❺❾》的諸葛亮。如果連詩文表面澹泊❻⓿的陶淵明，在老年尚有一腔熱血詠荊軻❻❶，那麼身當壯年，而又滿腦『華身光國❻❷』的劉勰，極可能在少壯時期於『遊好在六經』❻❸之外，也有『撫劍獨行遊❻❹，猛志逸四海❻❺』的壯志。但是，劉勰在現實社會中所處的地位，寒門孤貧，雖然愛智❻❻好學，卻無以自給，遑論婚娶。要想實現自己的抱負，決非易事。能打進當時藏書最豐的定林寺，乃是一石數鳥之策：同時解決生活和求學進修❻❼等難題，而又不犧牲儒生的身份。這一出人意料的行動，可以說是劉勰謀定後動，成功運用兵略突破自身困境的第一仗。後人研究劉勰入定林寺這一舉止，泰半認為不出逃稅、避役、鑽營出路等競生手段。但我們也應當從《程器》中看到劉勰指責古今文人將相虧德無行，那麼頌揚耿介的劉勰，進入定林寺難到只是賣身投靠僧祐，一心以為借勢上青雲嗎？古希臘哲學家赫

---

❺❼　趙至《與（從兄）嵇茂齊書》。

❺❽　劉向、歆作《七略》，以輯略為全書之總，分書籍為六：六藝、諸子、詩賦、兵書、術數、方技。把兵書書列入正規儒士的修讀，自東漢有之。

❺❾　《梁父吟》：「力」能排南山，「文」能絕地紀。

❻⓿　《龔自珍・雜詩詠陶三首》：莫信詩人竟平淡，二分《梁甫》一分《騷》。（六經之外）。

❻❶　《陶淵明・詠荊軻》：惜哉劍術街疏，奇功遂不成，其人雖已沒，千古有餘情。

❻❷　《文心雕龍・程器》。

❻❸　《陶淵明・飲酒廿首并序》：少年罕人事，遊好在六經。

❻❹　《陶淵明詩・擬古九首》：少時壯且厲，撫劍獨行遊。

❻❺　《陶淵明詩・雜詩十二首》：憶我少壯時，……猛志逸四海。

❻❻　希臘文 philo-sopher，初為愛智者之意。

❻❼　諸葛亮《誡子書》：才須學也，學須才也，非才無以成學，非學無以養才。

拉克利特⑱年輕時放棄財富去益費塞的廟宇簾下過著清苦的研究生活⑲；近人王雲五幼年去書廠打工；毛澤東早年在北大圖書館做管理員；恐怕他們讀書愛智的意圖佔相當大成分，這個猜測可從他們一生至死好讀不倦得到證明，我想劉勰也不例外。

　　與劉勰相比，孔丘也是少也賤，但不試故藝⑳，而希臘的亞理斯多德十八歲以愛智入柏拉圖學院凡廿年。借用曾國藩以軍事眼光論讀書來看這三人的學習路徑：孔丘求學是從每事問，打游擊，轉成正規軍仕魯；劉勰是入定林寺的書庫拓地，待時而動㉑；亞理斯多德進柏拉圖學院猶如駐攻富庶名城㉒；三位英才篤志好學，終於均成大器。

　　劉勰去定林寺很可能是帶藝投師，和僧佑的關係或許是論佛則師，論學則友。所以早期在定林寺居處有可能是半工半讀，半公半私。在研究佛學經論，梵漢音義㉓，錄序佛典部類和撰製碑銘之餘，大部分時間大概還是用于博取功名的正規六經儒學上。不過他生性愛智，想見他工餘不僅縱橫於諸子百家㉔漢魏晉宋之間，且於兵略智術以至琴棋書畫無不涉獵精究。《文心雕龍》裏幾乎無一字無來歷，而內容包涵兵略、音

⑱　Heraclitus 530-470 B.C.

⑲　Will Durant《The Story of Philosophy: The Lives and Opinions of the Great Philosophers》, 1955.

⑳　《論語·子罕》：吾少也賤，不試故藝。

㉑　《文心·程器》。

㉒　曾國藩書札：譬之兵家戰爭，看書則攻城爭地，開拓土宇者也，讀書則深溝堅壘，得地能守者也。曾國藩《咸豐八年七月二十一日諭紀澤書》：看者如攻城拓地，讀者如守土防隘。

㉓　僧祐《梵漢譯經音義同異記》。

㉔　《文心雕龍·宗經》：所以百家騰躍，終入環內者也。

律、書法、棋奕❼❺，都反映出他在這一段期間用功之勤和涉獵之廣，功力已達到了通人和鴻儒❼❻的水平。由於他志在四海，心嚮軍國入世之用，難怪雖在定林寺與僧祐居處十餘年，恐怕只把佛經當作一種新的學問，『一以求精神上之安慰，一以求學問慾之滿足❼❼』。研究只是好之，但非迷之；理雖漸入，覺未頓梧。所以雖早已博通經論且爲公認文長於佛理❼❽，但他後期❼❾所達到的境界也只能說是綜融應時；前未超越謝靈運《與諸道人辨宗》諸論❽⓪，旁僅類比沈約《均聖》《因緣》❽❶等義。

---

❼❺　《文心·總術44》：是以執術馭篇，似善奕之窮數……若夫善奕之文，則術有恆數。（按：梁武帝有《圍棋賦》，沈約有《棋品序》，二文均以奇變軍爭，經武緯文喻，漢黃憲《棋論》曰：『奕之機，虛實而已……圓而神，詭而變。若棋之流于眾妙也，肆而淵乎，……倉頡得之而淺其文，……后羿得之而精其射，伊尹得之而負其鼎……』。則早已於魏源之先指出文藝智術與兵法有相通之處。伊尹負鼎和劉勰鬻貨皆是虛實奇變，兵略詭道之術也。）

❼❻　王充《論衡·超奇篇》；劉勰：《文心雕龍·才略》：馬融鴻儒。

❼❼　梁啓超《中國最早的留學生—玄奘》：我國文化，夙以保守的單調的閼於天下，非民性實然，環境限之也。魏晉以降，佛教輸入。賢智之士，憬然於六藝九流以外，尚有學問，而他人之所溶發，乃似過我。於是乎積年之『潛在本能』，忽爾觸發。留學印度，遂成爲一種『時代的運動』。而運動之總結果，乃使我國文化，從物質上精神上皆起一種革命，非直我國史上一大事，實人類文明史上一大事也。　故法顯玄奘之流，冒萬險，歷百艱，非直接親求於印度而不能即安也，質而言之，則西行求法之動機，一以求精神上之安慰，一以求『學問慾』之滿足。惟其如此，故所產生之結果，能大有造於思想界。而不然者，則三家村婦朝普陀，非不虔敬，而於文化何與焉？

❼❽　《梁書·劉勰傳》。

❼❾　李慶甲《劉勰《滅惑論》撰年考辨》：公元517年，53歲。

❽⓪　謝靈運《與諸道人辨宗辨宗論》《答綱琳二法師》《答王衛軍問》。

❽❶　沈約《均聖論》《因緣義》。

條排述理固其所長，然於弘揚佛典則少妙悟。然而經由西學、內典的激滌溶潤，使他更能從闊展的角度來批評和領悟中國的固有文化。佛學裏音韻和邏輯對他的影響，只是其中的二環。劉勰在《文心·事類篇》裏說：『夫薑桂因地，辛在本性，文章由學，能在天資，才自內發，學以外成』。也許劉勰自身謹愼的個性和邏輯傾向的腦波，對他著書行文的影響遠大於不只是佛典裏所獨有的邏輯學吧？

劉勰在定林寺近十年，雖尙未悟菩提心，但他自幼累集的國學修養，卻已從量變而達到質變(82)(83)。他不僅看到注經已到林盡水源，強弩之末，而且察覺文體解散，百家爭道，將遂訛濫（《文心·序志》）。由此在前人文論的基礎上忽生頓悟，立志論文，標心於萬古之上，而送懷於千載之下（《文心·諸子》）。

【心態】

劉勰擱置注釋六經的舊驛車，進軍評論文學的新戰場，這是他一生事業戰略大決擇之二，他這一異動的靈感不像是來自仲尼的托夢，而像是領梧了《金剛經》裏講的法尙可捨，何況非法；所以博通經論之後，乃棄舊渡船而登新灘岸。不過以劉勰當時積極入世，立功立言的心態來看，他應用兵法的可能性遠大於佛法的妙梧。《孫子兵法·謀攻》裏說得好，『故知勝有五：知可以戰與不可以戰者勝。』劉勰選擇晉代諸賢

(82) 黑格爾《邏輯學·存在論·度》：〈質變量變論〉。

(83) 達爾文：生物漸變到突變。

弘之未精，疏碎解淺尚未成型的文論來發起攻擊，并且大量襲取采用❽
前賢，特別是陸氏昆仲的文理字句❽。這種做學問的方式幾乎是用了《孫
子兵法・作戰篇》裏『……更其旌旗，車雜而乘之，卒善而養之』，的
作戰原則。難怪《文心》一書不僅材料特別豐盛，而且組織嚴整。再加
上他又善于擴張前人的戰果，集小勝成大勝。誠可說是做到了《孫子・
虛實篇》所說的避實擊虛，因糧於敵，勝敵而益強。避實擊虛，知所取
捨，雖說是兵法上重要的原則，但在治學上，也不乏先例。譬如鄭玄把
他所注的《春秋傳》資料盡與正在注傳的服子慎；何晏見王弼注《老子》
精奇，改稱己注爲《道德二論》❽。他們知彼知己的智算和知所取捨的
胸襟，實不遜善用兵的名將。但劉勰身居佛寺，有可能引融兵法入學術
研究嗎？對佛典不精熟的人，很可能又以爲兵法和佛學冰炭不容。但是
佛經裏也有引用軍事的開悟語。劉勰博通經論，想必熟悉魏晉以來漢譯
佛典。劉勰在《文心・論說篇》裏說『是以論如析薪，貴能破理，斤利
者，越理而橫斷』❽，取喻於眾經之王《華嚴經》，《入法界品第39》
裏的刃劍鋸斧齊舉，藉兵仗以明道的字句何其類似？

　　『菩提心者，猶如利刃，能析一切煩惱首故。
　　菩提心者，猶如利劍，能斷一切憍慢鎧故。

---

❽　魯迅《致魏猛克》：新的藝術，沒有一種是無根無蒂，突然發生的，總承受著
　　先前的遺產。有幾位青年以爲采用就是投降，那是他們將『采用』與『模仿』
　　並爲一談了。

❽　章學誠：自劉勰氏出，本陸機之說，而昌論『文心』。

❽　《世說新語・文學第四》。

❽　王夫之《夕堂永日序論內編》或《姜齋詩話一卷二》：……如鈍斧子劈櫟作，
　　皮屑紛霏，何嘗動得一絲紋理！

菩提心者，如勇將幢，能伏一切煩惱首故。

菩提心者，猶如利斧，能伐一切諸苦樹故。

菩提心者，猶如利鋸，能裁一切無明樹故。

菩提心者，猶如兵仗，能防一切諸苦難故。』

此外，後期大乘經典中的《維摩詰經》，行文精深又多妙趣，『本一絕佳故事，自譯成中文之後』，智愚同歡，雅俗共賞，『遂盛行於震旦❽』。詩人王維傾倒此經，爲之更改名號。初期變文中最受民眾歡迎的俗講之一，《維摩變》，就是從《維摩詰經》的故事變化出來。其中從維摩詰現身有疾，以爲說法起，到佛陀甄選弟子，行詣問疾，而諸弟子及初段菩薩皆不堪勝任，卒選文殊率眾出征問疾維摩詰止；佛陀用的是知彼知己、調兵選將功夫❽。文殊率眾弟子、菩薩、天人問疾維摩詰，兩位大士竟用人間的兵法較量法力，雙方借機宏演妙法，你來我往，有攻有守，各擅勝場，不分勝負。維摩詰強將手下無弱兵，就連室內的一位天女也能講說『無離文字說解脫』和『一切諸法，非男非女』等文學和男女平等的進步大道理。所謂『佛似一音演法，眾生隨類各得解』（《維摩詰經·佛國品第一·寶積說偈》），誰說不斷演變而日趨浩翰的佛典經論裏只有單調出世的虛無哲學？

　　逾立之年入世心盛的劉勰很可能受佛典啓發處多，受感化處少。他應用兵法勢理開拓文論的新疆城是很有可能的。清朝菩薩戒弟子魏源豪

---

❽　陳寅恪《敦煌本維摩詰經文殊師利問疾品演義跋》。

❽　曹操註《孫子兵法·計篇》：計者，選將量記，度地料卒，遠近險易，計於廟堂也。

邁地說『天地間無往而非兵也❾，無兵而非道也，無道而非情也』，大蓋就是指這類情況。

劉勰在《文心雕龍》裏大量引用陸機的文論，幾乎到了無篇不用，處處『如是我聞』的地步。但他對陸機文章的批評卻常流於過分的苛薄❾，而且從來不提陸機的文武全才。《文心》中對陸機的態度也揚抑不齊，惹人非議。這也許是因爲劉勰出身寒門，對出身名門的陸機不自覺地懷有一種又羨又忌的情意結。劉勰在《文心·程器》裏說：『然將相以位隆特達，文士以職卑多誚；此江河所以騰湧，涓流所以寸折』。這很可能也把陸氏兄弟包括在內，由此更激起劉勰力爭上流，爭則求爲必勝❾，發憤著書的決心。可以說是塞翁失馬，焉知非福。

做爲一位集大成的文論批評家，劉勰的《文心》在宏觀思維系統條理上于東方堪稱空前，比之于西方亞理斯多德的《詩論》筆記殘卷，以文雅字練，識通奇變居先。羅馬詩人賀拉斯的《詩藝談》目爲續《詩論》之後的鉅著。然細察其文，實乃詩人隨筆短箋，較之《文心》義圓事密，廣徵博引，瞠不可及。若比之于陸雲《與兄平原書》家書閑話，亦有未逮。但就文學批評理論見地而言，劉勰說理、論文部份頗得力于王充、

---

❾ 薛雪《一瓢詩話》：如陰符、道學，兵家讀之爲兵，道家讀之爲道，治天下國家者，讀之爲政，無往不可。所以解之者不下數百家，總無全璧。

❾ 蔣祖怡《文心雕龍內容述評》：處處苛求，有失公允。

❾ 清趙執信《談龍錄·鈍吟集序》：文章者，……三代以上，惟君相操之。《春秋》作，而權在匹夫，蓋千古之變端矣。漢唐以降，朝野相參……宋儒紛紛，道與治分，浸而道與治與文分。分則文章爲無用之物，而時義出焉。夫文章惟無用也，則無一定之是非。是非無定則爭，爭則求爲必勝，于是卿大夫恆以官位之力勝匹夫，而文章乃歸于匹夫矣。（林評：純文學者，無執於用而有用乎？）

陸機諸子前賢，不能算是獨力遙登百丈樓的宗師❽。而他最擅長的佛理，也只用於碑誌製文，殊少妙悟。如果說他有什麼獨到的卓見創意，可能就是在東西文論史上，他是第一位把兵略戰術融匯變通，執術馭篇，成功地運用到文藝創作理論分析上，而成一家之言。至于書中有《聲律》一篇，自來多以劉勰將欲取定于沈約，不得不枉道從人，以期見譽❾。其實劉勰心寄千載，《聲律》一篇只是他博備眾學，于勢于理，不得不然耳。如果說到劉勰成書以沈約為取定的對象，不如說他在取材述作上受到時代環境的影響。但是從兵法進擊的眼光來看，劉勰只是借道沈約，而以梁武帝蕭衍為他事業的大目標。所謂項莊舞劍，志在沛公。劉勰在《文心》裏崇聖宗經固然是自標儒門嫡統，但正緯融佛，則不出迎合蕭衍心向口味❾。以大量的篇幅講《祝盟》《詔策》，談《章表》《奏啟》，其實以文論為表，而政功為用。《檄移》可為北伐毛遂自薦？而《封禪》一篇豈非為梁武統一天下封勒帝勛鋪路？在《文心·程器》裏說文武之術，左右惟宜，這不僅是劉勰近身自器，也是以此遙贊蕭衍早期的文治武功❾，易樂詩兵❾，所謂『曲意密源，似近而遠（《文心·

---

❽ 錢鍾書《管錐編·列子張湛註·評劉勰》：綜覈群倫，則優為之，破格殊論，識猶未逮。（按：錢氏未識劉勰以兵略經營《文心》，可謂『識猶未逮』，而《管錐編》大多亦不出『綜覈群倫』也。）

❾ 范文瀾《文心雕龍注》。

❾ 朱恑先：梁武帝深惡緯書，彥和之作是篇，亦間有迎合之意。（按：梁武頗好陰陽、緯、卜筮、覘決，但恐讖緯之亂政耳。事見《南史》：卷七《梁武帝紀中》：六藝備閑，蓄登逸品，陰陽、緯、卜筮、覘決、草隸、尺牘、騎射、莫不精妙。）

❾ 周一良《論梁武帝及其時代》：《通鑑·143注》：胡三省：蕭衍舉事於襄陽，智計橫出。及遇侯景，庸夫之不若，豈耄耶？抑天奪其鑒也？

❾ 蕭衍著有《周易大義》《毛詩大義》《樂論》《黃鍾律》《梁主兵法》《梁武帝兵書鈔》等書。

序志》）。就兵法來說，劉勰是近而示之遠，遠而示之近（《孫子・始計篇》）。
就策略運用而言，天地間無往而非兵也。

　　劉勰以近十年的時間寫成這部中西文史上空前的鉅著，躊躇滿志，
一心以爲此書一出，必將聲動南北，不僅華身，亦將光國（《文心・程器
49》）。豈知曲高和寡而又身出寒門庶族，徒有滿腹壯志，卻上達無門，
四處碰壁。眼看又要重履王充細族孤門，寂寞一生的舊轍。這時可以說
是面臨他一生事業第三大關頭。蘇軾論賈誼，說『非才之難，所以自用
者實難』。才大難用，這是古今才士的通厄。後漢注經大師馬融就曾說：
『左手據天下之圖，右手刎其喉，愚夫不爲（《淮南子・精神訓》）』。
才秀位卑的鮑照也曾勃然曰：『大丈夫豈可逐蘊智能，使蘭艾不辨，終
日碌碌與燕雀相隨乎』，遂毅然進詩義慶以言己志。所以雖然面對嚴峻
的階級障礙，身處『彼寡（名門貴族）可以擊吾之眾者（平民寒族）』的『圍
地』（《孫子・九地》），嫻熟兵法的劉勰，當然不會束手無策，更不會
挺而走險。《孫子・九地篇》說圍地則謀。劉勰喬裝改扮賣貨的小販，
鬻貨進書一事，在《梁書・劉勰傳》裏一共只有廿二個宇。但是這一詭
譎的行動精彩絕倫，完全是兵法運用的上乘智術。如果不從兵法去研究
這一行動，就難免滿頭霧水，對劉勰的生平行事不免嘖嘖稱奇，前詫後
訝。勉強用傳統的想法去解釋，多半不能圓貫其人其事其書。

【鬻貨進書】

　　我個人的看法認爲劉勰成書之後，未爲時流所稱，可見僧祐在宗教
上的人脈並沒有挾助他超越階級的障礙。而劉勰也很可能自重其文，耿
介於借助僧祐的關係來推薦他的杰作，而他在佛理碑銘上的聲名更可能

掩蔽了他在文學上的成就。既然貴盛之流無以自達，劉勰只好待時而動以自力救濟。他選擇沈約做爲突破的要點，當然是看清楚沈約在文史音韻上的尊位和在政壇上炙手的權勢及與蕭衍親密的關係。當時想走這一路線的卑寒文人想必如蠅如蟻。然沈約『較聲律，雕句文，用心最苦，而立說最嚴⑱』。葉燮《原詩·外篇·九》裏說『昔人惟沈約聞人一善，如萬箭攢心⑲』。可見想要取定沈約頗不易與。和劉勰同時期寫成另一本文論名著《詩品》的鍾嶸嘗求譽於沈約，而被沈約潑了冷水⑳，就是一個好例子。劉勰通曉兵法，當然知道未戰而廟算者勝的道理。經過精密的計劃，他不僅間㉑偵到沈約的出入時辰，也察悉了沈約的習性和喜好。鬻貨進書一事，其實用的是標準的『兵者，詭道也』：化裝成小販，使得沈約沒有文人相輕的戒心，這是『能而示之不能』；鬻售奇貨雜書，標以廉價，吸引沈約停車檢玩，這是『利而誘之』；雜渾《文心》於奇貨小吃之間，『圖窮匕見』，這是『亂而取之』，『約便命取讀，大重之，謂爲深得文理，常陳諸几案』，達到了由沈約而至時流，再由沈約和時流而進入梁武帝蕭衍的書案耳目。這在兵法上叫做『以迂爲直（《孫子兵法·軍爭篇》）』，劉勰從起家奉朝請，到兼東宮太子通事舍人，想必徑過蕭衍的首肯。劉勰鬻貨進書這一行動雖說是詭道，但也不離孔子

---

⑱ 唐順之《答茅鹿門書》：自有詩以來，其較聲律，雕句文，用心最苦，而立說最嚴者，無如沈約。

⑲ 但也鼓勵後進，獎掖人才，見穆克宏《沈約和他的文學理論批評》。

⑳ 《南史·鍾嶸本傳》：嶸嘗求譽於沈約，約拒之。及約卒，嶸品古今詩爲評，言其優劣，……，蓋追宿憾以此報約也。

㉑ 《孫子兵法·用間篇》：凡軍之所欲擊……必先知其守將、左右、謁者、門者、舍人之姓名，令吾間必索知之。

所教的謀定後動，我戰必克，兵法有云：故善動敵者，形之（狀若貨駕者），敵必從之；予之，敵必取之；以利動之，以卒（書！）待之（《孫子兵法·勢篇》）。劉勰成功運用兵略，一擊突破困境，千載之下，猶令人拍案稱絕。

劉勰鬻貨進書這一行動，從史學上也能找到先例。譬如《文心》裏數次提到的伊尹[102]，就曾爲有莘氏媵臣，負鼎俎，以滋味說湯，致于王道[103]。而周王子頹好牛，百里奚以養牛干之[104]。這兩位歷史上的賢臣聖人，想必都給劉勰帶來行動的靈機和使命感。王仲宣在他的《從軍詩》裏說：『籌策運帷幄，一由我聖君……竊慕負鼎翁，願厲朽鈍姿』。他的緯軍國全社稷的想法也說明了劉勰的奇行不是投機汙恥之事[105]，只是一些後儒沒有從更廣的角度去看待歷史人物，于是產生了一些不必要的憾嘆。

【 出處進退[106] 】

劉勰入梁之後，累官不止，很可能是除了沈約之外，也受到梁武帝的賞識，這才能放心讓他在諸王室之間多年擔任文職，進而兼昭明太子

---

[102] 《文心·神思》：至變而後通其數，伊摯不能言鼎。《文心·論說》：說之善者，伊尹以論味隆殷。《文心·章表》：伊尹書誡。《文心·才略》：伊尹敷訓。

[103] 《史記·殷本紀》。

[104] 《史記·秦本紀》：周王子頹好牛，百里奚以養牛干之。

[105] 《史記·老子韓非列傳》：伊尹爲庖，百里奚爲虜（媵），皆所由干其上也，故此二者，皆聖人也，猶不能無役身而涉世如此其汙也，則非能仕之所設也。

[106] 《文心雕龍·論說》：進有契於成務，退無阻於榮身。

的東宮通事舍人，掌管章奏。這其間保持政職，並理佛事，『修道而保法』（《孫子兵法·軍形》），平穩無憂，連《神滅論》的大論戰都沒有參加，似乎是不打沒把握的仗。不過在天監十七年，續梁武帝改以麵蔬代牲牷祭祀引起『公卿異議，朝野喧囂』之後一年，奏請二郊當與七廟同用蔬果，減少犧牲。這一奏議乃是擴展梁武帝改儒尊佛的政策及戰果，當然得到梁武帝的欣賞和批准，獲升遷步兵校尉掌管東宮警衛部隊。這可以說是做到兵法所說的『知可以戰與不可以戰者勝』（《孫子兵法·謀攻》）。掌管皇帝林園上林苑警衛軍不是閒差，梁武帝放心讓劉勰主持東宮太子的文事武衛，足見蕭衍父子對劉勰文武能力的器重和信任。這一事功大概是劉勰生平第四次明顯運用兵略進取成功。以劉勰當時的職位，加以昭明太子的『深愛接之』，可以想見一旦昭明太子繼位，劉勰頗有可能一展少年時任棟梁，緯軍國的壯志。不幸梁武帝在位時間太長，晚年昏庸寡斷，而昭明太子又不幸英年早逝。『昭明太子薨，新宮建，舊人（除舍人步兵校尉劉查外）例無停者』（《梁書·文學傳》），昭明的去世帶來潛伏的政爭動亂[107]，劉勰的仕途似乎到了盡頭。劉勰素所景仰的孔子，到了晚年，知悉弒麟後，也曾哀嘆吾道窮矣[108]，遂止《春秋》。根據李慶甲的考證[109]，劉勰在昭明太子去世之後，才以『證功畢，遂啟求出家，先燔鬢髮以自誓，敕許之』。劉勰出家的行動，至今還是一個謎。在當時，雖然是三教協治，而以佛教居先，但是儒門士宦，剃度出家，仍然不是可以率意獨行的事。（除了蕭衍自己政治出家，斂財弄權之外）儒教說身體膚髮受之父母，不可毀傷，又說無後為大。再就國政

---

[107]　《南史·昭明太子傳》：帝既廢嫡立庶，海內噂沓。

[108]　（魯哀公十四年）孔子聞『西狩獲麟』哀嘆『吾道窮矣』。

[109]　李慶甲《劉勰卒年考》《再談劉勰的卒年問題》。

而言，出家是『棄公就私⑩』，有乖國體。魯迅譏諷劉勰前夢孔後入佛，不僅是貽羞往聖而且是逐波浮沉，無特操的投機份子⑪，用詞鋒利，直指要害，咄咄逼人，不容喘息。談笑之間，一刀斃敵，這是魯迅刀筆的特色。魯迅對劉勰嚴厲的批判，也許代表不少人的想法，只是一般敦厚學者，多不忍如此下筆。不過魯迅自己也說過『我總以為倘要論文，最好是顧及全篇，並且顧及作者的全人，以及他所處的社會狀態，要不然，是很容易近乎說夢的』（《『題未定』》）。所以如果我們擴大視野，再審視劉勰當時困難的處境，也許能看到他雖削髮而終能全身全族。豈若陸機，徒負文名，不嫻兵法，幸而為帥，而用將不擇⑫，號令不嚴，當斬不斬⑬，當抗不爭⑭，以至於『進不能辟昏匡亂，退不能屏跡全身，而覆宗絕祀，悔鶴華亭晚矣⑮』。劉勰早在《文心雕龍·辨騷》裏哀贊屈原『雖非明哲，可謂妙才』。身居亂世，明審時勢，進能立功，退能立言，亂能全身，這是兵法名家孫子、張良⑯留下的智慧。劉勰自幼熟

---

⑩ 唐太宗《貶蕭瑀手詔》：太子太保、宋國公瑀，踐覆車之餘軌，襲亡國之遺風，棄公就私，莫辨邪正之心，一回一惑，自可自否，乖棟樑之大體。（貞觀廿年）

⑪ 魯迅《准風月談·吃教》：達一先生在《文統之夢》裏，因劉勰自謂夢隨孔子，乃始論文，而後來做了和尚，遂譏其『貽羞往聖』。其實是中國自南北朝以來，凡有文人學士，道士和尚，大抵以『無特操』為特色的。（按：此與達一先生俱為『矮人看戲，隨人啼笑說短長』！實不知劉勰也。）

⑫ 《孫子兵法·計篇》：將聽吾計，用之必勝，留之；將不聽吾計，用之必敗，去之。

⑬ 《尉繚子·武議》：凡誅者，所以明武也，殺一人而三軍震者，則殺之，殺之貴大，賞之貴小……夫能刑上究賞下流，此武之將也。

⑭ 《晉書·陸機傳》。

⑮ 《唐太宗·陸機論》。

⑯ 《史記·留侯世家》：良乃稱曰：『……願棄人間事，欲從赤松子游耳』，乃

讀兵書，老來果決運⑰用兵略，全身保譽而退⑱，可算是知行合一。論文采，他比屈原、馬遷、靈運、陸機諸賢，或有未逮，然而他文武合一，知兵略而又能把兵法巧妙的運用到文論中和事業上⑲，終於以《文心》成書傳世抗衡前賢，而更以明哲托身不朽。

　　人到了晚年，飽覽人世浮華幻滅，盡歷成住敗空，受洗出家削髮爲僧，是人類史上的常事。西方的浪漫音樂家李斯特，晚年出家又復入世；近代的歷史學家湯恩比，一生崇想以宗教協助匡世，到了晚年，都差一點放棄了希臘以來的科學文明薰陶，轉求天主福恩受洗⑳；提倡新政，大力變法的王安石，晚年不僅全家歸佛，連鍾山的住宅都奏准捐爲佛寺。劉勰的出家，其實也是水到渠成，自然轉變，不僅上承老聃去周自隱，和莊周棄世無累㉑的道家傳統；而且更不違背孔子，『用之則行，舍之則藏㉒』的教訓。就兵法來說，善戰者講究自保全勝（《孫子兵法·軍形》）。劉勰的燔焚鬢髮出家大概也是勢有所不得不變。這個突變，早有漸變的伏因，從表面上看是奇變，但還是從正變而來。

　　前段所提到的西方百科始祖，曾寫《詩論》的亞理斯多德，後半生又和劉勰有類似之處，亞理斯多德在四十三歲做了馬其頓國王菲立普太

學辟穀，導引輕身。
⑰　《吳起兵法·治兵3》：『用兵之害，猶豫最大』。
⑱　《陶淵明·飲酒廿首詩》：幽然生前庭，含薰待清風，行行失故路，任道或能通，覺悟當念還，鳥盡廢良弓。
⑲　陸機《園葵》詩曰：庇足同一智，生理合異端。按：陸機知而不能行，未能保身。
⑳　Arnold and Philip Toynbee:《Comparing Notes -- a dialogue across a generation》(Weidenfeld & Nicolson 1963)
㉑　《莊子·外篇·達生》：
㉒　《論語·述而篇》子謂顏淵曰：『用之則行，舍則藏，唯我與爾有是夫』。

子亞歷山大的老師，大約相當於劉勰所任的東宮太子通事舍人。後來亞
歷山大在巴比倫英年猝逝，亞理斯多德因爲和馬其頓的關係，及在政治
精神上傾向他的高足亞歷山大，因而受到雅典獨立政黨的迫害，在雅典
險遭他師祖蘇格拉底被誣爲異端處死的覆轍。劉勰在昭明太子去世之
後，大概也面對類似的險惡情勢，所以削髮出家，和曾爲太子少傅的張
良一般，見機而退，修道避誨。亞理斯多德不願無辜受死，採取逃離雅
典的行動，一年之後，憂憤成疾，死時才六十三歲，略早於鳩死的蘇格
拉底七年之多。和亞理斯多德相比⑫，劉勰雖然不及他的博學宏著，和
對西方文化曠世的影響。但就文學評論和處理人生最後危機而言，劉勰
可以說是略勝數籌的。

【附會⑭】

　　雖然說文藝創作、智術思維和兵略軍事在某些地方原則上相通，但
是把兵法直接運用到文學藝術裏的範疇還是有限。其間有可以因意附會
者如《嚴倉浪詩評》：『少陵詩法如孫吳，李白詩法如李廣，少陵如節
制之師』；有不可以望文附會者，如《公孫龍子》有《通變》篇，述「二
無一」之方法論⑮，而實與《孫子兵法》之《九變》無涉。又譬如說《體

---

⑫　1. 魯迅《論詩題記》：『篇章既富，評騭自生。東則有劉彥和之《文心》，西
　　　則有亞里斯多德的《詩學》。解析神質，包舉洪纖，開源導流，爲世楷氏。2.
　　　魯迅《詩歌之敵》：亞理斯多德的老師是『反詩歌的大將，……他的高足弟子
　　　亞理斯多德做了一部《詩學》，就將爲奴的文藝從先生的手里一把搶來，放在
　　　自由獨立的世界里了。』
⑭　此處『附會』用通俗義，與《文心》用法有別。
⑮　龐樸《公孫龍子研究》中華書局1979。

性》裏的典雅⑫或古雅⑫在美學上之位置，就不能勉強以兵法來解釋⑫。《文心》裏的《情采》《麗辭》和《誄碑》《哀吊》也不好輕易用兵法去附會⑫。

由兵略的角度去揣測劉勰的身世心態和出處進退，固然可以擴大對《文心雕龍》的討論。但是如果能如《文心・事類》所云，從『文章之（內）外，據事以類義，援古（今）以證今（古）』，並『雖舉人事，以徵（隱）義』，也許更能增加對劉勰其人其書的瞭解。如《易經》所說，『君子以多識前言往行』，是謂「大畜」。以下試略舉幾個古今文藝事例，以徵兵略可用於文藝智術之義。

【事類：1.前賢在文藝中的兵略運用】

在東西文論史上，劉勰很可能是第一位把兵略戰術融匯變通，執術馭篇，有系統地運用到文藝創作理論分析上，並幸有文集傳世的文人。但是把兵戰刃弩的動力引伸到藝術創作上，也許東漢的書法家蔡邕是東西藝術史上第一人⑬。王羲之的『老師』，衛夫人，更以婦流之身，允

---

⑫　《文心・體性》：數窮八體：一曰典雅……故雅與奇反。

⑫　王國維《古雅之在美學上之位置》。

⑫　《文心・通變》：雅與奇反。

⑫　《原詩・外篇・32》：學詩者，不可忽略古人，亦不可附會古人。要知古人之言，有藏于不見者；古人之字句，有側見者，有反見者，古人或偶用一字，未必盡有精義；而吠聲之徒，遂有無窮訓詁以附會之，反非古人之心矣。（必揆之理、事、情，切而可，通而無礙，斯用之矣。）

⑬　蔡邕《書說》：字體形勢，若坐若行，……若利戈刃，若強弓矢。

文允武⑬，破天荒的把兵陣戰勢逕寫入『七條筆陣出入斬砍圖』，其中『高峰墜石』和『勁弩筋節』則極明顯出自《孫子·兵勢篇》。衛夫人的《筆陣圖》啓發了她的『弟子』王羲之，寫成《題衛夫人《筆陣圖》》和《又筆陣圖》。其中把『紙筆墨硯』當作『陣刀甲城』，『心意、本領、結構、颺筆、出入、屈折』看成『將軍、副將、謀略、吉凶、號令、殺戮』。簡直就是旗幟鮮明地在講兵法和作戰。王羲之以兵法入書道，引以爲秘，遺教子孫，千金勿傳。羲之引融兵法以健碩其筆勢，難怪秀逸之中復有剛勁之氣，爲後人所不能及，元初杰出的文人書法家趙子昂在《蘭亭跋》中稱贊他『雄秀之氣，出於天然，故古今以爲師法』。其實也只看到紙上的氣勢，和古往今來絕大部分的文人一般，去聖久遠，『未能振葉以尋根，觀瀾而索源（《文心·序志50》）』，不知書聖筆法骨力的部分來源竟出自兵法和婦人！

唐太宗李世民自幼出入兵陣，論書法以兵法爲骨幹，『臨古人之書，殊不學其形勢，惟在求其骨力，而形雖自生』。論「磔」，則云˝戰˝筆發外；說「點」，則云忌圓平，貴˝通變˝。清朝的曾國藩，文人領軍，出生入死，曾說『作字之道，全以筆陣爲主。』可見也是用兵法以解書法，因衛、王《筆陣圖》而通作字之道。又說：『讀《孫子》「鷙鳥之疾，至於毀折者，節也」句，悟作字之法，亦有所謂節者；無勢則節不緊，無節則勢不長』。劉熙載在《藝概·書概·體勢》中說：『孫子曰‘勝兵先勝而後求戰，敗兵先戰而後求勝’，此意通之於結字，必先隱爲部署，使立於不敗而後下筆也』。曾、劉二氏用兵法論書法，可能都受到《文心雕龍》的啓發，而未明言。更可能是『天地間無往而非

---

⑬　《詩經·魯頌·泮水》：允文允武。

兵，羿得之以射名，秋以奕，越女以劍』，文武相通之處，英雄所見略同，古今豪傑泰能自興，不以男女、詞章、射奕、佛儒、文武智術而隔。

劉勰博學多藝，想必從蔡、鍾、衛、王書法理論裏受到兵法可用於文論的啓發，更集王充、陸機諸子前賢邏輯文論，寫出《通變》《定勢》《附會》等篇以兵法爲骨幹的新論，而成一家之言。在劉勰之後，開拓藝文疆域的先峰，引融兵法以健碩其勢理的人代有新出。因爲軍爭兵事本來就是人類社會活動的一部分，所以日集月累，兵略詞匯成爲通用字彙的一部分⑬。就連以爲文藝和兵略是風牛馬不相及或是水火不相容的人，也常不自覺地把兵略詞匯引用到自己的文章裏！這就是朱光潛在《具體與抽象》引劉向《說苑》中惠子所謂『夫說者固以其所知，喻其所不知』。唐朝從日本來中國留學的遍照金剛在《文鏡秘府論·論文意》裏就說『夫詩，有生殺迴薄，以象四時』。遍照金剛身在佛門，用字遣詞曰「擊」，曰「敵」，用「生殺」，那都是兵家術語，這是無心而意流之一例。唐朝的杜牧精詩善文，曾注《孫子》，時有卓見。論行文則說『凡爲文以意爲主，以氣爲輔，以詞采章句爲之兵衛⑬』，不負他兵

---

⑬ 1. 養兵千日，用兵一時。窮寇勿追。靜若處女，動如脫兔。知己知彼，百戰百勝……。2. 王元化《日本研究《文心雕龍》論文集序》：出奇致勝。3. 王元化《文心雕龍創作論第二版跋》：沒有擊中要害。4. 興膳宏：《《文心雕龍》與《詩品》在文學觀上的對立》：發現劉勰始終對這種含義的『奇』進行攻擊。5. 牟世金《《文心雕龍》的回顧與展望》：而以出奇致勝爲務。6. 吳調公《略論《文心雕龍》在我國文學批評史上的地位》：成爲文章中反應自然的威力無比的武器。7. 張少康《文術論》：善術之人好像一個作好了戰略、戰術的充分準備……的指揮員一樣……。

⑬ 杜牧《樊川文集·卷十三·答莊充書》：凡爲文以意爲主，以氣爲輔，以詞采章句爲之兵衛……未有……兵衛不華赫而莊整者…師眾隨湯武，騰天潛泉，橫

法和文學上的胸襟造詣。宋朝的詞人姜白石論詩也用兵法，他說『如兵家之陣，方以爲正，又復爲奇，方以爲奇，又復爲正；一波未平，一波已作，出入變化，不可紀極，而法度不可亂』，把《孫子》奇正通變化入文論，顯出兵法和文學的關係似乎已普及到了『純文人』都能接受的地步。清朝的葉燮論詩也以兵法爲用，他說『詩而曰作，……如用兵然❸❹』。劉熙載在《藝概》裏論文章之法式裏也說『兵形象水❸❺，惟文亦然❸❻』，直承《孫子》而與《文心·書記》裏的『管仲下令如流水，使民從也』相呼應。李漁在他的《閒情偶寄》裏，就拈出『密針線』……照應埋伏，和『審虛實』，以爲作文要訣。就連寫狐仙怪異的蒲松齡，也懂得把兵法應用到寫作選材❸❼，他像劉勰一樣講避實擊虛之法❸❽，終以不同流俗，別變一格的《聊齋》傳世。可見兵法已幾乎普遍到了可被上層民俗文藝創作者接納應用的程度。然而令人大惑不解的是：既然自

裂天下，無不如意。

❸❹ 葉燮《原詩·外篇·七》：詩而曰作，須有我之神明在內。如用兵然；孫武成法，懦夫守之不變，其能長勝者寡矣；驅市人而戰，出奇制勝，未嘗不愈於教習之師。

❸❺ 《孫子·虛實》：夫兵形象水，水之形，避高而趨下；兵之勝，避實而擊虛。（林按：就物理學來講，可以說『兵進如光』，以其疾速，而又採取阻力最小和最短的路徑。）

❸❻ 劉熙載《藝概·文之法式》。

❸❼ 蒲松齡爲了激勵自己發奮寫作，曾在銅鎮尺上刻了一副對聯形式的座右銘：「有志者，事竟成，破釜沉舟，百二秦關終屬楚；苦心人，天不負，臥薪嘗膽，三千越甲可吞吳」。

❸❽ 蒲松齡《與諸弟侄書》：雖古今名作如林，亦斷無攻堅擴實，硬鋪直寫，而得佳文者。

古到今，有這麼多才士引融兵法來解釋詩文藝術⑬，爲什麼一千多年來，沒有人指出兵法和劉勰及《文心》的關係呢？最顯然的就是因爲劉勰身世和出處進退撲朔迷離，不易定奪，再來就是因爲文武相對，勢如水火，很難附會。這個人類思想上的慣性包袱，限制了人們推理的能力。初學的人，常勇於敢而限於識；成名之士，則多富於識而怯於敢。科學上的一些突破，常發生在處於異系相激的新學新進⑭，這大概和沒有舊負擔又有新識野有關。其他學術界的情況一般也都類似⑭。劉勰當年處

---

⑬ 1. 沈歸愚：少陵七言古，如鉅鹿之戰，（之前）諸侯皆從壁上觀，（之後）膝行而前，不敢仰視。2. 胡元瑞：杜陵大篇鉅什，如淮陰用兵，百萬掌握，變化無方。3. 臞翁詩評：韓退之如囊沙背水，惟韓信獨能；荊公如鄧艾緶兵入蜀，要以險絕爲功。4.《嚴滄浪詩評》：少陵詩法如孫吳，李白詩法如李廣。少陵如節制之師。《七言變體》：然不若時用變體，如兵之出奇，變化無窮，以驚世駭目。5. 王夫之《夕堂永日序論内編》或《姜齋詩話一卷二》：無論詩歌與長行文字，俱以意爲主。意猶帥也。無帥之兵，謂之無烏合。李、杜所以稱大家者，無意之詩，十不得一二也。6. 薛雪《一瓢詩話》〔52，73〕：快劍砍陣。7. 蘇軾與王朗書：若學成，八面受敵。8. 方伯海：……陸機吊魏武：此是作文聲東擊西法……。

⑭ Werner Heisenberg（諾貝爾物理獎得主）：It is probably true quite generally that in the history of human thinking the most fruitful developments frequently take place at those points where two different lines of thoughts meets. These lines may have their roots in quite different parts of human culture, in different times or different culture environment or different religious traditions: hence if they actually meet, that is if they are at least so much related to each other that a real interaction can take place, then one may hope that new and interesting developments may follow.

⑭ 原子彈之父，歐本海默，第一個發現正電子，但不敢正視，更不敢發表。結果被廿出頭的狄拉克（Paul Dirac）發現。發表之後，得了諾貝爾物理大獎，"遂成豎子之名"！

于三教相激，百家爭道的環境，這是他的挑戰，也是他的機運。

【事類：2. 近人對《文心》裏兵略運用的研究──上引與下傳的缺失】

　　《文心》裏的兵略運用和隱義，從紀曉嵐到黃季剛都沒有引起注意。一直到了六十年前，才有朱自清在《詩言志辨·詩體正變》裏首次拿《孫子·勢篇》裏『奇正之變』的兵家語，來注釋『奇變』。其引用《孫子·勢篇》的句段，短不起眼，猶如江河旁側的涓流，只引起小都分學者的注意⑭。佩弦先生的朋友，朱光潛細讀過《詩言志辨》，寫過紀念文章⑭，很可能注意到了這個˝小處下手˝而˝獨具卓見˝的軍機，但未曾提起朱自清在《詩言志辨·詩替正變》裏的原注，於是便寫了洋洋灑灑一大篇文論，《選擇與安排》⑭，以人人能詳的兵略戰法來講解行文之道。以眾所知，喻眾所不知。用現代通俗的軍事用語，穿插有名有典的西方文學批評，幾乎『不自覺』的把劉勰《文心雕龍》裏的《書記 25》《章句 34》《事類 38》《附會 43》《總術 44》諸篇有關兵略緊要處，圓照殆盡，不愧當代美學大師之稱。可惜的是，朱光潛眾篇文論，

---

⑭　沈謙《文心雕龍批評論發微·觀奇正》（1977）：譬之兵法。

⑭　朱光潛《《佩弦先生的《詩言志辨》》》（1948.8.27）。

⑭　朱光潛《選擇與安排》（1943）：1. 在戰爭中我常注意用兵，覺得它和作文的訣竅先全相同。2. 善將兵的人都知道兵在精不在多。3. 排定崗位就是擺陣勢，在文章上叫做『布局』。文章的布局也就是一種陣勢，每一段就是一個隊伍。4. 再就用兵打比譬，用兵致勝的要訣在佔領要塞，擊破主力…古人所以有『射人先射馬，擒賊先擒王』的說法。5. 作文章不能切中要害，錯誤正與此相同。

除於《資稟與修養》裏小引《程器篇》文人無行一段⑭，似未暇耕耘《文心》田園，這是《龍》學的損失。此外，朱光潛在《作文與運思⑭》《作者與讀者⑭》《談對話體⑭》幾篇裏，反復再用兵法來解釋行文的要訣。他似乎借用了曾文正由親身作戰中參悟出來的讀者要領，（但又沒有提起來源），改用白話來闡明讀書妙訣：『好比打仗，想出一個意思是奪取一塊土地，把它寫下來就像築一座堡壘，可以把它守住，並且可以作進一步及襲擊基礎』。

　　奇怪的是從朱光潛 1943 左右以兵法解釋行文運思之後，不知何故，幾十年來不見迴響。偶爾看到眼熟的意見，也不見提到朱光潛的名字和原文。難怪王元化先生在《文心雕龍創作論第二版跋》中對這種文風要痛加懲創。其後幾十年，《龍學》武壇寂寞，一直到了 1980 年初，詹鍈發表了《《文心雕龍》的『定勢論』》，把《孫子兵法》對劉勰《文心雕龍》裏《通變》《定勢》兩篇的影響，首次在公開場合，正式提出來討論。就文論歷史來看，這是一個新的里程碑，雖然也不詳列來源但

---

⑭　朱光潛《資稟與修養》裏提到『劉彥和在文心雕龍程器篇裏一口氣就數了一二十個沒有品行的文人』。

⑭　朱光潛《作文與運思》：好比打仗，想出一個意思是奪取一塊土地，把它寫下來就像築一座堡壘，可以把它守住，並且可以作進一步襲擊的基礎（語出曾國藩，見前文。）

⑭　朱光潛《作者與讀者》：小說戲劇常佈疑陣，突出驚人之筆（按：此即英文所謂 suspense and surprise）按：此即杜甫《江上值水如海勢，聊短述》：爲人性僻耽佳句，語不驚人死不休。

⑭　朱光潛《談對話體》：中國人作文眞正要「佈局」，西方人作文實在是「理線索」。拿用兵打比，中國文章是橫掃，要佔的是面；西方文章是直衝，要佔的是線。短兵相接，層層逼近，驅虎落陷。

也是站在上文所列近人和部分前賢立論的基礎上。詹先生 1989 年出版的《文心雕龍義證》更在他《定勢論》的架勢上，『築一座堡壘』，趁勝前擊，擴大了以《孫子》注《文心》的戰果，『並且可以作進一步襲擊的基礎』。

【《文心雕龍》裏的兵略運用】

劉勰在《序志》裏自述《文心》之作也，本乎道，師乎聖。天地間的大道無所不包。所以道家見玄，釋者見佛，儒者見之謂之文，兵家見之謂之武。所謂『一音演法，殊釋發解』（劉勰《滅惑論》）。如果說孔、釋教殊而道契，文論、兵略豈能功同而源異？此理已于本文《序言》裏闡明之。劉勰在首篇《原道》裏說論文必徵於聖，窺聖必宗於經。就文而言，孔子當然是劉勰心中的文聖，故尊於諸篇之首。就武而言，孫子是世界級的兵聖，劉勰要如何處置呢？劉勰把作爲『徵文聖』的《徵聖》篇列入《原道》之後的眾篇之首，再把『徵武聖』的《程器》篇置於《序志》等四十九篇之尾，當做全書壓住陣腳，最重要的篇目，也是煞費苦心⑭。這種做法，正是劉勰講求謀篇佈局當如兵法佈陣——首尾呼應如常山之蛇謀篇思路的體現。劉勰把孫武與孔丘齊尊，稱《孫子兵法》爲《孫武兵經》，把一部與諸子百家同列的『兵法』之著，上升到『經⑮』的地位，足見『宗（儒）經』，又深知佛典『經』『論』之異的劉勰對

---

⑭　劉勰把儒門健者孟軻和兵家健將尉繚放在《諸子》篇裏，而置孔子於書首，孫於書末，頗具匠心。

⑮　周子同：《群經概論》頁四；《經是什麼？它和文學有什麼關係？》

《孫子兵法》是何等地重視。劉勰以文論爲表，用兵略爲裡，行文立論可以說是有文有質。

　　但人臣講兵謀素爲朝胡廷所忌。漢宣帝子，東平侯嘗求讀諸子、《史記》，而漢延以《史記》多兵謀，未蒙獲准。自宋齊以來皇室不斷的血腥內爭，更使得皇子大臣以至其下，對兵謀不能不有所韜晦。在這種客觀環境之下，劉勰小心翼翼地隱藏了他對兵謀韜略的熱情。他在《文心》裏不時論「隱」，也可以看到他熱心于兵謀而又深藏不露的心態。雖然如此，劉勰在《文心》中仍然使用了大量的軍事術語，來健碩他的文藝理論，諸如：奇正、通變、謀、勢、詭譎、首尾、要害……等等，幾乎到了『春城無處不飛花』的地步。如不了解劉勰對兵略的興趣，就會對這種表現難以解釋。難怪黃侃對《文心・宗經篇》裏的『《尚書》則覽文如詭，而尋理即暢』感到困擾。他在《札記》裏批評劉勰，說：『按〈尚書〉所記，即當時語言，當時固無所謂詭也。彥和此語，稍欠斟酌』。這一立場，也許代表了不少文人的想法。近來有些研究學者研究《文心》和它的《辨騷篇》，指出《文心》書中多次用『詭』『譎』這些詞，其含義是複雜的。他們認爲詭譎有贊頌的意義⑮，只言其曲折變化，不是貶詞⑯。詭、譎兩字在《文心》中有如此高頻率（廿餘次）的出現，必有其特殊的思路背景。而這一思路來源，我認爲很可能是上承《孫子兵法》奇正詭變的兵略運用，而以『經籍深富，文梓共採，瓊珠交贈，用人若己』（《文心・事類》）的方式融會顯現。

　　就另一個角度來看，一些企圖『以佛蓋儒』的釋士文人，似乎把佛

---

⑮　畢萬忱、李淼《劉勰對屈原浪漫主義的評價》。

⑯　侯慧章《論劉勰對屈原騷體的評價》。

教對劉勰的影響估計過高。他們以爲劉勰在《文心》裏所用的「圓」字乃是漢譯佛典裏的「圓」。忘了中國在漢譯佛典之前早已用圓來代表圓滿完美。譬如孫武在《勢篇》裏早就把『形圓而不可敗』當作部置守勢的最高指導。況且舉頭看天，即見天圓，日圓。《老子》說『道法自然』，圓字之源，何假外求？然而心儀西風壓倒東風的人，卻又忘了中國自諸子以來就有的樸素邏輯論式❸，而懷疑中國學者邏輯組織的基本能力，以致臆測《文心》的組織、論理出於公元二世紀以後佛典裏才見著的因明學❹。其實《孫子兵法》首篇就說『道、天、地、將、法』，重視軍法森嚴，講求組織、號令嚴明。受到《孫武兵經》極大影響的劉勰，以他本人思路的傾向和他在定林寺『區別經論部類，錄而序之』的圖書管理學的多年訓練，當然在組織辭令，文成規矩及首尾圓合上超越晉代文論前賢。但比諸《史記》《漢書》《論衡》，劉勰的邏輯組織能力只能說在伯仲之間。但就文字典雅，章句精煉而言，似乎猶在具有『正理』『因明』學背景的許多佛教經論之上。另外就邏輯學（Logica 一語爲當時所無，當時學者稱爲工具（Organon）❺）而論，採用片段局部的觀察，運用三段論法邏輯不一定能保證結論的正確。亞理斯多德雖然發展出三段論法，但是一旦假設錯誤，結輪常常相當幼稚可笑。西方生物學鼻祖亞理斯多德由解剖人體，觀察血液循環，就斷定心是人的思想感覺中樞。這

---

❸　汪奠基《中國邏輯思想史》上海人民出版社1979。

❹　1. 呂澂《印度佛學源流略講佛家邏輯》：『正理』學說的形成很晚，佛家之有『因明』并加以重視，爲時更遲。2. 玄奘西元647年才譯出商羯羅主的《因明入正理論》。648年窺基從玄奘學，其後乃有《因明入正理論大疏》。3. 梁啓超盛贊窺基此書說『中國知用邏輯以治學，實自茲始』。

❺　姚一葦《詩學箋註》臺灣中華書局1978。

和沒有三段論法，而皆以心爲智慧主宰的佛、道、儒三家也相去有限。劉勰雖然沒有受過希臘三段論法的薰陶和生物學的訓練，但他把『爲文之用心』的『文心』當做書題，千載之下，仍然超越西方機械科學和物理文明的範疇，耐人尋味咀嚼。

【道】

劉勰在〈原道篇〉裏引《易經》『鼓天下之動存乎辭』。這其實和《孫子兵法·計篇》裏劈頭提出的『道者：令民與上同意也』在觀念上相似。所講的都是『作者與讀者』的關係。《孫子·虛實篇》裏蹈《老子》之道，亦曰『兵形象水』，在《行軍篇》裏又說『令素行以教其民』，在《九變篇》裏也講『令之以文，行之以武』。應用兵法，把讀者導引到作者所安排的情境，這是武道文用。劉勰在《書記篇》裏說『管仲下令如流水，使民從也』。則是政道、武道、文道，三道源於一道了。成功的作者可以用同樣的兵略『垂帷制勝』（〈神思篇〉）和『制勝文苑』（〈總術篇〉）。寫文章『出奇制勝』也本源出兵法。了解這個源流，就知道詩聖杜甫『語不驚人死不休』的文略源出兵略。就兵家而言，實無足大驚小怪。這只是再次證明『天下之道莫非兵也』。

【攻守】

懂得教民以戰（孔子），用兵攜手若使一人（孫子），其後才能講攻守。《文心·論說篇》裏講『跡堅求通，鉤深取極』，是說攻，是講『破敵』之論，和打攻堅戰（詹瑛注解）。『義貴圓通，辭共心密，敵人不知

所乘』是說守，是講如何『立己』之說。劉勰在此篇極明顯地引用《孫子兵法・虛實篇》『善攻者，敵不知其所守；善守者，敵不知其所攻』。『故我欲戰，敵雖高壘深溝不得不與我戰』。《文心・銘箴》解『箴』，也用攻防軍事術語：『箴者，針也，所以攻疾防患，喻鍼石也』。《文心・論說篇》裏又說：『煩情入機，動言中物，雖批逆鱗而功成計合』。這是《易經・師卦》裏說兵師的運用要能『行險而順』。劉勰在『神滅論』大論戰中沒有積極參戰去勉強立論，而在梁武帝以菜蔬代替犧牲祭祀七廟的次年，緊接奏請二郊當與七廟同用蔬果。他真的是懂得用兵攻守之道，達到他自己在《論說篇》中標贊的『功成計合，此上書之善說也』。這是人如其文，文如其人，而復能知行合一的明例。

【部陣，治眾】

　　能破能立，有攻有守，這是用兵略以行文的動勢。在此動勢之外，用兵講部陣，行文講謀篇。《孫子兵法・九地》論用兵部陣，要求首尾呼應，如常山之蛇。《文心雕龍・附會篇》論行文謀篇則謂『首尾相援』和講『定與奪』。曾隨十字軍東征，有戰事經驗的西班牙文豪塞萬提斯在《談《唐・吉珂德》的創作》中評說：『我從來沒有看到過一本騎士小說，它全部情節被寫成一個四肢齊全的整體，能夠中間和開頭呼應，結尾又和開頭與中間呼應……』，講的也是同一個道理。《文心雕龍・總數篇》說『執術馭篇』要避免『後援難繼』，也只是上述《孫子・九地篇》的引申。《文心・附會篇》裏說『群言雖多，而無棼絲之亂』，這是《孫子・勢篇》『紛紛紜紜，鬥亂而不可亂，治眾如治寡紛數是也』的改裝句。只是劉勰善于『用舊合機，不啻自其口出』（《文心・事類》）。

他雖然大量引用《孫子兵法》的名言警句,卻能『(文)更其旌旗,(字句)車雜而乘之,(文意)卒善而養之』,千年以來不知逃過多少人的法眼!

【奇正】

劉勰在《徵聖》之後,續以《宗經》和《正緯》。從兵法的角度來看這是講文學資源的奇正。《孫子·勢篇》說:『凡戰者,以正合,以奇勝』。劉勰先講《五經》,這是『以正合』,然後『采撼(圖讖)英華』,『以其有助文章』,是開明地『以奇勝』,而不是固執的以異棄。劉勰開放的胸懷,勝於禁止詩人入城的柏拉圖多矣。《孫子·火攻篇》說『戰勝攻取……非利不動,非得不用』。所以陰陽讖緯,只要是『事豐奇偉,辭富膏腴』,雖無助於經典,只要是有助於文章,就加以採用,不限於文以載道而已。劉勰在《正緯篇》說『經正緯奇』,在《定勢篇》說『執正以馭奇』,正代表了他以兵法健碩《文心》的實用精神。緊接著《正緯》,劉勰在《辨騷》裏指出『奇文鬱起,其《離騷》哉』。更進一步闡明《孫子·勢篇》所說『奇正之變不可勝窮也』。所以《離騷》『酌奇而不失其真』,以致其文『氣往鑠古,驚采絕豔』,難怪正規之文,『難與並能』。

【通變】

《文心》第六篇是《明詩》。從字面上看,也和前面幾篇一樣,沒有刀光劍影和兵略的痕跡。雖望文而不能附義。但上乘兵法講萬人敵,

而不是講一人敵的刀法劍術。歷代學者都沒有看到《明詩篇》裏隱藏著兵法。直到民國初年朱自清在《詩言志辨》裏大處著墨，小處著手，這才看出劉勰可能使用《孫子兵法》裏『奇正之變』的消息。其實從兵略運用的角度去看《文心》，奇正與通變猶如左右手，其用殊不可分。劉勰早於《徵聖》裏就已說『抑引隨時，變通適會』。『鋪觀列代，而情變之數可監』。後面的《神思》就演其餘『說變而後通其數』，又再『贊曰：情變所孕……垂帷制勝』，回到軍事作戰的兵家語。其間《樂府》說『氣變金石』，《頌贊》說『事兼正變……與情而變』。《吊哀》說『辭變』，《諸子》說『遠近之漸變』，《書記》說『變雖不常』。甚至在《通變》之前的《風骨》就先講『洞曉通變』。劉勰在《文心》裏用『變』字之多，遠超過作《九變篇》的孫子，幾乎可以跟佛典裏講的各種『心』一樣，是全書的關鍵語。《知音篇》裏的『六觀』就是『三觀通變，四觀奇正』，很像《孫子‧計篇》裏的『五校』。《時序篇》指出『文變染乎世情』。這一觀點比馬克斯和近世蘇聯文論諸家所提出『藝術是反映現實的一種形式』的理論，要早一千四百年。難怪劉勰曾自信的說：『源始以要終，雖百世可知也』。

【勢】

劉勰在《定勢篇》裏借用大部份《孫子兵法》裏的觀點。他把奇正、通變這兩大兵略要素融匯貫通之後，發展出各種文學上的勢論。在複雜度上超過《孫子》原有的樸素論點，很值得細心分析。但因詹鍈等多位學者已先後著專文討論，故僅于此節誌之，不再重複已論之言，至於別見則留待後論。

【集中】

孫子演兵法，在《虛實篇》裏說『我專爲一，敵分爲十，是以十攻其一也』。他在《行軍篇》裏又說『兵非貴益多，唯無武進，足以併力、料敵、取人而已』。劉勰寫文論，把專一、併力的道理化入《神思篇》，乃曰：『貫一爲拯亂之藥』；用于《書記》則說：『隨事立體，貴乎精要』。劉勰又在《熔裁篇》裏說『善刪者，字去而意留』。可見精要集中之理，文道和武道相通。雖然孔子說『行有餘力，則以學文』，但兵略的要素不一定永遠成于文藝之先。如果劉勰生在孫武之前，受到《文心雕龍》啓發的孫武又不知會把《孫子兵法》寫成何等模樣？

【果決】

《神思篇》贊揚『駿發之士，心總要術，敏在慮前，應機立斷』。《通變篇》『贊曰：趨時必果，乘機無怯』。《隱秀篇》說『萬慮一交，動心驚耳』。劉勰在這幾篇所贊揚的趨時必果、應機立斷，都是兵略的要領。與孫武齊名的吳起在《吳子·治兵篇》裏也說『用兵之害，猶豫最大。三軍之災，生於狐疑』。相傳是姜太公傳下來的《六韜》，也和所有的兵書一樣重視果決。《六韜·軍勢篇》裏說『巧者一決而不猶豫，是以迅雷不及掩耳』。這一說法和《孫子·軍爭》的『難知如陰，動如雷霆』，意義相通。西方的郎吉努斯也『道法自然』，把雷霆電閃用於《論崇高》中節如發機，動心驚耳的演講術。他說『A well-timed stroke of sublimity scatters everything before it like a thunderbolt, and in a flash reveal the full power of the speaker』。朗氏所用的『a well-timed stroke』，

和劉勰在《定勢篇》裏引用《孫子·勢篇》而說的以『機發矢直』，『矢激如繩』而『因利騁節』之意相呼應。《孫子·勢篇》所說的『節』的另一義，注重物理上『時節』的功能。任勢使人，如轉木石，『木石之性，安則靜，危則動，方則止，圓則行』，這個『勢』，屬於牛頓力學第一定律，又稱慣性定律。『轉圓石於千仞之山』的『勢』，是運用位能。『激水之疾，至於漂石』的『勢』，是運用動能。時節越短，『節如發機❺』，則加速度越大，力量越強，這其實同于牛頓力學第二定律，也可以說是宇宙的通理。可用於武，也可以用於文。時下正流行的 RISC（Reduced Instruction Set Computer）電腦設計，就是使用短節以增加總運算次數。雖然應用不完全相同，但用意則亦相類似。可見古今中外智術的運用，都不能脫離『人法天，道法自然』。以上所舉諸例，希望能更進一步闡明這個論點。

　　劉勰文論重視果決，而且知復能行，和大多數浪漫文人，坐不能決，起不能行，很不一樣。在他一生重大事件上，他率多『萬慮一交，應機立斷』。比起陸機的進退猶豫，而至覆宗絕祀，勝之遠矣。再由兩人的文論來看，劉勰在《文心雕龍》裡兵法縱橫，有大將之風。而三代爲將，又曾統領大軍的陸機，則於《文賦》中蕭散浪漫，不見兵略運用的痕跡。他勉強使用的一句『濟文武於將墜』，也只是隨習地喊口號。與劉勰同

---

❺　節：詹鍈所云「抓住時機，控制距離」源出何氏、張預等《孫子十家注》。我認爲，舊解似多引申其義，環繞其字，然紛紜未得各別『節』字精意。『其節短』的節不是「抓住時機」。『節如發機』的節不是「控制距離」，而當是在短時間內放出箭枝，否則所聚位能之勢，不能產生加速度，無以穿魯縞。此義可見於王羲之《書論》所云：『心不欲遲，心是箭鋒，箭不欲遲，遲則中物不入』。

時的鐘嶸也不嫻兵法。他的傑作《詩品》裏也沒有兵略的援證類義。他想取定求譽於沈約而吃了敗仗，是想當然耳。俗語說『人如其文，文如其人』。這在陸、劉、鐘三位文論大師的身上是極其明顯而又突出的。

從兵略應用探討《文心》是一個新的嘗試。可以說是上下逢源，左右惟宜。只是觀《文心》書內兵勢如海❺❽，未敢長論，僅摘其要者，聊短述二三己見而已。

【結論】

曾登「天一閣」博覽藏書的清初大儒黃宗羲嘗說：『夫文章不論何代，取而讀之，其中另有出色，乃尋常經營所不到者，必傳之文也』。劉勰的《文心雕龍》文字精煉，組織嚴密，而且內涵廣闊；不僅哲思、文論、邏輯、智術集前人之大成，更以兵略健碩勢理，開闢文論的新方向。誠如黃宗羲所贊，《文心》不僅出色，而已傳世不朽。本人此文乃就劉勰的身世、心態、出處進退，及《文心》與兵略有關諸篇加以探討；並於《文心》內，不可以兵法附會處加以甄別。另外在縱貫、橫展和側逆的方向，也試以一些古今中外的文學批評，智術創作實例揣摩印證。鉤深擊隱，疏謬之處勢恐難免，還請專家學者批評指正。並且更希望新一代的學者，能更進一步去探討其他的意義及發展的可能性。⓾

---

❺　《文心・神思》：『登山則情滿於山，觀海則意溢于海，我才之多少將與風雲而並驅矣』。

❽　杜甫《江上值水如海勢，聊短述》：『爲人性僻耽佳句，語不驚人死不休。老去詩篇渾漫興，春來花鳥莫深愁。新添水檻供垂釣，故著浮槎替入舟。焉得思如陶謝手，令渠述作與同游』。

本文初稿刊於《劉勰、《文心》與兵略、智術》，中國社會科學院·史學理論研究季刊，1996 第一期，p.38-56. 節本見於《劉勰和《文心》和兵略思想》，《文心雕龍研究·第二集》北京大學出版社，1996.9, p.311-325。

【後記】

這篇文章的緣起，是由於 1992 年，北大張寄謙教授去美國普林斯頓大學作訪問學人時，路經加州矽谷我處，看到書架上《文心雕龍》、《孫子兵法》、佛經和物理、電腦群書混雜排列，而引起她的注意和垂詢。當我稟告她《文心雕龍》裏許多地方都是出於《孫子兵法》，並出示我的筆記上列舉的實例時，她更感到訝異。認為這是個有創意的題目，很值得作更進一步的研究。於是她在普林斯頓、哈佛大學和北大等圖書館都代我去查證有關資料，發現自古以來，除了當時還健在的詹鍈教授稍微在〈定勢篇〉作了初步的研究以外，似乎還沒有人全面研究過這些題目。所以到了 1995 年北大主持《文心雕龍》的國際研討會時，她就建議我去參加學習，並寫一篇報告。

然而「龍學」的一些資深學者對於一位美國工程師將能提出一篇『浩大』而富『顛覆性』的論文很不放心。聽說最後是經過另一位北大資深學者的聯署，勉強『兼容併蓄』這一篇『先生不知何許人也，亦不詳其學問』的論文提要。當母親應邀出席此會的主席團時，忽然發現我也要去與會，而且未經她的審核，就貿然提出這樣一篇『石破天驚』（吳林柏、齊益壽、蔣凡等資深教授事後的評語）的論文，震驚之極。不僅馬上親自審查電傳稿，還召開了家庭會議，和語言學專家張清常開了「三張」學術評審討論會。另外張寄謙教授特別逐句考詢，以最嚴肅的態度檢驗此論文中上百條新異的論點。

　　到了報告時，因為文章新論點太多，本來只能用蜻蜓點水的方式來介紹這些新論點。僥倖的是，在我論文之後的北大研究生廉紅女士，在我用完了大會給予的 20 分鐘之後，她自動站起來說：「我們北大同學都是來聽林先生的論文演講，您的時間不夠用，那麼我的時間都給您作報告。我就不發言了。」廉同學為追求新學問而犧牲自我的慷慨大度，給世上國際學術會創了一個感人的先例。而由此我才能較籠統的掃過論文中的一些主要論點。

　　發言之後，龍學專家王更生教授兩次起立，熱烈發言，給予鼓勵。而母親這才敢向其他與會的專家介紹「這是我的兒子」云云。後來這篇論文經由《孫子兵法》專家楊少俊教授轉傳到中國社會科學院的《史學理論研究季刊》，結果破例於兩個月後刊出，並列於封面八篇選文中兩篇用粗黑字體列印的文章之一。對於這些長者、專家和同學們的支持和鼓勵，在此再致深謝。這段『非典型』的後記，也是為今後有志於舊學新說的年青同學和『外行』學者們作為研究和寫論文的參考。

讀唐初二李將軍出塞擊胡事有感中華之文弱乃

失之于無文武令一之教也

李唐立國當小父事

宗厥大宗恥之俟頡利

可汗南扼令李靖李勣

出兵擊之二李將軍冬日

繼騎疾駛大漠千里而

襲之以卅此一之為費漢

宗厥之精騎世所罕見

時李衛公年逾花甲而

興勁騎蓋朝其之所以勝

敵著兵法如神之故也

朔風勁且厲

飛砂如鞭掃

壯士頻髮白

何日勤還朝

壬午三月十三日

林中明詩並記

〈詠唐李靖、李勣二李將軍冬日千里疾駛大漠精騎擊敵事〉2002.7

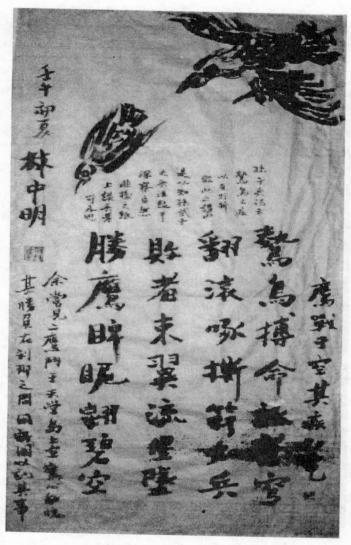

〈釋《孫子》鷙鳥之疾〉2002.7

2000 年 文心雕龍國際研討會 訪問　鎮江電視台《人世間》光碟

斌心雕龍：從《孫武兵經》
探解文藝創作

緣　起

　　《孫子》是人類的不朽瑰寶。它的兵法如飛龍在天，超越時間、地域和文化、國界；它的智略更是如水銀瀉地，籠罩浸潤所有的競智活動。因爲世間資源有限，萬物競生求勝，都不免運用戰鬥的思考和手段，企圖在時空和環境的限制下，以最經濟的方式，最少的能量消耗，和最低的熱熵亂能（熱力學第二定律），「違害就利」（《吳子》）來達成最大的效益。所以舉凡經商談判、博奕運動、殺菌醫療以至于文宣選戰各種活動，都不能跳出直接引申《孫吳兵法》，或是順水推舟後的兵略範圍。於是乎諸國百業各引兵法，你爭我奪，上下交征利，如孔子所說「好勇疾貧，亂也《論語·泰伯》」。以致於現代戰亂的危機竟然還是不出 2400 年前曾子的弟子《吳子》所說的「凡兵之起者有五：一曰爭名，二曰爭利，三曰積惡，四曰內亂，五曰因飢」。近年更有美國政治學者杭廷頓（Huntington），沿襲德國歷史學家史賓格勒（Spengler）和英國的湯恩比（Tonybee）開創的「文明體」架構，以「激水漂石之勢」，提出《文明衝突論》，把達爾文生物競生的觀念提升到比國家更大的八大「文明集

團」規模。這篇論文雖不足以成一家之言，但卻成功地引起政界和學界的注意。遺憾的是，他不僅沒有帶來化解危機之道，還有可能爲世界和平埋下了新的地雷。面臨公元兩千年新紀元的來臨，難道我們不能從《孫子》的舊經典活智慧裏，爲世界和平找出新「救兵」和新「戰略」嗎？以下提出來討論的就是「兵法文用」，掌握「戰爭決定的因素是人不是物（如：毛澤東《論持久戰》）」的觀念，從人的內部化解「心靈戰場」的烽煙，以「迂迴」而「間接」的長遠戰略，「勝殘去殺」（孔子：「善人爲邦百年，亦可以勝殘去殺矣」），促進社會、種族以及國際間的和平。

【兵法文用?!】

「文」「武」兩字，自古以來，不論中西，都是相對之義，勢同冰炭，水火不容。「文藝」和「兵法」這兩組強烈對立的觀念，可以相通相融，甚至于相輔相成嗎？這個命題的答案，在西方的文論史上，從希臘亞里斯多德以來，找不到明顯的記錄。但在中國的文化、文論史上，卻是思想的主流。從正統的經、史、子、集到民間的小說筆記裏，都可以看到這一思路傳統。這些例證，繽紛燦爛，不勝枚舉。把它目之爲「春城何處不飛花」，也不爲過。

【中國傳統文化的特色】

天地之道，一陰一陽（《易經·繫辭上傳》），文武之道，一弛一張（《禮記·雜記下》）。一文一武之爲道，這可以說是中國三千年來，傳統文化的特色。說明這一傳統的最好實例就是中國的文聖孔子，任魯國首相時，與強鄰齊國會于夾谷時，就曾果決地提出「文事必有武備」的策略。更在盟會之時，嚴肅的引用共尊的周朝禮法（而非魯國的單行法，

或「人權法」），當場「合法」的斬殺了受命羞辱魯君的齊國優伶。結果他不僅在外交上成功，而且「不戰而屈人（齊國）之兵」，不用「新兵器」的「威懾」，就收回大片失土。精通六藝，編輯《詩經》的文聖孔子，早於西方兵聖克勞塞維茲，在 2400 年以前，就提出而且成功地實施了「軍事是政治和外交的延伸」的戰略，這不僅在軍事歷史上是值得大書特書，而且也是讓近代的政軍謀士相比之下，不免慚愧的。

【文藝源于遊戲，遊戲起于競生】

西方文藝批評的始祖亞理斯多德，以爲文藝出於遊戲。《物種原始》的作者達爾文，從鳥獸草木的層次去觀察，發現詩人騷客筆下看似無邪的麗羽花香，竟然不出生存競爭，自然淘汰這個天演法則。但遊戲是動物競生的準備活動，距離「文以載道」或「爲文藝而文藝」，都還有一大段路程。東方的教育思想家孔子，提出更進一步的目標，鼓勵人們應當「行有餘力，則以學文」。由此而觀，文藝智術的衍生，實出自競生戰鬥之餘的遊戲活動。所以文學創作中有兵略思想，乃是理所當然的事。只是後來文化進步，去源久遠，分工愈細，文藝智術❶中兵略的運用，或鎔或隱，後人乃多以文武截然爲二，而忘了它們兩兄弟，其實是「其具兩端，其功一體」。

【宏觀同異】

這類情形在人類思想發展史上，也有不少相似的實例。譬如科技史上天文起自哲學，物理又淵出天文，蔚成獨立大系。直到近年研究宇宙

---

❶　劉勰《文心雕龍·序志》：夫宇宙綿邈，黎獻紛雜，拔萃出類，智術而已。

起源，物理自微粒來推求宇宙本體，天文由遠渺去研究物粒始源，二者
分而復合。又如佛教有大、小乘之別，空、有宗之爭和頓、漸悟之辯，
而眾想本源自一祖。文武智術之間的正反分合亦復如是。

　　清朝的魏源在他的《孫子集注序》裏豪邁地說：「天地間無往而非
兵也，無兵而非道也，無道而非情也。……羿得之以射名，秋以奕，越
女以劍。」從宏觀的角度來說，「文學」和「藝術」創作既然是和兵略、
智術一般，都是人類邏輯理智和形象情感的活動，那麼說「文藝創作」、
智術思維和兵略的邏輯運籌及彼己心理控制有關，就當然不是穿鑿浮
詭、故弄玄虛之言。

【戰爭、藝術和科學的同異】

　　近代西方兵學家把戰爭的指揮當成藝術，應該是始于意大利政治學
家，兼喜劇文學家的馬其維尼所寫的 "*Arte della Guerra*"《戰爭藝術》。
其後瑞士的約米尼寫書也襲用馬其維尼的書名，稱為 "*Summary of the
Art of War*"。克勞塞維茲也許受到太多當時古典力學和機械哲學的影
響，他幾乎窄義的把戰爭和暴力劃了等號。他雖然認為戰略之中有一些
藝術的成分，但他反對用 "*Art of War*" 作為書名❷。難怪他的部分理論

❷　Clausewitz, 1. "On War, Book 1- Chapter 1" : Violence arms itself with the invention
of Art and Science in order to contend against violence. 2. "On War, Book 2 - On the
Theory of War, Chapter 1 : Branches of the Art of War": The Art of War is the art of
making use of the given means in fighting, and we cannot give it a better name than
the "Conduct of War". 3. "On War, Book 2 - On the Theory of War, Chapter 3 : Art
or Science of War " : Science when mere knowing; Art, when doing, is the object.
The "doing" cannot properly stand in any book, and therefore also Art sholud never
be the title of a book.

誤導不少後學將領，只知猛打血淋淋的總體殲滅戰，頗為後來倡「間接作戰」的軍事學家李德哈特所譏❸。近世英譯《孫子》也多名之為"Art of War"。既然中西學者都把兵略當成藝術，那麼本身就是藝術精品的《孫子兵法》，它的哲理籠罩文藝創作，當然是無可置疑的了。如果擴大視野，把文藝和科技比較，我們也會看到類似的對立和期待。如科學出身，轉行寫作的 C.P. Snow 1956 年在劍橋演講的 "The Two Cultures"，就是探討人文工作者和科學家難以溝通，各以所是，非人所非，以至于演成國際間南北貧富群體的對立和不安。而天文學家、諾貝爾獎得主，S. Chandrasekhar，晚年還去探解科學和文藝終極成就的同異。他寫的小冊 "Truth and Beauty: Aesthetics and Motivations in Science" （1987），文淺境深，闡明頂尖科學理論常具數學和諧之美。這種美，和莎士比亞的文學美，或是貝多芬的音樂美是同樣的震人心弦。他這本小冊對人類思想的溝通和影響，也許比他對「白矮星」和「黑洞」的研究還要深遠。

以己所是，非人所非，這是「人」受到本身立場的限制，所不易避免的結果。所以《淮南子》就有「東面而望不見西牆，南面而視不睹北方」的比喻，感嘆古今文人武士，「不見一世之間而文武代為雌雄」以至于「文武更相非而不知時世之用」。其實從人類的智術思維來看，「文」「武」不必相非，而實相成。中國古代兵法大家，也都認同這個看法。譬如《孫子》之前的《司馬法》就說「禮與法表裏也，文與武左右也」。孫子文武全才，當然知道領軍得眾，致勝之要在于「告之以文，齊之以武，是謂必取」。而稍後的《尉繚子》也說「兵者，凶器也。戰者，逆

---

❸　B.H. Liddell Hart, "Strategy" p.324, 342, 343

德也。爭者，事之末也。故王者伐暴亂，本仁義焉。兵者，以武爲植，以文爲種。武爲表，文爲裏」。和西方的兵學家相比，攻防「戰術」上的實戰考慮，彼此相近。但在文武平衡和社會和平的視野上，近代西方的兵學家就常因爲過于專業化，而自設局限。《尉繚子》說「文所以視利害，辨安危；武所以犯強敵，力攻守」，也可以說是從分工的效率來講合作的效果。

反過來從藝術的角度來看兵略的影響，我們可以看到，文藝創作在神思情采之外，謀篇部局，通變任勢，導意動情，也多不能脫離昇華抽象後的兵略藝術。就以 20 世紀總領風騷的『先鋒派』（avant-garde）這一術語而言，也是起於軍事裏的先頭部隊，負有摸索前進，偵查敵情和冒險攻擊的作用。巴黎久爲世界藝術中心，我以爲這和拿破侖在政、經和軍事上樹立的戰鬥突破精神也有文化上傳承的意義。

比拿破侖還要早 1300 年的劉勰，更早看見文武相通的現象。在他的文學理論鉅作《文心雕龍》的《程器篇》裏，他盛讚「《孫武兵經》辭如珠玉❹，豈以習武而不曉文也？」。從逆向證明「文武之術，左右惟宜」的道理。這和人類「邏輯運作」，與「形象思維」這兩種思考方式的同異也有相近之處。「文藝」和「兵法」看似相反，但在人類思維的過程中，它們卻常互相聯結，和互相滲透。

---

❹ 1. 參看楊少俊主編，王立國等合編《孫子兵法的電腦研究》一書中的第四部分，〈孫子兵法語言文字〉篇，其中的〈孫子兵法的文學與美學價值〉〈孫子兵法語言文字的定量分析看作者風格〉等四節。（1992）2. 吳如嵩《孫子兵法新論·孫子兵法的修辭藝術》1989. 6解放軍出版社。

【微觀探解】

　　《老子》說「道」，論「為」；孔子說「仁」，講「學」；《孫子》說「兵」，教「戰」。他們三人都說到「道」，但是《孫子》所講的「道」跟《老子》、孔子所講的「道」在方向上很不一樣。《老子》的道，意在天地人「三才」中的「天」；孔子的道，意在「地」上的政府社稷；《孫子》的道，專注於人。《孫子》說「道者，令民與上同意也」，固然是說政府對人民可以「導之以政」共度艱難，或將軍可以領導士兵出生入死。但就文學藝術而言，《孫子》講的不也就是導演、作者與觀眾、讀者之間的導引關鍵，和如何引起讀者的興趣及共鳴嗎？好的作者和導演能掌握讀者和觀眾的心理，讓人跟著文章、電影的發展，為英雄的冤死而哭，為美妙的生趣而喜。這不是「令民與上同意」的下一句「故可與之死，可與之生而不詭也」嗎？

　　《司馬法》說的「凡戰之道，既作其氣（文氣），因發其政（方向），假之以色（表情），道之以辭（言辭）。因懼（死、亡）而戒，因欲（生、存）而事……是謂戰法」，它講的更細，但也說的是同一個「道」。至于《孫子》的其它的四校，「天、地、將、法」，不也就是任何文藝創作裏所必須講求的天時四季，山水風景，作者導演和文藝格式嗎？

　　《文心・知音篇》對文情的審閱，也提出和「五校」相呼應的「六觀」，要以「位體（情位文體）、置辭（修辭）、通變、奇正、事義（論證）、宮商（音律）」來見優劣。其中「通變、奇正」，更是直接借用《孫子》兵法的觀念。

　　至于《孫子》提出來的五項「將道」：「智、信、仁、勇、嚴」，也可以直接應用到作者的「文材」上。「智」就是創作的智慧；「信」

就是材料的可信度，和爭取讀者的信任；「仁」是要培養和具備對人類的關懷，或是「筆端常帶感情」；「勇」和武士的勇更爲類似，從勇于創新突破傳統，勇于負起文責，到勇于「以今日之我與昨日之我戰」！「嚴」是自律，寫作有系統、有組織。「文法」「文材」和「兵法」「將道」眞是太相似了！

如果說兵法的目的是勝敵「立功」，而修身勝己是「立德」，那麼贏取讀者就是「立言」。中國傳統「三達德」的奮鬥，竟然也不離開兵法原則的應用！

【 《文心雕龍》裏的兵略思想❺ 】

自《孫子兵法》竹簡傳世以來，最有系統「引兵入文」的就是 1500 年以前，南北朝時期的劉勰。劉勰祖籍東莞莒地，略屬於現在的山東日照。戰代齊國的田單以莒與既墨爲齊國的最後據點來抗拒燕國覆滅齊國。燕國的名將樂毅留巡齊城五年，竟不能下。後來田單運用兵略智術，弄鬼神，用五間，以火牛陣大破騎劫，一月之內復齊七十餘城，遂使莒地一舉而成歷史上戰事名城。七百年來鄉里父老想必津傳樂道，相信對幼年的劉勰，必曾激起戰鬥幻想的火花，和對軍事兵略的憧憬。

更有甚者，《孫子兵法》作者─孫武的父親田書，于公元前 523 年因伐莒有功，齊景公賜姓孫氏，封邑樂安。後來孫武因司馬穰苴之死從齊南奔吳國，和劉勰祖先也是自山東投奔南朝相似。這段歷史淵源，對

---

❺　1. 林中明《劉勰和《文心》裏的兵略思想》，《文心雕龍研究第二輯》311—325頁，北京大學出版社，1996. 9. 2. 林中明《劉勰、《文心》與兵略、智術》，《史學理論研究季刊》38—56頁，中國社會科學院，1996. 1

祖籍莒地的劉勰，肯定也產生了相當的影響。

劉勰嫻熟兵法，他在一生事業三大關頭，都以過人的機智和勇氣，果決過關。其中喬裝改扮賣貨的小販，鬻貨進書一事，詭譎絕倫，完全是兵法運用的上乘智術，千載之下，猶令人拍案稱絕。《孫子兵法》裏最核心而關鍵的「詭」字在《文心》中，也與「譎」字共有近卅次高頻的使用率。劉勰在《文心》中使用了大量的軍事術語，來健碩他的文藝理論，諸如：奇正、通變、謀、勢、詭譎、首尾、要害……等等，幾乎到了「春城無處不飛花」的地步。茲略舉簡例如下：

【道和兵形象水】

《孫子·虛實篇》裏踵《老子》之道，亦曰「兵形象水」，在《行軍篇》裏又說「令素行以教其民」，在《九變篇》裏也講「告之以文，齊之以武」。應用《孫子兵法》，把讀者導引到作者所安排的情境，這是武道文用。劉勰在《書記篇》裏說「管仲下令如流水，使民從也」。則是政道、武道、文道，三道源於一道了。成功的作者可以用同樣的兵略「垂帷制勝」（《神思篇》）和「制勝文苑」（《總術篇》）。寫文章「出奇制勝」也本源出兵法。了解這個源流，就知道詩聖杜甫「語不驚人死不休」的文略源出兵略。就兵家而言，實無足大驚小怪，這只是再次證明「天下之道莫非兵也」。

【攻守】

懂得教民以戰（孔子），用兵攜手若使一人（孫子），其後才能講攻守。《文心·論說篇》裏講「跡堅求通，鉤深取極」，是說攻，是講「破敵」之論，和打攻堅戰（詹鍈注解）。吳興弼評蘇洵《明論》，說「雖未

免挾數用術之說，然理亦如此。兵法攻堅瑕亦然」。「義貴圓通，辭共心密，敵人不知所乘」，是說守，是講如何「立己」之說。劉勰在此篇極明顯地引用《孫子兵法·虛實篇》「善攻者，敵不知其所守；善守者，敵不知其所攻」，「故我欲戰，敵雖高壘深溝不得不與我戰」。這種基本的攻守原則，就連講《逍遙遊》的莊子，也曾把它用在《齊物論》裏講解言辯攻守之道：「與接爲構，日以心鬥……其發若機栝，其司是非之謂也；其留如詛盟，其守勝之謂也」。此外，《文心·銘箴篇》解「箴」，也用攻防軍事術語：「箴者，針也，所以攻疾防患，喻鍼石也」。《文心·論說篇》裏又說：「煩情入機，動言中物，雖批逆鱗而功成計合」。這是《易經·師卦》裏說兵師的運用要能「行險而順」。劉勰在「神滅論」大論戰中沒有積極參戰去勉強立論，而在梁武帝以菜蔬代替犧牲祭祀七廟的次年，緊接奏請二郊當與七廟同用蔬果。他真的是懂得用兵攻守之道，達到他自己在《論說篇》中標讚的「功成計合，此上書之善說也」。這是人如其文，文如其人，而復能知行合一的明例。

【部陣，治衆】

能破能立，有攻有守，這是用兵略以行文的動勢。在此動勢之外，用兵講部陣，行文講謀篇。《孫子兵法·九地》論用兵部陣，要求首尾呼應，如常山之蛇❻。《文心雕龍·附會篇》論行文謀篇則謂「首尾相援」和講「定與奪」。曾隨十字軍東征，有戰事經驗的西班牙文豪塞萬

---

❻　宋陳善《捫蝨新話·作文貴首尾相應》：東晉桓溫見八陣圖曰：此常山蛇勢也，擊其首則尾應，擊其尾則首應，擊其中則首尾俱應。予謂此非特兵法，亦文章法也。

提斯（Cervantes）在《談《唐·吉珂德》的創作》中評說：「我從來沒有看到過一本騎士小說，它全部情節被寫成一個四肢齊全的整體，能夠中間和開頭呼應，結尾又和開頭與中間呼應……」，講的也是同一個道理❼。《文心雕龍·總數篇》說「執術馭篇」要避免「後援難繼」，也只是上述《孫子·九地篇》的引申。《文心·附會篇》裏說「群言雖多，而無棼絲之亂」，這是《孫子·勢篇》「紛紛紜紜，鬥亂而不可亂，治眾如治寡紛數是也」的改裝句。只是劉勰善于「用舊合機，不啻自其口出」，他雖然大量引用《孫子兵法》的名言警句，卻能「（文）更其旌旗，（字句）車雜而乘之，（文意）卒善而養之」，千年以來不知逃過多少學者的法眼！

【奇正】

劉勰在《徵聖》之後，續以《宗經》和《正緯》。從兵法的角度來看這是講文學資源的奇正。《孫子·勢篇》說：「凡戰者，以正合，以奇勝」。劉勰先講《六經》，這是「以正合」，然後「采摭（圖讖）英華」，「以其有助文章」，是開明的「以奇勝」，而不是固執的以異棄。劉勰開放的胸懷，勝於禁止詩人入城的柏拉圖多矣。《孫子·火攻篇》說「戰勝攻取……非利不動，非得不用」。所以陰陽讖緯，只要是「事豐奇偉，辭富膏腴」，雖無助於經典，只要是有助於文章，就加以採用，

---

❼ 張愛玲《論寫作》：在中學讀書的時候，先生向我們說：「做文章，開頭一定要好……結尾也一定要好……中間一定也要好──」還未說出所以然來，我們早已哄堂大笑。然而今天，當我將一篇小說寫完了，抄完了，看了又看，終于搖搖頭撕毀了的時候，我想到那位教師的話，不由得悲從中來。（林按：如果知道向《孫子》「借兵」，教書先生只要引「常山之蛇」一句話就把課講完了。）

不限於文以載道而已。劉勰在《正緯篇》說「經正緯奇」，在《定勢篇》說「執正以馭奇」，正代表了他以兵法健碩《文心》的實用精神。緊接著《正緯》，劉勰在《辨騷》裏指出「奇文鬱起，其《離騷》哉」。更進一步闡明《孫子·勢篇》所說「奇正之變不可勝窮也」。所以《離騷》「酌奇而不失其眞」，以致其文「氣往鑠古，驚采絕艷」，難怪正規之文，「難與並能」。

【通變】

《文心》第六篇是《明詩》。從字面上看，也和前面幾篇一樣，沒有刀光劍影和兵略的痕跡。雖望文而不能附義。但上乘兵法講萬人敵，而不是講一人敵的刀法劍術。歷代學者都沒有看到《明詩篇》裏隱藏著兵法。直到民國初年朱自清在《詩言志辨》裏大處著墨，小處著手，這才看出劉勰可能使用《孫子兵法》裏「奇正之變」的消息。其實從兵略運用的角度去看《文心》，奇正與通變猶如左右手，其用殊不可分。劉勰早於《徵聖》裏就已說「抑引隨時，變通適會」。《明詩》裏說「鋪觀列代，而情變之數可監」。後面的《神思》就演其餘「說變而後通其數」，又再「贊曰：情變所孕……垂帷制勝」，回到軍事作戰的兵家語。其間《樂府》說「氣變金石」，《頌贊》說「事兼正變……與情而變」。《吊哀》說「辭變」，《諸子》說「遠近之漸變」，《書記》說「變雖不常」。《通變》之前的《風骨》就先講「洞曉通變」。劉勰在《文心》裏用「變」字之多，遠超過作《九變篇》的孫子，幾乎可以跟佛典裏講的各種「心」一樣繁盛，可說是全書的關鍵語。《知音篇》裏的「六觀」就是「三觀通變，四觀奇正」，很像《孫子·計篇》裏的「五校」。《時序篇》指出「文變染乎世情」。這一觀點比馬克斯和近世蘇聯文論諸家

所提出「藝術是反映現實的一種形式」的理論，要早一千四百年。難怪劉勰曾自信的說：「源始以要終，雖百世可知也」。

【勢】

《定勢篇》是《文心》50 篇之中，最富創意的一篇文章。可惜從來研究文論的文士，罕通兵法，以致猜測紛紜，都搔不到癢處，越解釋就越糊塗。難怪劉勰在《知音篇》一開頭就大嘆「知音其難哉！逢其知音，千載其一乎！」他在《定勢篇》裏說：「情致（敵情指向）異區，文（兵）變殊術，莫不因情（敵情）立體（部陣），即體成勢（局勢）也。勢者，乘利而爲制（「致人而不致于人」之法）也。」這完全是「兵法文用」。他又說「文之任勢，勢有剛柔，不必壯言慷慨，乃稱勢也。」劉勰這一觀點，早于桐城派姚鼐，分文章爲陽剛、陰柔二派，一千多年。比起羅馬朗吉努斯的只知《論崇高》，也更全面。但文藝的陰陽、剛柔之說，也不出《吳子》所云：「夫總文武者，軍之將也。兼剛柔者，兵之事也」。劉勰也批評「新學之銳，則逐奇而失正」，不如「舊練之才，則執正以馭奇」。這也是兵法裏「兵，以正合，以奇勝」的道理。劉勰把《孫子》奇正、通變這兩大兵略要素融匯貫通之後，發展出文學上的「勢論」，在複雜度上和《孫子》的辯證論點相抗頡，很值得我們再作進一步的探討。

【集中、精簡】

孫子演兵法，在《虛實篇》裏說「我專爲一，敵分爲十，是以十攻其一也」。他在《行軍篇》裏又說「兵非貴益多，唯無武進，足以併力、料敵、取人而已」。劉勰寫文論，把專一、併力的道理化入《神思篇》，

乃曰：「貫一爲拯亂之藥」；用于《書記》則說：「隨事立體，貴乎精要」。劉勰又在《熔裁篇》裏說「善刪者，字去而意留」。匆忙的現代讀者和作家所愛好的「短篇小說」「極短篇」「掌上小說」也不外乎「一以當十」「一針見血」的兵法運用。

可見精要集中之理，文道和武道相通。雖然孔子說「行有餘力，則以學文」但兵略的要素不一定永遠成于文藝之先。如果劉勰生在孫武之前，受到《文心雕龍》啓發的孫武又不知會把《孫子兵法》寫成何等模樣？東洋兵法名家宮本武藏，在刀藝進境上受阻之後，曾棄刀浸淫雕刻繪畫，以文藝擴展兵法技藝，而達到更上一層的境界❽。在最上層的藝境，文武之道，運用之妙，應當都是存乎一心，無有差別❾。

【果決】

《神思篇》贊揚「駿發之士，心總要術，敏在慮前，應機立斷」。《通變篇》《「贊曰：趨時必果，乘機無怯」。《隱秀篇》說「萬慮一交，動心驚耳」。劉勰在這幾篇所贊揚的趨時必果、應機立斷，都是兵略的要領。吳起在《吳子·治兵篇》裏也說「用兵之害，猶豫最大。三軍之災，生於狐疑」。藉姜太公之名傳下來的《六韜》，也和所有的兵書一樣重視果決。《六韜·軍勢篇》裏說「巧者豫，是以迅雷不及掩耳」。這一說法和《孫子·軍爭》的「難知如陰，動如雷霆」，意義相同。西方的朗吉努斯（Longinus）也「道法自然」，把雷霆電閃用於《論崇高》中節如發機，動心驚耳的演講術。他說 "A well-timed stroke of sublimity

---

❽　小山勝清《嚴流島後的宮本武藏·惺惺相惜72》：（向矢野三郎兵衛學畫花）

❾　宮本武藏《五輪書·序》：若善將兵法之利推及於諸藝能之道，則萬事皆可成。

scatters everything before it like a thunderbolt, and in a flash reveals the full power of the speaker"。朗氏所用的 "a well-timed stroke"，和劉勰在《定勢論》裏引用《孫子‧勢篇》而說的以「機發矢直」，「矢激如繩」而「因利騁節」之意相呼應。莊子在《齊物論》裏也用「其發若機栝，其司是非之謂也」來解釋「與接為構，日以心鬥」的言辯鬥爭。

【「節」的意指】

《孫子‧勢篇》所說的「節」和「勢」，有好幾個不同的情況，但古來解說多不完整。我認為，其中一義，注重物理上「時節」的功能。1. 任勢使人，如轉木石，「木石之性，安則靜，危則動，方則止，圓則行」，這個「勢」，屬於牛頓力學第一定律，又稱慣性定律。2. 「轉圓石於千仞之山」的「勢」，是運用位能。3.「激水之疾，至於漂石」的「勢」，是運用動能。4. 時節越短，「節如發機」，則加速度越大，力量越強。這其實同于牛頓力學第二定律，也可以說是宇宙的通理，可用於武，也可以用於文。80 年代流行的 RISC（Reduced Instruction Set Computer）電腦設計，就是使用短節以增加總運算次數和效率。雖然應用不完全相同，但用意則相類似。可見古今中外智術的運用，都不能脫離「人法天，道法自然」。希臘哲人亞理斯多德認為文藝模仿自然，也是同樣的意思。

劉勰的《文心雕龍》文字精煉，懂得節約兵力。《文心》組織嚴密，篇章規範有如《孫子》所講的「法者，曲制、官道、主用」，而不像是借用印度的「因明邏輯學」。劉勰的《文心》不僅哲思、文論、邏輯、智術集前人之大成，更以兵略健碩勢理，開闢文論的新方向，真是「兵法文用」的典範。

【附會可否？】

雖然說文藝創作、智術思維和兵略軍事在某些地方原則上相通，但是把兵法直接運用到文學藝術裏的範疇還是有限。其間有可以因意附會者，如《嚴滄浪詩評》：「少陵詩法如孫吳，李白詩法如李廣，少陵如節制之師」；有不可以望文附會者，如《公孫龍子》有《通變》篇，述「二無一」之方法論，而實與《孫子兵法》之《九變》無涉。又譬如說《文心·體性》裏的典雅或古雅在美學上之位置，就不能勉強以兵法來解釋。《文心》裏的《情采》《麗辭》和《誄碑》《哀吊》也不好輕易用兵法去附會。

《文心·事類》所云，從「文章之（內）外，據事以類義，援古（今）以證今（古）」以下試略舉幾個古今文藝事例，以徵兵略可用於文藝智術之義，而且也像《易經》所說，「君子以多識前言往行」，是謂「大畜」。

錢鍾書在《管錐編》裏談兵，就引《呂氏春秋》裏的「古人」「老話」說「今世之以偃兵疾說者，終身用兵而不自知，孛！」錢鍾書雖然是在為中國文化的特性作箋注，他所看到的其實也是人類文化的通性，只是西洋文化裏少了孫武、劉勰，分析文化時不免缺了重要的二環。文天祥在《正氣歌》的結尾，感嘆的說「哲人日以遠，典型在夙昔」。如果撇開政治倫理的考量，文天祥的感觸其實也是文化演進的實錄。

文、藝創作裏的兵略運用的實例

【中國書法的突破：東晉·衛夫人《七條筆陣出入斬砍圖》】

在東西文論史上，劉勰很可能是第一位把兵略戰術融匯變通，執術

馭篇，有系統地運用到文藝創作理論分析上，並幸有文集傳世的文人。但是把兵戰刃弩的動勢引伸到藝術創作上，也許東漢的書法家蔡邕是東西藝術史上第一人。王羲之的「老師」，衛夫人，更以婦流之身，允文允武，破天荒的把兵陣戰勢逐寫入《七條筆陣出入斬砍圖》。其中「高峰墜石」和「勁弩筋節」則極明顯出自《孫子·兵勢篇》。衛夫人的《筆陣圖》啓發了她的「弟子」王羲之，寫成《《題衛夫人〈筆陣圖〉後》》和《又筆陣圖》。其中把「紙筆墨硯」當作「陣刀甲城」，「心意、本領、結構、颺筆、出入、屈折」看成「將軍、副將、謀略、吉凶、號令、殺戮」，簡直就是旗幟鮮明的在講兵法和作戰。王羲之以兵法入書道，引以爲秘，遺教子孫，千金勿傳。羲之引融兵法以健碩其筆勢，難怪秀逸之中復有剛勁之氣，爲後人所不能及。元初杰出的文人書法家趙子昂在《蘭亭跋》中稱贊他「雄秀之氣，出於天然，故古今以爲師法」。其實也只看到紙上的氣勢，和古往今來絕大部分的文人一般，「去聖久遠，……未能振葉以尋根，觀瀾而索源」，不知書聖筆法骨力的部分來源竟出自兵法和婦人！

　　唐太宗李世民自幼出入兵陣，論書法以兵法爲骨幹，「臨古人之書，殊不學其形勢，惟在求其骨力，而形勢自生」。論「磔」，則云「戰」筆發外；說「點」，則云忌圓平，貴『通變』。清朝的曾國藩，文人領軍，出生入死。曾說「作字之道，全以筆陣爲主。」可見也是用兵法以解書法，因衛、王《筆陣圖》而悟作字之道。又說：「讀《孫子》「鷙鳥之疾，至於毀折者，節也」句，悟作字之法，亦有所謂節者；無勢則節不緊，無節則勢不長」。劉熙載在《藝概·書概·體勢》中說：「孫子曰『勝兵先勝而後求戰，敗兵先戰而後求勝』。此意通之於結字，必先隱爲部署，使立於不敗而後下筆也」。

曾、劉二氏用兵法論書法，可能都受到《文心雕龍》的啓發，而未明言。更可能是「天地間無往而非兵，羿得之以射名，秋以奕，越女以劍」，文武相通之處，英雄所見略同。古今豪傑泰能自興，不以男女、詞章、射奕、佛儒、文武智術而隔。

【作詩如用兵】

唐朝從日本來中國留學的遍照金剛在《文鏡秘府論·論文意》裏就說「夫置意作詩，即須凝心，目擊其物，便以心擊之，深穿其境」，「凡詩者，雖以敵古爲上，不以寫古爲能」，「夫詩，有生殺迴薄，以象四時」，遍照金剛身在佛門，用字遣詞曰「擊」，曰「敵」，用「生殺」，那都是兵家術語。這是無心而意流之一例。

唐朝的杜牧精詩善文，曾注《孫子》，時有卓見。論行文則說「凡爲文以意爲主，以氣爲輔，以詞采章句爲之兵衛」，不負他兵法和文學上的胸襟造詣。

宋朝的姜夔，精音律能自制樂譜創新詞牌，又通書法佈局變勢，曾寫《續書譜》上承孫過庭，雖爲遊士散人，關懷國事不止飄逸詞人❿而已。他的詩詞清勁，我認爲是得力於兵略和書法的認識，不能只就文詞氣韻去做片面的瞭解。姜白石論詩引用兵法奇正之變，他說「如兵家之陣，方以爲正，又復爲奇，方以爲奇，又復爲正；一波未平，一波已作，出入變化，不可紀極，而法度不可亂」，把《孫子》奇正通變化入文論，顯出兵法和文學的關係似乎已普及到了「純文人」都能接受的地步。

明朝的徐渭（文長），也是富兵略的才士。他曾參與抗倭戰爭，及

❿ 姜夔《揚州慢》：自胡馬窺江去後，廢池喬木，猶厭言兵。

多種軍事活動。他寫的四齣傳奇雜劇《四聲猿》，其中兩首，一文，《女狀元辭凰得鳳》，一武，《雌木蘭》，以闡揚女子材能和諷刺當朝文武男不如女。他的劇作奇變脫俗，出類拔萃，讓後來的劇壇盟主湯顯祖，佩服到詞爲之窮，恨不得「自拔其舌」，而不得不用軍事術語說：「《四聲猿》乃詞壇飛將」。

　　清朝的葉燮論詩也以兵法爲用，他說「詩而曰作，……如用兵然」。劉熙載在《藝概》裏論文章之法式裏也說「兵形象水，惟文亦然」，直承《孫子》而與《文心・書記篇》裏的「管仲下令如流水，使民從也」相呼應。李漁在他的《閒情偶寄》裏，就拈出「密針線……照應埋伏」，和「審虛實」，以爲作文要訣。就連寫狐仙怪異的蒲松齡，也懂得把兵法應用到寫作選材，像劉勰一樣講避實擊虛之法❶，終以不同流俗，別變一格的《聊齋》傳世。可見兵法已幾乎普遍到了可被上層民俗文藝創作者接納應用的程度。

　　至于蒲松齡的《大鼠》《螳螂與蛇》，管同《記鴿》，薛福成寫《蜘蛛與蛇》，更是以兵法記述動物間的「物性相制」。它們雖然是「短篇小說」，但趣味盈然，勝讀達爾文樸素記實的《物種原始》。

短篇小說的要訣：集中攻擊、節約兵力

　　現代人公私事繁忙勝于古人。長篇小說如托爾斯泰的《戰爭與和平》

---

❶　蒲松齡字留仙，又字劍臣，好兵任俠之心于此可見。蒲松齡爲了激勵自己發奮寫作，曾在銅鎮尺上刻了一副對聯形式的座右銘：「有志者，事竟成，破釜沉舟，百二秦關終屬楚；苦心人，天不負，臥薪嘗膽，三千越甲可吞吳」。蒲松齡《與諸弟任書》：雖古今名作如林，亦斷無攻堅摭實、硬鋪直寫，而得佳文者。

固然已沒人能寫，寫了也沒人有時間看。曾任北大校長的胡適，在八十年前用了約六千字，寫了一篇《論短篇小說》，解釋一個觀點：「短篇小說是用最經濟的文學手段，描寫事實中最精彩的一段，而能使人充分滿意的文章」。北大在蔡元培做校長時，也曾教授軍訓課。可惜文勝于武，沒人注意《孫子兵法》裏的微言精義。如果我們用《孫子》的角度來詮釋「短篇小說」，其實最多只要用 11 個字「集中攻擊、節約兵力以致勝」，就可以把整個觀念講清楚。

【兵家高下】

孫武子寫兵法，只用了 5913 字（宋本曹注）。約米尼寫《戰爭藝術》和克勞塞維茲寫《戰爭論》都要用上幾十萬字。古人批評文人領軍，最忌「紙上談兵」。其實寫文章也是一種兵法智術，只是把白紙或電腦螢幕當戰場，毛筆、原子筆或打字鍵盤作刀槍。雖說約米尼、克勞塞維茲和孫子都被稱爲「兵聖」，但若論兵法實踐于文章時，我們還是能以「集中攻擊、節約兵力以致勝」與否，判定他們「文略」和「文術」的高下。

古羅馬的凱撒不僅是大政治家，而且是成功的軍事家。但是他能詩能文又復能寫悲劇，恐怕大家都不清悉。如果知道他有文有筆，大約是他的一句名言："Veni, vidi, vici"。翻成中文就是「我來，我見，我征服」七個字。由此也可想見凱撒領軍時，一定是最懂得「道者，令民與上同意也」的精髓，和「告之以文，齊之以武，是謂必取」的道理，難怪他的羅馬兵，橫掃歐陸，跨海征英，無往不利，成赫赫之功。

大英帝國最受國人景仰的海軍名將——納爾遜，在 Trafalgar（1805）對法、西艦隊一役，於進攻前發出歷史有名的簡明旗號：*England expects every man to do his duty*。於是將士用命，擊敗敵軍，造成大英帝國百年

的霸權。這是經濟文字的又一名例。二戰時領導大英國協對德作戰的邱吉爾也是深通導民之術。英國在敦克爾克大撤退之後，他在英國下議院的演講 "...We shall fight on the beaches, we shall fight on the landing grounds, we shall fight in the fields and in the streets, we shall fight in the hills; we shall never surrender !..." 音義鏗昂，激奮人心，重振士氣，終於挫敗了德國渡海侵英的計劃。邱翁後來榮獲諾貝爾文學獎，恐怕和他的二戰功業和「告之以文」的訓練有關。這是另一個文武相濟而救幾傾之國的名例。

【畫家高下】

「集中攻擊、節約兵力」的道理也可以用在繪畫上。尤其是中國的水墨畫，不僅顏色簡到黑白，運用筆都如用兵，極力避免廢筆。清初大畫家石濤曾說：「與其多用筆，不如少用筆。……能於最少之筆寫出最多之態，寫出最多之勢，則畫石之能事盡矣。我深得此法故」。而鄭板橋還覺得他不及八大山人筆簡意雄，他說：「八大名滿天下，石濤名不出吾揚州何哉？八大用減筆，而石濤微茸耳」。看來畫道也和兵法相通，或者我們可以把魏源的話再加一句：「天地間無往而非兵也，無兵而非道也，無道而非情也。……羿得之以射名，秋以奕，越女以劍，八大以筆！」

【上乘散文：「善戰者無赫赫之功」，如水之就下，勝於無形】

但是轟轟烈烈的戰鬥，對《孫子》而言，卻不是最高明的作戰方式；而赫赫顯盛的戰功，也不表示將領能力的優越。《孫子·軍形篇》提出了更高的兵略指標：「故善戰者之勝也，無奇勝，無智名，無勇功」。這也就是像曹操等所說的「善戰者無赫赫之功」。能夠用最少的兵力能

源和流血戰鬥，以取得最大的戰果，這才是「善戰者」。從「熱力學第二定律」的角度來衡量，以最小的廢熵（entropy），生產最大的功，這才算是有效率。上乘的散文，也可以用這個方法來檢驗作家的高下。

就這一標準而言，西方散文名家，行文用語都有像在火爐邊，娓娓而談的功夫。中國古代東晉的陶淵明，更是這方面的妙手。他的詩文，表面上看起來平易近人，好像從胸中自然流出，沒有一點斧鑿的痕跡，使人讀來毫不抗拒。宋代的文學大豪，天才智士蘇東坡對他推崇極致，認為陶詩連曹謝李杜都「莫能及也」。其實陶公不僅才高，而且詩文錘煉極細，才能大匠舉重若輕。蘇東坡聰明才華更是空前絕後，大家都以為他的詩詞文章是隨意揮灑而成，朱子甚至說他的文章「無布置」。不過另一位天才智士，明代的徐文長，卻深知文藝和錘煉的因果。他反駁朱子的看法，說「極有佈置而了無佈置痕跡者，東坡千古一人而已。」

近人周作人的散文也是這方面的大家。張中行在《負暄續話·再談苦雨齋並序》裏說他的散文「佈局行雲流水，起，中間的轉移，止，都沒有規程，好像只是興之所至……處處顯示了自己的所思和所信，卻又像是出乎無意，所以沒有費力」。這也是「善戰者無赫赫之功」，如水之就下，勝於無形的另一個範例。

諧讔，戲劇莫非兵也！ [12]

【諧、讔】

「諧」「讔」二語，一攻一守，一進一退，一發一藏。善謔者，謀

[12] 林中明《談《諧讔》—兼說戲劇、傳奇裏的諧趣》1998文心雕龍學會論文。

定而後動，能攻人所不能守，而且攻其無備。好的「俏皮話」和智慧型的「機鋒」一樣，其勢險，其節短。諷刺、棒喝之時，其勢如張弩，節如發機。攻之前，靜若處子，敵無戒備。動之時，捷如脫兔，敵不及拒。如果一擊不中，則收兵翩然遠走。巧的隱謎，或以正合，而形圓不可破；或以奇勝，藏於九地之下。「諧隱」的變化雖多，但自其智術而觀之，則莫非兵法之用。以此觀之，可以說「諧隱」是兵略之文戲，而文藝之富藏。

【戲劇的字源】

文藝大宗的「戲劇」二字字源，想係起于兵爭，而且更先于巫祝之歌舞以娛鬼神。戲劇二字入詩，首見於杜牧《西江懷古詩》：「魏帝縫囊眞戲劇」。杜牧文武兼資，曾專注《孫子兵法》，他以「戲劇」二字論曹操軍事策略，融武入文，義味俱到，千載難易。盧冀野在《中國戲劇論》裏極有創見的從文字學來探源。他引《說文》對「戲」字的解釋說「戲」是「三軍之偏也。一曰兵也。從戈，虙（戲字無戈）聲。」他又引姚茫父的話說「戲始於鬥兵，廣於鬥力，而泛濫於鬥智，極於鬥口，是從戈之意也。」他對「劇」字的來源認為「劇，從刀」，《說文》的解釋是：「「劇」，從豕虎，豕虎之鬥不捨也」。柳宗元在《讀韓愈所著《毛穎傳》後題》中說「（韓文）若捕龍蛇，搏虎豹。急與之角而力不敢暇。」等于闡明了戲劇力在《毛穎傳》裏是如何震憾人心。看來這幾位文學大師，竟然英雄所見略同了？！

【諷刺小說的殺傷力】

把詼諧的攻擊性發揮到極致，就產生了殺人不見血的諷刺小說。魯

迅在《中國小說史略》裏延伸劉勰《文心》裏的論點說：「寓譏彈于稗史者，晉唐已有，而明爲盛，尤在人情小說中。……若較勝之作，描寫時亦深刻，譏刺之切，或逾鋒刃」。西方文豪莎士比亞也曾在他的名劇《漢姆雷特》第二幕第二景裏借朝臣之口說出同樣的道理：「……許多佩劍的紳士，怕受文人筆下的譏嘲，都裹足不前了」。難怪西諺說 "The pen is mightier than the sword"（筆勝于劍）！

【佛經裏的兵法】

　　文藝是智術，以上的實例已然闡明與兵法相通的確然性。但兵法和佛學冰炭不容，有可能相通嗎？如果我們細看佛典，也會發現佛經裏也有引用軍事的開悟語。譬如曾在定林寺任職十餘年，遍讀典藏的劉勰，就在《文心·論說篇》裏說「是以論如析薪，貴能破理。斤利者，越理而橫斷」，取喻與眾經之王《華嚴經》裏的《入法界品第 39》裏刃劍鋸斧齊舉，藉兵仗以明道的字句何其類似？

> 「菩提心者，猶如利刃，能斬一切煩惱首故。
>
> 菩提心者，猶如利劍，能斷一切憍慢鎧故。
>
> 菩提心者，如勇將幢，能伏一切煩惱首故。
>
> 菩提心者，猶如利斧，能伐一切諸苦樹故。
>
> 菩提心者，猶如利鋸，能截一切無明樹故。
>
> 菩提心者，猶如兵仗，能防一切諸苦難故」。

此外，後期大乘經典中的《維摩詰經》行文精深又多妙趣，「本一絕佳

故事，自譯成中文之後」，智愚同歡，雅俗共賞，「遂盛行於震旦❸」。
詩人王維傾倒此經，爲之更改名號。初期變文中最受民眾歡迎的俗講之
一，《維摩變》，就是從《維摩詰經》的故事變化出來。其中從維摩詰
現身有疾，以爲說法起，到佛陀甄選弟子，行詣問疾，而諸弟子及初段
菩薩皆不堪勝任，卒選文殊率眾出征問疾維摩詰止，佛陀用的是知彼知
己、調兵選將功夫。文殊率眾弟子、菩薩、天人問疾維摩詰，兩位大士
竟用人間的兵法較量法力，雙方借機宏演妙法。你來我往，有攻有守，
各擅勝場，不分勝負。維摩詰強將手下無弱兵，就連室內的一位天女也
能講說「無離文字說解脫」和「一切諸法，非男非女」等文學和男女平
等的進步大道理。所謂「佛以一音演法，眾生隨類各得解」（《維摩詰經·
佛國品第一·寶積說偈》），誰說不斷演變而日趨浩翰的佛典經論裏只有單
調出世的虛無哲學？

　　還有，教徒之間的學理辯論，和與外道的鬥爭，無論在西方、印度
和中國，都是常事。來往攻難，更相覆疏，苦相折挫，以決優劣勝負，
豈與天演競生，兵法決戰有異？大乘佛教的開創者，龍樹菩薩，和他的
弟子提婆，與外道激辯，百戰百勝，而且精通醫藥，卻也死于王子謀斷
父命的宮廷鬥爭（玄奘《大唐西域記·卷十》）。可見講和諧慈悲的佛教也
不能脫離人世有限資源和智慧的競爭，及兵略原則的運用。在中國發揚
光大的禪宗，傳啓重視頓悟。甚至不惜棒喝。禪宗的頓悟棒喝乍看甚玄，
但說穿了也不外乎兵法的集中和奇襲、突破原則的運用罷了。

　　「西方」的宗教裏兵爭更是積極。《聖經·舊約》裏，從耶和華到
摩西、大衛，焚城滅族，記不絕書。，猶太教的耶和華尤其凶猛，違反

---

❸　陳寅恪《敦煌本維摩詰經文殊師利問疾品演義跋》。

他意志義理的城邦，在一揮手之下，就燒爲煙燼，或淹成湖海。《可蘭經》繼承《舊約》「一神教」，當然也主張「一手持眞經，一手持利劍」。開「0 與 1 式哲學」之肇始。美國立國，國徽上的白頭鷹，一爪持橄欖葉，一爪持 13 根飛箭。門羅主義的「一手持小蘿蔔，一手掄大棒子」，「順我者生，逆我者亡」的思維和國策，也是承西方初期宗教意識源頭之餘緒。既然宗教和政治也都不能脫離戰神的籠罩和兵爭的思維，那麼 21 世紀的世界和平，反而能從「兵法」裏得到啓發嗎？

【文化與和平之展望】

《老子》說「知人者智，自知者明。勝人者有力，自勝者強」。中國的政治和軍事學，自古以來就都講究「攘外必先安內」。吳起的儒學老師曾子，講「國治，天下平」必起於「誠意，正心，修身，齊家」。這和軍、政學所講治國的「先內後外」的觀念是一致的。因此把「講「導」、講「校」，求「勝」、求「全」」的《孫子兵法》用于修身自勝，如何「降伏其心」（《金剛經》），當然是合邏輯而且有優效的。《孫子兵法》講「致人而不致於人」，克勞塞維茲的《戰爭論》也講如何致力於敵軍的不平衡而取勝。能夠使戰場上的敵人失去平衡，而又能保持自己的平衡，這是兵法。把同樣的戰略戰術用于自身的修養，取得自家「心靈戰場」的平衡，血壓的降低，腦部的血流輸送線暢通，那麼才有人際間的和平可言。軍政領導者能保持內心的和平，「修道而保法」，「不以怒而興師，慍而致戰」，則《吳子》所說的「凡兵之起者有五」中的前四項「爭名、爭利、積惡、內亂」都可能降火降壓。第五項「因飢」的「外在」危機，需要經濟家的「參戰」。至於人類「內在」的「飢，荒」，恐怕還要靠文藝的「精神糧食」來解饑，開荒，陶冶性情，提升胸懷。

　　《老子》說「佳兵不祥，勝戰如喪」。孫子的孫子，在《孫臏兵法》裏說「夫樂兵者亡，而利勝者辱」。兼習孔子儒道❶和《孫子兵法》的吳起，更是戲劇性的身穿儒服以兵機見魏文侯，提出「內修文德，外治武備」的主張，而獲得重用。他西敗強秦，「辟土四面，拓地千里」，終魏文侯一代國富民安。中國的歷史發展如西漢《淮南子》所說「一世之間，文（德）武（功）代爲（時代轉換，一張一弛，起伏有如）雌雄」。大唐盛世時的英明領導人李世民曾告誡他的文武百官說「戡亂以武，守成以文，文武之用，各隨其時。謂文不及武，斯言過矣。」《司馬法》說的「禮與法表裏也，文與武左右也」，果然經得起千年的考驗，歷時不衰。

　　西方最偉大的戰士——馬其頓的亞歷山大大帝，用了不到十年的時間，提三萬之眾，征服了視線所及的的歐亞非大小諸國，戰功之盛，史所未有。亞歷山大大帝文武雙全，睡覺之前喜歡看希臘悲劇。等到他因疾猝亡，偌大帝國立即崩解。我曾想，如果他偶爾也看看幽默喜劇調劑身心，是否活的長一些？也快樂一些？19 世紀的社會學家馬克思也曾說：「現代的舊制度不過是真正的主角已經死去的那種世界制度的丑角……世界歷史形成的最後一個階段就是它的喜劇……這是爲了使人類能夠愉快地同自己的過去訣別❷」。馬克思的話，又是一個挑戰，再度發人深思。

---

❶　劉師培《國學發微》：曾子之徒流爲吳起，而孔學雜於兵家。

❷　馬克思《黑格爾法哲學批判導言》：《馬克思恩格斯選集》第一卷，人民出版社，1972，第五頁。

結　語

21 世紀人類最大的戰場，不在沙灘**⓰**，不在平原，不在海洋，不在沙漠，也不在太空，而是在各個人心中的「心靈戰場」。

21 世紀最偉大的「文明」，不是人口最多的「文明集體」，也不是只有最強大武器的「軍事聯盟」，而是擁有：能「如水之就下」，遠近悅服，以「不戰而屈人之兵」，產生最少廢熵（entropy）的文化。

21 世紀最勇敢的鬥士，不再是上山殺虎，下水斬蛟的力士，而是能制勝於千里之外的智士，和能戰勝寸心之內的「物欲」和「我執」的「任何人」（anybody）。12 世紀初，宋朝文武全材的完人——岳飛，曾說：「文臣不愛錢，武臣不惜死，天下平矣」。今天，如果我們把「愛錢」和「惜死」換成「物欲」和「我執」，岳武穆的名言，還是錚錚迴響，撞人心弦。

現在我們即將渡過 20 世紀，希望今後的智士能人，「行有餘力，則以學文」。把兩千五百年前《孫子》的智略，從鬥力鬥兵，提升到「戲」「劇」上的布局鬥口和文藝上的鬥智創意，以喜劇和美學的方式和心態，和平優雅而又愉快地進入 21 世紀。

⓰ Winston Churchill , "We Shall Fight on the Beaches" June 4, 1940, at House of Commons: "... we shall fight on the beaches, we shall fight on the landing grounds, we shall fight in the fields and in the streets, we shall fight in the hills; we shall never surrender ! ..."

贊**⓱**曰：天地之道，一陰一陽；文武之道，一弛一張。

《孫武兵經》，言如珠玉；允文允武，斌心雕龍。

【後記】

本文初稿發表於 1998 年 10 月，在北京舉行的第四屆孫子兵法國際研討會。論文宣讀完畢，受到《孫子兵法》專家楊炳安教授和當年已經 91 歲於去年辭世的朱軍中將，以及姚有志將軍、劉達材中將、劉振志博士等的回響和鼓勵，在此再記敬謝之意。論文集後由中國・軍事科學出版社於 1999 年 11 月出版。初稿文章見於 p.310-317。但書中篇名誤排「斌心雕龍：從《孫武兵經》看文藝創作」為《《文心雕龍》裏的兵略思想》，把『斌心』擅自改為『文心』；以及作者所在地誤書「中國・臺灣」，而不是論文上註明的「美國・加州」。可見得『文武對立』已久，『文』和『武』兩邊都不能真正做到「文武合一」，以致連專業編輯都犯了『心眼不一』的錯誤。由此更可以瞭解這篇文章與『傳統』的「文武對立之學」在觀念上有『顛覆性』和『根源性』之大不相同。而這正是作者撰寫這篇文章以糾正和擴大今人和後之學者對中華文化瞭解的重要原因之一。《孫子》說「知己知彼，百戰不殆」。我們做學問也是應當如此，只是「說易行難」耳。

——2003 年 9 月於加州矽谷。

⓱ 文尾之贊，是《史記》《文心雕龍》文末例行的「法」或「曲制」。

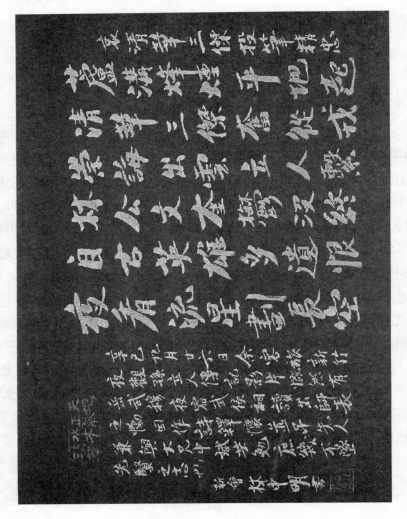

哀清華三傑投筆精忠詩及跋識　2001.11

附：（林中斌英文翻譯〈Tsinhua Heroes〉2003.9）

Tsinhua ① Heroes

*Poem in Chinese by **Chong-Ming Lin** (fall 2001)*
Translation by Chong-Pin Lin (fall 2002)/revision 2003. 9. 17.

Out of the blue thundered the Lugou Bridge ② gun,

The Japanese invasion of China thusly begun,

Set ablaze the anger of defiance,

In three gallant Tsinhua students,

Who rose to the bugle call of patriotic conscience,

And dared the odds with valiance and brilliance.

Each, alas, would face his fate in war or peace.

Ace Shen Conghui ③ kamikazed a Japanese battleship.

Victor Sun Liren ④ languished in postwar house arrest.

Champion Lin Wenkui ⑤ faded away in wronged obscurity.

Heroes ever since antiquity,

Exit mostly in tragedy.

Say no more yet behold:

A shooting star has cracked the dark infinity.

① **Tsinhua** University was established in 1911 with the indemnity fund of the Boxer Rebellion War secured by the U.S. from the Manchu Dynasty.

② **Lugou Bridge** is also known as the Marco Polo Bridge located near Beijing, which the Japanese soldiers blew up on July 7, 1927, and blamed it on the Chinese. The incident gave Japan the reason to attack China, and marked the beginning of the Sino-Japanese War..

③ **Shen Conghui** (1911-37, also *Shen Tsong Hue*) graduated from Tsinhua University majoring in civil engineering in 1932, and then entered China's Air Force Academy in Hanzhou. He became a highly merited fighter-pilot in the war against the Japanese. During an August 16, 1937 bombing mission on the Japanese navy near Shanghai, his plane was severely hit by the enemy fire and began to lose altitude. Shen aimed his falling fighter at the Japanese cruiser Izumo（出雲艦）which was then heavily damaged.

④ **Sun Liren** (1900-90, also *Sun Li Jen*) was called the "Ever Victorious General" for his failure-free record of military campaigns. His most talked-about feats include rescuing the British troops besieged by the Japanese forces in Burma in April 1942, and defeating Lin Biao, the Chinese Communist "Ever Victorious General", in May 1946 at Sipingjie in northeastern China. He was put under house arrest in 1955 by Chiang Kaishek, which lasted almost until his death. Chiang at the time felt threatened by Sun's military power, and was unduly suspicious of Sun's loyalty perhaps because Sun was favored by the Americans while Chiang was not. Sun graduated from Tsinhua University (with a bachelor's degree in civil engineering) in 1923, Purdue University in 1925, and the Virginia Military Institute in 1927.

⑤ **Lin Wenkui** (1908-82, also Lin Wen Kuei) graduated in 1932 from Tsinhua University with two bachelor's degrees in both economics and earth sciences (including geology, geography, and meteorology). He then entered the newly founded Chinese Air Force Academy and graduated in 1934 with the highest honor in the class of aviation. In 1947, he graduated with the highest honor again from the British Royal Air Force Staff College. In the early 1940's, he assisted General Claire Chenault in establishing the Flying Tigers. In September 1945, he led a flying squadron to take over Taiwan from the Japanese. Adversely affected by his affiliation with Sun Liren and his uncompromising principles in a considerably corrupted regime under Chiang Kaishek, Lin began in the 1950's to become an "outcast" of the Nationalist China's establishment, and lived the rest of his life under political surveillance in Taiwan.

《檄移》的淵源與變遷

提　要

　　「檄移」是古代戰書討逆，文宣資移的統稱。這種特殊的文體，可以上溯到虞、夏、殷、周的軍誓，「暨乎戰國，始稱爲檄」。它的寫作構勢，可以說是兵法的文用。劉勰說「文變染乎世情，興廢繫乎時序」。縱觀中華詩文諸體，「質文代變」；「歌謠文理，與世推移」。自漢至清，詩、賦、詞、曲、傳奇、戲劇，藝文之體，凡數變矣。然而反觀檄移文章，自漢而清，文理形式竟無大異。近時「文革」，焚毀舊藏，而攻伐文宣，仍以「檄」名。可見「檄」雖舊體，其命維新。它的變遷，大多出于傳播工具的變異，而不是本體的更遷。至于歐希羅馬，自古以來爭戰亦頻，歷史如戰史。然其『檄移』文告，除莎氏劇本及邱翁之檄移文字外，大多乏釆可觀。本文於比較中西檄移文章之外，并嘗試以希臘亞理斯多德的《雄辯之藝術》，綜合曾文正桐城文派「義理、考據、文釆、經濟」四要則，去探討《文心·檄移》及古今檄文，及其源自《孫武兵經》的共性及文學上的特點。復由檄文的變遷，來檢驗《文心雕龍》的時代性，并謹此就正於方家。

緣始表末

　　《文心雕龍》這本奇書，內涵淵博，組織嚴密，成就曠古，當無疑議。然而到了世紀之末，由于電子科技等超線性的成長，人類所擁有的資訊，在數量方面以指數的速度纍進。如果就文史哲材料之個人曉悉記憶而言，南北朝的劉舍人恐怕已不及昨日的錢鍾書。若就總體資料之編輯及數量而觀，則《文心雕龍》更渺然不及今日『電訊腦庫』之一束。然而若以相對的成就質量而言，1500 年前的劉勰不僅在哲思、文論、邏輯、智術上集前賢之大成，而且字謹言精，于駁雜之材料中，取譬不失精要；而于繁複系統束縛之下，運思又能迭有創見。最難得的是他能以《孫武兵經》的兵略健碩勢理，融通文武二系。大匠舉重若輕，不著痕跡的開闢了文論的新方向❶ ❷，連當代的博學鴻儒錢鍾書都看走了眼❸。所以若以此平準歸零的方式爲衡量，則劉勰成就之卓越博大，亦且傲今。

　　《文心雕龍》體大精深。近代專研《文心》的學者，如王更生等，曾以文原、文體、文術、文評四論區分之，以便利學術研究討論（王更生《文心雕龍研究・文體論》文史哲出版社，1979）。其中的「文體論」二十

---

❶　林中明《劉勰和《文心》裏的兵略思想》，《文心雕龍研究　第二輯》311—325頁，北大出版社 1996.9。

❷　林中明《劉勰、《文心》與兵略、智術》，《史學理論研究季刊》38—56頁，中國社會科學院，1996.1。38—56頁。

❸　錢鍾書《管錐編・列子張湛註・評劉勰》：綜覈群倫，則優爲之，破格殊論，識猶未逮。（按：錢氏未識劉勰以兵略經營《文心》，可謂『識猶未逮』，而《管錐編》大多亦不出『綜覈群倫』也。）

篇❹，更高佔全書五十篇中 40%的大比例。王更生指出：「其內容又結構緊密，鋪排嚴整，包羅之廣，創例之多，足以和他的文原論、文術論、文評論，鼎足而立，毫無遜色」。然而本世紀以來，研究「文體論」者，十不及一，不成比例。早期學者劉大杰甚至在他的《文學發達史》鉅作中說「在全書這是價值最低的一部分」。劉大杰的意見，想來也代表了不少文論研究者的心聲。因爲把文體論裏的應用文和如花似蜜的詩詞戲劇相比，把文體論當做果實中有硬殼的乾果也不爲過，它們當然不容易引起工作者的胃口。研究文體論的工作也近似於中下游的科技工作，研究者非有發達的理性左腦和集腋成裘的耐性不爲功。難怪《文心》中近二分之一的寶藏，竟然埋土集塵，乏人問津，這可眞是本世紀研究《文心》的遺憾。

《文心雕龍》內涵博雜，研究《文心》就像是研究一部小型的文學、歷史和社會學史。如果把《文心》比成一株會開花的大樹，那麼「神思」和「情采」等篇就像是耀目的花朵。而「文體論」諸篇，大部分就像是樹的枝葉，非花，非榦，也非根。研究它們就非歹有點「多識於鳥獸草木之名」的心理準備不行。再進一步說，人類文藝智術的系統研究，和生物學的分門別類的系統研究也很類似。西方《詩論》的創作人——亞理斯多德，不也就是世界「生物學」的肇始人嗎？所以說，研究《文心》而不研究那高踞 40%的「文體論」是不平衡而頗有缺憾的。話再說回來，「文體論」二十篇都是像枝葉、乾果，而無感性和火焰嗎？答案是否定的，因爲《檄移》篇就是一篇有火有花的壯文，很值得去探討它的文學

---

❹　20篇文體論，討論34種形式，不僅比曹丕的八種四類和陸機《文賦》的十類文體遠遠爲多，既較佛家所謂的33天猶多一種。

特色，和在文學史及歷史上的淵源與變遷。

　　《檄移》之文，事兼文武，威敵耀我，乃誓訓生死之壯筆。更因為劉勰年青時對「緯軍國」而騁時序的嚮往，筆下自帶感情，很值得我們留心。《檄移》的文體上溯虞、夏、殷、周的軍誓，研究者不僅由之可得三千年前的世情時序，而且又是研究古代軍政文史的富藏❺。譬如說，把《牧誓》的社會歷史學，和天文星相合起來研究：江曉原就能推演出相當可信的《武王伐紂日程表》❻。他推出周武王是在公元前 1045 年 12 月 4 日誓師，次歲一月三日渡過孟津，1044 年一月九日發起「牧野之戰」，仁義之師，以少勝多，大敗兵無鬥志的紂軍。《牧誓》一文，不僅給《史記・周本記》提供了第一手的史料，而且為欣賞文藝作品《楚辭・天問》的「載尸集戰，何所急？」提供了更具體的人事和軍政背景。駱賓王的《兵部奏姚州破逆賊露布》，也為國防戰史研究提供了翔實資料。此所以劉師培在《國學發微》中說：「古人謂學術可以觀時變，豈不然哉！」而今日兩岸三地的一些文學史，因為受到政治意識形態的限制，研究的時空常不能超過局部地區的四五十年。因此，研究古今中外檄移的淵源，也就更有方法學上的意義。

淵　源

　　因為世間資源有限，萬物競生求勝，都不免運用戰鬥的思考和手

---

❺　王更生《文心雕龍研究・文體論》「這種集大成之作，是值得我們欽佩的。所以居今而欲逆溯中古以前文體論的真相，老實說，還只有靠劉彥和給我們留下的這份文化遺產，否則，我們便很難來禮讚這大漢文學的」。

❻　江曉源《武王伐紂日程表》上海交大，1999.3.5。

段，企圖在時空和環境的限制下，以最經濟的方式，最少的能量消耗，和最低的熱熵亂能（熱力學第二定律），「違害就利」（《吳子》）來達成最大的效益。所以舉凡經商談判、博奕運動、殺菌醫療以至于文宣選戰各種活動，都不能跳出直接引申《孫吳兵法》，或是順水推舟後的兵略範圍。如果說《諧讔》一篇講的是「遊戲文字（諧）」和「文字遊戲（讔）」❼，則《檄移》一篇就是以『文章作戰』的『作戰文章』。所以逆流上溯人類活動，就看到周代《易經》裏的《師卦》是從《訟卦》而來。因爲《訟》而不服乃興《師》動眾。而《訟卦》則是由《需卦》而來。因爲部落集團由于《需》要不足或不均而導致爭《訟》❽。

錢鍾書一介書生，卻也在《管錐編》裏談兵。他指出：「曩日言心理者，莫不以爭鬥（Pugnacity）列爲本能（instinct）之一。吾國先秦諸子早省殺機之伏於尋常言動矣❾」。他又引《呂氏春秋》裏『古人』的『老話』，總結說「今世之以偃兵疾說者，終身用兵而不自知，孛！」

既然人類活動是因「需」而生「訟」，由「訟」而興「師」，於是乎各引兵法，你爭我奪，上下交征利，如孔子所說「好勇疾貧，亂也《論語・泰伯》」。現代戰亂的危機也還是不出 2400 年前曾子的弟子，吳起，在《吳子兵法》裏所說「兵之起者有五：一曰爭名，二曰爭利，三曰積惡，四曰內亂，五曰因飢」。近年更有美國政治學者杭廷頓（Samuel Huntington），沿襲德國歷史學家史賓格勒（Spengler）和英國的湯恩比的（A. Tonybee）開創的「文明體」架構，以「激水漂石之勢」，提出

---

❼　林中明《談《諧讔》——兼說戲劇、傳奇裏的諧趣》湖南懷化，文心雕龍學會論文，1998. 8。《文心雕龍研究第四集》，北京大學出版社2000.3, p.110-131。

❽　蔣凡《周易演說》湖南文藝出版社，1998. 10。

❾　錢鍾書《管錐編》224頁，及225頁 James, Principles of psychology, II, 409-10 ¡ P

《文明衝突論》，把達爾文生物競生的觀念提升到比國家更大的八大「文明集團」，製造了國際間擴大衝突的新問題。由此可見，今後《檄移》的應用率，還會上升。今日的世界，螳臂擋車，以小攖大❿，憤不畏天者寡。較常見的多半還是「八國聯軍」，以大對小，有如「抵落蜂蠆」。有的是以眾對孤，也會有集團對集團，「甲宗教」對「非甲宗教」，翻江倒海，「惟壓鯨鯢」。《檄移》的名稱、格式和露布的方法雖然變異，劉勰對《檄移》原則性的論述，仍然經得起時遷域變的考驗。

《孫武兵經》對《檄移》的啓發

　　《孫子》的第一句話即是「兵者，國之大事，死生之地，存亡之道，不可不察也」。就因爲兵事是「國之大事，死生之地」，所以「檄移」雖然是偶爾爲之，但它的情感衝擊力卻特別大。因此古來檄文雖然數目有限，但卻產生了不少『警句』，它們膾炙人口，差堪比擬詩詞名句。譬如駱賓王爲徐敬業所寫的《討武曌檄 684AD》，集文字、仗式、節奏、韻律、氣勢及義理于一爐。其事雖不成，千載壯其文。其中的名句如「蛾眉不肯讓人，狐媚偏能惑主」和「一坏之土未乾，六尺之孤何托？」，連武后看了都讚嘆地說：「人有如此才而使之流落不偶乎？」可見上乘檄文的魅力。

　　《孫子》兵法裏首要的觀念乃是：「道，令民與上同意也」。兵法

---

❿　Satiric comedy movie "The Mouse That Roared", about a tiny country, Grand Finwick, developed a mighty destructive bomb, declares war on USA, and asked $1M for compensation on losing winery competition to California wine, and won unexpectedly with the bomb, which turned out to be not functional. Columbia, 1959.

裏的引導軍心，其實和文藝創作裏引導讀者、觀眾，沒有兩樣，所謂「意用小異，而體用大同」是也。《檄移》篇裏釋「移」說：「移者，易也；移風易俗，令往而民隨者也」就是《孫子・計篇》裏的「道，令民與上同意也」！人民士兵能與上同心齊意，然後才能「可與之生，可與之死」。孔子說「民無信不立」，孫中山先生在《三民主義》裏首言「革命必先革心」，說的也是同一件事。

《司馬法》曰：「禮與法表裏也，文與武左右也」。孫武子文武全才，當然知道領軍得眾，致勝之要在于「告之以文，齊之以武，是謂必取」。而稍後的《尉繚子》也說「兵者，凶器也。戰者，逆德也。爭者，事之末也。故王者伐暴亂，本仁義焉。兵者，以武爲植，以文爲種。武爲表，文爲裏」。熟悉兵法的劉勰，因之也在《檄移》的第二、第三兩段裏說「周穆西征，祭公謀父稱：『古有威讓之令，令有文告之詞』，即檄之本源也」。春秋周景王的卿士「劉獻公之所謂『告之以文辭，董之以武師』」，也是再度闡明「故檄移爲周，事兼文武」。

《檄移》既然是「文章作戰」的「文伐」（《六韜・文伐》），它寫作的法則自然規隨兵法原則。「兵出須名」，既是《論語》的「必也正名乎？」又是《孫子》的「以正合」。《檄移》指出，檄文「雖本國信，實參兵詐」，「譎詭以馳旨，煒曄以騰說」，都是兵法中詭道的應用，是謂「以奇勝」。《孫子》說「故兵以詐立，以利動，以分合爲變，……奇正之變不可勝窮也」。《孟子》雖說「仁義」，然而他的行文辯論，既有「壯筆」，也有「詭辯」，要之亦不違兵道也。知乎此，我們就不會對「詭譎詐」三字，在《文心》中幾卅見，感到詫異。

《檄移》開章說「兵先乎聲，其來已久」。先聲奪『人』，豔色驚『人』，做勢襲『人』，這些招數其實都是從生物競生的技能裏發展而

來❶。巨猩擂胸以嚇敵，是先以聲奪『人』；毒蛇黃蜂的花斑，是以豔色驚『人』；蠻牛踢地，鼬鼠舉臀，則是做勢襲『人』。《檄移》開局的要點，也是起于摹仿自然生物的戰術。施耐庵《水滸傳》裏景陽崗上的老虎，它在「一撲、一掀」之後，緊接著就「一吼」懾敵，再加「一翦」三招攻敵絕活。柳宗元《三戒》裏的《黔之驢》也有類似的噱頭，它望之龐然如神，鳴而虎大駭，以爲且噬己。只是黔驢技窮之後，就成了老虎的大餐。

《孫子·軍爭》說：「其疾如風，侵掠如火，動如雷霆」。難怪嫻熟《孫武兵經》的劉勰，在《檄移》篇劈頭就說「震雷始於曜電，出師先乎聲威。故觀電而懼雷壯，聽聲而懼兵威」，其後又說「聲如衝風所擊，氣似以檻槍所掃」，這都是借助於大自然的天威，也是亞理斯多德說的「文藝起于模仿自然」。莎翁在《亨利第五·二幕四景》裏，借亨利大王之口說戰局「此來像是一陣狂風暴雨，挾著雷霆地震有如周甫天帝」，用的也是同樣的技巧。

「致人而不致於人」，這是《孫子》的兵法。檄文的攻守原則也常採用誇張手法和扭曲事實，以揚己損人，來激怒對手，以圖造成敵方心理失衡和反應失策。這就是《孫子》使敵方「怒而興兵，慍而致戰」的心理戰。武則天和曹操能當廷稱讚敵方的檄文，更是懂得借力打力和「反檄移」。他們所突顯的文學修養，王者惜材的胸襟，和勝卷在握的信心，都和謾罵他們的檄文並垂不朽。而當時生死交關的流血爭戰，今日看來，反都成了皮毛餘事。難怪曹丕要嘆讚年壽榮華有盡，「未若文章之無窮」。

---

❶　Will Durant, The Mansion of Philosophy, ch. 13, What is Beauty?, New York, 1929詩人騷客筆下看似無邪的麗羽花香，竟然不出生存競爭，自然淘汰這個天演法則。

《檄移》裏講「述此休明，敘彼苛虐」，此非《孫子・計篇》之「主孰有道」者乎？「指天時，審人事，算強弱，角權勢」，此又非《孫子・計篇》之「天地孰得，將孰有能，兵眾孰強，士卒孰練」，及《孫子・勢篇》《司馬法・攻權、守權》諸篇之旨乎？以天時、地利、人和為戰鬥要素，《孟子》此說出于《孫子》之後，或儒鬥亞聖得之於兵聖孫武子乎？

《檄移・贊》曰：「三驅弛網」，意在檄文於攻堅批敵之餘，不要忘記網開一面。這也是《孫子・軍爭》裏的「圍師必闕」和「不戰而屈人之兵」的用兵之法──以最少的戰鬥和最小的犧牲，來爭取最快和最大的勝利。上乘的檄文，足當百萬雄師。「故檄移為用，事兼文武」，又再呼應《程器》裏「擒文必在緯軍國」的中心精神。

文學特色和缺失

作為一種文體，《檄移》與《詔策》《論說》《祝盟》《議對》《書記》等《文心雕龍》的篇章同屬政府機關的應用文。但它集陽剛、明確、詭辯、威懾、利誘於一身。它所上演的劇場，是大戰場；它的觀眾讀者，是交戰雙方的千萬軍民；它的音響，是震耳欲聾的殺聲；它的色彩，是腥紅的鮮血……借用莎翁在《亨利第五》中亨利第五威嚇法國的「檄語」：『凶惡的戰爭張著大嘴將要吞噬不少人，其中有父親，丈夫，剛訂婚的情人；還有寡婦的慟淚，孤兒的哭號，死人的腥血，憔悴少女的呻吟。……將要造成千萬失去丈夫的寡婦；使得母親失掉兒子，使得城堡坍塌……』。在這種環境之下，「檄文」的特色就像是鉅資拍攝的大場面戰爭鉅片，或是以打擊樂器為主，號角為副的交響樂⓬，去喚醒那

⓬　莎士比亞《亨利第五》（梁實秋譯）：聽他講述戰爭，你就會聽到一場戰事像音樂一般給你演奏出來。

睡著的惡龍。它和講究陰柔媚麗、隱秀飄逸之類的『小型美感文藝片』或『小夜曲』自然而然大不相同。我們可以斷然的說，「檄移」是《文心雕龍》廿篇「文體論」中最具震憾性和生命力的「應用文學」。

作為政治和戰爭的一種工具，檄文的作者試圖『嚴正的呼籲公義正道』，為吊民而伐罪，雖然他明知是說假話。它需要有系統的引證事例耀我罪敵，雖然作者蓄意斷章取義，顛倒是非。但最重要的是——作者必需筆端帶有極度的自信和熱情，不然怎能勵己震敵或是自欺欺人？

《老子》說「福禍相依」。「檄移」雖然氣勢宏壯，但「宏壯失之誕……制傷迂闊，辭多詭異，誕則成焉❸」。文人或有一時熱血，因而放任其辭。依文勢而造偽事理，誤以為「氣壯即是理直」，常導致「誣過其虐」。《夸飾》的文筆也應該「夸而有節，飾而不誣」，且須「行文可激，但須不害于正」，否則以暴易暴，實不知其可也。劉勰在《文心·論說》裏說「論說」的樞要情況之一是「自非譎敵，則唯忠與信」。但劉勰卻不瞭解陸機所說的「說煒曄以譎誑」，其實也就是劉勰自己在《檄移》裏所指出「檄移」的特色常在於「譎詭馳旨，煒曄騰說」。而這也是「檄移」文章為權勢服務，因目的而不擇手段的流弊和缺失。

從桐城學派❹章法❺看《檄移》範例

『成功』的《檄移》必需是文、史、哲兼攻的一種文體。因而很適

---

❸　《文鏡秘府論·論文體六事》：敘宏壯，則詔、檄振其響。……苟非其宜，失之遠矣。

❹　姚鼐《復秦小峴書》：天下學問之事有義理、文章、考據之分，異趨而同為不可廢。

❺　曾國藩《歐陽生文集》：姚先生獨排眾議，以為義理、考據、詞章三者不可偏廢，必以義理為質，而後文有所附，考據有所歸……。

於借用清代桐城派的「義理、考據、詞章」三大作文要則去分析它。而且藉由研習古今檄文，又能以較近代的桐城章法去和《文心》的文論相互發明短長，增進瞭解。

桐城文派雖然標示「義理、考據、文章」為作文三大要素，但三者實難兼得，所以戴震說「欲收天下之巨觀，其可得乎⑯？」雖然姚鼎也有不少雄深雅健，三者兼得的文章⑰，但一般人注意到的桐城派文章，也多半止於清雅的「小文章⑱」，它們多半弊於柔弱、拘隘⑲。但以曾國藩提出的「義理、考據、文章、經濟⑳」四項要素為主軸，輔以八股文「起、承、轉、合」的格局技巧，以觀察分析《檄移》之類的『大文章』，也是一種「以舊治古」和「溫故知新」的方法。

1. 義理和起式

粗略的來說，「檄移」的起式多用「義理」「正名」來個泰山壓頂。《吳子兵法》說得好：「禁暴救亂曰義」。荀子《議兵篇》也說：「義者循理，循理故惡人之亂也。彼兵者所以禁暴，除害也，非爭奪也」。所以劉邦和項羽相爭，劉邦藉口為項羽所殺的楚義帝發喪，「袒而大哭，哀臨三日」，著檄移，發使告諸侯，以「義理」責項羽殺義帝江南，大

---

⑯ 戴震《與方熙原書》：學問之道，大致有三，或事於義理，或事於制數，或事於文章，……三者不相謀，而欲收天下之巨觀，其可得乎？戴震《與姚鼎（姬傳）書》：（治學方法）「義理、考據、詞章三者合一」。

⑰ 如姚鼎的《讀司馬法六韜》，《復魯絜非書》，《古體詩多首》等。

⑱ 劉熙載說歸有光「小文章好」，章太炎也說「劉才甫（大櫆）小文章好」。

⑲ 錢基博《中國文學史・桐城文弊》；曾國藩：「亦頗病宗桐城者之拘拘於繩尺」。

⑳ 曾國藩《求闕齋日記》：經濟之學，孔門政事之科也。

逆無道，乃率五諸侯兵，以義理振煥軍心，竟然首次大勝項羽軍隊於彭城。姚鼐說：「《易》曰「吉人之詞寡」，夫內充而後發者，其言理得而情當」，又說義理的重要在文采之先，「天下事理日出而不窮，識不高於庸眾，事理不足以關係天下國家之故，則雖有奇文與《左》《史》韓歐並立無二，亦無可作」。曾國藩《論司馬遷之文》也說「義必相輔，氣不孤伸」。兩位桐城大家都強調「義理」的重要。檄文裏的範例可推宋濂爲吳王朱元璋寫的《諭中原檄》，他一開頭就提出「自古帝王臨御天下，中國居內以制夷狄」的『大道理』，在「義理」上站住腳跟，立于不敗之理，是儒家正宗一脈。而一般群雄相伐的檄文因爲無「義理」可據，所以多半講究氣勢。譬如，東漢陳琳的《爲袁紹檄豫州文》，就是用『非常之人、事、功』的優勢來開局。而南朝丘巨源的《馳檄數沈攸之罪惡》開頭更是直說「順逆之勢」。都可算是遵循兵家一系。如果「義理」相當於文史哲中的「哲」，「考據」就相當於史。

2. 考據和中局的「承」述事理

《文心·宗經篇》說：「記、傳、盟、檄，則春秋爲限」。可見「檄」裏「史」的基礎成份。歷來檄文都要在歷史「考據」上下功夫，力求證明我善而敵惡。但多半是揚己之善而隱己之惡，發人之惡掩人之善，故無望於史家之筆。丘巨源的《馳檄數沈攸之罪惡》能寫得事實鑿確，宋濂的《諭中原檄》能正視「元以北狄入主中國，實乃天授」；反而更能獲得實力相當的敵方之民意和軍心，有效地減低對方的抵抗意志。

3. 貫穿全篇的文采

曾國藩在《桐城文學淵源考》中說：「創意造言，浩然直達，噴薄

昌盛，光氣熊熊，意欲效法韓、歐，輔益以漢賦之氣體」。曾國藩的門人，張裕釗也說「因聲以求氣（陽剛），得其氣，則意與辭往往因之而并顯，而法不外是」。文采在《檄移》裏具有關鍵性的生死作用。《老子》說：「道失而後德，德失而後義」，所以《檄移》文章在掌握不全「義理」的時候，就要借助於偏極化的「考據」。等到「辯者不善，美言不信」而「考據」又不足以服人的時候，「檄移」就要靠「文采」來起死回生。古今檄文之中，文采之盛者，豈盡在駱賓王爲徐敬業書《討武曌檄》一篇！駱賓王只用了 436 字，字字珠磯，融義理、考據、經世濟國於一爐。全文義正辭嚴，氣勢磅礴，非忠義之士，不能出此。而其駢文生猛，對仗起伏，如演精兵，一洗齊梁靡飾之文風。至于語言流暢，聲調鏗鏘，「辭如珠玉」，乃劉勰所讚「程器」之棟材。武曌讀之而嘆「失人」，良有以也。

　　劉勰說，《檄移》的文采特色就是「壯筆」❷❶。「壯筆」也就是桐城派姚鼐在《復魯絜非書》裏所說的「陽剛」的風格，它近乎郎吉努思在《論崇高》裏文情的『崇高』，但不是席勒在《秀美與莊嚴❷❷》裏所說的道德性的『莊嚴』。它雖然注重「皦然明白❷❸」「理辨辭斷❷❹」，「抗辭書釁」，「屬辭爲武」；但都不及「壯有骨鯁」，和《文心·定

❷❶　《文心·封禪》：史遷八書，明述封禪者，……祀天之壯觀矣。

❷❷　Friedrich Schiller,《Uber Anmut und Wurde》,《Vom Erhabenen》,《Uber das Erhabene》, 1793.

❷❸　Aristotle《The Art of Rhetoric》：Ch.3.2. Clarity。

❷❹　《文心·定勢》：符檄書移，則楷式於明斷。Aristotle 《The Art of Rhetoric》：Ch2.22. Enthymeme-...How we should be able to advise the Athenians either to fight or not to fight a war...

勢篇》所說的「稱勢而不必壯言慷慨」。能「短長錯出，以鼓其跌宕之勢（孫月峰）」者，得《孫子·勢篇》之妙也。傅玄的《連珠序》稱贊班固「喻美辭壯，文章宏麗」。曹丕《典論論文》評「應瑒和而不壯，劉楨壯而不密」。可見「壯筆」的風格不易以力得。陳琳為袁紹檄曹操，「壯有骨鯁」，氣勢激烈，有如「箭在弦上，不得不發」，雖辱及曹操父祖，而能倖免曹公之戮者，乃以曹操惜「壯筆」之不易得，而亦將用之於檄孫權、劉備也。

再就辭文之風格來看，好的檄文講究「聲如衝風所擊，氣似欃槍所掃」；「言約而事顯」，寧「剛健示速，事昭氣盛，」，而不可「辭緩、義隱（與詩詞異）」，和無所取于「曲趣密巧」。這正猶《孫子·作戰篇》所言，「故兵聞拙速，未睹巧之久也」，可見文武思維之法實無大異也。

4.「收尾」的威嚇、嘲笑和獎賞（窄義的現代經濟觀）

檄文的收關，不外乎威嚇、嘲笑和獎賞。中國古代的理論是「一陰一陽，一弛一張之為道」；一百五十年前的「門羅主義」稱之為「巨棒與胡蘿蔔」。而現代心理學的理論則是叫威嚇和獎賞，其間小量的威嚇則為嘲笑。但古今講的都是一回事，或者是如《舊約》中所羅門王所云：「太陽之下無新事」。

司馬相如《諭巴蜀檄》，就採用嘲笑的方式：「身死無名，論為至愚，恥及父母，為天下笑」。後來陳琳的《為袁紹檄豫州文》也用「為天下笑」來刺激曹操。東漢伏隆的《諭青徐檄》，半勸半嚇，用的文字是「不先自圖，後悔何及」。陳琳的《檄吳將校部曲》和稍後的鍾會《檄蜀文》，就講的更狠，同樣用「大兵一放，玉石俱碎」來威嚇吳蜀。朱元璋的《討張士誠檄文》就更進一步，丟出「移兵剿滅，遷徙宗族……

以釁邊疆」的狠話，連宗族都一起算帳，爲後來滅十族開了先河。但宋
濂爲明朝定天下的《諭中原檄》卻是寬宏大量，他說：「如蒙古、色目，
雖非華夏族類，然同生天地之間，有能知禮義，願爲臣民者，與中華之
人撫養無異」。於是乎檄文一出，許多蒙古軍民望旗歸降，朱元璋的吳
軍，不到一年就拿下了天下，這可以說是隻筆勝於千軍的範例。

從亞理斯多德《雄辯的藝術》看西方檄文

1. 與希臘雄辯術的比較

倡「模仿自然說」的亞理斯多德，在《詩論》殘篇之外，又曾留下
較完整的《雄辯之藝術》。他的雄辯術近似劉勰《論說篇》的論題。劉
勰說：「說者，悅也。」亞理斯多德的「雄辯術」也指出雄辯的目標在
於說服（Persuasion）對手，讓對方覺得高興（happy），自然就會接受
你的論點。如果不能說服對手，則采取威脅（threatening）的手段，製
造恐懼（fear），以使敵人屈服。辯論的技巧，和《論說》相似，講求
「跡堅求通，鉤深取極……義貴圓通，辭共心密，敵人不知所乘」。《檄
移》的技巧也和西方的雄辯術一樣，講究言壯且密，復能持論，要能做
到操縱證據和感情，詞理俱勝。做到己方的立論和辯護防守，面面俱到，
滴水不漏；而破敵之論和駁斥進攻對方時能咄咄逼人，從而一語斃敵。
這種功夫，易學難工，做的好，很不容易。所以希臘羅馬都教授貴族子
弟「雄辯術」。歐洲的大學教育，直到 19 世紀，還講授以「雄辯術」
爲名的課程。

亞理斯多德在《雄辯術》裏提出三種說服的證明法：其一曰「標示」，

用的是省略三段論法和歸納法。陳琳批曹操父、祖，不僅是用『勢』，也是用類似的推論法。其二曰「感情」，在於操縱對手的喜怒哀樂。譬如「友乎敵乎」？恐懼和信任，恩惠和罪罰。其三針對敵我的「人格」下手，譬如年紀（豎子，老番顛）、性別（武則天狐媚，母雞司晨）、成就（朱元璋自豪出身布衣，三級貧戶）。可以說與《論說》《檄移》的策略無異。

　　亞理斯多德《雄辯術》裏夸耀㉕的高貴，其實和桐城派的義理很接近。而「考據」一項，即亞理斯多德《雄辯術》中的，『指示證明㉖』中的『三段推論』考證法，和『例證、實據』。莎翁筆下的《亨利第五》，在第二幕第四景裏，就對法國代表說「根據天意與法理……（根據）族譜……他要你歸還他的國土」。亞理斯多德的《雄辯術》也考慮城邦的收益、外交、國防、經貿和立法諸層面㉗。爾後西方的宣戰文件，也都不能脫離這些要素。美國兩次大戰對德日的宣戰書，以及近年對伊拉克和阿富汗的作戰也都強調榮譽、人民、民主和美國的利益！

　　亞理斯多德《雄辯術》也注重『結尾㉘』，重點也和《檄移》使用

㉕　Aristotle《The Art of Rhetoric》：Three types of oratory- 1. Deliberation, 2. Forenic, 3. Display.　Aristotle《The Art of Rhetoric- Display Oratory》：elements of nobility are：justice, Courage, restraint, splendour, magnanimity, liberality, prudence and wisdom。

㉖　Aristitle《The Art of Rhetoric: Ch.1.2》Demonstrative Proof - enthymeme and example.

㉗　Deliberaton Oratory contains 5 main subject-areas: revenue, foreign policy, defence, trade and legislation.

㉘　Aristitle《The Art of Rhetoric: Part 3, Section 10》: disposing of the listener well towards oneself, amplification of self and diminution of one's adversary" bring the listner to emotion; and recapitulatlon. …An asynetic ending is appropriate for the speech…" I have spoken, you have heard, you have the facts, judge!"

的揚己抑敵相同，但目的在於贏得對方或取得有利的判決，而不是「槍桿裏出政權」。

2. 文采和範例：

也許是受到亞理斯多德理性思考的影響，西方自希臘以來的檄文，泰半乏采可觀。羅馬的宣戰方式㉙，更是拖泥帶水，宣戰代表一路念戰書到敵營，似乎缺少露布公告和羽檄飛書的時空觀念。十世紀初，教皇（Urban II）發布了一篇極盡鼓舞煽動之能事的宣言，以基督爲名，號召法國青年和武士東征耶路撒冷，討伐土耳其，保護婦幼，和奪回聖地。就檄文的標準而言，這是一篇極其成功之作。它和 1683 年，土耳其奧圖曼大帝對德宣戰檄文相比，「情采」「比興」就高明的太多。同世紀可觀之"虛擬"檄文，僅見于莎翁的戲劇。譬如《亨利第五》裏的「檄語」：「我軍大炮一轟，法國的洞窖穹窿即將齊鳴怒號，宏宣你的罪過，回答你的譏諷」；和《凱撒大將》裏，安東尼的羅馬廣場演講「移百姓」等數篇。美國的林肯總統，口才文筆俱佳。但他的「半檄文」《奴隸解放宣言 1863》，既無法理考據，也無情致文采可言，只是因爲重於義理，故亦成不朽之文獻。美國兩次大戰對德日的宣戰書也是枯槁無文，只有連用兩次『therefore, be it!』的口語話，還顯得有點牛仔的猛勁。後來美國對外宣戰之文，也大多承襲「so be it」的蠻腔。

英國議會出身的邱吉爾，可以說是西方近代雄辯術的巨擘。二戰時領導大英國協對德作戰的邱吉爾也是深通導民之術。他在鄧克爾克大撤

㉙　Livy: The Roman way of Declaring War, c.650 BCE

退之後，對英國下議院的演講⑳ "……We shall fight on beaches, we shall fight on the landing grounds, we shall fight in the fields and in the streets, we Shall fight in the hills; we Shall never surrender !……" 音義鏗昂，激奮人心，重振士氣，終於挫敗了德國渡海侵英的計劃。邱翁後來榮獲諾貝爾文學獎，恐怕和他的二戰功業和「告之以文」的訓練有關。這是另一個文武相濟而救幾傾之國的名例，和大英帝國海軍名將納爾遜"England expects everyone to do his duty"旗語相映輝。

《檄移》的異體和變遷

曾寫《海國圖志》的魏源，曾在他的《孫子集注序》裏探討人類活動中，兵法運用的情形。他發現「天地間無往而非兵也，無兵而非道也，無道而非情也。……精之又精，習與性成。羿得之以射名，秋以奕，越女以劍」。依照這個準則，「檄移」的運用，其實也是人類和社會團體的『競生本能』，所以也是無往而不可用之。因而在本體之外，隨環境的變化和作者的創造力又產生了一些變相和異體。

異體之一：孔德璋的《北山移文》

文兼「檄移」「諧讔」二體，是少見之混合體，算是新的文體創造了。

異體之二：檄游魚走獸

譬如韓愈的《祭鱷魚文》，就不再是對人的檄文，而是以文章意念

---

⑳ Winston Churchill, "We shall Fight on the Beaches... We shall Never surrender" June 4, 1940, at House of Commons.

試圖逐去為患潮州的鱷魚。韓愈『殺氣騰騰』而實『幽默❸』的對『擬人化』的鱷魚『宣告』「……其勢不得不與鱷魚辨……不聽其言……必盡殺乃止。其無悔」。聽說鱷魚竟然離去，勝過秦始皇的射大魚而「壓鯨鯢」無功❸。

異體之三：無檄之戰──不宣而戰，戰而不宣，宣而先戰

1941 年 12 月 7 日，日本帝國不宣而戰，攻擊美國珍珠港，創下本世紀偷襲的記錄。當今的北約對南斯拉夫的轟炸攻擊，出動各型新武器，卻是戰而不宣。2003 年初，美國於宣戰日期之前 48 小時襲殺伊拉克領袖胡森，宣而先戰。這些都是人類歷史上的戰宣新態。

變相之一：宗教戰爭

孔子和《孫子》都不講鬼神。他們講究盡人事，窮廟算，師法自然。《檄移》裏說「表耆龜于前驗，懸盤鑑于已然」。可見借鬼神靈異超人力之事跡以鼓舞士氣的習俗，自夏殷商周而起，歷久而不衰。三千年前荷馬寫《依利亞特》，就有相同的習俗，而眾英雄的人算，盡皆不如天算。《聖經・舊約》裏的耶和華向祂子民所下的「檄移」律令，更是驚心。凡違令者，從「天火焚城」到「疫掃全國」，甚至「水淹世界」。相形之下，大部分中國歷代檄文裏的「大軍一至，玉石俱焚」，算是相當保守了。中國歷史上只有藉宗教爭皇位的戰爭，而沒有真正的為宗教而戰鬥的戰

---

❸ 吳孟復《桐城文派述論》：《毛穎傳》《祭鱷魚文》《送窮文》均來自六朝的《修竹彈琵琶文》。

❸ 《史記・秦始皇本記》秦皇夢與海神戰，……乃令入海者齎捕巨魚具，而自以連弩候大魚出射之。

爭。朱元璋《討張士誠檄 1366》，則是少見的爭權又鬥教的檄文❸。

變相之二：名教戰爭

太平天國建國初期，作戰不利，石達開作檄文，提出「忍令上國衣冠淪于夷狄，相率中原豪傑還我河山」的革命名句。於是民間遇「賊至爭先迎之，官軍至，皆罷市」（張德堅《賊情彙編》），爆發「檄移」的雄威。其後曾國藩發揮桐城章法，撰寫《討南粵檄》，藉保衛名教，以捍衛唐虞孔孟道統❹爲號召，從而抑止了太平天國假洋教而興的革命勢力。開《檄移》用于『道統、意識』攻防之新紀元。至於近代因共產主義和資本民主體制而起的戰爭，其實也是名教的戰爭。

變相之三：文學檄──文言白話之戰

夫新與舊之爭，自古而然。所謂人有不平則鳴，勢有不平則戰。以政治而言，新政必與舊勢相劇戰。就文藝而觀，新文學之觀念，也不能不與舊文藝的框架起頡頏。民初胡適提出的《文學改良芻議 1917》，雖然也是吸收了前人的論點❺，但亦可視爲中國新舊文學形態相爭之『戰

---

❸ 朱元璋《討張士誠檄1366》，則是少見的爭權又鬥教的檄文。「致使愚民誤中妖術，不解偈言之妄誕，酷信彌勒之眞有……妖言既行，凶謀遞逞，焚蕩城郭，殺戮士夫，荼毒生靈，千端萬狀」。

❹ 《曾國藩‧討粵匪檄1854AD》：「粵匪竊外夷之緒，崇天主之教……舉中國數千年禮儀人倫，《詩》《書》典則，一旦掃地蕩盡。此豈獨我大淸之變，乃開闢以來名教之奇變，我孔子、孟子之所痛哭於九原……誓將臥薪嘗膽，殄此凶逆……而且慰孔孟人倫之隱痛……」

❺ 《文鏡秘府》「文章廿八種病」；桐城派「詞必己出，言能盡意」；章學誠《文史通義‧古文十弊》。

書露布』。於是文言文成了阻礙進步的罪首,而桐城派也成了『桐城妖孽』。《文學改良芻議》和東漢劉歆「辭剛而義辨」的《移書太常博士(責讓五經博士)》,以及梁武帝時范慎的《神滅論》,俱屬同類,都可以當得起一個時代裏的文移之首。1960 年代臺、港的中西文化論戰,也可視作文化兵爭,而其中的不少文章所帶火藥氣之盛,直逼生死鬥爭的兵檄。

媒體科技對「檄移」傳播方式的影響

劉勰學貫中印,識通百家,他對文藝的變化更有獨到的見解。他在《時序》篇裏就指出:「時運交移,質文代變……歌謠文理,與世推移」。作爲一種大眾文宣,檄文傳播的方式,也就不能不因爲科技變化而與世推移。檄文從言出不留的聲響宣誓起,到定點露布的「播諸視聽」,再到「書以尺二,插羽以示速」(《檄移》)傳播遠方,它在這些過程中所顯示的變化,其實就是古代媒體科技對「檄移」傳播方式所造成的結果。本世紀初發明的電話、電報❸❻,使得露布羽檄的傳播方式起了跨越空間的大變化。其後空飄、空投傳單以至于衛星電視、網路電訊等科技,也都變成文宣和檄移的新工具。君不見,網路上各型各態的「宣戰書」(Declaration of War)乎?爲環保可以宣戰,爲工資更要宣戰,就連內政部長,也要借用檄文宣戰的方式,向竊盜宣戰❸❼。年青的紅衛兵雖然

---

❸❻ 《梁啓超·中華民國護國軍政府〈討袁賊〉檄文、電報1916元旦》:袁世凱不得已,於3.22撤銷帝制,6.6羞憤而死。筆桿之勝於槍桿。《饒漢祥·爲黎元洪草布·廢督軍制通電1922》:五大禍害,六不足慮,先決者三。

❸❼ 中華民國內政部長黃主文,於「全臺防治竊盜會議」會中正式向竊盜宣戰。1999.4.20

沒聽過什麼叫「文心雕龍」，更不知道「檄」「移」的同異，但文革時期億萬的年青人，沒有不知道「炮打某某人」「炮打某某部」之類的「檄文」，不僅要在經濟物資和權益上鬥贏，而且要把敵人以古代「檄移」的文宣方式鬥倒鬥臭。奢言「去四舊」易，移好戰之本性難。因此，雖然傳媒科技起了鉅變，但就人性的「不變者而觀之」，《檄移》之道未嘗變也。劉勰說「文變染乎世情，興廢繫乎時序，原始要終，雖百世可知也」，由此又得證例。孔子說「溫故而知新」，真是講得既高明，且現代。

結　語

當今此地的文學，受到經濟影響和環境的限制，似乎有一種當年齊梁文學「輕[38]、甜、淺、碎」的傾向，而氣勢磅礡，雷霆萬鈞的壯辭宏文，久未聞焉，遑論「閎廓深遠」入禮出兵之作[39]。《檄移》一文，雖僅為20篇「文體論」之一，然而它上演的劇場，是最大的劇場──戰場！它面對的讀者，是兩軍龐大的百萬軍民；它的音響配樂是震天的殺聲和爆炸；它的畫料是最驚心動魄的色彩──腥紅的鮮血。好的檄文，義理與考證齊飛，文采與熱情迸放，膾炙人口之作實不讓詩歌詞章專美於前。

今年時值世紀之交，世界各處和戰不定者多有。放眼未來，文明集

---

[38]　瘂弦《輕文學的現象》1998。米蘭·昆拉德《生命中不能忍受之輕》：媚俗（嘩眾取寵）是所有政客的美學理想……媚俗所引起的感情是一種大眾可以分享的東西。

[39]　姚鼐《讀司馬法六韜》：班固出之以入《禮經》，太史公嘆其閎廓深遠，則其書可知矣。司馬遷《史記·司馬穰苴列傳》：余讀《司馬兵法》，閎廓深遠，雖三代征伐，未能盡其義，如其文也，亦可以少褒矣。

團之衝突勢或將興。各類戰爭，兵器雖異，然於攻防之際，仍發各類文告勵己罪人，與古人無異。現代宣戰文告雖無「檄移」之古名，然實皆上承《檄移》文攻武脅之實體。以其影響巨大，驚心動魄，遠在流行文藝與市井文學之上，故特撰文以論述其古今中外之同異。復以研討《檄移》此一『冷門』篇章，更突顯出劉勰當年不僅學問淵博而且滿腔熱血。因此我們認爲，《文心》雖舊，其道如新，而 21 世紀文心雕龍之研究，豈猶初生之嬰兒乎！

贊曰：

> 「文攻」「武嚇」，爭戰之常；「九伐先話」，「三驅弛網」。
> 以「移」代「檄」，王道之綱；興文偃武，文明大昌。

《《檄移》的淵源與變遷》，《文心雕龍》1999 年國際研討會論文集，文史哲版社 2000.3., p.313-339。

【參考資料】

張少康《文心雕龍新探》濟南・齊魯書社，1987。

祖金玉《歷代檄文名篇選譯》北京・中國青年出版社，1997。

劉洪澤《中國戰書—歷代戰爭文書賞析》北京・解放軍出版社，1996。

吳江雄《中華通鑒—影響歷史的一百篇名作》廣西民族出版社，1995。

戴景素選輯《中國歷代宣傳文選》臺北・木鐸出版社，1982。

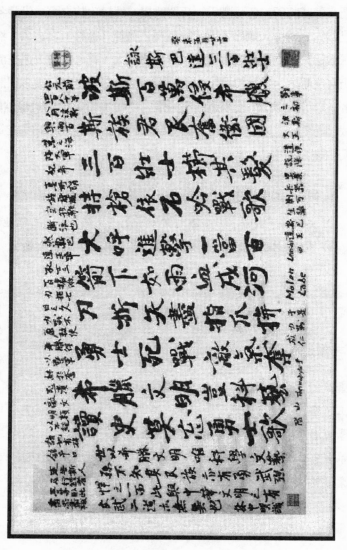

〈詠斯巴達三百壯士〉2003.6.16

九地之下　九天之上
──〈廟算臺海〉代序

【從地中海到太平洋：『兵之所起者有五』《吳子》】

　　兩千年前，歐非強權，在地中海圍繞著西西里島，競逐大海的控制權。兩千年後，亞太的強權，也在太平洋圍繞著臺灣島，競逐大洋的控制權❶。印證了所羅門王所說的：「太陽之下沒有新事。」《吳子》說：「凡兵之所起者有五：爭名，爭利，積惡，內亂，因饑。」似乎天下戰事的爆發，不完全是由於物理的力學勢差，也不只是爲了優化經濟「利益」，而是藏有相當大的非理性的好惡成份，因此難以數學預料戰爭爆發的時間，也不易推測下一次戰爭的的敵友。但是對戰爭的勝負判斷，還是有軌跡可循。

　　如何判斷變化的軌跡？《孫子》以居高臨下，輕重次第的說：「主孰有道？將孰有能？天地孰得？法令孰行？兵衆孰強？士卒孰練？賞

---

❶　John Mearsheimer, The Tragedy of Great Power Politics, Ch.10 "Great Power Politics in the 21st Century -- Structure and Conflict in Tomorrow's Northeast Asia," W.W. Norton & Co. , Inc., 2001, p.396-402

罰孰明？吾以此知勝負矣。」可以說，《孫子》整個研判的精神在客觀的「知敵我」，而且特別注重一般將領容易忽視的「隱性」、「陰性」和「不可觸摸」的變數。從戰史來看，戰場上最大「殺傷力」，就往往來自「標準答案」之外的創新和虛實的轉換。譬如說，把臺灣當作不沉的航母時，其本身之不能移動，和「存在艦隊」迂迴縱深的局限，就不能不考慮不同的安排。當人人都談「信息戰」的時候，也不要忘記「網路經濟」在市場和社會上的真實比重和其「泡沫化」的教訓。從前以爲是獨立於其它社會科學之外的軍事科學，現在要向其他的學科「取經」，甚至吸取經驗，借用分析工具和接受教訓。

【知己知彼，百戰不殆】

所以研究中共軍事思想，在注意大家都注意的「新變」之餘，也不能不研究毛澤東的政治和戰略思想等「不變」的基礎思想。論戰爭，毛澤東最喜歡引用《孫子》說的「知己知彼，百戰不殆；不知彼而知己，一勝一負；不知彼不知己，每戰必殆。」本書的編者，廖文中博士，本身就是軍事科學的專家。他精心收集編寫了這十幾篇軍事科學論文，提供客觀和最新的中共軍事研究，籠罩了最重要的軍事課題，聯係了古今新舊的變化。想來其精神和所致力之處，也正是《孫子》所說的「知己知彼，百戰不殆。」

現代化和高科技的讀者也許會問：爲什麼在 21 世紀還說 2500 年前，只有六千餘字的《孫子》？這個「實事求事」的問題，可以從兩個大方向來解釋：其一，因爲這是中共解放軍軍事哲學思想的根源❷；其

---

❷ 林中斌《中共核武戰略——演變暗藏傳統》(China's Nuclear Weapons Strategy --

二，因爲《孫子》不僅是中華文化的顯學，而且日益受到國際戰略專家的重視和應用，甚至成爲美國軍事學校和企業管理學者的主要教材和參考書籍之一，而且對高科技電腦晶片的發明創新，也有直接的啓發❸。

【經典之質和意識之失】

經典的著作，其重要性在「質」不在「量」，在「原則❹」不在「技巧」；而且一定是經得起時間、地域和社會、文化的反復考驗。借用古代印度哲學「劫」的觀念，若以「十年爲一小劫，百年爲一中劫，千年爲一大劫」，那麼所有的「經濟學」教科書都過不了「十年一度」的「小劫」。相較之下，《孫子兵法》已經過了 250 個「小劫」，或者說是兩個半「大劫」，而且仍然生氣蓬勃，甚至打入各種社會科學，包括「文藝理論」❺ ❻。所以用《孫子兵法》以爲基石來探討中共軍事的哲學思維，當然勝過「意識形態」的「馬、列、史」和後期私慾熏心的「毛澤

Tradition within Evolution), Lexington Books, 1988.

❸ 林中明《舊經典 活智慧──從易經、詩經、孫子、史記、文心」看企管教育和科技創新》，第四屆《中華文明的二十一世紀新意義》學術研討會論文集，嶽麓書院・湖南大學，2002年五月。

❹ Captain Steven E. Cady, World Peace and the Soviet Military Threat, Air University Review, Jan.-Feb., 1977. As the Frenchman said: Plus ca change, plus c'est la meme chose (The more things change the more they are the same.").

❺ 林中明《劉勰、《文心》與兵略、智術》，中國社會科學院，《史學理論研究季刊》，1996第一期，p.38-56。

❻ 林中明《斌心雕龍──從《孫武兵經》探解文藝創作》，第四屆孫子兵法國際研討會論文集，1998年。軍事科學出版社，1999.11.，p.310-317.

東思想」。

　　至於蘇俄的軍事思想，同樣在「馬、列、史」和「意識形態」的長期鉗制下，雖然武器精猛，軍事尖端科技發達，但其形態龐大而智略被動，同時上拼美國太空科技，中支越南對中共四次作戰，下陷阿富汗十年泥沼，最後終於導致蘇聯「帝國」全面崩潰。更由於蘇俄以陸權領軍，沒有大規模兩棲作戰成功的範例和實戰經驗。對遠洋海軍的威力和經濟利益的掛鉤，自彼得大帝之後，也不如英美重視。所以在三軍聯合作戰戰術及海軍戰略❼上，除了對年老一輩留俄垂垂老矣的軍人，如 1958 年留俄的劉華清等將領，曾有一些「慣性」影響；和當前俄製先進武器的使用技術策略之外，恐怕就少有值得新一輩解放軍師法的兩棲、垂直作戰經驗和遠洋海空勤聯合攻防的大戰略。因此對於研究中共軍事思想的範圍而言，嚴謹的做法固然應該瞭解近代俄國戰略代表者的思想，並從政治掛帥的煙霧下，找出他們重要思維的方向。但就先後重要性而言，我認為卻不必把講實力而乏創意的蘇俄軍事思想，當做當下研究對象的首位。

　　此外，就軍事理論歷史的研究而言，「馬、列共產主義」對蘇俄興衰的影響，可以說是「成也蕭何，敗也蕭何」。而曾長期在「意識形態」籠罩下的中共解放軍，也因為思想受到鉗制，而間接弱化了它可能的進步和對臺的有效攻擊力。

---

❼　譬如高希可夫於1956~1985年出任前蘇聯海軍司令，就是前蘇聯「海權派」戰略思想的代表性人物。

【存在艦隊：以攻為守，境外決戰】

　　這種歷史吊詭之處❽，在王曾惠《海軍戰略的發展（1652—1674）》一文中，也於分析英、荷幾番爭霸戰的結尾，特別以史家的眼光加以著墨。他溯源歷史的大局觀，接近美國海軍戰略創始人馬漢將軍的歷史修養，超出一般「頭痛醫頭，就事論事」的技術性論文。王曾惠將軍的第二篇論文，則從臺灣島的地理、歸屬和法、商歷史來研究《中國海軍於臺灣島戰略地位》，頗有羅馬凱撒大將寫《高盧戰記》的細膩風格，是「知己知彼」的過程裏，不可少的「知己」功夫。他的第三篇論文《中共臺海戰爭兩棲登陸軍力》，特別重視新一代，有關「空海一體，多層雙超，超越登陸和縱深登陸」的見解。他對于「地效飛行器」商、戰潛力的分析，則有當年英國富勒和邱吉爾先悉《機械戰》和裝甲車威力的眼光，和德國曼斯坦色當突破的預見。他的第四篇論文《我國未來海軍戰略之構思》則廢棄傳統觀念下「存在艦隊」的時效意義，而強調爭取主動「以攻為守，境外決戰」，及決心和勇氣的重要，回歸到古今世界兵學的基本原則。

　　不過我以為「存在艦隊」的意義，如果參照《孫子》「善守者，藏于九地之下；善攻者，動于九天之上」的原則，從新詮釋現代大環境下「致人而不致于人」的新組合，則未必是落伍的觀念。但就這四篇軍事

---

❽　王曾惠《海軍戰略的發展（1652—1674）》：「1674年戰爭終了，荷蘭精疲力盡，遂淪為二流國家，英國則取而代之，成為首屈一指的海洋帝國。戰後15年，1689年元月荷蘭親王奧倫治威廉三世入主英國，雖非關戰略卻是歷史的惡作劇，造化弄人『天地為爐兮，造化為工，陰陽為碳兮，萬物為銅』。」

論文的縱深和概括面而言，可以說他已經形成了一個重要的戰略學研究架構，大有可能爲臺灣寫出一本重要的《臺灣海軍戰略》。可惜天不假年，英年早逝，未能寫出像馬漢那樣影響全世界海權思想的《海軍戰略》。作爲王曾惠將軍 50 年的老友和小學同學，家兄中斌和我，於公於私，於學術於志趣，都是極其惋惜和痛心的事。於此也只能以我的詩句「自古英雄多遺恨，夜看流星劃長空」，和簡單的序言來吊念他了。

【總體戰：軍事、政治、外交、經濟和高科技相結合】

現代戰爭打的是軍事、政治、外交、經濟和高科技結合的總體戰。本書編者收入楊念祖有關《美日安保合作對西太平洋安全之影響》一文，顯示了作者和編者對地緣政治和軍事同盟整體運作的重視。使得此書的範圍擴大到對亞洲大戰略的透視和國際局勢的全面考量。其資料的豐富，也讓戰略研究者看到美軍「境外決戰」和三層防線佈局的戰略優勢；和今後太平洋勢力塊板，因爲日本軍力的走出日本海，而勢將重新劃分的歷史必然性。因而本書不同於一般「純軍事」和「量化研究」的論文集。但由於國際情勢的千變萬化，這本論文集的部份論文必將受到時間的影響，從而改變了相對的戰略關係。但就取材的方向而言，則仍是後續研習者的羅盤，具有「印證歷史」和「與時偕行」的教育意義。

在中共解放軍隨同中國共產黨，一同從僵化過時的「馬列教條」中逐漸「解放」的同時，中共的軍事、政治、外交、經濟和高科技結合的

總體戰❾也越趨活躍，在「意識形態」和手法上更接近於過去大英帝國和現在的美國。

　　譬如說朱鎔基總理於今年九月訪問法國時，就向法國的軍火商政集團招手，願意承購法國賣給臺灣的全部武器。而稍後國防部長遲浩田訪問菲律賓時，則願意賣飛機給菲律賓，以取代臺灣想賣給它的 F5E 戰機。這種政軍外交經濟一體，攻守交錯的「大戰略」❿，看似沒有實際的戰鬥力，但就《孫子兵法》的「不戰而屈人之兵」和李德哈特的「間接戰略」而言，這些「政、戰、經濟、外交」一體的「運動包圍戰」，雖然不在本書範圍之內，但是對高一層次的研究，則是更值得注意的題材。

【古為今用　時空歸零】

　　此外，研究中共解放軍的軍事思想，固然要知道其思想的來源。但現代高科技的新發展，又帶給各國軍事發展新方向和競爭壓力。所以從舊的根源來說，研究中共軍事思想不能不精究中國古代的軍事經典──

---

❾　約翰・柯林斯《大戰略：原則與實現1973》：許多人至今仍然相信，如果不受人為的約束，單憑武力就能打贏戰爭。事實上，如果沒有深謀遠慮的政治戰、經濟戰、社會戰和心理戰相配合，武力本身是不能取勝的。

❿　Chong-Pin Lin, "CHINA AFTER SEPT.11 ," The Asian Wall Street Journal, July 11, 2002, "With Beijing's self-restraint serving as a defense in the world now dominated by a single superpower, Beijing launched diplomatic counteroffensives beginning in late 2001 to regain its influence in two phases......For Beijing, it may be noble, if not also necessary, to look after its old friends when others despise them. Yet for Washington, that may just unwittingly make Beijing the patron for the "axis of evil."

從宋代集結的《武經七書》到 1998 年集成 50 卷本的《中國兵書集成》加上毛澤東的早、中期的軍事思想。對此部份的研究，張惠玲撰寫的《中國傳統軍事戰略思想對中共軍事戰略的影響》，給本書提供了有系統的回述，並比較《老子》《孫子》和曹操、毛澤東在軍事思想上的同異，使得本書涵蓋的「文化縱深」和歷史範圍，更加深遠和全面。在這篇論文之中，有兩點值得注意：

其一，古代的《老子》《孫子》和曹操都以不同的方式，批評和貶低「窮兵黷武」的「純軍事」思想和手段。這和一些東西方崇拜武力的政、軍及參謀人員所遵循的模式和「範例」，在文化思想上有根本性的大差異。這對今後世界漸趨和平或大小戰爭不絕，將是一個重要的指標。

其二，《老子》《孫子》和曹操、毛澤東都在文學上達到「辭如珠玉」⓫的高度，也表現了傳統中華文化裏「文武合一」的範例。本書的作者們，文筆都流暢洗練，這也是特色之一。反觀中共對軍事文化的研究，我們看到：（1）中共戰略專家李際均將軍作總序，由解放軍文藝出版社出版了一套「軍事學者評點古典軍事文學名著」⓬；（2）1953年曾留學蘇聯伏羅希洛夫海軍學院，後來曾擔任過中國海軍學院院長的朱軍⓭，在寫過《孫子兵法釋義 1987》之後，會在 90 歲的高齡，闡寫

⓫　劉勰《文心雕龍》：「《孫武兵經》，辭如珠玉，豈以習武而不曉文也？」

⓬　姚有志將軍點評的《水滸全傳》，吳如嵩的《三國演義》，劉先廷的《東周列國誌》。

⓭　于正江〈朱軍《管子釋義·序》〉：「在朱軍老院長被評爲全國和全軍「老有所爲」先進個人之際……離休以後……像戰士找到了新的「崗位」，全身心地投入到中國古代思想的研究中，從《書經》到《史記》，從周易到老莊，仰之彌高，鑽之彌深……」——1998.10.12

《管子釋義 1998》。這些看似和軍事無關的「瑣事」，其實清楚地闡明了中共的文化方向已脫離了「外來」而不符中國文化民情的「馬列主義」和「意識形態」。這也說明研究中共軍事思想，須要把「黨、政府、文化、人民」四大項分別處理，時空歸零。就像處理經濟問題，需要把「財團、政府、金融、股民」等項分別看待。能客觀分類，再去實際地瞭解其思維動向，才能從而制定最有效的政策和戰略。客觀而有系統的分析，不僅對經濟、企管有用，對中共和其他的強權甚至自己也都適用。

【既鬥力，也鬥智：兵部尚書蘇軾和武學博士朱熹】

若從新的一頭來看，則最重要的是近十年，受到美國高科技武裝勢力衝擊下，新的中共國防戰略。美國早期軍校的教育注重工程和數學。結果真正打起仗來，這些訓練對將領的「競勝求存」幫助卻是有限，或者反而還造成高比率和不必要的大量死亡。但是到了 21 世紀，科技的威力遠遠超過了人體的戰力，反應速度和偵察範圍。於是乎科技人員的重要性，隨著武器能力的快速發展而益形緊要。結果舊式軍校的理工訓練課程，竟然回過頭來卻更符合新時代的需要！新時代的戰略家，如果不懂得高科技在光電、生物、海洋、太空等方面的軍事效力和發展方向，其危險性就像古代農業社會的軍人不會射箭和騎馬，而妄想對抗蒙古騎兵和神射手一樣。但是回顧歷史，我們也會「驚異」的看到曾任「兵部尚書」的「大詩人」蘇軾，在 58 歲時，自動請纓領軍邊防，並在定州積極修編「弓箭社」，成功地抑制了契丹的進犯；和 65 歲，曾被封為

「武學博士」的朱熹，在長沙編練「弓手土軍」，枚平叛亂。這都說明了戰爭的本質是「既鬥力，也鬥智」的總體戰鬥，缺一不可。

【十度空間之戰：五陽五陰之為道】

再就中共解放軍新世紀的六大次元 1.海，2.陸，3.空，4.天，5.磁，6.網而言，其首三項還是近于傳統的編制和思維。但是後三項，則師法美國新一代科技掛帥的新方向。於是乎中共軍事的思維方向，變成經典戰略和尖端科技的綜合體。中間一代的戰爭經驗反而變得相對次要了。中共慣說的「老、中、青」三結合，也勢必改變它過去習慣的比例，而變成兩頭大，中間小。或者說，能夠洞悉全球大戰略的國際歷史關係專家，和熟悉高科技應用及發展潛力的智識份子，勢將取代過去全靠累積傳統作戰和管理經驗的「純」軍事的參謀及作戰人員，而成為新一代軍事智略和運作團隊的重要成員。因此，過去只注重分析中共軍事武器能力和數量的做法，就必須改變成瞭解他們軍事智略團隊的思維、智識和人員的培育。當中共軍隊不再經營生意，而專注於軍隊體制的現代化，同時軍人的素質由大力徵召精選智術青年而改進時，研究中共軍事能力和走向的方式，就不能不因之而積極地相對調整，並注意加速臺灣本身在這兩方面的進步。

如果對中共解放軍新世紀的六大次元：海陸空天磁網，加以分析。我認為前五項屬于「可觸見」的「陽性戰鬥力」，非常觸目和熱門。在本書中，編者也詳盡的收集了施子中的《中共海軍跨世紀建設與發展戰略》，及廖文中的《空軍與島嶼國家防衛作戰》、《中共組建「天軍」發展「星戰」》等三篇深入的專作。施子中的《中共海軍跨世紀建設與

發展戰略》看似專為中共海軍現代化的來龍去脈作了詳盡而深度的報導和分析。但若和一百多年前馬漢為美國海洋戰略所作的建議和「藍圖」相比較，就可以發現相似的心態和思想。當年的馬漢，並非獨立發展他的《海軍戰略》，而是經過父子兩代的努力，和學習傳承自古希臘以來，到「現代」的陸海戰例，加上實際的世界週遊實地考察，而歸納出的海戰原理。從目前的情況來看，似乎像馬漢之流的大戰略家，應該已在亞洲成形，或許已經出現？

【從孫武到杜黑：九天之上，九地之下】

　　廖文中的《空軍與島嶼國家防衛作戰》，和《中共組建「天軍」發展「星戰」》從現實的雙方兵力、戰機、導彈、衛星偵查導航作了詳盡的對比，並模擬多種假想而可能的戰爭狀況，甚至精闢地分析了國際形勢。是本書中最先進的軍事和武器分析的論文。想必將為其他軍事研究者所引用。而回溯《孫子兵法》「善守者，藏于九地之下；善攻者，動于九天之上」兩句前人認為是極其「浪漫」和「富有詩意」的「詩句」，我們發現《孫子》所說的「藏於九地之下」，其實也是現代核子潛艇「航藏於九洋之下」的預言。而「善攻者，動于九天之上」的想法，竟然已在美、俄的「太空星戰」正式實現。再回溯杜黑的《制空權》理論，一旦把它升級到相對於「傳統軍種」的太空層次，他的思考「對象」也正是今日從太空看地球上軍事戰鬥的狀況。所以從歷史和科學發展的軌跡來看，今後突破性的戰略思想一定是從經典著作和高科技相結合，加上觀察實戰和具有「詩人想像力」的「智識份子」所產生，而絕不是「單極職業和思維」所能製造出來的人物。

【最不受注意的地方，就是最致命的地方】

此外，在這五個近於「陽性戰鬥力」大題目之外，6.「網路戰爭」，7.後勤補給，8.人員培育和人材使用，9.政、經、外交總體戰，和10.「用間」和敵後縱隊運用等五項「不可觸見」、「間接和持續戰力」、「總體智力和勇氣」等「陰性戰鬥力」，或許更值得軍事研究者加以思慮。因為就歷史上的軍事教訓而言，經常是「最不受注意的地方，就是最致命的地方」。因此在本書中林勤經的《中共網軍建設與未來發展》及時以學術研究的方式，專精地討論了美、中兩方的「網路戰爭」理論和發展次序，以及觀念革新、人力資源和系統構建的重要。關於「人力資源和系統構建」，中共近十年來已做出顯而易見的成績。但是說到「觀念革新」，這就不止於技術和執行階層的實踐。回顧歷史上集權專制的軍隊，往往空有質量俱優的大軍，卻常常為勢劣量少但「思想自由」而有死戰決心的對手所擊敗。有位西方史學家把這個現象歸于東西方文化的差異，顯然他自己也是屬于「胸襟不自由」一類，可以當做反面教材來參考。

【惟無武進，并力、料敵、取人】

廖文中又討論了極其重要的《中共二十一世紀軍隊後勤改革與發展》，以及論總體戰力的《系統整合與軍事戰力升級》。這都是一般談論軍事者容易忽略和不易從上而下宏觀整體的好文章。軍隊後勤是戰爭

裏最不具「魅力」的工作。但是漢朝打天下的首功卻是蕭何，而不是韓信。而海灣戰爭的大功也還是建築在精確綿密的後勤補給之上。這就是《孫子・軍爭篇》所說的：「是故卷甲而趨，日夜不處，倍道兼行，百里而爭利……是故軍無輜重則亡，無糧食則亡，無委積則亡。」

　　再就《系統整合與軍事戰力升級》而言，漢家天下的第二功是張良，因爲沒有張良，就沒有「系統整合與軍事戰力升級」。《孫子・行軍篇》說的好：「兵非貴益多也，惟無武進，足以并力、料敵、取人而已。」因爲「系統整合」就是「并力」，能夠「并力、料敵」，當然「軍事戰力升級」，易於「取人」。

【結語：學習《管子》、《老子》、《孫子》、《墨子》的智慧】

　　所以就我看來，廖文中的論文和編排內容，都和《孫子兵法》相呼應。相信這些精闢客觀的論文，會給有關的研究人員帶來深、廣、新、專的資料和觀念。從而使得兩岸軍事人員增進互相的瞭解，降低因「非理性」的誤判，所帶來「兩蒙其害」的戰爭。這種「自古言兵非好戰❹」和「以知敵而卻敵」的做法，不僅是戰國時代精通力學、光學等「高科技」，和「城守❺」戰備的「總工程師」墨翟，曾經成功地在強大的楚

---

❹　1998年，第四屆孫子兵法國際研討會上，朱軍將軍（曾任海軍指揮學院中將），在討論軍事哲學之餘，親筆題寫「自古言兵非好戰」給作者。表達了他終結一生70年戰鬥的理念和智慧。（註：朱軍將軍已於2002年去世，享年95歲。）

❺　《墨子・城守20篇》專講守城防禦之道，今存11篇殘卷。

國演練過，也是我們現代「高科技」從事者，對海峽兩岸和平的致力和期待。

《老子》說：「以道佐人主者，不以兵強天下」。他又說：佳兵不祥，戰勝如喪。希望歷史還是重復地站在愛好民主和平的人民，和「智信」且「仁」的將帥一邊，而不是站在「窮兵黷武」和「好戰必亡」的「自私的巨人❶」一邊。這不僅是我們的企望，希望也是對岸，和二十一世紀世界諸強權❶軍政領導人，在有限的國際法理❶之外的理念和智慧。

【後記】

這篇代序，在撰寫期間，得到編者廖文中教授和主事者林中斌教授的支持，和何之元的校稿，在此一併致謝。（註：何之元是 1999 年 5 月，美國著名男子軍校，Virginia Military Institute 160 年來，第一次有兩名女子畢業生之一。）

——本文初稿刊於《廟算臺海——新世紀海峽戰略態勢》，林中斌主編，臺灣學生書局，2002 年 12 月，PV. – XIX。

---

❶ 朱軍《論公私詩》：「私在公之內，不在公之對；公中之私對，破公之私罪。」1998年10月。他的詩，看似樸質，但也可以作爲個人主義和強權在「大私」和「小公」之間，除了講「實力平衡」之外的反思。（註：這是朱軍和作者在討論《管子》時的親筆題詩。）

❶ David P. Calleo, Rethinking Europe's Future, ch.16 "Europe in the New World Order -- 'Democratic Peace Theory'," Princeton University Press, 2001.

❶ 張立德《中共對臺封鎖可能模式及我國因應之道——兼論國際法對封鎖所造成的影響》，見本書，2002年10月。

三、文學的多樣性

　　清朝寫《海國圖志》，眼光過人的魏源曾說「天地間無往而非兵也」，並據此而論天下之藝。以兵法論藝，《孫子》早就在〈勢篇〉裏說過：「凡戰者，以正合，以奇勝。故善出奇者，無窮如天地，不竭如江河。戰勢不過奇正，奇正之變，不可勝窮也。奇正相生，如循環之無端，孰能窮之哉」！兵法大家如此運用奇正，文藝高手自然依古為基，迎勢創新。一流文學大師的變化，又豈能只有一種風格？

　　守舊的學者，師生相傳，只強調陶淵明的「淡泊」和杜甫的「雄沉悲鬱、忠君愛民」，忽略了陶淵明的滿腔熱血，而杜甫也有幽默諧戲的一面。講文學史，也只講嚴肅的一面，忘記了廣大的人民，最喜歡戲笑熱鬧的諧謔喜劇。只講道貌岸然的忠義悲劇，忽略了戲笑諷罵的情感，等於是把文學戲劇裏的三魂七魄抽去了一魂二魄。中華文學失去了生命力，新一代的華人失去了對自己文化的自信心，這是原因之一。我們都少不了要負一點責任。

　　在這一組裏，我選排了三個不同文學領域裏的三篇論文：

《談諧讔──兼說戲劇、傳奇裏的諧趣》，

《陶淵明的多樣性和辯證性及名字別考》，和

《杜甫諧戲詩在文學上的地位──兼議古今詩家的幽默感》。

　　希望藉著對這三個大題目的探討、介紹和更正，來說明《易經·乾卦·用九》的「見群龍無首，吉」這個大道理。也同時證明中華經典文化裏的豐盛富裕，希望更多的朋友、「同人」能來共享大餐。

談《諧讔》──兼說戲劇、
　　　　　傳奇裏的諧趣

緣　起

　　《文心雕龍》49 篇，篇篇珠璣。如果要問，哪一篇最重要？哪一篇最精妙？恐怕文士學者各有所好，難協眾議。假如要選那一篇最特殊？我想《諧讔》這一篇很值得深究。因爲它下流而上諷，言近而旨遠。下得民情眾趣，上求興治抑暴，振危釋憊，衝擊性和幅度與其它 48 篇大不相同。它在題材和心胸上直接繼承文史大家司馬遷和班固，在意識文化上明顯傳承《詩》《易》孔、孟。更讓我驚異的是──就一個在定林佛寺裏浸淫十餘年的學者而言，〈諧讔篇〉的內容卻完全看不到印度哲學的影響和佛教戒律的抑制。文藝活動的架構有如海裏的冰山，大部份的民俗活動都在海面以下。上層雅緻文學的表現，只是由基層民俗智術和生命活力所支撐露在水面上的一角。「文論」先驅者陸機和「詩品」創建人鍾嶸，囿於胸襟，就都沒能在他們的鉅作裏談及這文學基層的重要活動。孔子說「君子務本，本立而道生」。劉勰在一千多年前就覺察到「諧讔」和「小說」在文藝裏的根基活力，那是何等的胸襟和眼力！

【希臘、羅馬的喜劇隱喻】

　　西方的百科始祖，希臘的亞理斯多德，和司馬遷一樣，多才博識。在《詩論》殘卷裏，他花了不少文字來探討滑稽喜劇和隱喻謎語在文學裏的格式變化，可以說都是獨具慧眼的通人。此處值得一提的是，早期希臘詩罕用尾韻，常用韻的卻是幽默諷刺詩❶，文學的演變，豈猶張弓？高者抑之，而下者補之！其後羅馬的朗吉努思，續申文論，專致崇高，偏失隱秀。賀拉思則勇智雙全，兵敗之餘，反以詩文贏得帝寵❷。他的論詩短箋和諷刺幽默小品，上承雅典文風餘緒，似得陰柔一脈之妙。他的文論雖不及劉勰系統的博大精深，但在「諧讔」一項，則媲美劉勰。可見東西文化雖異，人類的精神活動和文學口味卻是近似而相通。

【莊、惠論魚與愛麗絲之貓】

　　亞理斯多德不僅精究文藝戲劇，而且是生物學的開山祖師。他曾觀察并比較人類和動物的行態，意味深長的說：「人和動物的差別在於，人會笑，而動物不會笑」。這個論點，比兩千年後，產業革命時代的社

---

❶　(1). Aristotle 《**Poetics**》 ch.4: (Homer) his own Margites...in such poems that the iambic metre was brought into use because of its appropriateness for the purpose...he was the first to indicate the forms that comedy was to assume; for his Margites bears the same relationships to our comedies as his Iliad and Odyssey bear to our tragedies. (2). Willis Barnstone, 《A note on selections, texts and translation》 in 《Sappho and the Greek Lyric poets》, 1988 Schocken. Until very recently, it has been a uniform practice to impose rhyme on poems translated from ancient Greek. But the Greeks did not use end rhyme as a common poetic device. Rhyme was used only in rare instances, usually for **humor** or **satire**. (3). 顏師古《漢書·東方朔》注：諧者，和韻之言也。
❷　擊敗安東尼之後，偃武倡文的羅馬奧古斯圖大帝。

會生物學家所說「人是會制造器具的動物」來得高明而持久。莊子和惠子在濠上爭辯橋下的魚是否快樂，就是因爲魚不會笑，難以捉摸。《愛麗絲漫遊仙境》裏有隻半瘋半智，呲牙裂嘴，笑容「半面」，而又能忽「隱」忽現的貓，讓大人小孩都覺得「喵」不可言。這是邏輯學的作者，Lewis Carroll，深知反邏輯，出奇兵，能在文藝上產生意想不到的驚喜效果。

【 生有餘力，乃以諧戲；行有餘力，則以學文 】

韓愈說「不平則鳴」。奮生懼死，人和動物都能悲鳴。但說到會笑和能笑出眼淚來，這種錯綜複雜的心理和表情，就非要有極複雜的神經網絡和記憶庫存不爲功。因爲天然資源有限，爲競生，圖求續，早期人類社會史可以說是一籮筐的大小悲劇戰史。自古以來，一將功成萬骨枯。所以《老子》說佳兵不祥，勝戰如喪。難怪希臘的悲劇發展在喜劇之先❸。人類能夠不飢不渴，不戰不走（fight or flight），生有餘力，乃以諧戲。行有餘力，則以學文，昇華講求高尚的趣味。此事古今一同，東西無異。研究西方文學，不能不從希臘、羅馬的悲喜諸劇溯源。研究中華文化也不能忽略西來的印度佛學，和基層的民俗「諧讔」。不講究印度佛學的內涵，而只專究古書版本，就只能寫「中國思想上古史」。不細究《諧讔》的精粗，國學的知識就只能停留在轉吐先秦諸子宏思和賞玩唐宋詩詞雅句的層次。可惜偌大唐宋元明清以來戲劇、傳奇的文藝富藏，尚未能更全面得到學人雅士們的放情欣賞和適當重視，這是很值

---

❸ Greek - voted to include "comedy" around Persian War time, alongside tragedy, satyr plays and dithyrambic choruses at the Greater Dionysia festival.

得我們再勉力的。

論諧讔

【笑理學】

能笑，是「生理學」和「神經學」。爲什麼會笑？那就是「心理學」。什麼事在什麼情況下會讓什麼人笑？這需要研究「社會歷史學」。京劇大師齊如山分析戲劇裏的笑，列出 130 項之多。可見「笑道」的學問不小。劉勰開篇明義就引用周厲王時代芮良夫的詩句：人以「自有肺腸」，有情有智，所以「心險如山，口壅若川」❹，如果疏導不良，就會發狂❺。《詩經》上記載的這個原始「心理學」的觀點，可要比西方弗洛伊德的心理分析早了兩千七百年。

【生命之道，一弛一張；聖人之道，一龍一蛇】

天地之道，一陰一陽。生命之道，一弛一張。聖人之道，一龍一蛇（李邕《東方朔一首》）。

《論語》裏記載孔子到武城，聞弦歌之聲，很滿意子遊的禮樂治教，莞爾而笑，卻和他開玩笑，說「殺雞焉用牛刀」？子遊以爲老師真的認爲他做的過分，急忙搬出孔子的教條來解釋。結果孔子說了一句非常有

---

❹【文心·諧讔】：夫民各有心，勿壅惟口。晉輿之稱原田，魯民之刺裘鞸，直言不詠，短辭以諷……浸被乎人事矣。

❺ 《國語·周語》：防民之口，甚於防川。《貫讓·秦治河三策》：夫土之有川，猶人之有口，治土而防其川，猶止兒啼而塞其口。

人性的話,「前言戲之耳」!另一回,他聽說公叔文子「不言不笑不取」,以爲矯情,對公明賈的解釋也認爲不合人情,含蓄的批評說:「其然!豈其然乎」?不過幽默滑稽也有它的代價,年近 40 的孔子在齊國時,政經見解受到景公的重視,將受爵封田。齊國名臣晏嬰卻以「儒者滑稽而不可軌法,倨傲自順,不可以爲下」等詞謗毀孔子(《史記·孔子世家》),把潛在的政敵拉下馬來,趕回魯國去。也許經此『儒法之爭』的教訓之後,孔子才達到「四十而不惑」的境界。塞翁失馬,焉知非福?

【諧聖孟子】

孟子在儒家義理上算是亞聖,但是他創作的義理笑話卻可居儒家之「諧聖」。這也許是他能在古代缺乏營養醫療和動盪的環境下,活到 84 歲高壽的原因之一吧。這也可以見出儒家的兩位開山大師和教育學家,都不是板起面孔說教的道學先生。明代毛晉選編《六十種曲》,其中最富諧趣的《東郭記》❻,就是從《孟子》裏極短篇名作中得來的靈感和素材。

【儒佛異同】

早年曾出入印度哲學的梁漱溟,看到儒家思想裏的樂觀精神,晚年比較儒佛異同,因爲 250 字的《心經》❼裏就三言其苦,和《論語》劈首即兩言悅樂,認爲不是事出偶然。他大概忘了《金剛經》結尾的『皆

---

❻　盧冀野《中國戲劇論·明代的傳奇》:《東郭記》的確是一部極有味的傳奇,詼諧滑稽,不可多得,無怪許之衡氏推爲《六十種曲》之最。

❼　梁漱溟《佛儒異同論之二》1966. 11. 10。

大歡喜，信受奉行』，和素有（佛）經中之王之稱的《華嚴經》，在其
《十地品》開章第一地，「歡喜地」一篇，急如風雨，一口氣演說了廿
個「故生歡喜」。

【《大智度論》：以大因緣故，一切身笑】

而最值得省思的是《大智度論》卷七、卷八裏，釋迦牟尼「從三昧
安祥而起，欣樂自在，出入無畏。名之爲戲。以天眼觀世界，以大因緣
故，一切身笑」。他對弟子分析笑因，說「笑有種種因緣：有人歡喜而
笑，有人瞋恚而笑，有人輕人而笑，有見異事而笑，有見可羞恥事而笑，
有見殊方異俗而笑，有見稀有難事而笑」。然後「先從足下賤處放光，
其次舉身毛孔，皆亦微笑，而放諸光，遍著三千大千世界」。於是「諸
天人，自識宿命，皆大歡喜」。而致「眾生和悅，皆無鬥心」。

龍樹的《大智度論》，向稱大乘佛教裏的智慧極品。他在這兩卷裏
談論的原始「笑道」心理學，即使以今人的見識來看，也有相當的水平。
早期的人類社會結構比較簡單，具有慧眼的智士，返歸基本面，反而容
易看穿人事情變的關係和根源。最簡陋的社會，反而產生最雍智的思
想。難怪《老子》說「禍兮福之所依」！

【「天眼」與「距離說」】

龍樹所說的「天眼」，其實就是 1700 年後，朱光潛在《文藝心理
學》裏說的——欣賞者需要和被欣賞的人物事情之間保持適當的距離。
因為如果距離太近，則「肉眼」聚焦「有所障」；距離太遠，「法眼」
雷達有所不感。因此「佛隨人心，故名天眼」。

【希臘喜劇不褻不笑？】

再說，什麼是「有見可羞恥事而笑」呢？從文藝歷史上來說，希臘早期喜劇所最逗笑的花樣之一，就是男性演員「夸飾」性器，裝模作樣，以爲戲弄，取寵於群眾。《金瓶梅·第 67 回》裏也藉溫秀才之口云「自古言，不褻不笑」。弗洛伊德學派對這種致笑原因的解釋是：『禮教』壓抑下的情慾，藉機得以笑的方式來迸放。此說雖稍偏激，但亦成一家之言。

【亞理斯多德「笑論」】

最值得文藝批評家注意的就是《大智度論》裏「有人輕人而笑」一條。因爲這就是亞理斯多德在《詩論》裏最突出的文藝理論：「『喜劇』係模擬惡於常人之人生」，而「『可笑』爲醜之一種，可以解釋爲一種過失或殘陋，但對他人不產生痛苦或傷害」。因此鄉里小人可以「戮笑」冤遭腐刑的司馬遷。荷馬在《依利亞特》裏描寫天上諸神看到跛腳的鐵匠之神，都毫不憐憫的大笑其殘陋醜態，此即是文學和社會心理學相對應之一例。

【諧道】

中國《元曲選》裏才出現了「丑角」這一腳色，姑不論它是從何類文字，是何種稱謂❽演變而來，它的「實相」來源恐怕不能脫離亞理斯多德的理論。明朝以後，中國的戲劇裏也稱「丑角」爲「醜角」，那可

---

❽　王國維《古劇角色考》；焦循《劇説》。

以說眞是名至而實歸了。不過美醜優劣也沒一定的標準，所以《老子》有言：「下士聞道，大笑之」，這是說下也可以笑上，愚竟也可以笑智，五十步當然可以笑百步，笑的權利眞是最平等了。世上固常有「零丁洋裏嘆零丁」之嘆，但更多的時候是「愚人船上笑餘（愚）人」。若自其可笑處而觀之，人人皆爲可笑。今人方笑前人，後人又笑後人。所以馮夢龍說「天下一大笑事也」。1908 年，弗洛伊德首選五本他的代表作，請比瑞爾（Brill）翻譯成英文，其中之一就是《詼諧與無意識的關係》（"WIT and its Relation to the Unconscious", translated by A.A. Brill, 1916），亦可見「諧」之道大矣！

【賤處放光群衆基礎】

龍樹所說的「先從足下賤處放光」，也可以看作是高級智識份子對基層民衆的關心，類似於《新約·格林多前書》中重視髒腳的一體觀。劉勰說：「諧之言皆也」，這是說「辭淺會俗」的笑話擁有廣大群衆基礎。這好比目之於美女子都，口之於名廚易牙，耳之於快嘴笑匠卓別林，民皆有同好也。今日社會民衆偏好八卦小道新聞，這也是古今中外不異之事。

【諧難】

「喜笑怒罵皆成文章」，那是絕頂懿文之士的蘇東坡才做得到。因此他恃才傲物，常嘲諷時人、時政、理士、道學而忽於隱。《荀子·榮辱篇》所說的「傷人之言，深於矛戟」和《顏氏家訓·文章》所告誡子孫的「諷刺之禍，速乎風塵」，蘇大學士大概都沒聽進去。終于在「烏臺詩案」上爲一群小人所害，幾乎賠了性命。季羨林研究文化的傳播，

他發現一個好的笑話和發明一個科學定理一樣難。好的笑話能超時間和越國界，讓不同時代，不同文化的人都能千里共笑顏。蘇東坡一代文豪，雖然留下了大量燦爛的詩詞文賦，卻未能像唐代優伶李可及那樣，創造出一個混淆三教「義理、考據、文字」，而又能上下無傷，雅俗共賞的一流笑話❾。可見「諧謔」雖是小技，但要想登絕頂，也許更難於詩詞之上青天乎❿？

【逆批龍鱗！？】

至于俳諷匡正，「抑止昏暴」，那曾是中國古代俳優者的大戲和知識份子的職志⓫。在專制政體下，膽敢「逆批龍鱗」，那等于是奮身於「死生之地」，所以「存亡之道，不可不查也」（《孫武兵經‧計篇》）。莎士比亞藉《亨利第四》的口，巧妙地宣示了千古不易的做官爲臣之道：「國王永遠不能忍受一個臣僕的惱怒的面孔」。西方的弄臣（jester）和宮愚（fool），雖然在歷史上沒有像優孟、優旃那種「善爲笑言，合于大道」，「談言微中，可以解紛」的正君興國之輩，但也少有中國的士人的「愚直」「倔強」，而且以被砍頭爲榮的。

【「滑稽」與「愚直」】

漢初學術界的祭酒，傳詩的申公，嚴詞以教楚王英，結果遭到「胥靡」之刑（胥靡之刑就是宮刑）。漢武帝時的學界通人司馬遷則爲了李陵

---

❾　高彥休《唐闕史》：「三教論衡」戲說儒釋道三家祖師皆是婦人！

❿　《杜甫諧戲詩在文學上的地位──兼議古今詩家的幽默感》，杜甫1290年國際學術研討會，2002. 11. 28及29日，臺北淡水淡江大學。

⓫　余英時《中國知識份子的古代傳統──兼論「俳優」與「修身」》

投降匈奴說了直話，漢武帝龍顏震怒，也對他施以腐刑。他這才醒悟到柔弱或勝於剛強，滑稽常優於直智。司馬遷自以為紹繼孔子，而不知孔子五百年前就說過「古之愚也直，今之愚也詐」。已知自己的身份是「主上之戲弄，倡優畜之」，而遠不效淳于髡喻大鳥「說甘酒」而振國，近不法東方朔「觀察顏色，直言切諫」（《漢書·東方朔傳》）以進業，以至於「英俊」「梓材」，「程」而不「器」（《漢書。東方朔傳》，《文心·程器》），身受辱刑，百世同哀。豈古今知識份子皆知易而行難乎？

【笑中帶淚首尾淋灕】

統治者草菅人命，優伶這一行可不易為。據說唐玄宗和北齊高洋都曾經「綁優人捺頭水下」以為樂。優伶出而大笑，皇帝大詫，問他們何來「溺者之妄笑」（《文心雕龍·諧讔》）？好在中國的優伶頗有知經史文字者，二伶皆以「見屈原，笑臣逢聖明，何為來此？」給皇帝套了頂高帽，這才倖免真的去見淹死的屈原。想當時優伶被頭捺水下，生死在呼吸之間。揪出水來，首尾淋灕，居然在涕淚尿水齊下之時，還能轉守為攻，以急智諷上自救，那可是比西方文論者高標的「笑中帶淚」的上乘喜劇，還要驚心動魄，感人「肺腸」！

【俳笑媟弄，文武不容！】

「歡謔嘲調」須要看場合。喜歡和學生開玩笑的聖孔子，大約 52歲攝魯國相事，在齊、魯「夾谷之會」的國際外交場合，擁文備武，引經據義，當場擊殺有意俳笑媟弄魯君的齊優，報了當年晏嬰謗毀的一箭之仇。據說後來齊景公懼而歸還侵佔的魯地，以為謝質。武聖孫武，以齊客為吳王闔廬試演部勒宮女，婦人大笑不從申令，孫子竟引法據制，

當著吳王之面斬殺王之寵妃于庭演，從而做了吳王的軍師，破楚危齊，名顯諸侯。

【「諧」不如「讔」？】

可見「空戲滑稽」，不僅「無益時用，德音大壞」，而且運氣不好，還有性命之憂。《易・家人》有云：『家人哀聲嘆氣，雖然有麻煩，但是有備無患，是好事。婦人小孩嘻嘻哈哈，不知輕重，則遲早會出紕漏』⓬。劉勰說「魏晉滑稽，盛相驅扇」。所以魏晉人喜好悲音哀樂，或許是在滑稽亂俗（《荀子》：疾滑稽亂俗〕）之餘的一種感情上的平衡？當然，「巧笑倩兮」《詩經・碩人》，世以為美。而「謎」樣的美，有時還更有吸引力。至于笑到「傾國傾城」，那就「福兮禍之所伏」。所以我認為『進常不如退，攻或不如守，「諧」者不如「讔士」』。

釋　讔

劉勰說「讔」起意於「權譎」，「事出於機急」。和「諧謔嘲調」同樣是要動腦筋的機智活動。「諧」和「讔」都需要有一個智術創作者——「我」；和「嘲笑進攻」或「隱避防守」的對象——「他人」。有時也外加旁觀共賞的「眾生」，從他們的回響來增強原作者的快感（弗洛伊德《詼諧與無意識的關係》）。就最上層目的而言，中國的「諧讔」常寄望於匡正抑暴，興治濟身的功用。所以劉勰說「讔語」和「諧辭」，「可相表裡者也」。

⓬　《易・家人》有云：「家人嗃嗃，悔厲，吉；婦子嘻嘻，終吝」。

【歇後語、俏皮話和幽默】

　　民間的口語遊戲更把「讔」和「諧」各取一半，混合文人「賦、比、興」的手法，抽取人、事、物的特性，把前半節作為一個短謎，"潛龍勿用"。然後用後半段給予一個有跳躍性，又讓人"君子乾乾"而意想不到的答案"或躍在淵"。這就成了「歇後語」。如果這意想不到的答案旨趣既諧且讔，點到為止，就成為一種大家喜歡的「俏皮話」或是「順口溜」。這種我國特有的民間口語遊戲，和文人的文字遊戲❸，都是利用中國文字裏獨有的「指事、象形、形聲」特性，「化形、諧音」然後「轉注」「假借」再「衍義」「會意」成為一種新奇的意思表達。這是西方文字受拼音方式所限，所不能多樣性玩耍的花樣，很值得語文學者做更深廣的文化比較和研究。至于西方的"Humor"一辭，近人林語堂把它音譯成「幽默」，雖未盡發原義，但在意味上掌握到「諧讔」中的「隱」義。所以也就如「半部《論語》可以治天下」一樣，敲定了"Humor"譯語不爭的江山。

【吾無隱也——張生猜謎】

　　如果說「諧讔」是人類自然傾向的意識活動，「隱意譎譬」就是人類進化史上，更深一層而而有意識的心智運作。孔子重視倫理，所以把人性的動機考慮放在法律之前，他說「父為子隱，子為父隱，直在其中矣」。孔子博學多藝，弟子難以學習，有些學生認為夫子一定留了幾手，不肯盡傳絕學。所以孔子這位大教育家還要自我批判解釋：「二三子以

---

❸　張敬《我國文字應用中的諧趣：文字遊戲與遊戲文字》1978。

爲我隱乎？吾無隱也」。等到印度佛學橫掃中土幾百年之後，智識的學習從外而內，教學的方式由顯而隱，從奔忙「六藝」到靜坐「清談」，再變到打「機鋒」。元朝宗寶本的《六祖壇經》裏就加編了五祖用打機鋒和謎語的方式，先問惠能「米熟也未？」，再以杖擊碓三下，暗示晚上三更到他禪室來傳以心法。這和元雜劇家王實甫的《西廂記》裏，崔鶯鶯寫了四句詩，「待月西廂下」，叫「猜詩謎的社（專）家」張生跳牆過來，這同樣都是在元朝才興盛的文學形式和民俗產品。這就是《文心雕龍·時序》所說的「文變染乎世情，興廢繫於時序」也！

【『讔』和禪宗的『機鋒』】

禪宗的六祖惠能，因爲不識字，反而脫離了文字相，把賦景，比物，興志的傳統啓蒙方式變成了「由漸而頓」「直指人心」的機鋒。功行深的禪師，多能因材施教，中空實有，不滯兩邊。慧根淺鈍而心性狡黠的禪師，則買「空」賣「空」，而實際上無道可傳，無惑能解。《老子》論道曰「恍兮惚兮，其中有象；恍兮惚兮，其中有物」，這是智者的實話。到了禪師們厚了臉皮說「青州裂裟重七斤」之類「禪話」的時候，「機鋒」已然僵化和空化，變成粗誕而沒有答案的「僞謎語」。這就和劉勰所描述的魏晉以來，「纖巧以弄思，淺察以衒辭，義欲婉而正，辭欲隱而顯」的謎語，差了不知多少級。「讔語」轉成「謎語」是一種言辭上的「纖化、淺化」。纖巧而淺俗化的「讔語」，不僅兩見於《紅樓夢》回目，以燈謎暗示各人命運之謎；它更在群眾裏得到扎實的活力。此所謂『厚德載物』，『自賤處放光』，遂逐漸演化成一年一度的元宵燈謎盛會，至今不衰。

【西方的謎史和《詩論》談謎】

人類喜歡猜謎，東西皆然。周作人在他的小品文《謎語》中就提到西方的謎語早見於埃及的人面獅身斯芬克斯（Sphinx）和俄狄浦斯（Oedipus）的搏命猜謎。舊約《士師記》裏的參森，和《列王記》裏的所羅門王都有猜謎的記錄。伊思蘭古書《呃達篇》裏也有 Vafthrudnia 出謎題挑戰 Odin 大神，謎破敗降的故事。希臘的亞理斯多德在他的《詩論·第 22 章》裏，以類似《文心雕龍》般精練的文筆，敏銳的觀察，和周密的思想，討論了謎語和隱喻的精義。他認爲「適當的混合新奇語是必要的。以隱喻組成者爲謎。一種太露骨的使用新語怪字，可以產生可笑的效果。但如果用之不當，反成笑柄」。其所勸戒和劉勰在《比興》篇所說的「以切至爲貴」相同。隱喻使用不當，「讔」反變成「諧」，眞是「諧讔」互爲表裡，如《文心》所言。

【讔、密碼和偵探小說】

在西洋，民主自由和個人主義助長了隱喻之學成爲文學要素。有時還衝過了頭，大家都看不懂的，就稱之爲時空錯亂的心理分析小說。有些還是名作，譬如詹姆士·喬艾斯的「尤理西斯」（James Joyce, Ulysses）。不過猜謎的遊戲在西洋，變成縱橫文字謎（crossword），天天見報，還有專門製作的電腦文件，給腦力過剩的文字愛好者去消磨時間，訓練參加比賽，獵取大獎。曾在西點軍校受教育的文學家愛倫坡（Edgar Allan Poe），身兼文武，從文字的浸淫，寫出了「金甲蟲」（The Gold-Bug）一篇奇文，開創了近世的「密碼學」。從而在人間掀起了大浪，沖擊軍事、商業甚至人人的隱私權。英國的柯南道爾，更把猜謎的

範圍擴大到保安偵探。不僅創造了一個家喻戶曉的傳奇人物福爾摩斯，而且打開了一扇新的文藝天窗——偵探推理間諜小說。

【讔謎之道】

人生如謎，方解方生。有如功過，雖至蓋棺，不能論定。如果說科學家的挑戰是解大自然的「謎」，那麼文論家的意趣就是解文學的「謎」。讔謎之道，深度遠在「諧道」之上。

【《比、興》與《諧讔》】

劉勰在《文心雕龍·情采篇》裏說：「風雅之興，志思蓄憤，而吟詠情形以諷其上，此爲情而造文也」。又在《比興篇》裏說「比顯而興隱」，「比則畜憤以斥言，興則環譬以記諷」，和「諷兼比興」。這幾乎是給《諧讔篇》作副注。說「比」是「或喻於聲，或方於貌，或擬於心，或譬於事」，這不是製謎之要嗎？「興」雖然是「隱」，但是和「讔」的「雖有小巧，用乖遠大」恰恰相反。劉勰認爲「興」雖然「稱名也小」，但是「取類也大」。這和亞理斯多德所說「隱喻不能從自他人的學習中得來，它是一種天才的表現。成爲隱喻的巨匠比起精于其它諸技更加重要」，東西相映。劉勰批評「炎漢雖盛」而文人拍馬逢迎，宮廷文學流行，諷刺之道喪失，而發自內心且有創意的「興義消亡」。西漢武帝時的司馬遷直言賈禍，身經專制暴君之痛，對文史作者所受到的迫害感受特深。他在《太史公史記自序》裏說：「夫詩、書隱約者，欲遂其志之思也」。其後的許多感性文人因爲一時的「怨怒歡謔」譏諷時政權臣，而慘遭「文字獄」。富於變化的中國文字，反而給文人帶來巨大的災禍，眞是「福禍相糾」了。（《文心·比興》（賈生《鵬賦》云：「福之與禍，何異糾纆」？））

· 斌心雕龍 ·

詼諧文學和諷刺小說

【杜甫和諧戲詩體】

　　杜詩的注釋號稱「千家注」，可惜傳統文人對杜詩的瞭解，大多偏於他沉鬱的忠君愛民詩或詩律漸細的技巧。很少有人注意到他輕鬆詼諧的一面，和他在「遊戲詩」及「俳諧體」上的成就。其實各門各派的「聖人」大都身兼數家之長。譬如文聖孔子，講文事，也講武備；武聖孫子，則「辭如珠玉」；太史公記載歷史名人大事之餘，也不忘給「談言微中」的優伶立傳。那麼「無詩不杜」的杜詩，豈能只有嚴肅正經，以「詩言志」的一面而已？根據錢謙益的《草堂詩箋》所列杜詩，我們可以看到，其中以「戲」為題的詩組❹，就有 38 組之多。若加上《登樓》《社日》諸篇，「諧」「戲」詩的數量還要多些。金聖嘆在他的《杜詩解》裏說：「先生凡題中有戲字者，悉復用滑稽語。」杜甫在《遣悶戲呈路十九曹長》一詩中，把自己最得意的「晚歲漸於詩律細」和「誰家數去酒杯寬」相對，自己能開自己的大玩笑，詩固已至化境，心胸也不止於雅士。杜甫的「戲」詩，從《社日》的「尚想東方朔，詼諧割肉歸」到《戲題畫

---

❹　杜甫「諧」「戲」詩：《戲簡鄭廣文》：醉則騎馬歸，頗遭長官罵。《姜七少府設繪戲贈長歌》：河凍未魚不易得，鑿冰恐傷河伯府。《戲贈友二首》：自誇足膂力，能騎生駒馬，一朝被馬踏，唇破板齒無。《官定後戲贈》時免河西尉為右衛率府兵曹（參軍）：不作河西尉，淒涼為折腰。老夫怕趨走，率府且逍遙。《戲寄崔評事等》：隱豹深愁雨，潛龍故起雲。泥多仍徑曲，心醉阻賢群。忍待江山麗，還披鮑謝文。高樓憶疏豁，秋興坐氛氳。（注：《易·革卦·象》：『君子豹變』，其文蔚也。）

· 188 ·

山水歌》的「爲得并州快剪刀，剪取吳松半江水。」縱橫人天，上追莊生《齊物》《逍遙》，或是相當於莎士比亞化身到《暴風雨》裏的魔法師（Prospero），呼風喚雨，駆使精靈。他的《戲爲六絕句》，更開創了一種文論的新形式。錢謙益說他「以詩論文，題之曰戲，亦見其通懷商榷，不欲自以爲是。」後人學作「論詩絕句」者雖眾，但因鮮知此意，少有曰「戲爲」的「問津」者。杜甫的《戲作俳諧體遣悶二首》，其中「家家養烏鬼，頓頓食黃魚」固然戲語驚人，但「是非何處定，高枕笑浮生」才顯示他眞知俳諧詩戲之妙。李白、杜甫詩篇泛浩相敵。唯於諧戲文章，無論質量❶，杜勝於李。韓愈推崇李、杜備至，但他「以文爲戲」的榜樣，想係出于杜甫，而非李白。

【韓愈：文以載「道」？】

原始的「詼諧」也隨時間而演變出新的文學如宋雜劇和元傳奇。詼諧文字雖然在南朝就有俳諧文如《驢九錫》《雞九錫》等，但眞正的小說雛形應當是起于宣揚復古，「文起八代之衰」的韓愈。我認爲他的《毛穎傳》的重要性才眞當的起「文起八代之衰」，而他的《送窮文》鬼話連篇，啓發蒲松齡創造《聊齋》裏的鬼狐故事。作爲一個全面的文學創新大師，韓愈當然不限於「文以載道」而已。他在《東潭唱和詩序》裏指出「愁思之聲要妙，讙愉之辭難工」，所以把詼諧文章當成一種挑戰和解放。因此裴度在《寄李翺書》中說「昌黎韓愈，恃其絕足，往往奔放，不以文立制，而以文爲戲」。張籍也爲亦師亦友的韓愈擔心，嚴肅

---

❶ 李白「諧」「戲」詩：《戲贈鄭溧陽》，《寄韋南……笑有此贈》，《嘲魯儒》，《送侄良攜二妓赴會稽戲有此贈》（注：此詩輕褻自古多疑非李白所作）。

的批評他說：「使人陳之於前以爲歡，此有以累於令德……拊扑呼笑，是撓氣害性，不得其正矣」。

　　韓愈在《答張籍書》中，爲自己寫《毛穎傳》之類的詼諧文章辯護說：「昔者夫子猶有所戲。《詩》不云乎：『善戲謔兮，不爲虐兮』。《記》曰：『張而不弛，文武不能也。』惡害乎道哉」？柳宗元也爲他辯護，在《讀韓愈所著《毛穎傳》後題》中說「聖人不以戲謔爲非，……（其文）若捕龍蛇，搏虎豹。急與之角而力不敢暇，信韓子之怪於文也」。生性詼諧豁達的蘇軾當然是韓愈的知音，他有詩贊曰：「退之仙人也，遊戲於斯文。談笑出傳奇，鼓舞南海神」。《朱子考異》更注意到韓愈的創造性，看出他施用「故爲幻語以資笑謔，又以亂其事實，使讀者不覺耳」的寫小說技巧。世人多以爲朱子是道學先生而不知宋孝宗給他的封號是「武學博士」！又多不知他的文藝眼光和他在詩、書、兵法上的成就，眞是冤枉了大師近千年矣！

　　陳寅恪在《元白詩箋證稿》裏截斷眾流的給予韓愈應享而未享的地位，說「今日所謂唐代小說者，亦起於貞元元和之世，與古文運動實同一時，而其時最佳小說之作者實亦即古文運動之中堅人物是也……而古文乃最宜於作小說者也。……小說既能以俳諧出之，又可資雅俗共賞，實深合嘗試且兼備宣傳之條件」。所以「韓退之作《毛穎傳》，爲以古文作小說之嘗試，乃古文運動中之一重要節目」。可見韓愈的「文以載道」不止於正經嚴肅的「大道」，也包括輕鬆活潑的「小道」。而詼諧文學對中國九流之外，新一類小說的推動，是有相當大的貢獻。

【諷刺小說】

　　把詼諧的攻擊性發揮到極致，就產生了殺人不見血的諷刺小說。魯

迅在《中國小說史略》裏延伸劉勰《文心》裏的論點說：「寓譏彈于稗史者，晉唐已有，而明爲盛，尤在人情小說中。……若較勝之作，描寫時亦深刻，譏刺之切，或逾鋒刃。迨吳敬梓《儒林外史》出，乃秉持公心，指適時弊，機鋒所向，尤在士林；其文又感而能諧，婉而多諷：于是說部中乃始有足稱諷刺之書。……是後亦少有以公心諷世之書如《儒林外史》者」。他在《清末之譴責小說》一節中說：「雖命意在于匡世，似與諷刺小說同倫，而辭氣浮露，筆無藏鋒（注：即無《隱秀》），甚且過甚其辭（注：即《夸飾》），以合時人嗜好，則其度量技術之相去亦遠矣，故別謂之譴責小說」。魯迅奮起提倡諷刺小說以救時政時局，變文以諷世情，又給民國初年的詼諧諷刺小說帶來了新的生命力。

【小　結】

從「文辭之有諧讔」，發展出「九流」之外的種種「小說」，「蔚成大國」。我想劉勰若活在今日，也會爲自己的胸襟眼力驚喜莫名。所以說，「諧讔」之義大矣！

戲劇傳奇裏的諧趣

【諧讔、戲劇：莫非兵也！】

「諧」「讔」二語，一攻一守，一進一退，一發一藏。善謔者，謀定而後動，能攻人所不能守，而且攻其無備。好的「俏皮語」和智慧型的「機鋒」一樣，其勢險，其節短。諷刺、棒喝之時，其勢如張弩，節如發機。攻之前，靜若處子，敵無戒備，動之時，捷如脫兔，敵不及拒。

如果一擊不中，則收兵翩然遠走。巧的諧讔，或以正合，而形圓不可破；或以奇勝，藏於九地之下。「諧讔」的變化雖多，但自其智術而觀之，則莫非兵法之用。以此觀之，可以說「諧讔」是兵略之文戲，而文藝之富藏。

錢鍾書在《管錐編》裏談兵，就引《呂氏春秋》裏的「古人」「老話」說「今世之以偃兵疾說者，終身用兵而不自知，孛！」錢鍾書雖然是在為中國文化的特性作箋注，他所看到的其實也是人類文化的通性，只是西洋文化裏少了像孫武、劉勰的兩位大師，分析文化時不免缺了重要的二環。

【 戲劇的字源 】

文藝大宗的「戲劇」二字字源，想係起於兵爭，而且更先于巫祝之歌舞以娛鬼神。戲劇二字入詩，首見於杜牧《西江懷古詩》：「魏帝縫囊真戲劇」。杜牧文武兼資，曾專注《孫子兵法》，他以「戲劇」二字論曹操軍事策略，融武入文，義味俱到，千載難易。盧冀野在《中國戲劇論》裏極有創見的從文字學來探源。他引《說文》對「戲」字的解釋說「戲」是「三軍之偏也。一曰兵也。從戈，虍聲。」他又引姚茫父的話說「戲始於鬥兵，廣於鬥力，而泛濫於鬥智，極於鬥口，是從戈之意也。」他對「劇」字的來源認為「劇，從刀」，《說文》的解釋是：「「劇」，從豕虎（虎字頭），豕虎之鬥不捨也」，柳宗元在《讀韓愈所著《毛穎傳》後題》中說「（韓文），若捕龍蛇，搏虎豹。急與之角而力不敢暇。」等于闡明了戲劇力在《毛穎傳》裏是如何震撼人心。看來這幾位文學大師，竟然英雄所見略同了？！

【唐·參軍戲與塞萬提斯的《堂·吉珂德》】

《詩·淇澳》裏說：「善戲謔兮，不爲虐兮」。《爾雅》釋詁解釋說，「戲，謔也」。太史公在《報任少卿書》也把「戲弄」和倡優拉上關係。王國維在《宋元戲劇考》裏，先把滑稽戲和歌舞戲的關紐定于「參軍戲」，再把宋雜劇和滑稽戲畫上等號。看來「諧讔」這一民俗智術和民間戲劇的關係很是密切。「參軍戲」起源❶於皇帝對贓官的一種懲罰，即混參軍職的小官於優伶中，以爲戲弄。這種源於宮廷宴樂，混雜政法的戲謔，能在民間受到廣大民眾的歡迎，想來還有在歌舞、科白之外的原因。

以亞理斯多德《詩論》的理論來看，「參軍戲」大約也具備了「情節、性格、言詞、思想、形象、歌曲」六成分。其中「情節」可以胡謅，「思想」「言詞」多半是插科打諢，「歌曲」伴隨宴樂，服裝「形象」則有白、黃、綠等專色。和參軍對演的「蒼鶻」鶉衣鬡髻亦爲特設。最特出的則是贓官、假官的「性格」一項，那乃是全戲裏諷刺的中心。民眾作兒謠短歌諷刺敗將貪官，暴政穢事，這是《詩經》上就記載的傳統。餘波所及，就連初執政的子產和孔子，也都曾是取笑的對象。唐朝官吏數目和人民的比例較漢代增加數倍，可以想見參軍之類小官擾民日甚，而冒充假官，假參軍的無賴也成了人民日常生活中的常客。所以演「參軍戲」，大家一起笑「貪官」「假官」「倒爺」，其樂無窮，我想「參軍戲」如果在政治清明的社會上演，恐怕是不能引起人民的興趣和共鳴的。

---

❶ 曾永義《參軍戲與元雜劇·參軍戲及其演化之探討考》，聯經出版事業公司，1992年。

　　扮假武士和裝假騎士的小說戲劇，在日本和歐洲也曾受過歡迎。譬如《堂・吉珂德》裏的主僕二人，一個是半瘋半醒，半老半衰的假遊騎士，一個是忽智忽愚，或逃或鬥的真鄉巴佬。瘋醒智愚迭起，大幅度和意想不到變化，當然受到廣大讀者的歡迎。說起來，這主僕二人的角色動作和「參軍戲」裏的假參軍和蒼鶻鬥口逗笑的情形相當類似。中西都有同好。

　　塞萬提斯懂得如何寫「笑中帶淚」的喜悲劇。他在表面討好讀者，卻又不著痕跡的埋伏下深度，連馬克思都把《堂・吉珂德》看作歐洲小說裡數一數二的作品。中國的「參軍戲」和其後的傳奇雜劇或許太過於商業化，實用化，以致「空戲滑稽，德音大壞」，竟沒有留下一個重量級的傳世喜劇。楊絳在 1945 年寫了《弄假成真》喜劇，在 1978 又出了《堂・吉珂德》的中譯本。塞萬提斯的花終于在中國結了果。

【詩人李白，衰病從軍】

　　唐朝的李白，以 61 歲衰病之身，奮勇請纓，參加李光弼的百萬秦兵，出征東南，「冀申一割之用」，說起來也是堂・吉珂德一類，為理想而奮不顧身的知識份子。如果李白不是詩仙身份，又能配上桑丘或蒼鶻之類逗笑的角色，他的晚年故事或許也可以入戲。

【莎士比亞的丑角和孚斯塔夫之命名】

　　和塞萬提斯同期、同級，而且同日死的莎士比亞喜歡寫喜劇，而尤擅於「淚中有笑」的悲喜劇。莎氏諸劇中最受歡迎的人物就是出身牛津法學院，肥胖鬧笑，裝假官，做真盜的「丑角」孚斯塔夫。他在《亨利第四》裏，幾乎搶去了王子的風頭。梁實秋說「他的複雜性幾乎可以和

悲劇的漢姆雷特相提並論」。孚斯塔夫這一角色的命名也具戲劇性。莎士比亞本來是用「老堡」Oldcastle 命名，但因「老堡」爵士後人的抗議，才於初演後迅速撤回，改名爲 Falstaff，迅速登記出版。Falstaff 這一名稱，歷來不乏考據，但都顯不出莎翁的才氣和妙不勝看的遊戲文字和文字遊戲的功夫。也許莎士比亞在這名字上出了個西洋燈謎，開開觀眾和學者的玩笑。如果可以瞎猜無咎，我認爲 Falstaff 有可能是 False-staff 的合併字，也就是「假參軍」的意思。就《亨利第四（上）（下）》二劇中的扮相和舉止來看，孚斯塔夫和唐朝「假參軍」的描述也相當類似。附記於此，以佐 Shakespeare 可能是 Shake 和 Spear 合成筆名的戲談。

莎士比亞在悲劇裏置放的小丑，可以說是暑日吃「麻辣火鍋」時的冰汽水，或是隆重大宴裏，澎然一響，噴氣冒泡的香檳。譬如《漢姆雷特》劇中本無丑角一職。但莎翁妙筆之下，先是王子自扮小丑，裝瘋做傻，讓敵方猜不透他報仇的企圖，既「諧」且「讔」。到了劇尾，又將挖墳工人變成半個小丑，於是生死大事，竟變成張家長、李家短的瑣談，儼然又是小半個冷眼觀世的哲學家。《李爾王》裏的丑角，更集忠、勇、智於一身，活躍大半場。莎翁創造的丑角，活性往往可和中國明清雜劇的淨、丑相頡頏。汽水、香檳本非正餐食物，也不救飢，但好的香檳，味追美酒，有時也能喧賓奪主，歪打正著，異種也稱王。淨、丑角色之於戲劇，亦可作如是觀。

【 元明清傳奇雜劇裏的諧趣 】

唐宋以來，「辭淺會俗」的滑稽戲，在武勝於文則「野」的蒙古統治下，反而投合所好，一掃中原精緻文學的江山。失去了科舉晉升的文人學士，把他們被壓抑的創造力轉投到民俗文藝。元末高明的《琵琶記》

裏，就有以作曲猜謎為科舉考題，自己吞著眼淚，為百姓在戲園裏逗笑。穿科打諢的白話歌舞雜劇，同時受到統治階級和廣大民眾的愛好。這是研究社會文藝學的一個少有機曾，讓我們能用類比的方式重驗上古文化發展的源流。探討低俗文化裏的丑角諧趣，能夠讓我們更能瞭解雅緻文藝的基源，人類的本性。所以最適於研究丑角諧趣的人，反而是要像王國維一類的國學方家，才能見出五百年來人之所未見，說「世之為此學者自余始」。當然，王國維所蒐集的材料，也是由焦循《劇說》等處得來。王國維的《宋元戲曲考》就書目而言，可以說是「頓」至，但也是站在前修的肩膀上，「漸」而成之。

【古典文學裏「諧趣」研究的「先鋒」】

王國維研究戲曲的態度比較像是從學術的高塔向遠眺，往下看。研究《參軍戲與元雜劇》的學者曾永義則是從上往下看之後，又爬到民俗的田園裏，往下挖寶。他的老師女詞人，張敬（清徽），則將心比心，以她獨特的幽默感，把「諧讔」的研究帶入詩詞曲的殿堂❼。她在《論淨丑角色在我國古典戲曲中的重要》一篇中創先指出，「《六十種曲》中 57 本都是以生角衝場」。而「（明末）粲花五劇對於淨丑二角之發揮，實為其劇作之一大特色❽，突破前人僅視淨丑為幫襯、為配角、為輔佐之限制……」。其後清順治時，李漁（笠翁）的十種曲出來，才把「淨丑的身份抬高，在交錯安排之下，與生旦勢均力敵了。甚而在《奈何天》

---

❼ 張敬《詩體中所見的俳優格例證》，《詞體中俳優格例證試探》，《曲詞中俳優體例證之探索》。

❽ 張敬《吳炳粲花的淨丑諧趣》。

一劇，竟將疤面、糟鼻、駝背、蹺足的丑角闕素封作第一主角，衝場而出。⑲」如此看來，東西方喜劇的發展，在時間表上不相上下。而丑角的扮相也不出亞理斯多德的「缺陷」說。與莎士比亞同期，同年去世的大劇作家湯顯祖，在《牡丹亭》裏對道姑生理缺陷的諧謔近乎淫謔，又回到原始喜劇「不褻不笑」的口味。文藝作家如何在「德音」與「經濟」之間取得平衡？這就不止是作家的挑戰，而是如劉勰所說，「文變染乎世情」，文品也要看社會的品味了。

【喜劇作者的悲劇結局】

善于寫喜劇的人，當然要人生經驗豐富，熟悉市井俚俗。所謂大匠運斤成風，舉重若輕。但能深入喜劇的作者和學者，感覺「纖巧」多情，骨子裏反而可能是悲觀的人。屈原說「將突梯滑稽，如脂如韋，以潔楹乎？」所以他跳水死了。擅寫喜劇的吳炳抗清被執，不屈絕食而死。創作《逍遙遊》獨幕傳奇劇的王應遴，崇禎甲申之難死節。老舍也擅寫喜劇，到了關節眼上，也走屈原的路。王國維研究戲曲，甚至武斷的說「明以後，傳奇無非喜劇」（《元劇之文章》），可惜內心嚴肅悲觀，重「格」輕「生」，盛年投冰。這是我國文化上多大的損失！

【結　語】

和王國維同任清華國學導師，新會梁啓超，在本世紀初曾寫一短文《文明與英雄之比例》說：「廿世紀以後，將無英雄。何以故？人人皆英雄故，……若是乎世界之無英雄，實世界進步之徵驗也。」就文藝戲

---

⑲　張敬《李笠翁十種曲》。

劇而言，悲劇需要英雄的犧牲。喜劇則是人人平權。當人類從「爭於力氣❷」進步到「逐於智謀」之後，希望能從「鬥智」進步到「鬥口」而「鬥笑」。馬克思說❷：「世界歷史形成的最後一個階段就是它的喜劇，……這是爲了使人類能夠愉快地同自己的過去訣別。」我們於之有厚望焉。

【後　記】

　　這篇報告，本來是母親張清徽教授，預備在 1995 年《文心雕龍》國際研討會後交卷的文章。這個題目，不僅是她最拿手的好戲，也是最近乎她的性情。可是由於還鄉前後，大喜大悲，健康急速衰退，而未能如願。隨後於 1996 年底入院，旋即於 1997 年 1 月 4 日駕返瑤池。想到先人願有未了，所以我毅然提筆，以「笑道」爲「孝道」，『搦筆和墨，乃始論文』。1998 年有幸在大會宣讀，一則以悲，一則以喜，完盡了先人之願。是爲記。

──林中明《談諧讔──兼說戲劇、傳奇裏的諧趣》，《文心雕龍》
1998 年國際研討會論文，《文心雕龍第四集》，北京大學出版社
2000 年，第 101－131 頁。

---

❷　《韓非子·五蠹》：上古競於道德，中世逐於智謀，當今爭於力氣。

❷　馬克思《黑格爾法哲學批判導言》：「現代的舊制度不過是眞正的主角已經死去的那種世界制度的丑角。……世界歷史形成的最後一個階段就是它的喜劇。……這是爲了使人類能夠愉快地同自己的過去訣別。」《馬克思恩格斯選集》第一卷，人民出版社，1972，第五頁。

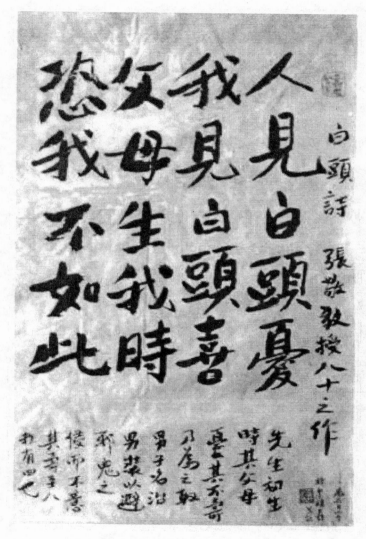

張敬《白頭詩》1995，林中明書並跋 2002

AN ODE TO WHITE HAIR

by Prof. Chang Ching

English translation by Young, Chin-Yi

Finding their hair white people feel sad,

But as for me   ----   I feel GLAD !

When I was born my parents prayed in my sight,

May she live so long her hair turns white !

〈Ode for White Hair〉楊慶儀 英譯 張敬《白頭詩》2003.4

陶淵明的多樣性和辯證性
以及名字別考

前言：《昭明文選》研究的新方向

　　十六年前，已故訓詁學家陸宗達教授爲長春選學諸學者的《昭明文選譯注》寫序言時，感慨的說「二十世紀以來，文學和美學理論的發展⋯⋯都出現了新局面⋯⋯。但是，如同許多傳統學科一樣，『選學』並沒有因此獲得新的生命。這既有舊的『選學』排斥科學方法論的一面，也有自稱掌握新思想的人排斥『選學』的一面。」所以陸先生提出『用新思想、新方法來重新認識它，選取新角度來繼續挖掘它。』十六年過去了，新的世紀也進入了第二年，陸先生提出的建議，雖然已經取得了相當的進展❶，但仍然面對所有傳統學科所面對的相同挑戰❷。

　　如何開展傳統『國學』的研究？遠在七十五年以前，國學大師陳寅

---

❶　趙福海《昭明文選與中國傳統文化・後記》：「新時期」選學有幾個主要特點：第一是自覺性；第二是開放性；第三是開拓性。2000。

❷　林中明《由《文心》、《孫子》看中國古典文論的源流和發揚》，復旦大學2000年「古代文論研究的回顧與前瞻國際研討會」論文集，77—105頁，復旦大學出版社，2002.8。

恪就曾借吊念另一位國學大師王國維的文章說：「（王國維的）學術內容及治學方法，殆可舉三目以概括之：一曰取地下之實物與紙上之遺文互相補正。二曰取異族之故事與吾國之舊藉互相補正。三曰取外來之觀念與固有之材料互相參證。要皆足以轉移一時之風氣，而示來者以軌則。」（《王靜安先生遺書序》）但是何以過了近一個世紀，我們還不能顯著地超過前人的成績呢？我想這可能有四種主要的原因：

其一，世局、國家和社會的動盪所造成興趣和信心的喪失。其二，舊學沒有好的機會和資源，去學習使用新的工具材料。其三，新人學了西方的新方法，但是對舊有的學問反而生疏了。於是乎產生了「技術轉型」時，「舊穀既沒，新穀未登，日月尚悠，為患未已」（陶淵明〈有會而作·序〉），「青黃不接」或「三多凶、四多懼」（《易繫辭下傳》）的現象。第四點，也可以說是做任何研究的最大瓶頸，就是求穩心切，不輕易「大膽假設」和沒有「突破創新」的環境和習慣。這個因為穩扎穩打而造成的困境，不僅是時下傳統學科的挑戰，也是全世界先進國家近百年來共同的苦惱❸。唯一的例外，大概就是美國加州「家家拼業績，人人想創新」，失敗也不太怕人笑的矽谷精神。我想，矽谷高科技的創新精神，也可以作為開拓傳統學科的借鏡❹。而矽谷「成天擔心自己落伍，沒有時間笑別人失敗」的環境，更是我們應該培養的風氣。臺灣中

---

❸ 英國大哲懷海德（A.N. Whitehead）在《教育的目的》（The Aims of Education 1916）中曾說：「成功的教育所傳授的知識必有某種創新……陳舊的知識會像魚一樣腐爛。」

❹ 林中明《舊經典活智慧--從易經、詩經、孫子、史記、文心看企管教育和科技創新》，「傳統中國教育與二十一世紀的價值與挑戰」國際研討會，嶽麓書院。湖南大學，2002. 5. 30&31。

研院院士吳京曾說，探求知識一定要宏觀而又微觀，但要切記「宏觀下的鑽牛角尖是突破，微觀下的突破是鑽牛角尖」。這兩句警言很值得我們思考。

爲了響應創新的需要，筆者乃發揮「神農嘗百草，面爲之青」的精神，從新的角度和資料來探討「什麼是昭明太子最大的成就？」，「劉勰《隱秀篇》的眞偽」和開始探究「陶淵明的多樣性和辯證性」以及提出尙未被仔細探索的「名字隱義」之可能性。並且盡量從正反兩面來探討這許多重要和全新的問題，並以此就正於「選學」和「陶學」諸先進。

什麼是昭明太子最偉大的成就？

自從佛教經典陸續傳入中國以來，佛教裏好學的學者總是喜歡問「什麼是祖師西來第一義？」研究《昭明文選》，我們也應該首先問：「什麼是昭明太子最偉大的成就？」傳統的看法認爲編輯《文選》是蕭統最重要的成就。所以許多文章都圍繞在誰是主要編者的問題上打轉。其實《昭明文選》的成功，不能說全是由于蕭統的領導和編輯團隊之力。公平之論應該是《文選》的編輯除了憑藉皇子王朝成事之便，也靠著南朝數代宮內藏書之豐，再在梁武帝選的《歷代賦》，和蕭統自己選編的十卷《正序》和二十卷《文章英華》的基礎上❺再「選」和「抄」出三十卷。所以從人力和時間來計量，《文選》在選點上所化的時間不及手抄的人力功夫，而且更不及《呂氏春秋》、《淮南子》、甚至于《世說新語》編撰和寫作所花的功夫。譬如初唐歐陽詢主編的《藝文類聚》，

---

❺　俞紹初《《文選》成書過程擬測》，《文選學新論》，中州古籍出版社1997。

全書百餘萬言，引古籍 1431 種，規模數倍於《昭明文選》，也只用了
三年功夫。可見《文選》的成就是幾代名流的眼力累積，和所斟酌選擇
的成果。編輯人數的多少和耗時的長短，不僅是爲餘事，而且也不是決
定品質的主要因素。這是研究《昭明文選》時，應該在主從先後和輕重
高低上，首先要加以分辨的❻。

　　到了 20 世紀末，電腦時代已經轉爲網路時代。人們在網路上看文
章非常方便，選文章的時間和數量都不困難。只是要選得精到，又有代
表性和有系統組織，則不是只花時間、金錢和人力就可以做到。而是仍
然和魏晉南北朝時一樣，非大家巨眼不能做得精到。今天是如此，過去
也是如是，將來文章數量更多更雜，想必也不能例外。所以評價《昭明
文選》的卓越處，就要從兩方面來說：1.選得多而又相當有組織；2.選
得精而又眼光獨到。第一項的成績，歷來學者都大致認同，沒有別異。
第二項，就比較困難下判斷。再就所選詩文的品質和代表性而言，由於
其他落選文章的流失，後代的學者和讀者已失去重新比較的公平機會。
所以我們不容易判斷蕭統和他的編輯團隊，是否曾看走了眼，遺漏掉什
麼更好的文章和詩文大家？

　　再就所選詩文而言，好的固然多，平泛的也不少。看來劉勰說的不
錯：「文變染乎世情，興廢繫乎時序」，選文者的眼光也受到時代的影
響和限制，多半經不起時間和空間的考驗。就此而論，蕭統的眼光只能
說是中上。但是在金銀銅鐵混雜的七百五十二篇選文之中，蕭統選到了
陶淵明和他的八首詩，以及〈歸去來辭〉。如果套用蕭統評陶淵明〈閑

---

❻　林中明《文選源變舉略：從《詩經》到桐城》，《昭明文選與中國傳統文化》，
　　吉林文史出版社，2001。

情賦〉的語言，反過來評蕭統的眼光和《文選》的成就，我認爲《文選》選文眼光之高明處，惟在《歸去來》一辭！當然蕭統和蕭綱都因爲鐘嶸和他的《詩品》而能欣賞大部份陶淵明❼的詩文。蕭統雖然未能欣賞陶潛詩文的「多樣性」以及其中的幽默感和豪氣，但是從蕭統特別爲陶淵明編集作序，並且在他的〈錦帶書十二月啓〉裏幻想和陶淵明做各種感性的對話，更顯示了他是淵明的知己和知音❽。所以我認爲年青的蕭統眼光之獨到，不僅在當時的文論大家沈約和劉勰之上，甚至于還在壯歲的杜甫和蘇軾之上。但是至於陶淵明其人其文，「雄秀出于天然」（趙孟頫讚王羲之書法）的多樣性和辯證性，則從蕭統、杜甫到蘇東坡，都因爲個人經驗的限制，而看走了眼，全輸給「武學博士」朱熹！至於何以文學理論大家劉勰在他的鉅作《文心雕龍》中完全忽略了陶淵明詩文的卓越性？這更是個大問題，值得再深入地討論。此外，還有兩個相關和值得探討的新問題就是：

1. 《文心雕龍》〈隱秀篇〉的補文眞僞問題，有無新資料和新看法？

2. 《文心雕龍》有無修訂版的問題？

陶淵明和《文心雕龍》的修訂版問題初探

《文心雕龍·隱秀篇》根據詹鍈的義證，明末補文中列有「彭澤之

---

❼ 曹旭《詩品研究·鐘嶸、二蕭與陶詩顯晦1992》，上海古籍出版社，1998。

❽ 林其錟《略論蕭統爲何特別鐘愛陶淵明》，第五屆文選學國際學術研討會，中國·鎮江，2002年10月。

ＯＯ，心密語澄，而俱適乎ＯＯ」數字。《王利器·文心雕龍校證》謂毛本作「彭澤之逸，心密語澄，而俱適乎壯采」。但我認爲「逸」字不是篇名，與上段體例不合。但即使是「逸」和「壯采」是劉勰原文，也不見出劉勰對陶淵明有高明的瞭解和特別的評價。但從另一個角度來看，我認爲如果是明人僞作，由於宋人對陶淵明的推崇備至，僞造者應該用更積極的字眼來描述「彭澤」的文章特性和高妙之處。明末補文中若有「逸」和「壯采」三字作爲評價，我認爲這反而像劉勰時代對「彭澤」的「半調子」理解。加上這個本子裏有《定勢篇》，非劉勰不能有此有此會通《孫武兵經》的卓識❾。所以我認爲明末補文的一部份反而有可能是眞的。從陶淵明反探劉勰，這是新的角度。

　　如果《文心雕龍·隱秀篇》明末補文大部份是劉勰的手筆，那麼我們就踫到一個極重要的大問題：『劉勰有無可能在後期輔佐東宮太子蕭統時，爲了迎合蕭統對陶淵明的口味，在《隱秀篇》甚至其他篇章，加入了討論陶淵明的字句？和產生了「修訂版」？只是由於「修訂版」的流傳不不普及，所以後人只看到劉勰的「較早版」？』

　　另外一個情況是，《文心雕龍·隱秀篇》明末補文的四百零一字全係後人僞補。因爲陶淵明寫詩作文❿，本來是舒情遣性以「自娛」。他的詩文表面淡泊質樸，所以青年時代熱中軍政的劉勰，也和官場得意時早年的蘇軾一樣看走了眼，在堂堂鉅作《文心》之中，竟無一字語及，猶如西諺所說：「就連荷馬也有打盹的時候」。劉勰出仕梁朝之後，運

---

❾　林中明《劉勰、《文心》與兵略、智術》，中國社會科學院·史學理論研究季刊，1996第一期。

❿　鐘嶸《詩品》：宋徵士陶潛，古今隱逸詩人之宗也。每觀其文，想其人德。

用兵略❶，避爭趨吉，曾做到昭明太子的東宮舍人，兼御林軍統領，長在昭明太子左右。所以《文心雕龍》不提陶潛，很可能一則是劉勰忙於政事和兼撰新文，無暇修訂舊作；或是他的興趣轉變到佛學，忙于修編佛典和替人寫碑銘，無心增益昔學。如果沒有鐘嶸和二蕭的品選佳賞❷，陶淵明的大部份詩文恐怕不能流傳到後世。陶淵明的詩文雖然和《文心》失之交臂，但卻提供了一個思索《文心》版本修訂的嶄新線索，所以也不是全然的損失。

陶淵明詩文和人格的多樣性和辯證性

既然蕭統對《文選》最特殊的貢獻在於發掘和弘揚了陶淵明詩文成就和人格的偉大，所以研究《文選》，也應該把研究陶淵明放在重要和優先的位置，尤其是有關陶淵明詩文和行止等大問題，而不是重復敘說前人已經談過的問題，和只鑽研間接而次要的小問題。

陶淵明生前和死後，詩文和人格都沒有受到應有的瞭解和重視。但自從年逾花甲謫居海南的蘇軾在〈與蘇轍書〉裏說過「吾於詩人，無所甚好，獨好淵明之詩。……其詩……自曹劉鮑謝李杜諸人，皆莫及也」的重話以後，後代文人才對陶詩另眼相待。這個情形也像西洋文學裏的荷馬。據說荷馬活著的時候，流浪各地，以吟遊賣唱為生，是個沒有一

---

❶ 林中明《劉勰和《文心》裏的兵略思想》，《文心雕龍研究·第二輯》北京大學出版社，1996。林中明《劉勰、《文心》與兵略、智術》，中國社會科學院·史學理論研究季刊，1996第一期。

❷ 林中明《文選源變舉略：從《詩經》到桐城》，昭明文選國際研討會，第四屆論文集，吉林出版社2001。

座城邦肯收容的落魄詩人。等到他死了若干年之後，他的兩部長篇史詩成了希臘文學的教本，於是許多城邦都以他爲榮，據說有十八個地方爭說荷馬是當地出生的人。正如陶淵明〈感士不遇賦〉中所自嘆的「感哲人之無偶，徒芳潔而誰亮？立行之難，而一城莫賞！」所以自從歐陽修、蘇軾高度推崇陶淵明之後，研究陶淵明的文章書籍雖然沒有像研究老杜有千家之眾，但也陸續不絕；從他的藝術造詣，詩文注釋，作品繫年到文學史上的地位，都有專文專書反復討論。甚至於陶淵明的個性⓭，年譜⓮，時代背景，祖宗三代和宗教態度，也不時有新編的撰述，擴大了我們對陶淵明有關背景的間接瞭解。但是我們眞的就因此而更瞭解陶淵明這個謎樣的人物嗎？我看不然。因爲陶潛其人其文同具多樣性和辯證性，因此如果不曾具有和他類似的生活經驗，而又不能細看，不從反面看，不從全面看，就很容易誤解、誤會其人其文，而得到片面或負面的認知，以至于得到雖眾以爲是，然而竟是錯誤和不能自圓其說的觀念或推論。

　　蘇軾也曾把他對陶淵明詩的瞭解和書法連接起來，和智永禪師對比。他在〈跋葉致遠所藏禪師千字文〉中說：「永禪師書骨氣深穩，體兼眾妙，精能之至，反造疏淡。如觀陶彭澤詩，初若散緩不收，反覆不已，乃識其奇趣。」可見得陶公確有多樣性、辯證性和「隱秀」性。

　　先說我個人的學習經驗。譬如說陶淵明在〈五柳先生傳〉裏就寫著：「先生不知何許人也，亦不詳其姓字。宅邊有五柳樹，因以自號焉。」

⓭　陸機《文賦》自余每觀才士之所作，竊有以得其用心。夫其放言遣辭，良多變矣。每自屬文，尤見其情。

⓮　《陶淵明年譜》：陶澍……梁啓超1923，朱自清194x、傅東華1927、古直1926、鄧安生1991、龔斌1996。

這一段話我在高中初讀此文時，大家都覺得相當幽默，竟把〈五柳先生〉和胡適之的〈差不多先生〉當作同類的幽默小品。隔了幾十年，再把這篇短文和〈感士不遇賦〉同觀，才看到截然相反悲劇的一面。這既可稱之「帶淚的喜劇」，也可以視為「帶笑的悲劇」，可以說和莎翁的「悲喜劇」乃是同類，但是文字精簡了百千倍❺。

陶淵明其人其文的多樣性和強烈的辯證性❻，不能用簡單的二分法或西洋心理分析來解析。但就《易經》和《孫子》的哲學來看，陶淵明其人其文可以說是詮釋「一陰一陽之為道」和「奇正相生是謂兵」的範例，其細目足以成書。簡要的來說，可以借用梁啓超在《陶淵明之文藝及其品格》所指出的三點，再加上我的補充，以為討論的開端。梁啓超在書中說：「陶淵明之沖遠高潔，盡人皆知，但我們想覻出淵明整個人格，我以為有三點應先行特別注意」：

1.【淡泊而豪情】

「第一須知他是極熱烈極有豪氣的人，若把他看成冷面厭世一派，那便大錯了。」因為鐘嶸率先在《詩品》裏推崇陶淵明是劉宋徵而不仕的隱逸詩人；後來的學者，也多半閉了眼睛跟著鐘嶸說同樣的話。反正出了錯，有前賢名家擋在前面。一直到了朱熹，因為父親朱松和老師李侗都是豪放之士，然後自己也知兵和成功的帶過兵，還被宋孝宗封為「武

---

❺ 林中明《談諧讔──兼說喜劇傳奇裏的諧趣》1998，《文心雕龍研究第四集》，北京大學出版社，2000。

❻ 吉川幸次郎《中國詩史·陶淵明》：「陶淵明的語言通常是平靜的，但那是具有高密度的平靜。平靜的內部，複雜而濃厚，并在踫撞沖突。」復旦大學出版社，賀聖遂譯2001。

學博士」**⑰**，所以朱熹才突破了近八百年人們對陶淵明的誤解。他在《朱子語類》裏說「陶淵明詩……豪放不覺耳。其露出本相者，是〈詠荊軻〉一篇，平淡底人，如何說得這樣言語出來？」李白的詩，豪放之氣漫天遍地撲面而來，「賦」「比」的效果極強，但是再觀則衰，三讀而竭。陶令的詩，淡於「賦」「比」，卻氣脈悠長於「興」。從兵法的角度來看，陶潛的詩文以小搏大，以四兩之力而能致千斤。李白則是獅子搏象，縱豪搏氣，故不及陶令的悠然而見南山。或許此所以蘇軾認爲「曹劉鮑謝李杜諸人，皆莫及（陶）也。」

在朱熹點破陶令的豪放本相之後，讀陶詩精細的人自然也能體會其妙處。譬如明代許師曾就在《詩體明辨》裏嘆云：「識此方能得陶詩之神。」其後清朝的龔自珍也跟著說：「莫道詩人竟平淡，兩分梁甫一分騷。」然後魯迅才說：「陶淵明哪里只是一個「采菊東籬下，悠然見南山」的閑士，他分明還有「刑天舞干戚，猛志固常在」那樣怒目金剛式的表情。」其後的讀書人，或許由於專業的緣故，少了朱、龔、梁、魯的豪氣和全面觀，又把陶淵明誤解成「隱逸詩人」而已，於是「陶學」研究的歷史又爲之再起循環。其實中國歷史上不少以文傳名的「文人」，都是「文武合一」之「士」。從孔、墨起，到蘇軾、朱熹、陸九淵、王陽明，都是能文能武，而徐渭更是學跨文武，性兼狂狷。他的〈芭蕉石榴圖〉的題詩**⑱**簡直是陶令〈詠荊軻〉的改版，而他也能筆鋒一轉，寫出近乎道家的「我本淡泊人，忘憂非爾力」的〈題萱草詩〉，和「花村

---

⑰ 林中明《舊經典，活智慧--從易經、詩經、孫子、史記、文心看企管教育和科技創新》，湖南大學嶽麓書院，2002。

⑱ 徐渭〈芭蕉石榴圖題詩〉「蕉葉屑埋短後衣，墨榴鐵銹虎斑皮；老夫貌此誰堪比？朱亥錐臨袖口時。」

斜日裏，橫吹晚悠悠」的〈牧牛圖〉題詩。可見得「文武合一」是中國士人的理想，而陶元亮兩次從軍，決不是偶然的衝動，乃是遵循眞正「孔子六藝之學」的傳統，和企圖效法諸葛亮的行動。

2.【質樸而能艷情】

「第二須知他是纏綿悱惻最多情的人」，但是「寫男女情愛的詩，一首也沒有，然而《閑情賦》裏詩十一句「願在……而爲……」，窮極艷情之想像力，恐古今言情的艷句，也很少比得上。」詩人必然有豐富的感情，孔子編詩，就把〈關關雎鳩〉放在三百篇之首，用心是很深刻而人性化的⑲。所以後世腐儒和假道學評擊〈閑情賦〉，是上不接孔，而今不符時，以致國學衰微，乃自取也。淵明爲文，不僅好創新，而且懂得文藝技巧，只是「技巧的不覺耳」！他在《閑情賦》中描寫「男女情愛」所用的手法，我以爲類似魏晉同時代僞造的《列子·楊朱篇》，都是「始則蕩以思慮，而終歸閑正」。但對于不瞭解陶淵明的「辯證性」的「直覺愛好者」來說，卻是「勸百而諷一」，於是乎對衛道之士激起了千層浪，誤解至今。

3.【忽進忽退】

「第三須知他是極嚴正，道德責任心極重的人」。但是他卻兩次出任參軍和一次出任縣令，都是「虎頭蛇尾」，來也興致沖沖，去也忽然「臨陣脫逃」。這又是一個讓「必意固我」的學者困惑的地方。其實《管

---

⑲ 林中明《中西古代情詩比探短述》，2001年第五屆《詩經》國際研討會論文集，學苑出版社，2002.7。

子·宙合》就明言聖人進退知時；孔子周遊列國，多少次「忽進忽退」；
孫武、張良「知所進退」；和諸葛亮的「初不願進，死不願退」；以及
劉勰的「黌書以進，焚髮而退」；都是「辯證性」的人生哲學。如果不
能瞭解實際人生際遇的複雜度，坐井觀天，難免爲中國士人在儒、道、
釋、兵、政之間的出入進退感到困惑，而常不能自圓其說。這雖然是學
術上的「特性」問題，但其實更是教育裏的「普遍問題」。

4.【辯證的多樣性】

他的詩文表面「淡泊質樸」，其實另有「辯證的多樣性」。譬如蘇
東坡說他的詩「質而實綺，臞而實腴」，王夫之延伸說「平而遠，淡而
深」。小說創作更是「異想天開」突破前人，把人趣哲思和半自傳的史
體混而爲一。難怪梁任公認爲他所創作的《桃花源記》，是「唐以前第
一篇小說」。而他的《五柳先生傳》，則不僅是大有創意的自傳，而且
是帶淚的幽默小品，格調趣味和文字功夫，尚在近代英國小品文之上。
在文章的精簡和創新上，更勝過在他之前阮籍幾十倍長的《大人先生
傳》，到唐代也只有韓愈的《毛穎傳》可以和他媲美。《毛穎傳》也對
「傳統文人」造成和《閑情賦》同級的困擾和非議。所不同處，只是「推
崇而又批評」的蕭統換成張籍，而「知音」的朱熹換成柳宗元而已。唐
宋八大家之首的韓愈既是「文以載道」又能恢諧戲笑，書聖王羲之的爲
人和書法也同具陰柔和陽剛兩面。可見「辯證的多樣性」其實是所有偉
大文藝創作者的通性。欣賞者能不能起共鳴，那要看他有多大的容量和
敏感度了。

5.【誠懇而隱晦】

　　他的詩文表面上是直接敘述而且態度誠懇。但到了緊要關頭，卻是隱晦間接。加上他的多樣性和辯證性，一般的讀者難免如瞎子摸象，得其一肢而已。譬如說，陶淵明兩次參軍的記詩和〈述酒〉〈擬古〉等詩，都是意有所指，然而卻都故意「王顧左右而言他」，不肯「說清楚，講明白。」他的詩裏動輒言醉。但是我看他的「半自傳」《五柳先生傳》裏卻說：「造飲輒盡，期在必醉。既醉而退」。大醉之人還能知道什麼時候該退，退了還能半夜摸黑找路回家嗎❷？這當然是像他的外祖父一樣，「行不苟合，好酣飲，逾多不亂，君子之德，所以戰戰兢兢，若履深薄」懂得藏能避忌，故意讓權臣不猜疑他對權勢的鄙視，以保全性命和家庭。所以說，《孟府君傳》寫得活神活現，似乎親見，其實乃是淵明在《五柳先生傳》之外，側寫自己的另外半個小傳。

6.【嚴謹卻幽默：行為和文章】

　　陳寅恪在論《陶淵明之思想與清談之關係 1945》一文之結語說「淵明之思想爲⋯⋯道教⋯⋯創改之新自然說。（其）爲人外儒而內道。」陳先生的說法在當時可以說是研究陶淵明思想行爲的一大突破。但從「陶淵明的多樣性和辯證性」的角度來看，先生的「外儒而內道」之說還是過于簡化了陶淵明的「複變性」，因而尚有許多未盡之處，值得進一步探討。

　　陶淵明的思想其實有《易經》「一陰一陽之爲道」混成的模式，儒、

---

❷　杜甫《題張氏隱居二首》：之子時相見，邀人晚興留。千村山路險，歸醉每無憂。林評：亦未眞醉也！

道兩家相輔相成，不能內外斷分。雖然淵明曾在《榮木》一詩說「先師遺訓，余豈云墜」。但是因爲孔子本人也是具有多樣性的大師，淵明的行爲自然也同時具有嚴謹和幽默兩種似不相容的態度。在他的文章裏，也明顯具有這兩種風格。譬如他在傳統當爲嚴肅格調的《挽歌詩》裏，就同時幽默地自挽「但恨在世時，飲酒不得足」㉑。但是由於陶文質樸，這兩種在世俗文章裏相衝突的風格，並沒有受到學者的注意，甚至受到忽略。譬如說，沈約在《宋書・隱逸傳》中指出，淵明「所著文章，皆題其年月，義熙以前，則書晉氏年號，自永初以來，唯云甲子而已。與子弟書以言其志，并爲訓戒」。㉒但是陶淵明自己爲《飲酒二十首》寫的序，卻說自己「既醉之後，輒題數句自娛，紙墨遂多，辭無詮次」云云。似乎是毫不經意的隨手之作。其實陶公留下來的詩文，都是他自己精選再錘煉過的佳作。所以才自信地「命故人書之」，廣爲流傳。終句所云「以爲歡笑爾」，其實也是他自豪之語。但也不幸爲時人和後人忽視和誤解。同樣的情形也發生在古來杜詩學者對「詩聖」杜甫幽默感的忽視和誤解，人多以爲杜甫是「悲劇詩人」。昔人嘆「正解人難尋」，這又是一例。

蕭統爲《陶淵明集》作序，首先指出「陶淵明詩，篇篇有酒」而「意不在酒，亦寄酒爲跡焉。」但陶淵明偏偏在〈止酒詩〉裏大玩文字遊戲，以大匠運斤如針之藝，不僅句句云「止」，而且全篇「不自覺」的順口。

㉑ 齊益壽《蕭統評陶與《文選》選陶》，第五屆文選學國際學術研討會，中國・鎮江，2002年10月。

㉒ 王國瓔《陶淵明詩中篇篇有我──論陶詩的自傳意味》2001年八月：詩題標明年月，小序說明緣起……亦注明年月。如此重視自我所處之歷史時空背景，在中國古典詩歌中，是頗爲少見的現象。

這種重復用字，而又與實情相反所產生的滑稽性，西方文藝心理學家柏格森，在他的經典之作《笑與滑稽》❷中，特別列爲一種「言語中的滑稽」的典型。至於他的《閑情賦》，從弗洛伊德❷的「機智喜感」分析來看，陶淵明其實是「明知故犯」，把腐儒最忌諱的「色情心理」，堂而皇之的拿出來諷刺❷一番，并開了「眞、假道學」們一個大玩笑。陶公在序終，又再習慣性的自謙，「雖文妙不足」。但是看懂了陶淵明的文風，《責子》實爲愛子，《止酒》乃爲進酒，就自然知道他其實是以「不足」爲「足」，自豪「此文爲「妙文」，所以推想他一定也會得意地「命故人書之，以爲歡笑爾」。

蕭統雖然是陶淵明的第一個知音，但是因爲缺乏「幽默感」，所以對淵明的瞭解差了最終的「臨門一腳」，但也留給後人超越的機會。現在因爲時代的進步，社會風氣大爲開放，而我們研究陶淵明又有前修所沒有的「文藝心理學」知識平台，所以能重新認識「眞正」的陶淵明，和欣賞他和杜甫「超時代」的幽默感❷。這是值得爲陶淵明以及杜甫「遲來的平反」而欣慰的事。

❷ Henri Bergson, Laughter: An Essay on the Meaning of the Comic, Macmillan and Co., 1921。

❷ Sigmund Freud, Wits and Their Relation to the Unconscious, James Strachey (Translator), 1905。

❷ 陶淵明《閑情賦》：始則蕩以思慮，而終歸閑正，將以抑流宕之邪心，諒有助於諷諫。

❷ 林中明《杜甫諧戲詩在文學上的地位——兼議古今詩家的幽默感》，杜甫誕生1290年國際學術研討會論文，臺北淡水淡江大學，2002年11月。

7.【「少學琴書」而「不解音聲」？】

沈約的《宋書·隱逸傳》裏記載「潛不解音聲，而蓄素琴一張，無弦，每酒適，輒撫弄以寄其意。」其實淵明是懂得音樂的人，只是後人不查，以訛傳訛，遂成「定論」。這是眾多陶淵明之謎中的又一個有名的「誤解之謎」。

雖然也有學者認爲沈約所說的「潛不解音聲」，並非是說陶潛不懂得音樂，而是指陶潛不解「詩文音律」，并以此突顯沈約自己在音律上的造詣和突破。我則以爲「音聲」雖可能包括「音律」和「音樂」，但沈約當不至于特選陶淵明來突顯自己的音韻學。況且下文的「而」字，顯示了上文乃是專指「音樂」和「琴技」。況且陶公爲文，每每「玲玲如振玉，纍纍如貫珠」（《文心雕龍·聲律篇》）。讀其《歸去來辭》一篇，「跌蕩昭彰，抑揚爽朗」（蕭統《陶淵明集·序》），「吟詠滋味，流於字句」（《文心·聲律篇》）。吾人豈可謂陶公「不解音聲」？

再根據陶淵明的《與子儼等疏》，淵明自稱「少學琴書……見樹木交蔭，時鳥變音，亦復歡然有喜。」陶淵明爲人謙和，如果自稱「少學琴書」，當然是從小就懂傳統的人爲音樂。等到長大，更能懂得欣賞大自然的色彩變化以及鳥鳴天籟[27]。陶淵明在《孟府君傳》裏借外祖父和權臣桓溫的對話，以名句「聽妓（樂），絲不如竹，竹不如肉」，表達了自己對音樂高妙的看法。歷來許多陶詩的愛好者只選讀部份陶詩，而

---

[27] 芥川龍之介在《疑惑》那篇短篇小説中描寫1891年濃尾大地震的「地鳴聲、樑倒聲、樹折聲、壁崩聲，還有幾千人恐慌欲逃，辨不清聲音的響聲，騷然沸騰。」也顯現了一流文學家對聲音的敏銳觀察和用文字描寫聲音的功力。（林評：李峰吟譯文，譯文載於世界日報副刊，2003年1月28日。）

不全面地去讀他的文章和序文，人云亦云，竟然把精曉絲竹和大自然音聲的陶淵明誤解成「不解音樂」，真是應了淵明幽默反諷的「不求甚解」四個大字矣！

反過來說，如果陶淵明不解音律，他怎能寫出《詠荊軻》裏悲昂傳神，近乎身歷聲音響的詩句❷❽？朱熹從《詠荊軻》一詩「看出」陶淵明的「豪放」，而我卻從中「聽到」自然界的「蕭蕭哀風逝」和動物界的「素驥鳴廣陌」，以及人的歌聲和樂器演奏的「漸離擊悲筑，宋意唱高聲」。至於用樂器和歌唱中的「商音❷❾」來表現秋殺和悲憤的高聲本質，和用「羽調❸⓿」來預報刺客流血秦廷及悲哀結局的低沉氣息❸❶，這都表現了陶淵明對音律的學養。說淵明不懂音樂的人，其實多半是自己不甚懂音樂，照書直解，以前人之眼代自己之耳。他們既不懂陶公的謙虛，更不解淵明的幽默，以及他「豪潛」的情懷。難怪劉勰要說「知音其難哉！音實難知，知實難逢，逢其知音，千載其一乎！」（《文心雕龍·知音篇》）

8.【簡短處卻極重要】

《五柳先生傳》文章雖短，卻神完氣足，蘊藏的感情也濃，包涵的

---

❷❽ 現代詩人鄭愁予自小喜歡唱歌，也曾自學小提琴，還曾拜師學作曲。但他說，作曲學的多是調性、節拍等技術性問題，與詩關係較遠，「詩的音樂性是從文字而來的，字和詞的構成，這本身造成音樂。」

❷❾ 《文選·阮籍〈詠懷詩之十〉》：素質遊商聲，淒愴傷我心。李善注：《禮記》曰：孟秋之月，其音商。

❸⓿ 《尚書·大禹謨》：咨禹，惟時有苗弗率，汝徂征。……帝乃敷誕文德，舞幹羽於兩階。七旬，有苗格。

❸❶ 《文心雕龍·聲律篇》：「宮商響高，徵羽聲下」。（據黃侃《文心雕龍札記》）

消息又最緊要。這就是兵法所謂的「兵在精而不在多」，所以它能勝過幾十倍長，阮籍的《大人先生傳》。蕭統雖然和沈約以及〈南傳〉〈晉傳〉都選了《五柳先生傳》入傳，但都是直接從傳記角度著眼，不能欣賞他文筆的精煉，也沒有完全參透其內涵。蕭統和他的《文選》幕僚選文沒有選到這一篇，一千年後的金聖嘆和姚鼐也都看走了眼，沒有選入評點。倒是不出名的吳楚材叔侄能把它選入《古文觀止》，可見眼光過人，度越前賢，難怪《古文觀止》能壓倒所有的文選，獨霸「文選」市場已近三百年。

　　《五柳先生傳》開頭的兩句話，看似幽默，其實道盡先生「哲人無偶」知音乏人的悲痛，而不是像當代鴻儒錢鍾書在《管錐編·146》所「寫」：『「不知何許人也，亦不詳其姓氏（字！）」，豈作自傳而并不曉己之姓名籍貫哉？正激於世之賣世之賣聲名、誇門地（第？）者而破除之爾。』錢氏之意在於陶公譏笑沽名釣譽者，但淵明卻是已知世無知音，後人當然連人帶姓更不會知道，何況他的幾個「名字」和它們的「隱義」！陶淵明的名字會有隱義？這是研究「陶學」一千六百年來，所沒有想過的事。有沒有可能，很值得我們去探討。

何以陶淵明名字隱義未受重視？

錢鍾書也打盹

　　首先，我要指出，博學強記能夠倒背古文的錢鍾書，在《管錐編》裏《五柳先生傳》的引句：「不知何許人也，亦不詳其姓氏」，竟然犯了和《差不多先生》一般的基本錯誤？——他把「姓字」的「字」誤爲

「姓氏」，「門第」誤爲「門地」。「門第」誤爲「門地」，這很可能是排印打字時拼音的失誤。但既然用「門第」來解釋「姓氏」，這說明「氏」字不是手民之誤，而是錢氏之誤，或是他引用了眾所鮮知的特殊版本？不過，「姓字」和「姓氏」差別很大。以己才爲豪的陶淵明，不太可能用「姓氏」門第的虛名來描寫自己的「潛龍勿用」。所以何以錢先生誤書，而近卅年來，經過各地讀者的投書，和專家的校正❷，竟然也沒有人發現，和提出版本異議或更正呢？我想其原因就在於從來少有（沒有？）人想到，陶淵明會在他的幾個名字裏，巧妙的表達了心志❸。所以才會有這麼多的人去研究他的本名、別名和小名，但沒有人對他的幾個名字之間的關係和心志，去研究可能的涵義。所以可能錢鍾書和大家一樣，都犯了「傳統慣性」和「說溜了嘴(slip tongue)」的錯而已，有如西諺所說「荷馬也有打盹的時候」。

慣性定律和集組映像

然而更可詫異的是，一千六百多年來，研究陶淵明的學者們，對他的名號的來源和隱義，最多淺嘗即止，大半模糊不清，甚至推演出說服力不高，或前後不甚銜接的看法。考其原因，則不外乎限於古典物理學所說的「慣性」難改和數學的「集組映像」（set mapping）的缺乏對應，而和學問功力似無直接的大關係。自古以來，越是大家熟悉的事情，慣性越大，越難從新思考。陶公的名字的探討，大概也可做如是觀。至於

---

❷ 《管錐編第五冊弁言》：海內外讀者仍賜函是正訛文脫字，少者二三事，多則如王君依民校讎至百十事。

❸ 奚密《隱藏和揭示：詩人的筆名》，聯合報副刊，2002年10月10。

蘇東坡說陶詩「質而實綺，癯而實腴」，也是指陶詩的內容和讀者個人的經驗有關。專心看過夏日林蔭風動和光線閃耀，和細心聽過黃鸝畫眉鳴唱變調的讀者，才能懂得「樹木交蔭，時鳥變聲」的「歡然有喜」(《疏祭文》)。《孫子兵法》說「道、天、地、將、法……凡此五者，將莫不聞，知之者勝，不知者不勝。」也就是說「道聽途說」的「道理」，必須自己親身體會，把「資料」變成「知識」，然後才能「觸類旁通」。所以陶詩的好處，只能靠自己建構經驗，然後才能經由他指出的方向，用「心眼、心耳」，看出和聽到陶詩中的豐富「聲音和色彩」。

孔子正名和八大多號

孔子說：「名不正則言不順，言不順則事不成，……則禮樂不興……刑罰不中。故君子名之必可言也。君子於其言，無所苟而已矣！〔《論語・子路篇》〕」陶淵明詩文最好引用《論語》，他當然清楚君子人的「名號」，所代表的理想和心態的重要性。淵明詩文用字都經過錘煉琢磨，即使一個「不」字，錢鍾書都指出在《五柳先生傳》裏的多樣性和反喻義。因此我以為，他的名號當然是一種特意的選擇和潛意識的表現，或者是「雞和蛋」互為因果的關係。

處于山河變色之際的遺民隱士也多半喜歡使用各種的名號，一來可以隱藏身份有利行走，二來也是一種持續地情感發泄，一方面「自娛」，再來於「諧讔」之餘，又不虞於文字獄之災。譬如明清之交，以「詩、書、畫、印、款、號」六藝名世的八大山人，他早中期的名號博雜，世所罕見。但他的每個字號都隱含特殊的意義，這不僅是「藝術自由」的一種表現，也可以說是隱逸文人心態和習慣的代表。八大山人好用「陶

八」一辭，雖世無明解，但想必和「隱逸詩人之宗」的陶淵明有關，也許是八大自比於陶，而以陶八相連，自鑄新詞。

所以我們讀陶公詩文，必當先知其人名號心態，再及於其成文之時間地點。一如覽賞八大山人畫作，若「不詳其」字號隱義❸，則斷不能洞見其詩書畫印款跋之深意。這種方法，在科學論文的審核上，也有類似的做法。如果一篇論文的題目和假設出了差錯，那麼下面的推理再仔細，也終究得不出正確的結果。聽說有位諾貝爾物理獎的得主，年輕時聽審論文，總必先問假設是什麼？如果假設錯誤，他立刻起立離席。雖說其作風近于刻薄，但也不失為真理而行止的原則。不過如果一個人的名號過多，也容易造成混淆。鄭板橋說石濤名不及八大的次要原因是因為石濤一生（印章）「別號太多，翻成攪亂」，這也是一種看法。但陶淵明的名字傳世的不過三種，應該比較容易探討它們之間的關係。

歷來學者對陶淵明名字的看法

對陶淵明名字的看法，《晉書》、《宋書》《南史》等正史本傳的記載都不相同；蕭統的《陶淵明傳》、顏延之的《陶徵士誄》，和佚名氏的《社高賢傳》等書所說亦不一致。所以南宋目錄學家晁公武在《郡齋讀書志》中就說：「蕭統云淵明字元亮，《晉書》云潛字元亮，《宋書》云潛字淵明，或云字深明，名元亮。」晁公武認為「按集《孟嘉傳》與《祭妹文》皆自稱淵明，當從之」。但總的看來，史家多數持「陶潛

---

❸ 林中明《從劉勰《文心》看八大山人的藝術、人格》，《文心雕龍》國際研討會2000年會論文集，學苑出版社2000。

字淵明」的說法。

後人修的陶淵明年譜，看法也紛紜不一。吳仁杰《陶靖節先生年譜》根據陶淵明集中的《孟嘉傳》、《祭妹文》，以及蕭統《陶淵明傳》和《晉書》、《南史》等的記載，認爲「先生在晉名淵明可見也」，陶氏之更名「潛」是在宋元嘉之時，但「仍其舊字。謂其以名爲字者，初無明据，殆非也。本當曰陶淵明字元亮。入宋更名潛，如此爲得其實。」陶澍《陶靖節年號考異》對吳氏之說表贊同，認爲《晉書》說潛字元亮，《南史》謂潛字淵明，皆不確。陶澍認爲陶淵明「在晉名淵明，在宋名潛，元亮之字未曾易」，應該是合理的看法。

今人多也同上說。有認爲顏延之《陶征士誄》稱「晉征士陶淵明」，《南史·隱逸傳》載元嘉中陶淵明向檀道濟自稱曰「潛」，可助此說（龔斌《陶淵明集校箋》）。但歷史上對此還有不同看法，不少人更由于對「淵」和「潛」的來源根本不瞭解，遂貿然以爲「淵」和「潛」字意相關，舍「淵明」而取「潛」爲多事。譬如梁啓超的《陶淵明年譜》就認爲「潛」乃小名，已爲朱自清所駁。古直《陶靖節年譜》認爲「潛乃其名，而淵明其小名也」，也可能犯了同樣的錯誤。但古直對陶淵明名號最大的貢獻在於想到引用《易經》的乾卦，來解釋陶淵明的名號。他說〈九四〉的「淵」是〈初九〉裏的「潛」處，算是點到皮面。而又由《說文》解釋「潛」與「亮」爲對文，「亮」與「明」爲同訓，那就落入以小學的眼光，去瞭解「大人」的胸襟。此一說法，至今還沒有學者批評，甚至在袁行霈的《陶淵明研究》裏，還特別舉出，但又不加評論，似乎是同意這種「小學」的看法，但又不必負文責是非。

宋儒張載曾說，做學問當於無疑處有疑，有疑處不疑。陶淵明一代文宗，詩文用字都經錘煉，他自己選取的名號，當然絕不是信手拈來。

更因爲他又是一代人杰，名號之中自然帶有英豪之氣，這是歷代小儒所不能見及者。夫知英雄胸襟者，必有英雄之情懷。這在古代千萬學「士」之中，倒也頗有十數人留下他們「英雄所見略同」的看法記錄。

譬如書法史上筆力最爲雄橫的黃庭堅，就比他的老師蘇軾高明，他在《宿舊彭澤懷陶令》一詩中指出：「潛魚願深渺，淵明無由逃。⋯⋯歲晚以字行，更始號元亮。淒其望諸葛，抗髒猶漢相；時無益州牧，指撝用諸將」。黃庭堅雖然比蘇軾高明，但是他喜歡「依經據典」，曾以此讚揚杜甫的詩「無一字無來歷」。所以他根據《詩經·小雅·鶴鳴》的「魚潛在淵，或在於渚」，把陶公「潛龍」的懷抱，局限於魚，雖離隱者心態不遠，但情懷上有根本的差別。但是他看到「元亮」和「諸葛亮」的關係在眾多學者❸之先，也顯出他的胸襟和情懷。辛棄疾雖然所見略同，但已晚了黃庭堅約五十年。不過比起杜甫來，黃、辛還是相當瞭解陶潛。後來杜甫《中宵》詩也提到「潛波想巨魚」，和在《黃魚》中自比黃魚的「長大不容身⋯⋯回首怪龍鱗」，似乎都自居大魚，而非龍虎。他在《戲寄崔評事等》中更有「潛龍故起雲⋯⋯還披鮑謝文」的句子，說到了鮑、謝，卻忘了陶令。可見工部是「平民化的純文人」，雖然詩句極具「表面張力」，八面出鋒變幻莫測，但深層的「辯證性」複雜度卻不及陶令，所以從來沒有眞正體會陶令自居「潛龍」的「英雄情懷」。

明代開國的國師劉基，生平事跡和和管仲、諸葛亮類似，都是起于

---

❸ 黃徹《溪詩話》：能知其心者寡也⋯⋯其自樂田畝，乃卷懷不得已耳。士之出處，未易爲世俗言也。劉岳甲《張文先詩序》：陶淵明本志不在子房、孔明下，而終身不遇漢高皇、蜀昭烈⋯⋯其詩⋯⋯要使人未易窺測。（亦是知謔者）

·223·

亂世，以遇英主，而得致用其才。因爲和陶公是同類人杰，所以知道淵明的心意非只是飲酒吟詩之隱士㊱。劉伯溫在他的《意伯文集·題李伯時畫淵明歸來圖》詩中說：「陶公節義士，素食豈其心；我才非管葛，誰能起淪沉」，其實是反射自家英豪情懷。

我對陶淵明名字的看法和揣測

陶淵明的名號自古以來就是眾口紛紜，但是我至今似乎還沒有機會看到可信的說法。歷來爲陶淵明編年譜的名家㊲買櫝還珠，見河不見源，很少費力去追究他爲什麼要爲自己起這幾個名字？更不用說探討陶淵明諸名字出處何方？他的名字出處也像是他寫的「桃花源」，又像是八大山人的諸般名號，除了他們自己，恐怕也沒有人能夠輕易問津和解答！非常可惜。陶淵明讀書淵博，卻假借五柳先生自謙「不求甚解」。其實他自幼就熟讀包括《易經》的「六經㊳」。他曾在《讀史九章·魯

㊱ 陳祚明《采菽堂古詩一則》：千秋以陶詩爲閒適，乃不知其用意處。朱子亦僅謂〈荊軻〉一篇露本旨。按：自今觀之，〈飲酒〉〈擬古〉〈貧士〉〈讀山海經〉，何非此旨，但稍隱耳。章懋《題陶淵明集》：古今論淵明者多矣，大率以其文章不群，詞彩精拔，沖淡深粹，悠然自得爲言，要皆未爲深知淵明者。獨子朱子……吳草蘆稱其〈述酒〉〈荊軻〉等作，殆亦欲爲漢相孔明之事。……嗚呼，若淵明豈徒詩人逸士云乎哉！黃仲昭《題陶淵明詩集》：忠憤激烈之氣，往往於詩焉發之，觀其〈詠荊軻〉者可見矣。靖節之與留侯，跡雖不同，（按：吳寬亦云：然皆相門之後）而心則未始不同，所謂易地則皆然者也。

㊲ 《陶淵明年譜》：陶澍……梁啓超1923、、朱自清194x、傅東華1927、古直1926、鄧安生1991、龔斌1996。

㊳ 「少年罕人事，遊好在六經」（〈飲酒〉）。

二儒》中說；「《易》大隨時，迷變則愚」。可見得他對《易經》的時變之道是深知於心，而又能不著迷，選擇性的批判它。

淵明身處亂世，當然對《易經》的「易」道感同身受。陶淵明集補篇〈向長禽慶贊〉裏載有「貧賤與富貴，讀易悟益損」的字句。很有可能是陶公自己或是他的知音所撰。但行間所間接指出的是他對《易經》的感悟。後漢向長感引《易經》〈損〉〈益〉二卦，去官不仕王莽，與同好的北海禽慶，俱遊五岳名山，不知所終的故事❸，其實和陶公的處境感受是極其類似。

蘇軾一家曾合作《東坡易林》，他在海南又完成了「此生不虛過」的《易傳》。但蘇軾卻沒看出陶淵明的名字出于或有關於《易經》，很令我詫異。想來《東坡易林》，大半是蘇洵所作，蘇軾只是總其成。又因東坡本性豪爽，和行止顛沛，所以始終沒能深究易理，和從《易經》裏聯想到陶淵明名字裏的志意源出於《易經·乾卦》。

陶淵明名字全是父母所起？還是有自己的安排？

作爲一位知名的歷史人物，在死後百年之間，他的幾個名字的正副大小把學者弄得頭昏腦脹，以至于爭辯至今，而且還不能定論，這是少見的現象。這個問題的表面原因是文章和歷史資料不足，但再進一步推想，就發現其中還有陶淵明個人的意向和安排的可能性。所以新的探討

---

❸　《後漢書·向長傳》：「……讀《易》至〈損〉〈益〉卦，嘆曰：吾已知富不如貧，貧不如賤，但未知「死何如生」耳。」與同好北海禽慶，俱遊五岳名山，不知所終。

就應該從以下幾個方向去探索。其一,淵明、元亮和潛,這三個名字,都是陶淵明父親給他取的嗎?(假設他的母親沒有參與命名的事)其二,有無可能,陶淵明因為個人的志向和環境的關係,自己取了一個或一個以上的名字?其三,陶淵明重新安排過名字的大小和次序?

對于第一個問題,由於陶淵明的父親資料不詳,不容易判斷他的父親有無胸襟眼光,在陶淵明一出生,就賦予相當有意義的三個名字?由他的〈命子〉詩所說有關他父親性格的「于皇仁考,淡焉虛止,寄跡風雲,冥茲慍喜」描寫來看,不太可能想出如此巧妙和宏觀的三個名字,和兩個響亮而相對互補的雙名。

對于第二個問題,因為由陶淵明的英豪氣和好創新的性格,我認為很有此可能,尤其是元亮的雙名。就像八大山人一樣,三個名字還不夠,他又再「創造」了一個「五柳先生」的「別號」。這是和一般人片面以為他是「淡泊」之人,不會玩創造新名字的想法是有很大的差別。梁啓超說「古者『君子已孤不改名』」,朱自清於此已有所辯駁❹。我也認為對魏晉名士來說,這不應該是絕對的限制。譬如說,三國時代的徐庶,因為避禍,連姓帶名都改了。在此之前東漢有名的隱士梁鴻(字伯鸞),因為寫〈五噫歌〉諷刺章帝,而改了姓(運期)名(燿)字(侯光)以避風頭。可見得改名換姓對名士和隱士都是有例可循之事。陶淵明為人瀟灑而有豪氣,對于人為的禮教,比起常人來更有彈性。譬如他在〈飲酒第 11 首〉中就說:「裸葬何必惡,人當解意表」。此外,他還有不按常人禮法,至於取頭上葛巾漉酒的傳聞(《昭明太子〈陶淵明傳〉》)。而

---

❹ 朱自清《陶淵明年譜中之問題》:梁譜謂「君子已孤不改名」,係儒家所聞古禮;古禮至魏、晉已不遵行,阮籍所云「禮豈為我輩設」,正是一證。

儒家的祖師孔子，雖然「西周的墓葬一律不起墳。春秋時期，孔子首先在其父母的墓上建塚❹。」所以如果陶淵明想起新的「字」，這也是很有可能的。此外，改「字」的說法，宋朝的葉夢得也曾有類似的猜測。但由於缺乏原始證據，正反兩方還都不能下客觀的定論。

　　至於第三個問題，陶淵明有無重新安排過名字的大小和次序？我認為陶淵明的三個名字起得如此之高妙，不能說不是經過「高明」的安排。因為如此一來，陶淵明對對檀道濟稱「潛」和小名的問題，也可以獲得解決，而且同時符合時局和其相對應的心態。「高明」的安排必須有類似梁鴻的高人出手。高人是誰呢？答案應該是很明顯吧！

陶淵明名字和《易經》有關？

　　探討陶淵明名字的最大意義，其實不在大小和次序，而是瞭解他的心態，以及心理和行為，由於名字的影響和「自暗示」，所造成的互動的「第一義」。

　　從古人對陶淵明名字的分析，我認為他的名字主要來源是《易經·乾卦》，和可能因心儀孔子而「字」孔明的諸葛亮的嚮往和自勉而來。如果另有「小學」的影響，那也是次要的考慮。

　　以下讓我從《易經·乾卦》來推想，深通古代經典，又曾幻化改名號為「五柳先生」的陶淵明，在他自己保留或選擇或精心命名的名字裏，可能隱藏著何等心境意涵。

---

❹　《春秋戰國——爭霸圖強的時代》，中華文明傳真3，商務印書館（香港），2001，16頁。

「淵」「明」二字的積極意義

　　既然陶公的「動靜、開闔❷」和詩文的虛實變化都具有「多樣性」和「辯證性」，探討「淵明」的隱義，當然首先要考慮其「積極」的意義，而不再是重復述說「被動」的表面意思。

　　「淵」的來源我以爲有五：《易經・乾卦》，《詩經》，《管子》，《老子》和《左傳》。《老子》說「淵兮似萬物之宗」，類似《管子・形勢》所說「淵者，眾物之所生也。能深而不涸，則沈玉至。」但「淵」在《詩經・小雅・鶴鳴》的「魚潛在淵」和《小旻》的「戰戰兢兢，如臨深淵」則有消極的意義，和陶公的第三個名字「潛」的心態內涵有更直接的關聯。

　　「淵」與「明」并用的重要來源歸納爲三：《易經・乾卦》，《管子》和《左傳》。

　　1.《左傳》：「淵明」是陶淵明的父親或他自己，盼望陶淵明成爲有用的「才子」，如古代高陽氏的八位「才子」，而又有八「愷」德中的「淵、明」二德（《左傳・文公二十年》）。根據《左傳》同篇又有堯用八元八愷的事，而淵明的〈命子〉詩開始兩句就是「悠悠我祖，爰自陶唐」。可見得「淵明」二字有可能典出《左傳》，有「才子」的意義在焉。

　　2.《管子・宙合》說「賢人之處亂世也，知道之不可行，則沉抑以

---

❷　《管子・宙合》：聖人之動靜、開闔、取與必因於時也。時則動，不時則靜。賢人之處亂世也，知道之不可行，則沉抑以避罰，靜默以佯免。（林按：《管子》雖非一人一時之作，但劉向校成在晉之先。）

避罰，靜默以俟免。」又說「大挨度儀，若覺臥，若誨明，言淵色以自潔也。」這都相當切合陶淵明做人處世的實際行止。

3.《易經·乾卦》：更深一層的意義則是「淵」出于九四的「或躍在淵」，和「明」出于九二的「見龍在田，天下文明」，以及〈易·文言〉的「夫大人者，與天地合其德，與日月合其明，與四時合其序。」可以說，淵明二字，有可能是陶公年輕時所立的志向，有奮發圖強，改革進步，達到天下文明的理想境地。但是他在後來的困境裏，也能做到「知進退存亡而不失其正者，其唯聖人乎？」可以說是行有所本，所以才能毅然辭官，歸去田園。個性雖然既狂且狷❹，但是「進退存亡而不失其正」，所以可說是眞正的聖人之徒。「淵明」二字，不論是他父親起的，或是後來添的，都對陶淵明的心理和行爲有積極的意義和導向，其結果可以說是「名符其實」，當之無愧。

元亮考

「元」：《易經》首卦〈乾卦〉開頭就是說：「元亨利貞」。《文言》曰：元者，善之長也。所以古人名號喜用「元」字，都是起源於《易經》。《左傳·文公二十年》又提到「高辛氏有才子八人，天下之民謂之八元。堯舉八元，使布五教於四方。」又譬如三國時代的名士徐庶，原名單福，更姓名後，就自號元直。更巧的是，元直曾荐諸葛亮於劉備，

---

❹ 劉熙載《藝概·詩概》：「屈靈均、陶淵明皆狂狷之資也。屈子《離騷》，一往皆特立獨行之意；陶自言性剛才拙，與物多忤，自量爲己，必貽俗患，其賦品之高，亦有以矣。」

事見陳壽《三國誌·蜀史·諸葛亮傳》。所以陶淵明字「元亮」者，有志「元」於「諸葛亮」的文武才德，並自期如「諸葛亮」和「孔明」之有用於世也。陶淵明名號中的「亮」和「明」，不僅是文字相對，更有歷史背景和意義，而且是專向著「諸葛亮」和「孔明」，以之爲人生的典範。這是歷來許多研究「陶學」的人所疏忽的一個要點。以至一千六百多年來，一般文人只以「隱逸詩人」看待陶淵明，這是根本性的大錯誤，影響到對其人其文的誤解，不能不加以辨正。

至於從反面的角度來看，「元亮」的「元」字只是排行第一的意思而已。我認爲這個說法有幾個漏洞。第一，淵明有妹，但沒有文字或證據直接證明他有幾個兄弟姐妹，而且他的排行確是老大。第二，古人雖然常用「元、仲、季」來記排行，但也不是絕對的限制。舉例來說，《世說新語》裏記載的王忱，字元達，卻是王坦之的第四子！東晉時，王家是世族大姓，起名字當然有規矩。然而老四也可以用「元」，可見得孟子說「盡信《書》，不如無《書》」是有道理的。再舉一個較晚的例子，明太祖朱元璋，本是老六，後來覺得小名不雅，就改名爲「元」璋，然後才做了皇帝。可見「元」字自古至今，都不是老大的專利。不過既使陶淵明是老大，他還是可以心儀「諸葛亮」爲「元亮」。這是另一個折衷的看法，并錄于此，以爲周全和參考。

潛的隱[44]義

「潛」字，很可能是出于《易經》首卦乾卦九一的「潛龍勿用」。

---

❹ 林中明《談諧讔——兼說戲劇、傳奇裏的諧趣》，文心雕龍研究第四集，北京大學出版社2000。

「潛龍勿用」何謂也？子曰：「龍德而隱者也。不易乎世，不成乎名，遯世無悶。不見是而無悶，樂則行之，憂則違之，確乎其不可拔，潛龍也」。在陶淵明之前，東漢文字學和《易》學專家許慎的《說文解字》就把龍解釋爲「鱗蟲之長，能幽能明，能細能巨，能短能長。春分而登天，秋分而潛淵。」這幾乎把《易經》裏的「潛、淵、明」全用來解釋「龍」。由於《易經・乾卦》把「龍」和「君子」對等起來，所以陶淵明的三個名字之中，有兩個是出自《易經・乾卦》，證據相當強勢。陶淵明也常引用《易經》裏的特殊字辭，譬如在《感士不遇賦》中的「悲董相之「淵」致，屢乘危而幸「濟」」，就是連辭帶卦名都用上了。

　　鐘嶸《詩品》說「宋徵士陶潛詩，其源出于應璩。」這大約是指兩人都有諷刺的詩風。至於詩裏的幽默感，應璩和左思就都不及陶潛。《文選》中所選應璩的《與滿公琰書》裏有「故使鮮魚出自潛淵」之句，以感謝滿公琰的造訪。可見得「潛淵」之詞，從漢至魏晉都是常用的謙詞雅語，譬如曾以《定情賦》影響陶潛的張衡，在《歸田賦》裏說的「懸淵沉之「鯊鰡」」，指的就是吹沙小魚❹❺，與上句「龍吟」之龍有別。應璩的「潛淵」雖然把陶公名字之二都包括在內，但還是自謙「潛魚」而非「潛龍」。

　　陶淵明在劉裕篡晉改代之後，雖然不一定是因爲幾代先祖在晉朝仕職，而固執孝忠前朝；但改名爲「潛」，或回復用小名，其自命爲「潛龍」而「勿用」是極其明顯地透露了他的意識和志向。在《感士不遇賦序》中，有「懷正志道之士，或潛玉於當年」之句。可見得陶淵明用《詩經》「賦比興」的手法，謙虛的把自己「比」作潛玉，避開「潛龍」的

---

❹❺　陸機《毛詩草木鳥獸蟲魚疏》下：鯊，似鯽魚而小，常張口吹沙。

自譽，也避開了嵇康寫詩以「潛龍」自比，而終遭的殺身之禍。在《感士不遇賦》中，他又有「靡潛躍之非分，常傲然以稱情」的句子。可見得他確是「傲然」以「潛龍」可以「躍淵」自居，但又一再的說些表面的謙詞。就如他在《五柳先生》中所自述：「常著文章自娛，頗示己志」。但他也能同時「忘懷得失，以此自終」，顯現出他極善於「辯證性」地協調衝突，遵循《易經》「一陰一陽之爲道」的哲學思想，又能保持文史的平衡。他喜歡「藏諧」，又善於「隱秀」，兩種功夫都在諸家之上。徵諸他在《五柳先生》一篇短文裏隱涵了這麼多內容，因此，我認爲他不止是「詩中篇篇有我」**46**，而且在僅有的幾篇文章裏，從紀念他外祖父的《孟府君傳》到《五柳先生傳》，陶令都「文中篇篇有我」。因此我認爲他當然也不會放過機會，而極有可能，在《桃花源記》的文字裏，也另有埋伏，自我文娛，並挑戰讀者的眼力？

桃花源記裏的姓名隱義

　　桃花源記裏的「文史哲政」隱義，自古以來問津者眾，而同樣的見解，常隔代則又重復之，猶以爲新見。所以陳寅恪先生在《桃花源記旁證》一文劈面就說「……古今所共知，不待詳論……故別擬新解」。然而他雖然考了「古之桃林，周武王克殷休牛之地**47**」等事，由於個性不喜文字遊戲，所以只能看到歷史和地理的關係，但和陶淵明多樣性的詩

---

46 王國瓔《陶淵明詩中「篇篇有我」——論陶詩的自傳意味》，王叔岷先生學術成就與薪傳論文集，2001。

47 《史記》：武王徵九牧之君，登斸之阜，以望商邑。縱馬於華山之陽，放牛於桃林之虛；偃干戈，振兵釋旅：示天下不復用也。

情文心有根本上不同的考量，以致於失去以他最重視的「第一義」來瞭解《桃花源記》。

根據我手邊有限的資料，古來看到陶公在文中做了詩人常玩的「嵌名」「藏詞❹」的文字遊戲者，至今不過兩人。因爲清朝的方坤《桃源避秦考》在我之先，所以引他的文字爲幹，再加以補充，以說明我們的看法。首先，我認爲方坤的眼光頗有見地，不是憑空附會，故作奇論。茲綜合他和我的看法說明如下：

考《博異記》以桃花神爲陶氏，則篇中夾岸桃花，而不言梅李，蓋隱言己姓「陶」；沿溪水源，蓋隱言「淵」；「山有小口，彷彿若有光……豁然開朗」，是說「元亮」與「明」。

這一類「藏詞、隱語」的手法，「三國六朝時代長江流域的民歌多五言四句，且以多用隱語爲特色」。譬如《玉臺新詠》記載〈古絕句四首〉中的「槁砧今何在，山上復有山。何當大刀頭？破鏡飛上天。」就是隱藏「夫何在，外出，何時歸？月半」四件事。這個隱語詩雖然對今日的學者是個挑戰，但對當時的民眾而言，似乎只有謎語的民俗樂趣，更不是文人的難事。

證諸陶公作文之多樣性，喜歡創新和精心處理文字，而又曾半預言半開玩笑的說過「先生不知何許人也，亦不詳其姓字」；所以我認爲陶公很可能在《桃花源記》中自隱其姓字，踵隨荀子的〈蠶賦〉，蔡邕的「黃絹幼婦」謎語，和魏文帝、陳思王等的造謎，在半遊戲的文字之中，又加上個巧妙的文字遊戲。

---

❹ 《人間詞話》：沈伯時樂府指迷云：說桃不可直說破桃，須用「紅雨」「劉郎」等字。

陶淵明喜歡藏詞，還可以在他「再喜見友于」詩中以「友于」代「兄」等處見出。他喜歡玩文字遊戲的代表作，可以由〈止酒〉詩見出。在一首詩裏能連用二十個「止」字，而又從容典雅，中西詩史上，似乎還沒有第二人。可見陶淵明文字遊戲功夫之高。只是連用二十個「止」字，人人看得見。把名字不動聲色地埋在山光水色裏，就要先瞭解其爲文的嗜好，然後再「遙想其意」，便能「山有小口，彷彿若有光而豁然開朗」。陶淵明的詩，雖然在《詩品》裏只列爲中品，但若考量他的幽默和隱語功夫，我以爲在「諧讔」史上無疑是踞「上品」。

陶公三個名字的關係：神、影、形

既然陶公有三個名字，如果沒有新的證據出土，那麼我們除了以本名、字和又名或小名的方式對待之外，還有更有意義的方式嗎？我認爲不防用陶公自己的思考方式來處理它，當是最好的方法。因爲陶淵明寫過三首《形、影、神》的詩，來解釋他對「人」的「多樣性」的「辯證」關係。所以我認爲不妨以「形、影、神」的關係，對照原始劇場戴面具演出的涵義❹和一個「演員」的三種面目。並以小說人物「一氣化三清」

---

❹ 高行健：「我們知道原始的戲劇都有面具，扮演的便是非本人，這種關係深刻的體現在面具和演員的關係上。對我而言，這是一種重新的發現，它衍生我自己的一種戲劇理論，就是「表演的三重性」，表演不只是演員和角色的關係，當你戴上面具之後，便會發現有一個人在面具之後，而戴面具的人和實際上的人又不一樣，這是一個戲劇理論。」《高行健與 Derek Walcott 劇場經驗對話》臺北，2002. 10. 1。

的三種人稱❺，加上《詩經》寫詩的「賦比興」三種筆法，來對待「詩人」陶淵明的三個名字。因爲陶公好用五言，我也用五言詩簡說看法如下：

名號之爲用，亦有賦比興。因以字數寡，賦比輕於興。
若徒拘於賦，是與數碼鄰。小學不及義，欲辯忘陶心。
陶公三名字，各踞神影形。淵明興其神，躍淵致文明。
元亮是爲影，雙映比孔明。潛者賦其形，龍潛拒徵行。
陶詩神影形，於名隱其情。感哲終有偶，灑袂淚浪淋。

尾　語

陶公千古名士，絕代詩人，然以時變，退而自潛，隱其心志，漸近自然。復創傳體，辯證陰陽，遊戲文字，并隱名號其中，而時人莫知其趣境之高妙也。故嘗借五柳先生之口，喟然而嘆曰：「先生不知何許人也，亦不詳其姓字」。今余奢求甚解，欣然忘食，豈大謬先生之本意乎？不得已，乃曰：《有會而作》❺，「好事君子，共取其心焉（《形影神序》）。」

---

❺ 2000年諾貝爾文學獎，瑞典皇家學院對高行健《靈山》的頌辭：……小說有互相映襯的多個主人翁，而這些人物其實是同一自我的不同側面，通過靈活自在的運用人稱代名詞……我，你，他或她，都成爲複雜多變的內心距離的稱呼。
❺ 陶淵明《有會而作·序》：舊穀既沒，新穀未登，……日月尚悠，爲患未已。歲云夕矣，慨然永懷，今我不述，後生何聞哉！

【後記】

1. 本文刊於 2002 年《昭明文選》國際學術研討會論文集。《文選與文選學》，學苑出版社，2003 年 5 月，p.591-611。

2. 本文曾先後得到「陶學」專家和學長，臺大中文系齊益壽和王國瓔教授的熱心指教，和提供有關資料，特此一併致謝。

3. 本文初稿名《陶淵明名號別考》，原為《洪順隆教授逝世週年紀念文集》而作。萬卷樓出版社 2002.2。書中篇名《陶淵明和《文心雕龍》的修訂版問題初探》，p.244 -- 256。中文輓詩見封面及 90 頁。英文輓詩及編者譯文見 91 頁。

   (1). Moan Prof. S.L. Hung's Sudden Death：

   As wayward wind he visited the town,
   Danced with books and stones we pound.
   Tangoed amid six pillars he twisted around.
   Before we applaud, puff --- he was gone.

   (2). 洪順隆教授庚辰歲末驟逝：

   大塊吐噫氣，飄然魏晉行。擁書昭明舞，盪石駢驪吟。
   迴音雕龍壁，盤旋六朝情。會當擊節賞，風靜火傳薪。

4. 本文發表後，江西宜豐縣《陶淵明研究》以『頗有所見』，借刊於 2003 年第 2，3 兩期。

Moan for a Serious 6-Dynasty and
"Dragon Studies" Scholar Prof. S. L. Hung

by Lin, Chong Ming

As wayward wind he visited the town,

danced with books and stones we pound.

Tango-ed with six pillars, he twisted around,

before we applaud, puff — he was gone.

Note:

1. < Old Testament. Proverb. 9.1>:
Wisdom has built her house,
She has hewn her seven pillars.

2. Folk song < Puff the Magic Dragon>,
by Peter, Paul and Mary

Puff the magic dragon,
lived by the sea,......
little Jackie Paper loved the rascal puff

... A dragon lives forever
but not so little boys.
One grey night it happened,
Jackie Paper came no more ......

〈洪順隆教授逝世中英文輓詩〉2002.2

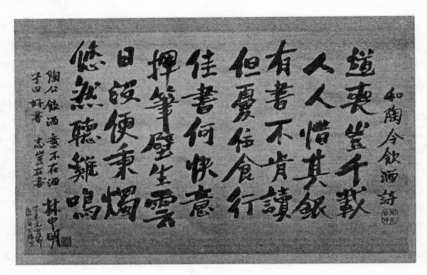

〈和陶令飲酒詩〉2002.9

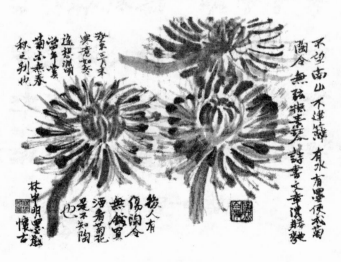

〈墨戲賞菊〉2002.11

杜甫諧戲詩在文學上的地位
——兼議古今詩家的幽默感

緣　起

　　隨著世界文明的和平進展，和大中華經濟圈的興起，以及自信心的恢復，中華文化又逐漸受到重視和欣賞。其中最具有實用價值和『陽剛』進取性的《孫子兵法》固然早已成爲國際顯學。而在同時間，反面『陰柔』文藝性的學術研究，譬如古典文藝理論的「龍學」、「選學」以至於「書法」和「詩學」等的研究也都欣欣向榮，各領風騷，似乎是『情勢一片大好』。但是如果走近一看，卻又都是『似曾相識』，打圈圈的多，跨大步『走自己的路』和眞正『走出去』的少。古典文學研究所踫到的『瓶頸』和挑戰，其實也不是獨有的困境和『專利』。當前電腦、通訊業所踫到的不景氣和滯銷，情況甚至更爲嚴峻。宏觀的來說，這是所有「智術活動」在快速發展中必然會踫到的現象。如何發展新的「知識平台」和「觀念創新」和加強「文化縱深」❶，這也是所有研究『國

---

❶　林中明《由《文心》、《孫子》看中國古典文論的源流和發揚》，復旦大學2000年『古代文論研究的回顧與前瞻國際研討會』論文集，77—105頁，復旦大學出版社，2002年8月。

學經典』者的共同挑戰❷。

　　一千五百年前研究『經學』的劉勰也曾踮到同樣的困境。他說：「敷讚聖旨，莫若注經；而馬、鄭諸儒，宏之已精；就有深解，未足立家。」因此他才想到天下之事，不過都是「智術而已」，於是採取主動，發起攻擊，開闢新戰場，「撗筆和墨，乃始論文。」

　　研究杜甫的詩學，我們也踮到同樣的問題。古今箋注杜詩者，成千上萬。杜詩的韻律技巧，忠心仁懷，歷來文人論述不絕，『宏之已精』發掘殆盡。可以說是再『細推』下去，即使「就有深解」，也「未足立家」，甚至是添足和續貂。但是杜甫既稱詩聖，他的詩當然具有多樣性，而且在風格上尤多創新。他可能是最早把「物理❸」這個蘊涵哲理的名詞，在《賈誼新書·道德說》和《淮南子·覽冥訓》之後，首先應用到言情說理詩❹裏的詩人。雖然他雄沉悲鬱❺的詩風久為詩人和學者所推崇，但是杜詩裏的諧戲趣味，卻長久以來解人難尋，乏人問津。人類基本行為不外『戰、走』二事，而古希臘以來的西方文藝不過悲劇和喜劇

❷　林中明《舊經典活智慧——從易經、詩經、孫子、史記、文心》看企管教育和科技創新》，第四屆《中華文明的二十一世紀新意義》學術研討會論文集，嶽麓書院·湖南大學，2002年五月。

❸　李政道《中國古代的物理學》，中國科學院建院50周年紀念會上的報告，2002年2月。杜甫《曲江二首》之一：江上小堂巢翡翠，苑邊高塚臥麒麟。細推物理須行樂，何用浮名絆此生。

❹　劉真倫《易識浮生理難教一物違——談杜詩的理趣》，杜甫研究季刊第十九期，1989年第1季。

❺　吉川幸次郎《中國詩史·杜甫小傳》：（『自古有行旅，我何苦哀傷？』）『杜甫之所以對逆旅生涯如此傷感，最根本的重要原因，想作為一個實踐的政治家的熱切願望，變得越來越渺茫，那才是悲哀的中核。』李慶譯，復旦大學出版社，2001。

兩個大端❻。但中國古典詩壇的大家，從唐宋到明清對諧戲詩卻沒有專門的論作，以致對『詩』和『杜詩』的欣賞瞭解竟缺了重要的一角。這就像是吃了十幾道大菜之後，尾食竟缺了一道八寶飯之類的精緻甜食，不免覺得意有未盡，和一種無趣的悵憾。

因爲看到杜甫諧戲詩的欣賞還大有探索的空間，所以用古典文論的《文心・諧讔》爲基礎❼，并綜合近代西方幽默心理學，和提出簡淺實用的物理，以及電路分析、電腦系統，來解釋似乎難以捉摸的『幽默心理學』。然後再來討論杜甫諧戲詩的來源、種類和它們在杜詩裏，以及中國文學上的地位，並兼議中華古今重要詩家的幽默感，以爲比較，并就正於方家。但是由於篇幅的限制，此文也只能『觀江上水如海勢，聊短述』耳。

杜甫的諧戲詩體

大凡有文字的文明，一定會由實際的需要，而發展出祭神拜祖的頌語，譏諷時政的歌謠，和無數不加修飾的男女情歌❽。這就是《文心雕龍・諧讔篇》所云：「夫心險如山，口壅若川，怨怒之情不一，歡謔之

❻ 維吉尼亞・吳爾夫（Virginia Woolf）《燈塔行》（To The Lighthouse）：「今兒是什麼把你弄醒的？」「是射到我床邊窗户的陽光，照醒了我。」「喔，那是快樂的太陽，還是悲傷的太陽？」，1927年。

❼ 林中明《談《諧讔》兼說戲劇、傳奇裏的諧趣》，《文心雕龍》學術研討會論文集，1998年八月。《文心雕龍研究第四集》，北京大學出版社2000.3, p.110-131。

❽ 林中明《中西古代情詩比探短述》，第五屆《詩經》學術研討會論文集，2001年八月。學苑出版社，2002.7.，p.393-402。

言無方。」早期的詩作大多文字質樸，感情眞摯。但開玩笑的詩，「辭淺會俗，戲謔扑笑，妄笑狂歌，本體不雅，有虧德音，其流易弊。（《諧讔》）」眞正既典雅而又能讓人起『會心微笑』，『悲中有喜，笑裏帶淚』的詩文，那是到了陶淵明才有的新境界❾。所以說諧戲詩體本非杜甫首創，而是從《詩經》到左思、陶淵明，梁武帝父子等，再繼續發展出他獨特的風格和成就。只是可惜過去的詩人學者受到傳統禮法的限制，大多缺乏孔、孟、陶、杜的心胸和『幽默感』，所以歷來箋注杜詩者罕能體會杜甫『淚中帶笑』的高妙，都以爲杜甫只是『悲劇詩人』，眞是小看了杜甫的「體大精深」。如果說杜詩的成就在於（1）題材多面和自創新體，（2）精於韻律善用文字，（3）忠國愛民，和（4）悲喜兼具等四個大項；那麼如果讀者不能體會工部的『幽默』，就好像老虎跛了一腳，雖然虎頭虎爪俱在，但騰跳之際，精神就不免打了折扣，讓人誤爲鬱病的大蟲。

錢謙益、仇兆鰲、楊倫不解杜詩的『戲』意

清代的錢謙益、仇兆鰲和楊倫都是研究杜詩的大家，但於諧戲幽默之處，卻都不能體會杜甫的心意。仇兆鰲的《杜詩詳注》在三家之中雖然最爲詳盡，但奇怪的是，他卻完全不談『戲』字的隱義。楊倫的《杜詩鏡銓》號稱平正，也注意到詩意的疏解，但對『戲贈』解釋爲「戲自

---

❾ 林中明《陶淵明的多樣性和辯證性以及名字別考》，第五屆《昭明文選》學術研討會論文集，2002年10月。《文選與文選學》，學苑出版社，2003年5月，p.591-611。

贈也。後人自贈題本此。」可以說是「見其小,而失其大」。錢謙益傾一生之力注杜詩,臨終猶不能釋懷。然而他雖然注意到杜甫詩體常用『戲』字,但他以爲工部「以詩論文,題之曰戲,亦見其通懷商榷,不欲自以爲是。」沒有見出杜甫在表面的謙虛之下的自豪和諧戲情懷。真正以「將心比心」的方式來解杜詩,古人裏還是金聖嘆最出色。

金聖嘆的《杜詩解》

金聖嘆不僅對杜詩的註解做出貢獻,他所註解的『天下才子書』篇章,也都別開文藝批評之新面,每每見出前人所未嘗見,以致時人嘆爲靈童鬼眼。他的詼諧故事更是膾炙人口,所以能見出老杜之諧趣。他的朋友徐增序其遺稿《才子必讀書》曰:「聖嘆無我與人,相與則如其人,如遇酒人則曼卿轟飲,遇詩人則摩詰沉吟,遇劍客則猿公舞躍,遇釋子則蓮花繞座,遇靜人則木訥終日,遇孩赤則啼笑宛然也。以故稱聖嘆善者,各舉一端,以其人不可方物也。」因爲杜甫是公認的『詩聖』,金聖嘆當然也曾想精注杜詩一顯才學眼手,傳之後世。但是可惜才大遭忌,折損於哭廟一案,不能完成『六才子書』的注釋。根據他侄輩金昌所輯的《杜詩解》,聖嘆曾說:「先生凡題中有戲字者,悉復用滑稽語。」可以說增益了錢謙益所評部份不足之處。然而金聖嘆一世儒生,雖具靈童鬼眼,或許因爲他沒有經過長年饑餓的痛苦,和闖蕩江湖的經驗,所以沒能對陶淵明和杜甫諧戲心理做進一步的分析,也對杜甫在創新時『以戲爲豪』的心態不夠敏感。可以說金聖嘆對杜甫諧戲詩的研究,好比把足球帶到了門前,卻少了臨門的最後一腳,於是讓三百多年後年輕的胡適順勢輕取一城。這個情形有點像牛頓說他的研究是站在巨人的肩

膀上一樣。只是胡適奢談杜甫的的詼諧風趣，卻絕口不提金聖嘆，這和朱光潛談文藝裏的兵略，卻絕口不提好友朱自清的先見❿，讓我既詫異且爲大匠們的『小器』而嘆惜。

胡適的杜詩研究

　　胡適在研究中國文學白話史中杜詩的地位時說：「不能賞識老杜的打油詩，便根本不能瞭解老杜的眞好處。正因爲他是個愛開口笑的人，所以他的吞聲哭使人覺得格外悲哀，格外嚴肅。這樣頑皮無賴的詼諧風趣便使他的小詩自成一格，看上去好像最不經意，其實是他老人家最不可及的風格。」於是乎研究杜甫諧戲詩地位的最後的關鍵一腳，便由胡適借助研究『白話文裏的打油詩』的『勢』，飛起一腳，射門得分。

　　胡適本身不是一流的詩人，甚至也不是『中品』的詩人。然而何以胡適能看到杜甫詩中的幽默，而其他研究杜甫詩學的古代和近代的學者，包括聞一多、郭沫若等等，以及古今一流的詩人都看不到呢？劉勰說「見異，唯知音耳。」但就此一學案而論，我認爲是『見同，乃知己耳。』因爲胡適年青時留學美國，對于西方盛行的幽默機智別有體會，所以能站在金聖嘆的肩膀上，看到杜詩的森林裏，透出一座大廈的一角紅瓦。此所以他能看到比他高的人，所看不到的大廈。只是胡適在論文中，一句不提金聖嘆的開疆闢土的功績，讓人不免遺憾。此外，胡適對杜甫諧戲詩的研究雖然有「承先啓後」之功，但是他的研究還是「才子

---

❿　林中明《劉勰、《文心》與兵略、智術》，中國社會科學院《史學理論研究季刊》，1996第一期，p.38- 56。

走馬看花」，匆匆到此一遊。而且也沒有看到杜甫和陶淵明及梁詩在諧戲詩上的淵源關係。所以本文以普及簡明的矩陣模式，架構出有系統而互動的「諧戲心理學」，並將杜甫的諧戲詩與其他大詩人作比較，試圖在前修尙未曾觸及的地方，開拓新的園地。

胡適研究學問，傾向于乾嘉考證之學。他的考證方法，也許是從他在康乃爾大學分析蘋果種類時得到一些西方驗證法的啓發。雖然這對研究佛學唯心的智慧幫助有限，但對基本『國學』的研究，尤其在上一世紀之初，可以說是『在瞎眼人之島，獨目者稱王。』對于杜甫『幽默感』的來源和特質，曾經受過西方『幽默感』文明洗禮的胡適當然不會放過這個機會，並也提出新見。

杜甫諧戲詩的來源

【祖傳說】

元稹說杜甫的詩藝「盡得古今之體勢，而兼人人之所獨專。」可以說是『知詩』之言。但是說到杜甫諧戲詩的來源，則似乎只有胡適直指它來自杜甫的祖父杜審言。近代文藝心理學也有不少學者認爲雖然文藝修養和幽默感都可以從後天去培養，但大部份還是基于各人的天性，或者還有部份來自遺傳的可能。如果誠如此派學者所言，那麼如果一個人『天生』沒有文藝細胞和幽默感以及領導能力，則似乎注定後天的教育也就只能「順水推舟」而漸進，或者「揠苗助長」，以求短期有限的速效。

胡適指出，杜甫諧戲詩和他的詩學淵源，很可能有有一部份來自祖

父杜審言。但北宋的黃庭堅早已說過：「杜之詩法出審言，句法出庾信，但過之耳。」南宋的陳振孫也說：「甫之家傳有自來矣」。此外，楊萬里也注意到這個脈絡，曾於《杜審言詩集序》中感嘆地說：「余不知祖孫相似其有意乎？抑亦偶然乎？」難怪杜甫自己也驕傲地說「妙絕與誰論，吾祖詩冠古。」（《贈蜀僧閭丘師兄》）。

　　明朝的胡應麟在《詩藪內編》中推崇杜審言的五律為初唐第一，而且七律和五律二體之妙，實為獨創。在仔細研究了杜甫和杜審言的聲律辭章、氣象風格之後，胡應麟「明確拈出了『少陵家法』的命題來概括其詩歌藝術的承傳關係，來自于家風、家傳；而且突破了句似、語脈、粘對和詩法的傳承關係❶。」所以胡適的『新見』，其實是借用前人的舊見。

　　既然杜甫的詩學是乃祖家傳，那麼他的幽默感也就其來有自。根據《新唐書·杜審言傳》的記載，杜審言「恃才高，傲世見疾」。又記載他在臨死時還有餘力開老朋友的玩笑，竟對詩人宋之問和武平一諧謔地說「然吾在，久壓公等，今且死，固大慰，但恨不見替人」。所以有幽默感的胡適據此一條，便『大膽的假設』此事說明杜甫的幽默感來自乃祖。但傅璇琮認為《新唐書》的記載是軼聞❷。因為根據宋之問的祭文和《唐詩記事·卷六》有關武平一對杜審言的推崇，『這其間看不出《新唐書》本傳所載那樣傲慢的情狀』。則似乎認為如果杜審言死前的話語是實，則所記載的言語大概不是開玩笑，而是一種近于『文人相輕』，

---

❶　朱學東《『少陵家法』與唐詩研究》，杜甫研究學刊，2002年第一期，41至50頁。

❷　傅璇琮《唐代詩人叢考·杜審言考》。

死不認輸的傲慢。胡適和傅璇琮在看法上的差別，我想可能是兩人性格和經驗不同而致❸。胡先生性情或較幽默，所以看到幽默的一面。傅先生雖然隨和，但比胡先生或較嚴肅，所以認爲杜審言臨死所說的話，如果是眞事，則爲『傲慢』的表現，因此斷爲非眞，而是軼聞。與此相比，1592 年英國的的劇作家羅勃·格林（Robert Greene），在臨死前譏諷宿仇莎士比亞爲「一隻借用我輩羽毛而暴發的烏鴉」，則眞是死不停嘴的譖舌矣！

關於杜審言臨終之言，我的判斷則傾向於胡適的直覺猜測。因爲根據宋之問吊杜審言的祭文裏有「君之將亡，其言也善」一句話。我認爲這反襯出杜審言平日說話一定相當幽默，甚至諧近乎謔，常常讓別人當眾出醜，下不了臺。《新唐書·杜審言傳》說他從『洛陽縣丞貶吉州司戶，又與群僚不協，共構之繫獄，將因事殺之。』想來也是開同事的玩笑過份所致，讓同僚又窘又忌，難怪讓小人和頑固的道學之士氣到動了殺機。我認爲這情形也和後來的才子蘇軾在朝『受剿』相類似。杜審言一直到快要死了，才『命子誡妻』。但是看到老朋友，仍然改不了眞性情，又開了一個善意的『最後的大玩笑。』所以我認爲他眞正的意思恰恰和文字表面的意思相反，乃是稱贊宋、武是『替人』也，而不是刻薄自大，至死不悔。

清初的黃生（1622—1696？），我認爲很可能看過金聖嘆（1608—1661）的《杜詩解》。在他的《杜詩說》裏也注意到杜甫『假喜爲嗔』

---

❸ 林中明《陶淵明的多樣性和辯證性以及名字別考》：這是「慣性」難改和數學的「集組映像」（set mapping）的缺乏對應，而和學問功力似無直接的大關係。

和『意喜之而故怨之』的藝術手法❶，我認為這也和杜甫乃祖的作風是如出一灶。平日嚴肅的人，當然不能瞭解這種以『基本反語』開玩笑的技巧，所以杜審言最後的笑話讓不少後來『板起面孔』來學「詩」的學子跟著前人『道學』的思維走了自我局限的錯路。古諺說『夏蟲不可語冰』，並不是說『冬蟲』優於『夏草』，而是說人皆有其本性和環境下的盲點，這也是學術理論上千古不移的真理。

【源出魏晉：應璩、左思、陶淵明、梁詩】

至於後天的影響，胡適說：『杜甫的《北征》像左思的《嬌女》，《羌村》最近于陶潛。』鍾嶸《詩品》說「魏侍中應璩詩，得詩人激刺之旨。宋徵士陶潛詩，其源出于應璩。」這大約是指應、陶兩人都有諷刺的詩風。但我認為應璩的《百一詩》，繼承《詩經》的諷刺筆法多于諧戲的幽默，對杜甫的諷刺朝政和時事的筆法影響多於左思和陶潛。至於左思的《嬌女》或許曾帶給淵明一些靈感寫幽默的《責子詩》，而淵明和梁詩裏的諧戲幽默又再影響杜甫。談到詩裏的幽默感，應璩和左思都遠不及陶潛。所以胡適說：「陶潛出于應璩，只是說他有點恢諧的風趣而已」，是說對了一部份。至於鍾嶸說的「（陶潛詩）協左思風力」。我認為這是說左思《詠史詩》中的論兵法，讚荊軻等等，都和陶淵明的豪氣相類似，但和陶潛的諧戲詩無關。

胡適又說：「陶潛與杜甫都是有詼諧風趣的人，訴窮說苦都不肯拋棄這一點風趣。因為他們有這一點說笑話做打油詩的風趣，故雖在窮餓

---

❶ 徐定祥《以意逆志，盡得性情──評黃生《杜詩說》》，杜甫研究學刊，1994年第二期，52頁。

之中不至于發狂，也不至于墮落。這是他們幾位的共同之點。」我認爲這倒是講到要緊處，而且對各時代壓力下的知識份子也有啓發性。

　　以上討論了杜甫諧戲詩的來源，下面就回過頭來重新認識近代心理學家對『幽默』的認識和界定。

幽默諧戲

　　『什麼是『幽默❶❺』？這個問題就像問『什麼是詩，何謂之美』一樣：不問的時候，大家似乎都知道什麼是『詩』，什麼叫『美』。但是一問，反而攪糊塗了❶❻。其實人類對幽默、機智和諷刺、笑謔的理解和反應是相同的。只是古今所用的『專有名詞』隨時間地域而變，使得原本『人同此心，心同此理』的幽默諧戲變得複雜，成了文字學的問題。如果再學蘇格拉底撥根探底的問話方式，一問再問，到最後，多半變成

---

❶❺　〈The American Heritage Dictionary, 4th edition, 2000〉：1. The quality that makes something laughable or amusing, 2. That which is intended to induce laughter or amusement, 3. The ability to perceive, enjoy, or express what is amusing, comical, incongruous, or absurd. 此外，具權威性的字典，Fowler's Modern English Usage（2nd edition 1965），也曾列了一個簡表，以分辨 humor, wit, satire, invective, sarcasm, irony, cynicism, and The sardonic.《辭海·幽默》：發現生活中喜劇性因素和在藝術中創造、表現喜劇性因素的能力。幽默在引人發笑的同時，竭力引導人們對笑的對象進行深入的思考……超越滑稽的領域，而達於一種悲愴的境界。

❶❻　《陳省身文集·南開訪談錄》：『問：什麼是好的數學呢？答：這很難下一定義。但是大家心里都有數。舉例來說，費馬大定理（Fermat's Last Theorem）的敘述很簡單……走在大街上可以對行人講明白，但是證明很難，內涵很深。』華東師範大學出版社，2002年，p.72。

研究尚未科學化的心理學，反而遠離了原有的命題。所以我認爲，要能找出更好的說法，就必須借助於新而科學化的「知識平台」。

根據近代著名心理學者柏格森❶和弗洛伊德《論幽默 1905》等的研究，幽默的樂趣動力來自一種感情能量消耗的節餘。可以說是『心有餘力，則以笑聞』。譬如說，工作壓力大，而舉止自由也多的美國，『幽默』就是一個必要的『壓力釋放閥』和『衝突減少劑』。在一個經常受到不同壓力的環境裏，『幽默發笑』的條件首先要能確定自我安全，和優越感的建立。達成的方法有旁觀和主動兩大類。主動的方法可以經由語言、動作來自我釋放欲念，轉移壓力，或自嘲以先行減低因愚行所受到的嘲笑壓力，也可以用文字言語或間接動作對不滿的人事表達攻擊。但這些說法，都牽涉到每一個詞匯的定義。邏輯學家即使能把詞匯的定義『原子化』，但如何再把它們組合起來，又成了新的問題。所以這一類的基本問題越研究就越複雜，雖然人人似乎都可以找出新的案例，但卻缺乏簡明而廣義的解釋。這種情形也和『經濟理論』的研究類似，常常是三位專家，卻有六個觀點，而且每一次的觀點都和上一次不一樣。加以使用的術語又各攬一套，讓外行人聽得既佩服，又迷糊。所以新一代的經濟學者就傾向於使用通用的數學符號和方程式來進行或然率的數量分析，以避免人各一詞所造成起始點和中局架構的混亂。

面對同樣的挑戰，我認爲不妨借助簡明的近代矩陣數學，和類似基本電子電路分析中，兩組輸入（給我）和輸出（到別人）雙接頭的『特性函數匣』，來表達別人、我，語言、行爲間的相互關係：

---

❶　柏格森（Henri Bergson），Laughter: An Essay on the Meaning of the Comic, Macmillan & Co., 1921。

$$B_1=S_{11}*L_1+S_{12}*L_2+b_1$$
$$B_2=S_{21}*L_1+S_{22}*L_2+b_2$$

此處 B 變數是指行爲（Behavior）；L 變數是指語言、文字（Language, Character）；S 變數是指幽默特性（Sense of Humor）；b 變數是指背景噪音（Back ground Noise）。

B_1 代表自己的行爲；B_2 代表對方的行爲；

L_1 代表自己的語言；L_2 代表對方的語言；

S_{11} 代表自己的『幽默特性函數』；S_{22} 代表對方的『幽默特性函數』；

S_{12} 代表自己主動與對方反應的『幽默特性函數』；

S_{21} 代表對方主動與自己反應的『幽默特性函數』；

b_1 是對自己行爲起干擾的『背景噪音』；b_2 是對對方行爲起干擾的『背景噪音』。

在這種廣義的互動關係之下，我們立刻就可以看出，既然人我、彼此的四個『幽默特性函數』就有多種的可能；若再加上語言、行爲的複雜度和流動性，當然就會使得整個系統的變化種類有無窮種之多。許多研究報告用『窮舉法』來極列舉人類、社會❶和時空對『幽默』影響的情況❶。這些情況如果用簡單明瞭的『幽默特性函數』去解釋，就能把

---

❶ 釋惠敏《印度梵語戲劇略論》：『戲劇演出成功可分爲「人的成功」與「神的成功」兩類。以觀衆的言語與肢體的感情反應爲判斷標準。所謂「人的成功」，是指觀衆有微笑、半笑、大笑、叫好、驚喊、悲嘆、哄然、毛豎、起身、贈物等反應。若是觀衆認爲此戲能充分表現眞情與各種情態，或劇場滿座，無騷動與異常現象則歸於「神的成功」』。藝術評論，1996。

❶ 瑪哈特 L・阿伯特《幽默與笑：一種人類學的探討》，金鑫榮譯，南京大學出版社，1992年。保羅・麥吉《幽默的起源與發展》，閻廣林譯，南京大學出版

極複雜的『幽默感』分析，在觀念上變成易於理解的系統。雖然如何選用適當的數值代入方程式還只是『半科學』，但是至少人們能比較清楚地看出『幽默行為』的主從、來去關係和走向。因為簡單數學有它的好處，所以特別提出加以敘述，並希望給「文藝心理學」帶來新方法❷⓿。

幽默諧戲動力發生的原因

幽默諧戲和發笑的原因，我認為可以借用一些通俗而實用的理論，來簡化複雜而講不清楚的『學理』和『假說』：

1.『古典力學』能量移轉、減壓說：

這個簡單理論可以較清晰地解釋，人們情感的移轉，類似古典力學的能量移轉。譬如說，默片時期卓別林的滑稽電影，常用『與眾不同』的『異動』來造成觀眾的發笑。又如在音樂中，莫扎特的音樂和歌劇裏常有詼諧的的樂句和動作。他甚至故意在音樂裏放入錯位走調的音符，能讓音樂的行家忍俊不住，笑到捧腹絕倒。『樂聖』貝多芬雖行止語言嚴肅，但他卻首度把巴洛克時代已有的詼諧樂曲，以 Scherzo（詼諧曲）的形式用於第二和第七交響樂。海頓也採用了這種『新』花樣，把它用

社，1992年。

❷⓿ 英國心理學家 Carol Rothwell 在調查1000個英國人對快樂的定義之後，於2003年一月發表滿足公式 C=P+5E+3H。C 是 Contentment（幸福、滿足），P 代表 personal traits（個人性向，包括生活觀、耐苦、抗變），E 代表 Existence needs（生存需要，包括健康、金錢、朋友），H 代表 High order needs（高級需求，包括幽默感和自尊）。林按：這也是社會科學走向簡明數學的又一新例。

於編號 33 的六首四重奏中。（Opus 33: *Russian Quartets, or Glischerzi*）可見得中西的詩聖和樂聖，對藝術中的『諧謔』形式和發展，也有相通之處。這種形式，除了打破沉悶之外，也是一個對生命反思的地方，而各個音樂家依其性格，發述其情思❷。

2.『量子物理』能階跳躍導致的『雷射放光說』：

人類會突然發笑，是由於情感能量的移轉。特別是當人們覺查到自己是處于『優越』和『安全』的地位。這個多餘的能量，在瞬間從『緊張』的高度，降到『行有餘力』的低處，這個過剩的能量就可能變成『發笑』的動力之源。這種情況，有點類似於『雷射放光』所基于的『量子物理』能階跳躍。

3.《孫子兵法》奇正相對論：

《孫子》說：「奇正相生，如環之無端。」用《孫子》的奇正相對論可以解釋爲什麼有些事情會讓人覺得奇怪、不諧和。奇之大者，令人驚嚇，而小者則能令人趣笑。就像人的皮膚受到突然的刺激時，大的刺激就產生痛感，而微小的刺激，則產生癢感和笑意。所以說，天下事，不奇不笑，不藝不笑。

4.『電腦系統』記憶比較功能：

雖然《孫子》的「奇正」理論變化無窮，但是何以產生「奇正」的

---

❷　John Fu, private communication, 2003, 1, 22.

感覺？這就牽涉到人腦的『記憶』和『比較』功能。沒有過去經驗的記憶『檔案』，則新的刺激不能和舊的記錄比較。比較的結果如果『新』的刺激信號和『舊』的經驗一樣，那就是所謂的「正」。對於正經八百的事物，人們是不會笑的。會笑，一定是因爲時空、主從等等平日習以爲常的『人、事、物』突然變得『奇怪』。如果這種『奇怪』能使自己覺得『優越』，那麼情感上累積的應變能量就會由『發笑』的方式放泄出去，以解除緊張的神經壓力。所以說，經驗窄，記憶差的人，是較不容易發笑的。而有幽默感的人，又多半是具有較高的「情感智商」者。時下美國有些服務業公司在選錄新雇員時，常常測識其幽默感的高下有無，就是這個道理。

有了以上的分析工具和理論基礎，我們得以站上新的『知識平台』，當然就有新的瞭解。

杜甫諧戲詩的種類

杜甫詩的類型集古人之大成，其中有長有短，有悲有喜。諧戲詩的部份，從攻擊性的「諷刺」詩到化解性的幽默詩都相當出色。若從兵法的角度來分析「幽默」「諧戲」，我認爲可以把「幽默」「諧戲」大約區分成『文』『武』兩大類。『武』的諧戲屬于『攻擊性』的言語行爲，從諷諫其上，譏諷左右，到責譴其下等等，多半是「把自己的快樂建築在別人的痛苦上」，易發難收，常有後患。而『文』的諧戲則屬于『化解性』的言語行爲，它們傾向於「把自己的快樂建築在自己的痛苦上」，微言大義，一笑解憂。雖然就種類而言，『文』『武』兩類各有所長，但我認爲不僅在文藝的蘊藉和修養的層次上，『武』常不及『文』；而

且從熱力學的角度來看，『武道』的諧戲幽默常常『以暴易暴』，結果產生更多的廢熵，而上乘『文道』的諧戲幽默，則常有化解憂傷憤恨的功能，因而降低人間的廢熵。因此在這篇論文裏，我的討論重點專注於前人較少注意的『化解性』幽默，而舍棄容易激起注意和已爲多人研究過的『攻擊性』諷諫諧謔。

「諧戲」「幽默」的語文和「笑」的行爲如「雞之於蛋」而不可拆分。所以要研究「諧戲」和「幽默」，就必先研究「笑道」。已故的戲劇大師齊如山曾經分析平劇中『笑』的種類，結果列舉出一百多種。可見得人類『笑』的心理和行爲是多麼複雜，所以用矩陣方程和「幽默特性函數」來輔助瞭解實有其必要。至於詩裏的諧戲種類，我們可以從低級的胡鬧和噪鬧，到攪笑、戲笑，升高到『採用漫畫手法的自諷自嘲㉒』和『無聲勝有聲的幽默』，種類繁多，族繁不能備載。所以唯有借助於變數方程系統，才能有效管理，而不至于『翻倒荷芰亂，指揮徑路迷。』（杜甫《泛溪》）

一般白話文和打油詩的諧戲多半流于「辭淺會俗，但本體不雅，其流易弊，有虧德音」（《文心雕龍·諧讔篇》）。上乘的幽默，要不是機智典雅，如《世說新語》；或者就是表面嘻鬧，而『笑中有淚』；如卓別林的喜劇默片，不說一語，而盡得哀樂之情。同樣的道理，上乘的悲劇也能有笑鬧的場面，然而卻能格外襯托出深沉的悲痛。譬如古典戲劇大師莎士比亞悲劇裏的小丑都有重頭戲；和 1998 年奧斯卡『最佳外國影片』『美麗人生』（Life is Beautiful），講集中營裏猶太死囚，爲使幼

㉒　川合康三《杜甫詩中的自我認識和自我表述》，杜甫國際研討會，淡江大學，2002年11月27、28日。

兒快樂，而忙於強顏歡笑，假作人生『誠』美麗的『悲喜劇』。

　　就有名的作家而論，魯迅的幽默多半是屬于『攻擊性』的諷刺，殺傷力特強。若以四季來分，他是屬于秋風和冬雹型的諷刺大師。（雹多見於春秋，但也能在冬天發生）而陶淵明的幽默，「不戰而屈人之兵」，似乎是春夏之間的輕風飄雨，淡而無傷，涼中透暖。杜甫的幽默範圍最廣，有攻有守，或笑中帶淚，也能悲復能歡，笑突轉傷，可以說是春夏秋冬四季，兼而有之。杜甫的幽默感表現得最醒目之處，除了字句中直接用『笑』『戲』的詩之外，乃是他那些以「戲」爲題的詩。

論杜甫好以『戲』爲詩題且多變化及創新㉓

　　杜甫詩集中題爲「戲」者，以詩題單個計算，包括《仇本》的《戲爲三絕句》共有 22 題㉔。若以一題而有數首計，再加上三首原注中有『戲』字者㉕，則有 38 首之多。這個數目在《全唐詩》中近 380 首以

㉓　蔡錦芳《談杜甫的的戲題詩》，杜甫研究季刊第三十一期，1992年第1期。

㉔　《戲簡鄭廣文兼呈蘇司業》《閬鄉姜七少府設鱠戲贈長歌》《戲贈閬卿秦少公秦少公短歌》《戲題王宰畫山水歌》《戲爲雙松圖歌》《戲作花卿歌》《戲贈友二首》《春日戲題惱郝君兄》《戲呈元二十一曹長》《風雨看舟前落花戲爲新句》《官定後戲贈》《路逢襄陽楊少府入城戲呈楊員外綰》《（仇本）戲爲三絕句》《戲爲六絕句》《數陪李梓州泛江有女樂戲爲艷曲二首》《戲題上漢中王三首》《崔評事弟許相迎不到，應慮老夫見泥雨怯出，必衍佳期，走筆簡戲》《戲作俳諧體遣悶二首》《戲寄崔評事表侄等》《官亭夕坐戲簡顏少府》《纜船苦風戲題四韻奉簡十三判官》《遣悶戲呈路曹長》。

㉕　《愁（原注：強戲爲吳體。）》；《戲作寄上漢中王二首》（原注：王時在梓州，初至斷酒不飲，篇中戲述。）；《王竟攜酒，高亦同過，共用寒字》（原

『戲』爲題的詩篇裏幾乎占了十分之一,僅次於白居易的 90 首。《全宋詩》中以『戲』爲題的也有 995 首,比《全唐詩》多了兩倍半;用『戲』字的詩 414 首,424 句。宋朝大詩人陸游也好用『戲』字于詩題,流傳下來的竟有 416 首之多,恐怕是詩家之冠。白和陸二人的詩有如此大量的『戲』題詩,我認爲他們都曾受到杜甫『戲』題詩流風的影響❷。中唐詩魁白居易學杜,而幽默感不及杜,或者和他經學濟世的志向有關。他曾有《楊柳枝》詩句戲答夢得曰:「誰能更學孩童戲,尋逐春風捉柳花?」也顯得有些自知之明。杜甫的諧戲詩甚至影響十七世紀日本江戶時期的俳句大師包括松尾芭蕉❷。這也是另一個可深入研究的論題❷。

　　再就詩的歷史而觀,漢魏詩人都很少用『戲』於詩題。譬如著名的三曹,就未見用『戲』於詩題。南朝虞龢《論書表》記載劉宋內府所藏王羲之法書中有「紙書戲學一帙十二卷」。若是眞本,則王羲之則是用『戲』於文藝之始者之一,或者東晉人已有此習語。但到了南北朝的梁朝三帝,在《全梁詩》的 10 首『戲』題詩裏,梁武帝父子就佔了 7 首:梁武帝有《戲作詩》和《戲題劉孺手板詩》;梁簡文帝有《戲贈麗人詩》,《執筆戲書詩》和多韻體的《戲作謝惠連體十三韻詩》;梁元帝竟大膽題作《戲作艷詩》;邵陵王蕭綸有《戲湘東王詩》;《文選》編者之一

注:高每雲:汝年幾小,且不必小于我。故此句戲之。)

❷　林中明《論杜甫諧戲詩對唐宋詩家的影響》(未發表)。

❷　江户時期的西山宗音主張俳諧的滑稽性和創作自由,他的『談林派』也影響芭蕉的幽默詩作。例:芭蕉幽默昆蟲詩之一:牡丹花深處一隻蜜蜂歪歪倒倒爬出來哉。(陳黎譯)

❷　太田青丘《芭蕉與杜甫·芭蕉之笑──幽默感》,日本法政大學出版局,1971年,p.256-260。

的劉孝綽，也有《淇上戲蕩子婦示行事詩》。這些詩題表現了上位者幽默自信的態度，可以說是一種創新和新的風趣，和所謂的『艷詩』也相頡頏。至於《全梁詩》中 46 首用『戲』字的詩，作者包括蕭氏父子，則還是遵循傳統的思維，胸襟眼光還沒有超出《詩經》裏「魚戲蓮葉」和男女情戲的手法，多以『鳥、魚、猿、熊』和女子爲『嬉戲』的對象。但梁武帝等以『戲』入詩題，應該是開詩題『戲』風之先的「詩人群」，而杜甫、白居易、陸游、蘇軾和黃庭堅等好用『戲』題詩者，或者還應該推梁武帝蕭衍爲『戲題詩』的『初祖』。這種以『戲』爲題的手法，就連『理學家』和『兵法家』王陽明在他的詩集裏也留下四首類似陶令和老杜風味的幽默詩㉙。而直到今日，『戲』還不時在文人雅士的詩題裏出現，常用以表現一種典雅而自信的幽默趣味㉚。

杜甫秉承了祖父杜審言的『幽默基因』，更在詩題和詩句裏發揮『幽默』的精神。我認爲杜甫寫詩時，一題『戲』字，不僅情緒上激發樂觀喜感，而且常能因此跳出禮法學術的舊框架有如《易經・乾卦》的「或躍在淵」，於是乎渾身精神抖擻，自然「飛龍在天」『下筆若有神』。杜甫集中題爲「喜」者有 33 首。但多半是爲晴雨天氣和國事爲喜，沒有什麼幽默和深趣。題爲「悲、哀」者，雖然只有 15 首，但詩人悲哀世事人情，卻是無處不在。讓後世讀者誤以爲杜甫只是悲觀的沉鬱詩

㉙　王陽明《過鞋山戲題》（笑『屈子漫勞傷世隘』）、《江施二生與醫官陶野，冒雨登山人多笑之，戲作歌》（按：此襲老杜《戲贈友二首》及《崔評事弟許相迎不到，應應老夫見泥雨怯出，必衍佳期，走筆簡戲》）、《重遊開先寺戲題壁》（按：承陶令卻五斗米事）、《觀從吾登爐峰絕頂戲贈》。

㉚　何其芳《有人索書，因戲集李商隱詩爲七絕句》1964；《錦瑟：戲效玉谿生體》1977。

人。但從統計學的角度來看，杜甫詩中『樂觀』的次數還是不少於『悲觀沉鬱』的次數。所以我們應該強調杜甫的詩是多樣性的，而歷來以爲杜甫是悲觀的沉鬱詩人，其實是簡化和誤解了杜甫。文學史上眞正能「將心比心」，橫跨一大步去瞭解杜甫的幽默感，還要回溯到清初的金聖嘆。

金聖嘆評杜詩有「戲」字者說：「先生凡題中有『戲』字者，悉復用滑稽語（評〈崔評事〉）」。他評〈遣悶戲呈路十九曹長〉則曰：『寫來不覺直如戲語。詩到此，豈非化境。非但要看先生詩是妙詩，切須要看先生題是妙題。』他又說：『每見粗心人，見題中有一『戲』字，便謂先生老饕饞吻，動以杯酒賴人，殊可嗤也。若夫『戲』字，則落魄人不戲，又焉得遣去悶乎？白眼自恣之言，所謂『戲』也，所謂『遣』也，豈尚顧他人之難當豈傲睨乎？總圖極暢，不怕笑破人口也。凡題有『戲』字詩，只如此。』所以我認爲金聖嘆乃是古來杜甫諧戲詩的第一知音。

杜甫另有許多詩篇，雖不題爲「戲」，詩中也不言「戲」說「笑」，但『戲笑諧謔』自在其間，甚且及於蟲鳥[31]。杜甫傲恣自遣，戲爲詩篇的心態，胡適可能也瞭解，但胡適探討的方向過于執著宣傳白話詩的重要和趣味，因而反受其累，未能進一步把杜甫戲詩的深意講出來。這或許也是史家所謂的「成也蕭何，敗也蕭何」吧！

講完了杜甫的「戲題詩」，以下略舉杜詩中非諷切譏批者[32]，以略見杜甫諧戲幽默詩的大類。

---

[31] 《絕句漫興九首·其三》：熟知茅齋絕低小，江上燕子故來頻。銜泥點污琴書內，更接飛蟲打著人。林按：王嗣奭說「托之燕子點污琴書，飛蟲打人，皆非無爲而發。」正是學者不解幽默之例也。

[32] 杜甫詠禽獸詩，如《黃魚》、《鹿》、《鸚鵡》，多半幽默但也諷切有所指，故不列於此文。

杜甫諧戲幽默詩大類略舉

1. 以狂掩淒：

　　杜甫好稱老夫，也喜歡孔子給『狂狷』子弟下的定義。譬如在他五十歲寫的《狂夫》這首詩裏❸❸，以狂放掩淒涼。表面上看起來是狂放，但其實是借自笑以遣己悲。

2. 自得其樂❸❹：

　　在《去矣行》和《江春》二詩裏，杜甫正當中年，但已盡嘗饑餓的痛苦。但詩人並沒有被打倒。居然能寫出『未試囊中餐玉法，明朝且入藍田山』和『老妻畫紙爲棋局，稚子敲針作釣鉤』那樣的幽默詩句來消解肉體上的痛苦，做到了《孟子》給『大丈夫』所訂的修養境界。這是杜甫和其他詩人相比，他們在窮困之時只會悲嘆涕泣醉酒忘憂，是大不相同的。喜歡讀陶、杜詩的王陽明，貶居龍場，「歷瘴毒而苟能自全，以吾未嘗一日之戚戚也。（《瘞旅文》）」相信他也是靠著一股正氣，加

---

❸❸　杜甫《狂夫》：『厚祿故人書斷絕，恆饑稚子色淒涼。欲填溝壑惟疏放，自笑狂夫老更狂。』

❸❹　人本主義心理學家，馬斯洛（Abraham Maslow）on "Self-Actualizer": They had an unhostile sense of humor -- preferring to joke at their own　expense, or at the human condition, and never directing their humor at others.　They had a quality he called acceptance of self and others, by which he meant that these people would be more likely to take you as you are than try to change you into what they thought you should be. This same acceptance applied to their attitudes towards themselves: If some quality of theirs wasn't harmful, they let it be, even enjoying it as a personal quirk.

上自得其樂的幽默感才能克服癃瘻困境。但和杜甫在《屏跡》詩尾所寫「廢學從兒懶，長貧任婦愁；百年渾得醉，一月不梳頭。」的自得其樂相比，杜甫的態度是更解脫的。

3. 窮開心：

杜甫人窮卻志不短。在《今夕行》裏還會從眾玩『博塞』取樂，而且還自幽一默曰：「英雄有時亦如此❸⑤」，氣勢不止劉毅的『沒錢亦賭百萬』（胡適語），而幾乎有劉邦赴宴白吃，包塊石頭『上書萬錢』的氣魄。這是其他詩人所少見的『帶豪氣之幽默感❸⑥』。後來黃庭堅在《鼓笛令》詞裏戲說「酒闌命友閒為戲。打揭兒，非常愜意。」或許是承杜甫的餘趣，但不全是幽默感。講究明理躬行的呂祖謙（1137－1181），認為「杜公今夕行非遊戲之作，託意亦深」，大概沒有躬行過幽默？理學大師朱熹也說《今夕行》非博塞詩。朱熹超越前賢，能看出陶令在《詠荊軻》裏的豪氣！卻感覺不到老杜的淘氣？這或許和他的理學思想有關。

4. 童心未泯：

到了知天命之年，杜甫還有童心，學「童戲左右岸，罛弋畢提攜」。雖然已入秋，但捉魚挖藕，仍然有春日夫子「吾與點也」的心情。他不

---

❸⑤ 杜甫《今夕行》：今夕何夕歲雲徂，更長燭明不可孤。咸陽客捨一事無，相與博塞為歡娛。馮陵大叫呼五白，袒跣不肯成梟盧。英雄有時亦如此，邂逅豈即非良圖？君莫笑，劉毅從來布衣願，家無儋石輸百萬。

❸⑥ 王嗣奭曰：（杜甫《壯遊》）此乃公自為傳，其行徑大都似李太白，然李一昧豪放，公卻豪中有細。

僅是爲家人找食物，而且在冷水裏和兒童一般「翻倒荷芰亂」，甚至於做『童子軍』的領隊不成，以至於「指揮徑路迷」（《泛溪》）。這種與童共戲，還能自笑『領導無方』的幽默感，已經近於忘我和與境同化的地步。這其間甚至包括有名的《茅屋爲秋風所破格》裏的「南村群童欺我老無力，忍能對面爲盜賊」二句，也都是和兒童開玩笑的話**㊲**。這更是其他詩人所難達到的童趣和幽默的境界。譬如白居易《觀兒戲》詩有「童騃饒戲樂，老大多憂悲」之句，就顯得長幼有隔，不及老杜口中雖好說『老』，卻始終有「童心未泯」的樂趣**㊳**。像是在《雨過蘇端》裏，老杜就懂得享受梨棗酒飯之外的「諸家憶所歷，歡喜每傾倒」，甚至由得「親賓縱談謔」，而能在一旁融入「喧鬧慰衰老」**㊴**。可以說是「幽默之時者也」。

5. 悲憤不屈，勇者無止

　　胡適說杜甫在《秋雨嘆三首》中『嘲弄草決明，還自嘲「長安布衣誰比數？……稚子無憂走風雨。」這種風趣到他晚年更發達，成爲第三時期的特色。』其實杜甫的幽默感自中年以來就已經超人一等。譬如他在寫《曲江二首》時，年方 46 歲，他不僅悟出「細推物理須行樂」，而且眞正能和大自然打成一片。他在典當春衣之後，還能心隨蝴蝶、蜻蜓穿花飛舞。他能和「蟲魚草木」諧和歡樂，且能把窮愁典當暫時放開，

㊲　廖化津《〈茅屋歌〉正解——莫把兒戲作盜賊》，杜甫研究季刊第十七期，1988年第3季。

㊳　王陽明《江施二生與醫官陶野冒雨登山人多笑之，戲作歌》：予亦對之成大笑，不覺老興如童時。

㊴　經濟學者，臺灣中央研究院院士，蕭政教授指出。2001年2月。

這種與大化諧戲的心態言語，更顯得出詩人『化困爲樂』高人一等的修養。但我認爲杜甫眞正高明的地方還不止於此，而在於饑寒近死之時，還能繼續『淚中帶笑』地寫詩釋鬱。杜甫在謀生的策劃上似乎是『屢戰屢敗』，很像希臘神話中的西昔弗士⓸被大神宙斯懲罰，推石上山，到了山頂，石頭總是又滾下山來。但杜甫卻能擦了汗水，一笑下山，從頭來起。可以說是『勇者無止』的生命鬥士，讓人起敬⓹。

在《北征》這首詩裏，杜甫大氣蓬勃，從城市到荒野，從國事到家事；從「床前兩小女，……學母無不爲，曉妝隨手抹，狼籍畫眉闊。生還對童稚，誰能即瞋喝？」又再轉到關心戰事。像是常山趙子龍在長板坡，七出七入，或是西昔弗士的下而復起，在一首詩裏，有『多種簽名』。他既關心國家，也關懷人道，而父女情懷，卻用幽默筆法寫出。就像電影《美麗人生》，淚中帶笑，絕非『插科打諢』無事笑鬧⓺，如蘇雪林在《唐詩概論》中天眞的說「杜甫返家時妻子女兒的情景『很有趣、叫人發笑』」。幽默到了這個地步，可以說詩人已經在意志上贏得了下一場戰鬥的入場證。而這種入世有我而又忘我的幽默，我認爲才是最高段的幽默。

⓸　卡繆（Albert Camus）《西昔弗士的神話》（The Myth of Sisyphus）1943。

⓹　林中明《詠希臘神話之一》：西昔弗士爲神詛，推石上山恆傾覆；仰天一笑未服輸，壯哉勇士下山谷。

⓺　管遺瑞《評蘇雪林在《唐詩概論》中對杜詩的研究》，杜甫研究學刊，1993年第4期，55-61頁。

古今大詩家的幽默感芻議

中國是『詩』的古國和大國。三千年來有文字記載的詩篇數量，拜毛筆和造紙業開發特早的緣故，很可能是其它各國家之總和。既然有那麼多詩篇，所以有名的詩人也不少。但是哪些詩人才是『大詩人』？這是個永遠爭論不完的話題，而且還會隨時空而改變。不過如果一定要選，我們必先為選擇的標準下一定義，然後才能根據這些定義來作較客觀的判斷。

大詩人的條件

當代有名的詩人余光中在《大詩人的條件 1972》短文中引歸化美籍的英國詩人奧登在《19 世紀英國次要詩人選集·序》的話：大詩人必須在下面五個條件之中，具備三個半才行。1.多產；2.題材和處理手法上，必須範圍廣闊；3.洞察人生和提煉手法上，顯示獨一無二的創造性；4.詩體技巧的行家；5.看得出早晚期作品的先後❹。我精簡並擴大他們的看法，認為大詩人之『大』，大概是：（1）：量大，時長❹，面廣；（2）：思深，情厚，意遠；（3）：技熟，字煉；（4）：膽大，創新；（5）：由感取勝❹，由小見大；（6）：自我實現❹，「與時偕行」（《易

---

❹ 明按：這是假設作者從來沒有修改潤飾過自己的舊作，而且他（她）的人生過程是單純、直線、片斷和不重復的經驗。由此可見奧登眼力在寫序文時，尚未達到一流的詩人和文學批評者的境界。

❹ 包括對歷史的聯係和時間的感受，如「六經皆史」和「逝者如斯」。

❹ 葉嘉瑩《漢魏六朝詩講錄·曹丕》：我認為，這「以感取勝」才真正是第一流

經·乾卦》）。

什麼是好詩？

大詩人必須是才子，而才子卻不一定能成大詩人。因為才子若無環境，不習詩法，終難成為大詩人。大詩人在風格上必有創新。元稹說杜甫「盡得古今之體勢，而兼人人之所獨專。」可以說是『知詩』之言。但我以為大詩人的多樣性裏還應該包括人類基本感情中和『喜悅諧戲』有關的『幽默感』。在文藝上，愁苦的情緒可以『戰略性』的堆積。但幽默諧戲的本體不雅，德音易壞；而表達的方式又多半是感情能量的『戰術性』的快放，以致難以鋪陳懸疑、引人入勝和『戰略性』地營造大氣勢。所以歷來文評家都說「愁苦之言易工」，而諧戲之詩難成。但「好詩」之成，還不一定是「能工」和「守律」而已。我認為，「一首好詩，不論古今中外和體制格律，要能用最少的字，表達最多的意，不僅最能感人，而且能留下最深遠之記憶。」以下就用上述的原則，先選中國古代歷史上最著名的四位大詩人，屈原、陶淵明、李白、蘇東坡和杜甫比較；然後再拿杜甫和現代著名的一些詩人對壘。

詩人所應該具有的品質。……僅僅是平時一些很隨便的小事，都能夠給你帶來敏銳的感受，也就是詩意。

㊻ 馬斯洛（1908-70）Hierarchy of Needs: from physiological, safety, belonging, esteem to self-actualization needs.

杜甫諧戲詩在文學上的地位

　　爲什麼選屈原、陶淵明、李白、蘇東坡和杜甫比較呢？王國維說：『三代以下詩人，無過於屈子、淵明、子美、子瞻者。』當代詩人黃國彬論《中國三大詩人新論》，也以屈原、李白和杜甫并論。《孫子》說『色不過五，五色之變，不可勝觀也。』我認爲『要不過五』，五指五家，應該足以截斷眾流。至於近代和當代有名的詩人，似乎在自選和他選的詩集裏都看不到出色的幽默詩。或許魯迅和吉川幸次郎所說的「中國人缺乏幽默感」和「日本人缺乏幽默感」，是指現代人缺乏高妙典雅、言外重旨的幽默作品？而不是說古人也是如此？

屈原：

　　蘇軾稱讚屈原的《離騷》，說是「風雅之再變者，雖與日月爭光也。」但就『幽默感』而論，屈原詩集裏的題目和內容都是『怨、哀、有、思、惜、懷』，只有《卜居》一首，提到「滑稽突梯，如脂如韋，以潔楹乎？」。但是這段詩句本非言笑，而且《卜居》也不像是屈原原作。如果說金聖嘆是杜甫諧戲詩古來第一知己，那麼司馬遷就是屈原的第一知己。司馬遷在《史記‧屈原賈生列傳》開場就說屈原「博聞強志❼，明於治亂，嫻於辭令，入則與（楚懷）王圖議國事，出則接遇賓客，應對諸侯，王

---

❼　李政道《中國古代的物理學》，中國科學院建院50周年紀念會上的報告，2002年2月。『我想介紹一下中國古代對於天體構造的看法。中國很早就推測地是圓的，天也是圓的。這是詩人屈原推測的。屈原在他的《天問》里寫著：九天之際，安放安屬？隅隈多有，誰知其數？東西南北，其修孰多？南北順橢，其衍几何？屈原用解析推理的方法，也就是『細推』了地是圓的。』

甚任之。」可見屈原和蘇軾同是棟梁之材的能臣，這是陶、李、杜所不及者。但就詩人而言，杜甫得屈原「雖放流，睠顧（楚）國，繫心（懷）王，不忘欲返，冀幸君之一悟，俗之一改也。其存君興國而欲反覆之，一篇之中三致意焉」之心行；但在幽默自適上則超越屈子。所以我認爲屈原詩文無一處有「幽默感」。就詩人的『全面性』和『多樣性』而言，屈原不能排在首位，杜甫還是詩人之冠；只是說到文章和賦，工部則大不及淵明和東坡耳。

李白：

次就『詩仙』李白詩文的『幽默感』而觀，雖然韓愈曾說「李杜文章在，光焰萬丈長。乾坤擺雷硠，惟此兩夫子」，但元稹〈杜墓銘序〉說：「是時山東人李白，時人謂之之李杜。余觀其……誠亦差肩於子美矣。至於鋪陳始終、排比聲韻……則李尙不能歷其藩翰，況堂奧乎？」似乎對李白和杜甫並肩大不以爲然。但是從『幽默感』的方向來比，則我認爲李白雖有豪氣，如杜甫所謂『飛揚拔扈爲誰雄？』李白也會笑人❹，詩中有『笑』的詩有 140 首，169 句之多。但他的「笑」，多半是表現豪放之情，知進而不能迴旋，很少有婉轉出奇和較深刻的幽默感。所以我認爲李白的幽默諧趣不及杜甫，證實了元稹對李杜在全面比較

---

❹　《戲贈鄭溧陽》：陶令日日醉。不知五柳春。素琴本無弦。漉酒用葛巾。清風北窗下。自謂羲皇人。何時到栗裡。一見平生親。《江夏贈韋南陵冰》、《醉後答丁十八以詩譏予搥碎黃鶴樓》、《口號吳王美人半醉》、《嘲王歷陽不肯飲酒》：地白風色寒，雪花大如手。笑殺陶淵明，不飲盃中酒。浪撫一張琴，虛栽五株柳。空負頭上巾，吾于爾何有？《贈內》：三百六十日，日日醉如泥。雖爲李白婦，何異太常妻？（『幽』妻子一『默』）

下，「（李）差肩於子美⋯⋯李尚不能歷其藩翰」的評價。不過如果有人要比較李、杜的艷情詩，則工部不止讓太白肩臂。但這是另一種的選項比較，不在本題範圍之內。

蘇東坡：

至於和蘇東坡相比，我認爲東坡心胸比工部開朗，幽默感不在工部以下。詩題爲『戲』的有 107 首之多，詩句有『笑』的有 406 句，381 首⑭，說『謔』的僅一首，可見他本性爽朗寬厚，好直笑而不求曲謔。東坡的諧戲詩詞多半是直來直往，雖然喜歡開玩笑，但少蘊積，在傳說的鬥笑詩句裏，常輸給佛印，也反映了東坡的笑話缺乏殺傷力。相比之下，工部的幽默感則常『笑中帶淚，淚中復笑』；而東坡除了《黃州寒食詩（及帖）》⑮等幾首外，較少處于此種境界。杜甫則似乎由於後天的逆境更爲險惡，反而造就他諧戲詩風曲折的特質。因此我認爲杜甫詩中幽默感的層次，一般要比東坡來得複雜和耐嚼。

陶淵明：

杜甫的詩類繁多，一詩之中又能八面出鋒，變化轉折，出人意表，

---

⑭　元智大學羅鳳珠——中國文學網路研究室——唐宋文史資料庫。

⑮　蘇軾《黃州寒食詩二首之一》：「臥聞海棠花，泥污燕支雪。闇中偷負去，夜半眞有力。何殊病少年，病起鬚已白。」此與杜甫《絕句漫興九首》中「熟知茅齋絕低小，江上燕子故來頻。銜泥點污琴書內，更接飛蟲打著人。」與蟲燕互觀相戲的幽默趣味相近。　蘇軾《黃州寒食詩二首之二》：「春江欲入戶，雨勢來不已。小屋如漁舟，濛濛水雲裏。空庖煮寒菜，破竈燒濕葦。那知是寒食，但見鳥銜紙。」也是轉幽默及於燕子，沖淡居屋漏水和炊煮無食之凄慘。

所以有「詩聖」的美稱。然而就『幽默感』而言，杜甫和陶淵明相比，則又要輸淵明一肩。這其間的微妙處，幾乎也是石濤和八大畫作之間『茸簡深遠』的差別，也就是蘇軾所說的「質而實綺，癯而實腴。」因爲陶淵明不僅有典雅的『遊戲文字』，又復精擅『文字遊戲。』而且陶令的幽默來的自然，而且在『諧戲』之外，又懂得玩『讔戲』。他能謔中見慈，戲裏有情；而且悲中復有喜，笑裏且帶淚。此外，陶令心胸曠達，雖然幽默，但譏人殊少，諷己者多。陶詩述比且興，隱中有秀；收放自如，舉重若輕，如『隨風潛入夜』；情景自然如『潤物細無聲』，雅而通俗⑤，嚼有回味。他的幽默是可望而不可及。

所以我認爲論古代大詩人的『幽默感』，陶淵明當居首座，其次才是杜甫、蘇軾。至於李白，雖然就詩的成就而言，李、杜各趨頂峰，但李白縱才逞豪，所以和精究兵學而受到『軍中無戲言』軍紀觀念影響的曹操、蘇洵、杜牧一樣，都不太講究幽默感。而屈原對中國詩的貢獻雖然是名列前茅，但談到『幽默感』，就還要排在李商隱⑤、岑參、秦觀之後。或者說屈原根本就是另類的「悲劇詩人」，所以就『幽默感』一事而言，屈子乃是屬于另外一個世界，所以屈原是既『不列名』，而且也不必列名的。

---

⑤ 林中明《陶淵明的多樣性和辯證性及名字別考》，《昭明文選》國際研討會論文，2002.10。《文選與文選學》，學苑出版社，2003年5月，p.591－611。

⑤ 李商隱《俳諧》詩僅「柳訝眉雙淺，桃猜粉太輕」二句略有『輕淺』俳諧趣味。但杜甫《戲作俳諧體遣悶二首》則以夔州異俗風情爲吁笑，句句有所指，戲作大見精神，正如金聖嘆所云。此等幽默非眞幽默者不能下視『浮生好笑處』也。

現代詩人的幽默感

　　幽默感似乎也和棋力一般，與國力的起伏有關。記得當大英帝國以日不落帝國雄霸天下時，約翰牛的幽默也是一流的。就連國會議員也必須具備幽默感，以爲雄辯之奇兵。當前蘇聯霸跨歐亞時，高層的笑話雖受約束，但中下層人民的『鐵幕笑話』卻是天下無敵。回頭看上兩世紀的中國和日本，因爲國力不夠雄厚，生活條件緊張，難怪魯迅曾說『中國人缺乏幽默感』；而鄰國的漢學大師吉川幸次郎也感嘆地說『日本人沒有幽默感』。再看富裕的美國人，雖然文明尚未精致化，但幾乎人人會講，也會聽笑話。在美國，沒有幽默感的人，可以說是『文化社會裏的窮人』。試看從學術界到商業圈的開會演講，如果演講人不能用適當的笑話開場，一場演講的失敗猶在其次，『感性智商』被人從此看扁，才是做事和升遷時的致命暗傷。

　　然而在這麼一個『講幽默感』的文明世紀，中華詩人的幽默感能和陶、杜對壘嗎？很遺憾的是，在現代著名詩人們的詩集和選集裏，不論新詩舊體，我看不到『雅俗共賞』的幽默詩㊽。這是因爲詩人們不敢把他們最好的幽默諧戲詩拿出來，放入選集呢？還是社會仍在變動，文化青黃不接，以致於『行無餘力』，不足以雅言幽默？還是社會大眾的文化品味不高，以致『劣幣驅逐良幣』？這都值得有心人再進一步去探討。

㊽　有集文無集詩？雷銳等編《余光中幽默散文賞析》漓江出版社，1992。

結　論

　　杜甫的地位由於詩作題材廣，感情深，有多樣性，於體式也有創新，而且又富『幽默感』，所以他的「詩聖」地位再次得到確定。而且從杜詩中諧戲詩數量之多而觀，前人認爲杜甫的詩風『沉鬱悲觀』，我認爲大多是浮觀文句，以致錯解和局限了對其人其詩其趣的瞭解。

　　在探究杜甫『幽默感』的過程中，我也嘗試用簡明的矩陣數學和『幽默特性函數』來解釋複雜的『幽默感』。希望這些新的嘗試、視角和工具，能爲古老的『國學』和現代『文藝心理學』，甚至對於古典音樂大師心胸的差異，帶來新的瞭解，庶幾不負新世紀對我們的挑戰。

【後記】

1.　初稿載於 2002 年《杜甫與唐宋詩學》——杜甫誕生 1290 年國際學術研討會論文集，2002.11.28 及 29 日，臺北淡水淡江大學。里仁書局，2003.6.，p.307-336.

2.　此文在研討會上，承師兄黃啓方教授講評，指正啓發和演示治學方法，受益良多，特此致謝。此豈《顏氏家訓・文章第九》所云：「學爲文章，先謀親友，得其評裁，然後出手。慎勿師心自任，取笑旁人也。」者乎？同章又云：「江南文制，欲人彈射。知有病累，隨即改之。」可知今人之講評制度，亦未嘗逾越古人也。壬午歲十月廿日林中明識。

3.　研討會主持人，陳文華教授在《杜甫與唐宋詩學・前言》裏說：「值得一提的是：邀請的與會人士，有些也跨出了中文系的領域，如林

中明教授，其專業是資訊科技，在美國電腦公司任顧問，卻以杜甫的諧戲詩爲題發表論文，這可能是其家學淵源所致，但也可看出杜詩的魅力幅射之廣度」。

4. 湖北民族學院文學院院長，又是作家和詩人的毛正天教授，在大會結束時的總評和論文集的『觀察報告』《新視野、新觀念、新方法、新會風：杜甫與唐宋詩學研究的新進展》裏指出，「觀點新銳是本次學術研討會的重要創獲，也是杜甫與唐宋詩學研究的新進展的的特徵。……美國學者林中明先生從杜詩的諧戲幽默分析入手，顛覆前人用『沉鬱悲觀』概括杜詩的論斷，認爲前人『是浮觀文句，錯解和局限了對其人其詩的瞭解』」。他又說：「研究方法的多樣化，將是這次研討會又一抹不去的記憶……如……現代的、西方的、多學科的方法，顯示出古代文學研究的活力。如美國學者林中明先生研究杜詩的幽默諧戲動力發生時，從古典力學的「能量移轉減壓說」到量子物理的「雷射放光說」，到古典哲學的「奇正相對論」，到電腦系統的「記憶比較功能」原理進行立體解說，讓人看到研究方法活用的魅力。他又說：「中國古代文學學科積澱深厚，形成了自己的相當成熟的研究方法體系，但也有採錄多種研究方法或更新研究方法的必要。……正如美國學者林中明先生在探討杜甫幽默感的過程中嘗試運用自然科學方法時所說："希望新嘗試能爲古老的『國學』和現代『文藝心理學』帶來新的視角和工具，並且不負新世紀對我們的挑戰"」。

【參考資料】

莫芝宜佳（Monika Motsch）《《管錐編》與杜甫新解》（Von Qian

Zhongshus Guanzhuibian zu einer Neubetrachtung Du Fus, 1994）（馬
樹德譯），河北教育出版社，2002。

張敬《清徽學術論文集》：〈論淨丑角色在我國古典戲曲中的重要〉，
　　〈我國文字應用中的諧趣——文字遊戲與遊戲文字〉，華正書局，
　　1993。

Steven Pinker, How the Mind Works, "The Meaning of Life: What's So
　　Funny ?", Norton, 1997。

Scherzo（詼諧曲）：（大英百科全書）*plural **Scherzos, or Scherzi,*** in music,
frequently the third movement of a symphony, sonata, or string quartet;
also, in the Baroque era (*c.*1600–*c.*1750), a light vocal or instrumental
piece (*e.g.,* the *Scherzi musicali* of Claudio Monteverdi, 1607), and, in
the 19th century, an independent orchestral composition. In symphonies,
sonatas, and string quartets of the 19th century, the scherzo replaced the
18th-century minuet. Unlike the rather stately minuet, originally a dance
of the aristocracy, the scherzo in rapid $^3/_4$ time was replete with elements
of surprise in dynamics and orchestration.

　　Both the minuet and scherzo contained a contrasting section, the trio,
following which the minuet or scherzo returned according to the format
ABA. Occasionally, as in Ludwig van Beethoven's *Seventh Symphony,*
another trio and scherzo followed. The reiterated or abrupt rhythms in some
of Joseph Haydn's minuets clearly anticipate the scherzo as developed by
Beethoven; in his six quartets, Opus 33 (*Russian Quartets, or Gli scherzi*),
Haydn actually used the term.

　　In the 19th century the scherzo was not necessarily bound to larger

works, but it was still a characteristically swift-moving piece of music. Brilliant effects of orchestration and exhilarating rhythms in a swift tempo characterize Felix Mendelssohn's scherzo from his Midsummer Night's Dream, while in the four piano scherzos of Frédéric Chopin dramatic, somewhat dark moods alternate with more lyrical trios. A later Romantic example is Paul Dukas's L'Apprenti Sorcier (The Sorcerer's Apprentice), a "scherzo based on a ballad of Goethe."

According to private communication with **John Fu** of Microsoft at Seattle , he thinks that Scherzo is a development from minuet. Beethoven was a person who just couldn't sit still and follow strictly to the form A-trio-A of minuet. He had to develop. All his music has long developments.   Sometimes, scherzo is the place where the composers relax a bit and truly thinking about themselves that it reflects the life experiences of a composer. You can hear the good life of Felix Mendelssohn in his scherzos. In Mahler, you hear bitter sweets, struggle for survival. In Shostakovich, you hear repressions. In Bruckner, you hear praises. January 2003.

【杜甫研究季刊】有關論文：

遲乃鵬《讀杜甫〈戲作俳諧體遣悶二首〉雜記》，杜甫研究季刊第七十
　　期，2002 年第 1 期陳新璋《評胡適的杜詩觀》，杜甫研究季刊第
　　四十三期，1995 年第 1 期。

徐定祥《以意逆志盡得性情──評黃生《杜詩說》》，杜甫研究季刊第
　　四十期，1994 年第 2 期。

管遺瑞《評蘇雪林在《唐詩概論》中對杜詩的研究》，杜甫研究季刊第
　　三十八期，1993 年第 4 期。

唐典偉《試論杜甫的幽默情趣及文化意義》，杜甫研究季刊第二十四期，
　　1990 年第 2 期。

劉眞倫《易識浮生理難教一物違——談杜詩的理趣》，杜甫研究季刊第
　　十九期，1989 年第 1 期。

屈守元《談杜詩的別材別趣》，杜甫研究季刊第十九期，1989 年第 1
　　期。

鐘來因《評胡適的杜詩研究》，杜甫研究季刊第十八期，1988 年第 4
　　期。

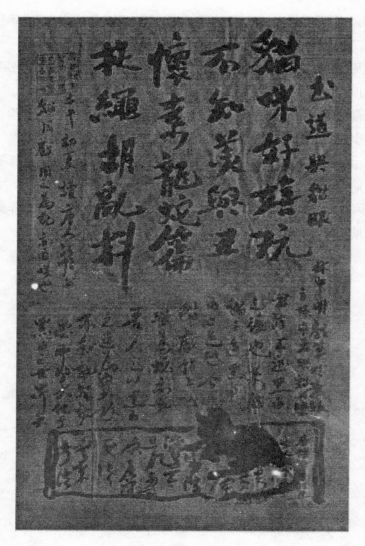

〈貓戲懷素草書詩圖〉2002.7

淡江大學 淡水 臺灣

二〇〇二年 十一月廿八日

杜甫 一千二百九十年誕辰唐宋詩學研討會

杜甫的諧戲詩論文發表

"糾正"吉川幸次郎所說 日本人 沒有
幽默感 因為京都大學的 川合康三教授
不僅看到杜甫的幽默感 如漫畫 而且自己也有幽默感

"杜甫的幽默感論文宣讀"

"與川合康三教授笑談日本人和中國人的幽默感" 2002.11

〈臥虎〉 2002.7

四、藝貴有格

　　要想復興中華文化，不能不從基本國學的研究做起。研究基本國學之前，之中，或幾十年之後，我們又不能不面對和回答幾個更基本的問題和挑戰：

　　1.　研究國學這老掉牙的東西，「有什麼用」？

　　2.　「怎麼用」？

　　3.　如果「有用」，有實例可循嗎？

　　當然正反兩造，都有不少雄辯的理由。而我想舉的例子，就是先秦諸子之一的《孫子》。看看世界各國如何研究《孫子》這個國際性的『顯學』，和如何應用《孫子》到純軍事以外的學科和行業去。客觀而認真的人，自然就會得到想要的答案。

　　但是研究《文心雕龍》這個『冷門』而又艱深的學問，又如何證明它「現在還有用」？我的經驗是，徹底瞭解了《文心雕龍》的基本道理之後，只要遵循《孫子兵法》的應用原則，自然會擴大《文心》的『威力半徑』，甚至對於瞭解西方過去的文論和現代的新論甚至謬論都有直接的幫助。

　　在《從劉勰《文心》看八大山人的六藝和人格》，這篇千禧年的第一年寫的論文裏，我試圖用《文心》來解釋八大山人的「詩、書、畫、印、款、號」六藝，並從八大的六藝和人格，來印證《文

心》理論的正確。把《文心》的範圍擴大到詩文之外，這是一個新嘗試，也是一個小步。有了第一個小步，後面自然會有大步和碎步。至於喜歡《隱秀》《諧讔》和解謎的朋友，一定也會對文章中猜解八大的詩畫謎，作進一步的探討印證。這也算是文章的副產品吧。

《字外有字》這篇論文，譯自本來是用英文所寫，一語雙關的《Character Beyond Character》。原意是想擴大漢字書法的精絕道藝，讓只懂英語和科技量化的西方學者和藝術家也能進一步欣賞其高妙。這篇文章首創應用商業計劃中「人年」的量化觀念去量測和比較人類史上的大型文化活動，並首先指出西方的藝術難以在一張紙上，集合「詩、書、畫、印、款、號」於一體，用「墨分五色，白具五味」這最少的顏色組，和最簡單的工具表達出最多的意味來。

論文中，又創先從幾何學和電機設計原理，指出中國毛筆的最大自由度和可調變大倍數的放大性，是如何優於西方的扁筆和硬筆。更進一步指出漢字何以藝術變化性遠大於西方符號文字，和21世紀毛筆書法為什麼會再度興起熱潮？至於書法的極致，為什麼是「品學之助」的『字外有字』？並舉了五個書法史上的代表人物，來闡明我的看法。

至於書中的一些詩書畫印和題款的習作，只是證明這些經典藝術是人人可為，包括我這個剛上『文藝幼兒園』兩年的工程師，也可以學會『新把戲』。雖然是『爬行』不登大雅，但至少證明這是『易學』而『可行』，所以不僅文化人可行，理工商農也是人人能行。

經典的學問和藝術最怕就是『畫地自限』，然後『退化』、『老化』、『僵化』和『腐化』。能夠把『舊經典』變成『活智慧』，『雅藝術』兼顧『大眾化』，中華文化才能講「文藝復興」。

從劉勰《文心》看八大山人的藝術、人格──兼由「文藝復興」看《文心》的發揚與創新

緣　起

　　臺靜農先生曾說「民族文化應該如長江大河，永遠的波濤壯闊不息的前進⋯⋯祖先既然留下了好的遺產，我們得承受發揚，能有自己民族的色彩與精神，站在人家的面前，才可以抬起頭來」（《「藝術見聞錄」序，1970》）。作為一位「一代不數人，百年能幾見」的新文學開拓者，和一甲子的教育家、古典文學學者，而又是自成一體的書藝家❶，臺靜農的呼籲是既深得文化意義三昧，而又廣具國際史觀。試想到了 21 世紀，天下工商科技乃至政法娛樂，都一窩蜂的踵隨美日西方。我們「家有寶山，卻像空無所有的窶人子」，連文化藝術都要向外人借來插花栽盆，還沾沾自喜，以為思想先進，文化獨立。捧著雕龍玉缽乞食『通心

---

❶　林中明《從北大到臺大──記臺靜農先生》，北大百年校慶專刊《名人與北大》，北京大學出版社，1998年5月4日，p.505-517。

粉和雜碎』，說來眞是說來慚愧。

好在中華文化中文武兩大絕學之一的《孫武兵經》已在多國眾界，因地制宜，即體成勢而發揚光大。依此類推，《文心雕龍》的學問，從傳承而發場光大，也將是 21 世紀可以想見的文化盛事。這一篇報告，試圖把《文心》的文學理論，推廣到詩、書、畫、印、款、號諸項藝術上。並藉著八大山人這位中國三百年來，最偉大藝術家之一的藝術實踐，來反證劉勰《文心》的精妙理論，也是像更古老而具世界性的《孫武兵經》一樣，是一部放諸四海而皆準的廣義文藝理論。

並且藉著《文心》的樞鈕「文原❷」五論：〈原道〉〈宗經〉〈徵聖〉〈正緯〉〈辨騷〉來探討八大山人的藝術起源。然後再從〈神思〉〈體性〉，以至于和八大山人藝術最相關聯的〈隱秀〉〈諧讔〉諸篇，來對八大山人風雅絕代『諧讔而秀』的藝術，加以切磋格磨；以闡明《文心》裏特具一格的《隱秀、諧讔》文論，在世界文藝理論文上，不僅曾經是最先進的文論，它也仍然是世間最精關典雅的藝論。

討論之餘，也大膽借用〈通變〉〈比興〉和〈知音〉篇裏「六觀」的理論，以「實踐爲檢驗眞理」的方式，去揣測八大山人的(1)「雙瓜圖」詩畫、(2)「黃竹園」名號和(3)「蜻蜓」畫作的寄意。倘不能「知音」而取信，或堪以「釋儓」來嘲隱。

最後，也試以《文心》的《程器》和《辨騷》爲主軸，去探討爲什麼八大山人『諧讔而秀』的藝作，在藝術史上，既能超脫「宗經師聖，鮮克原道」的局限，又能避免「空戲滑稽，德音大壞」的流弊。以及「人格文德」和「筆情墨性」在中國文化藝術上的「價值」。

---

❷　王更生《文心雕龍研究》，文史哲出版杜，1979。

【詩、書、畫、刻印、題款、名號：都是「智術、制作」】

　　《文心雕龍》這部博大精深的古書，本來理應和中華文化中文武兩大絕學之一的《孫武兵經》一樣，可以在界外和國際發揚光大。但是因為文字奧雅，典故深遠，光是傳承已非易事，想要發揚，豈乃差強？從兵法的觀點來看，發揚《文心》，如「攻城拓地」（曾國藩書札），最好的方法，乃是遠交而近攻。遠的，需要外文史哲，以至于數理兵經的學者。近的重點目標之一，就譬如是藉著研究八大山人的藝術創作，同時把《文心》的文學理論，推廣到具有不少共相共性的詩書畫印，以至于題款、名號等藝術上去。

　　把詩書畫相提並論，自古以來早爲中國文人的共識、常談、和『口頭禪』。譬如唐朝的張彥遠在《歷代名畫記·敘畫之源流》裏就說過：「書畫異名而同體。」宋朝文藝到工程都是絕頂天才的蘇軾，當然也看到這個關係。他在《書鄢陵王主簿折枝》裏也寫下「詩畫本一律」的看法。1998 年去世的錢鍾書，也寫過兩篇專文《中國詩與中國畫 1979》和《讀《拉奧孔》》（《七綴集》1984），博引中西百家，討論詩和畫的共相與殊相。詩畫并爲藝術的道理古今中外相通，古希臘詩人（Simonides of Ceos）也早說過「畫爲不語詩，詩是能言畫」的論點。其實人類各行諸界的研究也都有類比「殊體」，集合「共相」的方式。古代印度哲學就用「蘊」來表達類別、集合體。佛教裏「五蘊」的眼耳鼻舌身，都藉身體之一部而生「識」。「經」雖有五，劉勰提倡的還是「宗」共相的「至道鴻教」。物理、化學、數學雖爲不同的科學，講究的卻是其本質

的眞相。所以「詩書畫印款號」的共相都是「智術」，可以當做同根的「制作」來研究它們的「藝」和「美」。

作爲文論集大成的通人，劉勰早就把「智術」「制作」置于人類心靈活動的最上層。他不僅一統文藝創作之道，就連似乎水火不相容的文武之道，也能圓融貫通❸，迭出新意❹。劉勰在《文心雕龍·序志》裏說得好：「夫「文心」者，言爲文（藝）之用心也。夫宇宙綿邈，黎獻紛雜，拔萃出類，智術而已。歲月飄忽，性靈不居，騰聲飛實，制作（創作）而已。」把文藝創作用「心智的活動」和「性靈的創作」的模式來解釋，這又是劉勰的創見。如此宏觀卓識，只用了 43 字，筆法之經濟生動，就和《孫子兵法》一樣❺，讓「下筆千萬餘言，只說一二陳見」的今人拜服。從「智術制作」的範疇去看文藝創作，當然「詩、書、畫、刻印、題款、名號」都可算是一類，所以可以用《文心》的文論，多方面地去分析作者的心態和意圖，以及欣賞它們的特點和趣味。

詩❻文和畫雕雖然同類，但把文論應用到繪畫雕刻，還要再從文藝的根基去溯源。漢代許愼在他劃時代的創作，《說文解字》裏，用了四個字，指出：「文，錯畫也」。可見許愼在劉勰之前已經「看到」，文章起于「交錯的圖畫」。三百年後，劉勰也在《文心》開宗明義第一篇

---

❸ 林中明《劉勰和《文心》裏的兵略思想》，《文心雕龍研究·第二輯》，北京大學出版社，1996.9, p.311-325.

❹ 林中明《劉勰、《文心》與兵略、智術》，《史學理論研究季刊》，中國社會科學院，1996年第一期，p.38- 56。

❺ 林中明《斌心雕龍：從《孫武兵經》探解文藝創作》，第四屆國際孫子兵法研討會論文集，1998. 10。軍事科學出版社，1999.11., p.310-317.

❻ 鍾嶸《詩品序》：詩之爲技，殆均博（game theory）奕（computer chess）。

〈原道〉裏說:「玄黃色雜,方圓體分,日月疊璧,山川煥綺,動植皆文,雲霞雕色,有逾畫工之妙。」然後又在〈詮賦〉的贊裏道:「寫物圖貌,蔚似雕畫」;和〈物色〉裏說:「詩人感物,聯類不窮。寫氣圖貌,既隨物以宛轉」。甚至連「印章❼」的特色也拿來類比「文術」。依此而言,「文道」出于視覺的「畫雕」藝術者明矣。而且「山川煥綺,動植皆文」,所以八大山人的「天地山川,禽魚草木❽」都可以用《文心雕龍》的文論來分析欣賞。用劉勰精簡典雅的文論去分析欣賞八大豐雄而秀簡的藝作,真可說是以雷射激光,照金剛鑽,互相發「明」,並耀異采❾。

【八大山人藝術的特色:諧讔與隱秀】

八大山人的藝術之所以迷人,也許在於他個人性格學養和氣節的外放,和人人感覺得到,但沒人能說得清楚的內涵。加上他作品的多樣性,和與時推移,無所不在的創新力,使得他的藝作和屈原的《離騷》《楚辭》一樣,有「百世無匹」(《文心·辨騷》)的魔力。李德仁也曾注意

---

❼ 《文心雕龍·物色》:自近代以來,文貴形似。巧言切狀,如印之印泥,。瞻言而見貌,即字而知時也。

❽ 劉永濟《文心雕龍校釋·原道第一》:「舍人論文,首崇自然二字。此所謂自然者,即道之異名。道無不被,大而天地山川,小而禽魚草木……皆自然之文也。」

❾ 《文心雕龍·知音》:昔屈平有言:「文質疏內,眾不知余之異采。」見異,唯知音耳。

到八大藝術中的「反還法」具有無比的威力❿。他舉出八大山人擅於運用「小而大，少而多，虛而實，柔而剛，靜而動，拙而巧，謔而眞，奇而正，亂而整，曲以直，側而中，醜而美」等藝術哲學，達到一代高峰。我個人則一向認爲，劉勰的文論和八大山人的辯證藝術哲學，不少是出于《孫子》等中華傳統兵略的運用（見註 3, 4, 5）。而其中的「諧而讔」「隱而秀」，則源於中國傳統的文藝美學，早見于劉勰《文心雕龍》裏的〈諧讔〉和〈隱秀〉兩篇，但很難用其它的中西文論來解釋清楚。這也是本文要舉出《文心》之所以終必能走向世界的又一強點。

【由《文心》看八大山人「諧讔而秀」的藝術】

　　劉勰和八大山人雖然在時空上有千年的差別，但因二人都曾出入儒釋或道教，而且兩人都曾先後削髮爲僧，入寺出寺，所以在思路和行爲上，因而可以在多處互動會通⓫。此所以用劉勰《文心》爲尺繩規矩，頗有可能見出八大的藝思脈動和隱藏的文藝理論。這就像〈時序〉所云，「終古雖遠，曠焉如面。」

　　其次，在八大山人多方面的藝術成就裏，爲什麼要拈出「諧讔而秀」的部分來作討論呢？我認爲，上乘的藝術，多有「雅俗共賞」的特質。但對大部份的文藝家而言，雅而有趣不易至，俗而有品尤難得。〈諧讔〉

---

❿　李德仁《个山隱索　再論八大山人藝術哲學兼談八大名號由來》，臺灣《故宮文物・八大山人專輯》1991.3。

⓫　《易・繫辭》：聖人有以見天下之動，而觀其會通。

說「諧之言皆也」，也就是大眾喜歡的淺俗藝術。然而「諧」生於「諷」，無棄於《詩》，故「諧道」在〈宗經〉之內。孔子有戲言，韓愈有戲文，故「諧」在〈徵聖〉之屬。屈原、李白❷曠代詩傑，而俱不能諧，讓詩聖之名於杜甫，也是許多原因之一乎？

再其次，劉勰在〈諧讔〉中說「讔者，隱也。」讔和隱之間，本來就有許多相同相通之處。張少康❸曾指出，『劉勰之強調文學創作中的「隱」，其主要思想來源就在《周易》。』到了北宋，歐陽修在《六一詩話》裏記載梅堯臣的一段話：「狀難爲之意，如在目前；含不盡之意，見于言外，然後爲至矣。」也還是劉勰「隱秀」概念的重述。這個文化傳統，可以說一直是中華文藝的主流，和歐美偏重外在強勢的表現，大相徑庭。

【西方藝術裏的「諧讔」】

西方中世紀以來的名畫家，大都長於「秀麗」，而不善於「諧讔」。譬如文藝復興時代，大約與徐渭同期，全材的工程、藝術和發明家達文奇，他的有限畫作大多溫柔細致，雖然偶有諷刺的畫作，但少有激情憤世之舉。他那幅著名的《蒙娜麗莎》，優嫻靜婉，雖帶『微笑』，但不具「諧」氣，最多只能算是「讔意」中的傑作。和達文奇同時的米開蘭基羅，繪畫雕刻雄渾無媲。雖然他曾在《末日的審判》壁畫中，把仇敵

---

❷　林中明《談諧讔　兼說戲劇、傳奇裏的諧趣》，第六屆文心雕龍學會，1998.8。《文心雕龍研究第四集》，北京大學出版社，2000.3.，p.110-131。

❸　張少康《文心雕龍新探·隱秀論——論文學形像的特徵》，齊魯書社，1987。

面目畫入被蛇咬嚙要害的惡人，以發泄鬱憤之氣。但他的藝雕大體是嚴肅雄偉的作品，罕「諧」而無「讔」。其後意大利 Bologna 地方興起了雛形的諷刺漫畫。但諷刺漫畫到了西班牙的戈耶（Francisco Goya, 1746-1828），才成爲有份量的藝術。戈耶曾作套色蝕刻版畫 Los Caprichos（late1790s），以諷刺社會宗教的黑暗面。傳承米開蘭基羅雕刻藝術，而作品更富熱情的羅丹，則偶爾一爲「諧」作。他那座《無頭的行走者1900》，曾特別放置在法國外交部門外，諷刺當時的法國外交部照章辦事，有行動而無頭腦。稍後德國的保羅·柯利（Paul Klee），在納粹統治的時代，曾畫了一幅《橋墩之革命1937》，在 60x50 公分的帆布上，擺出十幾座分裂獨立的橋墩，像是有兩條腿而無上半身的行走者，不聽造橋者的擺布，衝向畫面。他似乎是繼承羅丹《行走者》的意象，對專制政權壓迫人民如橋墩，作無言的諷刺。柯利 26 歲左右的畫作，似曾師承戈雅的 Los Caprichos 諧諷版畫。其中一幅《衰老的鳳凰1905》畫一鳥形老者，眇邁瘦裸，麗羽盡凋，一腳無足，猶手持骷髏鳥頭的權杖，做發號施令狀，似乎是諷刺古老文明或是衰憊的傳統文化？

　　柯利在題款文學上，也偶有創意❶，但是畫格不彰，人格不顯，不能和近代最具創意，而又特立獨行的印象派巨擘梵谷、高更相比，遑論八大的志節和博藝。至于晚期風格雄曠，用筆簡約，色彩豔麗，野獸派的馬蒂斯；甚至于雄才博藝，獨領 20 世紀風騷的畢加索，雖然都是「獨拔卓絕」（〈隱秀〉）的繪畫大師，可惜只知畫藝，但詩書無華（馬蒂斯

---

❶　1. Paul Klee, Two Men Meet, Each Believing the Other to Be of Higher Rank, l903. Etching.8x22.4cm; 2. Paul Klee, A Genius Serves a Small Breakfast (An Angel Brings What is Desired), 1920. Lithograph, with watercolor addition, 19.8x14.6cm

有詩作,但不及其畫作出色),又缺少印刻題款名號變化的趣味,所以不能同時在詩書畫和刻印、題款、名號諸方面,與八大山人「諧讔而秀」的藝術相頡頏。法國的雨果和印度的泰戈爾都有佳畫傳世,但為文名詩藝所掩,而也都不能配以書法詩句,於一紙之上,如中華的三絕相映輝。

　　略晚於達文奇百餘年的八大山人,以「四方四隅,無大於我」的豪情個性,不僅在視覺藝術上放射出震人心弦的感情,而且在簡約的文字畫印之外蘊懷不盡的詩意,開創了藝諧而雅,意讔而秀的新藝境。如此奇人、諧詩、雄筆、秀畫、逸印、趣款、妙號,或許也只有用《文心雕龍》這部既繼承又發揚中華文化的文論經典為導引,才能循根溯源,較全面的去探解和體會其情、其理、其藝。

【由「文原論」分析八大山人藝作】

　　把《文心》當做尺繩規矩,去分析八大藝作,第一步就要從樞紐五篇,所謂的「文原論」下手。試看如何把〈序志〉篇「本乎道,師乎聖,體乎經,酌乎緯,變乎騷」的道理,應用於一般藝術的創作,以及八大山人「諧讔而秀」藝作的特例。

　　1.〈原道〉:劉勰論文,認為是道法自然,所謂「言立而文明,自然之道也」。又說「山川煥綺,動植皆文,雲霞雕色,有逾畫工之妙。」然後又在〈詮賦〉的贊裏曰:「寫物圖貌,蔚似雕畫」;和〈物色〉裏說:「詩人感物,聯類不窮。寫氣圖貌,既隨物以宛轉」,並且把「印章」的特色也拿來類比「文術」。依此而言,「文道」出于視覺的「畫雕」藝術;而「複隱」的「符采」和「天地、山川、動植(物)」都可以用『同類』的文論來分析欣賞。〈諧讔〉用「鼊蟹」「貍首」「大鳥」

「海魚」「龍尾」「羊裘」等辭，都是借喻於自然界（除龍以外）常見的鳥獸魚蟲。

　　「文明」和文藝之道，用劉勰自己的話，就是「知（自然之）道沿聖（偉大的藝術家）以垂文（藝），聖（偉大的藝術家）因文（文藝的研究創作）而明（自然之）道（和文藝之道），旁通（到詩書畫印款號各種分門旁類）而無滯，日用而不匱。」八大曾治一印，曰「師萬物」，一語道破他「道法自然」的理念。所以我們在前節指出，用劉勰精簡典雅的文論去分析欣賞八大豪雄諧讔而秀簡的藝作，就像是用《文心》的雷射激光，去映照八大這顆金剛鑽。其結果是二者互發光明，迸耀「知音」的異采。

　　2.〈徵聖〉：孔子曾說「吾不試，故藝」。身兼六藝而好「游於藝」的「聖人」，他所表現和提倡的文辭風采，當然是可以沿用於文論和藝術。劉永濟校釋〈徵聖〉篇，指出此篇之要，在於「文之為術，隱顯繁簡四者而已。」所謂「隱義以藏用」，見於「四象精義以曲隱，五例微辭以婉晦」，然實乃〈隱秀〉之精義，而〈諧讔〉之濫觴也。「《春秋》一字以褒貶，「喪服」舉輕以囚重」；劉勰所謂的「簡言以達旨」，也盡見於『筆簡而意溢』的八大山人，及馬蒂斯等藝術大師的藝作。而八大詩印款號，則更常能一字以褒貶世態；而雖舉一枝、一葉、一魚、一鳥等『不可忍受之輕』的微物，也能包含觸目驚心，味之無窮的重情。八大雖然「徵聖」，但更重自我啓發。曾習禪宗的八大曾有一題畫詩，「禪分南北宗，畫者東西影。說禪我弗（諧「佛」字？）解，學畫耶（諧「爺」音）省得。」說的就是「法尙應舍，何況非法（金剛經）」的眞理。〈徵聖〉又說「故知繁略殊形，顯隱異術；抑引隨時，變通會適。徵之周孔，則文有師矣」。同樣的道理，也可以徵之於八大山人的貶而諧雅，隱而秀明，簡而雄厚的藝作。由是而觀，不僅文有師，而藝亦有師矣。

3. 〈宗經〉：劉勰說「經也者，恆久之至道。」所以可以「洞（察人情）性靈之奧區，極文章（藝術）之骨髓」。把這個道理引申到藝術上，也完全適當。就廣義的「至道」而言，儒家有儒家的《五經》，道家玄學有道家玄學的老、莊之書，佛家有各宗派的佛經。就連兵家，劉勰世破例而開明的把《孫子》尊稱爲《孫武兵經》。劉勰的用意，不外乎是尊重取法傳統文化裏最精華的思想，作爲學習的準則，和創新的基礎。文藝復興時期，意大利人所以能在文化上征服全歐，不只是由于希臘古學的復興，而是把優秀的傳統希臘羅馬古學，有選擇的加以繼承復興，再和意大利人創造天才結合起來，所造成的⑮。八大山人和劉勰一般，精曉儒釋道三教義理和傳統的文史藝術精華⑯。他勤于「溫故」，曾有詩曰：「讀書至萬卷，此心乃無惑。如行路萬里，轉見大手筆。」此所以他能夠在「根柢槃深」堅實的基礎上，長出「枝葉峻茂」的大樹。至于八大山人獨到「殊致」的「諧諷讔謎」之藝，其實也可以從《尙書》的「覽文如詭，而尋理即暢」；和《春秋》的「觀辭立曉，而訪義方隱」，「表裏之異體」的制作和表達方式發現它的根源。八大山人藝術所具有的特殊風格，也是由于『宗經』而達到「辭約而旨豐，事近而喻遠」的境地。他的刻印篆法，也是「古樸茂美，雄厚寬綽，有古制封泥遺意（周

---

⑮　雅各布·布克哈特（Jacob Burkhardt）《意大利文藝復興時期的文化（The Civilization of the Renaissance in Italy），1878》，商務印書館，1997。

⑯　《題所仿雲林畫》：至日章臺街，點筆僵雲影。人傳古臺上，那得風行淨。《仿徐渭墨荷圖軸》老年信札「……董字畫不拘大小發下一覽爲望」。《題畫》：郭家皴法雲頭小，薑老麻皮樹上多。想見時人解圖畫，一峰還寫宋山河。書法：《臨褚遂良聖教序》，《八大山人藏懷素聖母帖拓本》，《臨黃道周尺牘》，《臨蘭亭序》。

士新）」，「對六書精義入神，驅刀如筆（何震）」，他的印刻成就，也是由『宗經』而來。可見好的文學作品和藝術創作，一定不分名稱流別，都具有溫故知新的秉性，和「往者雖舊，餘味日新」的趣味。

4. 〈正緯〉：劉勰在〈正緯〉篇開明的提出尊重「緯讖圖籙」的文藝成就；和理性的推薦它們所包含「事豐奇偉，辭富膏腴」的英華營養。這不僅在 1500 年前，政治專橫和思想混亂的時代，是大膽的突破；就算是在過去一世紀，許多發展中的國家，這種言論也都是相當勇敢和前進的。在西方，希臘羅馬的神話，加上 800 年「黑暗時期」所累積下來的幻想和經歷，後來也都成為西方文藝復興的酵素和肥料。能正視和包容異端意識形態，文化藝術才會發芽開花。八大山人身經皇族庶民瘋人道士，而且思想出入三教，使得他的藝術文字，意象恢宏及詞匯富腴[17]，而又雅俗共賞。照《老子》的說法，這或許是「禍兮福之所依」了？

5. 〈辨騷〉：八大山人在思想範圍上和通曉三教的劉勰相彷，但在志節[18]心態和藝術創作上，和創作《離騷》和部分《楚辭》的屈原更相近。劉勰把〈正緯〉和〈辨騷〉放在樞紐五篇的下半部，表現了他對『容異』和『創新』的高度重規。去國憂讒的屈原，文辭風采「驅鎔經意，自鑄偉辭」，「朗麗以哀志，鬱抑而易感」，其實也是亡國畏讒，「為情而造藝，寄獨往之才」的八大之寫照。八大山人曾畫一玲瓏石，隸書題詩曰：「擊碎須彌腰，折卻楞伽尾。渾無斧鑿痕，不是驚鬼神。」可以看得出來八大巨大的創作雄心，和以「無斧鑿痕」上追杜甫「老去詩

---

[17] 饒宗頤《〈傳綮寫生冊〉題句索隱》，《八大山人研究》八大山人紀念館編，江西人民出版社，1988。

[18] 《文心·比興》：三閭忠烈，依《詩》製《騷》，諷兼比興。

篇渾漫興」的境界，超越了「語不驚人死不休」而無眞「情采」的『功利藝術』。八大山人的藝術成就，和屈原的文章，或是如文藝復興諸大師一樣[19]，都是以『眞情的創新』爲第一推動力。所以他們的「智術制作」或是文章藝術都能「氣往轢古，辭來切今。驚采絕豔，難與並能。」

【小　結】

　　劉勰的樞鈕五論，雖然起于〈原道〉，結於〈辨騷〉。但從人類文明發展史而觀，這五個層次和典型應該是循環向上，而不是單向的前進，也不是凡事都要向自然學習。我認爲，人類思想和文藝的進步，大約如劉勰《文心》所說，從自然（原道）到人爲（徵聖），溫故（宗經）且容異（正緯）開始，而終於第一層的人爲創新造藝（辨騷），此王國維所謂「古雅之致，存於藝術而不存於自然[20]」是也。然後，再上昇到更高一層的境地，發現『學然後知不足』，再向更深一層的自然去學習，以螺旋上昇的軌跡，發展人類的文明。中國曾經如此，歐洲的文藝復興也很類似。「在人文主義的激勵下，從十五世紀以後，教宗和教會的人士，在他們對基督教自然（原道）的欣賞中吸收了基督教的藝術（宗經），及非基督教（正緯）的藝術。古希臘羅馬的雕像被看做是基督徒經驗的預兆（徵聖），是神的盡善盡美的探索[21]。」就以米開蘭基羅的《末日的

---

[19]　伏爾泰《論各族的風尚與精神，1756》；文藝復興的重大意義不在于復古，而在于創造。

[20]　王國維《古典在美學上的位置》。

[21]　Orazio Petrosillo, Citta del Vaticano, Edizioni Musei Vaticani, 1997（《凡蒂岡城》，姜壇娜譯，凡蒂岡博物館出版）。

審判》為例，惡人被巨蛇所囓咬的造型，其實是出于對古羅馬『拉奧孔群雕』的模仿繼承和創新（辨騷）。從世界藝術史的角度來理解《文心雕龍》，我們可以說，劉勰的《文心》，是『放諸四海而皆準，衡之六藝而不惑』的經典之作。「龍學」學者，其勉乎哉！

【從「文術論」品味八大山人的「藝術」】

不僅劉勰偏重中華古典術語的「文原論」對一般藝術源流有超越時空的系統意義，題材普遍化的「文術論」也對一般藝術有啟發性的指導價值。以下先略選《文心》幾篇「文術論」的篇章，來品味八大山人「獨拔卓絕」的藝術，並以「歸納法」的方法證明觀點。（其餘諸篇，留待後論）

〈情采〉的重要：

八大山人的藝術之所以能「獨拔卓絕」，我們以為在於他與眾不同的深情堅志，而不在於熟練的筆墨技巧，所謂「深乎風者，述情必顯」（〈風骨〉）。近代「名畫家」蜀人張大千曾仿造多幅八大的畫作，幾乎亂真，嘗自以為豪。但他的仿作和真品以幻燈片並映相比㉒，就看出筆觸和氣勢佈局上的盛衰精粗，仍有主從高下之別。此乃〈情采〉篇所云「昔詩人（畫家）什篇（畫作），為情而造文（畫）；辭人（畫匠）賦頌（做畫），為文（畫），而造情。《風》《雅》之興，志思蓄憤（亡國懷舊），而吟詠情性，以諷其上（清朝官僚），此為情而造文也。諸子之徒，心非

㉒　高木森《張大千畫藝特色及仿造古畫的技巧》專題演講，美國加州，庫比蒂諾圖書館，1999. 5. 30。

鬱陶，苟馳夸飾，鬻聲釣世，此爲文而造情也。故爲情者，要約而寫眞，爲文者，淫麗而煩濫（企圖由「量變而質變」（黑格爾的辯證哲學））。言與志反，文豈足徵？繁采寡情，味之必厭」。這是證明之例一。

〈神思〉和「動物擬人化」：

藝術想象的活動，對八大山人而言，不止於模物象形。他以心胸才學與「風雲並驅」。繪山川，則思故國之情滿於山川；畫魚鳥，則觀世人之意溢於魚鳥[23]。所以他的藝作如劉勰所云，「神思力運，萬塗（百藝）競萌，規矩（方眼之鳥，橢圓之月）虛位，刻鏤（印章之學）無形」，使得他的繪畫對象，從鳥獸魚蟲，到蔬菜瓜果，都具有罕見的生命力和擬人化的性恪。可以說是「多識於鳥獸草木之名（《論語》）」，如「思無邪」的動畫《詩經》。把八大山人筆簡情茂的魚鳥和韓榦的牛，及龍眠居士李公麟的馬相比：韓榦的牛，仍是牛；李公麟的馬，還是馬，但都不是有人性的牛，有人情的馬。所以由現代人的眼光而觀，中國畫史上有名的韓牛、李馬，都不及八大山人會笑的魚，方睛反目憤視，由「比」而「興」的禽鳥[24]，或是英國邏輯學家 Lewis Carroll 所寫的《愛麗斯夢遊仙境》裏會笑能隱的貓。這是八大山人藝術的「獨拔卓絕」證明之例二。

〈鎔裁〉與精約：

〈鎔裁〉篇說「句有可削，足見其疏；字不得減，乃知其密」。又

---

[23] 《文心·神思》：登山則情滿於山，觀海則意溢於海，我才之多少，將與風雲而並驅矣。

[24] 〈比興〉：義取其貞，無疑於夷禽。德貴其別不嫌於驚鳥。

說「精論要語,極略之體」,和「才覈者善刪。善刪者,字去而意留」。同樣的意思也散見於〈事類〉〈諸子〉〈書記〉諸篇㉕。就書法而言,顏眞卿《張長史十二筆法記》中記載了張旭的話:「損謂有餘……謂趣長筆短,常使意勢有餘,點畫若不足。」這個中華早有的文藝傳統,其實也是中華的兵略傳統㉖。在它們的源頭,應該是起于同一哲學思想系統。就兵法的角度來說,八大猶善用兵之良將,好用精兵以少勝多。所以在他八十歲造詣頂峰時,自題畫像曰:「守道以約」。就像朱熹《朱子語錄》所說,「弄一車兵器,不若寸鐵殺人者」。揚州八怪之首的鄭板橋曾比較八大和石濤的高下,他說「八大名滿天下,石濤名不出吾揚州何哉?八大用減筆,而石濤微茸爾。」其實石濤也是簡筆的高手,他曾說「凡畫石,與其多用筆,不如少用筆。能于最少之筆,寫出最多之態、勢,則畫石之能事盡矣。我深得此法故。」深得用簡筆之法的石濤尚不及八大,可見八大畫藝精約,深得〈鎔裁〉之奧妙。八大山人以「夸飾」的符號畫魚鳥的眼嘴更是簡筆裏的神品,寥寥數筆,勾出方圓青白眼,表現出像人一般的喜怒哀樂神情。能以少勝多,復能狀物傳神如張僧繇的畫龍點睛,這是八大畫藝「獨拔卓絕」證明之例三。《老子》說,道生一,一生二,二生三,三生萬物。依此類推,可見《文心》「文術論」對藝術有「其命惟新」的指導價值。

㉕　〈事類〉:「綜學在博,取事貴約」。〈諸子〉:「辭約而精」。〈書記〉:隨事之體,貴乎精要意少一字則義闕,句長一句則辭妨。

㉖　林中明《斌心雕龍:從《孫武兵經》探解文藝創作 · 畫家高下》,第四屆國際孫子兵法研討會論文集,1998。軍事科學出版社,1999.11.,p.310-317。

【詩、書、畫、印、款、號：六藝合一，
   分進合擊】

〈定勢〉篇說：「夫情致異區，文變殊術，莫不因情立體，即體成勢也。」所以文藝創作者「因情立體，即體成勢」，發展出無數的智術制作。八大山人這位千年難幾見的大藝術家，從詩書畫到印款號無一不精。他能善用不同的形式或材料，藝術化的表達出內心的強烈感受。他常在一幅繪畫之中，集詩書畫印款號於一體，互相配合，彼此支援，如「三十幅爲一轂，當其無，有車之用（《老子》）」一般，發揮出古今中外罕見的文藝效果。用《文心》的話來說，就是：「八體雖殊，會通合數，得其環中，則輻輳相成（〈體性〉）」和「眾每輻輳，表裡發揮（〈事類〉）」。

在〈體性〉八體之中，除了『生命中不可承受之輕❷』的「輕靡」及八大有意避免「辭直義暢」的「顯附」兩項之外，他的藝術幾乎包含了「典雅、遠奧、精約、壯麗、新奇」等六項「體性」特質。他最特殊的藝術成就，卻不在于單項藝術，譬如書法，而在於他『詩畫印款號』諸項藝術之中所共有的「諧讔」趣味。這樣去理解八大山人，也就是劉勰說的，「見異，唯知音耳」！

【八大山人的〈諧讔〉藝術】

劉勰認爲，「諧讔」的「本體不雅，其流易弊；雖有小巧，用乖遠

---

❷　米蘭・昆德拉（Milan Kundera），《生命中不可忍受之輕》（The Unbearable Lightness of Being），1984。

大」。這從希臘羅馬的文化歷史看來，也是事片。然而八大的「諧讔」能在『民俗趣味』之上，還保持「典雅、遠奧、精約、壯麗、新奇」等六項「體性」特質于多項藝術，這在古今中外藝術史上，也是聞所未聞，見所未見的異數。反過來說，把「諧讔」當作一項重要的特質。來分析文藝作品，古今中外也只有幾位大師級的學者智士，如亞理斯多德，賀拉思，和上一世紀初發表《夢的解析》的弗洛依德❷。依此而觀之，在「諧讔」這一項藝術特質上，劉勰和八大山人在中國文藝史上是『將遇良材』。

　　八大詩畫多諧諷之作。嘗題畫自云：「小臣善諏」。八大山人的「諧讔」藝術的起源❷，和背景，如果用《文心·時序》的話來說，就是「文變染于世情，興衰繫乎時序」。如果沒有滿清入關導致明朝的滅亡，和異族統治下的悲憤❸和文字獄的威脅，也就沒有八大山人「書畫題跋多奇致，不甚解」（《國朝畫徵錄》）的「諧讔」藝術，此所謂「煩惱即菩提」乎？以下我們將列舉幾個八大山人有意「留待文林細揣摩❸」，400年來似乎尚未得解的詩畫印款號「讔謎」，以與《文心》理論相互印證啓發。

---

❷　林中明《談諧讔　兼說戲劇、傳奇裏的諧趣》，第六屆文心雕龍學會，1998. 8。
　　《文心雕龍研究第四集》，北京大學出版社，2000.3.，p.110-131。

❷　陳鼎《八大山人傳》：（少年時）善詼諧，喜議論，娓娓不倦，常傾倒四座。
　　邵長衡《八大山人傳》：然善笑，……又喜爲藏（猜謎之一種）拇陣之戲。

❸　《文心·比興》：比顯而興「隱」。「比」則畜憤以斥言，「興」則「環譬」以記「諷」。

❸　《題畫》：墨點無多淚點多，山河仍是宋山河。橫流亂石枒杈樹，留待文林細揣摩。

【例　證】

例 1.兩個西瓜的「弔哀」：

　　八大在《墨畫蔬菜》的畫裏，以《秋供圖》相同的筆法，畫了兩個變形的西瓜。他在畫的上方，先後題了一大一小兩首詩，附加一個邊款，可以想見他對這幅畫和最初題詩時思想和感情的重規。他最初的詩句是：「和盤拓（托）出大西瓜，眼裏無端已著沙。寄語士人休浪笑，撥開荒草事如麻。」兩個西瓜，似爲日月兩球體，合之爲明朝之「明」，所以他觸景生情，眼睛裏像是進了飛砂，爲滅亡的故國而落淚。又於垂淚嗚咽之餘，還寄語不知亡國恨的遺明「士人」不要無恥「浪笑」，別忘記清軍入關後，殺人如麻，抗清將士的人頭白骨還埋藏在荒草之中也。這首『哭之笑之』，像八大山人後期簽名的詩，可以說是「詩人之哀辭」，「情往會悲，文來引泣」，如《文心·哀吊》所言。

例 2.「黃竹園」名號刻印之謎：

　　「黃歌斷竹，質之至也」見于《文心·通變》。八大山人在 1684 到 1694 的晚期作品裏，嘗蓋上自號「黃竹園」的刻印。到目前爲止，一般的解釋大多認爲是源于周穆王西游的《哀民詩》，有憂國哀民之意。我以爲其義不止于此，或許尚有兩個如《文心·隱秀》所云，「隱以複義爲工」的「複義」：

　　1. 取其音「皇族員」，自視爲「明朝皇族之一員」也。或「皇族原」

者，原爲皇族之人也。2. 由《吳越春秋》所記❸，八大自比明朝之孝子遺民，一心以彈弓逐異族之禽獸，以免父母遺體遺國爲異族禽獸所食也。「黃竹園」這個名號刻印，可以說是『謎語中的謎語』，標準的「避詞以隱意，譎譬以指事（〈諧讔〉）」，它給八大的藝術帶來意在畫外的奇趣。

例 3.《雙竹園》詩畫之謎：（見彩色插圖）

八大此圖以朱砂及墨畫雙竹，題詩曰：「寫竹與丹砂，還丹不到家。只今湘水上，蜻蜓未放霞。」然全圖只有朱墨雙竹而不見『蜻蜓』，其意隱譎而未嘗有解，是八大詩畫謎中的一大挑戰。我猜想八大山人此畫的佈局是以竹諧音「朱」，而朱砂爲『朱明』，藉音、色以思念朱家明朝于湘水之上，而己身如無土無根之竹（朱）❸，如鄭思肖「無根蘭」，寄無國、家可歸之悲思。乃憤筆寄掃除『清廷』之心願，在整個畫面上不見『蜻蜓（清廷）』之勢力放霞（掌權）也。按石濤亦有畫作，題詩云：「山從人面起，雲傍馬頭生。」全書亦不見人馬，但只是畫山中風景，全無反清思明之意。八大另外還有一幅沒有題詩的《蜘蛛圖》，想來也是思明「知朱」，「譎譬以指事」之意。

---

❸ 《吳越春秋》：王問曰：孤聞子善射，道何所生？陳音對曰：……彈起於古之孝子，不忍見父母爲禽獸所食，故作彈以守之。歌曰：斷竹，續竹。飛土，逐肉。

❸ 鄭思肖，南宋遺民，能詩，善畫蘭竹。號所南（思南宋），室名本穴世界（本穴爲宋），畫蘭無土無根，皆爲思亡宋之「讔謎」，爲「讔謎」藝作之先鋒。八大曾畫有根無土梅樹，題詩曰：梅花畫裏思思肖。

【八大山人的「自我批評」】

　　八大雖然沒有像石濤《畫譜》一類的專文評論藝術。但從他學習取法的途徑，和在諸般藝術上的典範，尤其在題畫詩和尺牘裏對藝術理念的態度，我們還是看得出來他的「藝評論」和「藝評格」。這些線索都能增進我們對八大山人藝術尺度的瞭解和《文心》理論實踐的衡量。

　　八大山人的藝術觀，沿同《文心》，如前所論。他的哲學思想雖然博雜，但都不出中華傳統各派思想，包括中國化的佛家思想。他雖然做過和尚及道士，但未嘗見他批評別人不同的『意識形態』。他在學習過程中兼容並蓄，從模仿中再創新，「原道」而不泥於舊人舊法，而且以爲諸藝一體同源❸❹。他雖然對貪官奸商相當鄙規，但卻「君子自重」，沒有所謂「文人相輕」的陋習，不屑於藉批評別人來增加自己名聲，甚至常常批評自己技藝如技窮之黔「驢」。他在 1681 年 55 歲時，刻了「技止此耳」的印章以自勵，其後於 1683 到 1705 的二十年間，成名之後，還常用「浪得虛名耳」的朱印以自勉，和詼諧而自發的「自我批評」。他也和劉勰一樣，讚頌「知音❸❺」，對當時畫壇上唯一的「對手」──石濤，惺惺相惜❸❻，一再唱和推崇，留下又一「文人相重」的佳話。八大對於「文評、藝論」述少而作多，評己多于批人。以「學學半」（1690

---

❸❹　〈題畫之作爲孟伯辭宗詩〉：青山白杜夢歸時，可但前身是畫師。記得西陵煙雨後，最堪圖取大蘇詩。

❸❺　《黃竹園題畫絕句》：郎吹鳳凰山，妾吹純金葉。知音公子誰？領是大州日。

❸❻　〈題石濤墨蘭冊第十一開〉：南北宗開無法說，畫圖一向潑雲煙。如何七十光年紀，夢得蘭花淮水邊。（記曰）禪與畫皆分南北，而石尊者畫蘭，則自成一家也。

刻印）的精神身體力行，達到習藝的極境。

【八大名滿天下，石濤名不出揚州何哉？】

八大山人的藝術，雖然因爲加入了高雅生動的「諧讔」藝體，而變化更上層樓，趣味殊不可及。但是「諧讔」的文體和藝體，都像是一把兩面開鋒的利刃，它能傷人，也能傷己。誠如〈諧讔〉所說，它的「本體不雅，其流易弊；空戲滑稽，德音大壞。」「諧讔」就像韓非和商鞅的「刑法」，如果沒有「仁德」爲骨幹，「雖獲巧意，危敗亦多（《文心·風骨》）」。八大山人之所以能駕馭「諧讔」，「代大匠斲而不傷其手」，在「智術制作」的天賦和技巧之外，靠的是他的「人格」。鄭板橋曾說「八大名滿天下，石濤名不出吾揚州何哉？八大用減筆，而石濤微茸爾。」這個說法，乍聽之下，似乎是『一針見血』之精論，讓人震撼。不過，我認爲鄭板橋很可能是爲石濤之氣節微恙，而「爲同鄉隱」。要不然，八大和石濤的畫藝各有千秋。雖然石濤名號多，八大名號也不少，何至于「八大名滿天下，石濤名不出吾揚州」呢？

【人格、文格：風格即人格】

因此，如果要更深入去瞭解八大山人的藝術，我們就必須要討論「藝格」和「人格」在中國文藝作品裡的重要性。在八大山人去世之後三十年出生的章學誠，在《文史通義·文德》篇裏提出文德的重要，他批評劉勰說：「古人論文，惟論『文辭』而已矣。劉勰氏出，本陸機氏說而

昌論『文心』……未見有論『文德』者，學者所宜深省也。」其實劉勰在《程器》篇裡就批判了中國歷來「文人無行」的缺失而章學誠未能細看通篇詳義。他在〈程器〉篇裏說：「魏文以爲：古今文人之類不護細行」「若夫屈、賈之忠貞，鄒枚之機覺，黃香之淳孝，徐榦之沉默，豈曰文士，必其玷歟。」不過「文人無行」中外皆然**㊲**，爲生存而自汙，也是值得同情。劉勰在〈辨騷〉篇裏導引作家在創作時，當如屈原的「酌奇而不失其貞」；又在〈比興〉篇裏哀悼屈原「三閭忠烈」的人格，使得他能「依《詩》製《騷》」，而有「諷兼比興」的成就。劉勰又在〈序志〉篇裏說，「怊悵於〈知音〉，耿介於〈程器〉。君子處世，樹德建言。」對文士提出「德和文」的要求。

劉勰又在〈吊哀〉裏提到居《史記》列傳之首的伯夷、叔齊。王粲在《吊夷齊文》裏贊揚他們說：「守聖人之清概，要既死而不渝。厲清風於貪士，立果志於懦夫。到于今而見稱，爲作者之表符。雖不同於大道，今尼父之所譽。」根據《史記·伯夷列傳》，「武王已平殷亂，天下宗周，而伯夷叔齊恥之，義不食周粟，隱於首陽山，采薇而食之，遂餓死於首陽山。」八大山人的持守氣節也幾乎追踵夷齊。根據八大山人的一篇跋識文，他在嚴冬，十指凍如槌，採菜葉草根數董以果腹，情況相當緊迫，但他還能開「三月不忘肉味」的玩笑。他的修養，似乎是由于藝術的陶冶，而比夷齊和屈原的古板嚴肅，要高了一層。司馬遷在《史記·孔子世家傳》裏說，「余讀孔氏書，想見其爲人。」鍾嶸在《詩品·宋徵士陶潛詩》裏也說，陶淵明「文體省淨，殆無長語……每觀其文，

㊲ 保羅·約翰遜（Paul Johnson），《知識份子1988》（Intellectuals），Weidenfeld & Nicolson Publishers, 1988江蘇人民出版社，1998。

想其人德……古今隱逸詩人之宗也。」難怪八大山人喜歡「陶八」，大概也是「每觀其文，想其人德。」八大曾有詩曰：「一見蓮子心，蓮花有根柢。若耶擘蓮蓬，畫裏郎君子。」可見八大藉蓮明心見道，以蓮子心比諸隱于蓮蓬的郎君子，一如劉勰文之有心，而「君子藏器，待時而動」（〈程器〉），概皆以人格爲君子中心之旨也。

八大山人在他「耿介」的人格修養之外，還能創作震撼的藝術，給中華文化留下愴鬱而壯麗的範例。這種在藝術上「狂」而進取創新，在人格上「狷」而又有所不爲的結合，使得八大山人『諧讔而秀』的藝作，超越「空戲滑稽，德音大壞」或者「怨誹傷情，涕憤喪志」的局限，上昇到「莫之能追」，德藝兼善的境界。對於這樣一位，集中華「智術制作」大成的文人志士，我們可以說，『八大山人，文畫省淨，殆無廢筆。好諧讔，……每觀其詩書畫印款號，想其人德……古今隱逸藝士之冠也。』

【結　語】

對人類文明貢獻最大的人，一定都是既能繼承過去的各種經驗，又能從傳統中開闢新天地。以西方文化史而言，即使是八百年的黑暗時期，也不能阻止意大利的文人智士奮起「文藝復興」。八大山人題 48 歲時的自畫像就說：「莫是悲他世上人，到頭不識來時路。」雖說是「悲」，其實也是笑「現代」一般的人，數典忘祖，只見眼前的蓮花，忘了「蓮花有根柢」。

2500 年前的文聖孔子和兵聖孫子，集過去文化和兵略之大成。一千年後的劉勰，又集過去文論之大成。劉勰之後一千年的八大山人，再

集古今詩書畫藝于一身，四方四隅唯我獨大，他的藝術魅力也和「孔子儒學」、「孫子兵法」一同風行世界。唯獨劉勰的《文心雕龍》，博大精深，文字約雅，而竟然『名（實）不出吾中華者何哉』？這難道是劉勰所預感的「知音其難哉，千載其一乎？」

因此我希望藉著《文心》來探討八大山人的藝術，像用「節如發機」的雷射光去探照金剛鑽。它們不僅互相「發明」，而且其結果顯示，我們可以把《文心》基本架構和精妙的理論擴大到同為「智術制作」的各種藝術領域。於是乎，我們可以從中國的古典文學批評基礎，開擴到對古今中外藝術的創作和欣賞；又從現代化「神思」「通變」新思維的回溯，發現到「人格」和「文德」是中國固有文藝中的骨幹命穴，它和西方的文藝精神截然不同。

更希望藉著《文心雕龍》這「大禪一粒粟，可吸（收融會天下各藝）四瀚水❸」。新一代的「龍學」學者，（有選擇性的）「東風不受吹，西風吹不就❸」，而在「吸盡西（方文藝科學的）江水（以後），（更能體會到）他（劉勰）能為汝道❹（文藝之奧妙）。」

2000 年《文心雕龍》國際學術研討會論文集，學苑出版社 2000，p.574-594。

---

❸　八大山人《山水畫題詩1681》萎萎望耘籽，誰家瓜田裏？大禪一粒粟，可吸四瀚水。

❸　八大山人《靈芝圖題詩》東風不受吹，西風吹不就。父母愛爾曹，仙人漢賢右。

❹　八大山人《雙西瓜圖題詩》無一無分別，無二無二號。吸盡西江水，他能為汝道。

參考資料

張少康《夕秀集·中國古代的詩論與畫論 1991》，華文出版社，1999.1。

麻守中《劉勰論文學的諧與隱》，文心雕龍學刊第七輯，1992。

周士心《八大山人及其藝術》，臺灣·藝術圖書公司，1979。

王方宇及班宗華等耶魯師生《八大山人之生平與藝術》，耶魯大學美術
　　館，1990。

蕭鴻鳴《八大山人生平及作品繫年》《八大山人印款説》，北京燕山出
　　版社，1998。

許雷《試論八大山人繪畫藝術中的幽默因素》，《八大山人研究》，八
　　大山人紀念館編，江西人民出版社，1988。

【補充資料】

《貞觀政要·政體·弓喻》：（弓）工曰：木心不正，則脈理皆邪，弓
　　雖強勁而遣箭不直，非良弓也。

黃國彬《中國三大詩人新論》，臺北明倫出版社（無版權，歡迎翻印），
　　1981。

王方宇《八大山人的書法》，載於王方宇《八大山人論集》，臺北·國
　　立編譯館，1984。

白謙慎（續朱惠良文章）《從八大山人臨《蘭亭序》論明末清初書法中
　　的臨書觀念》，中國書法，1999 第 11 期。

蘇軾：古之論書者，兼論其生平。苟非其人，雖工不貴也。

（法國）步盧：「風格即人格」。

達爾文《對我的智力的評價》：我既沒有極其敏鋭的理解力，也沒有機
　　智。

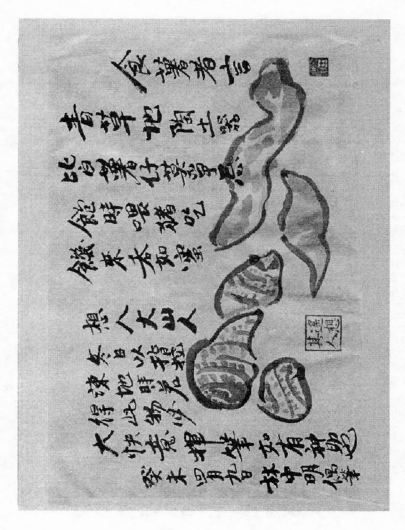

〈食薯者言 詩圖〉2003.5

〈詠蛞蝓〉2003.10

字外有字——兼論漢字書法
在人類文化史上的地位
及 21 世紀的競爭力

【關鍵字】人年、可調變性、白具五味、電腦書法、總載體、品學之助、文心雕龍、孫子兵法

一、21 世紀還講『書法』（漢字毛筆書法）？

當我們進入新的千禧年的同時，新的科技和文化價值正以前所未見的速度，跨越有形和無形的地域和社會疆界，在東方和西方世界以及南北半球，潛默而無情地取代和摧毀了舊的器物與思維。

如果審視上世紀這個科技文化新浪潮對我們過去一千年所熟悉的讀寫工具的沖擊，我們發現：

1. 字型整潔、輸入快速的電腦鍵盤，已經在書信報告的應用上，擊敗了各種筆跡潦草的手寫筆；

2. 彩影億萬的雷射或噴墨印像機早已把單色墨水筆擠下桌面，印刷和繪圖也從專業公司而個人化；

3. 鮮艷亮麗的大面積影像顯示器霸佔了辦公桌面、牆面，把輕薄的紙張嚇的面無血色，無助的躺在紙盒裏，等待「無紙辦公室」和「成、住、敗、空」的終極命運。

面對這些似乎無可迴轉的潮流，作爲關心和有責任感的書法藝文教育者和愛好者，我們不得不嚴肅而面對現實地自問：爲什麼在這個新世紀，當大眾已不再使用這個被電腦讀寫系統『擊潰』的『傳統』書寫工具時，我們還要鼓吹和教授這個兩千多年『陳舊』，而且似乎是『夕陽有限好』和『缺乏競爭力』的『漢字書法』？

在回答這個尖銳、現實的大問題之前，我想先來介紹和借助於一個近年來盛行的工商計劃管理方法——「人年」，並從嶄新的角度和一些基本要素，來檢驗相對於人類文化史上一些代表性『文化活動』，以說明什麼是『漢字毛筆書法』的成就和價值，以及今後可能的走向。

二、用「人年」衡量文化活動及累積的文化知識

由於文化藝術之不可觸摸和難以丈量的特性，以致一般都只能用『定性分析』和主觀論斷的方法，來探討一個特殊文藝體裁的價值和影響。所以當學者專家們試圖比較藝文著作時，人性的主觀和不自覺的偏頗意見幾乎是無可避免。其結果常是『真理未必越辯越明，真美難免越辯越迷』。因此，處于今日數位科技主導的世界，如果我們能找出一個『定量分析』的方法，用數位化的單元，去研究一組顯要的文化活動和它所累積的相關知識，那麼這種方式必能減少爭議，其結果也會較易於爲他人客觀地接受。不過『定量分析』雖然爲科技界所習用，猶如人們

呼吸空氣一般自然，但是由於文藝作品複雜的秉性，和藝文工作者尚未習慣或體驗過此類科學方法，所以應用『定量分析』的方法至今尚未曾為文藝界所正式嘗試。

今日廣為工商業習用，以計量為方略的『計劃管理』，源於美國泰勒氏（Taylor）的「工作用時的分析和科學管理系統」（1911年）。依照「時間管理」的原則，管理人員在估計完成一項計劃所需人力和時間時，其中最流行的工作時間計算單位就是「人年」、「人月」、「人週」和「人日」。這個頗受大眾歡迎的計劃方法其實並非泰勒氏的創新。因為就連馬克吐溫《湯姆歷險記》裏的頑童湯姆，也懂得應用類似的法則，去『管理』其他受他誘惑而接受油漆籬笆『遊戲』的鄰居兒童。

以下讓我們應用這個『計劃管理』的人力時間計算觀念，假設所有的文明都有智力平等的人民，他們在大部份的時間，都可以較自由地來應付各種危機，和對社會文藝變化作出反應抉擇。在此假設之下，我們可以用「人年」為基本單位，來觀測一些人類歷史上有名的文化活動事例，並以大家都能接受的量化資料，來比較它們的成就和重要文化『世變❶』的範圍。

事例1A：埃及大金字塔對1B：中國萬里長城

西方文明史上最大的文化活動，應該是古埃及金字塔群的建造。其中最雄偉的則是在Giza地方的Cheops Pyramid，俗稱『大金字塔』。它的建造時間大約在公元前2550年，於30多年間，每年大約動用了勞力（非奴工）高達10萬人，用于挖土運石和堆築150公尺的角錐鉅塔。把

---

❶ 元·吳師道《禮部集·李西臺書》：筆札細事爾，可以知世變焉。

這個團隊行動換算成「人年」，根據文件的記載，這個『大金字塔』大約用了 3×10^5 到 1×10^6「人年」的時間和人力，耗費 2.3 百萬塊重達 2.75 噸的花崗岩。若以此為計算的基礎，那麼建造 108 座（現存 80 座）較小的金字塔，其總人力和時間應該等於或小于 10^7 到 10^8「人年」。相似的大型石塔也存在於一些其他重要文明的地區，但除了墨西哥的日月金字塔（500AD），其餘的座數和規模都遠不及埃及氣勢雄渾的『金字塔』群，因此都可以略而不論。

在中國，長城的建造「與時偕行」。以秦朝蒙恬監造的長城為例，根據史書的記載，大約用了十年的光陰和高達 70 萬人的勞役。若將歷代長城建造的人力時間都加起來，算作十個秦長城的工程量，則其總和也近於 10^7 到 10^8「人年」，竟和埃及建造金字塔的總人力時間落在同一大小範圍。

雖然金字塔和長城的建造都是人類工程上的鉅構，和視覺上的奇觀，但是這類宗教引導或軍事掛帥的『活動』在 21 世紀的標準看來，並不值得現代人的羨慕，也不能算是讓人愉快的文化活動。然而今日的政經軍事強權，仍然對類似的軍事活動和「文明衝突」同樣深感興趣。新一輪的「星戰」和「信息戰」也許已代替了昔日的金字塔和長城，正在人類的心靈中大規模地建造？

事例2A：埃及宮殿和陵墓壁畫對1B：敦煌山洞壁畫

雖然和後來歐洲和近代的繪畫藝術的精細度不能相比，古埃及的宮殿和陵墓壁畫，在人類文化坐標上，仍然是人類文化重要成就之一。估計在古埃及 5000 年王朝之間，曾經每年有上百位藝匠參與其事，而達到 10^6 到 10^7「人年」。雖然他們的工藝不能持續累積於一處和一個特

別風格，但是總歸起來，也是一組文化大事。這個文化活動，由於缺少特定的方向和風格，而且沒有專門的記錄，所以猜測的誤差可能在 10 到 100 之間。不過讓我們也不必過份擔心這個估計的「絕對正確值」，因爲我們只是在沒有資料和可靠系統可循之下，試圖丈量相對的文化活動大小，和其相對的比重。

相對於古埃及的壁畫，中國西部大漠中的敦煌壁畫，雖然只延續了七、八百年，但創作的地點更爲集中，作畫的空間相對窄小，而風格變化和藝匠的自由度卻遠遠超過包括古埃及的世界任何一個文明。在黃土沙石中開鑿上千個洞窟，塗畫 2×10^4 平方公尺的面積，和雕塑大小佛像，估計其文化活動的人力時間也大約在 10^5 到 10^6「人年」左右，和古埃及的壁畫異起而同滅。今日只能借助於少數藝匠的維修，有限度的開放，供後人憑吊欣賞這些曾經燦爛百千年的「死藝術」。

事例3A：希臘悲喜劇對3B：中國戲劇、傳奇

我們可以想像兩千年前，大約有五百年的時間，古希臘曾有上千個職業和業餘的文藝作家，和更多的歌舞表演者和觀眾，參加了有名的希臘悲喜劇文化創作和欣賞的群眾活動。在這個大致合理的假設之下，估計其文化活動的人力時間也大約又在 10^5 到 10^6「人年」左右。

在中國，以詩歌舞蹈和小型抽象方式演出，以說故事爲主，而受到群眾歡迎的『傳奇、戲劇』，從元朝的傳奇到有清一代的各類戲劇止，在五、六百年間，其活動也應當有 10^6 到 10^7「人年」左右的規模。❷

---

❷ 鍾嶸《詩品序》估計曹魏時的詩人數目：「劉楨王粲爲其羽翼，次有攀龍託鳳自致羽屬車者蓋以百計」。

　　與建造金字塔長城的規模相比，編寫悲喜劇或傳奇戲劇的功夫顯得渺小，而其舊有的形式曲度也都殘缺不存。但是我們也不要忘記，過去消失的音樂戲劇，後來又轉成新的形式而延生下去。而以硬體殘存的金字塔和長城，卻不能再生和衍化，乃逐漸衰毀，有如「老兵不死，日益凋微」。所以根據一個文化活動的價值衡量，當以其『總共的影響』來權衡，所謂「不以成敗論英雄」是也。因此，量化的「人年」估測，還應該考慮到其隱性和間接的影響。須知有些文化活動，實際的效應可能在表面「人年」數量的十、百倍以上。這是我們將於以下的章節繼續討論的。

事例4A：羅馬競技場鬥士武藝對4B：美國頭號運動──美式足球

　　引圖：參看保羅・高更 1897 年大溪地油畫《放回莽林中的野人和野狼》"a savage, a wolf let loose in the woods"

　　本文特意選了這個殘忍而血淋淋的事例來顯示所謂的『現代文明人士』，身上仍然奔流著百萬年以來，原始猿人的熱血衝動和愛好群體殺戮戰鬥的刺激。原始人面對危險，非戰即走。一旦遠離生命的危險，則喜歡觀看人與人鬥，人與獸鬥，或是獸與獸鬥的遊戲，以為休閒時『寓戰鬥於生活』的娛樂。與競技相對的藝術，對於滿足人類的基本情緒也有相似的功能，但有內外和興滅的差別。因此，本文特地選取這一項血腥的競技武藝，用以幫助我們來研究何以漢字書法能在 21 世紀甚至於下一個千禧年，基于原始人類感情反應和生理遺傳的慣性需要，仍然有它存在的價值和獨領風騷的理由。

　　從歷史上看，競技場武鬥這個運動，曾經帶給羅馬公民超過 500 年長時間的娛樂。它不僅是一項搏命的武藝競技，它也是一種表演活動，就像今日定期表演的大眾節目。更由於古時缺少其他的大眾娛樂，競技

場的搏命武鬥也具有提供政經失敗時，疏導社會不滿情緒的功能。因此從宏觀的立場來看，我們不能只把此一活動當成簡單的娛樂活動，而須視之爲一種具有社會導向，多功能的『文化』活動。

如果我們對此活動的大小做一個合理的推算，設想羅馬帝國在 500 年間平均有 10 個大行政區提供競技活動，每年 50 次，每次有 20 位鬥士出場搏命，和 10 到 100 倍的後勤人員支持此一活動。那麼它的大小可以估算出來，約莫在 10^7 到 10^9「人年」之間。從人類史上看，這確實是一個相當大而持久的重要活動，然而卻少有學者賦予其應有的重視。這個「強凌弱」、「野獸噬教徒」的公眾活動雖然因爲基督教的得勢而息影了一千多年，但是它的『繼承地』則變成美國大學校園裏同名的「競技場」、足球場和拳擊場，每周每季上演同類的拼命搏擊，打個你死我活，野蠻本能之發揮，不減當年羅馬的「人獸競技場」。從回溯「競技場鬥士」的根源，我們可以看到人類發泄基本感情的需要是不變的，只是外形包裝成更『文明』和較現代化的形式而已，直到有一天，人類進步到能以文藝美術和喜劇幽默❸代替互相殺戮的競生本能遊戲。此外還有一個值得提出研究的文化現象，就是類似羅馬競技場鬥士的活動，何以沒有在中國五千年歷史中出現？難道這是一個『不對稱』的文化現象？或者還有一些尚未人知的歷史原因？

事例5A：拜佔庭宮廷建築藝術對5B：中國佛寺建築藝術

拜佔庭帝國的文化、經濟和軍事成就，在中世紀歐洲掙扎於北方蠻

---

❸ 林中明《談諧讔──兼說戲劇、傳奇裏的諧趣》，《文心雕龍》1998國際研討會論文，《文心雕龍研究第四集》，北京大學出版社2000年，101－131頁。

族鬥爭和宗教黑暗時期，可以說是一個文明史上的亮點。而其藝術的獨特風格也在世界文化史上具有傲人的一席之地。在它將近一千年的歷史中，可能有十萬座有特色的建築，爲帝國、教堂和民眾所建造。我猜想這個建築活動大約累積了最多不超過 10^6 到 10^7「人年」的總數。我之所以認爲會少於此數的原因，乃是基于大型建築需要相當的安全保證，所以眞正的建築師只是極少部份的人，而大多數參與建造的只是勞工，和一部份的監工者。建築的藝術，一向就不是人人可以參與的工程藝術。所以一般的民眾和雅士，只能是具有不同水平的旁觀欣賞者，而非實際參與的藝術家。從平民到官員，自古至今，在世界各地，都不能眞正對建築藝術和工程有所直接的貢獻，也不能把建築當成全民運動和娛樂。

　　與基督教和回教交互影響的拜佔庭建築和相關的藝術相比較，中國的佛教建築藝術活動大約也興盛於同一時期，但前後延伸更長的時間。在公元五世紀時期，光只南朝首都一地，就興建了近五百座佛寺寶塔（杜牧《江南春》：南朝四百八十寺，多少樓台風雨中）。與南朝同期的北魏一朝，根據史書就曾興建一千三百多座佛寺。到了唐代中期，在首都長安，每一區都至少有一座佛寺，以供應近十萬個僧尼的生活居住，和廣大民眾拜佛聽經等活動的需要。即使到了 20 世紀，在文革的破壞之前，殘存的古代佛寺仍有近 3000 座。因此，由於長時間連續的建築和維修活動，中國佛寺建築文化應當等于或超過拜佔庭建築活動，而可能有 10^7 到 10^9「人年」。不過我要再次強調建築設計的特質不屬于群眾活動，只是當加上輔助設計和勞力活動時，它的總人力時間才能達到千萬人年的總和。但是要破壞一座日本有名的金閣寺，只要一個想出惡名的普通人，用幾秒鐘的時間，點起一把無明之火而已。

事例6A：西方字母筆寫藝術對6B：中國漢字書法及其衍生藝術

在審視了五種歷史上重要的文化活動，並建立一些檢視的範圍和觀點之後，現在讓我們來比較西方筆寫藝術，和中國漢字書法及其在亞洲其他國家的衍生藝術。

西方文字用字母拼音的近源來自希臘，但其始祖很可能是繼承北方閃族（North Semitic scripts）的 22 個腓尼基（Phoenician letters）拼音字母的書寫文字。西方拼音文字，和中國以象形為基礎外加聲、義及延伸義的的複合結構很不同。由於架構上的別異，西方的文字書寫藝術無形中被限制於裝飾性的變化，而中國書法則借助於毛筆的自由度和多變性，演化出一套獨特的藝術大類，依附和又超出了原有的表意和記述的功用。其結果是西方的『書法』因為難於表現品味和學養，所以成為匠人和抄寫者的小技，這和中國的碑刻匠和大部份「寫經生」的身份類似，其藝術不易登小雅之堂。

中國的書法很可能在開始時也並不具有後來的藝術性，而是以實用為主的一種表意記事工具。一直到了社會生活水平提高之後，「行有餘力」，才由宮廷的工匠從工藝的實踐，加上精致化了書法的工具，鋪下了藝術發展的基礎。但不管早期的書法是不是藝術，所謂熟能生巧，同樣的工具，為許多人長期使用之後，自然能把蘊藏其中的自由度發展出藝術性。於是在過去 2000 多年來，使用高自由度的毛筆和大面積平滑可以揮灑縱橫的紙，讓毛筆書法成為一種高雅而活潑的藝術，不以兵革之力，橫掃亞洲大陸，北至韓國、日本，南及越南、緬甸，甚至連游牧民族的遼、金、元、滿，上億的『國際人士』，都自動自發的成為毛筆書法的愛好者。並且變化出各種「文變染於世情」的新筆法和形式。

　　到了十九和二十世紀，中國毛筆書法的藝術韻味也為一些找尋『藝術新大陸』的西方畫家所採用，從馬蒂斯（Henry Matisse）到克萊恩（Franz Kline）等等，都曾借用毛筆的筆觸和強烈對比的墨色，開發出「沒有詩書印款」單極繪畫的新天地。至於在亞洲的地區，由於教育的普及，幾乎人人能夠動筆寫字，於是硬筆和毛筆兩種書法都在民眾中進行。雖然新興的原子筆佔了書寫便利的優勢，成為大眾化的筆具，但是毛筆書法和其他繪畫工具相比，則又有其簡易價廉的優勢，可以在有限的空間，自由揮灑墨分五色的線條，甚至用同一隻毛筆，寫出粗細由心的字體，和在一張紙上作畫、題詩、落款，集多樣藝術於一筆一墨一紙，用最小的空間和不產生噪音的優雅動作，全局參與，完成一幅藝作。這和今日愛好音樂的人必須借助電子音響儀器，或多人團隊，才能演奏或被動在『局外』欣賞大型演奏和歌劇相比，毛筆書法是具有極大的自由，和產生最小的噪音及廢熵的個人藝術。而且由於過去 2000 多年經由億萬人的參與和發展，中國毛筆書法累積了巨大的藝術理論和成就，因而有足夠的能量和資源去支持新一輪的發展。所以我認為毛筆書法在 21 世紀仍然有其生命力和競爭力。

　　如果粗略的估計中國毛筆書法這一文化活動的「人年」大小，由於毛筆的書寫和欣賞幾乎是整個社會的文化活動，而書法的運作也可以寫在樹葉和泥沙上，既使不會讀和寫的人，也能在視覺上參與這種文化活動，這其中包括像六祖慧能雖不識字，仍然會去看神秀用毛筆寫在粉牆上的偈句，以及不識字和不寫字的人不時看著店鋪的匾額和碑帖，所引起的內心模仿活動。所以我猜測它所累積的人力時間當在 10^9 到 10^{11} 人年之間。以此巨大的人力時間數量和其他著名人類史上的文化活動相比，中國毛筆書法應當比它們豐富 10 到 100 倍！這真讓我大吃一驚。

而基于以上粗略量化的比較，中國毛筆書法的相對重量和文化意義也就較前更爲扎實有底了。

三、中國毛筆書法在人類文化史上的定位和其價值：

中國書法是『藝術中的藝術』❹——法國總統席拉克如是說（1999）。

去年，1999 年，法國巴黎舉行了一個耀目搶眼的中國書法展覽會，展出了大量從古到今，中國書法大師們的作品。在眾多愛好藝術的歐洲參觀人士中，東道主人，法國現任總統席拉克率先賞覽。作爲一位知名的業餘詩人和藝術愛好者，席拉克在驚艷於這些中國國寶級的藝術品之餘，不禁留下讚嘆的名言：『中國的書法是藝術中的藝術』。巴黎，這個世界藝術家之都，擁有眾多的美術館和收藏了大量世界藝術精品。作爲法國的國家領導人和藝術鑒賞家，席拉克對中國書法的高度評價，等于說明了中國書法在世界藝術上的地位和價值。不過我們也要知道，藝術鑒賞家也難免帶有主觀的意向，而作爲一位圓熟的政治家，他也必須對法國的重要的亞洲戰略盟友和經濟伙伴的『民族藝術』作禮貌性的讚揚。所以我們也不必把政治人物席拉克的甜言蜜語全部當眞。

因此，我們在評價自己的書法藝術時，需要有比『客套話』更爲堅實的證據，而採用量化的「人年」以評估累積的文化成就，乃是較客觀的方法之一。從以上對一些藝術文化活動事例的分析，我們發現

---

❹ "Art of Arts" -- Jacques Chirac, French President elected 1997 & 2002.

大多數的藝術形式和種類，在其「成住敗空」的起伏之間，其人力時間的規模罕能超越 10^5 到 10^7 的大小。更值得注意的是它們大多在很久以前就已經衰退斷鏈，而其對後世的影響也隨時光的流逝而減退，或者同時受到地域的限制而縮減。這譬如曾經在世上流行幾十年的『視覺藝術』需要光學的知識，方塊舞藝術需要一大批男女，大歌劇需要大戲院和幕後撐場的員工……，因此大部份藝術很難光憑借本身的價值魅力便能引動個人的意願和能抗拒時空的消磨，而達到 10^5 到 10^7「人年」的層次，更不用說企望達到像中國書法一樣，10^9 到 10^{11}「人年」的巨大規模。

我們當然也知道，量不能代替質，只憑「人年」大小，並不足以置中國書法於眾多藝術之首。因此在以下的討論中，我們將檢討其確有的藝術特質，然後去證明它們的獨特和高妙。要不然，勉強的理由就像推石上坡，只要一有懷疑的風吹地動，石塊還是會滾下山來，歸回原位。

四、中國書法基本工具的「可調變性」

在生物界，細菌和昆蟲的最大本領就是在其基因的快速「可調變性」。電腦和電子晶片中的「可調變邏輯電路」（Programmable Logic Array, Field Programmable Gate Array），更是資訊世紀的重要架構「基因」。人類生存競勝的重要策略之一也是在於「可調變性」，所謂「窮則變，變則通。富能變，變能久」。《孫子》有專章叫〈九變〉，劉勰的《文心雕龍》則取其義而成〈通變〉。可見「可調變性」在智術和文藝中的樞紐地位。

以下，讓我們從文房四寶中的筆、墨、紙這三大要件，來檢驗中國書法的特性，特別是它們的「可調變性」。在這節的討論中，由於硯台

之於書法只有間接的貢獻，所以略而不論此一書法中的次要物件。此外，爲了給中國書法在現代社會中定位，我特意選取時下當紅的電腦輸出器材，墨印物質，和顯影介體，來和書法中對應的部份相比較，以爲後節討論的暖身之用。

（1）毛筆——這個『輸出』器件，有多大的「自由度」？

毛筆在書法中的重要性，就像武士的刀，劍客之劍。如果劍客手中之劍可以向任何方向隨劍客之心意健勁出擊，那麼此一劍客得勝的機率一定會大爲增加❺。黑格爾對所有的藝術創作也持有同樣的看法。他認爲，就藝術的活性而言，文學高于建築藝術，因爲文字具有『柔軟』和『無疆界』的特性，而建築不能不依賴有形的硬體，因而先天就受到建築材料和有限空間的限制，不能自由發揮。

中國書法用的上等毛筆依『尖、齊、圓❻、健』四大特性規格而嚴格監製。古代製造一管優良的毛筆，就像今日製造一件『輕薄短小』的高科技行動手機。要達到這四大規格，製筆匠人必須選擇富有彈性和附水性強的長短獸毛，依序對稱編裏，從筆尖到筆根，勁力順序不拗不散，讓筆身全部都能在平面紙張上，『一心不亂』，無論轉折到任何一個方向，都能不快不慢的釋出大小如意的墨跡。

---

❺　懷素嘗語顏真卿：筆法……「其痛快處，如飛鳥出林，驚蛇入草。」（林按：此言其書法能發揮毛筆之特性，運筆能朝任意方向迅速自由出鋒，筆勢無礙也。）

❻　王僧虔《筆意贊》：心圓管直，萬豪齊力。沈尹默《書法論叢》釋曰：若心管不圓，就不便於四面行墨；若管不直，當左右轉側使用時就不很順利。管直心圓，才是合用的筆。

【最自由的筆：360度出鋒，連續寫出1000倍寬窄自由調變！】

　　根據這樣嚴格挑剔的規格所製作出來，平衡完美的毛筆，就能不費力氣地產生寬闊「可調變」，龍飛鳳舞的不同筆跡，並且始終維持筆尖和筆心，垂直或暫時傾斜於筆跡上方的中心線上，自由的向360度中，任何一個方向出鋒迴筆。古今有名的書法家一定講究選筆，好的毛筆甚至與金同價。有了好筆為利器，自然容易「善其事」，寫出精妙的書法。今人寫字寫不好，有一大部份原因是筆的製作太濫，讓習字者一開始就手筆互亂，鋒腰相左，既懊惱，又無奈，因而聯帶喪失對書法的興趣。

　　一枝精工製造的中楷毛筆，它能寫出從 10 微米到幾厘米寬的筆跡。從筆跡的寬窄自由倍數來說，這是保持用一枝筆，在連續的運動中，有 100 倍到 1000 倍的調變量！這個寬廣的變化範圍，加上任意方向出鋒迴筆的『強大』功能，自然使得中國書法能借毛筆之勢發展出一片新的藝術天地。這和西洋的鵝毛管筆及自來水筆的筆頭書寫方向的受限，原子筆珠的筆跡固定不變，和油畫扁筆被箍定不能放大的限制相比，中國的毛筆在兩千年前就具備了近于理想的『最經濟而自由的筆』，所以單一墨色才能輕易產生最生動的線條。有了線條寬狹和自由出鋒的變化，毛筆書法自然能發展成「藝術中的藝術」！

大于西方拼音文字書法一萬倍的表現性？：兼論韓字之筆劃數和表現性及簡體字的視訊量

　　西方拼音字體一般粗細近似，古羅馬體或英文大小印刷體的筆畫結

構約 20 種。英文草書大小寫筆劃結構約 30 種❼。如果以篆、隸、楷、行、草體中之一的楷體對英文大小印刷體來比較，再僅採取文字的『粗細比·筆畫種數·方向自由度·濃淡度·滲透度（左、右、下）』等主要「變量」相乘起來比較，中國書法「字體·動跡」的變化量大約是西洋字體和筆跡的 100*5*10*5*3 倍❽。如果把這 75000 倍的變化，減少 7.5 倍，則仍有一萬倍的變化量！假設各色人種的智商和美感經過學習和開發後都類似，那麼中西書法的表達性，就因為「字體·動跡」變化量的差別，而有一萬倍的大差別。當一種藝術比另一種藝術多一萬倍的自由度可以用于表達藝術家的感情思想，其結果當然大不相同。如果還要自謙，把『估計』的自由度再壓縮 100 倍，但仍然有百倍之差。

同樣的分析也可以用於韓國文字。韓字《訓民正音》是 1443 年 10 月 9 日，為朝鮮國王世宗及學者所研發創造。韓語精簡文字之後只用 40 個拼音字母，其中 21 個元音，19 個輔音，一字一方塊，一字一音，兼具拼音文字與漢字的一些特色。我粗略分析其筆劃，約有 11 種基本筆劃，而其中的圓圈符號，則為英文所有，漢字所無。應用以上的書法表現性的分析，韓字的筆劃表現性約為英文之半。所以雖然用中國的紙筆墨和書法技藝，仍然在筆劃變化數和視覺資訊量上不及漢字繁簡兼用的書法藝術表現性。

同樣的分析又可以適用於現代簡體字的書法表現性和呈現給觀者

---

❼ 林中斌先生建議全面比較英文的大小寫，及其印刷和草體4種字體的筆劃種類，以見出更精確的差異。

❽ 粗細比100比1，筆畫種數100比20（略取部首組合的一半以下），方向自由度360比8（略以10計），濃淡度5比1，滲透度（左、右、下）3比1。漢字草體變化更多，但缺乏標準，故於此處不相比較，以集中討論重點。

的視訊量。中共領導人毛澤東和江澤民都用傳統的繁體字寫書法而少用簡體字，就是對書藝表現性，『用靈活的手和雪亮的眼』對書法和文字選擇，所作的領導示範投票。而電腦電視銀幕的日益微細精緻化，和漢字電腦輸入和印刷的高速化，將進一步衝激 21 世紀的中國人在教育普及和文化自信心恢復之後，對文字視訊的要求，和對過於簡化漢字的反省，必將導致重新思量『讀寫速度和視訊量的利弊』，旁及『藝術表現性高下』的再選擇。

（2）墨料——『印刷』材料的「顏色」和「經久性」

英國建築家，大衛·麥德曾說：「決定一座建築物的最重要的單一因素，莫過于『顏色』。」而事實上，豈止建築，任何藝術，都不能脫離人眼對顏色的考量和安排。但是不論多鮮艷的顏色，時間一久，氧化積污，加上近代工業化所產生的酸雨，建築和繪畫都會失色落彩，以致難以想像原有的設色和明暗對比。藝術的欣賞，因此而大打折扣。

中國書法黑色『色彩』的經久性，勝過大多數植物性彩色顏料。以精製後的黑色木炭細粉為基調的書法繪畫❾，如果保存良好，上千年的（米芾）書法，仍然在白絹上濃黑發亮，就像是昨天才寫的。這個用炭粉為抗氧抗衰的『高科技』，後來也促成了德國古騰堡在公元 1450 年發展出『近代』的活字印刷術，從而改變了全人類文化傳播和進步的廣度和速度。

---

❾ 根據2003年七月雪梨日報報導：澳洲的土人也用炭塊畫岩畫，並用白色礦石粉勾邊，黑白並用。現代的土人看到祖先的岩畫，感動到夜不能眠，和古今藝術家一樣，也作詩述情，只是未能在岩壁上作詩書畫。

把黑色當成一組具有無數深淺、暗亮的顏色來揮灑，這是訓練有素的書法家的專利配方。如果再加上水份的滲透，黏膠的強弱和乾濕飛白，原有的基本點線就擴大成面塊，甚至分層堆積，深入厚紙，營造出2.5 度空間和流動的感覺。當灰色尺度、乾濕筆觸、厚薄墨層、滲染枯焦……等等技巧都用于「調變」水墨筆觸，一個有訓練、有創新的書法家，可以擁有豐富的「視覺色彩」資源，得以從容揮灑創作書法和「詩書畫」三絕。這種獨特的藝術哲學和技巧，就是早期水墨書畫家所常說的「墨分五色」，和其源自 2500 年以前《孫子兵法》等所說「色不過五，五色之變不可窮也」的辯證哲學。

（3）紙（絹）──『靜態』顯像媒介體，及其由滲透性和摩擦力等所生的「動感」

中國發明用植物纖維或蠶絲所造的平滑白潔的紙張或絹布，給墨筆提供了大面積塗寫的媒介體。有了大面積和漸趨廉價的紙張，書法藝術才能擴展它表達的範圍和更加大眾化。紙絹的滑澀、紋理、色澤，又提供了額外的視感、觸覺和力道。於是帶墨毛筆的運動，「因情立體，即體成勢」，筆毛的形態結合水墨的潤澤，和運筆的滑澀快慢、輕重斜正、提按轉折而變化萬千。更由於「黑字白紙」的最大顏色對比，使得最簡單的黑白色呈現出最強烈和細膩的視覺效果。這種強烈的的色彩對比差，可以想見即使在黃昏和月下，都能讓觀賞者清楚的看出筆觸和墨色的變化，擴大了書法藝術可欣賞的時間和範圍。其結果就是紙張的選擇，又增加了書法的「可調變性」，並帶來額外的感應和活力。

分析完書法工具所外現的特性，我們還應該進一步去瞭解『什麼是中國書法中內蘊的獨有特性』？

五、什麼是中國書法中蘊涵的獨有特性？

　　中國的書法是一個極其特殊的藝術，在西方文化中，沒有可相匹及對應的藝術。中國書法之所以特殊，我以為有四個獨特而強勢的性質：（1）簡勁，（2）精緻，（3）含詩意，和（4）富哲思。這四項特質，得其一便可以傲立藝術史，何況囊括其四！以下我將逐一分析這四個特質，然後嘗試把它們稍微『有機』地綜合起來，來觀察其生命力。

I · 中國書法中四項特性：

（1）簡勁（Simple）：中國書法由簡潔而產生的強勢來自它使用以下四點特性

a. 中國文字在象徵性地簡化之後，那些如圖形的文字，它們比單調的語言符號涵有更多不同的意義。當右腦處理完語言的認知（『賦』）之後，左腦的圖畫空間和『比興』的探究便能在語言符號之外的『有機』幾何形狀筆畫組合變化中，激起閱讀者的豐富想像力。（這是「認知神經科學」的領域）

b. 一管簡單的毛筆，能產生如此多的大小形狀，而且辯證地在簡單的一筆之中表現險勁戰雄的力道。

c. 一個單色的黑墨，竟然可以產生五種以上，因為有無、濃淡不同，由白到灰，由灰到黑，如連續光譜一樣的生動黑白色群。有人用金色、紅色等顏料比擬黑墨，但由中間色階不及黑色豐富，所以視覺效果不及墨料，只能當作一種變調的附屬色群。

d.　『無色』的白紙，具有最大的顏色塗變可能。當白紙和黑字搭配，黑白分明，對視覺的沖擊力莫大於此矣。《老子》說「知其白，守其黑，爲天下式」。這不只是哲學，也是視彩藝術之學。

（2）精緻（Elegant）：

智術的『精緻』來自兩大源頭。其一，來自恰到好處的優雅，這是成熟藝術共有的特徵。其二，來自簡樸而高尚的美，這是偉大藝術才能達到的境界。在這個基礎上，上節所說的四項『簡勁』特性，支撐和壯大了中國書法獨特的『精致』感。人類兵學史上最偉大的戰略家和寫作者孫武，早在兩千年前就在《孫子兵法》裏寫下重要的作戰原則：1.人力：精兵，2.時間：節時，3.用武：集中。孫子的智慧，不僅直接用于軍事，而且新的研究更指出《孫子兵法》也同樣適用於文藝創作❿，以及音樂⓫、數學和科技的創作和思維（見註8）。發明相對論等偉大科學理論的科學家，愛因思坦，曾說：「一個理論的前提越簡勁，涵蓋的事物越多，可引申的應用度越廣，則它越有震撼力⓬」。他有名精奧簡樸

---

❿　林中明《斌心雕龍：從《孫武兵經》看文藝創作》，第四屆國際孫子兵法研討會論文，1998年10月。

⓫　Igor Stravinsky,《The Poetics of Music》, 1939-1940 six lectures at Harvard. "My freedom thus consists in my moving about with the narrow frame that I have assigned myself for each one of the undertakings.... Whatever diminishes constraint diminishes strength. The more constraints one imposes, the more one frees oneself of the chain that shackle the spirit."（因爲限制戰場，得以放手攻擊？）

⓬　Albert Einstein, who derived the most simple and elegant equation "E=mC^2", said "A theory is the more impressive the greater the simplicity of its premises, the more kinds of things it relates, and the more extended its area of applicability."

的公式：$E = mC^2$，就是人類智術思想中的一個頂尖範例。如果我們把孫武和愛因斯坦的思維中對『簡勁精緻』（Simple and Elegant）的看法用于中國書法，其結果也是完全適合，異途而同歸。這也是西諺所說：「條條大路通羅馬」。

（3）詩意（Poetic）：

『詩』是什麼？藝術如何才有『詩意』？這兩個問題人人都有自己的體會，但是很難用簡單的字句，對人對己說明白。而且即使這一次彼此勉強弄明白了，下一次換了情況，可能又要換個說法，甚至越研究越糊塗⓭。理工人士處理問題比較實際，一定是把問題分解因式，然後按次序逐個擊破。所以欲分析中國書法中的『詩意』，必先找出基本『詩質』，然後再試圖循根找出各種『詩性』來。用這種比較有系統的方法去分析書法，雖然不是科學，但我們將發現，經過比較之後，爲什麼西方的書法不易登『大藝之堂』，而中國書法卻能成爲『藝術中的藝術』。

『詩』的基本性質和功能在各文明裏都相類似。譬如說，《詩經》裏的三大手法：『賦比興』，在其他文明裏也都同樣使用。但是當我們審視世界各國的語言文字，就會發現漢字迥異於西方的拼音文字。漢字的創造和發展沿著「賦」形、「賦」事、「賦」音，如許慎所說的『象形、指事、形聲』的具像和仿音的符號；再加上「比、興」的『會意、轉注、假借』的方式來擴展包涵的範圍，一如『詩』用「比興」的方式來擴大讀者的心靈。與此相比，西方的拼音文字就局限的多，文字符號

⓭ 《愛麗斯夢遊眼鏡國》：Alice on Jabberwocky: "Somehow it seems to fill my head with ideas -- only I don't know exactly what they are !"（恍然若知，思反不得。）

除了發音之外，本身基本上不帶明顯的圖畫或聲音意義，因此拼音文字本身不能『如圖畫再如音詩』。

　　中國漢字的一個字，發音近於只發長短近于相同的一個音。其寫法也是不論筆畫多少，只在同一大小範圍的『建築』之內。這種聽覺和視覺上極其規則的安排，在構思上奇異的近于西方音樂的規律節拍長度，和現代電腦指令的齊同長短。這個近似音樂節拍的規律，和視覺上的可預期的整齊結構，使得讀者和聽者能節省耳目偵查和轉譯的時間和能量，而將心思用之於瞭解描寫（賦），聯繫對比（比）和激發騰躍起興（興）的欣賞上。所以漢字的書法能於一字之中，不必急躁地從無秩序的『亂碼』中找出可能含有的意義，於是能心境輕鬆而『優雅』地產生『詩意』的反應。我認為是頗符合《孫子兵法》的原則——「用最少的時間、資源和廢熵，產生最大的效果」。而長短不齊的拼音字，則天生近於『散字』和亂雲，就像『散文』和雜草一樣，不容易培養和激起『詩』的感情。

　　這個內在固有的音形規律，使得漢字和其衍生字體的書法，天生具有藝術詩意的潛能，所以最後能被書法家推展成一個獨門的優雅藝術，並能結合都以漢字和書法為基礎的『詩書畫印款號』六藝於一紙。相形之下，基于我以上列舉的物理和生理的原因，即使借用中國的文房四寶，我以為西方的拼音文字還是很難發展到漢字書法藝術的高度和廣度，並且能優雅而自然地，如於有山有水的勝地輕易建造國家公園一樣，集合拉丁語系的『詩書畫印款號』於一紙。但我也不排除，有朝一日，西方或東方忽有融會中西的高手橫空出世，一改天下傳統藝術法則，給世人帶來意外的憤慨和驚喜。

（4）哲思（Philosophical）：

作爲中國藝術中的冠冕，漢字書法的起源和發展曾強烈地受到夏殷周⑭哲思的影響，而以『簡勁、精緻』的白紙黑字表達出來。這些影響力中處于樞紐地位的主要思想見于《周易》的「一陰一陽之爲道」，《老子》學派中的「知其白，守其黑」，和《孫子兵法》裏「以少勝多」、「奇正虛實是爲兵」⑮……等哲學思想。

1957 年諾貝爾物理獎得主之一的楊振寧先生，於 1997 年 1 月在香港中文大學作了一個結合科學與人文的重要演講。在後來定名爲《美與物理學》的那篇文章裏，他引用了在法國的華裔哲學藝術家，熊秉明先生的名句：「中國文化的核心在哲學，而哲學的核心在書法」。熊先生是在巴黎學美術和教哲學及美術的藝術家，他浸淫於書法和雕刻也有 50 多年的功力，對中西文化都有較深刻的瞭解。雖然他在 1984 年提出了這句名言時頗有爭議，但是在他之前，宗白華也講過書法是中國繪畫、舞蹈、雕刻、建築諸藝術的「中心藝術」。所以從文化的角度來看，熊先生的這句話，確有所見，難怪科學界的大師楊振寧要引這句話來討論中國的文化，以及藝術和科學風格的內在關聯。不過我認爲，說書法是中國藝術的「核心」，稍微太過；說是「中心」也嫌太主觀；不如說是由上而下，經過人年累積，再由下而上的藝術「重心」來得恰當。楊振寧先生和他早期的合作者李政道，在 1957 年以顛覆了「宇稱守恆定律」

---

⑭　《禮記·檀弓上》記載："夏後氏尚黑"，"殷人尚白"，"周人尚赤"。
⑮　林中明《斌心雕龍：從《孫武兵經》看文藝創作》，第四屆國際孫子兵法研討會論文，1998年10月。

獲獎，當時年方 32 歲，而成就弘立於世，舉世欽佩。然而又過了 40 年，振寧先生才公開宣稱他已跨入中國書法研究的殿堂。這兩件表面上看似互相『垂直』的學問，但是卻都和『對稱性』的研究有關。因爲中國毛筆的特性在於各方向全然的對稱，所以萬毫可以齊力，成就中國書法。而他的物理學大突破，卻是發現宇宙微粒子的『不對稱性』。這是何等的『對照』！又是何等的『互補』！此處量子學開山宗師波爾的「互補定律」和《易經》的「陰陽相生」的觀念，似乎又表現了它們無所不在的威力。

II、中國書法和其他藝術形式的交響對應⓰：

古希臘詩人西蒙迺迪思（Simonides of Ceos）曾經說過一句評論詩畫本質和相互關係的名言：「畫是無聲之詩，詩是能說的畫」。類似的詩畫理論也在中國藝術史中反復出現。詩畫既然於耳目視聽可以互補，中西藝術家應該都能把握這個良機，開拓藝術疆土才對。然而縱觀西方藝術史，我發現只有極少數的文藝才士，如法國的雨果，英國的布萊克，和印度的泰戈爾，曾有綜合詩畫於一幅的創作，但也不是經常爲之，效果也不突出，而且沒有書法和刻印及款識可配合。與此相對的是中國的文藝家，在宋朝之後，大多能夠合詩書畫三絕於一幅，在王冕等發明用軟石自刻印章之後，更有八大山人合「詩書畫印款號」於一紙，創出了空前的『六藝六重奏』。

⓰ George Seferis, Preface to Igor Stravinsky's《Poetics of Music 1940》: Each art has its own medium, that material which the artist's creative manipulation suddenly and unexpectedly makes more sensitive -- molds it into a form different from the way we see it in everyday life.

中國「詩書畫印款號」等藝術之所以具有像魔術一般的『生物』和『化學』的性質，其主因乃是由于使用如圖畫般的符號，和具有整齊畫面及節奏讀音的文字。再加上都是使用相同甚至同一管毛筆，所以彼此之間，水乳交融的親和力及藝術互補性，是天生就注定的。這就是爲什麼我認爲中國的書法藝術在人類藝術史上有其獨特不能被取代的地位，而必定會對將來的藝術學者和熱心創作者有強大吸引力的緣故。中國六藝藝術之所以沒有新的進步，其原因不在六藝本身，而是後來的藝術家失去了對相關基本功的練習，和喪失對文化特性的瞭解，以致創造力衰弱。借用西諺的說法就是「詞曲俱優，唯唱作不佳爾」。

爲了加強全面瞭解中國書法和相關藝術在現代藝壇上的角色，現在讓我借助普及的西方音樂知識和術語，來想像如果中國書法是世界『視覺藝術交響樂團』中的一件樂器，它將如何來表現其優美音色，以及如何表達世間有限文字，所不能言傳的意境。

（1）書法即興獨奏：

因爲中國書法的大、小字就像大、小提琴一樣具有豐富的表達能力，所以書法可以像大提琴一樣，單獨演奏巴哈的六首《無伴奏大提琴獨奏曲》，或是像小提琴一般，自由演奏帕克里尼的多首變幻莫測的『花腔』小提琴獨奏曲。這就像在書法史上，王羲之和王獻之的許多流傳下來的法書名作，其實都是即興隨筆的書札。如歐陽修跋王獻之法帖所云：「所謂法帖，施於家人朋友之間，不過數行而已。初非用意，而逸筆餘興百態橫生」。二王的書信短札雖然不是有心之作，但是這種無拘無束的隨筆，卻正好把書法的活力發揮到極致，就像巴哈的大提琴獨奏

曲，在自言自語之中，即興地流露出內心的感受。而當書法家聚精會神嚴肅地創作時，反而僵化了筆觸和失去了個性及韻味。此所謂「有意為狂，其狂不足取也」。

（2）作曲家演奏自己的作品：1＋1＞2？！（1加1可以大于2嗎？）

藝術的效果不能用簡單的數學規則處理計量。把兩個藝術作品適當地『加』在一起，有時能產生大於其個別效果之『和』。譬如王羲之寫的《蘭亭序》和蘇東坡自書的《赤壁賦》書法，已經分別代表了書法藝術的極致。但是這兩件作品，又同時是世界文學上的經典之作。所以當文章的作者自己揮筆書寫自己的得意之作，文章的詩意哲思盡皆湧現，整個作品乃如猛虎添翼，勢不可當。站在伸手可及的距離欣賞蘇東坡的《赤壁賦》，誠然令人時我俱忘，呼吸停頓。

這種經驗，就像如果你能坐在萊比錫的大教堂，聽巴哈為你演奏他自己的管風琴曲，「為我一揮手，如聽萬壑松」，而且可以隨時回頭，為你重新再奏一遍。對巴哈迷而言，『親聆』蘭多斯卡（Wanda Landowska）彈大鍵琴，或是顧德（Glenn Gould）為你彈鋼琴，固然是可貴的經驗。但是無論如何還是比不上巴哈親自出手，而且就在你的眼前。可惜的是，自從 19 世紀之後，這種作曲大師自彈己曲的演奏已經式微。無數的青年樂手只能彈奏詮釋過去大師的傑作，這更讓我們珍惜王、蘇等大師留下來的自書詩文和其『正版』摹本和彩色影印本。

（3）三重奏和詩書畫三絕：0.33＋0.66＋0.99＝3！❼

---

❼ 完形理論（Gestalt Theory）：「完形心理學」基本理論認為，"整體大於部份之和"。（陳慧紋指出）

『西方藝作不能合詩書畫三絕於一紙』！

　　從唐⓲宋開始，中國文人學士開始在畫上的空白處題跋書詩。這種藝術和文史哲一同表達的方式，在西方文化史上仍屬罕見，因此很值得探討為什麼會有如此大的差異。以下是作者一些初步的看法。

　　1. 古埃及的壁雕，因為難于雕滿整個壁面，所以留下的空間可以合繪畫雕刻和象形文字的書寫記事於一體。但到了抽象的拼音文字取代了象形文字之後，雖然得到抽象符號的自由，但在視覺上卻獨立和『垂直』於圖畫。因此在畫面上只能適用於簽名，但不能輔助繪畫的視覺效果，所以不易合成新而有吸引力的表象藝術。

　　2. 西方早期的寫字筆用飛禽的毛管，不具備 360 度自由揮灑的能力，和吸取大量的顏料來同時既寫又畫。它和炭筆的味道又不相同，似乎不易在素描的乾線條之外，具備多寬度的線和面的表達能力。

　　3. 同一隻筆，能不能畫出高倍數不同大小的點線？又可以變化出面的控制和渲染？這也就是說，能否同時用最小的空間和工具，輕鬆而清晰的寫字，並能控制和渲染大面積作最多的表達？工具的方便與否，決定大部份使用者，能不能多作和願意不願意如此作。一個大眾化的文化活動常取決于此。

　　4. 由於沒有書法和留白的空間，西方的藝作不能做到詩書畫三絕合於二維空間的一紙之一面。所以既使是詩詩書畫俱能的西方文藝大師，如法國的雨果、英國的布萊克、印度的泰戈爾和當代諾貝爾文學獎

⓲　《新唐書·列傳·文藝》：虞善圖山水，好書，常苦無紙，於慈恩寺貯柿葉數屋，遂往日取葉肄書，歲久殆遍。嘗自寫其詩並畫以獻，（玄宗）帝大署其尾曰：「鄭虔三絕」。

得獎人葛拉斯，也只能分別在不同的帆布或金屬版或畫紙的背面，題字寫詩，以盡其未盡之意。能在一紙之上表現三絕到六藝綜合❶，這可能是西方文藝永遠做不到，而唯中華文藝所具有的『絕妙功能』。當西方的各種主義和反主義都玩得精疲力盡之後，這門絕藝才會見出其不盡的高妙。

5. 「墨分五色」和「白具五味」：西方繪畫喜歡『全盤著色』，不著色的地方是一種照顧不周的忽略，而只有『非主流』的水彩畫可以因『技術性』而留白。西方科學的三維色彩分析立體圖包括基本色調（hue），色彩濃度（saturation）和明暗度（value of lightness or darkness）。但東方書畫家則重視以「人」為本體對事物的感覺，特別喜歡用味覺來描述對顏色和詩韻的感覺。這包括佛教禪宗初祖迦葉，意為「飲光」來表示對真理耳濡目染的感受。鐘嶸的《詩品序》也說「使味之者無極，聞之者動心，是詩之至也」。東方文化中的中國繪畫，則自「殷人尚白」以來，就有「計白當黑」的色彩哲學，藝術家不僅把絹紙的色澤當成一種白色群組，而且把白的領域延伸到『相對淡色』的底色去，以襯托相對深暗的墨色點劃韻味。所以中國的畫家和大眾早就接受白色是一組彩色，而在「墨分五色」的襯托下，「白具五味」的明暗變化便不自覺地表現在水墨畫和書法上。這就是《孫子兵法》所說的「色不過五，五色之變不可窮也；味不過五，五味之變不可勝嘗也」。

書法中的『飛白』，就是把『白』當作一種視覺上的『彩色』。杜甫寫詩善用白色，讚膚色，曰「越女天下白」，詠《曹將軍畫馬》曰：

---

❶ 高科技"積體電路""綜合"電晶體和連線於一塊"平板"上，於是改變了電腦、電訊、娛樂和整個世界。

「曾貌先帝照夜白」。唐代王維畫雪裏芭蕉,除了禪意之外,也是中國畫中「計白當黑」的實現。到了明朝的徐渭,用白更爲大膽,從雪蕉到用白色表達水仙的綠葉和瓜果,跳出了只有固步自封的『黑五類』設色。所以說『白色』,人們平日就知道純白、蒼白、粉白⑳、淡白㉑、灰白、銀白、蛋白、乳白、藕白、翡翠白菜的羊脂玉之白……等不同層次味道的白。人名中有「公子小白」、「李太白」,和近代書畫家「白蕉」。說天色,也說「不知東方之既白」。這些把『白』當作彩色,應該是《老子》以前「殷人尚白」時中國就有的色彩哲學。雖然中國藝術裏缺少西方光學的瞭解,但是卻用實物和味覺的感受加以彌補,又開展出一個不同的領域。中國畫中大量留白,所以有許多空間可以題詩寫跋落款,並讓觀者發揮想像力。甚至興之所至,作者或賞者可以再加一枝梅花,或再寫幾句詩話發揮餘情和新見,這也都是八大山人等,喜作的雅事。反觀西方油畫,全盤著色之後,沒有空白的餘地可以再寫字題詩,所以只有用深色簽名。但他們也沒有像中國畫的簽名和鈐印,另具平衡空間,添加趣味和『畫龍點睛』的重要作用。

6. **東西有別**:中國古代的書法家,許多是「文史哲兵經」俱全的士人,而以書法出名。西方文化的藝術和教育系統裏,畫家不需要既是詩人,又是作家及學者和可能又是政治家和兵法家。但在中國文化裏,書畫印刻家如果不能寫詩題款,那麼畫的再好,仍然還是書畫之『匠』而已。即使能題前人之詩和寫幾句感嘆之辭,有沒有『書卷氣』和『文

---

⑳ 近人張書旂(1900—1957)曾組"白社",倡"白粉主義",善用粉色及以暗色取代傳統的白色背景。

㉑ 蘇軾《東欄梨花》:梨花淡白柳深青。杜甫《絕句》:「江碧鳥逾白,山青花欲然。」

史哲』學識思想，仍然是區別所謂「文人、學士書畫」和「匠人書畫」的關鍵。近代畫家吳昌碩書畫刻印都很傑出，但是魯迅兄弟還是把他放在他的學生陳師曾之下，原因就在於吳昌碩缺乏學者士人層次的「書卷氣」。

能在一張紙上表現多種博雅深刻獨立的藝術，韻味諧和，而又間有衝激，這是中國『三絕』藝術和西方繪畫的根本不同之處。譬如徐渭、石濤和陳師曾，不僅題材多方，就連書法也都配合畫境，能「因情立體，即體成勢」。這種層次的三絕藝術雖然現代的中國藝術家也難做到㉒，但這個理想和藝術的魅力，仍然是值得今人努力。這也像西洋音樂中的三重奏，雖然三個非一流的演奏者，但是如果各有特色，而且合作無間，則不完美的 0.33 加上 0.66 和 0.99（滿分 1.00），在藝術上也能達到近于 3.00 的心理感覺。譬如 1998 年去世的詩詞傳奇研究學者張敬先生的三絕畫作，雖然她的國畫是 70 歲以後才學的遣興之作，但是由於她出自北魏碑銘和鄭文公的書法雄厚婉轉自成一體，加上一流的題詩㉓，遂使整幅藝作異於流俗，卓然特立。這是就近取譬之一例，而古來文士三絕佳作更是不計其數。

（4）六藝和六重奏：八大山人的『詩、書、畫、印、款、號』六藝和中國藝術潛能

中國藝術上雖以『三絕詩書畫』為『文人藝術』的代表，但是『詩

㉒　孫郁《陳師曾的妙筆》："陳師曾以驚人的妙筆，達到此等境地，暗示了文人畫的巨大潛能。（今日）文壇與藝壇上，要找尋這類的人物，已不容易了"。陳師曾《北京風俗》畫冊展，《文匯報》2003年6月27日。

㉓　張敬《山水畫自題己詩》：盤空石壁雲難度，古木蒼藤不計年。興來小舟獨釣處，一溪斜日破晴煙。

書畫印四絕』也逐漸受到重視。只是和八大山人集『詩書畫印款號』❷
各有特色的六藝於一紙的成就來比，就都要退避三舍。作爲千年一人的
藝術家，八大山人在有意無意之間創造了他獨特的風格和雄奇拙雅，渾
然一體，而又趣味盎然的六藝。他每一項藝術不僅繼承過去的文化，而
又都是突破性的藝術佳作。譬如刻印一項，他就不是爲簽名而刻印，然
後蓋印如儀。他在字形上參法金鼎甲骨，再加上名號的變幻諧隱，兩項
結合之後，開闢了藝術的新疆界。現代的西方藝術家也想把現代的所見
所聞整合到畫布上去。可惜這些藝術家本身的文化縱深有限，所以鐵
罐、破布都放到畫布上。但因爲缺乏眼力和美感選擇，不能把俗物轉成
藝術，反而爲物所累，墜入『有意爲怪，其怪不足取也』的邪道。

　　八大之所以能開創出這些新的藝術方式和趣味，當然是由於他個人
的學養和創造力，但也是由於中國文字和書法裏蘊藏了巨大的潛能，如
以上所略舉的諸項原因，才能達到空前的高度和趣味。20 世紀西方最具
影響力的法國藝術家杜尚（Marcel Duchamp1887－1968）於 1918 年畫
了最後一幅油畫《你…我》（〈tu m'〉）之後，用了二十年去開拓新的
維度，以立體透明多面的《大玻璃》（〈The Large Glass〉）創作，突
破西方二維的平面畫。可惜杜尚沒有看到八大集六絕於一紙。這是東西
文化交流的遺憾。所以我把八大放在此章之末，以爲壓軸之例，並總結
我對中國藝術潛能的看法和中華文藝復興的企望：「八大能，爲什麼我
們不能」？來作爲 21 世紀二維藝作『以少呈多』的經典藝術指引。

---

❷　林中明《從劉勰《文心》看八大山人的六藝和人格》，《文心雕龍》2000國際
　　研討會論文集，學苑出版社2000年，574至594頁。

六、中國書法能在電腦化的21世紀生存嗎？

"我們從哪兒來？我們是什麼？我們要到哪兒去？"

——保羅·高更，畫題，大溪地 1897。

論述到此，希望此文已經闡明了中國書法藝術的特性，及為什麼中國書法能站在世界藝術之林的尖端，而且是人類文化史上最大而且連續最久的活動「人年」。但是如果我們展望新一世紀的藝術走向，我們不能不懷疑，這個相當古老和人手操作的藝術形式，還能和不斷進步，日益多能，電腦科技導向，速讀彩印㉕的『多媒體藝術』競爭嗎？或者現在已經該把『傳統書法』送進美術史館養老陳列？

對于這個挑戰性的問題，我的回答既是「是」也是「非」。

「是」：如果我們不能找出足以服人的理由，說明書法藝術中卓越而不可取代的種種特性，而又不能瞭解和繼承此一藝術，並配合現代的工具和其他藝術創出「雅俗共賞」的新藝術，那麼書法就變成『扶不起的阿斗』，它自然會被時間所淘汰。

「非」：因為人類仍然具有原始人在洞穴裏和土地上生活時，對『基本娛樂』的類似需要。因為只要觀察世界各地洞穴壁畫的的遺跡，我們就會發現所有的原始人類，在戰鬥飲食之餘，都會『情不自禁』的拿起

㉕ Sven Birkerts, "The Gutenberg Elegies: The Fate of Reading in an Electronic Age," Fawcett Books, 1995.

手邊的石塊、樹枝、炭灰，在岩壁上或地上塗抹刻劃日常看到的動物、人形，表現他們的『藝術』才能，用以自娛，而且娛人，並爭取族人的讚佩，和異性的『另眼相看』。回顧人類的成長歷史，同樣的『文化活動』始終在繼續，只是工具更進步，方法樣式更複雜。這種『文化活動』，可以說是人類進化的一部份。因此，如果書法的『活動』和人類基本娛樂和藝術活動相承接，那麼它的生命力也就不會輕易消失，而書法在使用漢字的文化圈裏，也不會被完全取代或淘汰。以下再詳述之。

（1）原始洞穴人的需要㉖和21世紀的《大趨勢》㉗：個人主義盛行、雅藝復興、亞太崛起

『毛筆和紙張』之於原始洞穴人，就像 80 年代的初期『電腦鍵盤和顯像器』之於古代高度文明的羅馬人。回顧歷史，人類知識一直在進步（偶爾也退步 10 年），工具不停地在改善，但是人類的腦容積、身體和心理反應並沒有多大的基本變化。現代人和古代『猿人』同樣追求類似的安全和耳目口鼻的享受和歌唱言語、手舞腳蹈的娛樂。洞穴人在人在岩壁上動手畫線條塗『彩色』的『快樂』㉘，應該和王獻之喜歡在別人新衣上揮筆，錢鍾書在夫人楊絳臉上墨戲，以及今天美國城市青年喜歡到處『塗鴉』（graffiti）也無大異。再就人腦的功能而言，野人的記憶

㉖ David S. Whitley, "L'Art des chamanes de Californie: Le Monde des Amerindiens (The Art of the Shaman -- Rock Art of California)", The University of Utah Press, 2000

㉗ John Naisbitt, "Megatrends 2000", Megatrends, Ltd., 1990.

㉘ 林中斌指出人類語言和書寫能力與天賦的腦口眼手構造有關之說，亦見於語言學家 Noam Chomsky 之著作。

力和比較心與今人的『喜新厭舊』也沒有大差別。21 世紀的新人類由於自由經濟、高等教育和民主政治所導致的自覺和個人主義興盛，和對衣食事物的既要求追上潮流，又要能表現自己的性格『不與人同』。當人們享盡了電腦打字和標準字型和『現成製品』的好處之後，反而會追求機器所做不到的人性化、親自動手的藝術風格㉙。這樣的『反潮流』已經發生在手錶和和自來水筆上，所以可以推知毛筆也會『捲土重來』，成為一種高品味的雅藝，和個人風格表現的經典『工具』。對照約翰·奈思比在 1990 年所預測的《大趨勢》中的個人主義勝利、雅藝術的復興、文化國家主義和亞太的崛起，以上所說的毛筆藝術的『捲土重來』，其實已是世界文化大趨勢的一部份，而這一代剛好『恭逢其昇』，這可以說是我們的幸運。

（2）筆和紙：『電子毛筆』和『光電薄板』上『彩墨紙質』的「可調變性」

如果上節所討論的趨勢近於事實，那麼我認為新一代的書法工具，可以經由下述的科技而實現：

1.【筆】無線遙控，具有所有毛筆優良特性，又有毛筆書寫手感的電子毛筆。2.【墨】墨粒均勻，可大可小。墨液乾濕、濃淡、黏滑，都能混合出現。3.【紙】紙張底板的紋理質地，絹棉生熟，吸水散墨的快慢深淺都可任選。『白紙』或『底板』的『顏色』能有「白具五味」的

㉙　Salvador Dali, "Preface for <Dialogues with Marcel Duchamp, by Pierre Cabanne>", 1968. Da Capo Press. "...one day, when all objects that exist are considered readymades, there will be no readymades at all. Then **Originality** will become the **artistic Work**, produced convulsively by the artist **by hand**."

色澤感。4.【風格】可以任選網路電子數位書法庫裏古今書家法帖碑銘的筆法風格，在口授眼眨之間，配合口味心情，電腦協助自然轉體，人腦和電腦互動，在手指移動之際，風格筆觸隨口令甚至眼神和腦波而瞬時變化。無論是要多幾分大王，或少一些老米，都能如意配合。

以上所述雖然現在看來近乎天方夜譚，但是熟悉電腦和電腦輔助設計的人一定知道，這完全是可以做得到的科技。只要有方向，有市場，遲早都會實現。鑒於電子科技發展的迅速和價格的持續跌落，相信在21世紀結束之前，一定會有許多人採用多功能的電子筆，替代大面積的鍵盤，同時能執行通訊、記錄和文藝美術的指令。近來推出的平板筆記型電腦和代替鍵盤的電子筆，正是證明了此一方向的預測。而回顧流行近20年的 Karaoke 電子助唱器材，我們更可以看到和聽到大眾百姓對提升自己歌藝美術的世界性需要。這也證明大眾對自己的書法也有同樣的需要。有大量的需求，自然會有製品。

因爲中國書法藝術在過去兩三千年累積了巨大的文化成果，這個屬于全人類的文藝財富應該通過網路與世界喜好書法藝術的人分享和同樂。由於電腦的輔助，任何文化層次、收入高低和族群背景的男女老少都能輕鬆愉快地學習古今大師的傑作。電腦也能輔助創作自我風格，並能把傳統『詩書』和數位照片藝術合於一體，成爲新的大眾化藝術。所謂『一代有一代之學』，新時代的『詩書畫印』四絕也應當脫離依附舊有的方式，走出新一代的風格和方式。

這個合書法及高科技於一爐的『願景』絕不是『空想』。因爲前人摹寫隸書也有人使用扁筆，仿篆字的人很多是用燒去筆尖的禿筆。在 250年以前，那時候歐洲機械『高科技』技師已經成功地在清廷皇宮裏建造了一具精巧的『機械制動毛筆』，它今天還可以『自動』寫出近於柳體

的楷書。再回想近 40 年前 Alllan Kay 在 Xerox 公司實驗室裏預見「手持滑鼠」的需要。他的『願景』，20 年後竟成了全世界都用來操作電腦的必需工具。後來 Allan Kay 曾在麻省理工學院的演講中，講了一句經典名言，很值得我們思索──『聰明的人善于想出好點子。可是問題是，在我們（高科技）這一行，我們需要極好的點子，而這卻正是聰明人所明顯缺乏的❸。』所以我對書法電子化的結論是，好的發明其實踐在於『有沒有根本的益處和造價的低廉』，而不是『什麼時候才該有』，更不是『爲什麼別人都沒說該有』。

（3）內在的價值和獨特的性質終究勝過表面的魅力和營造的人氣

工藝科技和文化美術互相影響，輪流起伏，各領風騷若干年。歷史告訴我們，有獨特內在價值和重要的根本性質的文化活動，終將勝過淺薄的表面魅力和財勢製造的流行人氣。在這個審鑒的範圍下，一個文化的『份量』，不應該著眼於其目前的新舊，或是當前政治意識的正確與否。而是權衡面對時空的審鑒，什麼是它的內在『哲學價值高下』，它『有益於大眾與否？』和『有無經得起考驗的美感藝思』？換成更簡單的名詞，文化的份量就是看它具有多少『眞善美』的一種考量。

譬如說，《孫子兵法》是寫於 2500 年前的『老骨董』，但是它精深的戰略思想，仍然爲軍事、商業甚至文藝界所引用，完全不因時間而

---

❸ Allan Kay lecture words at MIT 1983: "Smart people are very good at thinking up very good ideas. The problem is that in our field we need great ideas, and smart people are often remarkably poor at those."

老化。其使用的可靠性和不變性，有點像基本數學的 1 加 1 等于 2，不隨時空行業而衰變。如何適當地處理『文化』和『藝術』的價值，這從來就是智者的挑戰。

（4）不論新瓶舊瓶，好酒還是好酒

關於新舊的問題，譬如數學，不論舊的中國算盤或是新的美國計算機，同樣的算術原則，無論時空別異，一概適用。藝術也和數學有類似的情形，250 年舊的巴哈音樂，和 2500 年老的中國書法，今天依然是偉大的藝術，不隨時空而衰退，甚至還傳播到全世界，爲更多的人所欣賞。對于偉大的藝術而言，新的表演器具只增加新的風味，但不能改變它們內涵的特質。記得上世紀最感人電影之一的《北非諜影》主題曲〈時光流轉〉，其中有句膾炙人口的歌詞：『吻仍是吻，嘆只是嘆』**③**，說盡了中國書法和經典藝術的妙處。再如美酒之於評嘗家而言，溫度適當，保存良好的陳年紅酒，味道總是比新酒醇厚，至於是把它倒在新的玻璃杯好喝，還是舊的水晶杯裏好喝，當閉了眼睛品酒時，好酒還是好酒，與瓶的新舊無關。桐城派的姚鼐說：「文無古今，唯其當耳！」也就是這個意思。

所以用平行切磋的方式檢驗音樂歷史，我們發現巴哈的大鍵琴音樂改編成電子吉他樂曲，彈奏起來竟然別有風味。類似的結果也可以在以黑墨爲主色的中國書法演變史裏找得到例證。其中最搶眼的一個例子就是當百年老店，貝爾實驗室改名 Lucent Technologies 時，這個發明電晶

---

③ <Casablanca> title song, "As Time Goes By" , lyric line: "A kiss is still a kiss, and a sigh is just a sigh".

體、電腦語言和電腦繪圖的世界研發殿堂，竟然在重新設計公司商標時，於上百個競爭設計中，選了一個日本藝術家用中國毛筆，沾了紅色，大筆一圈，以飛白書法的筆觸，畫了一個不對稱和邊緣毛糙的大紅圓圈！這個選擇，當時讓人大吃一驚，也引起一些爭議。但是隔了幾年再看，就會體會到最簡單而最不能重復的設計，才是獨一無二的藝術創作。與其他使用因貝爾實驗室發明的電晶體，而衍生出來的電子器材和輔助工具作為商標設計的『藝術沖擊力』相比，人們才會體會到『人手主導的藝術』和『電子程式設計工藝』的基本差別。而這個大差別，也正是 2500 年老舊的中國書法不能為日新月異的高科技所取代的根本原因。但是用新的技術來輔助人類的藝術創作，這是從蒙恬和前賢製造『高科技』的毛筆，以取代樹枝草束和石塊以來，人類就一直在進行的改革。瞭解人類『書畫工具』進步的歷史，自然不會對我提議的「電子毛筆」和「光電薄板」感到詫異。

（5）中國毛筆書法的『捲土重來』！

"江東子弟多才俊，捲土重來未可知。"杜牧《烏江亭》詩

1951 年，美國西點軍校歷史上以最高成績畢業，戰功輝煌，但被杜魯門總統因妒忌而免職的麥克阿瑟將軍，在美國國會發表離職退休的感人演說。在結尾時，他引用軍旅名句曰：「老兵不死，彼僅衰微」，在雷動的掌聲和墜淚的傷感裏，結束了他不朽的演講和富爭議的軍人事業。

在人類美術史上，中國書法藝術的遭遇，也幾乎和麥克阿瑟的遭遇相同。這個「藝術中的藝術」，也曾有過兩千年光輝的『戰史』和『戰功』，歷盡多少王朝的興衰起滅，依然獨立絕卓，橫掃全亞。到了 20

世紀，由於原子筆的興起於前，電腦鍵盤夾擊於後，毛筆書法的實用價值已經完全被新的科技所取代。所剩下的問題，只是除了極少數的職業和業餘藝術家之外，一般人還會用毛筆嗎？有可能毛筆書法有一天會和打麻將和到戲院看電影的人一樣多嗎？

1942 年，麥克阿瑟和他大部份的駐菲律賓的美軍，被日本皇軍成功的戰略趕出菲律賓群島。在他被迫登上潛艇『倉促』逃離時，他當眾做了一個歷史垂名的誓言：「我必重來」！三年之後，憑藉美軍優勢的武力，麥帥率軍重返菲律賓。他那涉水登陸面帶微笑打出勝利手勢的照片，曾是二次大戰最為人津津樂道的歷史鏡頭。

相對於麥帥的重返菲律賓，我認為書法也正處于重返「藝術中的藝術」的寶座。但又和麥帥的重返菲律賓有著本質上的不同。因為書法的重新受到重視，和又再逐漸普及亞洲文化圈的力量，來自它本身累積的文史哲價值和獨特不可取代的性質──『簡勁、精緻、詩意、哲思』，而不是憑藉外在的武力、經濟力或政治力。能「不戰而屈人之兵」而王天下，其結果就『如水之就下』，『捲土重來已可知』。

（6）電腦書法對傳統書法的衝激

純科學和應用工具的進步改變了人類的生活，學習的方法，甚至思想的方式。直到目前為止，學習如何用毛筆沾吸適當的墨汁，在會滲渲的棉紙類上，連續書寫八面轉鋒的漢字，這對小孩甚至大人都是一場極不愉快的黑污混戰。在這場奮戰之中，學習者先要學會掌握文房四寶這四樣性質迥異的工具。就像訓練新兵上戰場之前，必先教其熟悉和熟練這些能傷人也能傷己的武器。孔子說：「以不教民戰，是為棄之」，這也完全適用於學習書法的戰場上。只是教書法的人，也不一定懂得如何

轉筆、調鋒、舒毛、控墨、選紙、防滲，於是當學生在不停地掙扎，仍舊黑頭黑臉，手指皆墨；和一再的專心模仿，仍然字似狗爬之後，十之八九終生喪失了對書法藝術的興趣。

然後，少數的人僥倖忍過了初學的痛苦，還有興趣去選擇自己喜好和筆態相近的名家法帖碑拓和篇勢氣韻，最後通過模仿和消化的過程，建立起有特性的個人筆法和篇勢氣韻。最後從個人的性格學養中，創出特殊風味的書法。這最後一個階段，古往今來，也不過百萬人中寥寥數人耳。同樣的情形，也適用於各種文藝和運動。過去一些「人工智慧」的倡論者，試圖用人為的機械和初級的電腦程式來改進人的藝術成績。但在電腦成為廉價而強力的計算工具以前，這些企圖都沒有達到希望的效果。

現在，由於電腦能力的快速增加和價格的繼續跌落，使得電腦導向的「人工智慧」又有可能經由以「知識為基礎」的電腦輔助程式，來有系統地教導和協進，前人需要長時間才能掌握的書法藝術。在電腦輔助系統的協導之下，各程度的書法學習者，都可以選擇電腦程式來導引用筆、弄墨，變換紙的色澤和吸水散墨的性質，及選用名家書法筆道，與自己的筆勢合成有晉唐風味（或者金石味），而又不離個人風格和創造力的「電腦書法」。能「用最少的時間、資源和廢燉，達到最大的結果」，中國書法才能重新為大眾所接受，和發展出有「文化縱深」的新一代書法藝術。

七、電腦書法與法帖模仿和作秀塗抹

回顧西方近代文藝史，似乎任何新藝術在技巧成熟了之後，就引起一些藝術家朝反方向運動。佛家『成住敗空』的循環理論似乎在西方特

別顯著，每個階段也特別短。這和中國的「放諸百代而皆準」的社會習慣大不相同。在這種『以變爲能，以新爲好』的主流意識之下，再加上電腦和『人工智慧』『入侵』書法藝術，什麼是傳統書法的最大衝激呢？書法藝術會不會被「電腦書法」所取代呢？

對於這個不可避免的情勢和問題，我的看法是「電腦書法」將威脅『書法匠』，幫助初學者，但不能取代眞正的書法藝術家。因爲時下的「人工智慧」還是以已知的情況來指揮電腦的運作，所以它是最有耐心的教師，最有效率的模仿『匠』，但尙未能綜合所有的過去資訊，創造出『似古而不襲古』的的新藝術。所以我認爲「電腦書法」和「電子詩人」將如『達爾文進化論』所說的『適者生存』的方式，自然淘汰模仿借用前人詩畫書法的『藝匠』，但卻反而將更突顯一流詩書畫家『與時日增』的價值。譬如梵谷生前只賣了一張畫給他的兄弟，但現在他的畫加在一起，已價值百億美元，而且每年還在增加。

正如機械工業的興起，曾經造成『藍領階級』勞力者的失業。電腦的崛起，也威脅所有勞心的『白領階級』。二十年前當日本半導體業進軍美國市場的時候，美國學術界曾經考慮封殺日本研發學者到美國參加學術會議和在大學以研究爲名偷竊高科技情報。記得當時電腦設計方法學的大師，卡埤‧米德（Carver Mead）就公然反對這種封閉學術研究的『恐日病』。他說：「只要我們飛得高，飛得快，沒有什麼好怕的！」果然，廿年之後，日本電子業就被美國和韓、臺兩頭夾殺，結果世界電子業分工合作，變成《易經‧乾卦‧用九》所說，「見群龍無首，吉」。

所以，要打敗電腦和抄襲者，就必需以不斷地創新爲「生存競爭」的主要方法。讓電腦做人腦速度和記憶所不能企及的事，讓人腦做電腦現在所不能做的研發和創新，和其他電腦程式尙未能做的事。在文學和

藝術的創作上，由於變數的複雜遠遠超過現在電腦的計算能力，所以一說到『什麼是美？何者為詩？什麼是好詩？為什麼人會笑？㉜』這些問題，就連專家都說不清，電腦程式師如何能寫流程和計算？又譬如中國文藝中『隱秀』㉝的觀念和作者的『人格、風骨』如何滲透到抽象書法中的『風格、品味』去？更是電腦人工智慧的終極挑戰。

　　偉大的藝術作品總是能給予觀者在畫面以外額外的感受，而且每次的觀感都隨著觀者的經驗和心情的變化而不同。流行音樂連聽十次，就會煩膩。好的書畫，則是『百看不厭』。譬如陶淵明的詩㉞，蘇東坡說它「質而實綺，癯而實腴」，王夫之說是「平而遠，淡而深」。所有頂尖的文藝作品，細看之後，都有這種特性。在『詩』的三大要素『賦比興』中，這種最關鍵的作用就叫『興』。在書法理論裏，我給它起個名字，叫它作「字外有字」㉟。英文的論文題目叫它 Character ㊱ Beyond

---

㉜　林中明《杜甫諧戲詩在文學上的地位──議古今詩家的幽默感》，杜甫1290年國際學術研討會，2002.11.28及29日，臺北淡水淡江大學。里仁書局，2003.6.，p.307-336.

㉝　劉勰《文心雕龍》〈隱秀篇〉：「隱也者，文外之重旨也。秀也者，篇中之獨拔也。夫隱之為體，義主文外，秘響旁通，伏彩潛發。若揮之則有餘，而攬之則不足，使翫之者無窮，味之者不厭矣」。

㉞　林中明《陶淵明的多樣性和辯證性以及名字別考》，第五屆《昭明文選》國際學術研討會論文集，2002年10月。

㉟　臺靜農《酒旗風暖少年狂》聯合報副刊1990年，提到陳獨秀在晚年第二次評沈尹默書法，云其「字外無字」。（林按：陳獨秀在沈年青時，不識沈，曾直批其字「其俗在骨」。尹默受其教訓，書法大進，因成好友。多年後，陳再評沈字，并托臺靜農轉致其師。其語雖重，但不刻薄，乃厚望沈之才華，冀其更上層樓也。又按：此文為臺靜農病逝前之絕筆。吾人當以「吾愛吾師，更愛真理」之前輩風範視之。）

Character，一語雙關，比中文的『字外有字』還更傳神。

八、字外有字[37]：字雖盡而意有餘

　　原始社會的藝術多半使用五官直接感受的形式動作，譬如打鼓吹角、畫臉紋身、飾羽舞蹈、烤獸飲血等等。在這個層次上，藝術的價值是以力和量爲視聽之勝，並以『雄遠人』。但是藝術成功於可見可量的物事，自然也受累於事物。套用電腦圖示術語，就是『你看到什麼，就只有什麼』，雖然『一個不少』可是也『半個不多』。同樣的圖，同樣的音，重復 20 次，對具有良好記憶功能的人就是一種煩擾。傳說《天方夜譚》的故事就是一位善說故事的聰明女子，爲了避免殺頭，一千零一夜講了 1001 個不同故事的故事。藝術的表達又受限制於自己和觀眾的時空和資源，如何用最少的時空和資源，讓觀者屢見不厭，這個要求和將軍帶兵作戰的挑戰是類似的。《孫子兵法》的第一句就是：「兵者國之大事，死生之地，存亡之道，不可不察也」。作戰不利，國死不能復生。詩寫不好，還可以追之以四馬；油畫畫壞了，塗上顏料可以再來。

㊱ A recent discussion of the meaning of 'character', see Adrian Forty's "Words and Buildings -- A Vocabulary of Modern Architecture," Thames & Hudson, 2000.　In its Part-2, chapter 1, 'Character', pp. 120 - 131.

㊲ 陸游有詩勵仔曰「汝果欲學詩，功夫在詩外」，而不在辭句雕琢。林按：詩法如此，書法亦然。有志於書法者，當於筆墨技巧之外，另下功夫，而于字中有詩書韻，忠義氣，哲史觀，慈悲心。而於書房之外，復得「山川之助」（《文心雕龍》），以致於紙墨之外，猶有不盡之意也。古人所稱「文人字」者，吾以爲尚未盡發此意也。

但是書法一筆失控，一個敗筆就讓全篇破相。如何在一篇，一句，或一個字裏表達出切題而又與眾不同的風味，所謂「字雖盡而意有餘」，這是比詩還更難的挑戰。

《老子》和《孫子》是經典中少數既有哲理，又有詩意的傑作。他們不過用了五、六千字，竟然可以講這麼多的道理，而讓各時代、各文化的智者，每讀必有新見。這就是「字外有字」的智慧。大藝術家也都懂得「以少爲多❸」的戰略。譬如，達文奇的名作《蒙娜麗莎》，女子如謎的微笑，讓觀眾捉摸不定，爲之起興著迷，這也是「字外有字」的畫外詩意。同樣的道理，達利的油畫《停止的時間》，用鐘表在空間的垂萎，表達出時間的停止，這是「字外有字」式的畫外哲思。中國的書法，由於文字即畫，而且具有「簡勁、精緻、詩意、哲思」四大內涵特性，所以作爲「藝中之藝」，除了容易做到「以少爲多」「字外有字」之外，而且講究「字外見學」和「字外見格」（Character Beyond Character），爲書法藝術增添了西方『取悅於眾目❸』的視覺藝術所缺少的額外維度。因此，中國書法藝術成了詩、哲、學、格等複雜的變數「集大成」的『總載體』。難怪當今哲學藝術家熊秉明和物理數學家楊振寧都說「中國文化的核心在哲學，而哲學的核心在書法」。用『總載

---

❸　西方文藝也有類似的說法，見於英國詩人 Robert Browning ＜ Andrea del Sarto＞: "Well, less is more, Lucrezia: I am judged." 20世紀建築大師 Mies, Fuller 則用此句爲建築之哲學。林註：以鋼條玻璃爲最簡單的功能結構，而又提供大量的空間和光線，其結構類似中國書法用簡單縱橫的黑線，和下線間的空白和字間的充分空間。

❸　宋·郭若虛《圖畫見聞志》：今之畫者，但貴其姊麗之容，是取悅於眾目，不達畫之理趣也。

體』來描寫中國書法的『容量和氣象』，在觀察的角度上和用『核心』來強調其獨一性頗有不同，但既然『光』是『粒子』也是『波動』，那麼『核心』和『總載體』兩種看法，在進出之際，似乎也可以共存協觀。

　　以下，我將選擇一些經典名例，來闡明和加強，爲什麼中國書法不只是類似於一種西方的『視覺藝術』，或者是高級技藝匠而已❹。我們應該說『中國書法藝術乃是中國文史哲學識和人品人格的「總載體」，而以「字外有字」爲其最高的境界』。

九、「字外有字」──『品學之助』的經典例證

　　　"我喜歡的東西，未必具有很多觀念性。我不喜歡的是那些完全沒有觀念，只是視覺的東西。那讓我感到憤怒。" 　杜尚（Marcel Duchamp）81 歲，1966。

　　「字外有字」可以略分爲兩個部份。第一個部份來自書法家或學習者的先天才智，再加上後天累積的文史哲學養。第二個部份來自他的感情傾向，如幽默、嚴肅、狂傲、優雅、悲痛、激憤、高貴、慷慨、忠貞、節烈等不同複雜情緒的大小組合。這些性格的組成元素，除了「人品」對藝術的重要性中西大有差異之外，許多中西文藝研究者都認爲和藝作的風格有關。中華文化系統受到孔孟儒家思想的影響，把一個人的德

---

❹ 杜尚 (Marcel Duchamp): " The word 'art' interests me very much. Now everyone makes something, and those who make things on a canvas, with a frame, they're called artists. Formerlly, they were called craftsmen, a term I prefer. < Dialogues with Marcel Duchamp>, Pierre Cabanne, 1968. Da Capo Press, p.16.

行、人品、榮譽放在知識、能力、權勢、財富，甚至個人的快樂和生命之上。當一個藝術家或書法家才學德行兼備，他的作品才能爲大眾所欽佩，而認爲是書法藝術的上品。

但這種對藝術品味的標準，違反了西方自 18 世紀以來，『爲藝術而藝術』的原則和認知。尤其是藝術的成長來自藝術家的創造力，當一個藝術家不能從環境的框限中自我解放出來，或者把解放當成一種教條又來限制自己和別人，藝術就成了工藝。如果在藝術上還要加上道德的要求，甚至把抽象的氣節放在實際的金錢報酬之上，這不僅和現代「一切向錢看」的思維脫軌，而且似乎『保守』的可笑。這就有點像「既要馬兒跑的快，又要馬兒不吃草」，似乎違反近代流行的『經濟原則』。

然而，如果我們應用經濟學上最基本的「供求定律」，來檢驗美術和人品是否可以『共存』和人品『有沒有價值』的問題，我們將發現好的藝術總是不多，但好的藝術又有高尚的人格和品味存於其中，而又是古代作品更是少之又少。這樣的作品不能『再造』，所以根據「供求定律」，這種集『美、善、學』於一紙，而又不能複製的藝作，當然應該比只有『美』而無『人品、學識』的作品要『價值』更高❹。這是最簡單的邏輯，但也是最雄辯的道理。唯一遺憾的是，當藝術家爲眞理或氣節而犧牲之後，他長期累積的『人格』才算完成。所以想要成爲超一流的藝術家，不能不從歷史和哲學中取得『安心』，而且還要有點『不切實際』的『宗教情懷』才行。

以下，我將選五位中國書法史上的代表人物，依年代的次序，來介

---

❹　《歐陽修全集・筆說（論李建中）》：愛其書者兼取其爲人。非自古賢哲必能書也，惟賢者能存爾。

紹他們的代表性作品，以闡明什麼是「字外有字」，和這些書法大家是
如何達到這個聽起來相當抽象的書法最高境界。希望讀者爬上了『泰山
之頂』，對于中國書法的『陰陽造化』更加了然於心，在『蕩胸決眥』
之後，再看古今中外書法人藝，或有老杜登山，曹公觀海，披襟當風，
『一覽眾山小』的暢快。

（1）顏真卿《爭座位帖》與《祭姪稿》：『有奔勝大勢，盡激揚之態。超豁高雄，覽之若面。』

　　一般人習字喜由顏柳入手，但是說到承傳先後和變化勁味，柳不及
顏。顏氏的書法「因情立體，即體成勢」，式類繁多，遠不止坊間流行
的「麻姑仙壇記」一種字體。所以要談「顏體」，必先說明要談的是那
一時期的何種碑帖，才能『說清楚，講明白』所指何意。在這兩幅「有
奔勝大勢，盡激揚之態」（《顧愷之畫論》），雄奮無匹的文稿書法中，
顏真卿都表達了強烈的忠義之氣。《祭姪稿》是為優秀的晚輩青年而殉
國的悲憤之作。但其中更是為兄長之必將殉國，而自己恐怕終久也逃不
出一門忠烈的悲劇命運，而迸放的沉痛忠憤之氣。雖然歷來書家多認為
《祭姪稿》是《蘭亭序》之後的第一帖，但我認為《爭座位帖》整體的
文章書法氣勢還在《祭姪稿》之上。因為《爭座位帖》是魯公不計個人
官位和安危，因抗議奸臣魚朝恩妄進座次混亂班秩，辱及新立軍功的郭
子儀，憤而為國家禮制爭公道的忠義之作。而《祭姪稿》一帖則是起于
對自家親屬八人（見《祭伯文稿》）死節的直接感憤，所以在氣勢上以公
私小大而有差別。兩本書帖都在雄激的筆法外表達出「字外有字」的滿
腔熱血和忠義之氣，這是書法裏前無古人後乏來者的絕頂成就。這種雄
奮情感的強烈外射，是「超豁高雄，覽之若面」（《顧愷之畫論》）的表

（Character Beyond Character）字外有字．

現。這在西方也只有雕刻家米開蘭其羅和羅丹做得到，但卻是靠了巨大的石塊和三度空間的人形，用 20 到 100 倍以上的面積，和約 1 萬到 10 萬倍以上的重量，才能達到這樣的效果。所以我認爲顏眞卿處理和表現雄混之氣的藝術有如此成就，其重要的原因有二：一是由於個人的「人品」，二是出於「學養」。如果一個書法家只憑技巧和氣韻，一定不能達到這樣的高度。劉勰《文心雕龍·物色》說屈原文章寫得好，是靠「江山之助」。我認爲，與此同理，字寫的好，也可以靠「品、學之助」。

（2）蘇軾《前赤壁賦》：『文章妙天下，忠義貫日月』

蘇東坡，才藝多方，足以稱爲『東方的達文奇』而有餘。因爲蘇軾還做過『國防部長』（兵部尚書），和在定州前線帶兵，並成立『飛彈部隊』（弓箭手），成功的對抗兵強馬壯的契丹部隊。但是他最有名的還是他的詩詞文章，尤其是兩首膾炙人口的《赤壁賦》和 1083 年 48 歲時，正筆中鋒寫的《前赤壁賦》及側鋒縱意而書的〈黃州寒食詩帖〉。《前赤壁賦》本身就已是集文史道釋❷於一篇的佳作，再藉著作者自書其賦，所以成爲文史哲書四項的「總載體」，和王羲之的《蘭亭序》相呼應。東坡在此幅之後，有款識曰：「軾去歲作此賦，未嘗輕出以示人，見者蓋一二人而已。」可見烏臺詩案後的『白色恐怖』仍然陰雲籠罩，但這更反襯出東坡在賦文書法之外的豁達瀟灑。這幅書法，初看氣勢不及去歲所書跌宕多變的〈黃州寒食詩帖〉；但再仔細觀賞，則見東坡意

---

❷　《楞嚴經·卷二·佛與佛與波斯匿王論變與不變》：（形容衰朽）變化密移，刹那之間，不得停住。（所見不變）見恆河水，年六十二，水如三歲，宛然無異。（注：東坡論水月之變與不變，或出於此。）

態雍容，下筆力透紙背，不愧乾隆所讚『純棉裏鐵』之譽。這些讚譽之辭聽起來冠冕堂皇，但不是大行家，還是看不出門道。好在明朝的大書法家文徵明在書前補了殘缺的 36 個字，一比之下，蘇軾書法的妙處才見出精神來。黃庭堅評他的書法曰：「筆圓而韻勝，挾以文章妙天下，忠義貫日月之氣，本朝善書，自當推爲第一」。山谷的評論，一句一絕，不僅見識卓絕，而且把書道頂峰時，「字外有字」的境界來自人品學識，全都說透。有這樣的眼光，當然自己也是已登書法絕頂的高手，不然「平淡之人，如何說得這樣言語出來」（朱熹論陶淵明〈詠荊軻〉）！

（3）黃庭堅《苦筍賦》：『字中有筆，字外有字』

　　黃庭堅是北宋諫史賢士和蘇門四學士之一。蘇軾受到政治迫害，他的門生也都一同被貶受辱。好在自性灑脫，又得解脫於佛道，雖志不行，反於困頓之中，摘取李杜詩法，別創江西詩派。他又精於書法，自謂於二王顏楊之外，又得「江山之助」。其字橫強奇倔，波瀾自成，以氣運筆，以骨爲肉。他的書法風骨，不只是形態的創新，而是泰半出於人品學識，所以是學人志士之書，不是米芾一類『由技窺道』的書法家。我以爲他的書法是「氣盛則無所不至」的典範，有『子路已見孔子後』的氣象。山谷的書法傲睨當世，後人尊爲北宋四大家之一。他的書法富多樣性，一般認爲他的代表作是 58 歲，去世前三年寫的《松風閣詩卷》大字行書。但是我卻認爲他的《苦筍賦》卻是字小而精構如大字然。其書中斂外拓，傾側英動，縱逸豪放，山谷志行學養、詼諧遊戲並見於此，其書「字中有筆」，又能「字外有字」，故非尋常書家文士所能追筆。他在四川仍然受到政治迫害，一詩一文一詩一文都可能遭致文字獄。所以賦中所云：「（苦筍）蓋苦而有味，如忠諫之可活國。多而不害，如

舉士而皆得賢。是其鍾江山之秀氣，故能深雨露而避風煙」。這是夫子自道。後來恭帝時追謚文節，那是記實的謚讚。

（4）楊守敬《水經繪水注軸》和《水經注汶水條屏》：『道法自然，江山之助』

　　作爲一位自學出身的近代書法大家，楊守敬在中國的的知名度不及他的書法在日本受到的重視。楊守敬奉光緒帝之命，去日本宣揚中國文化和書法。他不僅帶去一萬三千餘冊碑帖，並且親身示範碑篆帖相結合的新理論。影響所及，四年之間在日本刮起『楊氏旋風』，一改日本過去流行單一行草書法的舊面目，所以有人甚至認爲他是日本近代書法革新之祖。他曾教他的日本學生，學書『一要品高，品高則下筆妍雅，不落俗塵；二要學富，胸羅萬有，書卷之氣自然溢於行間。』這是他的親身說法。他的『本行』是古文字和地理專家，所以他認爲最能表現他的學問並非書法，而是他的《水經注疏》。他曾說，他賣字所得，乃是用來支持他研究酈道元《水經注》用的。一般書評者對他的書法都比較模糊，總是說些雄勁秀媚，風格多樣不著邊際的術語，似乎都忽略了一個影響他筆法氣韻最重要的來源——《水經注》！我則認爲他的書法成就似乎頗得力於《水經注》的研究和「江山之助」❸。瞧他那雄峻險拔的架構，若不是從崇山峻嶺得來，是從那里得來？他那自然流動而又有波浪瀉濺的突變，若不是從大江急湍得來，是從那里得來？所以我以爲古

---

❸　黃庭堅，江西詩派之祖，善行草，自謂得「江山之助」。嘗譏時人弄草書者曰：「近時士大夫罕得古法，但弄筆左右纏糾，遂號爲草書。不知與蝌蚪、篆籀同法同意。比之古人，入則重規疊矩，出則奔軼絕塵，安能得其彷彿？」

代的大書法家，都不是十年寒窗苦練出來，而是靠人品及學識之力和『道法自然』的「江山之助」。

（5）弘一大師，李叔同的佛道書法：『空而又有，有而又空』
——『辯證性』的書法。

　　論「字外有字」的書法，上面列舉的四個書法大家，講的都是「品學之助」，漸修漸進，越來越「有」內涵的書法藝術。但是書道中還有一門與上面所說大為不同的『功夫』，其重點基於『空而又有，有而又空』的思想，其代表作見於弘一大師的晚年書法。

　　弘一大師的三期書法從外形來看，可分『扁、方、長』三型。但其中的進程則是從『學什麼像什麼』開始，繼而『勇猛精進』，最後是『捨舊創新，既空且有』，於三千年眾多書法高手中，獨樹一格。這樣的成就，當然不只是他個人的詩、畫、劇、樂、書、雕諸才藝而已，也不止於「溫良恭簡讓，天真又不矜才使氣（葉聖陶語）」的品格修養，而在於他把佛教『空有二宗』的哲學融入書法。

　　李叔同出家之後，捨棄了所有的財富和其他的藝術愛好，只留下詩、書、畫、印的基本文人功夫。這似乎和他所集的佛法百一句《晚晴集》中蕅益大師說的「勿貪世間文字詩詞而礙正法！」相矛盾。所以他曾特別講過〈佛法非說空以滅人世〉的道理：「大乘佛法，皆說空及不空兩方面。雖有專說空時，其實亦含有不空之義。故須兼說空與不空兩方面，其義乃為完足。何謂空及不空。空者是無我，不空者是救世之事業。雖知無我，而能努力作救世之事業，故空而不空。雖努力作救世之事業，而決不執著有我，故不空而空」。所以弘一大師晚期的書法清涼平靜，一掃『八面出鋒，山峻湍急』的『外相』，如《晚晴集》中〈理趣六波羅蜜多經〉和〈佛遺教經〉中所云：「離貪嫉者能淨，心中貪欲

雲麝，行少欲者，心則坦然，無所憂畏」。而結字之點劃常各自『靜立』
而於其他筆劃，有如「君子之交，其澹如水（〈與夏丏尊訣別遺書〉）」，
結果各字「猶如夜月，眾星圍繞」，『點』雖與『劃』若即若離，但感
覺上「觸事有餘，常無不足」，而各字之間也有如「籬菊數莖隨上下，
無心整理任他黃，後先不與時花競，自吐霜中一段香（《晚晴集》〈誦帚
禪師〉句）」。所以弘一大師對佛法和書法的態度和結字組字的理念在哲
學和邏輯上是一致的，正如他所說的「眞正之佛法先須向空上立腳，而
再向不空上作去。豈是一味說空而消滅人世耶」！《維摩詰經》說：「不
離文字說解脫」，而弘一大師一生也不離書法文字說解脫，所以也並不
違背佛法，而創出一門「字外有字」，有『辯證性』的書法。

　　「字外有字」的範例當然不止以上五位大書法家。天下的藝術就如
《孫子·兵勢篇》所說：「色不過五，五色之變不可窮也；味不過五，
五味之變不可勝嘗也。戰勢不過奇正，奇正相生，孰能窮之哉？」所以
本節舉例，雖止於五，然亦『字外有字』，意固不止於五也。

十、結　語

　　漢字書法是中華文化的「總載體」，也是中華藝術的核心。因爲在
它獨具的藝術特性之外，它還講究人品和學養，所以它的內涵和表現方
法「垂直」於西方文化藝術，成爲人類文化重要的一環，而不能被西方
藝術所超越或取代。爲了重新檢驗中國書法的特性和在人類文化史上的
價值，作者借用『現代商業管理』中，『時間、人力資源管理』的估量
單位──「人年」，當作一種新的方法和角度（但非結論）來比較人類文
化史上六個重大的『大眾文化活動』，以『計量』的方法代替『感情』
的認知或傳統而封閉的價值觀，從一個全新的角度來重新排列「中國書

法」的地位。當比較的結果指出中國書法竟然比許多我們認爲重要的東西方人類文化活動要大 10 到 1000 倍時，作者也不禁『先天下之驚而喜』。

但如果我們從中國書法「以少勝多」的四大特性「簡勁、精緻、詩意、哲思」來看，則它對「藝中之藝」的雅號也當之無愧。中國書法之所以有如此的優勢，來自中國文字的特殊結構，和它所具有的圖、音內涵，最自由能 360 度出鋒的毛筆，和毛筆能連續調變墨跡寬窄達百、千倍！以及對「墨分五色、白具五味」虛實哲學的精到。所以中國書法能配合詩畫，創造出萬倍於西方拼音文字的表達能力，能優雅和諧地集「詩書畫三絕」，甚至「詩書畫印款號六藝」於一張二維的薄紙上。

因此，我樂觀地認爲，中國書法雖然面臨 21 世紀電腦人工智慧和實用經濟的挑戰，但它本身所具有的特性和內涵卻絕不能被西方拼音文字所取代。況且人類天生喜歡動手書寫圖畫，這種深植於人類本能的娛樂方式的不能也不易被非動作的電腦娛樂所完全取代。所以我認爲今後的『漢字書法』配合電腦人工智慧，可以開發出多功能而經濟的「電子毛筆」，而以「電腦書法」的『姿態』重新成爲新世紀大眾化的「藝術中的藝術」。於是乎，書法愛好者將再向書法史上的大師們學習和欣賞「品學之助」，從『人品氣節』到『學識胸襟』，自經典的學識到大自然的「江山之助」，最後從有到空，從空到『既空且有』，而且「字外有字」的頂尖書法藝術境界。

附記：本文的完成，要特別感謝美國漢字書法教育學會主持人顏宜先生的邀稿、審問、慎思、明辨、修辭、助想和鼓勵。
本文原稿爲英文稿《Character Beyond Character》，刊於 Proceedings of The 2nd International conference on East Asian Calligraphy Education, California State University, Long Beach, 11-13 August, 2000. p.17-32.

論中華書法之一

墨分五色
白具五味
崖實並起
雄雅為貴

中華文化言墨分五
色久矣然言白具
五味上承孫子則
且吾始是為記
癸未七月廿日林中明

草菇真菌顆植物
傯得其通則蓬字牽生
其物常生方死誠如內典
所云夢幻泡影也

此澌吾所云白具
五味
之物乎

〈論墨分五色白具五味及雨後蘑菇詩圖並跋〉2003.7

讀黃庭堅《苦筍賦》詩圖註識

林中明　　　　　　2003.7.25

　　黃庭堅（西元 1045〜1105 年），字魯直，號山谷道人。江西分寧（今修水）人。北宋諫史賢士，以蘇門學士而得禍，備受貶辱。然自性灑脱，雖志不行，反於困頓之中摘取李杜詩法，別創江西詩派，有《山谷集》行世。又精於書法，行、草、楷法皆自成家。書尊二王顏楊，轉取張旭、懷素、瘞鶴筆勢。其字橫強奇倔，波瀾自成，以氣運筆，以骨爲肉，風骨出於人品學識，有"子路已見孔子後"之氣象。此所謂學人志士之書，亦余所常謂「氣盛則無所不至」之典範也。山谷書法傲睨當世，後人尊爲北宋四大家之一。宋徽宗亦擅書，猶讚其書云：「黃書如抱道足學之士，坐高車駟馬之上，橫鉗上下，無不自如。」此帖雖爲小行書，然筆勢精勁，中斂外拓，傾側英動，縱逸豪放，志行學養、諧謔遊戲並見於此，非尋常書家文士所能追筆者也。

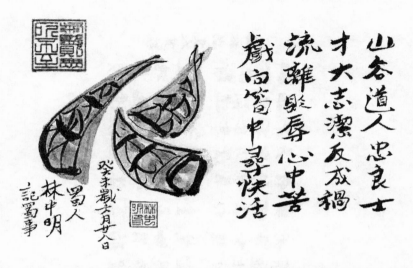

凡我蜀人，讀此賦畢，不可不如八大之哭之笑之，然亦不必爲俗人道也。

黃庭堅《苦筍賦》

　　余酷嗜苦筍。諫者至十人。戲作苦筍賦。其詞曰。僰道苦筍。冠冕兩川甘脆愜，小苦而及成味。而及成味。溫潤稹密。多啗而不疾人。蓋苦而有味如忠諫之可活國。多而不害。如舉士而皆得賢。是其鍾江之秀氣。故能深雨而避風煙。食肴以之開道。酒客爲之流涎。彼桂玫之與夢永。又安得與之同年蜀人曰。苦筍不可食。食之動疾。使人萎而瘠。予亦未嘗與之下。蓋上士不而喻。中士進則若信。退則眩焉。下士信耳。而不信目。其頑不可鐫。李太曰：但得醉中趣，勿爲醒者傳。

〈讀黃庭堅《苦筍賦》詩圖註識〉2003.7

〈論杜尚詩圖並跋〉2003.7

五、文化源流和發揚創新

　　研究任何學問，必須先弄清楚它的「來龍去脈」。中華文化博大精深，窮一生之力，身在此山中，不知廬山真面目。要尋水源之頭，不僅先要「甚異之」，而且要「緣溪行」，專心一意以至於「忘路之遠近」，累了，還要「復前行」，執意「欲窮其林」。到了「林盡水源」，終於「便得一山」，但也不能盤踞山頭，別忘了找出「源流」的「小口」。

　　此時，要有眼力，於眾人不疑處有疑，看出前人所未見的「彷彿若有光」之處。在這個緊要關頭，別人或會大書「到此一遊」，止於所當止。但有心的「漁人」，懂得「法尚可捨，何況非法」的禪理，於是毅然「便捨船」，大膽地摸黑「從口入」。一門嶄新的學問，前無古人通行，當然是「初極狹，纔通人」，在黑暗中摸索，撞到滿頭泡，跌跌撞撞，「復行數十（百）步」，終於「豁然開朗」。

　　尋源和創新，陶淵明早在他的《桃花源記》裏描寫過。我們如何尋源溯流？又如何繼承前人的智慧，再發揚和創新？這樣的題目過去談的人很多，以下選列的五篇論文，試圖從不同的角度，左文右武，前科技，後經典，再探《桃花源》。

　　中華文化裏最早的大規模詩文記錄，見于《詩經》。研究中華
文學和文化，不能不從《詩經》開始。詩三百，從何下手？我認為
論詩，必從人類的基本感情開始。孔子編排的《詩》，把〈關雎〉
一詩放在最前線醒目的第一篇，給讀者「當頭棒喝」，足見孔子的
眼力過人和教育方法的積極。現代人對古代經典失去共鳴，喪失對
中華文化的信心，這也和經典傳釋的偏窄化，和對群眾沒有親和
力，有相當大的關係。抓到基本點，就能用現代的科學語言和幾何
學來解釋古典詩學的『賦比興』。然後推而廣之，也可以和世界古
代諸文明的情詩接軌。

　　由此證明天下文明，人同此愛人之心，所謂的「文明衝突論」，
不過是西方新霸權主義者的藉口而已。論情詩，還能講到文明史。
夫子教詩，固未嘗止於關雎和草木魚蟲。但這篇《中西古代情詩比
略短述──並由《易經·乾卦》推演『賦比興』的幾何時空意義》，
卻也像杜甫見『江上值水如海勢』，聊短述而已。然而回顧911事
件的發生，這篇短文還有其歷史的見證意義。見『後記』。

　　有了《詩經》打前鋒，然後才可以順流而下論『廣文選』的源
變。這篇《廣文選源變舉略：從《詩經》到桐城》，不僅從「熱力
學第二定律」探討人類編纂『文選』的潛意識，而且率先使用幾何
學上「三點定曲線」的方式，探討中華文化史上的三個『文選』重
點：從《詩經》、《昭明文選》到清朝的『桐城派』兩部文選──
姚鼐的《古文辭類纂》和曾國藩的《經史百家雜鈔》，去沿循和比
較「古」「今」『文選』的同異。然後再從時間的橫向，選取與《昭

明文選》同時，而有代表性的《玉臺新詠》和《弘明集》，以左右逢源的方式，互相對照這同時代的三大文選。最後，再加上過去三百年來，最受大眾歡迎的《古文觀止》，試由嶄新的文論和兵法的視角，對比討論這六種著名文選的特性和成敗得失。希望從這個起點，為『廣文選』研究放下一塊墊腳石，以為今後世界性和現代化『廣文選』的探討鋪路。有道是「一代有一代之學」，我們對於「廣文選學」今後能不能貫通古今，匯流中西，寄以厚望。

在用《文心雕龍》的文藝理論和《孫子兵法》分析了文藝創作和詩、文、戲劇傳奇、宣戰雄辯文學、八大六藝、書法道藝，和「品學之助」的「字外有字」的境界之後，我們發現用《文心》和《孫子》去研究中國古典文論確實是務實而有力的工具。這一篇《由《文心》、《孫子》看中國古典文論的源流和發揚》本是為復旦大學2000年舉辦的《古代文論研究的回顧與前瞻》國際學術會議而作。發表之後，又添加作者在過去幾年對中國古典文論發揚所作的探討，列舉 10 大類實例來闡明理論和研究的初步結果。並於文尾討論目前中國古典文論的『局限』，和指出 8 個中國古典文論研究的『新方向』與『展望』。

劉勰早在 1500 年前指出，「文變染乎世情，興衰繫乎時序」。文藝固然受社會環境的影響，反過來經典文化的研究也可以指導文明發展嗎？過去古代的士大夫和所謂的讀書人，以天下為己任，常把文史哲兵經統合而談。現代人分工日細，古、今、文、理分離。能論的人不敢多論，不能論的則無所不敢談，但談的都是別人說過

的話。於是中華文化如「老兵不死，逐代衰微」。於是乎，怎麼發揚「經典文化」，如何把「經典智慧」用在企業管理和科技創新上？和有實例可循嗎？等現實而迫切的問題就一再地嘲笑「舊經典」和「朽文化」。辯論這類的問題，常常淪于雄辯的技巧，勝之常不武，敗者亦不服。因此我認為，最好是選擇一些最有代表性的「舊經典」，找出它們蘊藏和經過上千年考驗的「活智慧」，實證的應用到最現代的論題上，自然見出真章。對大家都有用的「活智慧」，只有笨人、懶人和妄人，才會棄之於泥。

《舊經典活智慧——從易經、詩經、孫子、史記、文心看企管教育和科技創新》，就是專為喜瑪拉雅基金會第四屆《中華文明的二十一世紀新意義》學術研討會而寫。但真正的對象，卻是為『文史哲兵經』等有所期待的『上士』而寫。這就是曾國藩所謂：「風俗之厚薄，繫乎一二人心之所嚮而已」。當然當今社會智士萬千，「既見君子，云胡不喜」！

組文的最後一篇是以《禪理與管理——慧能禪修對企管教育與科技創新的啓示》來壓軸。文章的題目雖然是講『禪理』，但是文字卻是出入於文史哲兵經之間，好的道理佛道儒耶和中西並收，並特究當今工商實例。這篇報告之所以特別選擇和推崇禪宗的六祖慧能，是因為發現他能以一個不識字的鄉下『野人』，竟然能融會古今中印，把「舊經典」現代化、消化、簡化、本土化、大眾化之後，又使得『中國禪宗』能在其後的一千多年，國際化和全球化。學問之道，豈非也應當如《金剛經》所說，而慧能曾展現的「應無所住而生其心」乎！

中西古代情詩比探短述❶——並由《易經・乾卦》推演『賦、比、興』的幾何時空意義

緣　起

　　《周禮》把《詩》分成三大類，曰「風、雅、頌」。近代《詩經》研究大師聞一多認爲「三百篇有兩個源頭，一是歌，一是詩」❷。其實古代人類日常生活中詠寫詩歌，大多只不過起於一事，即男女之情。說「情詩」是詩之本源，當不爲過。既然『情』是詩的源頭，「情文相生（曾國藩）」，所以「源督以爲經」，而古今詩文必然是「緣情而綺靡（陸機《文賦》）」。至于「賦詩言志，教詩明志」那應該是較少數的知識份子和士人們才感興趣的事，遠不及男女情詩對人類情感的沖擊和影響來得普及而且根本。用數學的比例來看，百分之九十以上的正常人，都經歷過男女情愛的階段。但有志於公務和官場的人，古今中外最大的官僚體系，都不曾超過轄區人口的百分之十。古來學者把『情』和『志』當

---

❶　杜甫詩題〈江上值水如海勢，聊短述〉。
❷　夏傳才《詩經研究史概要》，萬卷樓圖書公司，1993。

做一回事，在層次和比例上都不免單調失真和過于簡陋，以偏概全❸，不近人情。現代人對古代經典失去共鳴，喪失信心，這也和經典傳釋的偏窄化，和對群眾沒有親和力，有相當大的關係。

再從人類的發達史來看，人類文明發達之後，以詩歌文藝韻律法規來文飾基本的感情衝動。譬如狐裘皮靴之外，再披巾戴帽，本體之美，反而遮失。明朝的都穆曾在他的〈學詩詩〉裏這樣說：『學詩渾似學參禪，不悟眞乘枉百年。切莫嘔心并剔肺，須知妙悟出天然。』這種看法，也許就像不識字的禪宗六祖惠能，舍棄繁瑣經文，直指人心，明心見性。到頭來，這個南方來的獦獠，反而截斷眾流，直承佛陀拈花微笑的眞義。

所以我曾效仿前賢寫了一首〈論詩詩〉，批評歷來『職業詩人』的詩，如衣架而無血肉。中國的詩，至中唐而造極。但盛唐之後的詩，一來受到律法的限制，再加上摹仿前人，所以詩中之『情』，如加水之酒，越加工而味越淡，不能動己，如何感人？詩云：

> 『好詩如雕龍，而非精雕蟲❹；六義互鋪陳，詩情反不濃。
> 爲詩意如何？不在細律中；必先得其情，次而求其工。』

我認爲『夫「六義爲詩」，此唐人元稹讚張籍之句也。嗟乎張籍特句律之雄也。以其所學，苟得其師韓愈詩情豪氣幽默❺之半，亦可以虎踞唐

---

❸ 孔穎達《左傳正義》：此六志《禮記》謂之六情，在己爲情，情動爲志，情志一也。

❹ 李白〈古風·第三十五首〉：『一曲裴然子，雕蟲喪天眞。棘刺造沐猴，三年費精神。』

❺ 林中明《談諧讔——兼說戲劇、傳奇裏的諧趣》，文心雕龍研究第四集，北京大學出版社2000年，p.101-131。

代詩壇之一角矣。夫「六義鋪陳」拳拳於心，此其詩之所以不至也。』
因此我提出，研究古代詩歌，必先從最根本的「情詩」下手。能如此，
則如孟子所云：『氣盛則無所不至』矣。而同時研究幾個最偉大的古文
明裏的情詩，更能讓我們從文化之異，見出人性之同；而由詩情之同，
庶幾又可以見到生命之道，以及世界八大文明間和平的可能性。

　　好的文章詩篇，一定講究「起、承、轉、合」。高明的「文選」，
開頭和收尾的文章更有《孫子兵法》『常山之蛇，首尾呼應』的眼光和
抉擇❻。孔子雖然不是選編《詩經》的原始人，但是做爲「六藝」的教
師，《詩經》各大類的首篇次序，想來孔子必有選擇。尤其是全書的第
一篇，意義更爲重大，所謂「知所先後，則近道矣」❼。把〈關雎〉❽
一詩放在最前線，給讀者「當頭棒喝」，足見孔子的眼力過人和教育方
法的積極。可惜後世小儒違心解詩，偏離人性，難怪現代的中國讀者，
對《詩經》失去興趣，聯帶對中國文化也失去信心。

　　爲了更廣泛地瞭解人類詩歌的本質原意❾，和《詩經》的世界性，

---

❻　林中明《文選源變舉略：從《詩經》到桐城》，昭明文選國際研討會，第四屆
　　論文集，吉林出版社2001年，p.562-582。

❼　《韓詩外傳卷五》子夏問曰：「關雎何以爲國風始也？」孔子曰：「關雎至矣
　　乎！夫關雎之人，仰則天，俯則地，幽幽冥冥，德之所藏，紛紛沸沸，道之所
　　行，如神龍變化，斐斐文章。大哉！關雎之道也，萬物之所繫，群生之所懸命
　　也，河洛出圖書，麟鳳翔乎郊，不由關雎之道，則關雎之事將奚由至矣哉。哉！

❽　王夫之《詩廣傳·周南九論·論關雎》：性無，不通；情無，不順；文無；不
　　章。道生於餘心，心生於餘力，力生於餘情。白情以其文，無吝無慚，而節文
　　已具矣，故曰〈關雎〉者王化之基。

❾　海濱《國風中的愛情詩與維吾爾族情歌的比較研究》第四屆《詩經國際學術研
　　討會論文集》1999。孫作雲《詩經與周代社會研究·詩經戀歌發微》，中華書
　　局，1966。

本文選取西方古代文明中，文化發展程度略與殷周相當者之古詩情歌，加以觸類比較：從古埃及❿、希臘⓫、羅馬到《舊約》中的《所羅門王之歌》。以例證探討中西文化的異同，廣其辭意，從異中見同，由同中見異。『見異』，劉勰在《文心·知音篇》裏指出「見異，唯知音爾」。『見同』，足見人情之『道』不因時地而二也。由于所冀者大，所治者廣，因此在這篇短文裏，只能精選各議題的重點，做扼要的探討。此老杜所謂『觀江上水如海勢，聊短述』是也。

古情詩例證──探討中西文化的異同

【希伯萊猶太教《舊約》中的〈所羅門王之歌⓬〉】

西方文明傳承自埃及希臘的數理分析和猶太基督教的宗教信仰兩大源頭。猶太教的《舊約》，是希伯萊民族集神話、傳說、種族宗教、律法，詩歌和社會習俗，歷史和地理於一爐的重要經典著作。我們甚至可以說它是相當於中國古代合『詩、書、易、禮、樂、春秋』於一冊的『文選』也不爲過。做爲一個偉大宗教的聖典，其選文時的嚴肅性可想而知。這可以說古今中外一同，幾乎沒有太大的差別。然而在這部雄暴而剛性的聖典之中，竟然收錄了《所羅門王之歌》這麼短短兩千多字，

---

❿ Michael V. Fox, "The Song of Songs and the Ancient Egyptian Love Songs", The Univ. of Wisconsin Press, 1985。

⓫ W.R. Paton, "The Greek Anthology", Harvard University Press, 1916。

⓬ 《所羅門王之歌》又稱《詩歌中的詩歌》，或借用《詩經》〈大、小雅〉的名稱，恭稱其爲《雅歌》。

陰柔婉轉的男女情歌詩篇。這不僅和《舊約》的其它篇章體例不符，就連以陰柔慈悲性和《舊約》互補，而更近人情的《新約》裏，也沒有『開會、投票、選入』類似的情歌詩篇。雖然世間各個宗教都認爲自己的『聖典』是最偉大的『聖經』，但是從內容的豐富和選篇眼光的特殊性而言，我認爲無出《聖經》之右者。大乘佛教裏最精闢經典之一的《金剛經》有云：「一切賢聖，皆以無爲法，而有差別。」我們如果借用這句話的精神，反過來看《聖經》，那麼《所羅門王之歌》這一小篇的情歌詩篇，就是《聖經》之所以勝於許多其它宗教聖典，甚至于大部份的哲學經典的關鍵著力點。因爲從文化的根本而言，如果忽略了『人』和『情』，其它的一切就都落於空談。我曾有一偈記此事曰：

> 〈歌中之歌〉，《聖經》之要。詩篇文句，混於史料。
>
> 因何而起？指何而云？自何而歸？緣何而昇？
>
> 古來教衆，罕明其妙。想見上帝，率性爲道。
>
> 若無情愛，則人虛矯。僞心求慧，如求兔角。
>
> 譬諸養蘭，忘根求表；洗葉修枝，花影茫香。
>
> 人有神性，因情昇奧；渡河須舟，捨舟見道。

相信這樣的理解，或許比較接近猶太教前修學者記詩和選文的用心。

《所羅門王之歌》雖然是相當直接描述男女情愛的詩篇，然而全篇無一字提到『耶和華』或上帝。但後世的猶太人和基督教徒卻常把它用于婚禮、慶典的實用儀式。甚至在理論的層次上，多認爲詩中女子和愛人的關係，其實是隱喻人和上帝的關係。這種『聖典化』的做法，和中國帝王和儒家把孔子和《五經》『聖典化』的做法如出一轍。這也說明了人類思想發展史上的共性。

【西方古代情詩和〈關雎〉、〈狡童〉】

　　『關關雎鳩，在河之洲；窈窕淑女，君子好逑』這是周人的名句。《所羅門王之歌》裏第二章就說『冬天已往⋯⋯百鳥鳴叫，班鳩之聲，我境聞到』。但熟悉莎士比亞情詩的學者，一定也對因鳥鳴而起興的〈這是情郎伴情女〉（It was a lover and his lass）這一首詩中的名句『眾鳥歌鳴，其聲叮叮 ❸』（When birds do sing hey ding a ding. Sweet lovers love the spring.），感到面熟。此外，莎翁詩中『眾鳥歌鳴，其聲叮叮』穿插詩中四次之多，和『窈窕淑女』出現於〈關雎〉的次數相同，這也是古今中外詩心、詩情和『賦比興』詩技共通的一個趣例。而且複數的鳥，也爲《詩經·關雎》中文英譯，提供最佳範例。

　　《詩經》裏的〈狡童〉記述女子嬌嗔，對男友又愛又怨的心情：『彼狡童兮，不與我言兮。維子之故，使我不能餐兮！彼狡童兮，不與我食兮。維子之故，使我不能息兮』！這種世界性的女人語句，當然也能在詩劇大師莎士比亞的作品中找得到對應。譬如在〈他的情人的殘忍〉（His Lover's Cruelty）一詩中，就有和〈狡童〉異曲同工的詩句：

　　⋯⋯　Is constant love deemed there but want of wit ?

　　⋯⋯　Do they call virtue there ungratefulness ?

《所羅門王之歌》裏女子指男友爲『毀壞葡萄園的小狐狸』，也和《詩經》裏的『狡童』和『狡狐』的意思相同。至於現代流行歌曲之王──貓王（Elvis Presley），他也有一首〈別對我這麼殘忍〉（Don't Be Cruel）風行全球。原因也是『情』之傷人，古今中西無二。《聖經·傳道書》

---

❸　李金坤《〈關雎〉『關關』新解──讀《詩》小札之一》，2003年8月。

裏記載所羅門王嘆息『太陽之下無新事』，可以說是見道之言。

【古代希臘⑭、羅馬情詩例證】

一·古希臘的女詩人薩芙（Sappho），是西方藝文界最景仰的人物。文藝復興時代，意大利三大畫家之一的拉菲爾，在他著名的壁畫裏，群列希臘名士數十人，但只有薩芙一人立有名牌！可見上乘愛慾情詩在西方文藝史上的地位。

二·羅馬的歐菲德（Ovid），擅寫愛慾情詩，他因為寫《愛之藝術》，竟被羅馬當局驅逐出境！但丁因寫《新生（Vita Nuova）》31首人間愛情詩，奠定了他文學上的地位。他在《神曲》裏，再寫和戀人相逢於天上，創造了西方文藝世界裏最偉大的詩篇。

三·十九世紀，美國詩人愛倫坡的〈安娜貝爾·李〉（Annabel Lee），也是繼承這個西方情詩的傳統，只不過是為哀悼他年輕就去世的愛人而寫的有血有淚的哀情詩。

由此可見西方古今藝文巨擘都是重感情的才子，所以他們的作品才能『將心比心』，感動後世和異地他族的讀者。不過有道是『詩緣情，文依理』，所以寫文藝理論的大師，不一定是寫情詩的好手。譬如寫中西第一部有系統的文藝批評理論大作《文心雕龍》的劉勰，他的感性範圍和層次如何？就是一個很值得我們研究的對象。

【劉勰的情志心理分析和時代的影響】

劉勰在寫《文心雕龍》的時候雖然借居於定林寺，但他還不是佛教

---

⑭　W.R. Paton, "The Greek Anthology" Harvard University Press, 1916。

徒。因為他在《文心雕龍·程器篇》以「君子藏器，待時而動」自勉，
準備「緯軍國，任棟梁，奉時以騁績」。『緯軍國，奉時騁績』這是須
要殺人流血的工作，所以我認為善用《孫武兵經》於文藝論的劉勰⑮，
在壯年時期絕對不是佛教徒。但是《文心雕龍》的〈明詩〉〈樂府〉〈諧
讔〉⑯等篇裏所顯現的文學理論完全不考慮『男女之情』，就很可能出
于誤解孔子的儒家、經學家的影響，而使得《文心雕龍》的作者沒有兼
顧到人類文藝創作的最基本感情，以至于這位文理俱勝，融兵入文的文
藝理論大家，『功虧一簣』，沒有達到圓滿的境界。這真是相當可惜的
大遺憾事，但也是一個研究《文心》的新視角。

從幾何學和四度空間來探討『賦、比、興』的作用

寫詩的最基本手法就是「賦比興」。以下就是從人之情和空間之理
來探詩作中賦比興的基本道理。

《所羅門王之歌》善用『賦』，因為散文詩的字數比《詩經》大部
份詩篇所用的四言要來的多，所以容易描寫景物事件。至於『比』的手
法，則《古埃及情歌》、《所羅門王之歌》和《詩經》都驚人的類似。
《所羅門王之歌》描寫良人和自己的美麗，就用鳳仙花和玫瑰花來比

---

⑮　林中明《劉勰、《文心》與兵略、智術》，史學理論研究，1996第一期。
⑯　林中明《談諧讔：兼說戲劇和傳奇裏的諧趣》，文心雕龍研究，第四輯，北京
　　大學出版社1998。

喻。說身體的美好，就用『一對小鹿』來比喻佳偶的兩乳，『滴蜜的蜂房』來比喻新婦的嘴唇。《古埃及情歌》則用 mandragora 根球形容『妹妹的乳房』，睡蓮花比喻嘴唇。《詩經》則文雅得多，用編貝、蜻蟒之類的蟲魚草木來形容身體部位的美好，幾千年來，幾乎取代了正式器官的名稱。屈原好用「香草」自況，蘇軾以「桂棹蘭槳」自居。「記得綠羅裙，處處憐芳草」更是大家熟悉的『比、興』名句。關于『賦比興』的研究，自古至今，差不多能想到的情況都有人分析討論過。似乎已到了重復所羅門王名句『太陽之下無新事』的地步。不過一代有一代之學，我們應該從現代人的認知角度去『溫故知新』。以下就是我從《周易》，加上現代對幾何四維空間的認知角度，來解釋『賦比興』的科學觀。

【從《易經·乾卦》看『賦比興』的幾何時空意義】

1.『賦』：

《文心》解釋為「鋪采摛文，體物寫志也」。可以說是作者用較直接的鋪陳方式，置點畫線，以打輪廓的方式來描述事物情況。這也相當於創造文字時的「象形」和一些「指事」的手法。由于每個人見聞和所知有限，大部分人都是從自己所見，以類乎「井底之蛙」和『潛龍勿用』的方式來觀察描述外在世界。就幾何學而言，是『點』和「零度空間」的籠罩範圍和認知度。當『個人』〔我〕和『他人』〔你、他〕相溝通時，知識的範圍就從「零度空間」延展到「一度空間」。就各個人的成長經驗而言，這又好比『管中窺豹』，移動管，則觀察的範圍就從由固定的『點』而延申到『線』，從「零度空間」擴大到「1度空間」。《金剛經》說的「人相、我相」，大概就是指人類在「零度空間」和「1度

空間」裏，有限度的情識活動和範圍。

2.『比』：

《文心》解釋爲「切類以指事，寫物以附意」，類似於創造文字時的「形聲、會意」的手法。可以說是作者用間接的方式「颺言以切事」，把感情活動和觀察範圍擴大到『人、我』，甚至于『你、我、他』的「眾生相」；以及對物質世界裏前後、左右、上下等相似類型的比較和串聯。於是乎，觀察的範圍就由點而線，擴大到「2度空間」。就感情的瞭解而言，這就是《孟子》所說的「他人有心，予忖度之」；就事物的描寫方式而言，就是「喻、擬、類、寫、方、譬」諸類。把「一對一」的直接描寫，擴展到「比聲、比貌、比聞、比舐、比觸、比心」等感官的延伸；或者「以物比理、以聲比心、以人擬獸」，以甲比乙，其類不勝舉。這種擴大範圍的方式，徵諸於《易經》，相當於「乾卦」裏九二的『見龍在田』，由個人之中心一點，上下左右擴大範圍，其結果就是『田』狀的幾何圖形。《文心》說『比』是「觸物圓覽」，其實也就是古文字『田』字的圓形結體，妙不可言。因爲觀察範圍的擴大，『君子學以聚之，問以辯之』，就有了『天下文明』和『利見大人』的結果。現代流行的快易『比較文學』，在方法上，就是走『平面擴張』，就近推演的路。因此有時也不免流於主觀上牽強附會，或客觀上材料機械化之弊。

3.『興』：

《文心》說是「起情」，「依微以擬義，環譬以極諷；託喻婉成，稱名也小，取類也大」。就文字創造的方式而觀，『興』和「會意、轉注、假借」似乎都有關係。中國的書法，『賦』形表意，筆法比取於流

行名家。但書法的成就，最難就在于興的表達。宋代以來所謂的「文人字」，其實就是以寫詩的方式來表達書寫者的學識、修養和趣味。書法到了《字外有字》的境界❼，那就到了『興』的層次，也就是書法的最高境界。用「賦」和「比」的手法，作者可以鋪陳轉比，以多爲勝寫出像樣的文賦。但是詩要求字少意深，所以只有賦比而無『興』，則難以成爲好詩。所以說，『興』是文藝作者努力的終極目標。乾卦九三說『君子終日乾乾』，『與時偕行』。就是說文藝創作者拼命努力，和時間賽跑，隨著時間的前進，在「2度空間」裏不斷地去擴展進步。當作者或詩人更加努力，即使依附著柔軟的逆流，也能跳出框框條條，那就應了乾卦九四的『或躍在淵』，從「2度空間」的水面，跳到「3度空間」去『自試也』。成功的作者，能描述在『你我他』有限的經驗之外，廣大世界裏既普遍而又抽象的「眾生相」，才能感動時空和文化背景之外廣泛的讀者，激起新鮮生動，騰躍深遠的聯想和意象。這種因近指遠，從小見大的現象很近於《易經·乾卦》九五的『飛龍在天』，從「2度空間」提昇到了「3度空間」。有了全面的空間自由，當然是『利見大人』。不過，不朽的作品除了要雅俗共賞、無遠弗屆之外，還需要通過時間的考驗。能過了這一關，作品的「半衰期」增長，壽命「與時皆極」。因此千年之後，仍然能讓讀者讀之百感交集，爲之哭，爲之笑。那就成了「4度空間」裏的『經典之作』，不至于『亢龍有悔』，一季而終。

---

❼　林中明《字外有字（Character Beyond Character）》，Proceedings of The 2nd Internationaal Conference on East Asian Calligraphy Education, California State University, Long Beach, 11-13 August 2000。p.17 - 32。

《詩經》和高科技創造力的關係

　　21世紀的人類，由于過分依賴網絡收集資料，和用電腦做排比和判斷，不必凡事推敲想象和長考，或者說只須快速爬行而不須騰空遠眺。久而久之，一個腳印一個思維，心靈數位化，千人一面，當然難有突破性的創造發明。這種腦力的自我局限，或可經由經典古詩就已闡明的『賦比興』，重新打開因過分使用電腦而數字化的心靈❸。從詩人的夢筆，開拓因過分專業化而窄縮的創造力。如果從野花中都能看到天堂❹，「那麼從人類情詩裏的通性同感，就更容易看到更開闊的世界全景」（亞理斯多德），和消除近年西方霸權武斷而悲觀的「文明衝突論❹」。這是我們研究《詩經》的學者們所應該共同重視的天下事。

結　論

　　陶淵明《閑情賦》有云：『始則蕩以思慮，而（終）歸之於閑正』。余之爲文，亦追其意。孔子曰：『君子務本，本立而道生』。夫「道勝於

---

❸　Norman Cousins:《The Computer and the Poet（電腦與詩人）》，Saturday Review 1966。

❹　詩人兼雕刻畫家，布雷克（W. Blake, 1757－1827）的不朽名句：To see a world in a Grain of Sand, And a heaven in a wild flower；Hold Infinite in the palm of your hand, And eternity in an hour.（我的五古譯文）：野花見天堂，微塵現大千；無窮握指掌，永恆一時間。

❹　Samuel P. Huntington, "The Clash of Civilizations and The Remaking of World Order," Simon & Schuster 1996。

德，筆勝於劍；吻甜於蜜㉑，情先於文」，情詩也者，其爲詩文之本歟？

　　如果古今中外的男女情詩，都能超越時空，突破教條和意識形態，而起興動人「與時皆極」〔《易經·乾卦》〕，那麼我們就證明了世界各大文明之差異，當在其後天的環境和末節而不在本心。所謂「性相近，習相遠」，而無根本的差別。由此而觀之，杭亭頓（Samuel Huntington）的「文明衝突論」實無其必然性，所以不能以之爲根據，來製造不必要的對立和衝突。從基本人性的瞭解，去化解後天習俗所造成的偏見，應該比動用「兵戈之力」，更爲有效而且愉快。

　　此外，所謂「一代有一代之學」。本文藉由作者與讀者感情知識的互動，用《易經·乾卦》和三度空間的幾何學，加上第四度的時間，結合古今學問，「以經解經」、「以詩解詩」，去解釋千年來聚訟紛紜，但皆不得要領的「賦、比、興」這詩學三大要義；並進一步地以現代科學的方法眼光，試圖有系統地去瞭解文藝方法和作用的本質。疏漏之處，還請方家指正爲要。

【後記】 2003.2.15

> *Some like fighting,*
> *Many prefer poetry;*
> *If Civilizations are clashing,*
> *Can multiculturalism be far away？*

㉑　《聖經·舊約·歌中之歌（所羅門王之歌）（雅歌）》第四章，11、12行。

今年臺北國際書展貴賓、諾貝爾文學獎得主索因卡，2月15日前往臺大進行訪臺的最後一場演講，這位奈及利亞詩人說，『詩可以擴大視野和觸感，人類應該思考在爭奪石油、鑽石等之外，還有什麼值得追求的價值；每個人都可以藉由詩來發掘內在的情感，找到抵抗不公正的力量。』

在西方高科技和所標榜的民主自由席卷世界的21世紀，居然一位從非洲來的詩人，能給我們帶來新的視角和情懷，這是很值得我們思索的經驗。

2001年7月我在撰寫這篇文稿的時候，曾在加州海邊踫到美國軍界的友人。他們很奇怪地問我，爲什麼一個攬高科技的工程師，會花如許寶貴時光在這樣一個『不切實際』，而且是『負收益』的古典文學命題上？雖然我試圖解釋現今世界幾大文明，雖然因爲文化宗教背景的『不同』，而有「文明衝突」的可能，和帶來世界性的災難。但是我們更可以由人類『共性』，包括古今中外相通的「情詩」，而覺悟到人類『性相近，習相遠』（《三字經》），『群分而氣同，形異而情一』（《白居易·論詩》）。世間「意識形態」的差異，其實大多是後天人爲的誤導。一旦人類能頓然覺悟到各文明間的『同』和『情』遠多於『異』與『恨』，或能因此逐漸共同捐棄「文化成見」和「歷史冤仇」，而爲維護『共同』世界的和平共同努力……。

當我在理性地解釋我的動機和目的時，我還記得他們想笑而控制不笑的表情，和禮貌性的道別。

當然，他們當時尚未瞭解我所說的『世界性災難』的嚴重性。只是，兩個月之後，九月十一日，他們在華府看電視震驚悲痛之餘，或有可能想到兩個月以前，我所說的『笑話』，竟然不再是『笑話』，而是『哀

歌』了。

前天，紐約時報的讀者投書欄，有幾位讀者爲了總統夫人取消年度的白宮詩人頌詩大會，發表了意見。他們的信文雖然簡短，就像《詩經》的國風，但是對社會時局和人類的關懷，似乎和三千年前的業餘詩人沒有兩樣。有一位叫 Kate Farrell 的讀者引了詩人 William Carlos Williams 的詩，提醒大家：『詩之所以爲詩，乃在其具有創意和藝術價值之外，還有一種對世界的深沉關懷，而且對權力饑渴的機會主義者所帶來的災難、暴力、毀壞和死亡，也是一種解毒劑。此所以人們在911事件後轉向詩中尋求心靈的自由、勇氣和清靜。』這封投書，雖然來的晚了一些，但是仍然表現了美國人民的良知，和呼應了古代『風人之義』，而且也給我這篇文章作了貼切及時的注腳。

出席今年臺北國際書展的貴賓，諾貝爾文學獎得主索因卡，昨天前往臺大進行訪臺的最後一場演講。這位奈及利亞詩人說，『詩可以擴大視野和觸感，人類應該思考在爭奪石油、鑽石等之外，還有什麼值得追求的價值；每個人都可以藉由詩來發掘內在的情感，找到抵抗不公的力量。』

我拈出古今中外「情詩」以爲檢討和當作『過河』的工具，也算是現代的「所羅門王之歌」吧。

William Carlos Williams:

：：

It is difficult
to get the news from poems

yet men die miserably every day

for lack

of what is found there.

初稿刊於2001年《詩經》國際研討會論文集，學苑出版社，2002.7.，p.393-402.

好詩如雕龍 乎非精雕蟲

六義互鋪陳 詩情反不濃

為詩意如何 不在細律中

必先得其情 次而求其工

論詩詩之一

林中明

大「六義為詩」，此唐人元稹 讚張籍之句也。辛巳、五、廿.

于加州太陽郡

嘗于張籍 特句律之雄也，以其折學，

苟得詩情豪氣如其師韓愈之半，亦可以

荒駁唐代詩壇之一角矣，夫六義

鋪陳拳拳作心，此其詩之所以不至也。

〈論詩詩 之一〉2001.8

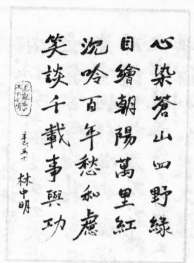

〈心染目繪〉2001.8 第五屆《詩經》國際研討會上，即興詩之一

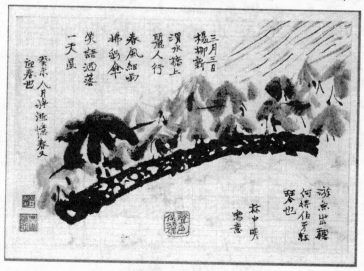

〈春雨麗人詩圖〉2003.9

桐城姚鼐辦古文之大家也其論文有名句曰
文無古今唯其當耳　偉哉其言然惜
未言何謂當也　余嘗論古今中外之詩曰
所謂好詩者不在格律形式而在能以最少
之字說最多之意　又最能感人且能留下
最深刻和最久遠之印象者　是耶非耶書之以待高明

壬午論詩隨筆
林中明　松菁詩會後七日

〈論何爲好詩？〉2002.12

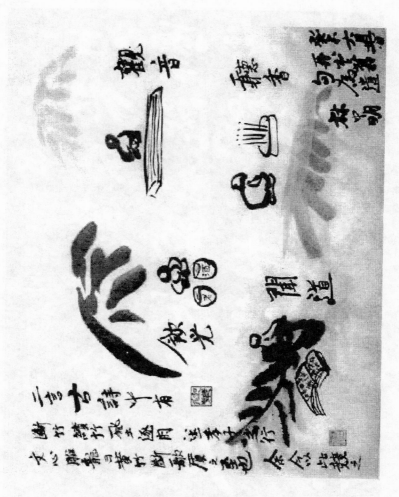

〈二言絕句佛偈圖〉2003.7.16

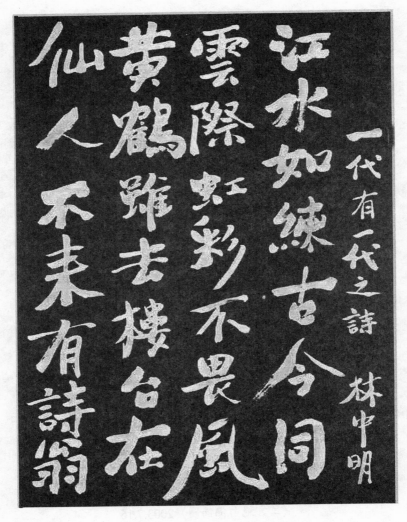

〈一代有一代之詩〉2002.8

廣文選源變舉略：

從《詩經》到桐城

【廣義文選研究的緣起】

當前北大最老的教授季羨林曾說：「中國（曾）是世界上最喜歡藏書和讀書的國家。我們一定要繼承這一優秀傳統，要讀書，讀好書（《讀書與藏書》1991.7.15）。」要讀好書，就不能不廣覽而精選。懂得什麼是好的古今中外的文選，而又能應用它們累積的經驗智慧，做學問方能事半而功倍，這樣中國人才能有系統的培養起新一代人的知識水平。

《昭明文選》雖為國學寶藏之一，但它的性質和《孫子》《文心》大不相同。如果《孫子》和《文心》是強調人本位和爭取主動的『戰士』，那麼《文選》就像是被動待用的小型弓箭庫，其中精選了 130 餘位兵器名家打造的 750 多枝利箭，按功能編成 37 大類和若干小組，以便『戰士』依『作戰的情勢』而使用。就像《周官》所云：「司弓，掌六弓、四弩、拔矢之法。辨其名物，而掌其守藏，與其出入。」治「選學」一如司弓守藏，既需掌握所需之弩矢，辨其篇章名物，而又要能對外應用，和容納別學，並繼續擴張知識庫存。

　　就人類的文化活動而言，作文和作戰都是智術制作❶，情智競爭。
《老子》釋『道』喜以兵喻，曾說「天之道，其猶張弓與？」孔子博學
而精於「執射」，嘗云「君子無所爭，必也射乎」，借箭術以教禮數。
他又曾說「射不主皮，爲力不同科，古之道也」。可見老子和孔子兩位
聖哲，都喜歡借兵家弓箭之術以喻大道。《列子》論射術，曰：「視小
如大，望之三年」。說的幾乎是教人如何精讀專集以明大道。雅好文學
的昭明太子，也曾寫（弓矢贊）詠贊弓箭之『道』曰「弓用筋角，矢製良
弓；亦以觀德，非止臨戎。」作文編輯之道，其實也像匠人選製弓箭之
術，和矢人張弓射擊之技。如何選箭配弓，彎弓搭箭，又如何「節如發
機」（《孫子·勢篇》）？昭明太子等人是編而不導，序而不論，列而不
評。《昭明文選》的功用就像是《關尹子·五鑒》所云，「（善弓者）
師弓不師羿」，作文之道，就「有待文（武）林細揣摩」（《八大山人詩
畫集》）。

　　孔子不僅教文而且教戰。他曾說：「以不教民戰，是謂棄之。善人
教民七年，亦可以即戎矣」（《論語·子路》）。上士不教而知戰略，下
士雖教而不明變通。至于紛紜的中士，如何「既張我弓，既挾我矢」（《誠·
小雅·吉日》）和「節如發機」（《孫子·勢篇》），以及「以近窮遠」（《說
文·弓部》）攻敵射獵「以即戎」，就需要《文心》甚至「孫武《兵經》」
（《文心·程器》）在文章智術和廣義兵略上的指導❷。因此許多眼手俱到

---

❶　劉勰《文心雕龍·序志》：「夫「文心者，言爲文（藝）之用心也。夫宇宙綿
　　邈，黎獻紛雜，拔萃出類，智術而已。歲月飄忽，性靈不居，騰聲飛實，制作
　　（創作）而已。」

❷　1. 林中明《劉勰和《文心》裏的兵略思想》，《文心雕龍研究·第二輯》，北
　　京大學出版社，1996.9，p.311-325。2. 林中明《劉勰、《文心》的兵略、智術》，

的學者，倡議《文心》當與《文選》共修，就是由于上面所說，選文和作文，有類如『弓、箭和射手、射術』間的互動關係。

因爲《昭明文選》本身已是「彙聚雜集」（《文選序》）之編，如果再精梳細扒地研究，很可能導致「見樹不見林」，甚至于有「見枝不見樹」的危機。如何渡過這個研究發展中的淺灘，進入國學的宏流，我們可以向已成國際顯學的「孫子兵法」去借鏡。善于研究《孫子》的人，不能不從孫武之前的《易經》《司馬法》研究起，然後旁通《老子》《吳子》，下達《唐李對問》，甚至兼治西洋兵學。我們在 21 世紀研究 1500 年前的《昭明文選》，當然也要從微觀著手，旁照且外徵，自宏觀著眼，上通而下達。這兩者齊頭並進，才能取得更大的成果。縱觀 20 世紀初，物理大師愛因斯坦研究相對論時，也是先攻略《狹義相對論》，再進取《廣義相對論》，順次瞭解更全面的宇宙現象。可見科學和文藝智術在高層的研究方法上也相類似。

昭明太子蕭統雖然不完全瞭解孔子的六藝素養，但極推崇孔子的「文學」。他在（文選序）裏說「孔父之書，與日月俱懸，鬼神爭奧」。孔子學問多方，而以「人」爲本位。他研究「仁」學，也是狹義和廣義並重，有關的各類事例在《論語》中俯仰皆是。其中最具代表性和辯證性的實例之一，當推《家語》及多本古書裏記載「楚王失弓（箭）」的公案。據說楚共王出遊，亡其『烏號』之弓，左右請求之，王曰：「楚人失弓，楚人得之，又何求焉？」。據說孔子聽到「楚弓楚得」的故事

《史學理論研究季刊》，中國社會科學院，1996. 1，p.38- 56。3. 林中明《斌心雕龍：從《孫武兵經》探解文藝創作》，第四屆國際孫子兵法研討會論文集，1998. 10。軍事科學出版社，1999.11.，p.310-317。

以後，就提出了心胸寬宏，和名學類屬上更上層樓的看法。他以『望嶽』的心胸說「人失弓（箭），人得之，如是而已，何必曰『楚』。」

再舉一個現代的例子。當代中國最權威和最大發行量的報紙，人民日報，它的題字，就是「人報」兩個大字之間放了兩個小字「民日」。當年毛潤之先生之所以如此安排，也是遵循孔子「仁學」的胸襟，以廣義的「人」代替窄義的「楚人」。準乎此境，我們研究《昭明文選》，也應該可以在微觀精究『昭明』「文選」之餘，以不拘于以『昭明』一選而「圍地」（《孫子·九地篇》）的眼手，當更從古今中外各種的「文選」裏去研究它們相互之間的同異。見『異』，《文心》的〈知音篇〉說是「唯知音耳」。見『同』呢？因為自其不變者而觀之，『文選』的精神和原則未嘗變也。所以，探討古今中外各類文選的同與異，可以說是一種遵循劉勰《文心》裏樞鈕五篇的精神和原則，而更廣義地去衍伸『原文章之道』，『宗佳文如經』，『徵作者附聖』，『正異篇輔緯』和『辨創新依騷』的作法。

這種宏觀廣義的精神，在《昭明文選》裏也有範例。譬如卷55，劉峻的〈廣絕交論〉，從東漢朱穆《絕交論》的基礎上，擴展到討論基本人性的五種交往流派，和三種弊孽，寫盡人情冷暖和世態炎涼。這就說明了即使一篇論文，也都有用『廣』類以深論的需要。編集天下文章，當然更要胸襟廣闊。再譬如，和《昭明文選》同時期的《弘明集》，到了唐代，釋道宣因為時代的進步和知識的擴展，乃擴編《弘明集》而成《廣弘明集》。何況『詩文』的種類繁多，若不廣覽精選，何能見出人類思想和文體的變化？杜甫年青時，就有『會當凌絕頂，一覽眾山小』的眼光志向，難怪日後可以『廣』集先賢『文類、詩道』，而終至大成。

因此，這篇論文，首先溯源探討人類勤于「文選」的動機。再以幾

何學「三點定曲線」的方式，縱向從《昭明文選》之前一千年的《詩經》，到一千年後『桐城派』所纂集的兩部文選，姚鼐的《古文辭類纂》和曾國藩的《經史百家雜鈔》，去沿循和比較「古」「今」『文選』的同異。然後再從時間的橫向，選取與《昭明文選》同時，而有代表性的《玉臺新詠》和《弘明集》，以左右逢源的方式，互相對照這同時代的三大文選。最後，再加上過去三百年來，最受大眾歡迎的《古文觀止》，試由嶄新的視角，對比討論這六種著名文選的特性和成敗得失。希望從這個起點，為『廣文選』研究放下一塊墊腳石，以為今後世界性和現代化『廣文選』的探討鋪路。

【文選的源頭】

昭明太子編輯《文選》，動機似非深宏遠大。猜想他最初的願望，也不過是遵循父風，和為了「居暇觀覽，遊想忘倦」的方便之用，遠非呂不韋、淮南王集文立言的氣魄格局。《文選》的主持人蕭統在（文選序）的開頭一段，提到「伏羲畫八卦造書契，以代結繩」和「文之時義」，但卻沒能深究『文之源義』和人類之所以著書立言的更深一層的動機。所以他和他的編輯團隊，雖然收入了也曾為『東宮皇太子』的曹丕的〈典論論文〉，他卻沒有進一步感受到孔子、司馬遷以及身邊劉舍人已在《文心雕龍》中，所指出寫文章的終極意義，乃在于超越時空，趨于不朽。如果我們從現代人類的文化心理學來探討上古時期人類塗刻「岩畫」，和中古人類「結繩記事」的意義；我們必然會發現立言和選文在述情和記事等功能之外，其中隱含人類對生命的珍惜和對時光流逝加以反制的企圖——所謂以空間的刻劃來換取時時間之不朽。不然「日月逝于上，

體貌衰于下，忽然與萬物遷化，化爲糞壤，斯志士之大痛也(〈典論論文〉)。」此所以不僅『中士』自知不能假史託勢以立德立功，故當以翰墨篇籍「立言」而垂不朽，就連相信靈魂不朽的中西宗教學者，也都擔心物質世界的『火盡而薪不傳』，而盡力於保存宗教典籍。佛教的《弘明集》和《大藏經》，以及雲居寺的石窟石版藏經❸，和敦煌山洞裏所藏的經卷書畫，都是基于人類「反熵」「抗衰」而興起相同的動機和行爲。

曹丕在〈典論論文〉和兩篇〈與吳質書〉裏，都提到人類無論如何賢智，都遲早不免化爲「異物、糞壤」，而「與萬物遷化」。這個「成住敗空」的哲學命題，不僅是中國人古代的問題，也是所有人類和生物，在不可逆轉的時間洪流之中，無時無刻都在掙扎的『考題』。然而無論人類文明如何進步，這個「成住敗空」的結果仍然無可倖免，其原因乃由于我們的物理世界都不能超脫『熱力學第二定律』這個宇宙遷化的大原則。

【「物理能量」的『熱熵』失序和「信息知識」的傳遞失真】

『熱力學第二定律』指出，物質宇宙的能量秩序，隨時間和能量形式轉換的次數，將不可逆轉地增加它的「混沌程度」。也就是說宇宙的

---

❸ 顏洽茂〈《高麗大藏經》及其文獻價值：承古版、存佚典、作底本、助校勘〉，中華文史論叢第63輯，上海古籍出版社2000. 9（韓國伽耶山海印寺，現存13世紀再刻《大藏經》八萬塊。11世紀原刻承《北宋·開寶藏》，冀祈佛力攘退契丹兵侵，并糾謬以傳四方。）

「熱熵」只增不減，隨著「時間之箭❹」而混沌日增。然而生命和有情的世界，面對物質宇宙不可逆轉的混沌，常自覺或半自覺地採取各種不同的方式和努力，來對應或對抗物質世界「成住敗空」的物理規則。法國現代文學家馬金尼（Andrei Makine）❺就直說：「寫作的欲望正是要對抗死亡。」科學家兼哲學家的馬克思·波恩（Max Born）也曾說：「科學家的樂趣（之一），就在于爲這個混亂的世界的某一部分帶來某種情理和秩序。」就此而言，「文選家」也有類似的志向和樂趣——他們整集過去的詩文，強調某種人情文理，傳遞『眞善美』的經驗秩序。

低等生物以基因的複製來延續生命，以突變爲手段來應付挑戰，避免物種滅絕。最高等的生物，人類，在生殖繁衍的方式之外，另以「立德、立功、立言❻」三不朽，和建築、園林、藝術、宗教等等複雜的方式，來幫助記憶，輔助學習，并累積延續和傳播發揚生命的成就。中國人自古以來重視刻竹書帛，勒碑立石，鑄鼎雕銘以抗腐朽遷化，就都是這種心態的表現。但是即使刻碑勒石，也不能免于在時間流轉下，風雨和人爲的腐蝕。重新刻板，又不能避免眼手的謬誤。此所以王安石在《遊褒禪山記》裏感嘆地說：「余於扑碑，又以悲夫古書之不存。後世之謬其傳而莫能名者，何可勝道也哉？此所以學者不可以不深思而慎取之也。」

從人類文化史來考察這些意圖不朽的方式，我們發現以上所舉的方

---

❹ Stephen Hawking, Ch.9 of "A Brief History of time:From the Big Bang to Black Hole," Bantam Books, 1988。

❺ 馬金尼，1995年法國龔果德，梅第西兩大文學獎得主，著有《法蘭西遺屬》等書。

❻ Sir Arnold Wilson's epitaph for T.E. Lawrence; "Happy are those who can do things worth recording, or write things worth reading; most happy those to whom it is given to do both ." (taken from Pliny`s letter to Tacitus)

式，都不免受到物理和生物在時空上天然的限制。這就是古人所謂「物壯則老」，而欲求事功長存者大多事與願違。再加上天災人禍，就連5000年前造出莎草紙的古埃及人，也沒能在莎草紙上留下金字塔的建造方法和文學的記錄。然而人類發明抽象而簡明的語言文字之後，不僅人類的感情思想、事物政史都能以文字符號來表達記載。而且在語文轉抄之後，訊息仍然可以毫無損失，百分之百地超越時空，傳續到遠處，和可能及于未來的人類和更高等的生命體。靠著文字這種「特異功能」，立功、立德、立言，和園藝、建築、藝術、宗教等生命的成就和文明的光輝，才能被遠人和後人記憶學習，溝通傳播，累積延續，以至于發揚光大。就科學的眼光來看，這也可以說是宇宙裏高等生物，在完全不瞭解「熱力學第二定律」之下，不自覺或半自覺「反自然、反熱熵、反失序❼」的範例。

【文學「無耗再生」的特性和「半衰期❽」的考量】

這種奇特「無耗再生」的能力，也出現在當今紅的發紫的電腦高科技上。君不見，電腦的硬體隨時空的轉移而損耗衰壞。然而電腦程式軟件，卻完全可以超越時空，百用不疲，百戰不損，如「刀刃若新發於硎」。只是，再好的電腦軟件也不能在市場上流行超過十年。而經典的文章書

---

❼ Ilya Prigorine (1977 Nobel Prize Laureate of Chemistry). "Forward to 'The Arrow of Time', by P.Coveney and R.Highfield", W.H.Allen, 1990。

❽ 半衰期（half-life）：原係核子物理術語。意指各種放射性元素，損失其一半放射性能量所需的時間。

籍，譬如《孫子》和《莎士比亞詩劇》，卻都可以「無耗再生」，橫行世間千百年。它們甚至飄洋過海，翻譯成別種語言，仍然昂首鼎立，無限風采。由此可知，即使是『超一流』的科技，它們的生命「半衰期」，還是遠遜於經典的文字辭章。所以衡量人們的成就，不能只看一時政壇和市場的興衰，而當以它們生命力和影響力的「半衰期」來評價。就此而言，諾貝爾文學獎的光環，也不能逃脫「半衰期」這隻「無形的手」，所謂『環』之不存，『光』將焉附的命運。

梁代僧佑所編集的《弘明集》中也花了相當多的篇幅討論「形盡，神滅還是不滅？」的大問題。而這個老問題至今也都還沒有足夠的證據，讓兩造信服。但就「作者和文章」的『形神』存滅而而言，作者的形雖然由『成住』而『敗空』，但經典之作，因為受到學者的尊重或民眾的喜愛，而有較大的機會流傳後世他方。它們經得起時空的考驗，而有近乎「作者形盡，而文章之神不滅」的宗教境界。《弘明集》中羅君章的《更生論》，和西方基督教「再生（reincarnation）」的說法，更是勾畫出人類對『生命形神』甚至物件物體「無耗再生」的理想。而登上這個『理想之塔』，卻能藉由文字堆砌的台階來達成。這一個很特殊而又是人人皆知的現象，很值得我們研究《文選》和『廣文選』的人重新思考。

【文選的特性：以群眾勝個人，從量變到質變】

單一的作品，很難截斷眾流，跨越群雄，而且歷時不衰。2500 年

前的《孫子兵法》和 400 年前的《莎士比亞詩、劇》，可以說是特例。
但是一部成功的『藝文選』，它能跨越時空，結合各別有特性、有代表
性的單一篇章，而成為新的『有機體』。就像一道名菜，天天吃，很難
吊住一般食客的胃口；然而精選的滿漢全席，卻能膾炙人口，歷久不衰。
如果選文的編者懂得類似於點將佈陣之術，編出一部精選而有特殊形式
結構的『藝文選』，它的權威性和影響力，常能勝於各別作品的總和。
借用近代黑格爾的辯證法，這就是所謂的「從量變到質變」。其實《老
子》早就說過，「三十幅為一轂，當其無，有車之用。」單一的木條用
處有限。但是三十根木棍，經過編排，就能做成車輪，可以載重遠行。
20 世紀初發端於德國的『格式塔』（Gestalt）文藝心理學派所提出『整
體並不等于部分的總和』的新學說，其實說的還是太陽下的舊道理。依
此諸家之說，《昭明文選》的成就，乃是一個「以群眾勝個人，從量變
到質變」的世界性方法和中華文化精集的範例。

　　但是《昭明文選》的成功，不能說全是由于昭明的領導和編輯團隊
之力。公平之論應該是《文選》的編輯除了憑藉皇子王朝成事之便，也
靠著南朝數代宮廷藏書之豐，和『站在中華文化巨人的肩膀上』所致。
歷來研究《昭明文選》的學者，大多認為《昭明文選》是中華文化裏第
一部詩文選集。其實就廣義的「文籍」發展歷史而言，《詩經》才是中
華文化裏第一部詩文選集，而且《詩經》才是是周朝之後，各類總集的
先聲❾先河。

---

❾　方孝岳《中國文學批評·孔門的詩教》，上海世界書局，1934年五月。

【研究「廣文選史」的重要⑩和方法：《詩經》是「源」，《文選》是「流」】

　　想要精究《昭明文選》的「文華事義」，必需同時研究「廣文選史」。「中文文學有三千年連續不斷的歷史，這是世界上唯一有這個特點的文學⑪。」所以我們可以經由研究中國的文選史，瞭解人類對『文選』的共同思想和行為反應。這種溯流上下，旁探支流的研究方法，也就是類比于在幾何學上要想研究一條曲線，必須至少先知道這條曲線上的三個代表性的定點，即所謂「三點定曲線」的方法。同理，研究「廣文選史」，則必先研究《昭明文選》在「廣文選史」這條曲線上的位置，以及在它之前，之後，以及同期而分流的各重要「文選」的據點位置和時代脈動振幅之大小。能瞭解整條曲線的方程式，那才能上推下探，旁證外徵，無往而不利。所以，研究《昭明文選》必先研究「廣文選史」的源頭——《詩經》，和其六義、體裁相對於《昭明文選》的異同。而且從中國「廣文選史」的研究，甚至可以幫助探討其他古代文明『經典』的選編；包括有助於瞭解西方文明中學者和教士對於《聖經》的選編⑫，是出于宗教權威⑬，還是起于學者及民間創造⑭的爭執⑮。

---

⑩　郭預衡《專門與博識》華文出版社，1998.『不學歷史，便無從比較；不能比較，便無從判斷。』。

⑪　〈北明專訪瑞典漢學家馬悅然〉訪問記，（2000年）。

⑫　Bruce M.Melzger , "The Bible, the Church ,and Authority; The Canon of the Chistian Bible in History and Theology, " The Liturgical Press, 1995

⑬　Joseph T. Lienhard, "The Bible, The Church, and Authority: The Canon of the

【中華文化第一部詩文選集：《詩經（三百首）》

　　《詩經》雖然只有三百零五篇，但殷周樂官自民間和宮廷「採」「取」的詩篇應當十百倍於此。司馬遷在《史記》裏說「古詩三千餘篇」，乃是說《詩經》是十中選一的精品。在書寫和記載工具簡陋的時代，想要製作長篇詩文，可以說是「心有餘，口有言，耳有聞，而技不足」。所以雖然商周文明已經相當進步，但文學總集仍然受到工技的限制，而不得不局限於形式短簡的「詩」，和它所包括的風、雅、頌等大類。觀察日本《萬葉集》的 4500 首歌謠和種類，以及古希臘《詩文選》❻中 300 位作者的 3700 首短詩（加上一些諷刺短詩、墓誌銘和歌詞），我們也可以看到不同民族文化，在科技的限制下，人類文明所產生的類似結果。

　　1999 年諾貝爾文學獎得獎人，葛拉斯（Gunter Grass）就曾說：「……自《蝸牛日記（1972）》起，我開始把『詩』和『文』放在一起……我覺得『詩』和『文』分家沒什麼道理。」其實這個簡單的道理，我們也不假外求。梁朝的劉勰早在 1500 年前，就把詩、賦和樂府都當做「文」之一體，在他的《文心雕龍》裏，分專篇加以細論。《文心雕龍·徵聖

Christian Bible in History and Theology, " The Liturgical Press, 1995.

❹　Roben Alter, "Canon and Creativity: modern writing and the authority of scripture," Yale University Press, 2000

❺　F.E.Bruce, "The Canon of Scripture", Inter Varsity Press, 1988

❻　《古希臘詩文選》（Greek Anthology），主體部分爲 Syria 詩人 Meleager 編集成於公元前一世紀。

篇》指出：「『文』成規矩，思合符契。或簡言以達旨，或博文以該情，或明理以立體，或隱意以藏用。」所以『廣義的文選』，當然包括「簡言以言志，隱意以藏用」的『詩選』；和「賦自詩出，寫物雕畫」（《文心·詮賦》）的『賦選』；以及「依詠和聲」（《文心·樂府》）的『樂府集』；和「博文以該情，明理以立體」的各種『文選集』。

蕭統集選詩文，其實是祖述孔子和他之前，官府與民間協力集選《詩》的思想和作為。西方選詩，早見于公元前一世紀 Meleager 的『聚花集』。他選古希臘詩時，也像蕭繹時代編《玉臺新詠》時不選哥哥蕭統的詩一般，他們都多選自己的詩，而少收同代詩人的詩（譬如 Meleager 不收同代 Antipater of Sidon 的詩）。這也是人類為『續存而競爭』的本性乎？

因為天下文章「不可勝載」（《文選序》），所以《詩經》沒選虞、夏的詩，而《昭明文選》也避免剪裁選取孔父、姬公時代的書籍。因為物質世界的資源並非無邊，而人的記憶力和讀者的耐性卻都有限。再加上時代和選者的好惡，即使是《永樂大典》《四庫全書》，它們的『大』和『全』也都是有限級的形容詞。

清人朱彝尊為《玉臺新詠》作跋曰：「《昭明文選》初成，聞有千卷。既而略其蕪穢，集其清英，存三十卷，擇之可謂精矣。」《孫子·虛實篇》說得好：「無所不備，則無所不寡」。若有所取，則必有所舍。《詩經》有取舍，其後的任何「文選」也不能例外。好的「文選」，文不在多，而在如何盡其意，己達而復達於人。《孫子·行軍篇》論用兵之道曰：「兵非貴益多，（唯無武進），足以并力、料敵、取人而已。」如果我們把孫子文中的『兵』換成『文章』，『人』當做『讀者』，那麼如何「選文」，竟和「用兵之道」的智術是同源的一回事！

【『三線文學』的全面觀】

溯源《詩經》之後，就可以環顧和《昭明文選》同時期的其它「文選」，而從中看出時代的背景和風氣之走向對文藝的影響和震盪。這也就是劉勰在《文心雕龍·時序篇》所說的「文變染乎世情，興衰繫乎時變。」劉勰的《文心雕龍》雖然不是總集之書，但它和鍾嶸的《詩品》都選評了不少文人和他們的作品，以爲立論品評之用。所以《文心》和《詩品》雖無「文選」之名，但在實際上，卻有「選文」論斷之實。因此，從「廣文選史」的立場來看，《文心》和《詩品》也都應該列入研究的範圍，相互發明，以求甚解。

如果說昭明太子選文的態度是代表或接近於所謂『正統文學』的『中間路線』，那麼除了《文心》和《詩品》選評的「文選」之外，最值得研究和重視的就當推『正統文學』的『左』邊，代表當時嚴肅說理，弘揚佛教哲學的《弘明集》；和『右』邊，代表感情解放，專收宮體艷情詩的《玉臺新詠》。這種『三線文學』的看法，要遠比自胡適在 20 世紀初所提出的『雙線文學❶』，以雅、俗文學劃分中國文學，更來得全面。當我們把「三點定曲線」的方法和「三線文學」的觀念立體地合併起來，才能把『廣文選』這個新觀念，應用於研究中國文學史，對中國文化做更有系統，更廣泛和有機互動的探討。

---

❶ 唐德剛《胡適口述自傳·雙線文學的新觀念》，傳記文學出版社 1979。

【艷俗詩選：《玉臺新詠》】

南朝梁陳時期徐陵所選輯的十卷《玉臺新詠》，以編年的體式，取材由漢代古詩以至時人之作，共收詩歌八百七十首之多（《昭明文選》共收 129 人 752 篇）。梁啓超說：「《隋志》總集百四十部，今存者《文選》及《玉臺新詠》而已。」《玉臺新詠》直承《詩經》、《楚辭》。「右孝穆而左昭明」，可以說是以「三點定線」方法研究自周至梁詩歌總集傳統的最佳文獻。

由各版本中都看不到一首蕭統的情詩而觀，《玉臺新詠》很可能是徐陵奉簡文帝蕭綱之旨而編，反映了愛好艷情的宮廷裏，卻是六親不認，酷無仁情。但細看徐陵爲《玉臺新詠》所寫的序言，卻表示此書是專爲一位「細腰纖手，嬌娥巧笑，妙解文章，尤攻詩賦，才情佳麗」的「麗人」，在「新妝已盡，纖手對翫」時所「撰錄（的）艷歌」。《玉臺新詠》既然是逢迎「萬年公主」之輩的帝妃之作，所以它對婦女感情和女性文學特別重視，因此便不自覺的成爲反傳統而有現代特性的「新詩選」。它的這些出于『眞情』而異於『正道』的『特點』，甚至於被道學先生批評爲『亡國之音』的『缺點』，到後來反而成爲它的特點和強項。恐怕這也是世界『廣文選』史上『偏將』成功的特例。

《玉臺新詠》不僅保留了自漢代至梁朝的世俗民情，也昭顯男性詩人揣摩婦人心理，巧寫悲歡興怨的手法和情趣。摹擬揣寫他人和異性心思，這本是文人藝者之挑戰和樂趣所在。古人摹擬怨婦心態口吻的詩篇，後人常以爲盡皆臣子士人貶遷而思君怨政之作。但由《玉臺新詠》第七卷所集之詩，盡爲帝王皇子之作而觀，梁武、簡文二帝寫此類怨婦豔詩何需哀怨貶遷和『眷顧的眼光』？這就說明了臣子是人，皇帝也是

人，詩人更是人。而詩人的創作力，是不受政治所局限的。先秦莊、列諸子就曾幻夢身爲蝶、鼠；漢魏六朝詩人揣摩異性心思，或奇想身變鳥獸，以表現鵬鳥、白馬❶的精神，都不外乎這種創作心態。近代卡夫卡揣摩人變爬蟲，寫成《蛻變》一書驚俗嚇世，意外開創一代哲想文風。歸納這些古今中外的作品，觀『材士之用心』，乃知皆爲文人意圖超越自身時空，所表現的結果。《玉臺新詠》『艷情』詩所探索玩味的婦女心理變化，其實也是現代心理學影響下『新文學』所探索的範疇。而且這也在世紀交替時頒給高行健的諾貝爾文學獎評語中指出，『對女性內心心理難得掌握到如此絲絲入扣』，是一項突顯的文學特性和寫作上的成就。孔子曾說，學問之道「溫故而知新」。我們由現代文學反觀古典文學，反而可以見出『俗文選』如《玉臺新詠》的眞價值。而也只有從『廣文選』的宏觀，才能從眾文選中，盡見山川相映，大地變化之奇，與風景富麗之美。

　　《玉臺新詠》的內容雖然在當時偏俗，但從今日標準而觀，它也保存不少雅作。何況「其措辭託興高古，……覽者可以睹歷世文章盛衰之變」（宋·陳玉父跋《玉臺新詠》），且復能補《昭明文選》詩歌數目之不足。所以它的存在更是彌足珍貴。這譬如國家植物園中，不僅要有樹木也需要有花草，讓游人在最經濟的時間和範圍裏，盡見天下華樹美木、奇花異草。如果用《文心雕龍》的理論來『格』《玉臺新詠》，庶幾可以借用《正緯篇》的大意，說它是「事豐奇『緯』，『情』富膏腴，無益經典，而有助於文章。」就此而觀，《玉臺新詠》在單獨的文藝欣賞，和宏觀的文學研究上，都有它特殊的地位和價值，很值得我們研究『廣

---

❶　《昭明文選·卷13、14》收鳥獸賦五篇。

文選』者的重視。至于曾經引起熱烈討論的『作者刪選』和『次序排名』等研究題目，在千年之後，和它的取材特質相比，恐怕反而成爲學院文學之末節了。

【佛道論輯：《弘明集》】

若以《昭明文選》爲中軸，俗情文學的《玉臺新詠》爲右部，那麼專輯三教思想論爭的《弘明集》，就可以相對地放在左側[19]，三者橫向合成一個當代文學總集的『大模樣』。把這時間在橫向的三點取材，和縱向的《詩經》、《昭明文選》和「桐城文選」相對照，然後架構起較全面的時空體系來，我們就可以更有系統的去做分析或綜合的，中國『廣文選史』研究。

與蕭統、徐陵大約同期的僧佑，爲了「弘道明教，爲法禦辱」，似有可能在劉勰的協助之下，集選了自東漢至梁，佛、道、儒三教辯論，正反兩面「通人雅論，勝士妙說」的代表性論文五十八篇，稱之爲《弘明集》。選文之中，竟然包括『反動派諸旗手』范愼的《神滅論》，顧道士的《夷夏論》，以及張融《三破論》……等等反佛的論文。把『異端』對手的論文與答辯文並列，當做反面教材，以爲「迷途之人，總釋群疑」。這種『楫讓而升』，『以理駁理』的文辯方式，態度優雅，胸襟開闊，可以讓近百年來中國的學術界和學派的辯論者慚愧。把攻擊自己對手的文章集結出版，以昭學者智士，東西學者一千五百年來，除了

---

[19] 《老子·第三十一章》衍文已有左右對待情勢之觀念：「君子居則貴左，用兵則貴右……。」

《弘明集》以外，也許只有英國的歷史大家湯恩比等數人而已。

宗教辯論，雖然不動干戈，也不流血。但是攻守的戰術，和軍爭沒有兩樣。僧佑的弟子劉勰，在《文心雕龍·論說篇》裏講『跡堅求通，鉤深取極，義貴圓通，辭共心密，敵人不知所乘』，就是說攻守和如何立論破敵。《弘明集》的最後三篇❹，在文體上，更是屬於兵爭應用文『檄移』的形式，但攻擊的對象連『非人』的『泰山之神』也不放過！這兩種文體形式，也見于『昭明文選』卷 43 和 44。而劉勰也特列《檄移篇》來專門討論。由此可見，如果要研究古代的『廣文選』，《文心雕龍》是必需的利器和最有系統的理論架構。

《弘明集》所選的論文，陳義深奧，文字典雅，足爲梁代宗教哲學之典範。可惜它的長處也就是它的短處，就因爲它義奧文典，所以除了學術價值之外，不受古今一般讀者，甚至古代能讀古文的高層次佛教徒的欣賞。但是人類對『意識形態』思考和辯論的需要和輸贏的興趣是永恆的。即使說『沒有主義』（高行健書名），其實還是一種主義或態度。所以這一世界性的興趣，也在世紀交替時的諾貝爾文學獎上表現出來。《弘明集》和優良「文選」的「半衰期」都很長，雖然讀者有限，但它們的價值超越時空，是全人類文化的資產。

把《昭明文選》和艷情泛俗的《玉臺新詠》，及典奧崇佛的《弘明集》相比，我們就看得出《昭明文選》的編選採取了不偏不倚，「惟務折衷」的「中庸」立場。昭明太子所主張「麗而不浮，典而不野」的文學標準，其實比裴子野所堅持的尊儒法古，更近乎孔子「文質彬彬，而

---

❹　《弘明集》《竺道爽檄泰山文》、《（釋智靜）檄魔文》、《（釋寶林）破魔露布文》

後君子」的思想。把《昭明文選》和同時代的『左』『右』兩派「文選」相比，反而更見出《昭明文選》典雅恢宏的特色。這種由比證而得的結果，也正是我們提倡研究「廣文選」的用心和方向之一。在《昭明文選》編集的同時期，有如此兩套各有特色，性質相對的「文選」流傳至今，可相比照當時的人心世情，這真是世界文學史和廣文選史上少有的情況，而這也是我們欲治『廣文選學』的學者們的極大幸運和富藏。

【桐城文選：《古文辭類纂》和《經史百家雜鈔》】

自《昭明文選》之後一千多年，雖然有許多有特性的文選、類書和全書，但是最精要而有代表性的，就是桐城派姚鼐一人費四十年功夫編纂評校的《古文辭類纂》，和稍後曾國藩所編集的《經史百家雜鈔》。這兩部「文選」不僅繼承《詩經》和《昭明文選》跨『國』集類，廣照精選的優良傳統，而且把《文選》所未顧及的評論，和經、史、兵、政的佳作全都補齊，乃與《詩經》《昭明文選》成四足鼎立之勢。

《古文辭類纂》選文，陰柔陽剛並重。捨諸子，以賈誼《過秦論》起始，開局雄駿警世，呼應《詩經》以《關雎》開場的活力，勝過《文選》之以《兩都賦》討好父皇梁武帝的起始。姚鼐棄六朝靡麗之作，卻收昌黎《毛穎傳》嬉戲之文❷，尤見獨到之眼力與取舍手段之過人。這

---

❷ 1.林中明《談《諧讔》、兼說戲劇、傳奇裏的諧趣》，《文心雕龍研究第四集》，
　　北京大學出版社 2000. 3。p.110-131。
　2.林中明《杜甫諧戲詩在文學上的地位──兼議古今詩家的幽默感》，《杜甫

種開放的胸襟，也正是文章大家和學派小儒的分別。桐城派能成爲有清一代的文派重鎭，《古文辭類纂》所造成的廣泛影響，功不可沒。把『文選』的內涵架構方法，當作一種治學的『工具』去『格物致知』，雖然有其必然性，但也是一種意外的收獲。

　　《經史百家雜鈔》選文精博，集中華文、史、哲、兵和政經之佳文於一書，有點像是曾文正公自列其學問之要者。曾國藩把姚鼐的十三類，精簡成十一大類。書中內容豐實，體材多元，甚至于連韓愈幽默嬉戲的《毛穎傳》和《送窮文》，曾文正都能收入集中，更顯示出他的胸襟開闊。他不僅延續姚鼐選文的方向，也直承莊子、韓、柳，蘇黃詩文裏的詼諧之趣，以及對幽默文章「歡愉之辭難工」的理解和重視。曾國藩嘗怪『清朝大儒，於小學訓詁直逼漢唐，而文章不能追尋古人深處，頗覺不解』。我看這或許是義理訓詁束縛太過，喪失眞情和喜感而致。而這也能從文選和藝文大家的選集中驗證出來（註21）。

　　桐城派的重要，在於它所標榜的作文三大原則「義理、考證、文章（采）」暗合世界性作文種類「文、史、哲。」蕭統在〈文選序〉裡所重視的「事出沉思，義歸翰藻，情言風雅」三大原則，其實也和桐城作文原則遙相呼應。『沉思與義』，類於「義理」；『翰藻風雅』是爲文章之文采；而所謂『事』者，雖非「考據」之事，但也有事類近於史件的意味。再加上姚、曾二人都是文章鉅擘，所以我把桐城文選的《古文辭類纂》和《經史百家雜鈔》放在「廣文選史」曲線的第三大點上，才能把中國「文選史」的來龍去脈，看清楚，講明白。《孫子·九地篇》說行軍要如「常山之蛇，首尾呼應。擊其首則尾至，擊其尾則首至。擊

與唐宋詩學》，里仁書局，2003年6月，p.307－336.

其中，則首尾俱至。」《孫子》所說的用兵之法，不也就是我們所說的「三點以定曲線」之法嗎？曾國藩之編是書也，雖謙稱『雜鈔』，但實際上是大軍佈陣，法制井然，而又首尾呼應，如常山之蛇。這也是歷來研究「文選學」諸書所未曾留意的。

【選文成書的成敗以『眼力和內容』為主，『人數和耗時』為餘】

梁王朝父子諸人，從蕭衍到蕭統、蕭綱和蕭繹都喜好文學藝術，并大規模收集珍本圖書。《梁書》記載「（昭明太子）于時東宮有書幾三萬卷」。《昭明文選》編列三十卷，比例上是千中選一。蕭繹在西魏遠征軍攻入江陵，京城陷落之前，拔劍砍柱，嚎叫「文武之道，至今而絕。」於是放火焚毀了皇宮圖書館裡珍藏的 14 萬冊圖書。可見《文選》成書的功夫，很可能是在宮中現有的圖書中和在梁武帝選的《歷代賦》，及昭明太子自己選編的《正序》與《文章英華》的基礎上，❷再「選」和「抄」出 30 卷。所以從人力和時間來計量，《文選》在選點上所化的眼力功夫不及手抄的人力功夫❷，而且更不及《呂氏春秋》、《淮南子》、甚至于《世說新語》❷編撰和寫作所花的功夫。譬如初唐歐陽詢主編的

---

❷ 俞紹初〈《文選》成書過程擬測〉，《文選學新論》，1995，中州古出版社，61至77頁。

❷ 王曉東〈《文選》係倉促成書說〉，《文選學新論》，1995，中州古出版社，78至90頁。

❷ 寧稼雨〈《世說新語》成於眾手說詳證〉，中華文史論叢，第63輯，上海古籍

《藝文類聚》，全書百餘萬言，引古籍 1431 種，規模數倍於《昭明文選》，也只用了三年功夫。可見《文選》的成就是幾代名流的眼力累積，和所斟酌選擇的成果。編輯人數的多少和耗時的長短，不僅是爲餘事，而且也不是決定品質的主要因素。這是研究《昭明文選》時，應該在主輔先後和輕重高低上，首先加以分辨的。

此外由于缺乏當時梁朝皇宮藏書的詳細資料，而《文選》的編者們也沒有留下對所選篇章的意見，因此後世學者不能確切地比較出選捨功夫的精粗高下。因此揣摩選篇的動機更是『後見之明』多于實際例證。就此而言，評論《文選》選篇的優劣，就遠不如評論姚、曾選文的高下和具備何種特色，來得容易去比較和說明。

曾國藩所編集的《經史百家雜鈔》，雖然博而且精，但是他所花的功夫遠不及姚鼐四十年的心血。然而《經史百家雜鈔》佔了後手的便益，所以它的內容能以大約《古文辭類纂》75%的篇幅，和在分類上 15%的簡約，卻在內容上更豐富，體裁更多樣。由此也顯現出由於曾國藩具有一般文人所罕有的政、軍、經上的實際經驗，所以在文史哲兵經多門學問的選文上，顯出過人的眼光和成績。

【六大文選的㉕特點：舉略和比較】

從昭明太子和他的『文選編輯團隊』編成《文選》傳世以後，在過

出社，2000。

㉕ 《戰國策》：「楚人有好以弱弓微繳加歸雁之上者。項襄王聞而召問之，對曰：見鳥六雙，王何不以『聖人』爲弓，以『勇士』爲繳（箭），時張而射之？此六雙者，可得而囊載也。」

去一千四百多年來，又有種類繁多的類書、全書和二十多種的《廣文選》，《廣廣文選》，和《續文選》❷⑥。但是它們的命運，則如《文心雕龍》所云：「文變染乎世情，興廢繫乎時序」，時至今日，只有昭明和姚、曾的三本文選，還在圖書館外的學術圈裡，有限度地流傳和研究。然而清初「一個小小秀才，身世全不可考」的吳楚材叔侄所編的《古文觀止》，卻是家喻戶曉。為什麼《古文觀止》家喻戶曉，而《昭明文選》《古文辭類纂》和《經史百家雜鈔》卻名不出學術界的『小圈圈』？這應該是意圖發揚中國古典文學的學者們，很值得研究的「大問題」。以下，作者試以『韓愈、劉勰、孫武』為『弓』，『人選、進學四忌、剛柔風格和首尾開闔』為『箭』，從嶄新的角度『張而射之』，試看能否『囊載』此六部文選的一些重要特點與得失。

1. 『文選』也是『人選』！勝軍在於『選將』！

　　《古文觀止》222 篇裡選了左丘明 34 篇，《文選》752 篇裡選了陸機 94 件詩文，《玉臺新詠》870 首中選了蕭綱 109 首，《弘明集》57 篇中收慧遠七篇，《古文辭類纂》和《經史百家雜鈔》則分別在 701 篇和 706 中選了 132 和 93（105）篇韓愈的文章。首選的作者所佔篇幅，幾乎從 1/8 到 1/5 之多。這說明了編輯者對『文豪、大師、主將』的重視，接近於中國人對於『人治』思想的『傾心』。劉勰在《文心雕龍》樞紐五篇裡，把它列為第三，稱之為《徵聖》；孫武在《孫子兵法》首篇的「道天地將法」五校中，列『將道』為第四要。或許這本來就是人

---

❷⑥　明·劉節《廣文選》，明·周應治《廣廣文選》，明·胡震亨《續文選》對後人的影響都不大。

類自古以來，就有偏于記憶和歌頌英雄的傾向。這和現代市場學的『勝者全取』現象，同屬群眾心理學。

2. 何以《古文觀止》家喻戶曉，而《文選》《類纂》《雜鈔》足不出中文研究所？

　　韓愈 45 歲時不得志，作《進學解》，假託諷於先生，而終自進於朝廷。可以說是兼得學問與市場之道。這一篇奇文在強調『創新』和譴責「窺陳篇以盜竊」之後，提出了『進學』的四忌：「學雖勤而不繇其統、提其要、鉤其玄，言雖多而不要其中，文雖奇而不濟於用，行雖修而不顯於眾」。其實這也都可以當作『選文』的要領。前兩項，各文選多半能做到。第三、四項，牽涉到『奇正之變』，『有用和無用』的分辨，再加上『群眾心理』常隨社會潮流而變化，即使是現代的市場學專家，在長時間和在大範圍做調查之後，也還不能有效預測未來讀者口味的變化和走向。但是《古文觀止》的編者，因為累積了多年對基層民眾教學的實際經驗，甚至有可能參考了金聖嘆的選文，所以能針對大眾需要，選擇文筆優美，篇章精構，聲韻鏗鏘，而『筆端常帶感情』的名家篇章 222 篇，以便于攜帶和隨時翻閱諷誦。就因為這些優點，使得它贏得了廣大的讀者群，至今不衰。從《孫武兵經》的兵略來看，吳楚材選輯的《古文觀止》是深知「度量數稱勝」，而能「修道而保法」的「善用兵者」。和其它大部頭的『文選』相較，《古文觀止》是『輕騎、精兵』；所選的文章，「其（情）勢險，其（章）節短」，難怪「予之，敵（眾）必取之」。用中華的經典兵略去證明選文的策略，這是中華文化裡獨有的智慧，很值得 21 世紀研究國學的學者去回顧和『翫』思。

3. 論『文選』剛柔風格之傾向，及只讀『文選』之流弊

中國文化的特性之一，就是很早就發現『一陰一陽之爲道』的哲理，並用之於各種文藝智術，以及政經兵略（見註2）。文選的編輯取決于人，自然不免因編者的愛好，而有陽剛或陰柔的傾向，如姚姬傳《復魯絜非書》及曾文正《聖哲畫像記》所云㉗，但不影響品質之高下。就這兩種主要的風格而言，《昭明文選》選文重雅麗，《玉臺新詠》多怨情，俱偏陰柔一脈。與蕭氏兄弟之文選相對，《弘明集》講爭辯破異端，用檄文，草露布，是陽剛類的文選。而《古文觀止》、《古文辭類纂》和《經史百家雜鈔》三家，雖剛柔并用，然陽剛之氣多于陰柔之風。自來世人多誤以爲姚鼐文章清簡陰柔，而不知姚姬傳論兵詠史，氣勢剛勁。世人偷懶，只讀《登泰山記》等數篇清簡陰柔的選文，未讀《惜抱軒全集》，以訛傳訛，以耳代目，竟至誤解姚鼐文風如是。可見『文選』雖與人方便，然恐亦有懶人，只讀『小牛部』文選，而至誤人誤己，猶以爲『知天下』文章也。

4. 論選文之首尾佈陣當如『常山之蛇，首尾呼應』

上乘的文章要能如『常山之蛇，首尾呼應』，高明的文選編輯也不當例外。如果編輯者不能給讀者提供一個有意義的源流秩序，而是虎頭蛇尾，獐頭牛後，則即使陳列五花八門，那還是和開雜貨店沒有太大的分別。陸機在《文賦》開章就說，「余每觀材士之作，竊有以得其用心。」這是千古文學批評的警句。我們看『文選』，也未嘗不可以從它的首尾

㉗ 曾國藩「文章之變，莫可窮詰，要之不出（陽剛、陰柔之美）此二途，雖百世可知也。」

佈置和「選文以定篇〈《文心·序志》〉」，而得編者之用心，并從而判別其人眼手胸襟之高下。

（1）《玉臺新詠》：在著名而有特色的『文選』中，選文最沒有首尾佈置的就是《玉臺新詠》。徐陵『選錄艷歌』取悅妃姬，意在美人當下歡心，無意經營金丹不朽。所以編排不見用心，別無巧意。觀其開局以『麗蕪』之句，終卷以『桑草』之題，真可以說是內容別具隻眼，披沙偶爾見金，而首尾『草草』，漫無佈置。可以說是不戰而封侯之奇書。

（2）《弘明集》57篇，編選嚴謹。首篇《牟子理惑論》，成書年代恐非漢末，而文筆亦非極「善屬文者所作（梁啟超云）」。然牟子自問自答，縱橫《詩、書》出入諸子，綜論佛、道，以兵法辯駁，自圓其說，時或言之成理，有天女散花之勢。僧佑以《牟子》開場，以見多元文化激融之始作，選篇兼重史、哲，眼識不愧一代經師。《弘明集》的終集三篇竟然不是和平祈福之作，而是檄移露布文章，有兵家積極戰鬥的精神。在此基本架構之外，僧佑還唯恐讀者不能領會他編集護道的深意，所以再親撰序跋，加持前後，以雙重首尾開闔，冀求「總釋眾疑」。誠可謂深知文選在首尾選文佈置的重要也。

（3）《昭明文選》選文的起首以描寫京都建築之賦。這反映出皇子身居宮城，抬頭但見京都建築之富麗，而不見「述德」「詠史」之富，和「江海」「書」「論」之麗。起選雖有特色，然以歌頌梁武新政新都，恐有尼父「器小」之譏。至于卷六十的收關文章，其實大可以文章數目排名第一的作者，陸機的《弔魏武帝文》，或顏延之的《祭屈原文》結尾，也都氣勢堂皇。甚至于額外多收陶淵明的《自祭文》，也是灑脫的結卷。蕭統不出于此，而以叛亂事牽連賜死的王僧達之《祭顏光祿文》

爲全集終結，雖文短情眞，然亦不脫氣衰之殘局，而復具己身早夭之凶兆。此所謂觀其選文之首尾佈陣，亦得遙見其人之始終與興衰也。

（4）姚鼐《古文辭類纂》選文開局「悉以子家不錄，（而）錄自賈生」『雄駿閎肆』的《過秦論》三篇始。這可以說是暗合兵法『一鼓作氣，攻其無備，出其不意』開局之要。可惜受到《文選》的影響，全書收關以自家桐城派，劉大櫆的《祭舅文》等三篇祭文爲尾，有失桐城『義理、考據、文采』之要。表面上看起來，結尾的氣勢微弱，不能呼應開局的『開闔起伏，精深雄大（歸有光評語）』的氣勢，似爲選文關闔之敗筆。然而姚鼐如此安排，據我所看，實有深意隱焉。因爲姚鼐二十歲時，赴京會試不第，幸得恩師劉大櫆慰贈《送姚姬傳南歸序》，以「第一流當爲聖賢」望于姚鼐，爲之勉勵。以此姚氏歸鄉後，奮發精進，終成一代名家。所以說，姚鼐的《古文辭類纂》以陽剛的賈生三篇《過秦論》起，而以劉師陰柔而『愼終追遠』的三篇祭文收，眞是文學大師手筆，惜桐城派餘子竟無人發之爾，難怪百年而衰亡。

（5）《古文觀止》選得最多的就是《左傳》。所以《左傳》的第一篇《鄭伯克段於鄢》也就成爲《古文觀止》的首篇。左丘明雖然是歷史家，但文兼史哲，又通兵略，開局選篇當然別有用心。吳楚材選文注重感性和道德傳統，借置《鄭伯克段於鄢》開局，也就是強調「孝悌也者，其爲人之本」，高於謀略爲本的政治考慮。這個用心，更由吳楚材所選的尾篇，明代張溥的《五人墓碑記》，而彰顯出來。因爲這五位反抗閹黨暴政的的忠烈之『士』，「生於編伍之間，素不聞詩書之訓」，想來更沒有讀過《昭明文選》《左傳》《四書》，卻能「激昂大義，蹈死不顧」，眞讓縉紳飽學之士愧煞。這首尾兩篇把中華文化中的忠孝仁義淋灕盡至的呈現給讀者，用心之深，在所見諸名家文選之上。

《古文觀止》中選了兩篇歸有光的短文。歸有光在《吳山圖記》中贊美良吏魏君說：「有情如此，如之何而使吾民（讀者）能忘之也」。他對良吏的評語也可以用於好的文選上。《古文觀止》之家喻戶曉，其根基豈亦在此間乎？

（6）《經史百家雜鈔》：毛澤東嘗贊嘆曾國藩收拾太平天國的佈置手段，干淨利落，不做第二人想。曾國藩以兵法部勒的手段拿來編書，雖謙稱『雜鈔』，而實際上是選類先後佈置如大軍佈陣，法制井然，次序有節。選錄的範圍雖廣，但手法細膩，首尾呼應，如常山之蛇。他把姚鼐已經從《文選》37（或38）類精簡爲13大類，再精簡到11大類。每類必以《六經》篇章冠其首，如《文心》『宗經』之法，以示源流之要。各類之尾，亦多以名篇壓住陣腳，自成系統。《雜鈔》更以桐城姚鼐〈儀鄭堂序〉一文收全書之尾。姚鼐此文借『儀鄭（康成）』集經綜義之功爲引，而以學問當不止於詞章解經，應當上歸六藝及孔子之學爲結尾。這篇文章其實是劉大櫆《送姚姬傳南歸序》以「第一流當爲聖賢」望于姚鼐的續文。曾國藩以此文收尾，正是自示不僅傳承桐城學派，更復上接孔聖編書經世，當仁不讓，捨我其誰的大儒氣象。在詞章文類之外，什麼是編者的用心致意處？和文集中貫串呼應的涵義？這也是歷來研究「文選學」諸書所未曾留意，而很值得我們去做更深入地探討。

【 結　語 】

研究中國文學史的學者，大多認爲《昭明文選》是個富礦。如果中國文化的縱深是座大山，那麼在「文選」這個礦脈裡，《昭明文選》是個舊坑富礦，在它之前，還有《詩經》這個古玉礦。在它之旁，又有《弘

明集》這個鑌鐵礦，和《玉臺新詠》這個水晶礦。在它之下的遠處，桐城的《古辭類纂》和《經史百家雜鈔》兩個多類寶石礦還在礦洞深處發光。我們認爲，開發「廣文選學」，有窄義和廣義兩種途徑。前人所開發的「昭明文選學」，我們應該繼續往深處挖掘。前人所沒有探勘的「廣文選學」這個大礦脈，我們身逢其時，應該當仁不讓，開始測量礦脈的走向，把它的礦源和礦流，都標誌出來。並建立貫連礦脈重點的公路，應用現代化的工具和鑽探的方法，來從事這個「廣文選學」的大工程，庶幾不辜負這座文化大山。

在這一篇論文裡，作者先闡明爲什麼要研究「廣文選」，然後探討人類爲什麼要編集「文選」？並率先提出以「熱力學第二定律」和「反熱熵」的觀念，來說明人類編集文選的動機。並由此發現「文字文學」具有「無耗再生」的特性，而個人的經典之作具有極長的「半衰期」和超越時空的生存能力。一般人的作品，如果以單一的形式呈現，很容易被時空淘汰。但是編集成文選的形式，則集群眾之總力，常能提高它們的競爭力和代表性，從「量變而致質變。」

由于中國詩歌文賦是一家殊體，源頭都是《詩經》，「文選」的源頭當然也不例外。在確定《詩經》是中國最早的詩文選集之後，作者提出「三點定曲線」的方法來研究縱向的「廣文選學」；並以「橫向三線文學」的架構，擴大對同時期文化橫向的瞭解，以金玉相映，玉石切磋的眼手，對比研究與《昭明文選》同期的《弘明集》和《玉臺新詠》。

最後，作者把《昭明文選》《弘明集》《玉臺新詠》《古文辭類纂》《經史百家雜鈔》和近三百年來最受大眾歡迎的《古文觀止》，這六種

著名文選拿來相比較，並率先使用四種新範疇——人選、進學四忌、剛柔風格、首尾開闔，來分析它們的特點和短長。希望對「廣文選學」做出拋磚引玉的第一步探討。

　　曾國藩曾說「讀者囿於（範文及舉業之法）其中，不復知點、圍、評、乙之外，別有所謂屬文之法，雖劇勒一世，猶不能以自拔（《謝子湘文集序》）。」今日我們看 21 世紀「文選學」亦當做如是觀。夫一代有一代之學，吾人於「廣文選學」之能否會通古今，匯流中西，發揚國學，有厚望焉。

【參考資料】

傅剛《《昭明文選》研究》，中國社會科學出版社，2000 年 1 月。

穆克宏《昭明文選研究》，人民文學出版社 1998 年。

周啓成等譯校《新譯昭明文選》，三民書局，1997 年月。

游志誠《昭明文選學術論考》，學生書局，1996 年三月。

趙福海、陳宏天、陳復興等編著《昭明文選研究論文集》，吉林文史出版社，1988 年 6 月。

趙福海、陳宏天、陳復興等編譯《昭明文選譯註》，吉林文史出版社，1988 年 4 月。

李景濚《昭明文選新解》暨南出版社，1980 年 6 月。

　　初稿刊於2002年《昭明文選》國際研討會論文集，吉林出版社2001.6.，p.562-582.

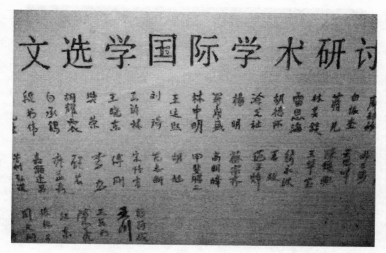

第四屆昭明文選國際學術研討會紀念碑·鎮江·南山公園　2002.9

文心雕龍國際研討會紀念碑·鎮江·文苑　2000.4
周勛初教授、穆克宏教授、蔣凡教授、作者、韓湖初教授

鎮江·昭明太子讀書台開幕紀念　2002.9
趙福海教授、錢永波先生、作者、俞先生

林其錟教授、著者及王運熙教授、蔣凡教授

《由《文心》、《孫子》看
中國古典文論的源流和發揚》

前　言

　　在世紀轉換之交，編選作者近年來對中國廣義古典文藝智術理論所提出的報告，試圖對中國古典文論的源流和發揚，再比較有系統地提出個人的一些看法。在這篇報告中，特別要對中國文化中極其重要而根本的、與「西方」文化大不相同的、自古有之的「文武合一」思維特徵，❶和《文心雕龍》中劉勰對《孫武兵經》的引用和發揚❷，以及對民俗、心理學、幽默❸與作者人格的重視等題目，再加以簡明的闡述。同時也把近代科技發展對現代文藝思想的影響加以例證；並對 21 世紀「中國

---

❶　林中明《斌心雕龍：從《孫武兵經》探解文藝創作》第四屆孫子兵法國際研討
　　會論文集，1998年10月。軍事科學出版社，1999.11.，p.310-317。

❷　林中明《劉勰和〈文心〉裡的兵略思想》，文心雕龍研究第二輯，北京大學出
　　版社，1996年9月，第311—325頁。

❸　林中明《談〈諧讔〉——兼說戲劇、傳奇裡的諧趣》，1998年文心雕龍學會論
　　文集。《文心雕龍研究第四集》，北京大學出版社2000.3，p.110-131。

古典文論研究和應用」的現代化❹、國際化和電腦化，提出幾個值得探討的重點，及嘗試將中國古典文論和其他文藝理論互相連通❺，以證明劉勰所說的『智術一也』。

希望這些新的看法和方法，有助於中國文化中一些優良而具有超越時空特性的廣義古典文論，在新領域的發揚和與世界的交流❻。並有助於21世紀的中國人對傳統文化中優良部分的重新體認和信心的恢復，從而在中西優秀文化的互補和碰撞中，促進中華「文藝復興」的早日到來。

中國古典文論集大成的代表作：《文心雕龍》

《文心雕龍》雖然是中國古典文論集大成的經典之作❼，但在過去的 1400 多年，它雖然對中國文論們發展有一定的影響❽，但在中國文學史上並沒有受到應有的重視。在今天，由於多位學者志士的深入研究和努力提倡，《文心雕龍》的研究很幸運地成長為質量俱重的一門學問

---

❹ 林中明《〈檄移〉的淵源與變遷》，1999年文心雕龍學會論文集。文史哲出版社2000.3., p.313-339。

❺ 林中明《從劉勰《文心》看八大山人的藝術、人格》，2000年文心雕龍學術研討會論文集。學苑出版社2000。p.574-594。

❻ 林中明《Character Beyond Character（字外有字）》，The 2nd International Conference on East Asian Calligraphy Education. August 11－13, 2000, California State University at Long Beach. p. 17 - 32.

❼ 所謂「經典之作」，必須要符合下列兩個充分和必要條件：1.有石破天驚、原創性的貢獻；2.有持久深遠、超越時空的影響。

❽ 汪春泓〈論劉勰《文心雕龍》在唐初之北南文風融和中所發渾的理論主導作用〉，2000年文心雕龍學術研討會論文集，第121—138頁。

——「龍學」。但在國際上，由於缺乏一流外文譯本和重量級西方學者的知曉，《文心雕龍》至今並沒有得到東北亞中國文化圈以外的敬重和激賞。相形之下，集中國古典兵略之大成，被劉勰稱爲「言如珠玉」的《孫武兵經》，不僅成爲國際顯學，而且應用廣泛，正在日益發揚光大。

劉勰的《文心雕龍》既深且廣，又有不同流俗和異於傳統文論的創新。但是也許出於文字的典雅艱深和文體形式的拘束做作，使得它最精要的思想和創意，不容易被沒有受過古文訓練的大眾所了解，和不容易爲過分受到傳統資料纏綁的文人所激賞。就拿本世紀最博學的錢鍾書先生而言，他就曾在《管錐編・列子張湛注・評劉勰》一文中認爲劉勰的《文心雕龍》是「綜核群倫，則優爲之，破格殊論，識猶未逮」。所以我曾惋惜地說：「按：錢氏未識劉勰以兵略經營《文心》，可謂『識猶未逮』，而《管錐編》大多亦不出『綜核群倫』也。」❾

由此可見，即使以才高學富學貫中西的錢鍾書先生，也未能超出學業慣性的局限。自古以來，創意和高見本來就是陽春白雪，孤芳自賞。所以劉勰早有「知音其難，千載其一乎」的慨嘆。

《文心雕龍》和西方古典文論的比較

作爲一位集大成的文藝批評家，劉勰的《文心》在宏觀思維系統條理上，於東方堪稱空前。比之於西方亞里士多德的《詩淪》筆記殘卷，也以文雅字練，識通奇變而居先。羅馬詩人賀拉斯的《詩藝談》，被目

---

❾ 林中明《劉勰〈文心〉與兵略、智術》，中國社會科學院《史學理論研究季刊》，世界歷史雜誌社。1996年1月，第38—56頁。

爲續《詩論》之後的巨著。然若細察其文，該文實乃詩人的隨筆短箋，
因此較之《文心》的義圓事密，廣徵博引，可以說是瞠不可及。如果把
賀拉斯的論詩信箋比之於陸雲《與兄平原書》論文學的家書閒話，我認
爲亦有未逮。

西方近代文藝理論的蓬勃發展
和科技的交互影響

　　與西方中古時期的文論相比，《文心雕龍》確實是格局宏大，思慮
精深。這個形勢一直到了西方「文藝復興」之後，也還保持絕對領先的
優勢。但是在「文藝復興」所導致歐洲的思想解放之後，它促進了科學
的自由發展，從而導致改變全球人類生活的「產業革命」和西方人文藝
術的相應變化及快速進展。

　　近代西方文藝思想不僅源流學派此起彼落異彩紛呈，而且顯示出隨
著社會和科技的深層轉變，日益走向綜合發展，微觀與宏觀並重的趨
勢。這一趨勢，更顯出歷史淵源、文化背景以及工程科學的快速發展，
對文藝思想學派所帶來的相互影響和發揚。

　　如果擴大視野，把文藝和科技相比較，我們也會看到類似的對立和
期待。如科學出身、轉行寫作的 C. P. Snow 1956 年在劍橋演講的 "The
Two Cultures"，就是探討人文工作者和科學家難以溝通，各以所是，非
人所非，以至於演成國際間南北貧富群體的對立和不安。而天文學家、
諾貝爾獎得主 S. Chandrasekhar，晚年還去探解科學和文藝終極成就的同
異。他寫的小冊子 "Truth and Beauty: Aesthetics and Motivations in

Science"（1987），文淺境深，闡明頂尖科學理論常具數學和諧之美。這種美，和莎士比亞的文學美，或是貝多芬的音樂美是同樣的震人心弦。他這本小冊子，對人類思想的溝通和影響，也許比他對「白矮星」和「黑洞」的研究還要深遠。

西方科學家進軍人文藝術，華裔的兩位諾貝爾物理獎得主楊振寧和李政道也不落後。楊振寧於 1997 年在香港中文大學曾就「美與物理學」發表演講。李政道也於今年（2000 年）出版《藝術與科學》詩畫集。就此觀之，如果說 20 世紀是原子、交通、電腦和西方人的世紀，那麼 21 世紀很可能就是生物、信息、雅藝和東方人的世紀。

回顧從 18 世紀以來文藝種類和創作理論的蓬勃發展，和它們與科技發展的交互影響，我們不禁要想起劉勰在《文心雕龍》〈時序篇〉裡的一句警句名言，「文變染乎世情，興廢繫乎時序」，講得是多麼宏偉精闢，用字又是那麼典雅精練。劉勰用兩句話，十二個字，就道盡了文藝變化的理論。這樣的眼光和手筆，現代的中西學者和文藝大家都做不到。也許世人所說「經典之作」的定義還要增加「用字精練典雅」一項，才能盡興和判別高下！

中國古典文論的守舊和僵化

1. 對中國古代邏輯辯證和組織系統等基本能力的懷疑

面對西方強勁的科技發展和與之俱興的蓬勃文藝，失去對中華文化信心的一些「龍學」學者竟然曾認爲《文心雕龍》的森嚴系統和邏輯辯證都是從印度佛學那兒借鑒得來的。一些企圖「以佛蓋儒」的釋士文人，

似乎把佛教對劉勰的影響估計過高。他們以爲劉勰在《文心》裡所用的「圓」字乃是漢譯佛典裡的「圓」，卻忘了中國在漢譯佛典之前早已用圓來代表圓滿完美❿。譬如孫武在《勢篇》裡早就把「形圓而不可敗」當作布置守勢的最高指導。況且舉頭見日，不見身毒，仰首望天，即見天圓日圓，不見因明、正理。《老子》說「道法自然」，圓字之源，何假外求？

然而心儀西風壓倒東風的人，卻又忘了中國自諸子以來就有的樸素邏輯論式⓫，而懷疑中國學者邏輯組織的基本能力，臆測《文心》的組織、論理出於公元二世紀以後佛典裡才見著的因明學⓬。其實《孫子兵法》首篇就說「道、天、地、將、法」，重視軍法森嚴，講求組織、號令嚴明。《孫子兵法》一書和諸子百家中也有不少邏輯辯證。⓭受到《孫子兵法》極大影響的劉勰，以他本人思路的傾向和他在定林寺「區別經論部類，錄而序之」的圖書管理學的多年訓練，當然在組織辭令、艾成規矩及首尾圓合上超越晉代文論前賢。但比諸《史記》、《漢書》、《論衡》，劉勰的邏輯組織能力只能說在伯仲之間。但就文字典雅，章句精煉而言，似乎猶在具有「正理」、「因明」學背景的許多佛教經論之上。另外就邏輯學（Logica 一語爲當時所無，當時學者稱爲工具，即 Organon ⓮）而

---

❿　《莊子·齊物論》：「五者圓而幾向方矣。」

⓫　汪奠基《中國邏輯思想史》，上海人民出版社，1979年。

⓬　1.呂澂《印度佛學源流略講佛家邏輯》：「正理」學說的形成很晚，佛家之有「因明」並加以重視，爲時更遲。2.玄奘西元647年才譯商羯羅主的《因明入正理論》。648年窺基從玄奘學，其後乃有《因明入正理論大疏》。3.梁啓超盛贊窺基此書說「中國知用邏輯治學，實自茲始」。

⓭　吳如嵩《孫子兵法淺說》層遞、頂針。

⓮　姚一葦《詩學箋注》，臺灣中華書局1978年。

論，採用片段局部的觀察，運用三段論法邏輯不一定能保證結論的正確。亞里士多德雖然發展出三段論法，但是一旦假設錯誤，結論常常相當幼稚可笑。譬如西方生物學鼻祖亞里士多德由解剖人體，觀察血液循環，就斷定心是人的思想感覺中樞。這和沒有三段論法，而皆以心為智慧主宰的佛、道、儒的猜想三家也相去有限。劉勰雖然沒有受過希臘三段論法的薰陶和生物學的訓練，但他把「為文之用心」的「文心」當做書題，千載之下，仍然超越西方機械科學和物理文明的範疇❶，耐人尋味。

2.《文心雕龍》裡《原道》、《徵聖》、《宗經》三篇的廣義和窄義

今人看 1500 年以而的文論，難免覺得文、意俱古，很容易把古人的「舊」東西，都直覺地當做是過時和落伍的「爛」貨。政治人物如此說，我們可以嘲笑他是「泛政治」的動物。但是新一代的學者這麼說，我們就要學禪宗六祖惠能在廣州法性寺，為「風動還是幡動之爭」所說的有名機鋒評論：「不是風動，不是幡動，非幡動、風動，人心自動」（惠昕本）。那就是：是劉勰的觀念保守？還是學者的觀念保守，不能會通？

有些新一代學者最愛批評的就是《文心雕龍》裡開頭的《原道》、《徵聖》、《宗經》三篇。認為劉勰的思想保守，抱「經」迷「聖」，泥古不化。這類話說久了，似乎就成為定論。其實細看《文心雕龍》開頭的三篇，我們就會發現劉勰在每篇的發端，都必先從基本的角度，來看廣義的道理和情況。然後才舉出他所認為是最適當的範例，或是窄義

---

❶ 錢學敏《錢學森的藝術情趣》，1995年11月28日《人民日報》海外版副刊：正因為我受到這些藝術方面的薰陶，所以才能避免死心眼避免機械唯物論，想問題能夠更寬一點、活一點。

的解釋。所以我認為，斷言劉勰思想保守，多半是不了解他的寫法，浮觀文氣，因而陷入了，和反映了他們自己先入為主的「保守觀念」。

3. 劉勰文論思想：容異、創新、辯證會通

——淵源多面：儒、道、釋，諸子百家並用。

——文武合一：「文武之術，左右惟宜……豈以好文而不練武哉？孫武兵經，言如珠玉，豈以習武而不曉文也！」1400 年前劉勰把《孫子兵法》提升到「經」的高度，這是極其大膽的突破和創新！（古今中外所無）

——兼容並蓄：《正緯》篇強調容異，這也不是一般傳統保守的儒生敢提倡的開明觀念。

——《辨騷》篇總結全書最重要的樞紐五篇。在這篇裡，劉勰貴人格、重創新！孰謂劉勰保守？

由上列幾項簡要的例論，可知劉勰思想相當獨立，立言做官都不是意識形態的附庸。劉勰曾在《知音》篇裡說「見異，惟知音耳」。劉勰是《孫子》的知音，我們呢？

中國古典文論的源流

錢鍾書在《管錐編》裡談兵，就引《呂氏春秋》裡的「古人」「老話」說『今世之以僞兵疾說者，終身用兵而不自知字』。其實，錢鍾書也沒有看出劉勰在《文心雕龍》裡用了大量的篇幅發揮《孫武兵經》的兵略思想用於文論（《劉勰和〈文心〉裡的兵略思想》，1996 年）。是使後人復笑前人也。

中國傳統文化的特色：文武合一
——《斌心雕龍：從〈孫武兵經〉探解文藝創作》(1998 年 10 月)

兵法文用

　　「文」、「武」兩字，自古以來，不論中西，都是相對之義，勢同冰炭，水火不相容。「文藝」和「兵法」這兩組強烈對立的觀念，可以相通相融，甚至於相輔相成嗎？這個命題的答案，在西方的文論史上，從希臘亞里士多德以來，找不到明顯的記錄。但在中國的文化、文論史上，卻是思想的主流。從正統的經、史、子、集到民間的小說筆記裡，都可以看到這一思路傳統。這些例證，繽紛燦爛，舉不勝舉。把它目之為「春城何處不飛花」，也不為過。

中國傳統文化的特色和夾谷之會

　　天地之道，一陰一陽（《易經·繫辭上傳》）。文武之道，一弛一張（《禮記·雜記下》）。一文一武之為道，這可以說是中國三千年來，傳統文化的特色。說明這一傳統的最好實例之一就是中國的文聖孔子在任魯國首相與強鄰齊國會於夾谷時，就果決地提出「文事必有武備」的策略。更在盟會之時，嚴肅地引用共尊的周朝（國際法）禮法（而非魯國的單行法，或「人權法」），當場「合法」地斬殺了受命鬧場羞辱魯君的齊國優伶。結果他不僅在外交上成功，而且「不戰而屈人（齊國）之兵」，不用「新兵器」和大軍的「威懾」，就收回大片失土。精通六藝曾編輯《詩經》的文聖孔子，早於西方兵聖——克勞塞維茨，在 2400 年以前，

就提出而且成功地實施了「軍事是政治和外交的延伸」的戰略，這不僅在軍事歷史上是值得大書特書，而且也是讓近代的政軍謀士相比之下，不免要為之慚愧的。

文藝源於游戲，游戲起於競生

西方文藝批評的始祖亞里士多德，以為文藝出於游戲。《物種起源》的作者達爾文，從鳥獸草木的層次去觀察，發現詩人騷客筆下看似無邪的麗羽花香，竟然不出生存競爭、自然淘汰這個天演法則。但游戲是動物競生的準備活動，距離昇華後的「文以載道」或「為文藝而文藝」，都還有一大段路程。東方的教育思想家孔子，提出更進一步的目標，鼓勵人們應當「行有餘力，則以學文」。由此而觀，文藝智術的衍生，實出自競生戰鬥之餘的游戲活動。所以文學創作中有兵略思維，乃是理所當然的事。只是後來文明進步，去源久遠，學術和工作上的分工愈細，於是乎文藝智術中兵略的運用，或鎔或隱。因此後人乃多以文武截然為二，而忘了它們兩兄弟其實是「其具兩端，其功一體」。

宏觀同異

這類情形在人類思想發展史上，也有不少相似的實例。譬如科技史上天文起自哲學，物理又淵出天文，蔚成獨立大系。直到近年研究宇宙起源，物理自微粒來推求宇宙本體，天文由遠渺去研究物粒始源，二者分而復合。又如佛教有大、小乘之別，空、有宗之爭和頓、漸悟之辯，而眾想本源自一祖。文武智術之間的正反分合亦復如是。

清朝的魏源在他的《孫子集注序》裡豪邁地說：「天地間無往而非兵也，無兵而非道也，無道而非情也。……羿得之以射名，秋以奕，越

女以劍。」從宏觀的角度來說，「文學」和「藝術」創作既然是和兵略、
智術一般，都是人類邏輯理智和形象情感的活動，那麼說「文藝創作」、
智術思維和兵略的邏輯運籌及彼己心理控制有關，就當然不是穿鑿附
會、故弄玄虛之言。以己所是，非人所非，這是「人」受到本身立場的
限制，所不易避免的結果。所以《淮南子》就有「東面而望不見西牆，
南面而視不睹北方」的比喻，感嘆古今文人武士，「不見一世之間而文
武代爲雌雄」，以至於「文武更相非而不知時世之用」。其實從人類的
智術思維來看，「文」、「武」不必相非，而實乃相成。中國古代兵法
大家，也都認同這個看法。譬如《孫子》之前的《司馬法》就說「禮與
法表裡也，文與武左右也」。孫子文武全才，當然知道領軍得眾，致勝
之要在於「告之以文，齊之以武，是謂必取」。而稍後的《尉繚子》也
說「兵者，凶器也。戰者，逆德也。爭者，事之末也。故王者伐暴亂，
本仁義焉。兵者，以武爲植，以文爲種。武爲表，文爲裡」。和西方的
兵學家相比，攻防「戰術」上的實戰考慮，彼此相近。但在文武平衡和
社會和平的視野上。近代的西方兵學家就常因爲過於專業化，而自設近
于唯物論的局限。《尉繚子》說「文所以視利害，辨安危；武所以犯強
敵，力攻守」，也可以說是從分工的效率來講合作的效果。

　　反過來從藝術的角度來看兵略的影響，我們可以看到，文藝創作在
神思情采之外，謀篇布局，通變任勢，導意動情，也多不能脫離昇華抽
象後的兵略藝術。1500 年前劉勰在他的文學理論鉅作《文心雕龍》的《程
器篇》裡盛贊「《孫武兵經》辭如珠玉❶，豈以習武而不曉文也？」從

---

❶ 1.參看楊少俊主編、王立國等合編《孫子兵法的電腦研究》一書第四部分《孫
　　子兵法語言文字》篇中的《孫子兵法的文學與美學價值》、《孫子兵法語言文

逆向證明「文武之術，左右惟宜」的道理。這和人類「邏輯運作」與「形象思維」這兩種思考方式的同異也有相近之處。「文藝」和「兵法」看似相反，但在人類思維的過程中，它們卻常是互相聯結和互相滲透。

微觀探解

《老子》說「道」，論「爲」；孔子說「仁」，講「學」；《孫子》說「兵」，教「戰」。他們三人都說到「道」，但是《孫子》所講的「道」跟《老子》、孔子所講的「道」在方向上很不一樣。《老子》的道，意在天地人「三才」中的「天」；孔子的道，意在「地」上的政府社稷；《孫子》的道，專注於人。《孫子》說「道者，令民與上同意也」，固然是說政府對人民可以「導之以政」共度艱難；或將軍可以領導士兵出生入死。但就文學藝術而言，《孫子》講的不也就是導演、作者與觀眾、讀者之間的導引關鍵和如何引起讀者的興趣及共鳴？好的作者和導演能掌握讀者和觀眾的心理，讓人跟著文章、電影的發展，爲英雄的冤死而哭，爲美妙的生趣而喜。這不是「令民與上同意」的下一句「故可與之死，可與之生而不詭（違）也」嗎？

《司馬法》說的「凡戰之道。既作其氣（文氣），因發其政（方向），假之以色（表情），道之以辭（言辭）。因懼（死、亡）而戒，因欲（生、存）而事……是謂戰法」，講得更細，但也說的是同一個「道」。至於《孫子》的其他的四校，「天、地、將、法」，不也就是任何文藝創作裡所必須講求的天時四季，山水風景，作者導演和文藝格式嗎？

字的定量分析看作者風格》等四節（1992）。2.吳如嵩《孫子兵法新論·孫子兵法的修辭藝術》，1989年6月，解放軍出版社。

《文心·知音篇》對文情的審閱，也提出和「五校」相呼應的「六觀」，要以「位體（情位文體）、置辭（修辭）、通變、奇正、事義（論證）、宮商（音律）」來見優劣。其中「通變、奇正」，更是直接借用《孫子》兵法的觀念。

至於《孫子》提出來的五項「將道」：「智、信、仁、勇、嚴」，也可以直接應用到作者的「文材」上。「智」就是創作的智慧；「信」就是材料的可信度和爭取讀者的信任；「仁」是要培養和具備對人類的關懷，或是「筆端常帶感情」；「勇」和武士的勇更為類似，從勇於創新突破傳統，勇於負起文責，到勇於「以今日之我與昨日之我戰」！「嚴」是自律，寫作有系統、有組織。「文法」、「文材」和「兵法」、「將道」真是太相似了！

如果說兵法的目的是勝敵「立功」，而修身勝己是「立德」，那麼贏取讀者就是「立言」了。中國傳統「三達德」的奮鬥，竟然也離不開兵法原則的應用！

《文心雕龍》裡的兵略思想⑰

自《孫子兵法》竹簡傳世以來，最有系統「引兵入文」的就是 1500 年以前，南北朝時期的劉勰。劉勰祖籍東莞莒地，略屬於現在的山東日照。戰國時代齊國的田單以莒與即墨為齊國的最後據點來抗拒燕國覆滅

---

⑰ 1.林中明《劉勰和〈文心〉裡的兵略思想》，〈文心雕龍研究第二輯〉，第311—325頁，北京大學出版社，1996年9月。2.林中明《劉勰〈文心〉與兵略、智術》，《史學理論研究季刊》第38—56頁，中國社會科學院，1996年1月。

齊國。燕國的名將樂毅留巡齊城五年,竟不能下。後來田單運用兵略智術,弄鬼砷,用五間,以火牛陣大破騎劫,一月之內復齊七十餘城,遂使莒地一舉而成歷史上的戰事名城。七百年來鄉裡父老想必津津傳樂道,相信對幼年的劉勰,必曾激起戰鬥幻想的火花和對軍事兵略的憧憬。

更有甚者,《孫子兵法》作者──孫武的父親田書,於公元前 523 年因伐莒有功,齊景公賜姓孫氏,封邑樂安。後來孫武因司馬穰苴之死從齊國南奔吳國,和劉勰祖先也是從山東投奔南朝相似。這段歷史淵源,對祖籍莒地的劉勰,想必也產生了相當的影響。

劉勰嫻熟兵法,他在一生事業三大關頭,都以過人的機智和勇氣,果決過關。其中喬裝改扮賣貨的小販,鬻貨進書一事,詭譎絕倫,完金是兵法運用的上乘智術,千載之下,猶令人拍案稱絕。《孫子兵法》裡最核心而關鍵的「詭」字在《文心》中,也與「譎」字共有二十餘次高頻的使用率。劉勰在《文心》中使用了大量的軍事術語來表述他的文藝理論,諸如:奇正、通變、謀、勢、詭譎、首尾、要害等等,幾乎到了「春城無處不飛花」的地步。茲略舉簡例如下。

道和「兵形象水」

《孫子·虛實篇》裡踵《老子》之道,亦曰「兵形象水」,在《行軍篇》裡又說「令素行以救其民」,在《九變篇》裡也講「告之以文,齊之以武」。應用《孫子兵法》,把讀者導引到作者所安排的情境,這是「武道文用」。劉勰在《書記篇》裡說「管仲下令如流水,使民從也」,則是政道、武道、文道,三道源於一道了。成功的作者可以用同樣的兵略「垂帷制勝」(《神思篇》)和「制勝文苑」(《總術篇》)。寫文章「出奇制勝」也本源出兵法。了解這個源流,就知道詩聖杜甫「語不驚人死

不休」的文略源出兵略，就兵家而言，實無足大驚小怪。這只是再次證明「天下之道莫非兵也」。

攻 守

懂得教民以戰（孔子），用兵攜手若使一人（孫子），其後才能講攻守。《文心·論說篇》裡講「跡堅求通，鉤深取極」，是說攻，是講「破敵」之論和打攻堅戰（詹鍈注解）。吳興弼評蘇洵《明論》，說「雖未免挾數用術之說，然理亦如此。兵法攻堅瑕亦然」。「義貴圓通，辭共心密，敵人不知所乘」是說守，是講如何「立己」之說。劉勰在此篇極明顯地引用《孫子兵法·虛實篇》「善攻者，敵不知其所守；善守者，敵不知其所攻」，「故我欲戰，敵雖高壘深溝不得不與我戰」。這種基本的攻守原則，就連講《逍遙游》的莊子，也曾把它用在《齊物論》裡講解言辯攻守之道：「與接為構，日以心鬥……其發若機栝，其司是非之謂也；其留如詛盟，其守勝之謂也」。此外，《文心·銘箴》解「箴」，也用攻防軍事術語：「箴者，針也，所以攻疾防患，喻針石也」。《文心·論說篇》裡又說：「煩情入機，動言中物，雖批逆鱗而功成計合。」這是《易經·師卦》裡說兵師的運用要能「行險而順」。劉勰在「神滅論」大論戰中沒有積極參戰去勉強立論，而在梁武帝以菜蔬代替犧牲祭祀七廟的次年，緊接奏請二郊當與上廟同用疏果。他真的是懂得用兵攻守之道，達到他自己在《論說篇》中標贊的「功成計合，此上書之善說也」。這是人如其文，文如其人，而復能知行合一的明例。

布陣，治眾

能破能立，有攻有守，這是用兵略以行文的策略。在此策略之外，

用兵講布陣，行文講謀篇。《孫子兵法・九地》論用兵布陣，要求首尾呼應，如常山之蛇❸。《文心雕龍・附會篇》論行文謀篇則謂「首尾相援」並講「定與奪」。曾隨十字軍東征，有戰事經驗的西班牙文豪塞萬提斯（Cervantes）在《談〈堂・吉訶德〉的創作》中評說：「我從來沒有看到過一本騎士小說，它全部情節被寫成一個四肢齊全的整體，能夠中間和開頭呼應，結尾又和開頭與中間呼應……」，講的也是同一個道理。❹《文心雕龍・總數篇》說「執術馭篇」要避免「後援難繼」，也只是上述《孫子・九地篇》的引申。《文心，附會篇》裡說「群言雖多。而無棼絲之亂」，這是《孫子・勢篇》「紛紛紜紜，鬥亂而不可亂，治眾如治寡紛數是也」的改裝句。只是劉勰善於「用舊合機，不啻自其口出」，他雖然大量引用《孫子兵法》的名言警句，卻能「（文）更其旌旗，（字句）車雜而乘之，（文意）卒善而養之」，千年以來不知逃過多少人的法眼！

奇 正

　　劉勰在《徵聖》之後，續以《宗經》和《正緯》。從兵法的角度來

---

❸　宋陳善《捫蝨新話・作文貴首尾相應》東晉桓溫見八陣圖曰：「此常山蛇勢也，係其首則尾應，係其尾則首應，係其中則首尾俱應。予謂此非特兵法，亦文章法也。」

❹　張愛玲《論寫作》：「在中學讀書的時候，先生向我們說：『做文章，開頭一定要好……結尾也一定要好……中間一定也要好──』還未說出所以然來，我們早已哄堂大笑。然而今天，當我將一篇小說寫完了，抄完了，看了又看，終於搖搖頭撕毀了的時候，我想到那位教師的話，不由得悲從中來。「林按：如果知道向《孫子》「借兵」，教書先生只要引「常山之蛇」一句話就把課講完了。

看這是講文學資源的奇正。《孫子·勢篇》說：「凡戰者，以正合，以奇勝」。劉勰先講《六經》，這是「以正合」，然後「採摭（圖讖）英華」，「以其有助文章」，是開明的「以奇勝」，而不是固執的以異棄。劉勰開放的胸懷，勝於禁止詩人入城的柏拉圖多矣。《孫子·火攻篇》說「戰勝攻取……非利不動，非得不用」。所以陰陽讖緯，只要是「事豐奇偉，辭富膏腴」，雖無助於經典，只要是有助於文章，就加以採用，不限於文以載道而已。劉勰在《正緯篇》裏說「經正緯奇」，在《定勢篇》裏說「執正以馭奇」，正代表了他以兵法闡說《文心》的實用精神。緊接著《正緯》，劉勰在《辨騷》裡指出「奇文郁起，其《離騷》哉」。更進一步闡明《孫子·勢篇》所說「奇正之變不可勝窮也」，所以《離騷》「酌奇而不失其眞」，以致其文「氣往鑠古，精彩絕艷」。難怪正規之文，「難與並能」。

通　變

《文心》的第六篇是《明詩》。從字面上看，也和前面幾篇一樣，沒有刀光劍影和兵略的痕跡。雖望文而不能附義。但上乘兵法講萬人敵，而不是講一人敵的刀法劍術。歷代學者都沒有看到《明詩篇》裡隱藏著兵法。直到民國初年朱自清在《詩言志辨》裡大處著墨，小處著手，這才看出劉勰可能使用《孫子兵法》裡「奇正之變」的消息。其實從兵略運用的角度去看《文心》，奇正與通變猶如左右手，其用殊不可分。劉勰早於《徵聖》裡就已說「抑引隨時，變通適會」。《明詩》裡說「舖觀列代，而情變之數可監」。後面的《神思》就演其餘「至變而後通其數」，又再「贊曰：情變所孕……垂帷制勝」，回到軍事作戰的兵家語」。其間《樂府》說「氣變金石」，《頌贊》說「事兼正變……與情而變」。

《吊哀》說「辭變」，《諸子》說「遠近之漸變」，《書記》說「變雖不常」。《通變》之前的《風骨》就先講「洞曉通變」。劉勰在《文心》裡用「變」字之多，遠超過作《九變篇》的孫子，幾乎可以跟佛典裡講的各種「心」一樣繁盛，可說是全書的關鍵語。《知音篇》裡的「六觀」就是「三觀通變，四觀奇正」，很像《孫子·計篇》裡的「五校」。《時序篇》指出「文變染乎世情」，這一觀點比馬克思和近世蘇聯文論諸家所提出「藝術是反映現實的一種形式」的理論，要早一千四百年。難怪劉勰曾自信的說：「源始以要終，雖百世可知也」。

勢

《定勢篇》是《文心》五十篇之中，最富創意的一篇文章。可惜從來研究文論的文士，罕通兵法，以致猜測紛紜，都搔不到癢處，越解釋就越糊塗。難怪劉勰在《知音篇》一開頭就大嘆「知音其難哉！……逢其知音，千載其一乎！」他在《定勢篇》裡說：「情致（敵情指向）異區，文（兵）變殊術，莫不因情（敵情）立體（布陣），即體成勢（局勢）也。勢者，乘利而爲制（『致人而不致於人』之法）也。」這完全是「兵法文用」。他又說「文之任勢，勢有剛柔，不必壯言慷慨，乃稱勢也。」劉勰這一觀點，早於桐城派姚鼐，分文章爲陽剛、陰柔二派，一千多年。比起羅馬朗吉努斯的只知《論崇高》，也更全面。但文藝的陰陽、剛柔之說，也不出《吳子》所云：「夫總文武者，軍之將也。兼剛柔者，兵之事也。」劉勰也批評「新學之銳，則逐奇而失正」，不如「舊練之才，則執正以馭奇」。這也是兵法裡「兵，以正合，以奇勝」的道理。劉勰把《孫子》奇正、通變這兩大兵略要素融會貫通之後，發展出文學上的「勢論」，在複雜度上和《孫子》的辯證論點相抗頡，很值得我們再作進一步的探

討。

集中、精簡

孫子演兵法，在《虛實篇》裡說「我專爲一，敵分爲十，是以十攻其一也」。他在《行軍篇》裡又說「兵非貴益多，唯無武進，足以併力、料敵、取人而已」。劉勰寫文論，把專一、併力的道理化入《神思篇》，乃曰：「貫一爲拯亂之藥」；用於《書記》，則說：「隨事立體，貴乎精要」。劉勰又在《熔裁篇》裡說「善刪者，字去而意留」。匆忙的現代讀者和作家所愛好的「短篇小說」、「極短篇」、「掌上小說」也不外乎「一以當十」、「一針見血」的兵法運用。可見精要集中之理，文道和武道相通。雖然孔子說「行有餘力，則以學文」，但兵略的要素不一定永遠成於文藝之先。如果劉勰生在孫武之前，受到《文心雕龍》啓發的孫武又不知會把《孫子兵法》寫成何等模樣？

東洋兵法名家宮本武藏。在刀藝進境上受阻之後，曾棄刀浸淫雕刻繪畫，以文藝擴展兵法技藝，而達到更上一層的境界。[20]在最上層的藝境，文武之道，運用之妙，應當都是存乎一心，中外古今無有差別。[21]

果 決

《神思篇》讚揚「駿發之士，心總要術，敏在慮前，應機立斷」。《通變篇》讚曰：趨時必果，乘機無怯」。《隱秀篇》說「萬慮一交。動心驚耳」。劉勰在這幾篇所讚揚的趨時必果、應機立斷，都是兵略的

---

[20] 小山勝清《嚴流島後的宮本武藏·惺惺相惜72》（向矢野三郎兵衛學畫花）。
[21] 宮本武藏《五輪書·序》：若善將兵法之利推及於諸藝能之道，則萬事皆可成。

要領。吳起在《吳子·治兵篇》裡也說「用兵之害，猶豫最大。三軍之災，生於狐疑」。相傳是姜太公傳下來的《六韜》，也和所有的兵書一樣重視果決。《六韜·軍勢篇》裡說「巧者豫，是以迅雷不及掩耳」。這一說法和《孫子·軍爭》的「難知如陰，動如雷霆」，意義相同。西方的朗吉努斯（Longinus）也把雷霆電閃用於《論崇高》中節如發機、動心驚耳的演講術。他說 "A well-timed stroke of sublimity scatters everything before it like a thunderbolt, and in a flash reveals the full power of the speaker"。朗氏所用的 "a well-timed stroke" 和劉勰在《定勢論》裡引用《孫子·勢篇》而說的以「機發矢直」，「矢激如繩」「而「因利騁節」之意相呼應。莊子在《齊物論》裡也用「其發若機栝，其司是非之謂也」來解釋「與接爲構，日以心鬬」的言辯鬬爭。《孫子·勢篇》所說的「節」的另一義·注重物理上「時節」的功能。任勢使人，如轉木石，「木石之性，安則靜，危則動，方則止，圓則行」。這個「勢」，屬於牛頓力學第一定律，又稱慣性定律。「轉圓石於千仞之山」的「勢」，是運用位能。「激水之疾，至於漂石」的「勢」，是運用動能。時節越短，「節如發機」，則加速度越大，力量越強。這其實同於牛頓力學第二定律，也可以說是宇宙的通理，可用於武，也可以用於文。時下正流行的 RISC（Reduced Instruction Set Computer）電腦設計，就是使用短節以增加總運算次數和效率。雖然應用不完全相同，但用意則亦相類似。可見古今中外智術的運用，都不能脫離「人法天，道法自然」。

劉勰的《文心雕龍》文字精煉，懂得節約兵力。《文心》組織嚴密，篇章規範有如《孫子》所講的「法者，曲制、官道、主用」。而不像是借用印度的「因明邏輯學」。劉勰的《文心》不僅哲思、文論、邏輯、智術集前人之大成，更以兵略健碩勢理，開闢文論的新方向，眞是「兵

法文用」的典範。

文藝創作裡兵略運用的實例：
《劉勰、〈文心〉與兵略、智術》（1996年1月）

中國書法的突破：東晉·衛夫人《七條筆陣出入斬砍圖》

　　在東西文論史上，劉勰很可能是第一位把兵略戰術融會變通，執術馭篇，有系統地運用到文藝創作理論分析上，並幸有文集傳世的文人。但是把兵戰刃弩的動勢引申到藝術創作上，也許東漢的書法家蔡邕是東西藝術史上有文字留傳的第一人。王羲之的「老師」衛夫人，更以婦流之身，允文允武，破天荒地把兵陣戰勢逕寫入《七條筆陣出入斬砍圖》。其中「高峰墜石」和「勁弩筋節」則極明顯出自《孫子·兵勢篇》。衛夫人的《筆陣圖》啓發了她的「弟子」王羲之，寫成《題衛夫人〈筆陣圖〉後》和《又筆陣圖》。其中把「紙筆墨硯」當作「陣刀甲城」，「心意、本領、結構、颺筆、出入、屈折」看成「將軍、副將、謀略、吉凶、號令、殺戮」。簡直就是旗幟鮮明地在講兵法和作戰。王羲之以兵法入書道，引以爲秘，遺教子孫，千金勿傳。羲之引融兵法以表述其筆勢，難怪秀逸之中復有剛勁之氣，爲後人所不能及。元初傑出的文人書法家趙子昂在《蘭亭跋》中稱贊他「雄秀之氣，出於天然，故古今以爲師法」。其實也只看到紙上的氣勢，和古往今來絕大部分的文人一般，「去聖久遠……未能振葉以尋根，觀瀾而索源」，不知書聖筆法骨力的部分來源竟出自兵法和婦人！

　　唐太宗李世民自幼出入兵陣，論書法以兵法爲骨幹，「臨古人之書。

殊不學其形勢，惟在求其骨力，而形勢自生」。論「磔」，則云「戰」筆發外；說「點」，則云忌圓平，貴「通變」。清朝的曾國藩，文人領軍，出生入死，曾說「作字之道，全以筆陣爲主」。可見也是用兵法以解書法，因衛、王《筆陣圖》而悟作字之道。他又說：「讀《孫子》『鷙鳥之疾，至於毀折者，節也』句，悟作字之法，亦有所謂節者；無勢則節不緊，無節則勢不長」。劉熙載在《藝概・書槪・體勢》中說：「孫子曰『勝兵先勝而後求戰，敗兵先戰而後求勝』，此意通之於結字，必先隱爲部署，使立於不敗而後下筆也。」

曾、劉二氏用兵法論書法，可能都受到《文心雕龍》的啓發，而未明言。更可能是「天地間無往而非兵，羿得之以射名，秋以奕，越女以劍」。文武相通之處，英雄所見略同。古今豪傑泰能自興，固不以男女、詞章、射奕、佛儒、文武智術而隔。

作詩作文如用兵

唐朝從日本來中國留學的遍照金剛在《文鏡秘府論・論文意》裡就說「天置意作詩，即須凝心，目擊其物，便以心擊之，深穿其境」，「凡詩者，雖以敵古爲上，不以寫古爲能」，「夫詩，有生殺迴薄，以象四時」。遍照金剛身在佛門，用字遣詞曰「擊」，曰「敵」，用「生殺」，那都是兵家術語。這是無心而意流之又一例。

唐朝的杜牧精詩善文，曾注《孫子》，時有卓見。論行文則說「凡爲文以意爲主，以氣爲輔，以詞采章句爲之兵衛」，不負他在兵法和文學上的胸襟造詣。

宋朝的詞人姜白石論詩也用兵法，他說「一波未平，一波已作。如兵家之陣，方以爲正，又復是奇，方以爲奇，忽復是正；出入變化，不

可紀極，而法度不可亂」。姜夔把《孫子》奇正通變化入文論。顯出兵法和文學的關係到了宋朝似乎已普及到了「純文人」都能接受的地步。

明朝的徐渭（文長），富兵略，曾參與抗倭戰爭及多種軍事活動。他寫的四齣傳奇雜劇《四聲猿》，其中兩首：一文，《女狀元辭凰得鳳》；一武，《雌木蘭》，以闡揚女子才能和諷刺當朝文武男不如女。他的劇作奇變脫俗，出類拔萃，讓後之劇壇盟主湯顯祖，佩服到詞爲之窮，恨不得「自拔其舌」，而不得不用軍事術語說：「《四聲猿》乃詞壇飛將」。

清朝的葉燮論詩也以兵法爲用，他說「詩而曰作……如用兵然」。劉熙載在《藝概》裡論文章之法式裡也說「兵形象水，惟文亦然」，直承《孫子》而與《文心·書記》裡的「管仲下令如流水，使民從也」相呼應。李漁在他的《閒情偶寄》裡，就拈出「密針線……照應埋伏」和「審虛實」，以爲作文要訣。就連寫狐仙怪異的蒲松齡，也懂得把兵法應用到寫作選材，像劉勰一樣講避實擊虛之法㉒，終以不同流俗，別變一格的《聊齋》傳世。可見兵法已幾乎普遍到了可被上層民俗文藝創作者接納應用的程度。

至於蒲松齡的《大鼠》、《螳螂與蛇》，管同的《記鴿》，薛福成寫的《蜘蛛與蛇》，更是以兵法記述動物間的「物性相制」。它們雖然是「短篇小說」，但趣味盎然，勝讀達爾文樸素紀實的《物種起源》。

㉒ 蒲松齡字留仙，又字劍臣，好兵任俠之心於此可見。蒲松齡爲了激勵自己發奮寫作，曾在銅鎮尺上刻了一副對聯形式的座右銘：「有志者，事竟成，破釜沉舟，百二秦關終屬楚；苦心人，天不負，臥薪嘗膽，三千越甲可吞吳。」蒲松齡《與諸弟任書》：「雖古今名作如林，亦斷無攻堅撼實、硬鋪直寫，而得佳文者。」

短篇小說的要訣：集中攻擊、節約兵力

現代人公私事繁忙更勝於古人。長篇小說如托爾斯泰的《戰爭與和平》固然已沒人能寫，寫了也沒人有時間看完。曾任北大校長的胡適，在八十年前用了約六千字，寫了一篇《論短篇小說》，去解釋一個觀點：「短篇小說是用最經濟的文學手段，描寫事實中最精彩的一段，而能使人充分滿意的文章」。北大在蔡元培做校長時，也曾教授軍訓課。可惜文勝於武，沒人注意《孫子兵法》裡的微言精義，以致北大畢業生在對日抗戰等作戰少有戰功。如果我們用《孫子》的角度來詮釋「短篇小說」，其實最多只要用 11 個字「集中攻擊、節約兵力以致勝」，就可以把整個觀念講清楚說明白。

中外兵家高下

孫武子寫兵法，只用了 5913 字（宋本曹注）。約米尼寫《戰爭藝術》和克勞塞維茨寫《戰爭論》都要用上幾十萬字。古人批評文人領軍，最忌「紙上談兵」。其實寫文章也是一種兵法智術，只是把白紙或電腦屏幕當戰場，毛筆、原子筆或打字鍵盤作刀槍。雖說約米尼、克勞塞維茨和孫子都被稱爲「兵聖」，但若論兵法實踐用於文章時，我們還是能以「集中攻擊、節約兵力以致勝」與否，判定他們「文略」和「文術」的高下。

古羅馬的凱撒不僅是大政治家，而且是成功的軍事家。但是他能詩能文又復能寫悲劇，恐怕大家都不清悉。世人知道他有文有筆，大約是他的《高盧戰記》和他的一句名言："Veni, vidi, vici." 翻成中文就是「我來，我見，我征服」七個字。由此也可想見凱撒領軍時，一定是最懂得

「道者,令民與上同意也」的精髓和「告之以文,齊之以武,是謂必取」的道理。難怪他的羅馬兵,橫掃歐陸,跨海征英,無往不利,成赫赫之功。

二次大戰時領導大英國協對德作戰的邱吉爾也是深通導民之術。英國在敦刻爾克大撤退之後,他在英國下議院的演講 "We shall fight on the beaches, We Shall fight on the landing grounds, We shall fight in the fields and in the streets, We shall fight in the hills; we shall never surrender!..." 音義鏗昂,激奮人心,重振士氣,終於挫敗了德國渡海侵英的計劃。邱翁後來榮獲諾貝爾文學獎,恐怕和他的二戰功業和「告之以文」的訓練有關。這是另一個文武相濟而救幾傾之國的名例。

畫家高下:八大和石濤

「集中攻擊、節約兵力」的道理也可以用在繪畫上。尤其是中國的水墨畫,不僅顏色簡到黑白,連用筆都如用兵,極力避免廢筆。清初大畫家石濤曾說:「與其多用筆,不如少用筆。……能於最少之筆寫出最多之態,寫出最多之勢,則畫石之能事盡矣。我深得此法故。」然而鄭板橋還是覺得他不及八大山人筆簡意雄,他說原因之一是:「八大名滿天下,石濤名不出吾揚州何哉?八大用減筆,而石濤微茸耳。」看來畫道也和兵法相通,或者我們可以把魏源的話再加一句:「天地間無往而非兵也,無兵而非道也,無道而非情也。……羿得之以射名,秋以奕,越女以劍,八大以筆!」

上乘散文——「善戰者無赫赫之功」,如水之就下,勝於無形

轟轟烈烈的戰鬥,對《孫子》而言,不是最高明的作戰方式;而赫

赫顯盛的戰功，也不表示將領能力的優越。《孫子·軍形篇》提出了更高的兵略指標：「故善戰者之勝也，無奇勝，無智名，無勇功。」這也就是像曹操等所說的「善戰者無赫赫之功」。能夠用最少的兵力、能源和流血戰鬥，以取得最大的戰果，這才是「善戰者」。從「熱力學第二定律」的角度來衡量，以最小的熵（entropy），產生最大的功，這才算是有效率。上乘的散文，也可以用這個方法來檢驗作家的高下。

就這一標準而言，西方散文名家，行文用語都有像是在火爐邊，娓娓而談的功夫。中國古代東晉的陶淵明，更是這方面的妙手。他的詩文，表面上看起來平易近人，好像從胸中自然流出，沒有一點斧鑿的痕跡，使人讀來毫不抗拒。宋代的文學大豪，天才智士蘇東坡對他推崇極致，認為陶詩連曹、謝、李、杜都「莫能及也」。其實陶公不僅才高，而且詩文錘煉極細，才能大匠舉重若輕。蘇東坡聰明才華更是空前絕後，大家都以為他的詩詞文章是隨意渾灑而成，朱子甚至說他的文章「無布置」。不過另一位天才智士，明代的徐文長，卻深知文藝和錘煉的因果。他反駁朱子的看法，說「極有布置而了無布置痕迹者，東坡千古一人而已」。

近人周作人的散文也是這方面的大家。張中行在《負暄續話·再談苦雨齋并序》裡說他的散文「布局行雲流水，起，中間的轉移，止，都沒有規程，好像只是興之所至……處處顯示了自己的所思和所信，卻又像是出乎無意，所以沒有費力」。這也是「善戰者無赫赫之功」，如水之就下，勝於無形的另一個範例。

《文心》對心理學和民俗文學的重視：

《談〈諧讔〉──兼說戲劇、傳奇裡的諧趣》（1998 年 8 月）

論諧諷的笑理學

　　能笑，是「生理學」和「神經學」。爲什麼會笑？那就是「心理學」。什麼事在什麼情況下會讓什麼人笑？這需要研究「社會歷史學」。京劇大師齊如山分析戲劇裡的笑，列出 130 項之多。可見「笑道」的學問不小。劉勰開篇明義就引用周厲王時代芮良夫的詩句：人以「自有肺腸」，有情有智，所以「心險如山，口壅若川」，如果疏導不良，就會發狂。《詩經》上記載的這個「心理學」的觀點，可比西方弗洛伊德的心理分析早了約兩千七百年。

生命之道，一弛一張；聖人之道，一龍一蛇

　　天地之道，一陰一陽。生命之道，一弛一張。聖人之道，一龍一蛇（李邕《東方朔一首》）。《論語》裡記載孔子到武城，聞弦歌之聲，很滿意子遊的禮樂冶教，莞爾而笑，卻和他開玩笑，說「殺雞焉用牛刀」。子遊以爲老師真的認爲他做的過分，急忙搬出孔子的教條來解釋，結果孔子說了一句非常有人性的話：「前言戲之耳！」另一回，他聽說公叔文子「不言不笑不取」，以爲矯情，對公明賈的解釋也認爲不合人情，因此含蓄地批評說：「其然！豈其然乎？」不過幽默滑稽也有它的代價。年近四十的孔子在齊國時，政經見解受到景公的重視，將受爵封田。齊國名臣曼嬰卻以「儒者滑稽而不可軌法，倨傲自順，不可以爲下」等詞

謗毀孔子（《史記‧孔子世家》），把潛在的政敵拉下馬來，趕回魯國去。也許經此「儒法之爭」的教訓之後，孔子才達到「四十而不惑」的境界。塞翁失馬，焉知非福？

諧 道

中國《元曲選》裡才出現了「丑角」這一腳色。姑不論它是從何類文字，是何種稱謂演變而來，它的「實相」來源恐怕不能脫離亞里士多德的理論。明朝以後，中國的戲劇裡也稱「丑角」為「醜角」，那可以說真是名至而實歸了。不過美醜優劣也沒一定的標準，所以《老子》有言：「下士聞道，大笑之」。這是說下也可以笑上，愚竟也可以笑智，五十步當然可以笑百步，笑的權利真是最平等了。世上固常有「零丁洋裡嘆零丁」之嘆，但更多的時候是「愚人船上笑餘（愚）人」。若自其可笑處而觀之，人人皆為可笑。今人方笑前人，後人又笑今人。所以馮夢龍說：「天下一大笑事也」。1908 年，弗洛伊德首選五本他的代表作，請比瑞爾翻譯成英文，其中之一就是《詼諧與無意識的關係》（"WIT and its Relation to the Unconscious", translated by A. A. Brill, 1916），亦可見「諧」之道大矣！

讔和禪宗機鋒

禪宗的六祖惠能，因為不識字，反而脫離了文字相，把賦景、比物、興志的傳統啟蒙方式變成了「由漸而頓」、「直指人心」的機鋒。功行深的禪師，多能因材施教，中空實有，不滯兩邊。慧根淺的禪師，買「空」賣「空」，無道可傳，無惑能解。《老子》論道曰「恍兮惚兮，其中有象；恍兮惚兮，其中有物」，這是智者的實話。到了禪師們厚了臉皮說

「青州架裟重七斤」之類「禪話」的時候，「機鋒」已然僵化和空化，變成粗誕而沒有答案的「僞謎語」。這就和劉勰所描述的魏晉以來，「纖巧以弄思，淺察以炫辭，義欲婉而正，辭欲隱而顯」的謎語，差了不知多少級。「讔語」轉成「謎語」是一種言辭上的「纖化、淺化」。纖巧而淺俗化的「讔語」，不僅兩見於《紅樓夢》回目，以燈謎暗示各人命運之謎；它更在群眾裡得到紮實的活力，演化出一年一度的元宵燈謎盛會，至今不衰。

人生如謎，方解方生。有如功過，雖至蓋棺，不能論定。如果說科學家的挑戰是解大自然的「謎」，那麼文論家的意趣就是解文學的「謎」，研究文化的學者就是在「破文化之謎」❷❸。讔謎之道，深度遠在「諧道」之上。

杜甫和諧戲詩體

杜詩的注釋號稱「千家注」，可惜傳統文人對杜詩的了解，大多偏拘於他沉郁的忠君愛民詩或詩律漸細的技巧。很少有人注意到他輕鬆詼諧、笑中帶淚的一面，和在「游戲詩」及「俳諧體」上的成就。其實各門各派的「聖人」大都身兼數家之長。譬如文聖孔子，講文事，也講武備；武聖孫子，則「辭如珠玉」；太史公記載歷史名人大事之餘，也不忘給「談言微中」的優伶立傳。那麼「無詩不杜」的杜詩，豈能只有嚴肅正經，以「詩言志」的一面而已？根據錢謙益的《單堂詩箋》所列杜

---

❷❸ 黃寶生《金克木先生的梵學成就》，外國文學評論，2000年第3期，第146—149頁。「他認真一想，覺得自己一生讀書做學問，其實是試圖『破文化之謎』。」「在信和疑之間翻騰，在熱和冷之間動盪，過了70多年」，因而，「在生命的最後年月不得不將思想化爲文字」。

詩，我們可以看到，其中以「戲」爲題的詩組，就有三十八組之多。若加上《登樓》、《社日》諸篇，「諧」、「戲」詩的數量還要多些。

金聖嘆在他的《杜詩解》裡說：「先生凡題中有戲字者，悉復用滑稽語。」杜甫在《遣悶戲呈路十九曹長》一詩中，把自己最得意的「晚歲漸於詩律細」和「誰家數去酒杯寬」相對，自己能開自己的大玩笑，詩固已至化境，心胸也不止於雅士。杜甫的「戲」詩，從《社日》的「尚想東方朔，詼諧割肉歸」到《戲題畫山水歌》的「焉得并州快剪刀，剪取吳松半江水」，縱橫人天，上追莊生《齊物》、《逍遙》，或是相當於莎士比亞化身到《暴風雨》裡的魔法師（Prospero），呼風喚雨，馭使精靈。他的《戲爲六絕句》更開創了一種文論的新形式。錢謙益說他「以詩論文，題之曰戲，亦見其通懷商榷，不欲自以爲是」。後人學作「論詩絕句」者雖眾，但因鮮知此意，少有曰「戲爲」的「問津」者。杜甫的《戲作俳諧體遣悶二首》，其中「家家養烏鬼，頓頓食黃魚」固然戲語驚人，但「是非何處定，高枕笑浮生」才是眞得俳諧詩戲之妙。

李白、杜甫詩篇泛浩相敵，唯於諧戲文章，無論質量，杜勝於李。韓愈惟崇李杜備至，但韓文公「以文爲戲」的榜樣，想係出於杜甫，而非李白。

韓愈：文以載「道」？

原始的「詼諧」也隨時間而演變出新的文學如宋雜劇和元傳奇。詼諧文字雖然在南朝就有俳諧文如《驢九錫》、《雞九錫》等，但眞正的小說雛形應當是起於宣揚復古、「文起八代之衰」的韓愈。他的《毛穎傳》的重要性可以說是「文起八代之衰」，而他的《送窮文》鬼話連篇，啓發蒲松齡創造《聊齋》裡的鬼狐故事。作爲一個全面的文學創新大師，

韓愈當然不限於「文以載道」而已。他在《荊潭唱和詩序》裡指出「愁思之聲要妙，歡愉之辭難工」，所以把詼諧文章當成一種挑戰和解放。因此裴度在《寄李翱書》中說「昌黎韓愈，恃其絕足，往往奔放，不以文立制，而以文為戲」。張籍也為亦師亦友的韓愈擔心，嚴肅地批評他說：「使人陳之於前以為歡，此有以累於令德……拊撲呼笑，是撓氣害性，不得其正矣。」

韓愈在《答張籍書》中，為自己寫《毛穎傳》之類的詼諧文章辯護說：「昔者夫子猶有所戲。《詩》不云乎：『善戲謔兮，不為虐兮』。《記》曰：『張而不弛，文武不能也。』惡害乎道哉？」柳宗元也為他辯護，在《讀韓愈所著〈毛穎傳〉後題》中說「聖人不以戲謔為非……（其文）若捕龍蛇，搏虎豹，急與之角而力不敢暇，信韓子之怪於文也」。生性詼諧豁達的蘇軾當然是韓愈的知音，他有詩贊曰：「退之仙人也，游戲於斯文，談笑出傳奇，鼓舞南海神。」《朱子考異》更注意到韓愈的創造性，看出他施用「故為幻語以資笑謔，又以亂其事實，使讀者不覺耳」的寫小說技巧。

陳寅恪在《元白詩箋證稿》裡截斷眾流地給予韓愈應享而未享的地位，說「今日所謂唐代小說者，亦起於貞元元和之世，與古文運動實同一時，而其時最佳小說之作者實亦即古文運動之中堅人物是也……而古文乃最宜於作小說者也。……小說既能以俳諧出之，又可資雅俗共賞，實深合嘗試且兼備宣傳之條件」，所以「韓退之作《毛穎傳》為以古文作小說之嘗試，乃古文運動中之一重要節目」。可見韓愈的「文以載道」不止於正經嚴肅的「大道」，也包括輕鬆活潑的「小道」。而詼諧文學對中國九流之外，新一類小說的推動，也有相當大的貢獻。

諧讔、戲劇：莫非兵也

「諧」、「讔」二語，一攻一守，一進一退，一發一藏。善謔者，謀定而後動，能攻人所不能守，而且攻其無備。好的「俏皮話」和智慧型的「機鋒」一樣，其勢險，其節短。諷刺、棒喝之時，其勢如張弩，節如發帆。攻之前，靜若處子，敵無戒備；動之時，捷如脫兔，敵不及拒。如果一擊不中，則收兵翩然遠走。巧的讔謎，或以正合，而形圓不可破；或以奇勝，藏於九地之下。「諧讔」的變化雖多，但自其智術而觀之，則莫非兵法之用。以此觀之，可以說「諧讔」是兵略之文戲，而文藝之富藏。

元明清傳奇雜劇裡的諧趣

唐宋以來，「辭淺會俗」的滑稽戲，在武勝於文則「野」的蒙古統治下，反而投合所好，一掃中原精緻文學的江山。失去了科舉晉升的文人學士，把他們被壓抑的創造力轉投到民俗文藝。元末高明的《琵琶記》裡，就有以作曲猜謎為科舉考題，自己吞著眼淚，為百姓在戲園裡逗笑。插科打諢的白話歌舞雜劇，同時受到統治階級和廣大民眾的愛好。這是研究社會文藝學的一個少有機會，讓我們能用類比的方式重驗上古文化發展的源流，和當今社會喜好笑鬧八卦的文化心態相比較。探討俗文化裡的丑角諧趣，能夠讓我們更能了解雅緻文藝的相對興起基源，和人類的本性。所以最適於研究丑角諧趣的人，反而是要像王國維一類的國學方家，才能見出五百年來人之所未見，說「世之為此學者自余始」。當然，王國維所搜集的材料，也是由焦循《劇說》等處得來。王國維的《宋元戲曲考》就書目而言，可以說是「頓」至，但也是不自覺地站在前修

的肩膀上「漸」而成之。

後現代主義的黑色幽默：

研究古代的文藝，因為已經累積了過去學眾的經驗，所以人人都可以做「事後諸葛亮」，不容易出大錯，但也不容易克服「慣性定律」，有新意或大的突破。相對而言，研究「當下」「現代」的文藝，就必須還要有新的「知識平台」和「工具方法」。如何走出王國維等國學大師的陰影，探討『後現代主義的黑色幽默』？這對新時代的文論學者是一個最好的挑戰和磨練。而研究新的現象，往往要先瞭解其來龍，方能判斷其去脈。用幾何學的定理來說，就是兩點定一直線，三點定一曲線。

悲喜劇的具體研究，希臘早於中國。而悲劇和喜劇，又是雙胞胎。因此我們要研究現代的西方「黑色幽默」，就不能不迴溯到古希臘的悲劇。古代希臘悲劇常是描寫大英雄和『命運諸神』的奮鬥，其間有一點像中國儒家「知其不可為而為之」的精神，但又有不同的內涵。但是由於是『不可知其不可為』，所以讓觀眾或讀者格外為其擔心、緊張和難過。古希臘的悲劇英雄大多地位崇高，所以英雄的悲劇不僅能發泄，而且能淡化相對渺小的個人苦難。

到了 20 世紀『現代化』的社會，個人的地位相對提高。所以梁啟超曾說『人人都是英雄。 到了 21 世紀，因為倡導平權，所以雖然人人都可以是英雄，但也可以說人人都不是英雄。而且人人都時時刻刻受到環境急速變遷的沖擊，行無餘力，事無餘時，命運起伏都掌握在「全球化」的大時代潮流中。像《八大人覺經》所說：「第一覺悟：世間無常，國土危脆。四大苦空，五陰無我。生滅變異，虛偽無主。」社會好壞的標準也相對急速變化，左右無常。「塞翁失馬」和「塞翁得馬」都

能在瞬間經歷或者剎時逆轉。勝負成敗既然不能預測，又不能持久，這常讓人哭笑不得，悲喜失據。所以敏感的八大山人就曾用『哭之笑之』的簽名，表達他的無奈。因此，即使是人間悲劇，人們也常因爲沒有時間旁顧，所以『匆匆不暇』悲傷。

但機智、幽默和悲劇不同，它們能夠快速轉移能量，發泄多餘的情緒。所以這一類因爲時空、規矩和因果關係急速翻轉所帶來的限量沖擊和諧趣，就產生了和幾千年傳統喜劇迥異的「黑色幽默」。「黑色幽默」的編寫者，把握到這一情勢，讓觀眾讀者常年壓抑失據的情緒，在劇情的「一弛一張」之間，以「隔岸觀火」的緣故，而又沒有道德壓力的負擔下，產生剎那間的『優勢心態』，於是把沖擊轉化成多餘的能量，而不禁爲劇情中意想不到的變化而發笑。

「黑色幽默」的本質，簡單的說，就是用強化「時變」加上關係的「突變」，沒有必然，而因「無常是常」的特性所產生的奇特『喜劇效果』。編寫「黑色幽默」不僅需要深刻瞭解人性，也要能掌握社會環境變化的「節奏」。由於「黑色幽默」的『非規律性』❷，所以研究它的學者常會糾纏在「後現代主義」的「學術名詞」裏，而致思路斷裂跌滑，以致解釋的本身也常呈「無厘頭」狀態，本身也變成半個「黑色幽默」。所以我認爲，研究「現代幽默」的文論，還得使用基本功，直指喜劇的核心心性。免得隨著學術風向迎轉起舞，落入爭執「風動，幡動」而實

---

❷ 20世紀 "達達藝術" 的領袖 Tristan Tzara 曾給 "達達藝術" 下了一個黑色幽默的定義："達達何所是？達達這也是，達達那也是，達達這也是，達達那也是，達達是狗屎！"（"Dada is this, Dada is that; Dada is this, Dada is that; Dada is shit." according to Salvador Dali's <Preface to Dialogues with Marcel Duchamp, by Pierre Cabanne> 1968, Da Capo Press.）

乃「學者心動」的行列。

中國古典文論的發揚實例略舉

　　自從大中華經濟區的經濟起飛以來,中國古典文學的研究也相對地『行有餘力』,水漲船高。選擇性地繼承優良文化雖然已經是大多數人的共識,但是如何選擇?又如何發揚?則仍然是時代的挑戰。70 年前,國學大師陳寅恪在《陳垣·敦煌劫餘錄·序》的開頭便指出,「一時代之學術,必有其新材料與新問題。取此材料,以研求問題,則爲此時代之新潮流。治學之士,得預於此潮流者,謂之『預流』(借用佛教初果之名)。其未得預者,謂之未入流。此古今學術史之通義,非彼閉門造車之徒,所能同喻者也。」從『新材料』去研究,容易有成果。所謂『外來的和尚唸外來的經』,自然與眾不同,能嘩眾取寵,短時間內可以輕易佔得一席之地。但從『舊經典』裏找出『新意義』和『活智慧』,則如逆水行舟,不僅難有進步,而且有觸礁覆舟的可能。以下略舉幾篇個人的習作,以探討十種文論的新方向,并爲討論之參考。列舉的實例則以之證明中國古典文論可發揚的眾多新方向,其中甚至于包括未曾被有系統討論過的兵略思考、企管教育和科技創新等方向。這也說明劉勰認爲天下事都是『智術而已』的正確和遠見。

1.應用文體: 『宣戰書』與『雄辯術』是古今中外不變的需求

　　《《檄移》的淵源與變遷》,《文心雕龍》1999 國際學術研討會論
　　文集,文史哲版社 2000

2.文論與藝論相通：智術一也！

一·八大山人的『六藝』和《文心雕龍》的樞紐五論

二·《文心雕龍》對寫意畫的詮釋

《從劉勰《文心》看八大山人的六藝和人格》，《文心雕龍》
2000 年國際學術研討會論文集，學苑出版社 2000。

3.文藝與人格的關係：《文心雕龍》對文德和人格的重視

《從劉勰《文心》看八大山人的六藝和人格》，2000。

4.文論、文字學、兵略、人格和書藝的關係：由『人年大小』和幾何
學詮釋文論、書法

《Character Beyond Character（字外有字）》, Proceedings of The 2nd
International Conference on East Asian Calligraphy Education,
California State University, Long Beach, 11-13 August, 2000。

5.《文心雕龍》與《昭明文選》研究的結合：知行合一

《（廣）文選源變舉略：從《詩經》到桐城》，第四屆昭明文選國際
學術研討會論文集，吉林出版社 2001。

6.文論、藝術、科學和兵略的關係：『道者，令民與上同意也』《孫
子·計篇》

《斌心雕龍：從《孫武兵經》看文藝創作》，第四屆國際孫子兵法
研討會論文集，1998。

7.古今中外喜劇、幽默和文論的關係：『中國人是缺乏幽默的民族？』
『我們瞭解杜甫嗎？』『用『電路矩陣』分析『幽默函數』！』

一·《談諧讔--兼說戲劇、傳奇裏的諧趣》，《文心雕龍》1998 國際
　　研討會論文集，《文心雕龍研究第四集》，北京大學出版社 2000。

二·《杜甫諧戲詩在文學上的地位——兼議古今詩家的幽默感》，
　　杜甫 1290 年國際學術研討會論文集，淡江大學，2002。

8.中西古代詩學的比較：『性相近，習相遠』和『文明衝突論』的化解

　　《中西古代情詩比略短述》，第五屆《詩經》國際研討會 2001 論文
　　集。學苑出版社 2002.7。

9.文風和人格的多樣辯證性：表面化和單純化文論的誤導——『先生
　不知何許人也』

　　《陶淵明的多樣性和辯證性及名字別考》，第五屆昭明文選國際研
　　討會論文集，2002.10。學苑出版社 2003.6。

10.古典文論對現代企管和科研的啓發：『執古之道，御今之有。能
　知古始，是謂道紀』

　　《舊經典活智慧——從《易經》《詩經》《孫子》《史記》《文心》
　　看企管教育和科技創新》，第四屆《中華文明的二十一世紀新意
　　義》學術研討會。
　　主題：傳統中國教育與二十一世紀的價值與挑戰，嶽麓書院·湖南
　　大學，2002.5。

中國古典文論『新方向』的『局限』與『展望』

　　如上所示，雖然中國經典文論有許多可以發揚的新方向，但它也有

其本身和歷史規律的『局限』。首先談學派的歷史規律：

1. 論學派的成、住、敗、空：

　　從歷史的角度來看學術宗派之淵流，我們似乎可以借用佛家所曾觀察到的四個階段：成、住、敗、空。第一代開山宗師多半能消化過去累積的繁瑣知識爲有力的警句，和簡明而有重大影響力的新理論，成一家之言，并贏得敏銳而富激情核心門徒的擁護。而第二代的大師則多能借勢攀登到前期『巨人的肩膀上』，把初階的見解推而廣之，及於廣大的群眾。第三代的學者，則能由淺入深，更常見的是化簡爲繁，下筆萬言，不能自休。再到第四代時，學人們多以小爲大，所謂『小題大作』，量勝於質，從量變而質變，積小勝成大勝。到了第五代的學生，因爲去道已遠，雖然日聞大道，但是由於「熱力學第二定律」，原典的精神奧義折損缺如，於是反而『以大爲小』。因此只有用「爲反對而反對」的『反動』方式，來快速地建立『新』成績。

2. 慣性局限：孔子曰：『勿必、勿意、勿固、勿我』

　　面對浩瀚的經典材料，光是守成，已經是值得敬佩的成就。這時候，我們又想起孔子的話來。於是乎，能『大膽假設』，敢于『犯錯』，也有其正面的意義。（當然，『小心求證』本來就是做學問的手段。）譬如說：

　　一·合成擴大或共相見同（用數學集合論的符號，就是 $A + B = C$，$A * B = D$）

　　　　例：（見上節〈中國古典文論的發揚實例略舉〉）例 2，5，6，8

　　二·『敢偶爾離開眾人都走的公路，斜走入大道旁的小徑叉路，看看樹林草叢中，有沒有新的花草？』（註：這是世界聞名，挂在『貝爾實驗室』大門內，貝爾名言的譯意。）

　　例：（上節）例 7，8，9

三·離開直路，垂直的走向新的方向！

　　例：（上節）例 10

四·走回頭路，逆向思維。水火可以同源嗎？

　　例：（上節）例 6

3. 現代化：

1.應用新的「知識平台」

　　例（上節）例 4，7，10

2.編撰現代漢語，更有系統的新世紀廣文論。

4. 國際化：向達摩和唐玄奘學習

1.論文發表撰寫「英語化」，以利于國際接軌和宣揚優良文化。

　　例：（上節）例 4

2.全球觀的研究範圍和內容。

　　例：（上節）例 4，6，7，8，9，10

5. 本土化：向禪宗六祖慧能看齊！

　　《老子》說：「執古之道，以御今之有㉕。能知古始，是謂道紀。
㉖」《老子》所說的「執古之道，以御今之有」，其實也就是《舊經典，

㉕　懷海德（Alfred North Whitehead）《古典文化在教育中的地位（The Place of
　　Classics in Education）》1923。

㉖　Italo Calvino(卡維諾), "Why Read The Classics?"（為何要讀經典之作？）, Vintage
　　2000, pp.5 "Reason 7. The classics are those books which come to us bearing the
　　aura of previous interpretations, and trailing behind them the traces they have left in

活智慧㉗》這個概念。而如何融合中西文化，用之於當今最迫切的課題「企管教育」和科技創新？我以爲最好的範例，莫過於從初唐時代，最『本土化』的禪宗六祖慧能（惠能）歸諸自性，直指本心的禪道裏吸取教訓，和得到啓發。須知即使是『獦獠』和『外行』，也有相同的的『慧根』。有時沒有過去經驗負擔的『外行人』，反而是『直搗黃龍』的最先『見道』者。

6. 古為今用：舊經典，活智慧

例.（上節）例 1，8，10

7. 電腦化：用電腦做分析和記憶的工作，以輔助人腦做思考、聯想和跳躍創新的工作。

1. 計量分析
2. 邏輯語意、句型分析：從中華樸素邏輯到印度因明學，從希臘三段論到羅素的原子說和維根斯坦的語意學。
3. 分辨文章風格和資料來源
4. 網路聯繫：動的研究，廣的文選。

8. 天行健，君子以自強不息！

---

the culture or cultures (or just in the languages and customs) through which they have passed."

㉗ 林中明《舊經典活智慧——從《易經》《詩經》《孫子》《史記》《文心》看企管教育和科技創新》，1. 第四屆《中華文明的二十一世紀新意義》學術研討會（喜瑪拉雅基金會）主題：傳統中國教育與二十一世紀的價值與挑戰，嶽麓書院·湖南大學，2002.5.30 & 31。2. 淡江大學專題演講，2002. 12. 6.。

【後記】

　　此文的緣起是由於蔣凡教授的推薦，特此致謝。初稿刊於《由《文心》、《孫子》看中國古典文論的源流和發揚》，《古代文論研究的回顧與前瞻》，復旦大學 2000 年國際學術會議論文集，復旦大學出版社 2002.8.。p.77-105。

　　本文則又修訂初稿，並增加『後現代主義的黑色幽默』及『中國古典文論的發揚實例略舉』兩節。最後一節「中國古典文論新方向的局限與展望」，也重新整理和補充義例，以見『與時皆行』之義。

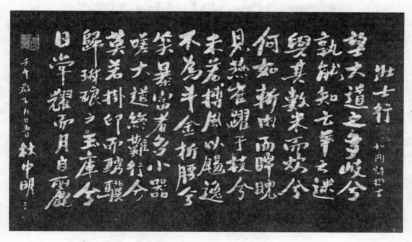

〈壯士行〉2002.8

〈青海行，跋學問之道〉2002.10

舊經典活智慧──從《易經》、《詩經》、《孫子》、《史記》、《文心》看企管教育和科技創新

【關鍵字】全球化、知識經濟、知識平台、文化縱深、多元協作、智術統一論、文武合一、劉勰、孫子、朱熹、桐城派、梁啓超、胡適、彼得‧杜拉克、楊振寧

【緣起和破題】

　　要瞭解『中華文明在二十一世紀的新意義』，我們必先瞭解什麼是二十一世紀最重要的新機會和對應而來的新挑戰。因為現代社會的文明和經濟，比諸以往傳統社會更是息息相關；在談『傳統中國教育與二十一世紀的價值與挑戰』之先，我們不妨先選大家都關心的經濟話題，做為大會議題的切入重點。並從經濟和企業的角度來「格」『中華文明裏傳統中國教育』這個「物」，以求「致」它在『二十一世紀的價值與挑戰的新意義』這個題目下的「知」。這在兵法上就是所謂的「射敵先射馬，擒賊先擒王」；在企業管理上，就是所謂「先做最重要的事」。把兵法和企業的方略用于人文學術研討，相信也是一樣有效，或者還更積

極，而且更易于溝通。

能夠瞭解自家的多元文化和西方文明的特性，這才能宏觀中西文化和文明的同異，而不是斤斤計較於誰高誰低的情緒化問題。《孫子兵法》說：打仗之前，先要「知己知彼」。這和企業競爭力中，如何有效掌握資訊戰力和市場脈絡的走向，具有相同的意義。能夠「知己知彼」，找出什麼是在『就地取材』的便利之外，『中華文明』本身客觀具有的優異性，而它們又有『垂直』（orthogonal）於西方文明，不能被它取代的特性。因為不能相互取代，所以才能互補❶，因此才會對世界文明多元協作（synergy）的整體有正面的益處❷。就像羅馬的文明，是由於綜合相互衝突而互補的希臘和希伯萊文明而壯大❸。

另外從優生學的角度來看，近親通婚常常引發隱性基因的疾病；而芯（晶）片積層電路裏的雙層氧化薄膜不容易重復缺陷，但單層則良率易於偏低，都是由於類似的道理。再從文明史來看，大陸文明和海洋文明的混合，常帶來『動靜平衡、攻守兼具』的新文化。而一個大陸文明再加另一個大陸文明，或者是甲海島文化加乙海島文化，則產生的致命缺陷常大於優點的重復混合。因此，同類的文化和科技，只能借鏡反省而原地精進。但吸收不同文化中的優點，卻能擴大本身的能力和眼界。

---

❶ 兩百年前，新會梁啟超在日本寫成《論中國學術思想變遷之大勢1902》一書，於〈總論〉中言：蓋大地今日只有兩文明：一泰西文明，歐美是也；二泰東文明，中華是也。二十世紀，則兩文明結婚之時代也。上海古籍出版社，2001年，第8頁。

❷ 根據和電腦 architect 設計專家許金綱先生的討論，2002年四月。

❸ 懷海德（Arnold North Whitehead）《古典文化在教育中的地位（The Place of Classics in Education）》1923。The Free Press, 1967. p.61-75.

就此而論，A 海島文化向遠方的 C 海島文化借鏡，最終的獲益，將大于向鄰近的 B 海島文化抄襲。而 D 內陸文化向遠地的 F 內陸文化『取經』，即使是類似的思想模式，也有也有加分的作用。在中短期內，受益大于向附近的 E 文化學樣。所以，如果我們能對 21 世紀的『中華文明』做出有『創意』的互補融合，當然就將會對「全球化」的『經濟』和『知識』起正向擴張的貢獻，從而有機會，間接或直接產生燦爛的世紀新文明❹。

【經濟和文明】

經濟這個名詞，不僅今天人人掛在口頭；經濟概念的本身，也是世界性的老課題。但它在西方成為一種社會科學，也不過只有三百多年的歷史。這和有清一代，著名的桐城派的歷史年齡也『差不多』。清朝晚期的名臣曾國藩，他在政、經、軍的成就之外，也同時是國學中桐城派的關門大師。他把桐城派創宗大師姚鼐的學說加以擴大，認為基本國學教育應該在『義理、考據、文章』之外，再加上『經濟』（經世濟國，學以致用）這一要項。換成較現代的學術語言，這四個詞彙大約就是今人所謂的『文藝、歷史、哲學、政治和財經』。在廣義的範圍之下，『財經』當然也包括了『貨殖』和『工藝』在內。換成現代的語言，它們就是「企業」和「管理」，以及「科技」和「創新」，而以「人本思想」

---

❹ 李約瑟〈中國對科學人道主義的貢獻〉，《自由世界》1942：『人類在向更高級的組織和聯合形式進展的過程中，我想最重要的任務就莫過于歐美和中國文化之融合。』《四海之內 (Within the Four Seas: The Dialogue of East and West)》，勞隴譯，三聯書店，1987年。p.86 - 96.

和「科學的人道主義」爲中心的學問。

一個社會的「企業管理」有效率，「科技工藝」的創新蓬勃有生氣，自然它的「器物文明」也就進步。在經濟生活相對應提高了以後，孔子說「行有餘力，則以學文」。《史記·貨殖列傳》說「禮生於有而廢於無，故君子富，好行其德」。有文藝的主動活潑和德治的被動規範，這就給「文化文明」帶來有效的發展力。所以說，經濟和文明，道德和秩序幾乎是孿生兄弟，『一弛一張』如影之隨形，各有其份，不能機械性地去分割。因此，要討論『文化文明』和時代對它的沖擊，必先由經濟生產的活動力和道德法律的約束力這兩方面來觀察。這也就是 1500 年以前，劉勰在《文心雕龍》裏所指出的「文變染乎世情，興衰繫乎時序」。劉勰雖然只用了 12 個字，可是觀察宏闊含義深刻，不受時空的侵蝕，用于人文研究，始終鋒刃如新。以下的討論，由於篇幅的限制，只就企管教育和科技創新這兩大類來分析。

【全球化和知識經濟的根本要素】

看一門學問，應當首先觀其大體，然後再去微觀細節。由上而下，上善如水；有如《孫子》所說：「兵形象水，因地而制流」。從宏觀的眼光來看經濟，新世紀最熱門的考慮大約是下列兩大話題——『全球化』和『知識經濟』主導下的商機和危機。

『全球化』和『知識經濟』這兩個熱門的名詞其實不是新觀念。中國人在明太祖洪武 22 年（公元 1389 年）就繪製了包括亞非洲的《大明混一圖》。但是對『全球化』和『知識經濟』既不敏感，也不積極，略知而不真行。從歷史的角度來看，這兩個名詞真正結合而發揮戰略威力，

還是實踐於西方文明繼承希臘羅馬海陸擴張文明而來的近代帝國殖民主義和資本主義。但從基本的涵義而言，『全球化』這個名詞對不同的團體有不同的要求❺。就企業來說，這牽涉到該企業在全球的『戰略』佈局，也可以說對生產力和運輸線的全面掌控。因此這是一種以『空間』為重的考慮。相對地來說，『知識經濟』則是從『時間』來考量知識產權在質和量上的領先程度❻。因為人類的智商相差有限，在一般的情況下，某甲所知的『科技機密』，給予充分的時間，某乙也多半能達到相等的知識水平，從而可以具有經濟力和競爭力的先機優勢。知識的差別，大部份受時空環境的影響，加上一些『偶然』的機遇。但若從「知識在時間上『必然』的差別」來看，大約可以分成三類：

1. 因為知識高度的差別，知與不知的差別不可以漸近，必須飛躍而至。所以在時間上的落後，象徵的說，接近於無窮大。這就是「夏蟲不可以語冰」和「下士聞道大笑之」在「知識」上無限的時間差別。

2. 知識的差別是經由許多的細節和經驗的累積，其差別也可以趨近於無窮大。這就是企業家郭台銘所說的「**魔鬼都在細節裏**」。

3. 因「出奇制勝」而領先的知識，其領先的「半衰期」是短暫的。商場上股票的短期操作，和「一代拳王」的商業產品，都屬于此類。一般的商業運作，多半是 2 和 3 的混合。而藝術和科學，則有 3 項的混合。天不生牛頓，終究會有「小牛頓」站在「小巨人」的肩膀上，達到牛頓的高度。但是如果沒有杜甫，那麼「大蘇」加「小杜」，還是不等於「老

---

❺ Stanley Hoffmann, < **Clash of Globalizations** >, Foreign Affairs, July-August , 2002.

❻ 章學誠曾說『六經皆史』，引起學界的震動和爭議。其實他只是想說『知識是時間的函數』，但是因為沒有適當的「知識平台」可資利用，以致以偏蓋全，反而造成思想上的混淆。

杜」。

　　一位寫科學專欄的科學家，Philip Morrison（MIT），就曾經講過一個『知識累積和時間的關係』的『半笑話猜想』：『如果給予充分的時間，那麼瞎眼而能造拱形大巢的白蟻，也可能造出大型天體望遠鏡來。』這個以『時間』爲重要條件來衡量『科技發展速度』的看法，可以從做『茶葉蛋和湯圓』的技術上檢驗，也可以從做『原子彈和晶圓』的歷史上印證。因此，『全球化』和『知識經濟』的考量，其實可以說是對『時間和空間』這兩個『最大公約數』的有效掌握。有了『時間和空間』這麼簡明的『參數』和『坐標』，那麼我們才比較容易來分析和回答像『中華文明在二十一世紀的新意義』這樣的大問題；而且有可能把『傳統中國教育』裏一些「舊經典」中的價值和某種「活智慧」，以簡明的方式表達出來，再以之應對二十一世紀經濟方面的挑戰。至於如何把這些「活智慧」，活學活用到和經濟競爭直接相關的「企管教育」和「科技創新」上面去，那就是這一篇論文的目標。由於是「大題小作」，所以只能擇要略論，但盡量用實例去闡明論點。

【一代有一代之學】

　　在二十一世紀談「傳統中華文明」的「新意義」，我們須要借助新時代的各種「知識平台」，來重新闡明「舊經典」所曾指出的「智慧」方向。把這個新方法用於已經被檢驗過多次的經典思維，我們才能站在前賢的『巨人的肩膀上』，而受益於「舊經典」裏的「活智慧」，去開發「一代有一代之學」。舉例來說，群眾的語言就是不自覺地站在時代資訊媒體的平台上，發展出新一代的語言。而回頭去看上世紀初，胡適

所提倡的「白話文」，現在又覺得那已經是『半古典』的文字了。所以，如果這一代如果不能提出承先啓後的新思想，那麼不僅舊一代的智慧『敝不可用，怪不可解』，而新一代的學說也是隨波逐流，仰人鼻息，只能永遠不自覺地停在『知識半殖民地』的地位，還沾沾自喜。

【知識平台】

「知識平台」這個說法雖係新創，但是在「資訊世紀」獨領風騷以來，「平台」一辭，早就普遍用于電腦業界。「知識平台」不僅具有『高度』，也有『層次』和『方向』。因爲『高度』的難，使得競爭者難以躍過；由於『層次』的多，煩瑣的『步驟細節』使得抄襲者難以模仿；而特殊『方向』的『窄和奇』，使對手不知攻守之所措。 科技有「知識平台」，文化亦然。

借用《文心》的觀念「文變染乎世情，興衰繫乎時序」，用「知識平台」來理解傳統和現代文明的交相作用，應該要比用十九世紀的學術名詞自說自話，要更易于被現代人所接受。這個說法雖然簡單，但是回頭看「傳統中華文明」的發展，不能不感嘆地說，自從先秦諸子之後，中華文化沒有發展出更高的「知識平台」。沒有新的「知識平台」，而想「格物窮理」，就像大力士烏獲，雖然用力拉自己的頭髮，也不能自舉離地。梁啓超曾感嘆地說，要不是印度佛學的輸入，中國可讀的經典一下子就看完了。但印度文化和先秦諸子之學，都是建築在類似的「知識平台」上。它雖然豐富了中華文明，但沒有在科學文明上帶來突破。所以其後多少代的學者們縱使有相當於前賢的智力，但是受到社會制度等的限制，和沒有在根本知識上的突破，以致雖然一代也有一代的見

地,但是大部份是在原地打轉。一些有能力的學者,充其數只是打圈子的速度比別人快一些,或者以許多迷人的小碎步,跨出了小半步而已。因爲沒有在數理科學的領域,向「上」發展,所以眼界並沒有比先秦諸子百家看的更遠,因此始終跨不出關鍵性的一大步。因爲科技沒有向「下」發展,所以對過去文明的考古,和自家文化的來源,也沒有比前人知道的更多。文化僵化的現象,其實不是中華文明獨有的困境,而是所有長命的文明都曾經過的挑戰。只是因爲中華文明生存的時間最長,而且是「大模樣」的存在,所以才額外感到壓力。

【近代傳統國學治學方法】

　　如何走出這種原地打轉而不具「生產力」的傳統學術研究呢?國學大師陳寅恪在吊念另一位國學大師王國維時說:（王國維的）學術內容及治學方法,殆可舉三目以概括之:一曰取地下之實物與紙上之遺文互相補正。二曰取異族之故事與吾國之舊藉互相補正。三曰取外來之觀念與固有之材料互相參證。要皆足以轉移一時之風氣,而示來者以軌則。(《王靜安先生遺書序》)陳、王兩位國學大師的方法,其實也是利用新的「知識平台」來闡發「舊典」裏的「知識」,雖然都不是「跳躍性的創新」,但已經足以導引傳統國學的研究,成二家之言。而類似的方法,譬如借著切磋兩門看似不同的學科❼,把看似互相衝突的文藝和兵法融於一

---

❼　林中明《斌心雕龍》,1998第四屆國際孫子兵法學術研討會論文集。軍事科學　　出版社,1999.11.,p.310-317.。

爐。或是登西山以觀東海❽，從古埃及情詩和舊約的雅歌，貫通《詩經》裏十五國風的情詩。或者沿溪繞湖以見源流，以幾何學三點定曲線的方法，把中華文明中的著名文選，以「廣文選」的角度❾，通聯討論；或用《文心》的文章理論與八大山人的繪畫詩謎，交相映照❿；或用計量的方法來比較中西文化的大活動⓫。諸如此類用新的「知識平台」和視角去探討傳統文化，都能有系統地去繼續擴展我們對傳統國學和文化文明的認知，而不必在原地跑圈圈或踏碎步。否則就像「八股文」一樣，雖然有架構和文氣，但無內容和文采，終於要被時代所淘汰。但國學裏既有架構，又有內容和文采的《昭明文選》，和「桐城派」的「文選」和文章，因爲『世無代雄』，也一度被貶爲「選學妖孽」和「桐城謬種」。不過眞正有實力的「國學」研究，以及融涵文史哲兵於一體的書法藝術等中華文明，因爲它們自身特性「垂直」於『西方文明』，所以終究會因爲「路遙知馬力，日久見河清」，而傲立於世界的藝術文明。

　　述說前修的片斷看法不如直接檢驗歷史上的實例。因此，下面我首先要舉近九百年以前，南宋時代的儒學大師朱熹爲例，來闡明我的看

---

❽　林中明《中西古代情詩比探短述——並由《易經・乾卦》推演『賦、比、興』的幾何時空意義》，國際《詩經》研討會論文集，2000。學苑出版社，2002.7.，p.393-402.

❾　林中明《文選源流舉略——從《詩經》到桐城》，《昭明文選》國際研討會論文集，2000。吉林出版社2001.6.，p.562-582.

❿　林中明《從劉勰《文心》看八大山人的藝術、人格——兼由『文藝復興』看《文心》的發揚與創新》，《文心雕龍》學術研討會論文集，1998。學苑出版社2000。p.574-594.

⓫　林中明《Character Beyond Character（字外有字）》，第二屆漢字書法教育國際會議論文集，CSU at Long Beach, CA, 2000。p.17-32.

法。爲什麼要舉朱熹爲例呢？因爲他不僅是一位在中華文化教育上，承先啓後的儒家大師，而且他又是中華古代學院教育制度的開山祖師。他不僅曾修建白鹿洞講學授課，而且訂立有名的「白鹿洞書院學規」爲後世學院奉爲典法。更特殊的是，他也曾經在我們今天開研討會的嶽麓書院講過學。就文化傳承和時空關聯而言，此時此地此題此人，再也沒有比舉朱熹爲例，更來得恰當了。

【朱子之學和其時代中西「知識平台」的局限】

朱熹自幼聰明過人，而且對天地自然界有極大的好奇心。據宋史說他四歲的時候（西元 1133），就能問出『天之上是什麼？』這樣的「大哉問」。六歲時再進一步問『天地四邊之外是什麼？』等到朱熹成爲學界領袖之後，他對各種自然現象，從地下的化石，河海之潮汐，天上的霓虹，到太空星球間的關係，都曾熱心地去推敲它們的『道理』（散見於《朱子語類》）。西元 1175 年，在有名的「鵝湖之會」上，陸九淵批評朱熹「格物窮理」的方法是「支離事業」，不如他們陸氏兄弟的「發明本心」。朱熹、陸九淵和他們之前的人，和他們之後幾百年的學者一樣，都曾眞心而『幼稚』地以爲，只要弄通了經書裏老祖宗所累積的人文社會知識，再加以通行實用的初級算術方法，就可以解決人世間和自然界裏所有的大小問題。從今人的知識層次來看，程、朱雖然有科學的精神，提出‘即凡天下之物，莫不因其已知之理而益窮之，以求至乎其極’的理想，但由於缺乏數理邏輯的知識平台，他們以『未知』去解『未知』，當然是注定要失敗的。有名的失敗例子還包括四百年後，明代王陽明應用朱熹「格物致知」的方法，靜坐多日，以『過硬』的積極態度

去「格竹」，才又親自體驗了朱子「格物」理論仍不可行。從『現代人』
的眼光而言，當然會覺得古人相當『愚笨』和『可笑』，為什麼不向西
方學習？可是在九百年前，歐洲不僅和宋代『先進』的『高科技』和『企
業水平』，還差一大節；而且當時歐洲的文明也還長期處于所謂『黑暗
時期』之下。同時期歐洲學者的洋迷信，比起朱熹因「知識平台」的局
限，所推論出來錯誤的結論，還更要幼稚和可笑。那時候的歐洲人放著
希臘文明留下來的「文化遺產」和科技「知識平台」而不知利用，捧著
金飯碗討飯，其過程也許和今日中華社會放著磨練過幾千年的「人文智
慧」，而不知又不能善加使用，是一樣的可笑和可惜。這兩個例子，很
值得我們從人類文明整體發展史的角度去反思。

【孔朱之學和「部份儒學」】

我之所以要舉朱熹為例，並不是要譏笑儒家學者的『無知』，而是
想以此為範例，突顯人類在學習進步之中，因為「知識平台」的限制，
所以不能有顯著進步的共相。而且朱熹的成就，也不止於《四書集注》。
雖然他自謙是『屋下架屋』式的解經，但他在學理的追求上相當開明。
他自稱『出入於釋、老者十餘年』，而且他在地方政、經、軍、教上都
有卓績。除此之外，朱子的詩也有它的韻味，書法學過〈曹操帖〉，也
很出色。譬如他那 102 個《易繫辭》大字，寫的「劍拔弩張」，胸襟氣
勢全然不是世俗想象中，道學先生應有的文弱氣味。從朱子的全面成就
而觀，他是相當接近於孔子學養政績和六藝的通才能人。相形之下，朱
熹之後大部份所謂的「儒家」學者，都當不起「孔子之儒」，也不能說
傳承了「朱子之學」。我以為，他們最多只能稱為「小部份」是「孔、

朱之學」。至於朱熹之前的各朝『儒學』，也很少是「孔子之學」，而多半是那一時代的哲學（傅斯年《論學校讀經》）。近年所謂的「新儒學」，說來大多只是採用西洋哲學的思維，重新整理「孔、朱理學」的一部份而已。它們既不能說是真正繼承了「孔、朱之學」，而且在發揚光大和創新上，也不能和西洋有系統的「哲學」相抗衡。這些「新儒學」學者的努力固然值得禮敬，但在同時，他們也失去了擴大檢驗更全面的中華傳統文化的良機，和擇優應用其中的「人本主義」智慧。因為這些極有價值的人文藝術和社會政經上累積的知識，是我們老祖宗做了幾千年實驗，「摸著石頭過河」，從無數失敗中所總結出來的「活智慧」。而這些「活智慧」就在我們身邊，伸手可得，不假外求。但是如果人們失去信心，沒有範例，以至于去捨近求遠。遠攻而近不交，我以為，那將是浪費時間和資源，而且不符「經濟原則」，《孫子兵法》，或是『物理原理』。

【中華文明中『文武合一』的教育】

　　傳統中華教育，如果遵循《易經》和《易傳‧繫辭》所對待宇宙變化的智慧，「一陰一陽之為道」，其實只有兩個廣義的大類——那就是『文』和『武』的教育，或者是精神範疇和實際生活的教育。中國教育的祖師爺——孔子，就是一位文武並重的教育家和實行者。根據《史記》的記載，魯定公十年，孔子五十多歲的時候，魯國在孔子領導之下，於『夾谷之會』，不僅捍衛了魯國的尊嚴，而且以『不戰而屈人之兵』，收回大片失去的國土。孔子的學生中，根據記載，通達軍事而善戰者也不在少數。

　　朱子對於軍事也不是軟腳蝦。為了主戰抗金，他曾於垂拱殿奏事宋孝宗，『君父之仇，不與共載天者……非戰無以復仇，非守無以制勝』，大有乃父朱松之風。由于他同時直言批評皇帝沉迷佛老，寵信小人，使得孝宗一氣之下，任朱熹為「武學博士」，四年不召。朱熹六十五歲時帶兵，任「知潭州荊湖安撫使」，在長沙成功平定和招降「叛軍」。他曾『奏調飛虎軍』應急，並編練『弓手土軍』制遠，做法類似蘇軾在定州防範遼軍時專門招練的「弓箭社」。他於公餘，還在夜間於「嶽麓書院」與諸生講學。對於集弊已深的科舉制度，他也提出『罷去詩賦，而分諸經、子、史、時務。』所謂『時務』，包括禮樂制度、天文地理、兵謀刑法，比桐城派和曾國藩的『文、史、哲、經濟』還要詳盡和務實。可見朱熹也是文武政經全材，完全不是一般只研究「部份孔朱」儒學的學者，所誤解的「道學先生」或「理學專士」而已。譬如說，在《紀念朱熹誕辰 870 週年逝世 800 週年論文集》裏，就沒有一篇去全面瞭解朱子其人其學。

　　同樣可惜的是，後世儒學學者，也大多不能瞭解和繼承孔子「文武合一」和「六藝並重」的教學方法和精神，以及朱熹和王陽明在理學之外，尚有詩書藝術和兵略等多方面的成就。其結果間接造成十九世紀和二十世紀初期中國大部份學者，在西方武器和文藝的沖擊下，對所有的「中華文化」都失去信心。而勉強從西方抄襲來的西方文明皮毛，又因為「水土不服」，也不能在『異國』順利生根。在這個『器官移植』的超大型實驗過程中，不知消耗了多少中國人的血汗和時間資源。所以當一些現代學者提出『新儒學』這個口號時，我不禁為中華「文藝復興」捏一把冷汗。宋明理學家雖然在原地打了不少圈圈，但他們卻是身體力行的思想家和教育家。但近代宣揚『新儒學』的學者，恐怕大多不能身

體力行。而他們所想討論和宣揚的，也並不代表孔子的教育系統，而充其量不過是孔子之後，得其眾多學問中之一支，所謂「儒家」中「理學」的一部份命題而已。拿中華文化中的「小部份」，去應對西洋文明中有成果的「大潮流」，其「不足以雄遠人」倒還在其次，怕的是被西方現代學者以爲中華文明「技止於此爾」，反而折損了中華文明的鋒芒，和原來想復健的目標。

因此我認爲，中國的教育，應該取法類似古希臘和孔子所提倡的廣義的「文武合一」和「六藝並重」的教育。如果不是如此，則從歷史上看來，所謂「武勝於文則亂」，而「文勝於武則衰」。而教育也應該是多方面的教導，這才能養成大局觀，應付日趨複雜的世變。從歷史的教訓來說，「馬上得天下」固然「不能馬上治天下」，然而迷於「梨園劇唱」和限于「填詞書詩」也會滅國亡身。就嶽麓書院的歷史而觀，當元軍進攻長沙城時，只習文，不知兵的嶽麓書院師生放下『儒學』書本，和元兵拼死肉搏，全數殉國，橫尸城牆。如果他們學的是「文武合一」的教育，勝負固未可知，而進退亦有彈性；不然善人學者死亡殆盡，對社會混亂、知識斷層的傷害更大。袁世凱小站練兵，軍隊雖然訓練成功，但是訓練出來的將領都成了軍閥。而蔡元培和胡適掌北大時，雖然在學術、德育和美育上都相當成功，但卻都輕視軍訓。到了日本侵略中國，北大竟然沒有成器的將軍，可以領軍抗日衛國。清華國學門四大導師之一的梁啓超曾經提倡「武士道」強國。可惜他壯歲死于庸醫之手。後來清華雖然有幾位畢業生投筆從戎抗日，但也勢力孤單，都是悲劇收場，可見民初中國高等教育仍然偏頗和失策。

而極其『吊詭』的是，文藝理論大師劉勰，卻在《文心雕龍・程器篇》裏說：「文武之術，左右惟宜。豈以好文而不練武哉？」而對于軍

人的訓練，劉勰接著又說：「《孫武兵經》辭如珠玉，豈以習武而不曉文也」。這個「文武合一」的理論上承《司馬兵法》和《孫子兵法》，說的是經世濟國的名言。但尊儒禮佛的劉勰，竟然把《孫子》提昇到和「五經」「佛經」相等的「經」的高度，這劃時代的創見，一直到了一千五百年後，才被人發現他的獨具慧眼，以及眞正孔子學問裏，文武知行相平衡的積極意義⓬。和《孫子》齊名，曾學於曾子的吳起，也是「文武政經合一」的代表。君不見，《吳子》的開章第一句竟然是「吳起儒服以兵機見魏文侯」！

　　和二十世紀比起來，二十一世紀將是一個更文明、更優雅的時代。但也是一個變動、衝突更迅速、更全面的時代。我們如何找出最有效的教育方略，來培育新一代「文」「武」平衡的「企業界領袖」？又如何引導激發大、中、小企業裏「科技創新」的能力？以下就是我要向大家推薦的『新古典』「五經」，分進而合擊，以爲現代主流西式教育題材的輔助。

【為何要談《易經》《詩經》《史記》《孫子》和《文心》】

1. 多元協作的益處：提供『新』的「知識平台」和視角

　　《易經·乾卦》的「用九」說，『見群龍無首，吉』。『龍』本身

⓬　林中明《劉勰、《文心》與兵略、智術》，《史學理論研究季刊》，中國社科院，1996 第一期，38—56頁。

很可能就是中華文明多元部落的綜合圖騰。而西方文明裏的鷹徽，則似乎有單一國族獨霸和「我武鷹揚」的傾向。「定於一尊」固然有它的效率，但是一旦走偏了方向，沒有其他平衡的力量，常常一發而不可收拾，容易造成巨大的人爲災禍。根據人類學者魯絲·班迺迪克（Ruth Benedict）在她的經典之作《文化的格式》（Patterns of Culture 1934）裏指出，人類的文化之所以能發達，就是在於其多樣性。可見得 2500 年或更久以前，中華文明的多元化和族群共和，使得大規模的政經人事較易於平衡運作。而有了「人和、族和」的「同人」（《易經·同人》）思想之後，就比較容易趨向於「大同世界」和「天人合一」的「天下文明」（《易經·乾·文言》）。

2. 去彼取此，避專就廣

近人論中國兩百多年來的積弱，多以爲是由於『儒學』的壟斷和『八股文科舉制度』所致。其實中華文化中缺少對『見群龍無首，吉❸』的開放思想的認知和實踐，才是中華文明衰弱的主因之一；而今日的中華文化思想中，人們在表面上雖然學了西方數理邏輯，但習慣上似乎還沒有走出過去『思想獨裁』的意識樊籠。因爲孔、孟、朱、王的『儒學』在中華傳統教育裏已經是較熟悉的學說，孔、朱的學術又遭到『誤解』和『窄化』，傳統《十三經》和《四書》的內容和長短也都較有定論；爲了避免再回到『罷黜百家，獨尊儒（刑法、道釋、馬列）術』的舊弊，

---

❸ A.N. Whitehead 《Process and Reality·Part 5·Ch.1》1928: 哲學主要的危險在於選擇證據之狹窄。"The Chief danger to philosophy is narrowness in the selection of evidence." The Free Press, 1978。

所以我選擇『舊五經』中最基本而深厚的《易經》《詩經》，略去和現代文明不再直接相關的《儀禮》和難讀而啓發性較有限的《尚書》⓮，再加上三本傳統儒學之外的重要經典學說來綜合討論，以求對中華文明多元協作（synergy）的整體有更多的體會。《春秋》和《尚書》雖然是儒家的重要經典，但《史記》和《文心雕龍》已對它們作出精簡的介紹和評價，所以不列於本文針對企管和創新的討論。胡適論爲學，曾說：『爲學譬如金字塔，要能博大要能高。』因此我以爲廣義「文武合一」的平衡思想和「人本主義」下的人格教育，必將對 21 世紀經濟全球化以後的企管教育，在實質上對總體有所提升。

此文不探《莊子》，因爲它的『逍遙遊』思想逸出時下的企管議題。不提《墨子》，因爲那是另外一種管理經營的系統，或者它更近於『非營利事業』？不直接用《老子》，因爲一來《易經》和《孫子》已包涵了大部份《老子》可適用于企管和科技的道理，二來也是避免『無爲去智』可能帶來的誤會。至於管、荀、韓、商等諸子之學，許多是屬於政治的範圍，而且理論也曾被多次直接引用⓯，不容易給人帶來更新的啓發，也不及探討半隱待發，更有新意和潛力的學問。所以於此不再討論較熟知和範圍外的論題。當然選用其它的經典作爲新組合，也能有個別的長處。但在取舍的精神上，大可和孔子當年一般，「因地制宜，因材施教」，不必僵化自限。《孟子·盡心章》說：「君子之所以教者五，

⓮ 傅斯年《論學校讀經》：所以六經以外，有比六經更有勢力的書，更有作用的書。即如《貞觀政要》，是一部帝王的教科書，遠比《書經》有用。他批評清末經學也是無用之學。那時學校讀經，少年學生在下面如『做夢一般』。如此怎麼可能用它去充實道德力量呢。

⓯ 《中國古代管理思想之今用》，中國人民大學出版社，2001年。

有如時雨化之者，有成德者，有達財者，有問答者，有私淑艾者。」可見孔子和孟子雖然都是『有所爲而爲』的聖賢，但卻不是『獨裁』的教師。

3. 要不過五，截斷衆流

人的一手只有五根手指。所以先賢喜歡用不超過扳「五」根手指的總數，來提綱攜領地說事情。《老子》說『五色令人目盲』，《孫子》說『色不過五，五色之變，不可勝觀也⓰』，陰陽家說『五行』，中國畫說『墨分五色』。可見得只要能抓住重點，五種精品，就足以表達新的重大觀念。如果列出上百種書籍，除了有學習時的參考價值之外，反而沒有人會認眞去看⓱。漢武帝時定經書之數爲五，深得《易經》簡易之道。後來到了宋仁宗刻『嘉佑石經』，儒家的經典加入《孟子》，成爲後世通用的《十三經》，畫龍添爪，反而混淆了重點，減弱了記憶⓲。朱熹自稱「舊時亦要無所不學，禪道、文章、楚辭、兵法，事事要學。」後來他把重點放在《四書》的「知識平台」上，大膽地替代舊《五經》，終成一家之學。

⓰ 色彩的原色只不過紅、藍、綠三種，而混合之後，變化無窮。

⓱ 《智者閱讀──中外名報、名刊、名家的推薦書目》主編黃秀文，華東師範大學出版社，2002年。

⓲ Miller's Magic Number：George Miller's classic 1956 study found that the amount of information which can be remembered on one exposure is between 5 and 9 items, depending on the information. The number 7 became known as Miller's Magic Number, the number of items which can be held in Short-Term Memory at any one time.

4. 瞎子摸象，多聞闕疑

　　《易經》、《詩經》、《史記》、《孫子兵法》和《文心雕龍》的多元協作，包涵了中華傳統文化中文、史、哲、兵、經，五個不同種類，關鍵性的傳統教育經典。就像一隻手的五根手指，各有作用。而合在一起，又可以攢成個拳頭出擊，這也符合現代高科技的『團隊戰鬥精神。』如果能從這五個方面去探討『中華文明在二十一世紀的新意義』，和它們『如何在新世紀能有用於「企管教育」和「科技創新」？相信這論題的本身，從正面來看，就有它存在的價值。從反方向來看，譬如「瞎子摸象」，即使立論不顯，但至少掌握了五大要項，勝於「必意固我」於一個偏門。所以孔子說「多聞闕疑，慎行其餘（《論語‧子張》）」，雖不中，亦不遠矣。而且如果這個題目能引起更多關心中華文化和文明的學者來討論，即使是爭議，也比重復敘述千年來同樣的話題，和逐漸縮小的研究範圍，要來得有意義和有趣味。

5. 智術統一論

　　孔子評他自己的「仁學」，認為是「吾道一以貫之」。《老子》也說「道生於無，無生有，有生一……」。而劉勰在《文心雕龍‧序志》裏說的更是明白：「宇宙綿邈，黎獻紛雜，拔萃出類，智術而已」！所以中華的智者，都認為各種學問，其實都是『大道』或『智術』的一枝而已。西方的科學家也不例外，他們自古希臘以來，就不斷的試圖統一星球的運動，然後 18 世紀達成熱力學統一，19 世紀達成電和磁的統一，20 世紀達成時與空的統一。其實這都是把人類對自然法則的瞭解加以統一。由此可見，「人文思想」也可以把內核是「人」，和外部的活動是

「智術」，統一成一體⓳。所以如果我們以開闊的心胸，對經典之作的
《易經》《詩經》《孫子兵法》《史記》和《文心雕龍》加以現代化的
重新認知，和綜合理解，那將有可能給我們帶來，經得起考驗的「活智
慧」。讓我們能在「知識經濟」快速進步的壓力之下，能應付「全球化」
所帶來的機會和沖擊。

6. 文無古今，唯其當耳

三百年前，桐城派開山的大師姚鼐，為了準備教材教育學生，花了
近四十年光陰，選注古今範文，編成《古文辭類纂》，以便學子精讀，
和掌握作文的要點。有人問他，今文和古文，那一個比較重要？姚鼐說：
「文無古今，唯其當耳。」因為人性的「五情好惡，古猶今也；世事苦
樂，古猶今也；變易治亂，古猶今也（《列子·楊朱篇》）」。而姚鼐所
說的「當」，其實也就是鄧小平所說的名言：「管它黑貓白貓，『能捉
老鼠的』就是好貓。」知識能夠涵蓋古今，一定對瞭解智慧成長的軌跡
有幫助；資訊範圍擴大，對統計學的精確度也有好處。

又譬如下圍棋，雖然起手棋有『金角、銀邊、石肚子』的考量。但
是一旦棋局展開，如果有人因為是深度近視眼，只敢下靠自己座位一邊
的棋盤，因此小心做眼存活，以為如此便可立于不敗，那當然是棋界的
笑話。反觀一個文明的開展，應該也是和下圍棋一樣，要有大局觀，遠
近通吃。不然到了終局計地，自己的『金角、銀邊』一定比不上另外一
邊的『金角、銀邊』再加上『中原』的『大肚子』。這雖然是簡單的小
學數學，或像是初中三角『三角形兩邊之和大于第三邊』，但用于縱觀

⓳　Edward O. Wilson, "Consilience —— The Unity of Knowledge," Knopf, 1998。

文明發展，卻是最容易用來說明最難講的大道理。

今日我們對中國傳統教育裏的經典之作，《易經》《詩經》《孫子》《史記》和《文心》也當作如是觀：本來是我們可以下的『棋盤』和先人留下的『存摺』，爲什麼要平白放棄『地盤』和『財富』？更因爲它們過去早就如龍似虎，現代的教育學者只要能把它們精簡和通俗化，變成人人能養的『小貓』，就足夠以『快準狠』的姿態，去捕捉現代『輕薄短小』變化迅速的『老鼠』。

至於爲什麼要選這幾本『經典之作』來討論？從歷史的角度來看，因爲我們必須避免滿清在革新運動時，所犯過同樣的錯誤。那時候由於過份重視技術層次的策略⑳，以爲購買工技船炮，就可和西洋、日本競爭。想抄近路的結果是百餘年『次殖民地』慘痛的教訓。

在這個時間和資源都有限的世界，如何發揮我們固有經典中的活智慧，並減低應用時的阻抗，來爭取時效；並盡量避免歷史上曾經發生過的明顯錯誤，以古今智慧作有機結合，爲科技創新和企業管理的教育，提出有效而可行的方向和實例，那就是下文的重點。

【爲何要談《易經》】

今年四月，世界商業雜誌裏的龍頭——美國出版的「商業周刊」，和具有世界輿論權威的「紐約時報」，另加上海和中國參考書的暢銷榜，

---

⑳ 梁啓超在一八九六年寫《變法通議》，認爲非啓迪民智、變革制度不能救亡圖存。他引述一位德國名人，德相俾斯麥，的話來做說明：「昔同治初年，德相俾斯麥語人曰：『三十年後，日本其興，中國其弱乎？日人之遊歐洲者，討論學業，講求官制，歸而行之；中人之遊歐洲者，詢某廠船之利，某廠價值之廉，購而用之。強弱之原，其在此乎？』嗚呼，今雖不幸而言中矣。」

同時在它們的『最暢銷精裝書單』或『最暢銷精裝商業書單』上，都把一本輕薄短小，近于童話的故事書——《誰動了我的乳酪》㉑，第一次選登榜首。許多美國的商業公司甚至還專門推薦這本書給被解雇的員工，甚至選派員工去上以這本書爲企業管理教材的的進修課。這本貌不驚人的小書雖然不是經典之作的料，但是它在全球不景氣的時候，提出「窮則變，變則通」的簡單生活原則，在『戰略』上輕易的掌握了人們對世紀變動的恐懼心理，因而引起讀者的興趣，造成『全球化』的熱賣現象，和『雨後春筍』般的各類『續集』和『外傳』。

其實這本書所講的，只不過是《易經》大道理中九牛之一毛，並沒有什麼『知識經濟』可言。但這本書用『清晰、簡明和親切的筆法表達了最簡單的生活原則』，這個『戰術』相當成功。但是其原則在《易經》裏誰都找得到。成書可能要晚於《易經》八九百年的《易傳繫辭》裏也早說過：「乾以易知，坤以簡能。易則易知，簡則易從。易知則有親，易從則有功。有親則可久，有功則可大。可久則賢人之德，可大則賢人之業。易簡，而天下之理得矣。天下之理得，而成位乎其中矣」。所以今天要談生活變化的規律，和講商業應變之道，就不能不把『簡易、通變㉒』的《易經》放在第一位。

㉑ WHO MOVED MY CHEESE?, by Spencer Johnson, Putnam, 2001。 注：這是關於一對小老鼠和小矮人，當有一天他們發現賴以生存的糧食——奶酪，忽然不見了，如何『應變』的寓言故事。

㉒ 嶽麓書院大門兩壁有一幅馬積高的對聯：「治無古今育才是急；學有因革通變爲雄」。說的是同樣的事理。

【為何要談《詩經》】

21 世紀的資訊網路社會，不僅資料的數量以爆炸性成長，而且一切變動的消息和指令都以接近光纖傳輸的速度進行。相對地來說，企業管理人所擁有的「自由時間」就大大的減少。要登電視廣告，收費以秒計算，寸陰寸金。所以如何用『最少的時間和字句』去作『最有效律地表達和意見溝通』，像《孫子》所說如何「令民與上同意也」，那就是所有經理人的責任。那麼，我們要問，在這種情形下，何種教學，會是最有效的方式呢？這個答案，其實已經在許多一流商學院的課程裏找得到，那就是「寫詩朗頌」！大家也許又會問，古今濫詩如此之多，企管教育寫詩頌詩，又會「有什麼好處呢？」在回答這個普遍的問題之前，我們先要分辨什麼是「好詩」和「濫詩」。不好的詩，不論古今和形式，都有『陳腔濫調』或『故弄玄虛』的毛病。但「最好的詩」，如果用《孫子兵法》來分析，不論新詩舊詩，大多能『用最少的字，表達最多的意思，最能感人，而且能留下最深刻而最久遠的記憶者❷❸。』如果用以上的標準來看，《詩經》之所以能在中華文化裏踞高不衰，確實是有它的道理。因為《詩經》的詩句，都非常簡明。春秋戰國的外交官在國際場合，都要能『斷章取義』誦詩明志，一句話就見出高下。其作用和今日商業社會交往溝通的需要，以及在書篇之前常以簡明的詩句引言明義的做法是很類似的。雖然我們以《詩經》為題，其實真正要強調的是廣義的『經典之詩』。因為人類自東至西，從荷馬吟唱到奧斯卡頒獎致辭，從售貨到要求加薪，基本上都是人與人之間意願感情的溝通。而這種需

---

❷❸ 林中明《斌心雕龍：「文武合一」的文化威力》，生命與知識學院講座，鈺創科技，2001. 6. 9。

求，可以說是不隨時空而改變。怎麼樣做最有效率？那還是回到「基本功」：寫『好詩』的文筆功夫和頌『好詩』的口語能力。

【為何要談《史記》】

1.『文史哲』是人類文化思想的三個大項。『史』的重要，當然不用多說。但是『歷史』和『財經企業』會有什麼關係？即使有關係，又何必去翻兩千年前，以『文言文』寫的『爛掉牙』的舊歷史？要回答這個問題，我們首先要指出，司馬遷當年早已採用『一代有一代之語言』和『現代化』策略。他在引用更古代的歷史時，常常用『現代』的語言改寫『古代』的文字。《春秋》《左傳》比《尚書》容易讀。但《史記》又比《春秋》《左傳》更有文采而語言易讀，而且又時有深刻的分析，和包括更廣闊的時空，足以見出人類社會的循環起伏規律。如果不是為讀經而讀經，《史記》的內容比《五經》中的《春秋》《尚書》更豐富，而且更近於現代思想，和更有用於『通古今之變。』。如果和古希臘的史家相比，也是毫無遜色，而且在多項上勝出。

2.我之所以取《史記》而棄《漢書》，也是有所選擇的。《史記》雖然和《漢書》等史書都是經典之作，但是司馬遷成書在班固之先，籠罩的時間十倍之長，而且文章更生動，題材更有創意。更重要的是，司馬遷能融儒、道、法、商、兵於一統，看到了幾千年社會幾次變化的大規律。但是班固器小❷，他批評司馬遷『是非頗謬於聖人，……述貨殖則崇勢力而羞貧賤，此其所以蔽也。』事實上，孔子只是說：「富與貴

---

❷　胡顯中《司馬遷和班固經濟思想比較》，《西北大學學報》，1988年第一期。
　　《集雨窟文叢》，中國經濟思想史學會，北京大學出版社，2000年。p.299-308.

是人之所欲也，不以其道得之，不處也。（《論語·里仁》）」❷而且，就班固個人的所為而觀，他才是「崇勢力而羞貧賤」，不及司馬遷一生遵循夫子所說的「君子謀道不謀食，臨危授命」。有道是，文人相輕，自古而然。難道說『史家』相輕，也是自古而然？

　　3.司馬遷的經濟思想在漢武帝時代不僅是三大經濟思想之一❷，而且他那劃時代傑作《貨殖列傳》中所指出的商業經營原則，現代仍然是規範。譬如：

i. 供求定律：上善如水，自然流動，自趨平衡。司馬遷借計然之口說：「財幣欲其行如流水。」他又說「使俗之漸民久矣，雖戶說與繆論終不能化，故善者因之，其次利導之，其次教誨之，其次整齊之，最下者與之爭。」司馬遷的高論勝于和早於西方亞當·史密斯『不可見之手』的理論 1800 年（「在一隻看不見的手引導下，達成非他本意希望得到的結果」）。

ii. 時變：《貨殖列傳》中，排名第三的白圭，「樂觀時變，故人棄我取，人取我與」，至今仍然是商業上顛撲不滅的至理。

iii.智術統一論：更重要的是，司馬遷早就看到企業管理的「智術統一論」。他借中華商業始祖白圭之口說：「吾治生產，猶伊尹、呂尚之謀，孫吳用兵，商鞅行法是也。是故其智不足與權變，勇不足以決斷，仁不能以取予，彊不能有所守，雖欲學吾術，終不告之矣。」司馬遷洞見商業管理和策略猶如『孫吳用兵』，要比二十世紀中葉日本學者

❷　朱家禎《孔子經濟思想的研究》，《中國經濟思想史論》，人民出版社 1985年。《集雨窟文叢》，中國經濟思想史學會，北京大學出版社，2000年。p.103-122.
❷　鹿諧慧《司馬遷經濟思想在不同歷史時期的地位》，寶雞師院學報，1985年第三期。《集雨窟文叢》，中國經濟思想史學會，北京大學出版社，2000年。p.292-298.

早了兩千多年！所以，要講「企業管理」，就不能不從《史記》中借取『腦力』。

4. 至於奢談『新儒學』的文哲之士，更不要忘記，孔門儒家弟子中，唯一曾建廬居住在孔子墓旁，服喪六年之久的子貢，卻也是當時最成功顯赫的商人和外交家。《史記》把子貢排名在范蠡之後，白圭之前。可見真正的儒門高弟，也可以是最講禮法和同時是最成功的企管高手，兩者不相衝突。這也是司馬遷眼光過人之處，《史記》不只是消極的記載歷史而已！而且，「夫使孔子名布揚於天下者，子貢先後之也。」孔子說「微管仲，吾其披髮左衽矣。」看來如果沒有管仲和子貢，孔子也不成『夫子』，『儒家』也沒有後來的『地位』，而中華文明歷史也要改寫了。

5. 歷史也是『資訊』！而且記錄了長時間社會和人事的變化。但沒有整理和消化的資訊卻不是知識，而沒有精選重點和未能貫通的史料也不能算是有意義的『歷史』❷。有專業知識的『專士』，不能等同於所謂的『知識份子』。但知識份子如果沒有歷史的眼光，對其專業之外人情事務的判斷一定盲點特多。譬如當代大儒錢穆在《宋明理學概述》裏，就指出「那一輩道學先生，尤其如朱、陸大儒，都沒有忽視了武事。後來顏元罵宋儒只坐書房，學兒女態，實是冤枉了。」可見清代的顏元和許多現代的學者，都沒有在歷史上下功夫，以至于『窄化』『矮化』，甚至『異化』了孔、朱、陸、王的成就。我們重視《史記》，也出於『資訊時代』的『實事求是』精神。

---

❷　湯恩比《我的歷史觀》，論文集《文明經受著考驗》，牛津大學出版社，1948。

【為何要談《孫子》】

如果要問中華文化中，有那一門『國學』是『國際顯學』？答案只有一個：《孫子兵法》。因此在這一個迅速變化和無時無地不在競爭的「全球化」世紀，要講企業經營和策略，就不能不用到《孫子》首尾呼應而道理精深的戰略原則。因為在我們生活的世界裏，「時間是不能創造的」，而「人」決定戰爭。在有限空間的地球上，因為直接能用的資源有限，所以除非有新的科技發明，或對人口和欲望的抑制，人類的「生存競爭」和「人為淘汰」就和生物一樣，不易跳出達爾文的理論。因此《孫子兵法》可以直接應用的範圍，就幾乎包括了人類所有的「智術」活動，甚至文藝創造，也不例外。隨著世界大小各國紛紛加入「世貿組織」，國家和集團之間的競爭全面開打。譬如大力倡導自由貿易的美國，為了爭取國內選區的選票和和短線的利益，反而採取關稅壁壘的手段❷，輕易地放棄了世界自由經濟領導的形象和身份。於是乎任何經濟集團，誰能不擇手段地策劃高明的戰略，執行有效的戰術，誰就是贏家。當代著名的經濟學家，萊斯特‧瑟羅就在他寫的《創造財富》的第一章〈探索知識經濟〉裏說：『全球經濟正如過去美國西部，經濟糾紛（譬如偷牛）常常通過類似在「OK 牧場」發生的槍戰來解決。強者把弱者趕出富裕的地區』。

中華文明在過去幾個顛峰時期，常常因文化思想和民生富裕的緣

---

❷ 2002年3月，美國片面對外國鋼鐵進口徵稅，以『它不完全符合國際貿易的規則，超越了反傾銷和補償責任條款所提供的條件』（國際貨幣基金組織（IMF）副主席安安妮‧克魯格 2002. 5. 15），因而與歐盟和中、日、韓亞洲國家的鋼鐵貿易大戰逐漸升溫，看來全球因鋼品而起的『貿易戰』就要登場。

故，常不自豪，也不甚積極於壓榨弱小的鄰邦。這種心態到了國勢衰弱時，還常常慣性地影響國家的決策。所以英國哲學家羅素曾經感嘆地說過❷：『在中國思想體系中有一個，而且只有一個嚴重的缺點，那就是不能幫助中國自己抵抗好戰的國家。如果整個世界都像中國這樣，那麼整個世界就會幸福。』所以，當西方殖民主義達到高峰時，『大家』都忘了中國人曾經是最會做生意的民族，而且有著世界最大的兵法書庫和《孫子兵法》，卻落難到如此地步，真可以說是標準的『捧著金飯碗討飯』，既可敬，復可憐，而又可笑的『文明』。

現在簡明而又智慧的《孫子》已經被翻譯成十幾種語言，也成了美國商學院和軍事學院的主要參考書、課本，同時又是世界第一大網路書店，亞瑪遜的前三名暢銷電子書。今年三月份的《經濟學人》❸在討論到如何應付「不景氣」的問題時，就同時舉了克勞塞維茲的《戰爭論》和《孫子》，當做原則性的指導教材。如果世界的走向是加強學習《孫子》，我們能落後嗎❸？

三年以前，曾有一位尖端飛行器的研發領導人，以懷疑的態度問過我一個『驚人』而有趣的問題：『聽說《孫子兵法》去年開了第四次國際研討會。這麼一本舊書，只有六千多字，開三次會就把問題都討論完了，為什麼還要開第四次會』？我就問他：『《莎士比亞》在西方已經

---

❷　《真與愛──羅素散文集》，上海三聯出版社1988年，第90─91頁。

❸　"The Return of von Clausewitz,"今天的企業已不再流行尋找能夠解決企業所有問題的單一策略。古代的孫子強調彈性、速度和選擇制勝時機的重要性。他說，唯有如此，才不會錯過異想不到的機會。《The Economist》March 9, 2002。

❸　林中明《九地之下九天之上：代序》，《廟算臺海：新世紀海峽戰略態勢》，學生書局，2002年12月。p.V-XIX.

研究了快四百年，怎麼還有這麼多人每年還在寫論文和開會研究它
呢？』我問的問題，全世界近四分之一說英文和近三分之一用英文的
人，恐怕都知道答案；英文學者的答案可能會長一些，一般人的說法可
能會短一點。不過大家都會同意，《莎士比亞》是英語文化裏的文學瑰
寶，從語言文字的使用，到思維的範疇，都不能不牽涉到《莎士比亞》
的劇本詩文，而且和所有的經典之作一樣，『每一次重讀，有每一次的
新發現❷』。所以問「《孫子》研究完了沒有」，就像問《莎士比亞》
或者是只有四個符號的「熱力學第二定律」（S=dQ/T）研究完了沒有，
是同樣的可笑。更可笑的是──這位發問的人士，自己正在研發『第五
代』的飛行器呢！

【為何要談《文心》──『古代的文論有何現代意義』？】

　　既然《莎士比亞》的重要性世所公認。那麼經典文學背後的『文藝
理論』當然更是根本。孔子曾說：「君子務本，本立而道生」。在這個
生產力和資訊一再達到飽和，工藝和科技產品也已不時供過于求的消費
世界，如何在不動用武力的情況下，影響和刺激「顧客」的購買欲望，
就成了新世紀商業經營者的最大挑戰。要表達意願，傳達訊息給「人」，
那就不能不借助於媒體文藝的威力。當大家都會用同樣的電子、機械工
具時，競爭的項目於是乎又回到「詩書畫」或「說寫看」的基本的能力

---

❷　(1) Italo Calvino（卡維諾）, "Why Read The Classics?"（爲何要讀經典之作？），
　　Vintage 2000, pp.5 Reason 4. A classic is a book which with each reading offers as
　　much of a sense of discovery as the first reading.　Reason 6. A classic is a book
　　which has never exhausted all it has to say to its readers.
　　(2) 商業管理學大師彼得‧杜拉克每五年重讀一遍《莎士比亞全集》。

上來。再從諸子百家的發展史來看，他們雖然都不是純粹的文學家，但遣詞用句，卻都能把道理「說清楚，講明白」，所以能夠有讀者，有市場，成一家之言。

舉兩個眼前最熱門的例子：其一，根據 2002/04/02 臺灣經濟日報的譯文報導：『當網路泡沫幻滅後，企業用人愈來愈挑剔，創投業者也小心翼翼去尋求成功機率較高的企劃。在如此變化的環境下，不少年輕專業人才決定要學習經營企業之道以保持和加強職業競爭力。儘管入學程序繁鎖，商學院入學熱潮絲毫不減。以哈佛企管學院為例，除需 GMAT 成績之外，還要三封推荐信。申請人另外還得擬妥六篇指定的作文題目（如「試描述你人生最重大的時刻」，「談談你最大的三個成就」），第七篇作文題目由申請人自行決定。就連美國人也得耗費大約兩個月才能辦妥這些資料。』這個眼前的實例，就清楚而『現實』的闡明了作文的功夫，對現代專業企管經理人的重要。其二，美國的大學入學考試 SAT，將從 2005 年起，加考作文。可見得高科技時代，以作文來表達和溝通的重要性，又從新被驗證，以致於必須恢復『古代』的作文考試。

既然中華文明是寫文作詩的世界第一大國，又有最優良，『價廉物美』，而歷經 1500 年考驗，保證『開機就可工作』的「本土化」文藝理論經典之作——《文心雕龍》，那麼我們何不從自家的書架上，選取精良易讀，有注音或拼音的注釋本，用「最少的時間和能量，去達到最大的效果」呢？

以下的篇幅將討論如何把《易經》《詩經》《史記》《孫子》和《文心》裏的「活智慧」，應用到現代高科技的「企業管理」和「科技創新」的教育上去，以及這種做法的長處和限度。然而這五本書，每一本都是

超重量級的經典之作,如何在最短的篇幅裏,表達出它們的精髓呢?我以為可以根據《商業領袖成功七大要則》的第一條:『先做最緊要的事』,那就是在這一次的討論上,只選《易經》《孫子》為主將,先把《易經》和《孫子》簡化到 24 個字以下,而以《詩經》《史記》和《文心》為輔佐,貫連「新五經」裏相關的「活智慧」,以之為基礎去討論「企管教育」和「科技創新」的問題。

【14 字簡說《易經》和《孫子》精義[33]】

《易經》道理精深,六十四卦之外,每一卦又有六個變化。但就其精義而言,我以為不過是《易繫辭》所說的「一陰一陽之為道」這一句話的七個字而已。同樣的道理,《孫子》六千言,也不過是哲學性的「奇正虛實是謂兵」,或者是戰鬥性的「致人而不致於人」,各用七個字的兩句話而已。如果把《孫子兵法》轉換為現代白話術語,就是「用最少的時間、資源和廢熵,達到最大利益」十七個字。用英文口語表達,只要九個字『Get the most with the least energy * time * entropy』。

如果再簡化,還可以說成「智、變」和「人、勢[34]」四個字,和「陰陽」或「虛實」兩個字。只是過于簡化,反而需要用更多的「時間資源」來解釋,以致於違反了《孫子》白話 17 字精義的『優化思考』本意。愛因斯坦曾說,複雜的現象應該在理論的表達上能「簡單化」,但不必再過分「單純化」(*simple but not simpler*),大概講的是同樣的道理。

---

[33] 林中明《從《孫子》《周易》和物理《文心》看企業逆境競勝》,臺北、臺中、高雄──中國生產力中心『企管經營講座』,1. 25,2. 27,3. 1. 2002。

[34] 《孫子兵法·勢篇第五》:故善戰人之勢,如轉圓石于千仞之山者,勢也。『知識平台』 亦勢也。

【企管教育】

【再談「新理論」和「舊經典」】

在 21 世紀還敢講古籍經典，顯然需要加以解釋。就以當前的經濟理論而言，其實這門只有三百年歷史的學問還不能算是科學。因為沒有一個經濟學家能保證他的理論是對的，而錯誤的理論一定被時間放大，使得它的錯誤益發明顯。譬如說，2001 年以前，「通貨緊縮」一辭，難得在經濟教科書和文獻裏看到。然而自 2002 年以來，「通貨緊縮」竟然成了熱門話題和「顯學」。徵諸歷史，此類事情屢見不鮮，所以經濟學教科書每十年就要修正換新❸。美國金融貨幣控制的「霸主」格林斯潘，在過去兩年拼命加息，然後又連續減息十一次。似乎是「無事忙」（《Much Ado About Nothing》莎士比亞喜劇）。如果以十年為一「小劫」，千年為一「大劫」，那麼《孫子兵法》已歷經 250 個小劫，兩個半大劫，居然還能面目如新，東征西討，這當然是「活智慧」，可以放心使用。唯一的條件是：「凡此（種種），將莫不聞，（而）知之者勝，不（真）知者不勝」。說起來，還是回到「教育」和「實踐」的老問題上來。八十年以前，英國的大哲懷海德（Whitehead）在《大學及其作用（The Aims of Education）1916》中就有先見之明的選擇哈佛大學的商學院來說明他

---

❸ 2002年諾貝爾經濟學得獎人，美國學者，卡尼曼發現，大多數接受追蹤觀察者寧可花廿分鐘路程購買一部十美元的計算機，捨棄十五美元的款式，卻又不願花同樣時間買一件標價一百廿美元的夾克，而寧可選一百廿五美元的夾克，結果多花五美元。史密斯九日在記者會中表示：「我經過幾年觀察研究後才了解，原來教科書是錯的，我的學生才是對的。」

對『現代教育』普遍原則的看法；而且指出應當從古代希臘雅典、意大利佛羅倫斯學習如何開放『想像力』以應付『現代商業』的挑戰。《老子》說：「執古之道，以御今之有。能知古始，是謂道紀」。似乎是為此先立一言。至於明日以「知識工作者」為主的「下一個社會」，彼得‧杜拉克在他的新書《下一個社會❸❻》裏指出：『知識和其它的生產工具最大的不同，就是不能繼承或遺留給後代。每一個人都得自行學習，在這一點上，人人生而平等。』這種新的競爭方式，將給『最有效率的學習者』帶來新的機會，這對剛創業的小公司，和發展中的國家都是『福音』，而唯有眼光和決心者得其利。

【『時間』是不能創造和逆轉的，而『利潤』必須用力費時才能產生】

企業的運作雖然也有藝術的成分，但它和藝術文學最大的分別就在于企業是以「謀利」為最高的考量準則，而且有迫切的「時間性」。《孫子》開宗明義第一句話就說：「兵者，國之大事，死生之地，存亡之道，不可不察也」。因為「亡國不可以復存，死者不可以復生」，所以企業管理人的第一要事就是「合于利而動，不合于利而止」，負起股東和投資人所交給他的責任。哲人羅素曾批評中國的『舊學問』可以給世界帶來和平，但不能自救。我想這可能因為在中華文化之中，有一部分學問是「知文不知武」「重理不重利」，失去了該有的「陰陽、虛實」平衡所致。知道「時間是不能創造和逆轉」，和體會利潤必須用力費時才能

---

❸❻ 彼得‧杜拉克《下一個社會》：Peter Drucker, Managing In The Next Society, St. Martin's Press, 2002。

產生，然後才能談「企業管理」。這個原則，即使是『非營利經理組織』，想要做出成功事業，也不能不遵守。

在現代多元多變資訊發達的經濟社會裏求競勝，必然要求在『戰術』上講『效率』，更要求在『戰術和戰略上講創新』。創新不能來自政治性的要求，也不能出于軍事性的掌控。創新的基礎來自啓發性的教育和開放性的管理。講「企管」，應當先講戰略思考應變的大原則，再說戰術執行效率的手段，最後才是考慮使用的工具和效能控制，自下而上，完成第一次由思考到實用的良性循環。此所以《孫子》五校把『法』放在『道、天、地、將』之後，但決不是不注重工具、制度。孟子說：「天時不如地利，地利不如人和」。但在「全球化」和「知識經濟」的競爭下，單純的「人和」與「效率改良」又不如「建設性的競爭」和「突破性的創新」。

以下，先來談當今世界人人關心，幾乎「全球化」的『世界經濟不景氣』，或者說是『天』的問題。

【如何處理『經濟不景氣』的問題】

創造『經濟起飛』這個有名的名詞的經濟學大師羅斯陶，在 1960年提出經濟成長的五個階段❸，而以達到飽和爲止境。然而徵諸於目前世界經濟最大的困擾，卻是他所沒有提到的第六個階段：「全球經濟不景氣」。身爲經濟大師卻看不到致命的跌落，這可以說是他受到西方文

---

❸　羅斯陶（Walt Whitman Rostow），The Stages of Economic Growth: A Non-Communist Manifesto, 1960,》1. Traditional Society, 2. Transitional Stage（the precondition for take off）, 3. Take off, 4. Drive to Maturity, 5. High Mass Consumption.

化裏，單極獨霸的傳統思維的影響所致。而相對地來看，中華文明中早就注意到自然界和人世系統的起伏循環。《易經·乾卦》的第六個階段，亢龍有悔，就指出「『亢』之爲言也，知進而不知退，知存而不知亡。盈不可久，窮之災也」。「乾卦」之後「坤卦」的第一階段，「初六：履霜，堅冰至」，對「不景氣」的描述更是確切。」。「坤卦」之後「屯卦」對「不景氣」的下一步，「經濟復蘇」階段的描述，也都符合企業家在不利的情況下，要「磐桓」尋找機會，而且要「利居貞，利建侯」，面對現實回到「基本面」，再準備重新擴建出發。在《文心雕龍》裏的《養氣篇》說：「學業在勤，功庸弗怠，元神宜寶，素氣資養」，也講的是相同的道理。

【由《易經·坤卦》看經貿「全球化」】

按著《孫子》五校的次序，說完了『天』，順序來說『地』。《易經·坤卦》的象曰：「至哉坤元，萬物資生，乃順承天。坤厚載物，德合無疆。含弘光大，品物咸亨。牝馬地類，行地無疆，柔順利貞。君子攸行，先迷失道，后順得常。西南得朋，乃與類行；東北喪朋，乃終有慶。安貞之吉，應地無疆」。

『世界』有多大？古人難以想像。『無疆』，可以說是先民對「全球」想象的極限。眞實的商業戰場上，『攻城略地』如何布置？其實也和先民對『世界』盡頭的揣測半斤八兩。如果要衡量『地盤』的作用，只要比較 9x9、17x17、19x19 道的圍棋盤大小，便可得知佈局考量的複雜度和運作面完全不同。如果在大棋盤上還用下小棋盤的思維和手段，甚至以『內視、鎖國』的方式只下自己習慣的小棋盤或中型棋盤，其輸棋的下場不問可知。

所以能認識到「全球化」的情況是『萬物資生』和『行地無疆』，而且又能用『牝馬』一般『柔順利貞』的態度來從事貿易活動；雖然有可能『先迷失道』，但是積極努力的結果，一定會『后順得常』，可以『乃終有慶』。所以能有『無疆』的心理準備，和安順積極的態度，一定能適應「全球化」的地緣經濟。不過，《坤卦》的話雖然聽起來比《乾卦》簡單，但真正有這種深刻體會和近于『第二本性』的態度，卻並不容易。難怪許多決策者并不能勝過『牝馬』之智。

【由《易經·否卦》看加入「世貿組織」】

《易經·坤上六》說『龍戰於野，其血玄黃』。象曰：『龍戰於野，其道窮也』，也就是說，兩個集團，相爭於其勢力範圍的外緣，打得兩敗俱傷。國家貿易集團的競爭，也可作如是觀。《易經·否卦》說「地天否，乾上坤下，不利君子貞，大往小來」。象曰：「大往小來，天地不交，而萬物不通，天下無邦也」。這似乎是教導我們有關商業的往來，如果一邊以關稅卡關，以至于雙方不能對等交通，那就阻礙了「世貿」活動。於是乎，就像卦象所說「否；君子以儉德辟難，不可榮以祿」。也就是生意蕭條，沒有榮祿可圖。這是非常現代化的概念，但是因為文字古老，以至阻礙了學者去貫通這類古今一同的道理。

【由《易經·同人卦》看「全球化」和加入「世貿組織」】

《易經·同人卦》對于「全球化」和加入「世貿組織」的教育意義更為明顯。從《同人》到下一卦《大有》，再從《大有》到《謙》卦，這個思路流程，更是具有超時代的商業智慧。所謂「同人于野，亨。利涉大川，利君子貞」也就是說和別的國家團體進行平等互惠的商業貿

易，則雙方都能受益。『同人』的象再解釋說：「同人，柔得位得中，而應乎乾，曰同人。利涉大川，乾行也」。意思就是做生意要放軟身段，而乾乾努力的去實現。其結果就可以順利跨越大洋。而「文明以健，中正而應，君子正也。唯君子爲能通天下之志」就是說因爲企業管理人的正派而積極的操作，所以能夠售貨天下，志行無阻，商業得以蓬勃發展，社會文明因此而進步。不過，雖然國家和集團之間平等往來，但是其間仍有對象選擇的差別，不是盲目的不分「類族」。所以『象曰：天與火，同人；君子以類族辨物』。頗具市場行銷學裏「市場區分」的策略眼光。

【從《孫子·地形篇》看加入「世貿組織」】

《易經》能夠指導「全球化」和「世貿」，專講競勝的《孫子》當然更是籠罩全局。譬如舉《地形》一篇爲例，我們就可以看到 2500 年前「戰國爭雄」的局勢，也就正是今日「全球化」的情勢。《史記·貨殖列傳》裏記載的大商人，從孔子的弟子子貢，到三散其財的范蠡，那一個不是「全球化」地經營其「世界貿易」？

《孫子·火攻篇》說「合于利而動，不合于利而止」。所以說《地形篇》說「散地，諸侯自戰其地。散地則無戰」；「爭地，我得則利，彼得亦利者，爭地則無攻」，所以大家各賺其錢，不必互相攻伐；「交地」呢，「我可以往，彼可以來者」，當然要「交地則爭先」；若是「死地」，「疾戰則存，不疾戰則亡」，此時則口嚷『打拼才會贏』是沒有用的，如果不迅速採取『戰鬥行動』「死地則戰」，那麼公司企業都是會倒斃『死亡』。國家團體的情形也是一樣。

《孫子·地形篇》又說：「方馬埋輪，未足恃也。齊勇如一，政之道也。不知諸侯之謀者，不能預交。不知山林、險阻、沮澤之形者，不

能行軍。不用鄉導，不能得地利。四五者，不知一，非霸、王之兵也。」
這就更說得精彩！一昧防守，「方馬埋輪（把能跑動進攻的馬栓成方陣，戰
車的輪子埋入地中，只圖防守），未足恃也」！二戰時法國的馬其洛防線擋
不住德軍的色當突破；今天閉關自守的公司或集團，只能自欺一時，到
頭來也只會和清朝的葉名琛一樣，『不戰不守不降不走』，城破被俘死
於域外，成爲商業歷史的笑話。

【「人」決定「戰爭」和「企業」的成敗：將道和用材】

企業的「企」字是「人的走向」，武功的「武」字則是「兵戈的攻
向」。所以企業就是以人爲有機的組合，以人爲推銷目標的謀利事業。
而武功則是靠人揮動兵戈，以攻擊敵人建立的功業。歷代文士和帝王誤
解「武」爲止戈者，多不勝記。不肯面對『武力』的本質，又要求『武
力』的成果，卻不想付出訓練的代價，「以不教之民戰，是謂棄之」（孔
子）。難怪羅素和梁啓超都要爲中國的文弱無競爭力，卻越位鼓吹『世
界大同，天下文明』的矛盾現象而嘆息。

戰爭和企業既然都以人爲主，所以掌管眾人的軍隊將領和企業經理
的領導能力，就成了生死賺賠的關鍵。《易經》裏最有威力的龍，在乾
卦裏明顯地等于君子。《孫子》的兵事五校的第四大項則是指揮軍隊作
戰的「將」。因爲「將領」和「經理」都是爲『競勝』而努力，所以我
們可以把《孫子》對「將」的要求，直接用到企業「經理」的教育目標
上。而更難得的是，《孫子》不僅對經濟目標的設定和實現有驚人效用，
它還含有人世的哲理和『環保』的理想，並不是一味追求財富，或爲『追
求無限暴力』不惜『動員全國』，犧牲一切。

以下讓我就《孫子》對「將」的五項要求，逐一分析它們對企業成

敗的決定性。說到「用將」，大家想必都對《史記》上劉邦之能用人材，而項羽「至使人有功當封爵者，印刓敝，忍不能予」，以至獨夫敗亡的故事自幼能詳。有志於「飛龍在天」的企業領導人，「要警惕啊」！

【智】

　　「知識經濟」的成敗在於企業各階層的『鬥智』，而不是『拼力』。大企業的執行長，尤其要講「戰略」。美國雖然在政府立法上，是一個「民主、自由、法治、平權」的國家。但美國的公司，卻常是最「人治、獨裁」的機關。而企業越大，在管理和運作上就越像軍隊，常常是一將興而一軍興，一將功成而萬『股』枯。上一世紀美國最出色的企業執行長，奇異公司的傑克·威爾許，在他 1982 年上任之初，就曾以克勞塞維茲《戰爭論》的戰略原則來策劃公司的走向。現在，《經濟學人》論管理，又再加上《孫子》的兵法原則❸。打拼奮力的「勇」，《孫子》把它放到第四位，排在「智信仁」之後，真是「知識經濟」時代的先知！

　　講尖端科技和基礎「知識」，必然要和高等教育連在一起。今年《美國新聞與世界報導》雜誌在它一年一度的美國研究所排名中，把史丹福大學在商學院和教育學院排置榜首，超越了老牌的哈佛大學。而史丹福大學在 2000 年世紀交換之際，剛更換了新的校長。它一反常例地徵召了工學院長和電腦設計發明和創業人──約翰·韓納西教授（John Hennessy）為新世紀的校長，打破美國名校歷來以社會人文學者為校長

---

❸　『今天的企業已不再流行尋找能夠解決企業所有問題的單一策略。古代的孫子強調彈性、速度和選擇制勝時機的重要性。他說，唯有如此，才不會錯過異想不到的機會』，The Economist, March 9, 2002。

的慣例。這也反映了新世紀的走向是基于資訊科技，和微電子企業所形成的新的「知識平台」。這就是在一個進步的文明裏，必然是「一代有一代之學」！

【『信』和『仁』的重要性】

中華文明中，除了孔孟儒家之外，還有很大一部份學說注重『仁』和『信』的基本價值和長期作用。譬如說兵家的《司馬法》就把「仁本」放在第一篇，其後的「孫吳兵法」也都強調「仁」的重要。《孫子》說「視卒如嬰兒，故可以與之赴深谿；視卒如愛子，故可與之俱死。」看看今日的公司，家家要求員工拼命工作和服從領導，但是為了四季財務匯報時執行長個人業績的『好看』，企業領導人很少能頂得住『華爾街』的壓力，所以經常以裁員為手段，而很少想到下一季經濟復興了以後，又要花更多錢和時間去請新人，重新訓練六個月，才能「上陣作戰」。從企業經營的角度來看，儒家和兵家說的「仁」，其實也都符合《孫子》「用最少的時間、資源和廢熵，達到最大利益」的原則。

如果要說中西兵學有什麼大區別？我認為就在『道』和『仁信』上。孔子談治國，排出先後次序，他認為如果「不得已，先去兵，次去食」，但不可「無信」。因為「人皆有死，民無信不立」！講得斬鐵截釘，大義凜然。兵家帶軍，事關人民國家的生死存亡，不講信用，一定崩潰，以致『死無葬身之地』。做小生意和經營大企業，和領軍作戰的原則是類似的。對內和對外都要講信用，而且主其事者在財務導引之外，還應該要有『專業者』的尊嚴和原則❸。尤其當家家都有同樣的技術和產品

---

❸　John A. Byrne, <Goodbye to an Ethicist>（BusinessWeek/Feb. 10, 2003, p.38）--

時，行銷宣傳，比的是「信用可靠」。用「六標準差（six sigma）」來管控成本和品質，其重點之一也是在樹立對顧客的「信用」。有了「信用」，就能得到顧客的「信心」❹，於是乎商家就可以「用最少的時間、資源和廢熵，達到最大利益」，「不戰而屈人之兵」。中國有名的百年字號，如同仁堂和商務書館等企業，其成功也在於「仁信」。所以，新世紀的商家經理人，要想在「全球化」的戰場上生存和發展，應該多想想高度講求『仁信』的《孫子》『商業戰略學』，而不要走『騙來騙去』，遲早案發崩盤的短線操作❹。我曾寫了一幅對聯送給企業界的好學之士曰：「七海縱橫猶執信，六藝傳承豈忘仁」。這也是類似於許多金融企管學者，因為美國安隆等大公司群體做假帳，導致股市崩盤，而對新時代企業『治理人』（governancer ❹）所要求的反省和對今後社會的期望❹。

【『道』者，令民與上同意也：『心』與『物』之別】

《孫子》說的『道』，和孔孟、老莊的『道』完全不一樣。《孫子》重『人、勢』，講『奇、正』。因為知道「人決定戰爭」，所以把「令民與上同意」的藝術當作『導引』『人、勢』的要道。在第一次產業革命之前，生活必需品的『物』，是難以用『心』去取代的。到了第三次

Marvin Bower（ - 2003.1.22），leader of the global famous consulting firm McKinsey & Co., was known as the father of modern management consulting business.

❹ < Permission Marketing: Turning Strangers Into Friends, and Friends into Customers > by Seth Godin, Don Peppers, May 1, 1999, Simon & Schuster.

❹ BusinessWeek/April 22, 2002, "CEOs: Why They're so unloved", p.118

❹ "How to Fix Corporate Governance," Business Week/May 6, 2002, p.68 - 78.

❹ BusinessWeek, June 24, 2002, Special Report: "Restoring Trust in Corporate America," p.30

產業革命，雖然微電子和生物科技掛帥，但是由於第二次產業革命的電氣和工業系統的高生產效率，使得貨品常常供過于求。人們從爲基本生活需求而掙扎，轉變成爲『心情』、『娛樂』、『被服務』而消費。於是乎『廣告、包裝、噱頭』等等過去認爲是『虛功』的事情，忽然變成新一代企業成敗的重大手段。五百年風水輪流轉，『攻心爲上』的文學、藝術、音樂、服飾變成了商業經理人新的競爭力考量。因此美國的商學院開始談『莎士比亞商學院』，希望能從《莎士比亞》中淘金，找出如何能編出『深入人心的感動和口味』，以之擦亮品牌，吸引顧客，銷出成品，賺錢致勝。（其實莎翁本人就是商界好手）

就以電腦科技產業而言，發明倉頡輸入法的朱邦復就說：『科技的發展很重要，但是人文基礎更重要。雖然軟體的設計永無止境，可以創造許多的需求與商機，但是軟體設計與整合必須建築在文化、人文背景上，才能深入生活與實際需求之中。』我們提倡《詩經》和《文心》，也就是回到『人心、情感』的「基本面」。新世代的產品推銷就像寫詩作文一樣，作者必先有自己的感動，再經過洗煉，才能讓讀者、觀眾「動心、忍性」，接受你的『新意念』，掏出信用卡，購買你的產品——讓她高興，使你賺錢。彼此雙贏，皆大歡喜。

企業管理開山祖師，彼得・杜拉克的理論似乎都是『常識』，但爲什麼他能這麼受商業界讀者的歡迎，以至于受到全世界商學院的尊敬？其實這也和他個人的風骨和文學素養有關。如果你還有些專業人士所必具的懷疑心，那就請看他的回憶錄《旁觀者的冒險（Adventures of a Bystander）》。當你看完了之後，相信你一定會「同意」我的觀點，『文所以視利害，辨安危』（《尉繚子》）。況且杜拉克還寫過兩本小說，難

怪他的企管文章這麼能引人入勝呢！❹

【《孫子》五事和將道中『法、嚴』的位置】

20 世紀初，中國知識份子的精英們，為了挽救中國免于滅亡於列強的蠶食瓜分，苦思之後，提出許多『破舊』和『立新』的『想法』。有名的『口號』之一就是：『打倒孔家店』『尊崇「民主」和「科學」』，或者叫做『擁護「德先生」和「賽先生」』的『五四運動精神』。但當我們回顧歷史，似乎發現『破者』未能破，而『立者』也未易立。許多在國外學了專業科技的『學人』，口頭能談「民主、平等、自由」，但在行動和思想上，仍然保持不尊重別人、別黨「民主、平等、自由」的『慣性』。看來當年提倡「德先生」和「賽先生」的『知識份子』，應該加一個『知法而不玩法』的『羅（Law，法）先生』，那麼中國「民主、自由」的進度可能要好得多。

《孫子》以「道、天、地、將、法」作為用兵的五個要素。以「智、信、仁、勇、嚴」為將道的五大要求❺。盡量保持不超過五個變數，以「最少的時間、資源和廢熵」來闡明他的理念。《孫子》重視時序，所以把『道』和『智』放在兩類之首，以為領航。因為『道』和『智』都

---

❹ Peter Drucker, "The Temptation To Do Good" 1984, "The Last of All Possible Worlds" 1982 .

❺ 約翰・麥米蘭《新競爭時代》（John McMillan），羅耀宗譯，時報出版，2002年。周均〈深度導讀〉2003年1月聯合報副刊：麥米蘭首先說明了市場設計必須具備的五大要素，它們分別是：1.資訊流通順暢；2.可以信任他人會履行承諾；3.促進競爭；4.財產權受到保護，但不過度保護；5.抑制對第三人產生的副作用。林按：這是《孫子》『為將五要』「智、信、勇、嚴、仁」的現代解釋之一。

是主動的推進器，『法』與『嚴』則是被動的『剎車機制』，主從有別。但把管控的『法』和『嚴』放在最後把關，首尾呼應，大開而密闔。可以說是做到他自己所說的「故善用兵者，譬如率然。率然者，常山之蛇也。擊其首則尾至，擊其尾則首至，擊其中則首尾俱至」。

《孫子》所說的『法』，不止於被動消極的法規——「法令孰行？賞罰孰明？」，而且講到有彈性的制度和財務後勤的功用。似乎在早期的法家和道家之間，他找到了有效的平衡點。佛家的釋迦牟尼也有他相當於《孫子》五則將道的教導，從「智慧」「信仰」「仁愛」「勇於反省和施捨」到「佛教法規」，也都散見于佛教經典之中，不迴異於《孫子》的「將道」。當釋迦牟尼快要圓寂時，弟子問他，在他去世之後，佛法如何延續？釋迦牟尼說，以「法規」爲歸依做準則。可見智慧也需要「法」的規範和扶持。至於國際的商業行爲，當然更需要遵守簽訂的「遊戲規則」。就《易經》而言，這是「元亨利貞」。從《孫子》來講，這是所謂的「以正合，以奇勝」。不過世間變數無窮，「法令」和「創造力」的關係，大概也遵循『鐘型優化曲線』。所以《孫子》的將道五校，也是「智」「法」平衡，既講實際，又見智慧。

新世紀高科技專業人員，由於「知識經濟」掛帥，所以對他們的管理，特別需要『溝通』的技巧。這對『外行』的經理人來說，更是另一項挑戰。有人甚至寫書說『管理專業人員像管貓』，可見其困難之一般。或者說，專業人員也像宗教裏的『智慧修士』，如果沒有法，連教主都管不了。所以《孫子》說要「令之以文，齊之以武，是謂必取。令素行以教其民，則民服；令素不行以教其民，則民不服。令素行者，與眾相得也」。

至於如何應對「世貿組織」和「知識經濟」裏最攸關的「專利法」，

那就要來談「科技創新」和「智慧產權」。因爲在「全球化」之後，傳統產業所遇到的是關稅和手續的阻力。但是高利潤的高科技產品，就不能只比生產效率，而須要「發明創新」。

【科技創新】

臺灣中原大學企管系教授呂鴻德最近在一場『知識經濟與管理』的座談會上說：『美國企業家 Jack Welch 曾指出，TQM（全面品管）等技巧層次的改良，其對企業的助益遠不如一次企業再造所發揮的力量，但後者卻又不如觀念上的變革，後兩者的效果是跳躍式的大豐收。美國經濟學家梭羅發現日本的管理還停留在工業時代的層面，以注重管理自詡。但我要指出，現在已進入知識經濟時代，企業應該講求創新，也就是觀念的變革及企業的全盤改造等層面的創新，而非只是在技巧層面上追求改良。』其實這也是《易經》所重視的『陰陽轉換』和『或躍在淵』的哲學，和《孫子兵法》所說的「以正合，以奇勝」的策略。如果管理和效率是「正兵」，變革和創新就是「奇兵」。兩者相輔相成，不可執一單行。尤其在「全球化」的競爭環境之下，大家都能做同樣的產品，其結果就不能不削價求存，互割喉嚨，以致相繼慢性失血，終歸不免於共同衰亡。所以《文心雕龍·定勢篇》說：「舊練之士，執正以馭奇；新學之銳，逐奇以失正。」同理用之於科技創新和企管教育亦然。英國的大哲懷海德在《教育的目的》（The Aims of Education 1916）中曾說：『成功的教育所傳授的知識必有某種創新……陳舊的知識會像魚一樣腐爛。』所以，教授『創新』的人，最好自己也有創新的實戰經驗，可以「望今制奇，參古定法」（《文心雕龍·定勢篇》），否則就重蹈「紙上

談兵」和「外行領導內行」的覆轍。

【中華文明「科技創新」的能力】

就科技的發明和應用而言，英國學者李約瑟在魯桂珍等中國學者的協助下，已經爲我們寫下了《中國科學與文明史》（Science and Civilization in China）。足證中國的科技發明能力曾是世界一流的文明大國。在 21 世紀「全球化」的開發之下，可以想見新一代的諸子百家將重放異彩。而其所以能夠迸放異彩，我們可以從「新五經」的形成和內容中見出。

《易經》講變化說陰陽，反復透徹。連量子物理學大師波爾，都要借用《易經》演化出來的太極圖來解釋他的「互補理論」，而且用于家徽和制成背心，穿著上台領取諾貝爾物理獎。

【從《易經‧乾卦》看研發和創新】

《周易》起于占卜，乾卦的作者當然沒有想到所謂的「科技創新」。但是觀察自然現象，如《文心》第一篇所說的《原道》，再加上對人類行爲的基本歸類，所得到的規律，相當簡單但實用。因爲人類的基本思維反應，幾千年來沒有多大的變異。所以西方文學作家描寫美女，三千年來沒有人能勝過瞎眼的荷馬。由此觀之，簡實的易卦，反而不太受時空的限制；因此用以觀察人事，往往乾淨俐落一針見血，勝過半調子的百萬言專書。

《易經‧乾卦》是講人事變化開宗明義的章篇，自然而然包涵了研發和創新的道理。它在『初九』以「潛龍勿用」來描寫創業創新者應有「如龍」的志向、願景和心態。然後在『九二』的第二個階段，就用「見

龍在田，利見大人」來講知識的擴張，好像是二度空間的平面發展。就創新「專利權」的申請理由而言，這一階段就要全面研究過去的發明（prior art）和目前的一切對手。如果這一階段的功夫做得扎實，那就是「利見大人」，成功可期。下一個階段『九三』，要求研發人員要『拼命』的用功，像「君子終日乾乾」一樣，「夕惕若厲」的警惕自己，在「戰術上要重視敵人」，這樣才「無咎」，不會出錯，敗給同樣用功多智，散布全球的無數面對和潛在的對手。

　　『九四』這一卦是研發創新的成敗關鍵。唯有「或躍在淵」，飛躍障礙，才能有真正的突破。有了基本上的突破，才能像『九五』階段的「飛龍在天」，進入第三度新的商業運作空間，翱翔新域，「利見大人」。但是成功的企業家和國家團體，別忘了自然界循環起伏的道理。當事業國力發展到了極頂，就要居高思危，否則就會走到第六個階段，『上九』，而遭遇挫折，如「亢龍有悔」，又跌回原點，或深淵。《易經·乾卦》只用了六個階段 48 個字，就把企業的「生老病死，成住敗空」說得清清楚楚；完全符合「用最少的時間、資源和廢熵，達到最大利益」的兵法原則。最後特加的『用九』一句：「見群龍無首，吉」更是精妙。因為天下最好的發明，都是要在能自由思想，共同討論的情況下，才容易蓬勃發生，而不是靠獨裁的領導所能產生的。

【《孫子兵法》用于電腦晶片設計】

　　《孫子》的奇正變化繼承《易》道，他說「戰勢不過奇正，奇正之變，不可勝窮之也。奇正相生，如環之無端，孰能窮之？」以這種態度用于科技創新，「以正合，以奇勝」，當然發明的成果是不可窮也。不過創新還必需「有用」，並且價錢有競爭力，而不是『標奇』以『立異』，

『以反爲新』，製造廢熵。以下茲列舉四個獲得美國專利權的電腦晶片設計發明來證明我的看法。

1.《孫子地形篇》說：「善守者，藏于九地之下；善攻者，動于九天之上。」「善守者，藏于九地之下」的原理，曾被用于記憶細胞的設計，以向下挖井儲水的方式來儲存電荷，使得「井」的表面雖然不斷地縮小，但加深挖「井」，水（電荷）的儲存量，仍可保持不變（N. Lu 1983 ❹⑥）。這一個發明使得記憶晶片能繼續縮小，降低成本。20 年來，仍是使用的兩大主流之一。去年新發明的能源控制 Power JFET（Yu, 2001），也是利用基底（substrate）導電，而又沒有自身雙極體（body diode）的限制❹⑦。

2.「善守者，藏于九地之下」的原理，大約同時期被用于晶片進出站的靜電保護電路設計，以自然存在的『井』底層基座，吸收靜電進襲的能量，並利用串聯電容變小的原理，同時減低進出站的電容，而且不增加任何的費用（Lin 1983 ❹⑧）。這個減少電容和防止接墊短路的方法，幾乎被全球電子界使用，而不知其由來。

3.《孫子九地篇》說：「是故始如處女，敵人開戶，後如脫兔，敵不及拒。」這個原理被用在微電腦晶片，選擇性的『關閉』不用的部分，讓它「靜如處女」，以節省能源，避免無謂的消耗。等到快要使用時，早一步通知被『關閉』正在『休息』的部分。到了須要開跑時，一切早

---

❹⑥ US Patent 5198995, Trench-capacitor-one-transistor storage cell and array for dynamic random access memories.（Nicky Lu）

❹⑦ US Patent 6251716, JFET structure and manufacture method for low on-resistance and low voltage application. (Yu, Ho-Yuan).

❹⑧ US patent, 4952994: Input Protection Arrangement for VLSI Integrate Circuits Devices （Lin, Chong Ming）

已就緒，「動如脫兔」，一點都不耽誤時機（Lin 1991 ❹）。這個設計幾乎包括所有的高功能晶片都在使用的類似方法，足見《孫子》哲理的跨越時空，無往不利。

【 《史記》創新歷史的寫法 】

《史記》和《文心雕龍》都是「一代有一代之學」。司馬遷寫《史記》的方式，為中國歷史創出了新的方式，並用新的語言，和提出種種貫通古今，新穎而深刻的看法。他那一篇《貨殖列傳》，大開大闔，啟人深思，不僅是中華文明和世界上最早的經濟論文之一，而且就觀念的創新而言，也值得我們效法❺。

【 《文心雕龍》突破「注經」 】

劉勰寫《文心雕龍》也突破了「注經」的傳統。他總結前人的理論和資料，創造出嶄新而有系統的中華文藝理論。如果以現代『全球化』的眼光來評比當時的成就，《文心雕龍》的宏觀體系和精密的內容是絕對優勝於亞理斯多德遺留下來的《詩論》殘卷，和賀拉斯隨筆寫的《論詩》短箋。劉勰看到前人「敷讚聖旨，莫若注經；而馬、鄭諸儒，宏之已精；就有深解，未足立家」，所以獨自創新文藝理論，很有當今高科技業裏，單槍匹馬在車庫裏創業的精神。況且他又開創了融《孫武兵經》於看似『水火不相容』的文藝理論之中，豐富了中華文化和精神文明，

---

❹ US Patent, 5452401: Selective Power-Down for High Performance CPU/Systems,（Lin, Chong Ming）

❺ 《金克木散文精選·讀《史記·貨殖列傳》》，海天出版社，2001年，p.254-266.

這是西方文藝理論至今猶未能想像到的慧眼和膽識。他的創新精神,可以作為我們對「全球化」「知識經濟」思考創新時的榜樣。

劉勰在運用前人的知識上,也是採取開發的態度,於儒家理論之外,諸子百家和佛家的理論,他都分辨吸收,並加以「重新整合」,並且能有系統的加以發揚光大。他的文藝創作理論主張觀察效仿自然:《原道》;仰隨大師:《徵聖》;尊重經典:《宗經》;取材不避神鬼緯書:《正緯》;作文要創新和自鑄偉詞,保持人格如屈原:《辯騷》。幾乎是告訴我們一套相當於現代人如何掌握「知識經濟」和「研發創新」的方法和次序,這對我們也是非常有啓發性。

【 《詩經》對「研發創新」的貢獻 】

《詩經》對「科技創新」能有貢獻嗎?我認為文藝對科研和管理[51]的貢獻是顯然的,但不是直線式的簡單數學可以描述和解釋。人的左右腦,各有專司。只用傾向於邏輯的左腦,固然可以減少直覺幻想的錯誤,但本身常依附他物而生,因而也受到依附物的限制,很難有大的發明或突破。而右腦的感性加上跳躍性的腦活動,常常可以由文藝活動而解放因環境和慣性造成的無形框架。因此,不少偉大的科學發明,常靠文藝感性的刺激和解放而助成。譬如楊振寧小時就是早慧的數學天才。但他的父親楊武之反而請人來教他讀四書中的《孟子》和古典文學。楊振寧

---

[51] 厲以寧《新世紀需要什麼樣的管理員》:『管理中的決策分兩類,一類叫叫程序性決策,另一類叫非程序性決策。知識經濟時代,非程序性決策的比重可能加大,因為世界是變化的,國際競爭不斷加劇,各種預料不到的變化隨時可能出現,都需要當機立斷,作出決策而沒有前例可援。這樣的決策就是有創造性的。管理本身既是科學,又是一種藝術。』2002年11月16日在北京大學第二文科論壇的演講。

晚年評論物理學，認為「它們以極濃縮的數學語言，寫出物理世界的基本結構，可以說它們是是造物者的詩篇。㊼」

再用歷史的眼光回顧 1902 年，23 歲但創意驚人的愛因斯坦，是如何生活？就會發現他不止讀科學經典，也和朋友散步喝茶聊天，同時更看和與數理『垂直對立』的戲劇小說，比如狄更斯的《聖誕頌歌》、塞萬提斯的《唐吉訶德》等等文藝作品。難怪當代文學家 Nabokov 曾說：『科學莫不幻想，文藝無不真實。』你的胸襟願景有多大，成就就可能有多大。大教育家孔子曾對子弟說「小子何不學《詩》乎？」因為《詩》可以「興」，有助於想像力。科技研發必須能「以正合，而出奇制勝」。這不能只喊口號，而需要幻想力和膽識。讀《詩》，可以擴大心胸，超越時空而又不脫離累積的現實人生經驗，如果不受近體詩繁瑣音律格式的過份束縛，當然可以有助於「科技創新」㊽。

【 結　論 】

中華文明博大精深，尤其在「人文」部分的智慧累積，其「垂直」於西方希臘羅馬以來的數理文明的部份，應該能和西方的文明互補和抗衡。本文提出中華文明的「文藝復興」，必然要恢復自孔子、孫子、司馬遷、劉勰、蘇軾、朱熹到桐城派姚鼐、曾國藩以來，「文武合一」「百

㊼　江才健《楊振寧傳——規範與對稱之美》，天下遠見及遠哲科教基金會共同出版，2000年，465頁。

㊽　《陳省身文集》：『數學研究需要兩種能力：一是豐富的想像力……，另一種能力是強大的攻堅能力。……要有數學設計師，也要有數學工匠，兩者都不可少。』華東師範大學出版社，2002。P.72

家兼容」的平衡和開放的思想和學養。那才不會在 21 世紀「捧著金飯碗」，在「全球化」的「世界貿易」和以「知識經濟」相競爭的時候，因為缺乏信心和方向，而永遠尾隨『已開發』的國家和『文明集團』，不自覺地變成它們的『奴僕』，永遠跳不出如來佛的手掌。所以我們所應該做的是：加強自己有特色的文化縱深，有信心的站立起來，以平等而和平的態度，與西方文明互競、互助和互補而『共生』，而且成為有平衡糾正作用，『直、諒、多聞』的『益友』。

我們對中華文明的企望，也可以從曾經嚴厲批判中華腐舊文化的胡適的言論變化中，看到類似的想法。胡適在 1935 年的《試評所謂中國本位的文化建設》文中曾說：「將來文化大變動的結晶品，當然是一個中國本位的文化，那是毫無可疑的。如果我們的老文化裏有無價之寶，……將來自然會因這一番科學文化的淘汰而格外光大的。」過了四分之一世紀之後，胡適在《中國傳統與將來 1960》的演講時又說：「慢慢地、悄悄地，可又是非常明顯地，中國的『文藝復興』已經漸漸成了一件事實了。這個再生的結晶品看起來似乎使人覺得是帶著西方的色彩，但是試把表面剝掉，……材料在本質上，正是那個飽經風雨侵蝕，而更可以看得明白透徹的中國根底，——正是那個因為接觸新世界的科學民主文明，而復活起來的『人本主義』與『理智主義』的中國。」

胡適曾經被兩岸的『文化打手』無情無理和無恥地嚴厲批判過。他也曾幽默的『自詡』為『無可救藥的樂觀主義者』。我想，我的這一篇『大題小做』的報告、雛議和一些實例，很可能也有『樂觀』的傾向。好在個人從事所謂的『高科技』有年，所以在一些『大膽的假設』之餘，也盡量用晶片設計的習慣，『小心列證』什麼是『中華文明在 21 世紀的新意義』和整合過的『新五經』，如何可能從『文、史、哲、兵、經』

中「垂直」於西方文明的「活智慧」和現代化的「知識平台」，爲新世紀的「企管教育」和「科技創新」帶來新的『經濟』效益，和**文化縱深**。

　　最後，我要引用可能和孔子、孫子先後同期的《老子》，來結束我的報告。根據《史記》，這一位『老子』曾經擔任過周朝類似今日國家圖書館館長的職位。所以『老子』對『夏和殷文化的繼承』和『周文明的新意義』一定也有過相當的研究。所以《老子 14 章》說：「**執古之道，以御今之有❺❹。能知古始，是謂道紀。❺❺**」《老子》所說的「執古之道」當然也包括『舊經典』這個概念，而這個 2500 年以前的看法，至今仍然價值不變。

　　愛因斯坦在二次大戰自歐洲文明盛地流亡到新大陸的期間，曾感嘆地說「現代人類文明的最大危機，不是科技的落後，而是價值的淪喪。」他似乎已預感未來人類文明在企業和科技挂帥以後的危機所在。我希望再過 2500 年之後，如果有人研究 21 世紀的『中華文明的意義、價值和挑戰』，還會記得我們曾經樂觀、積極而進取地，所共同做出的一些努力❺❻。謝謝！

---

❺❹　懷海德（Alfred North Whitehead ）《古典文化在教育中的地位（The Place of Classics in Education）》1923。The Free Press, 1967. p.61-75.

❺❺　Italo Calvino（卡維諾）, "Why Read The Classics?" （爲何要讀經典之作？）, Vintage 2000, pp.5 " Reason 7. The classics are those books which come to us bearing the aura of previous interpretations, and trailing behind them the traces they have left in the culture or cultures（or just in the languages and customs）through which they have passed. "

❺❻　《楊振寧文集》封面引言：『假如今天曾先生問我，你覺得你這一生最重要的貢獻是什麼？我會說，我一生最重要的貢獻是幫助改變了中國人自己覺得不如人的心理作用。』華東師範大學出版社，1997。

【後記】

1. 本文的初稿發表與第四屆《中華文明的二十一世紀新意義》學術研討會。主題：傳統中國教育與二十一世紀的價值與挑戰。湖南大學·嶽麓書院　2002.5.30 & 31。在此向主持人，李弘祺教授致謝。

2. 錢永波先生《在第五屆文選學國際學術研討會上的閉幕詞（代序）》：……我們還向各位學者學到了新知識和新觀點，如林中明先生的『舊經典，活智慧』（論文），對我們就很有啓發。2002 年10 月 26 日。

3. 論文亦於 2002 年 10 月底，應林其錟教授之邀，對上海「五緣學會」會員作專題演講和學術討論。

4. 應陳文華教授及文學院吳柏園院長之邀，在臺灣淡江大學，作《舊經典，活智慧》專題演講，2002 年 12 月 6 日。

5. 應毛正天教授之邀，論文分四期轉載於《國際炎黃文化》雜誌，2003年。

6. 《詩經研究叢刊》主編夏傳才教授選本文有關《詩經》部份，名之曰：『《詩經》與企管教育和科技創新』，刊於《詩經研究叢刊·第五輯》234 至 239 頁。

【參考資料】

黃順基等主編《邏輯與知識創新》，中國人民大學出版社，2002 年。
方漢文《比較文學高等原理：第十章跨學科的文學研究，第十二章新辯證觀念：全球化與跨文化研究》，南方出版社，2002 年。

本文初稿用于第四屆《中華文明的二十一世紀新意義》學術研討會論文。主題：傳統中國教育與二十一世紀的價值與挑戰。湖南大學·嶽麓書院2002.5.30 & 31

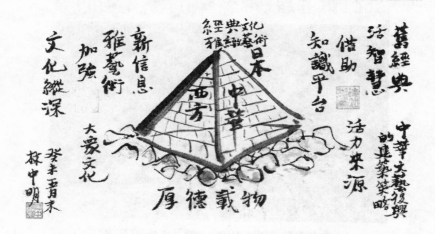

對聯圖〈舊經典活智慧借助知識平台，新信息雅藝術加強文化縱深〉
2003.5

在嶽麓書院大成殿上，評"部份孔朱之學" 2002.5

主席台左起：周頴南(新加坡)、宋昌基(韓国)、
林中明(美国)、夏传才

《詩經》國際研討會，湖南·張家界 2001.8

《昭明文選》第四屆國際學術研討會，吉林·長春 2001.10

禪理與管理——慧能禪修
對企管教育與科技創新的啓示

摘　要

　　處於新世紀「全球化」和「經濟知識」的衝激下，面對「新五大震撼」，臺灣的「企管教育」和「科技創新」如何能融合西方和中華文化的古今優良傳統，乃是這一代教育學家和企業管理人的共同課題和挑戰。對於現代資訊以爆炸速度的增長和科技世界的瞬息萬變，又當如何調理和自適？又如何開發臺灣企業本身的特性？如果不用對立、鬥爭的方式，企業和工商管理人的成長可以找到更和諧而又有效率的方式嗎？這更是人人關心的話題。

　　如何融合中西古今文化，而有效地用於當今最迫切的課題「企管教育」和「科技創新」？我以爲最好的範例之一，莫過於從唐代，最「本土化」的禪宗六祖慧能（惠能）的成長經歷，和他釋說的歸諸自性、世界一同的禪道裏吸取教訓，得到「不假外求」的根本啓發。

一、本文將以《六祖壇經》諸版本，與《老子》、《孫子》等歷經千餘
　　年考驗的中華經典爲基礎，試圖探討：

1.「品質管理」的精神和本質

2.「科技創新」和「企業重生」的障礙和突破

3.「生態保護」和「環境染污」的概念，及製造業和服務業的「互補作用」

4.從「慈悲精神」的「邏輯」瞭解「團隊精神」的本性

5.現代資訊爆炸下的心靈平撫

二、然後再從六祖慧能獨特的學習成長過程，闡明世間成功者的共相，並舉例互明之：

1.理想與立志，2.做人與做事，3.奠基與發展，4.好學與勤奮，5.意志與毅力，6.求知與治學，7.師長與學校，8.探索與創新，9.機遇與抉擇，10.自修與歷練，11.頓悟和漸修，12.自覺和覺他，13.消化、簡化、本土化、大眾化與全球化，14.追求專業成績，不求政治光環，和，15.永續經營。

希望本文能為探究《六祖壇經》思想和慧能的言行，以及 21 世紀的臺灣企業管理，帶來新的角度和思維，並有益於社會的和諧與管理人本身特性的發揚和進步，而且對中西文化的融合也有指標性的作用。

關鍵字：慧能、《六祖壇經》、《老子》、管仲、孔子、《孫子》、韓愈、企業管理、品質管理、科技創新、團隊精神、本土化、文藝復興、五大震撼、五大進步、全球化。

壹、導　論

人類文明從 2500 年前的孔子、蘇格拉底、佛陀、《老子》、《孫子》等第一代大思想家燦放光明之後，又經過了兩千年，歐洲才從綿延近千年的「黑暗時期」的意識纏鬥中開始解放。而改變全人類的「文藝復興」，竟由一個意大利的小小城邦佛羅倫薩，綻放出來。似乎文明的

大進步，常從人口少的地方發生。從那時起，到 20 世紀初以來的 500
年間，人類又繼續歷經「五大震撼」，發現地球和宇宙相比還是渺小，
而號稱「萬物之靈」的人類，對自己的來源和走向控制，並不如想像的
高貴和如意。這五個耳熟口詳，眾所周知的「五大震撼」乃是 1.地球繞
太陽而轉，不是宇宙的中心； 2.人和猿猴相似，而有可能是從更低等生
物進化來的； 3.人類不能以自覺的意志，全面控制自己的潛意識運作；
4.人類對物理終極精確度的掌握，竟不能超過「測不準定律」； 5.人類
曾以爲是世間最完美的「數學」，在大系統上竟然不具備完全性❶。

　　於是乎，在原子彈發明之前，人類智識份子，也不情願地謙虛了四
五十年。 然而從 20 世紀後半世紀以來，人類新的「五大進步」： 1.
原子彈發明， 2.積體電路的製造， 3.經濟學的系統數理化， 4.生物科
學的進步， 5.世界的民主、自由、法治化；使得人類在進入 21 世紀時，
普遍帶著樂觀的心情，以爲今後的人類將能在能源、計算、通訊、全球
經濟和健康上取得決定性的突破和進展，於是人類終於能夠安心進入更
文明和更愉快的新世紀。

　　然而在昂然進入新世紀的第三年，我們竟然發現 21 世紀忽然面對
新的五大震撼：1.原子彈技術的擴散和發展，使得使用核彈的可能和意
圖繼續增加，而不是更多乾淨廉價的能源，和核戰的制約和相對減少。
2.高科技能給人類帶來便利，也給強權帶來更精確殘酷的武力，但未能
帶給人類長期的和平和快樂。 3.經濟學仍然不是科學，甲國的飲食，常

---

❶ 1. 哥白尼 Nicolaus Copernicus; 2. 達爾文 Charles Darwin; 3. 弗洛伊德 Sigmund
　 Freud; 4. 海森伯格 Werner Heisenberg Uncertainty Principle; 5. 哥德爾 Kurt
　 Godel. （Hao Wang, Reflections on Kurt Godel, ch.10.2, Incompletability of
　 Mathematics. 1987, The MIT Press.

是乙區的毒藥；全球的經濟變化，沒有人能夠預測；保持成長似乎「智」人說夢。　4.致命微生物變種的速度比人類醫藥的研發快，許多病菌無藥可醫，只有靠個人的免疫系統來抵抗和維生。　5.強權的民主自由化❷，不等于世界的國際觀和公理平等化❸、國際法，只是比武力和經濟力❹。似乎人類的文明像是「負重的騎腳踏車者」，「做了過河卒子，只有拼命向前」。只求保持「動平衡」❺而不翻覆，但卻不能停下來思考什麼是更好的代替方案❻。

　　處於新世紀「全球化」的理想和「地緣政治」的現實，以及「經濟知識」和「專利戰爭」的衝激下，臺灣的「企管教育」和「科技創新」如何能融合西方和中華文化的古今優良傳統，「用最少的時間、資源、

---

❷　《孟子·離婁下》孟子曰：「以善服人者，未有能服人者也；以善養人，然後能服天下。天下不心服而王者，未之有也。」朱熹注：「服人者，欲以取勝於人；養人者，欲其同歸於善。蓋心之公私小異。而人之向背頓殊，學者於此不可以不審也」。林按：今日之「爲民伐吊」者，多以私心，取勝於人，故人不服也。

❸　C.P. Snow, The Two Cultures, 1959. 林按：南北貧富對立的心態，更甚於科技與人文在「表面」的不同。敦煌·法海本《六祖壇經》裏，慧能說：「人即有南北，佛性即無南北」。觀念早於史諾約 1300 年。

❹　a.中西版本：春秋無義戰。　The ancient maxim *inter arma silent leges* -- in time of war law is silent. b.比利時 1993 頒布「萬國管轄權法」，規定反涉及戰爭罪、反人類罪和種族大屠殺罪，不管任何國家和任何人，比利時法院都有管轄審理之權。

❺　19 世紀末，德國軍事家施里芬元帥提出「運動閃擊戰」的要訣：「…必須要在運動中求勝，因爲只有藉由持續不斷的快速運動，才能讓敵人的意志無所發揮，進而迫使敵人必須追隨我方的意志行事。」

❻　管仲糾合天下，一匡天下，不以兵革之力。林按：中國古代有此典範，西方但知羅馬帝國之武力也。

廢熵，達到最大的結果？❼」，乃是這一代教育學家和企業管理人的共
同課題和挑戰。　對於現代資訊以爆炸速度的增長和科技世界的瞬息萬
變，　又當如何調理和自適？　又如何開發臺灣企業本身的特性？　如果
不用無限對立、不停鬥爭的方式，企業和工商管理人的成長可以找到更
和諧而又有效率的方式嗎？這更是人人關心的話題。但是我以爲，現代
「智識份子」似乎不能提出比近兩千年前簡明慈悲的《八大人覺經》有
更高明的看法和實證的解脫。　《八大人覺經》的前三個觀察就是指出
「無常」和「貪心」，辯證地看，乃是「不自在」的「惡源」❽。所以
在第五覺悟中佛說：「愚痴生死，菩薩常念。廣學多聞，增長智慧，成
就辯才，教化一切，悉以大樂」。這就是重視教化，用「學聞智慧」，
通過研究辯論，讓人達到更快樂的境界。學者開學術討論會，也是有此
理想。

　　佛家雖說「世事無常」，但對「無常」的「本質」，並不等同混亂。
《六祖壇經》記載慧能曾說：「汝知否？佛性若常，更說什麼善惡諸法，
乃至窮劫，無有一人發菩提心者；故吾說無常，正是佛說眞常之道也。
又一切諸法若無常者，即物物皆有自性，客受生死，而眞常性有不遍之
處；故吾說常者，正是佛說眞無常義」。在此一瞭解上，則和《列子·

---

❼　林中明《舊經典 活智慧——從易經、詩經、孫子、史記、文心看企管教育和科
　　技創新》，第四屆《中華文明的二十一世紀新意義》學術研討會，臺灣喜瑪拉
　　雅基金會，湖南大學·嶽麓書院，2002 年。

❽　《八大人覺經》第一覺悟，世間無常，國土危脆，四大苦空，五陰無我；生滅
　　變異，虛僞無主。心是惡源，形爲罪藪，如是觀察，漸離生死。第二覺知，多
　　欲爲苦。生死疲勞，從貪欲起，少欲無爲，身心自在。第三覺知，心無厭足；
　　惟得多求，增長罪惡。菩薩不爾，常念知足，安貧守道，惟慧是業。

天瑞篇》所說的：「不生者能生生，不化者能化化。❾」是類似的思想。
《論語・述而》記載孔子說：「舉一隅不以三隅反，則不復也」。也就
是說教育之所以有用，乃在於能教人知本，由本而能知無常之變。大思
想家其實都說同樣的道理，只是語法和著眼點不同罷了。

　　真正的智慧，既然是「知常馭異」，當然是不怕辯論，也不必硬分
古今中外的「活智慧」。用心的人，在儒、釋、道、兵、經裏，都找得
到適用的智慧。經典裏的智慧，由於經過時空的挑戰和淘汰，所以特別
值得參考。《老子》說：「執古之道，以御今之有。能知古始，　是謂
道紀。」　《老子》所說的「執古之道，以御今之有」，其實也就是《舊
經典，活智慧》這個概念。　而如何融合優良的中西文化，適切地用於
當今最迫切的課題「企管教育」和「科技創新」？　我以為最好的範例
之一，莫過於從唐代，最「本土化 」的禪宗六祖慧能（惠能）的成長經
歷，和他釋說歸諸自性、世界一同的禪道裏吸取教訓，得到「不假外求」
的根本啟發。

　　中華文明裏的經典思想，經過先秦諸子的開拓，到了漢朝，基本上
是瞭解和注釋，沒有新的創見。梁啟超曾認為中國的經典書籍有限，若
不是印度文化的輸入，中國的文化早就乾竭了。他稱讚玄奘是中國歷史
上最偉大的留學生，而由於唐三藏的「西天取經」❿，才給垂老的中華

---

❾　《列子・天瑞篇》：有生不生，有化不化。不生者能生生，不化者能化化。生
　　者不能不生，化者不能不化。故常生常化。常生常化者，無時不生，無時不化。
　　故生物者不生，化物者不化。自生自化，自形自色，自智自力，自消自息。

❿　在文建會主辦的文化創意產業研討會上，雲門創辦人林懷民大聲疾呼，不設法
　　改善表演藝術的生態，三番兩次開研討會，臨時抱佛腳，就推動表演藝術的產
　　業，是緣木求魚，浪費資源。雖然到處求經，但文化創意不是訪問先進國家就

文化帶來了新的活力。但是如何消化外來的文字和文化？又如何在不引起「文明衝突」之下，以最少的「廢熵」，把西方優良而「垂直」於中華傳統文化的思想和科技，融入已有的儒、道思想和工藝系統？這在當時的確給學者們帶來了刺激和挑戰。和今日相比，除了漢唐時期中國不受外來武力、經濟力威脅，可以從容選擇吸收以外，其餘的情況和今日的臺灣和中華社會頗爲類似。所以特別值得我們借鏡。

貳、21 世紀人類最大的戰場：心靈戰場⓫

我曾於 1998 年的國際《孫子兵法》學術研討會的論文中指出：「21世紀人類最大的戰場，不在沙灘⓬，不在平原，不在海洋，也不在太空，而是在各個人心中的「心靈戰場」。21 世紀最偉大的「文明」，不是人口最多的「文明集體」，也不是只有最強大武器的「軍事聯盟」，而是擁有：能「如水之就下」，遠近悅服，以「不戰而屈人之兵」，產生最少廢熵（entropy）的文化。

21 世紀最勇敢的鬥士，不再是上山殺虎，下水斬蛟的力士，而是能制勝於千里之外的智士，和能戰勝寸心之內的「物欲」和「我執」的

可以立即能學會和運用的。2003.3.聯合報。

⓫ 林中明《斌心雕龍：從《孫武兵經》看文藝創作》，第四屆國際孫子兵法研討會論文集，1998.10。軍事科學出版社，1999.11.，p.310-317.

⓬ Winston Churchill, " We Shall Fight on the Beaches , June 4, 1940, at House of Commons: "... we shall fight on the beaches, we shall fight on the landing grounds, we shall fight in the fields and in the streets, we shall fight in the hills; we shall never surrender ! ..."

「任何人」（anybody）。」在五年後的今日看來，我在 1998 年的看法依然正確，只需要加上「不在沙漠」四個字而已。兩千年前周處力除「二害」，但是不知道自己是最大的「第三害」❸。21 世紀的周處，大約也不知道自己是特大的「第三害」。今日文明、宗教的衝突，對人類的危害更大於環境破壞和新類細菌的「危害」。光芒萬丈的「高科技」能解決這些「人」和「心」的問題嗎？雖然我們知道答案是「大部份否定」和「部份肯定」，但是能夠覺醒到提出這樣的問題，人類自然會開始找尋更好的生活和教育，以及經商和企管的方法。如果只靠目前所謂的「民主自由」、「高科技」、「消費經濟」和「全球化」，卻不能使「新一代」的工商業更繁榮，生活變的更好，世人更覺得快樂，那麼「逆向思維」和「回歸基本面」就成了另類選擇和新的方向。「逆向思維」聽起來像是新思想，其實只是《孫子兵法》的「奇正相生」而已。而「回歸基本面」，也不過是《易經》在「亢龍有悔」之後，回到「潛龍勿用」，重新「見龍在田」罷了。太陽之下，確實難有新花樣。

參、逆向思維和回歸基本面❹：「人」和「心」

過去幾百年，人類的大進步是在「克服物質」和「貫通數理」。近幾十年，科技電腦更成爲熱門科系。但是物極必反，「亢龍有悔」。近年來美國的一流理工科大學，反而規定學生要修一定數目的人文學分。因爲從商業角度來看，在「消費者」主導的市場，電腦的顧客是人，而

---

❸　《六祖壇經》：常自見己過，與道即相當。

❹　Phil Patton, A Back-to-Basics Land Cruiser, New York Times, April 6, 2003。

不是電腦。「在商界，無論是一家鋼鐵廠，還是一家酒店，都是由人來管理的」❺。新車設計的型款，也是由調查顧客而得來，最後由公司執行長一人拍板決定，而不是由電腦決定。

戰場上的情況也反映了「人」和「心」的重要性。《孫子兵法》第一章就說：「道者，令民與上同意也」。熟讀《孫子兵法》的毛澤東演申其理說「人決定戰爭，不是武器決定戰爭」。這和《六祖壇經》所說「佛法在世間，不離世間覺」，在基本立場上，亦無二致。毛澤東口說「唯物」，其實他的意識形態卻非常唯心。美國是物質文明、金錢挂帥的頂尖代表，但做任何要事，一定拿《聖經》發誓。就連錢幣上，也要鑄上「唯神是信」（In God We Trust）四個字。可見得即使在「物質文明」的社會，「人」和「心」仍然是最重要的「基本面」。當一切物質條件相同時，無論文武、工商，不能不回顧這個「最基本的基本面」：「人」和「心」。當電腦、電訊和電玩（3Cs: computer, communication, consumer products ❻）產品之間的界限越來越模糊時，只有一樣「東西」越來越清楚：「人心」！而且誰掌握了「消費者的心」，誰就是贏家❼！！如果設計電腦只是爲了可以設計更快的電腦，增加生產只是爲了能增加更多的生產，難怪似乎是最科學化的「高科技」，和最有效率的「生產

---

❺　《質量無惑：克勞斯比(Philip Crosby)省思錄》，中國城市出版社，2002 年月。

❻　郭台銘：我認爲消費電子快速成長有幾個關鍵：第一：數位產品因爲半導體關係，越做越便宜。第二：新人類的成長，大家對數位產品的要求。第三：消費性產品全世界大概也只有亞洲區這些國家會生產，又好又便宜，所以成長很快。2003.4 天下雜誌訪問。

❼　Lin: Every salesman a fighter, every home a battle field, and every heart is a winning opportunity！　2003-3-26。

線」，不約而同地在新世紀碰到新的瓶頸❶。

　　若是把「消費者的本心」與佛家的「本心」對比，我發現這就是禪宗五祖弘忍對慧能所說的『不識本心，學法無益；若識自本心，見自本性，即名丈夫、天人師、佛』。因爲商業的終極對象是人，所以懂得以「顧客之心」爲商業經營的根本指引，自然是好的「經理人」或「丈夫」；國際級的市場大師，如電腦業的麥克·戴爾❶，就是「天人師」；而「企業管理大師」，如彼得·杜拉克，也近於企業的「佛」了。

　　舉略來說，碰上經濟不景氣，統一超商的總經理<u>徐重仁</u>推薦公司上下都要必讀一本日本東販出版的《日本 7-11 消費心理學》，去學習日本的 7-11 連鎖店，如何運用心理學成功地打動人心，於是雖然處于消費緊縮時期，它的業績仍然能夠持續成長。徐重仁選這本非理論，專注有關「人」、「從心服務」的書籍給員工，因爲服務業需要員工打「心」裏去愛自己的工作，去更體貼客戶。這種做法，其實和慧能的禪宗避免深奧繁瑣的經典，用最生活化的口語和實例來講解「大道理」，其「戰略」和方法是相通的。

　　再就「消費社會」的購買者而言，「誰是家庭的主購者」？雖然資訊大廠的執行長多半是男士，所以設計產品時，「大多喜歡衝速度、拚

---

❶　類似於（resemblance）維根思坦（Ludwig Wittgenstein）論哲學家試圖以科學方法解決另類的玄學問題："Philosophers constantly see the method of science before their eyes, and are irresistibly tempted to ask and answer questions in the way science does. This tendency is the real source of metaphysics, and leads the philosophers into complete darkness." ＜The Blue Book:　On Language-Games＞ 1933.

❶　Michael Dell started his computer company in 1984 with the revolutionary idea to sell custom built computers directly to the customers　to provide value，quality and service that are easy to buy and use by ordinary people.

規格，十足「男性思惟」。但是消費性電子產品，購買決定權在女性。《爆米花報告III》一書指出：有80％的消費產品是女性購買，即使是電子產品，也是女性購買居多。這直接影響了產品設計、廣告、行銷策略。資訊廠正在體會這個真正的「權力核心」」。這個道理其實和《六祖壇經》所說「欲擬化他人，自須有方便。勿令彼有疑，即是自性現。」屬於同理。可見禪宗和《六祖壇經》能在唐朝眾多的「教門」裏，壓倒群雄，獨領「宗門」數百年，不是偶然的。

在一個民主、自由、全球化的「消費社會」裏，「顧客永遠是對的！」這就是說，「消費大眾」就是「神」（Customer is God！）。這個宏觀的看法，也類似於《六祖壇經》所說：「自性若悟，眾生是佛；自性若迷，佛是眾生。自性平等，眾生是佛；自性邪險，佛是眾生」。此語所言之「自性」也可以看成商業的「本質」[20]，一切考量，以顧客大眾為主，和國際接軌，以「眾生」的「心向」為指標，而不是以經理人的個人好惡為指導。與此相對的「獨裁社會」，獨裁者發號施令，自以為是「神佛」。一本《語錄》，竟成『聖經』，而不出十年，便成為笑話，和極少數收藏家的收集小品。這也是商業市場學和行銷學所應該警惕的。

【實例】文化創意──以「心」馭「物」、用「感」領「價」

經濟的基本運作不過是「供求定律」，但當經濟失調，就成為社會

---

[20] 管理大師彼得‧杜拉克（Peter F. Drucker）說：「現今大多數的組織模式比較像是交響樂團，領導者是指揮，每位成員就像交響樂團的成員，各自扮演事先就協議好的明確角色。然而，智慧型組織應該更像一支爵士樂隊，它能隨著音符的飛揚而同時自行編曲演奏；它能夠不斷的即興創作、自我更新並尋求改變；它有一個共同的目標，但達成目標的方式卻不停在變」。

問題。當前許多大學生擔心「畢業即失業」,這和許多生產業擔心「多作即多賠」,都是起于同樣的原因。由於電腦控制而能大量生產的物品,到最後,幾乎所有的廠家,只要買到製造的機器和專利使用權,「人人可以做」。人人可以做,而大量作,於是乎「供過於求」,只有比效率和靠微利多銷生存。因爲價廉而物不一定「美」,而又容易得到,消費者反而提不起興趣去購買,產生滯銷的惡性循環,商家哀鴻遍野,只有比繼續減價,譬如在沙漠裏喝戰馬的血止渴,希望最後能走到綠洲,打贏「持久戰」。

高明的市場行銷設計者應該應該同時發展「物」的另一面,「以心馭物,用感領價」,開發「人人都想要,別人不能作」的產品。因爲「消費者眞的喜歡有新想法、與他們靈魂相通的產品。」人們在「多」和「好」之後,就開始要求「要更美」,滿足他們的「心」。這就是美國工業設計師協會主席馬克·德瑟斯克(Mark Dziersk)所說,「每一個人都有權利得到美麗事物。」這也是類似於西方所強調的「眞、善、美」三大人生目標,在商品選擇上的自我實現。雖然「多」不等於「眞」,「善」也不完全等「好」。

行政院文化建設委員會主委陳郁秀說:「臺灣人很不注重生活文化,「臺灣只有藝術創作,沒有應用藝術」」。其實文藝創作的基本原則和商戰沒有兩樣[21],「是一不是二」[22]。高明的文藝創作和商品的設

---

[21] 林中明《斌心雕龍》,第四屆《孫子兵法》國際學術研討會論文,1998 年 10 月。

[22] 1642 年笛卡兒在《沉思錄》中提出「心腦二元論」(mind-brain dualism),推理說:「心靈因爲具備神聖的力量,不需要肉體便能夠獨立存在,肉體也能夠沒有心靈而存在。」新的認知神經科學則在生物學和心理學之間,借助於高科技,又有新的瞭解和突破。見 Edward Wilson, Consilience -- The Unity of Knowledge,《知識大融通》,Knopf, Inc., 1998.

計原理上都是「人人都看得懂，人人都喜歡。人人不能作，只有我會作」。「作」是一種能力，也是戰術。作什麼？攻那一個方向？那就是戰略，也是智慧。小的智慧直來直往，大的智慧，上下皆通，正反兼顧。根據慧能的智慧，「1.佛性非善非不善，是名不二。2.煩惱即菩提。3.何期自性，能生萬法。」既然臺灣人很不注重文化，反過來看，那麼這方面的「空虛」和煩惱，就正是今後最能成長的「商機」和菩提。如果人們能從這個「因緣」，通過「能生萬法」的創造力「自性」，前途當然大有可爲。

【例證】歐洲的瑞士是一個多山而貧於「第一生產力」的國家。但是它發揮了文化的特性，在旅遊和銀行保險業打出幾片天地來，成爲「小而富、美」的國家。根據聯合國教科文組織統計，全球文化貨品的交易在 1991 年之後，大幅成長。以其中佔相當大比例的印刷、音樂、視覺藝術等的交易爲例，從 1980 年到 1998 年之間，就成長近 4 倍，達 3,879 億美元。可見得今後的工商業，應該和文化更活性的結合，創造新一輪的「快樂」成長。

肆、慧能的成功和學派的成、住、敗、空

慧能和禪宗的成功，固然有慧能本人過人之處和「大事因緣」。但是由佛家「成、住、敗、空」的哲學來看，任何學派也不能超脫這一生態規律，這包括禪宗之前的佛學和教派，以及慧能之後禪宗各支派的變化。把「成住敗空」的規律用到學派上，簡約的說，我認爲學派第一代的開山宗師多半能化繁爲簡，「應無所住而生其心」，別出新意創立學說。而第二代的大師則必能攀登於巨人之肩上，把原理原則推而廣之，或者這時才把老師推到宗師的地位，以鞏固自己爲大師的身份。到了第

三代學人，「博學而詳說之（《孟子·離婁下》）」，對於經典的語意、定義各有解釋，不能「將以反說約」，而常化簡爲繁，下筆萬言，不能自休。等到第四代的學者，多半以小爲大，所謂「小題大作」，以量爲勝。最後拖到第五代之後的學生，因爲去道已遠，雖然日聞大道，但精奧難入。聽多了「大道」，反而「以大爲小」。於是新一代的學說在半眞空之中成長起來，開始新一輪的循環。胡適之先生嘗言❷❸：「從前禪宗和尚曾說『菩提達摩東來，只要尋一個不受人惑人。』」也就是說，達摩希望能把佛學精髓裏的花朵，移植到新的土壤上來。而舊的土壤，因爲腐敗的草木，也供給了新植物生長的的養份。慧能的成功，大約符合這個背景。

　　至於慧能不僅沒有上過學，又不識字，和佛陀所受的王子教育完全不能相比，較諸耶穌的能讀能寫也大大遜色❷❹，和默哈摩德的創造阿拉伯文學新文體相比更是瞠乎其後。一個沒有「同等學力」❷❺可言的邊區『野人』，而有如此成就，那就不僅是『更不容易』，而是近乎「天方夜譚」的奇跡了。英國的莎士比亞也沒有受過初級以上的教育，但在他世傳 884647 字的劇作和詩篇裏，竟然用了 31534 個不同的字彙，遠遠超過當時淵博學者所用的字彙。讓後來許多正規正矩的研究者懷疑莎士

---

❷❸　胡適之先生嘗言：「從前禪宗和尚曾說『菩提達摩東來，只要尋一個不受人惑的人。』我這裡千言萬語，也只是教人一個不受人惑的方法。被孔丘、朱熹牽著鼻子走，固然不算高明；被馬克思、列寧、斯大林牽著鼻子走，也不算好漢。我自己決不想牽著誰的鼻子走。我只希望盡我微薄的能力，教我的少年朋友學一套防身的本領，努力做一個不受人惑的人。」

❷❹　<< Bible-New Testament-John 8.8 >> : "And once again he (Jesus) bent down and wrote on the ground."

❷❺　謝冰《胡適重視"同等學力"》，北京日報，2003 年 4 月 21 日。

比亞是筆名，眞實作者另有其人，直到今日，仍有不少學者在『打筆墨官司』。這是另一個自修而致博學且多創新的宗師範例。

以下的討論，也試圖延續一些禪宗智慧，以「佛性不分南北」的理念，從新的角度來探討五個重要的企管課題，和反證一些佛家的道理。

伍、工商管理和科技創新的五大基本項

一、「品質管理」的考量和本質：

「品質管理」是大量生產和無限競爭所激發的管理考量。它的的本質，卻也逃不出我所提出「用最少的時間、資源、廢熵，達到最大的結果」的哲學原則。可以說它是「利己利人」但不利于競爭者。是一個公司的全部考量，但也是局部甚至大體社會的考量。

「品質管理」曾經是新名詞，但從不是新觀念。只是經過戴寧（Edward Deming）等應用統計量化的方法，和提煉出 14 點管理哲學等觀念和方法之後，才變成了一門正式的學問。在 Deming 之前，甚至今日，經理人總以爲質量的問題是源於製造物品的工人，以爲如果設立了類似「品質控制部門」，一切以「零缺陷爲目標」，「高良率」之類的「數字」爲準，品質就可以提高，成本就可以降低。所以工廠的牆上常貼滿標語和「大字報」，並採取強制和「排名論功❷」的方法，來「達

---

❷ Dr. W. Edwards Deming's 14 Points for Management ：12b. Remove barriers that rob people in management and in engineering of their right to pride of workmanship. This means, inter alia, <u>abolishment of the annual or merit rating</u> and of management by objective.

到最大的結果」❷。這種做法一板一眼，確實是有系統有數字可循可評的好方法。它的哲學思維可以說是近於《六祖壇經（法海本）》裏神秀上師所作的偈曰：

『身是菩提樹，心如明鏡臺，時時勤拂拭，莫使有塵埃。』

而五祖弘忍批評它是：「依此偈修。免墮惡道，依此偈修，有大利益。（但）未見本性，只到門外，未入門內。如此見解，覓無上菩提，了不可得。無上菩提，須得言下識自本心，凡自本性，不生不滅。於一切時中，念念自凡，萬法無滯，一其勿一其，萬境白如如。如如之心，印是其實，若如是見，即是無上菩提之自性也」。後來慧能也指出：「自悟修行，不在口諍，若諍先後，即是迷人；不斷勝負，卻生我法，不離四相」。這和戴寧品管 14 點的第 12b 所指出的「消除年度或功績排名（所產生的內鬥），和限定目標的管理（壓抑自動自發的進取心）」是相通的至理。

近代北大研究佛學的黃梅熊十力先生，世稱佛學大師。而我覺得恐非如此。因為先生以「十力」為名號，所以可能終不悟禪道也。我曾寫了一偈，借慧能偈以論其事曰：「堪笑熊十力，解經費氣力。佛道非二心，大悟只一意。」雖然冒昧，但也是實說。

---

❷ Dr. W. Edwards Deming's 14 Points for Management : 10. Eliminate slogans, exhortations, and targets for the work force asking for <u>zero defects</u> and new levels of productivity. Such exhortations only create adversarial relationships, as the bulk of the causes of low quality and low productivity belong to the system and thus lie beyond the power of the work force.

至於六祖慧能所提出的偈，根據未經惠昕竄改的《法海本》❷⑧，共有兩首：

> 偈 1 曰：『菩提本無樹，明鏡亦非臺，佛性常清靜，何處有塵埃。』

> 偈 2 曰：『心是菩提樹，身爲明鏡臺，明鏡本清靜，何處染塵埃。』

第二首雖有「身」、「心」的定義討論❷⑨，與第一首有別；但涵義上並不衝突，而是補充第一首。兩首的重點都是在後兩句，「佛性（明鏡）常（本）清靜，何處有（染）塵埃」。從品管的角度來看，如果一個產品設計優良❸⑩，零件性能也都符合甚至超逾規格，而裝配的步驟清楚順

---

❷⑧ 郭朋《壇經對勘》指出：惠昕改本的慧能偈曰：『菩提本無樹，明鏡亦非臺，本來無一物，何處惹塵埃。』致使千百年來，以假當真，眞僞不辨。

❷⑨ 陳寅恪《禪宗六祖傳法偈之分析》則以爲第二首之「身」「心」二字應須互易，當是傳寫之誤。并討論 1. 此偈之譬喻不適當。2. 此偈之意義未完備。林按：國學大師似乎不瞭解禪宗何以能由簡化、本土化和大眾化，壓倒其他經院派的繁瑣哲學，而建立起一個囊括中國數百年，并影響韓、日佛學的根本道理。是爲記。1978 年諾貝爾經濟學得獎人 Herbert Simon 曾提出他對創造性思維和一般較世俗的思維間最主要的差別在於：具有廣闊的知識背景，而它願意接納定義模糊的問題，並且逐漸，長時間，專一地，爲這些問題建立結構。附：《華嚴經‧世間淨眼品》如是我聞。一時佛在摩竭提國寂滅道場。始成正覺。其地金剛具足嚴淨。…諸雜寶樹。華葉光茂佛神力故。…其菩提樹。高顯殊特。清淨琉璃以爲其幹。妙寶枝條。莊嚴清淨。寶葉垂布猶如重雲。雜色寶華間錯其間。如意摩尼以爲其果。樹光普照十方世界。種種現化施作佛事。不可盡極。

❸⑩ 實例：Lattice Semiconductor's 4.0ns PAL（Programmable Array Logic）defeated competitor AMD's 5.0ns parts, due to reduced ground-bounce noise and "clean"

暢，其品質自然是像「佛性常清靜」❸，自然結果會是「何處有塵埃」
的「零缺陷」。既然沒有缺陷，而且第一次就把工作做對，雖然在設計
時花的功夫比較多，但達到獲利的總時間卻常比較短（T3P：Total Time
To Profit ❸），成品的造價一定較便宜。因為造價便宜，售價也可以壓
低，增加競爭力，而且顧客也滿意，也少退貨，產生良性循環和不花錢
而最有說服力的口碑。其結果必然是廠家和顧客雙贏，工人與管理皆
惠。這就是所謂的「Built-In Reliability」和品質先于檢驗的「莊嚴境界」，
比諸時髦的「六標準差」（6-sigma），還要更勝一籌。另外從「晶圓」
加工廠的「無塵室」來看，神秀的「明鏡臺」特別見出半導體工業「電
腦晶片」品管的特性。似乎「設計」和「製造」兩種技術可以分別上溯
神秀和慧能這兩大「學派」，「古」亦可以為「今」所用！

二、「科技創新」和「企業重生」的障礙和突破

　　思想開明的孔子教學生絕棄四樣「意識形態」的思維：「毋意，毋
必，毋固，毋我❸」（子罕第九）。這其實也是《六祖壇經》契嵩本兩次

---

circuit design in 1997, and forced AMD to sell the defeated operation to Lattice 2
years later.

❸　《晉書·王導傳》說王導為相33年，「導為政（政、軍、經）務在清靜，虛己
傾心，以招俊義。」所以能以最少的資源和廢熵，「鎮之以靜」，處理南北士
族關係，和內外動亂。時人有以管仲、蕭何目之。

❸　The concept of　T³M (Total Time To Market) was first proposed by Chong M. Lin
in 1997 at Lattice Semiconductor Inc., the concept of T³P (Total Time to Profit) was
first proposed by Chong M. Lin in 2002 at Lovoltech Inc.

❸　林中明《論學景像之二》：勿意勿必勿固我，轉益多師是汝師。正看成山側成
嶺，一山還有一山姿。2001。

引《金剛經》的名句「應無所住而生其心」，以解釋慧能的的開悟。這種重視思想解放，不陷於意識形態和虛相的哲學態度，同樣也可以用於「科技創新」和「企業重生」。

禪宗的六祖慧能在辭別五祖之後，「發足南行，兩月中間，至大庾嶺逐後數百人來，欲奪衣缽。一僧俗姓陳，名惠明，先是四品將軍，性行麤燥，極意參尋，爲眾人先，趨及惠能。惠能擲下衣缽，隱草莽中。惠明至，提不動❸。（契嵩本）」這一段契嵩增潤過的「故事」，和《法海本》都指出慧能以「法」爲重，而於生死關頭，懂得捨棄「意識形態和虛相」的「法衣」。所謂「放下即菩提」是也。對于研究創新的技術人士來說，收集和瞭解相關的知識，用功的人都做得到。但是最後的突破，往往是能不能捨棄舊的框框，跳出人云亦云的樊籠。「企業重生」的障礙和突破，在基本要求上，和科技、美術、文藝亦無二致。臺灣最受尊敬的企業家之一的家之一的施振榮先生，多年來不停地開發新疆域，爲媒體和商界讚爲有「六個春天」之多。這也是一個「能捨、能破、能想、能立」的範例，有如慧能所說「何期自性，能生萬法」。創業者具有「禪意」，便能觸手成春，創造的大小春天又何止於六？

量子力學創始大師之一的狄拉克（Paul Dirac 1902-84）本來電機工程學士❸。畢業以後因爲失業，只好轉入有獎學金的數學系。不久因緣際會，就由數學的推理發現「正電子」和「反質子」的存在。這個物理

---

❸ 《法海本》：惠能即還法衣，（惠順）又不肯取：我故遠來求法，不要其衣。林注：兩人皆不執著法衣！

❸ 林中明《狄拉克讚》：大師從天降，兩翼美與眞。人靜而思深，出語每驚人。智慧當簡美，創意震鬼神。拈出反世界，身死還復生。（1933 Nobel Physics Prize: "for the discovery of new productive forms of atomic theory".）

上的大發現，也是哲學思想上的突破，立刻震驚全世界，31 歲就以量子物理和原子理論等貢獻，拿了 1933 年的諾貝爾物理獎。其實在他之前歐本海默（Robert Oppenheimer 1904-67）已經發現了這一狀態而為之驚悸，但累於名聲，不敢發表，怕出了錯丟不起臉，於是把「偉大的發現」鎖在檔案箱裏。這可以說是「科技創新」裏，最佳「應無所住而生其心」的經典正反範例。

臺灣今日自豪、自秘的高科技，其實多半是用美國和日本的基本技術和機器，以高效率和快速交貨來爭取客戶。真正是自己開發的上游基本技術相當有限。但是由於能賺錢，所以很少有公司願意花時間和資源，去改進基本的競爭力。許多傳統產業，也是同樣的心態，只要今天能賺錢就好。然而在「知識經濟」和「全球化」的新世紀，企業的競爭，如「秦失其鹿，而天下共逐之」。不願意以開放的心態去面對國際上供過于求的激烈競爭，而只知「燒香打坐，口宣佛號」而「執著」不能行❸的企業領導，其為「迷人」也是必然的結果。只是苦了他們大小公司裏的員工和依靠固定薪水生活的家屬。

【釋例一】空和有的關係：臺灣的機會在哪裡？

《六祖壇經》說：「世界虛空，能含萬物色像。日月星宿，山河大地、泉源溪澗、草木叢林、惡人善人、惡法善法、天堂地獄、一切大海、須彌諸山、總在空中；世人性空，亦復如是。善知識，自性能含萬法是

---

❸ 《六祖壇經》：此法須行不在口唸。不行，如幻如化。口誦心行，即是轉經；口誦心不行，即是被經轉。例證：何必聽郭台銘說要做什麼？「只要郭台銘說要做，這類產品就會被做成臺灣的主流」資訊觀察者說。

大，萬法在諸人性中。若見一切人惡之與善，盡皆不取不捨，亦不染著，心如虛空名之爲大，故曰「摩訶」」。

當前世界經濟不景氣，另外又有伊拉克的戰亂和 SARS 病疫，使得臺灣工商活動疲弱，產品滯銷，投資削減，產生惡性循環。但是廣達的<u>林百里</u>獨排眾懼，反而加大臺灣本地的研發投資。原因何在？分析指出，因爲大家都看到「實」的市場❸，供過于求，造成競爭激烈。由於廠家並不獲利，多做多賠，大家互相殺傷，使得臺灣經濟更加緊縮。然而從「嶺南」來的「本土派」企業家林百里，別具慧眼，卻看到每一個家庭裏尚未使用的「空間」，可以容納：1.未來因應多媒體所需要的「家庭伺服器」❸；2.以及產品之外，連結產品，而眼睛卻看不見的「系統」，將是臺灣資訊大廠鎖定的目標。林百里能看到「空著的市場」，也就是《六祖壇經》說的「世界虛空，能含萬物」，和《老子》所說的「有之以爲利，無之以爲用❸」❹。商業的智慧和哲學的智慧，是一非二。這

---

❸ 2003.4.21.美國商業周刊報導，美國微軟公司三年前敲定開發中小企業市場的新計畫，隨即投下大量的人力與資金，如今在一切準備就緒後，即將全力出擊，搶攻這個發展潛力雄厚的新市場。中小企業市場雖然是一大財源，但要開發並不容易，微軟除了要想辦法和新客户取得聯繫，還得研發便於使用且功能強大的軟體，因爲員工人數不到 1,000 的中小企業，養不起一群科技專家，專門替公司解決電腦技術問題。此外，微軟還得面對思愛普、直覺公司（Intuit）等同業的競爭。

❸ 「爲什麼只有企業才有伺服器，未來因應多媒體的需求，家庭也要有伺服器，」林百里說。

❸ 《老子》：三十輻共一轂，當其無，有車之用。埏埴以爲器，當其無，有器之用。鑿户牖以爲室，當其無，有室之用。故有之以爲利，無之以爲用。

❹ 「卡爾維諾在「看不見的城市」一書中，描述馬可波羅與忽必烈關於橋的對話。馬可波羅藉著仔細訴説一塊一塊的石頭，來描述一座橋，忽必烈問：「哪塊才

正是《六祖壇經》所強調的「蘊之與界，凡夫見二，智者了達其性無二；無二之性，即是佛性」。再進一步說，臺灣今日的市場也不應該止於中、美、日、歐四大商業實體。新一輪的市場商機和工作伙伴及競爭對手，也可能來自「西方天竺」**❹**！也許新的達摩和玄奘已經在「新絲路」上往來，互補有無。這也值得我們注意。

【釋例二】空和有的關係：高科技的機會在哪裡？

　　4 月 28 日美國商業周刊的封面和專文指出，「Wi-Fi Means Business」！

　　臺灣的的林百里看到家庭中的「空間」的「家庭伺服器」。但更大的空間則在「動於九天之上」和「遊於四海之間」，「人人寬頻通訊」。慧能在勞侶商農及獵人隊中 15 年所體會的「世界虛空，能含萬物色像。日月星宿，山河大地、泉源溪澗、草木叢林、惡人善人……」，用以觀察「人人寬頻通訊」，再也適當不過。把「自性能含萬法是大，萬法在諸人性中」的「萬法」看成「諸人」需要的「萬種音訊」，「虛空」裏的商機之大，又不止曰「摩訶」而已！

三、「生態保護」和「環境染污」的概念，製造業和服務業的「互補作用」

是支撐橋的石頭呢？」馬可波羅卻回答：「這座橋不是由哪塊石頭支撐，而是由它們形成的橋拱支撐。」忽必烈突然靜默不語，接著說：「爲什麼你跟我說這些石頭，我關心的只有橋拱。」馬可波羅回答：「沒有石頭就沒有橋拱。」林注：沒有河，就沒有造橋的需要。沒有河上的空間，橋拱也不能存在。

❹ 美國矽谷的玉山協會在 2003.4.17 舉辦首屆「美─中─臺─印」商機創投討論會。

　　禪宗自五祖以來，都強調持誦《金剛般若經》即能開悟見性。但考察人類的進化，在沒有文字的時代，思想不能擴大累積和傳播。人依賴天地環境爲生，也沒有靜坐思悟，群集辯理的條件。在那種環境之下，《荀子》的〈天論篇〉針對自然環境和人類的關係，提出先進的看法：「大天而思之，孰與物畜而制之！從天而頌之，孰與制天命而用之！望時而待之，孰與應時而使之！因物而多之，孰與騁能而化之！思物而物之，孰與理物而勿失之也！願于物之所以生，孰與有物之所以成！故錯人而思天，則失萬物之情」。因爲是革命性的先進思想，「小智小根人聞，心生不信，聞此頓教，猶如草木，根性小者，若被大雨，悉皆自倒，不能增長（《六祖壇經》）」。《荀子》的說法，在先秦時期，對一個未開發的社會來說，也類似《壇經》對《金剛經》的看法：「功德無量無邊，經中分明讚嘆，莫能具說。此法門爲大智人說，爲上根人說」。

　　但是世界文明經過「機械文明」和「產業革命」之後，因爲不瞭解「世界一體」，也對「熱力學第二定律」對地球的作用不敏感，以爲有限的天下事都可以用「無限暴力」或「無限正義」❷來解決。人類對自然無盡的開發和挖榨，造成自然環境平衡的破壞。人類認爲凡是對自己公司，和自己國家「有利」的，就叫作「善」，對自己「利益有衝突的」，就以「經濟力」和「武力」來定之爲「惡」。21世紀的「文明人」和「理性主義者」，忽然發現人類的文明出現了大漏洞，科技和強權所定的「眞理」，竟然有「明暗」兩面，而暗面的傷害，開始勝過明面的「利益」。

---

❷　1.西方戰略祖師，德國的克勞塞維玆，在《戰爭論》裏認爲戰爭的相互傾軋，
　　一定會升高到「無限暴力」和全國總動員。2.美國911事件後，小布希總統提
　　出「無限正義」和「先發襲敵有理」論。

於是工學院和法學院開始教授「環境衛生工程」和「環保法律」。在這時候，我們回頭看《六祖壇經》和《老子》等「舊經典」，才發現其中的「活智慧」對 21 世紀特別有啓發性。

《壇經》中引《菩薩戒經》云：「我本元自性清淨，若識自心見性，皆成佛道」。從現代環保的「知識平台」來看，一旦人類瞭解「自以爲是」的「單一主義」和「片面利益」的「短線操作」，將破壞全體地球人類和其他生物的「自性清靜」，和自然界的微妙平衡，而終於損及自己的利益時，自然會發「慈悲」自己和自己後代之心。到那時候，工商業和軍火業者，應該會有嶄新的思維標準和受到自己國家和國際社團的限制。

《老子》說：「天下皆知美之爲美，斯惡已；皆知善之爲善，斯不善已。」其實不是混淆世人的審美和是非觀念。而是他早在 2500 年前就想到人類知識進步之後，會走上「無限上綱」，「盤旋不知止」的彼此殘傷方向。《老子》說「是以聖人處無爲之事，行不言之教，萬物作焉而不辭，生而不有，爲而不恃，功成而弗居。夫唯弗居，是以不去。」表面上似乎是反知識，但我認爲其中不僅有幽默諷刺的意味，而且已經注意到「熱力學第二定律」之類的問題。如何「用最少的時間、資源、廢熵，達到最大的結果」，這也是「環保工程」和工商企業所應該遵循的「大戰略」。

再從《易經》「一陰一陽之爲道」的觀念來看，「環保」和「染污」也是一對孿生兄弟，就像「製造」和「服務」乃是企業的的雙子星一樣。積極的來看，既然有染污的問題，自然產生解決環境染污的工程和商機。如果把《老子》所說的「故有無相生，難易相成，長短相較，高下相傾，音聲相和，前後相隨」，用「逆向思維」的新角度，把時下最受重視的「科技創新」和「企業管理」，換成「科技管理」和「企業創新」，

這就是《老子》「以無爲有」和《孫子》「以虛爲實」，來開發「環保工程」的「新企業戰略」。所以慧能說「煩惱即菩提」！

　　《壇經》裏記載慧能講解《涅槃經》，不輕斷善惡，而以更高的的宇宙觀來看這個「人爲」的世界。他引用佛所說的話，從更全面的時空和交互的關係來看：「善根有二：一者常，二者無常；佛性非常非無常，是故不斷，名爲不二」。這個看法，在科技不發達的時代，有它的旨意；在科技掛帥的 21 世紀，又有它的新意義。「經典」之所謂「經典」，就是有這種超越時空，隨處放光的特性。若我們以環保的眼光來看，今後人類的經濟活動和開發工程，也都應該重新考量「利、害」和「善、惡」對世界的意義，而不能只是由一個壟斷性的大企業集團，和軍經強權來自作主張。

　　西方國家在科學理性上繼承希臘，在宗教感性上尊奉《聖經》。《聖經》中的《新約・哥林多前書 12 章》，保羅以身體爲喻，講教眾團體關係，很值得政治家和企業管理人思考。其意義也可以引申，把全世界看成一個身體。其中頭不能代替手，理性的科技不能代替寫出書法韻律的手。乾淨的手也不能砍斷骯髒的腳，北方富強的已開發國家不能忽視南方貧亂的部族。君不見，源起非洲的愛滋病造成全球多大的生命傷亡和社會資源的損耗？蘇聯帝國崩潰前的領導人，戈巴契夫年初諷刺美國政客說：「美國政客都號稱禮拜上帝耶穌，但是都口說不行，喜歡四處用兵，是虛偽的基督徒」云云。世界上信教的人似乎越來越多，但是這些崇高的教義「此須心行，不在口念」❹。《六祖壇經》說「口念心不

---

❹　郭台銘：「魔鬼都在細節裡」，今天策略選對了，剩下的就看執行力了，我們
　　公司最看重的三項是：品質、價錢、速度，沒有甚麼冠冕堂皇的話，品質比別

行，如幻如化，如露如電。口念心行，則心口相應，本性是佛，離性無別佛」。恐怕這永遠是世界上所有教徒們的挑戰㊹。

【從《易經》哲學看新的商業空間】

慧能說「煩惱即菩提」，這是一個要求「頓悟」而單向運動的說法。《易經》的哲學更圓融，它所提出的「一陰一陽之爲道」的說法，則是「與時俱變」而又「不變」的雙向運動的宏觀，和佛家「無常即常」的說法也相呼應。從《易經》的角度看，臺灣的工商業在「陽」性的製造業方向做的很積極，但在「陽」性的製造業所產生的「陰」性空間，譬如「文化創意」、「環保工程」、「健康保健」以及「非營利」的企業方面都大有可爲。這也是《孫子兵法》在講「奇正相生」之外，也講「虛實互換」的「大戰略」。很值得開發和探討。曾經雄霸速食業的麥當勞近年股票跌得比高科技還凶，也是反映了「快速」但「不健康」的產品，已經從「飛龍在天」走到了「亢龍有悔」這一地步。所以麥當勞剛上任一百天的主席兼執行長，Jim Cantalupo，在四月七日對投資人說出「世界改變了，顧客改變了，我們也得改變」的話。

【高科技機會釋例】「一陰一陽之爲道」和「煩惱即菩提」的關係

高科技晶片設計裏也充滿著「煩惱即菩提」的實例。譬如說，晶片的包裝曾經是半導體業者的「煩惱」。結果「煩惱」本身變成一個和半

人好，價錢比別人低，速度比別人快，這種東西是說得容易，做的難。這三個做好就是基本面。2003.4 天下雜誌訪問。

㊹ 《六祖壇經》：師曰：「汝知否？佛性若常，更說什麼善惡諸法，乃至窮劫，無有一人發菩提心者；故吾說無常，正是佛說眞常之道也」。

導體業相生和互補的大企業。臺灣的「日月光」就是一個好例證。晶片的速度高了以後，本身的噪音和放射出來的電波都成了電子環境染污的內外大患。於是乎，解決這些「煩惱問題」的人和公司，就變成幾門新的「賺錢」職業和工商業。《老子》說，「人之大患在於有身」。初看之下，哲學意味無窮。但是從《易經》「一陰一陽之爲道」的哲理來看，如果有人能教人延緩牙病五十年，那麼天下百分之九十九的牙醫都會失業，變成「憂鬱症」的病人，給心理醫生帶來大量的「商機」。可見不僅「煩惱即菩提」，而且「菩提即煩惱」。這就是慧能所說「善惡非二」的大道理。同樣的道理，也顯現在莎士比亞《朱利‧凱撒之悲劇》裏鞋匠和游行者的關係上❹。

四、從「慈悲精神」的「邏輯」瞭解「團隊精神❹」的本質。

美國是西方文明的代表，它崇尚希臘文明體系的數理思考和個人主義，所以在高科技的發明創新上尤其領帥群雄。但是當高科技工業逐漸變成大型企業，在管理上就碰到一個兩難的問題：如何保持無形的「社會資本❹」和個人的創造力，又能不用軍事管理，而以西方強調「民主自由」的方式，來維繫團隊的合作精神？就我個人在美國高科技工作30

❹ Shakespeare < The Tragedy of Julius Caesar>, Act First：：Flav.: But wherefore art not in thy shop to-day? Why dost thou lead these men about the street？Cob.: Truly, sir, to wear out their shoes, to get myself into more work.

❹ Lin, Chong Ming，"Teamwork Principia"，at Lovoltech Inc., Feb 5,2003.

❹ "社會資本"包括社會的和諧和和互信。這一概念最早可溯至亞當斯密的《道德情操論》，他認爲市場能否成功的運作繫乎某種道德情操、同情心。（Adam Smith << The Theory of the Moral Sentiments 1759 >>）

多年的觀察，這個問題雖然變成管理學上的熱門課題，一些權益的安排，也可以暫時壓抑或繞開這個衝突，但是不能從根本上「解決」這個基于文化特性的問題。情況就像西方有名的「蠍子乘烏龜過河」寓言，不管如何「商業協調」，到最後「本性」一定壓倒「人爲」的安排，而損人傷己。所以企業管理人天天喊「團隊精神」，就像《六祖壇經》裏的韋刺史問慧能大師的問題：「弟子常見僧俗念阿彌陀佛，願生西方；請和尚說，得生彼否？願爲破疑。」

慧能引佛言來解答這個基本的大問題：『隨其心淨，即佛土淨。』使君東方人，但心淨即無罪；雖西方人，心不淨亦有愆。東方人造罪，念佛求生西方；西方人造罪，念佛求生何國」？第一，心不淨，再擦也不淨。第二，「西方人」也沒有解決這個問題的「專利」！但「高級宗教」裏教導的「哲學」，卻有相通的「高見」。譬如近年流行的《西藏生死書》，就用「東方」「古老」哲學裏教導人須認識「我執」（self-grasping）和「我愛」（self-cherishing）的因果，然後再講如何解決它們所帶來的問題。《聖經》中的《新約·哥林多前書 12 章》，保羅以身體各部實爲一體爲喻，勸導教眾要愛護別人和顧全團體，言簡意深。但是「西方的人」，雖然口頭上尊信《聖經》，但很少有人能身體力行。世界環保大會的「京都宣言」，世界上絕大多數的國家都簽字，預備「敬受奉行」。但是消耗世界能源 40%的美國，而且在錢幣上印刻「以神爲信」（In God We Trust）的天下第一富強大國，卻左推右擋，爲了美國「眼前的利益」，不肯簽字支持。難怪慧能一再強調：崇高的教義，「必須心行，不在口念」。否則「若懷不善之心」，不僅「念佛往生難到」，恐怕還要重返德國大文豪和思想家哥德所寫的《浮士德》與魔鬼的經歷。

禪宗也推崇的《華嚴經》，在它的《普賢行願品》裏，也談到這個

「團隊精神」的大問題。經文說:「諸佛如來以大悲心而爲體故。因於眾生,而起大悲:因於大悲,生菩提心;因菩提心,成等正覺。譬如曠野砂磧之中,有大樹王,若跟得水,枝葉華果悉皆繁茂。生死曠野菩提樹王,亦復如是。一切眾生而爲樹根,諸佛菩薩而爲華果,以大悲水饒益眾生,則能成就諸佛菩薩智慧華果。何以故?若諸菩薩以大悲水饒益眾生,則能成就阿耨多羅三藐三菩提故。是故菩提屬於眾生。若無眾生,一切菩薩終不能成無上正覺」。這個觀念是解釋「緣起不滅」的一個動人例子。牛頓觀察到物質界的「能量不滅定律」,而佛陀則領悟了人事生態界的「事起不滅關係」。上世紀後期「混沌理論(Chaos Theory)」曾引起短期的熱烈討論,有人甚至推出「一隻蝴蝶的扇翅,可以引起地球另一邊的海嘯」來爲出書造勢。但因爲明顯忽略「慣性定律」和推動新態需要超越一定的能階,所以只能在短期引起許多人的注意,而長期只能不負責地嚇唬普通人。

這個說法,比《聖經・新約・哥林多前書》講得更全面,而且下可以應用到「細菌和人互動的關係」**❹⁸**,上可以指導「全球化」所帶來的世界性環保,中間當然可以應用到企業和工商管理的「團隊精神」。因爲一旦公司上下都瞭解「同體大悲」的觀念,「你好就是我好」**❹⁹**,「團隊精神」的「漸」立,就像「上善如水,水之就下,沛然莫能禦也」。

---

❹⁸ 1. Lewis Thomas, The Lives of a Cell,(《細胞生命的禮讚》),The Viking Press, 1974. 2.非洲落後地區西尼羅的病毒經由蚊子轉播,根據美聯社亞特蘭大2003.9.11電,到2002年底,先進的美國共有4156人感染該病毒,284人喪生。林註:這又是一個髒腳和麗頭的實例。

❹⁹ Thomas A. Harris,「You Are OK and I Am OK」, 1967.(More than 7 million copies sold.)

由此推廣，企業也要把顧客和下游的供應商都視爲夥伴，而不是榨取的殖民地或敵人❺⓪。甚至于競爭的對手，在這種宏觀的瞭解之下，也應該互相尊重和協調，而不是「盲心」地「以大吃小」，最後像前蘇聯帝國，和美國電話電報公司一樣的整體崩潰。西羅馬因爲不停地攻打蠻族而衰亡，人類也因不停地滅殺細菌而面對無藥可醫的窘境。這又叫我想起《易經·乾卦·用九》「見群龍無首，吉」的智慧來❺①。

【特例：從「非典」瘟疫體會「同體大悲」和「團隊精神」】

南北對立，東西相斥，以大欺小，以權鬥弱，這是自古以來人類的常態，許多高級宗教，也始終未能超越這種原始的物種競生本能思維。然而面對突來的ＳＡＲＳ風暴，忽然間，人類又都回到「基本面」：無論貧富強弱，在這個新瘟疫前，全島、全洲和全球的各國、各黨、各教派和各人種，忽然人人平等。這個慘痛而奇妙的教訓，比法律、教育、宗教、哲學都更具說服力。「同體大悲」的智慧再度告訴人們要瞭解私利和公益之間，從長期的角度看，有著終極不可分的互生關係。如果人類從這個「世紀病毒」的教訓裏學到生物間的「慈悲精神」，那麼對公

---

❺⓪　釋聖嚴《是非要溫柔·序·同行不是冤家》1998：我覺得，眞正的大企業家，都會有一種「以敵爲友」的理念。只有器量小、眼光短的人，才會反其道而行，抱著「同行是冤家」、「一山不容二虎」的觀念，把朋友也當成敵人。眞正擁有遠大心胸的企業家並不是這樣的。對他們來說，所謂的「敵人」其實並不是敵人，因爲有人來跟你競爭的時候，表示你做得很好，其他人才要來搶你的成果。你一定要繼續往前跑，當你愈跑愈快，後面跟上來的人也愈來愈多，儘管錢未必都是你在賺，他們卻都是你帶出來的——這就是帶動社會往前發展的力量。

❺①　中國當代哲學史家，馮友蘭最後遺言：「中國的哲學將來一定會大放光彩。要注意《周易》哲學。」

司裏「團隊精神」的「邏輯」和「本質」，自然也是「同理可證」了。

五、對現代資訊爆炸的心靈平撫

20 世紀以來世界文明發展和社會漸趨平權的結果，個人的地位相對提高。所以<u>梁啓超</u>曾說「人人都是英雄」。到了 21 世紀，雖然大家都講民主自由和人權，但是由於環境急速變遷的衝擊，生活好比《孫子·軍爭篇》所說：「其疾如風，侵掠如火，難知如陰，動如雷霆」。任事則環環相扣，除了可以單騎表演的藝人外，就連企業老闆都要向股東負責，貴爲總統也要向選民低頭，於是乎人人都不是英雄。而且幾乎每一個人都時時刻刻受到「行無餘力，事無餘時」的壓力；似乎命運起伏都掌握在「全球化」的大時代潮流中，連自己都不能迴向觀心，更不用談「關心社會」或是「行有餘力，則以學文」。生命像是《八大人覺經》所說：「第一覺悟。世間無常。國土危脆。四大苦空。五陰無我。生滅變異。虛僞無主。」社會好壞的標準也相對急速變化，左右無常。「塞翁失馬」和「塞翁得馬」都能在瞬間經歷或者逆轉，等不到「五十年間似反掌（杜甫《觀公孫大娘弟子舞劍器行》）」。勝負成敗既然不能預測，又不能持久，這常讓人哭笑不得，悲喜失據。所以敏感的<u>八大山人</u>就只能用「哭之笑之」的簽名，表達他的無奈。現代人類的心情，也只能隨媒體新聞的熱鬧而起伏，華爾街股市的高下而「悲欣交集」（弘一法師李叔同的最後遺言）。如何安撫「動盪的心靈」？如何不向「無常」付出不需要的「高利貸」？似乎「大人們」還可以借助於「舊經典」裏的「活智慧」❺❷。

---

❺❷　布魯克斯（Robert Brooks），戈爾茲坦（Sam Goldstein），《培養小孩的挫折

21 世紀的人們有這麼多煩惱,1300 年前的慧能,在黃梅得法之後,也不是一帆風順,快意人生。而是「後至曹溪,又被惡人尋逐,乃於四會,避難獵人勞侶隊中,凡經一十五載,命如懸絲!」比現代人的生活還要辛苦。但他也因爲「煩惱即菩提」,悟見「世界虛空,能含萬物色像。日月星宿,山河大地、泉源溪澗、草木叢林、惡人善人」。因此反而功力精進。終於有一天覺悟到「公共智識份子」的責任,比性命還重要。所以「時當弘法,不可終避」。然後在廣州法性寺,以一句「非幡動、風動,人心自動(惠昕本)」,讓「一眾駭然」,以「庖丁解牛」的瀟灑,破解了學理的紛爭,從此建立了禪宗的「宗門」。慧能所指的「心動」,也可以說是現代人「心靈的波動」和煩惱。所謂「菩提般若之智,世人本自有之,只緣心迷,不能自悟,須假大善知識,示導見性」。一旦人們覺悟到大部份的煩惱,都是起源於「心迷」,雖然不覺得人人都能「頓悟成佛」,但畢竟曉覺「解鈴還須繫鈴人」,而「繫鈴人」既然是自己,那麼「清靜」快樂也就從遠在天邊,瞬間回到眼前,而只在自心方寸之間!

例如身爲臺灣女企業家首富的王雪紅,「初出社會時(在大眾)她也曾經個性暴躁,凡事數字導向,沒做到就破口大罵,部屬都很怕她。常常爲了等國外客戶的回音,王雪紅整夜焦慮不睡,守在電話旁。但六年前虔誠信主後,即使面對英特爾的纏訟,「我壓力大,卻非常喜樂,人在痛苦的時候就尋求神,」王雪紅說:「英特爾用訴訟去干擾領導者,

---

忍受力》(Raising Children Resilience),譯者:馮克芸、陳世欽,出版社天下雜誌,2003 年 5 月。「擁有高指數的 AQ(Adversity Quotient,逆境商數),比 IQ(智商)、EQ(情緒商數)更加奠定小孩的健全與成功。」

讓他們不能做事，如果我整天擔心，那他就眞的贏了。」」她說：「我的一切都是神的，沒有什麼物質慾望，我已經很滿足了。」也許因爲她改變了對物質的執著，所以她領導的威盛公司和英特爾在上星期，2003年4月7日達成和解❺❸，雙方互讓一步，然而各增地盤，皆大歡喜❺❹。是「基督教信仰改變了王雪紅」呢？還是王雪紅的「心」改變了王雪紅呢？慧能的「語錄」，已經爲我們做了解答。

陸、從慧能的成長，看企管教育

不識字的慧能❺❺，爲什麼能爲過去和現代的「知識份子」提供思想智慧和人生解答？我認爲可以從慧能獨特的學習成長過程，以闡明世間商業界和學術界成功者的十五個超越時空的共相，並舉例互明之❺❻。而

---

❺❸ After over a year and half of legal wrangling, Intel and VIA Technologies on April 7 announced reaching a settlement agreement in a series of pending patent lawsuits related to processors and chipsets. The agreement encompasses 11 pending cases in five countries involving 27 patents.Both companies will dismiss all pending legal claims in all jurisdictions. They also entered into a 10-year patent cross license agreement covering each company's products。

❺❹ 林中明《點窺馮友蘭先生──六四前夕 三松堂訪談記思》：馮友蘭在《中國哲學史新編第七冊·總結》裏引張載歸納辯證法的四句話，「有像斯有對，對必反七爲；有反斯有仇，仇必和而解。」來批評馬克思和毛澤東「仇必仇到底」的思想。其實「仇必仇到底」不止是馬、毛的思想，也是西方「一神教」和「進化論」等思想的偏鋒。2003.3。《鵝湖雜誌》2003 年 9 月，10 月份。

❺❺ 《六祖壇經》：師曰「吾不識文字，汝試取經誦之一遍，吾當爲汝解説。」

❺❻ 2002 年下半年開始，臺灣獲利最高的高科技公司之一的聯發科，開始採用「行爲基礎面談法」，「觀其言、察其行」，從應徵者過去的經歷來推論他的性向和行爲特質。行爲基礎面談法取代一般單方向問答法，這個方式希望應徵者不

這一系列的簡略陳述和評議，也是爲上文作注，並演申《六祖壇經》裏一些尚未被討論過的內涵。雖然《壇經》裏有些是弟子和後人增潤的『故事』，但那也代表一種門派的思想和企望，不能全以僞語視之。希望這樣做是部陣如「常山之蛇」，「首尾呼應」；而不是「畫蛇添足」。

一、理想與立志

自古以來，一般研究《六祖壇經》的學者，都喜歡從佛教或佛學的角度去看一個傳奇化過後的慧能。似乎他因緣際會，就悟道得法，立即修成正果。而少有學者從「基本面」去理解這一位偉大的「本土化」和「自立更生」的中國思想家。一個大思想家，一定很早就有特殊的理想，然後朝著這個方向去「行」。世界細菌學啓蒙大師巴士德在他 70 歲生日宴上致謝辭說，他只是立了一個大目標，然後一直朝這個目標去做而已。我認爲慧能大概也是如此。所以當他爲貢高我慢的法達講解《法華經》時，雖然謙稱不識字，請法達唸給他聽，「法達即高聲念經，至譬喻品，師曰：「止！此經元來以因緣出世爲宗，縱說多種譬喻，亦無越於此。何者因緣？經云：『諸佛世尊，唯以一大事因緣故，出現於世。』」我認爲慧能這幾句話，斬鐵截釘地表明了他從來的「理想和立志」，難怪他一聽頌經至此段，便能「將心比心」，完全知道佛陀說《法華》的

但表達對事件的看法，並以過去經驗舉例，闡述自己面對問題時的態度及解決之道。行爲基礎面談法重點是透過應徵者的行爲特質和特性，來推論其未來的工作和行爲表現。主考官通常要求應徵者舉實例，取代洋洋灑灑的發表人生觀。主考官會問應徵者：1.「有時候無可避免，我們個人的利益會與公司或部門的利益相衝突，可不可以請你談談過去發生這種狀況的經驗？」2.「請談談你過去的經驗（求學、工作）中曾經設定什麼工作目標？你如何達成目標？」

意思。上世紀的國學大師和梵文專家<u>陳寅恪</u>生時常喜歡引「以一大事因緣故出現於世」這一句話❺⓻，想來也是自評而自豪的話。可惜他生前沒有人認眞問過他爲什麼喜歡說這一句話。但其志行也和慧能無異。

二、做人與做事

慧能自幼「鄙而多能」，砍材負薪，負擔家計，又能自立更生。這和臺灣的大企業家<u>王永慶</u>先生的出生也有類似之處。王永慶先生做生意，腳踏實地，深知民間疾苦，所以後來能成就大事業。慧能到黃梅「破柴踏碓」，和邏輯哲學大師<u>維根思坦</u>故意去做園丁，申請去俄國做勞工，竟然是先後呼應了。

三、奠基與發展

慧能的佛學，奠基於《般若金剛經》。《金剛經》雖非大部，但是簡明地掌握了大乘佛學的的精義。慧能一法通而萬法通。所以後來佛教諸經一聽便悟，常使「一眾駭然」。相對於此的臺灣鴻海集團龍頭<u>郭台銘</u>，他在事業的早期，不過是專做個人電腦上的一個接頭小零件。但他由此悟得製造、行銷等工商業基本原則，後來也是一通百通，觸手皆春。

四、好學與勤奮

慧能雖然早期不識字，但他的「好學與勤奮」可以從他「見一客誦

---

❺⓻ 陳寅恪《馮友蘭中國哲學史下冊審查報告》：中國自秦以後，迄於今日，其思想之演變歷程，至繁至久。要之，只爲一大事因緣，即新儒學之產生，及其傳衍而已。

經。惠能一聞經語，心即開悟，遂問：『客誦何經？』客曰：『金剛經。』復問：『從何所來，持此經典？』……」這一段描寫裏記載慧能如何好學好問！天下知識雖多雖深，但是就是怕認眞的人好學好問。據說楊振寧和李政道兩人在芝加哥大學讀書時，冬日大雪，仍然驅車百里去聽去聽發明黑洞理論的天文物理學家，Chandrasekhar 的課。Chandrasekhar 也在他的回憶文章中提到嚴冬大雪，全班只有兩人上課的事。可見大師們的成功，豈爲偶然？

五、意志與毅力

　　慧能求學的意志和毅力也是卓絕過人。他一聽說五祖弘忍在湖北黃梅講經，便下決心「出國留學」。《壇經》上記載「惠能安置母畢，即便辭違，不經三十餘日，便至黃梅，禮拜五祖。」這 24 個字，說盡了慧能的決斷，和長途跋涉於語言迴異的異鄉，其毅力和疾行的速度都相當驚人。這和林百里在創業的第五年，爲了賣計算機，一個人跑去紐約，不眠不食的「意志和毅力」❸，也可以古今映輝。

六、求知與治學

　　孔子「入太廟，每事問」。他又謙虛地說「吾不試，故藝」。慧能雖然敢在弘忍面前，抗爭『人雖有南北，佛性本無南北；獦獠身與和尚不同，佛性有何差利？』讓舉座皆驚。但他求知治學，卻是是極爲謙虛。譬如說，慧能爲了去研究神秀上師的偈詩，惠能不惜對一「童子」說「『上

---

❸　林百里《商業周刊・「逆境向上」座談會》，商業周刊，2003.4.7，102 至 106頁。

人！我此踏碓，八箇餘月，未曾行到堂前，望上人引至偈前禮拜。』童子引至偈前禮拜，惠能曰：『惠能不識字，請上人爲讀。』」可見慧能治學極爲扎實，非要親眼看到「原始學術材料」，甚至玩味書法裏的「心性」精神？然後又不惜下問，等到把道理弄清楚，然後才發表他的「學術批評」。這段有名的公案，在一般人的眼裏可能無關緊要，但是在我的眼中，卻看到了一位將成佛理大師的年青「學徒」的求知態度和治學方法，而爲之歡喜莫名。

七、師長與學校

有道是，明師出高徒。學術界講學派，公司裏也講「指導者」的重要。哈佛畢業生到哈佛校友的公司面試時，多半不另作「烤問」，而只談老師是誰和學校近況。八十年代的《哈佛商業評論》還有專文討論「指導者」（Mentor）和公司接班人的心理和統計學上的意義。其實這也很容易以「用最少的時間、資源、廢熵，達到最大的效果」來解釋其因果。慧能雖然在黃梅杵米八個月，但是在一流的學習環境，自然事半功倍。慧能選擇黃梅弘忍爲求學的地點和對象，他「取法乎上」的戰略一開始就高明而正確。

八、繼承⑤、探索與自立、創新

《六祖壇經》裏記載慧能和禪宗的先驅，繼承了《華嚴經》、《法華經》、《涅盤經》……以及《金剛經》等等佛家經典的學說哲理。但

---

⑤　李申《敦煌壇經合校簡注》〈杜繼文·序〉：壇經採用《維摩詰經》、《大乘起信論》、《楞伽經》等。

慧能的自我學習進程，和他突破傳統枷鎖所達到的層次和強度，在中國哲學思想史上仍然是一個「石破天驚」的特例。面對一千多年的舊學術、舊傳統，加上上萬冊從西方印度傳來的新文字、新思想，一個不識字而又沒有「學位」的「野禪師」，如何橫掃天下群雄，奠定數百年禪宗基業？我認爲是自周王朝衰落，孔子在民間私人興學以來，中國至今沒有人能超越的成就和現象。如果一定要找出其根本原因，我認爲必須回到《金剛經》的名句：「應無所住，而生其心」。在一個「知識爆炸」的中唐時代，不僅文學開始失去創意，思想也爲舊有的儒、釋、道三家所把持。在這時候，<u>韓愈</u>不僅敢「諫佛骨」破除沒有眞思想的迷信，而且推翻了頹廢拘束的「近代文學」，回溯到「古代」沒有種種人爲和不必要的規矩，而有個人風格和較自由形式的「實心」文學。韓愈不僅主張「文以載道」，而且同時也能作「幽默文字」，上承孔子輕鬆和人性的「道統」（林中明，《談諧讔》，文心雕龍研究第四集，北京大學出版社，1998）。<u>蘇軾</u>稱讚韓文公爲「文起八代之衰，道濟天下之溺」。我認爲，「文起八代之衰」，韓愈當之無愧。「道濟天下之溺」，則應該是送給慧能的冠冕。

我在本文的前段論「慧能的成功和學派的成、住、敗、空」時指出，學派第一代開山宗師多能化繁爲簡，「應無所住而生其心」，方能別出新意焉。慧能天生慧智，雖然不識文字，但頭腦朗明快捷，恐怕遠在許多學者之上。他因爲不受「文字障」的拘束⑩，反而能拋開新、舊兩大

---

⑩ 莎士比亞教育程度不過初中，他的好友戲劇作家 班·強生（Ben Johnson）讚說他 "……雖只知皮毛拉丁文，對希臘文懂的更少……" ，但成就超越前人。
（Encomium to Shakespeare's The First Folio 1623: "... And though thou hadst small ..in, and lesse Greeke..." ）。所以他的戲劇詩文寫作，反而不受前人拘束，自

派的繁瑣學術思想和文字，直指本心，研究「最基本面」的問題。於是
乎「塞翁失馬，焉知非福」，眞正的演示了「煩惱即菩提」的精義。蘇
軾送給韓文公的「匹夫而爲百世師，一言而爲天下法」，我認爲也是送
給慧能比較適當。

在企業管理的教育上，也有類似的例子。譬如說創立通用汽車王國
的阿弗列德·史隆（Alfred Sloan），他本來是學電機的工程師。結果他
創新了世界的企業管理，取代了亨利·福特（Henry Ford）開創的世界
汽車王國。曾是美國商業最暢銷的企管行銷書，《哈佛學不到的》❻，
也是教人從「基本面」——「讀人」（Read People）學起。直指本心，
回到基本面，從來就不是學院派的專利！

胡適之先生嘗言：「從前禪宗和尚曾說『菩提達摩東來，只要尋一
個不受人惑的人。』我這裡千言萬語，也只是教人一個不受人惑的方法。
被孔丘、朱熹牽著鼻子走，固然不算高明；被馬克思、列寧、斯大林牽
著鼻子走，也不算好漢。」談到學術獨立，科技創新，有志氣者也應該
有達摩、胡適的智見，和獨立於美、日兩大之外的骨氣和決心。否則雖
然走出門去，還是跟在大款之後，哈腰賠笑，也不算好漢。

九、機遇與抉擇

成功者的另一個共相就是「機遇」。許多成功者，都是「天賦和努
力加上機遇」。世事既然「有常又無常」；人之一生中，當然有許多大

創雄辭譎句和活化意大利舊體十四行詩，賦予新的生命。

❻ Mark H. McCormack, What They Don't Teach You at Harvard Business School,
Bantam Books, 1984.

小機遇。再說人當「何期自性，能生萬法」，所以每個人或多或少都有其「自由抉擇」。所以禪宗的思想，和商業的運行，也相當契合。人人應當努力學習，增智進步，以待時機或商機。當機會來臨，更要有決斷。慧能的一生，雖然生於太平之世，但福禍機遇相生⑫，常有進退取捨的抉擇，處處給予有心人士的重大啓示。台積電的<u>曾繁城</u>，如果選擇出國，或留在或留在公家機關，而沒有「棄公從商」，那也就沒有後來的台積電和曾繁城。

十、自修與歷練

　　慧能去黃梅之前是自修，在黃梅八個月也還是自修。其間不過受到<u>弘忍</u>幾個小時的教導，然後又是 15 年左右長時間的自修⑬，而且是在以殺生爲主的「惡劣」職業環境下自修。其人生歷練之完整，相當於從小兵做到參謀總長。或是從公司的清潔工人，歷經外放僻野，任職相反的工作，最後一躍而爲公司總裁。其戲劇性是空前也許絕後。許多成功的商業領導者，也有類似慧能的經歷，但少有如此驚心動魄。然而我們也可以從其中體會，爲什麼慧能後來能解決人們對人生的困惑問題——因爲慧能早就不藉渡船，也不假一葦，自己用「狗爬式」游過大江，得到「摩訶般若波羅蜜」，或是「大智慧在彼岸」了。<u>郭台銘</u>自喻是「打不死的蟑螂」，大約是類同的「金剛不壞之身」的成就感吧。

---

⑫　《晉書·張載傳》：爲權論曰：賢人君子將立天下之功，成天下之名，非遇其時，曷由致之哉？有事之世易爲功，無爲之時難爲名。庸庸之徒，飾小辯立小善，結朋黨聚虛譽以驅俗。進之無補於時，退之無損於化。

⑬　邏輯哲學和語意學開山大師維根思坦，從 1914 離開劍橋，自我"下鄉"回歸大自然 15 年，到 1929 年返回學術殿堂，幾乎和慧能的經歷相仿佛。

十一、頓悟、漸修和苦修

　　許多人以為禪宗崇尚「頓悟」，所以是「頓教」。其實從《楞伽經》的「淨除自心現流，事須漸除，理則頓悟」，到《六祖壇經》，都同時講「頓」和「漸」，不執一端。慧能說：「人有兩種，無兩般；迷悟有味，見有遲疾。本來正教，無有頓漸，人性自有利鈍。迷人漸契，悟人頓修，自識本心，自見本性，即無差利，所以立頓漸之假名」。慧能自己也是經過不斷的漸修和頓悟，一層一層的向上進步。《華嚴經》裏的善財童子，雖然生來便具七寶，銜著「金飯勺」來的。但是這個天生的「財主」，卻不停的精進，拜訪了 53 位智慧「菩薩」，才成就其修行。佛陀本身也是歷經苦修，才靜坐菩提樹下悟道。

　　所以，在消費者經濟時代，企業家和所有的上下工作人員不能忘記這句話：「如果不認真就要被淘汰」（get serious or get out）。從前在全世界領先的企業現在重新發現，「做生意是一件苦差事，並不容易，需要很嚴肅的承諾、奉獻與專注」，甚至「自我發狂地緊張」，才能賺取微利生存。回顧世界第一大半導體公司英特爾的發展歷史，我們就發現英特爾從製造記憶體大賠，到轉進微處理器是「頓悟」；但從 8080, 8086,286, 386, 486 ……到現在的第四代奔騰，是「漸修」。但是曾負責公司管理，掌舵多年的葛洛夫（Andy Grove）不以成功自滿，1996 年曾寫〈Only the Paranoid Survive〉一書，表達英特爾的生存哲學。可見得英特爾是時時刻刻在「苦修」，才能保持龍頭地位於不墜。慧能和王陽明的「開悟」，都是從「生死之中得來」。我們天資不及這些「天縱英才」，所以要更認真和加倍努力才行。

十二、自覺和覺他

慧能說：「佛，猶覺也」。因此大智之人開悟之後與佛無異，必以覺他為任務，和學校裏的老師本質相同。但「佛本為凡夫說，不為佛說。持誦《金剛般若經》即得見性，此法門為大智人說，為上根人說」。然而「小智小根人聞，心生不信。何以故？譬如天龍下雨於閻浮提，城悉皆漂流，如漂草葉。小根之人，聞此頓教，猶如草木，根性小者，若被大雨，悉皆自倒，不能增長。小根之人，亦復如是」。所以如何覺他，「不戰而屈人之兵」，「用最少的時間、資源、廢熵，達到覺他的目的」，這不僅是「教育學」的原則，也是企業領導和商業行銷的挑戰。其關鍵都都在於如何「消化」和「簡化」基本教材、「大道理」，以及如何推動新概念和推銷新產品──所謂「令民與上同意也」。

十三、現代化、消化、簡化、本土化、大眾化和全球化

我們今日面對新舊文化，中西語言，電腦網路，受到「知識爆炸」的壓力類似唐朝知識份子所受到的壓力，而且因為國勢不及唐朝富強，沒有連續失敗的本錢。因此教育家要想到如何能把舊的經典現代化，活化。而新的龐大複雜的「信息」，須要「消化」後「簡化」成大眾容易瞭解的語言文字，使得「舊智慧」和「新知識」都能「落地生根」、「信受奉行」。不然的話，念《法華經》若念至萬部，雖得其經意，但已費去一生時間，這種學習和教學方法，<u>慧能</u>不以為勝。何況不能轉法華，反被法華所轉。這也是<u>李政道</u>所說：「目前的世界是訊息世界，情報世界，但是，信息並不就是理解，這一點很重要。對於培養創新高科技人才要特別注意這一點，信息並不是消化，也並不就能產生創新」（中時

論壇 2003.1）。

　　馮友蘭 1927 年在《燕京學報》12 期的《孔子在中國歷史中之地位》文章中指出：「孔子是中國第一個使學術民眾化的，亦教育爲職業的「教授老儒」。以六藝教一般人，使六藝民眾化則實始於孔子」。相對於孔子以「知識份子」對「知識份子」的教學法，慧能的教學則是對更廣大的一般民眾。因爲他自己乃是下層貧民出身，所以能用自身的智慧，先消化了中、印的舊新智慧，然後又能把印度佛教哲學經過「本土化」而「大眾化」傳播給大唐世界。後來禪宗還能「外銷」韓、日，以及今日「全球化」普及歐美，影響力猶在孔子的儒學之上。如果用孔子和孟子稱讚管仲的話來評慧能，我認爲可以說「慧能九合天下，不以兵革之力」，「微慧能，吾其被髮左衽矣」。

　　中國近代的歷史中，意圖「西化」的思想改革相當積極，只是「頓悟」型和「躍進」式的嘗試都付出了巨大的社會動盪代價，而所產生的廢熵，常常過大於功益。胡適曾說研究哲學史須要「明變、求因和評判」。所以我在此舉三個大家都熟悉的「西化」人事例子，和慧能的成就簡略比較之，以明慧能的杰出。

例 1．和太平天國的洪秀全相比，洪秀全等雖然識字，但他和他的革命團隊只能抓一些基督教裏的皮毛來遂行懷有極大私心的「本土化」和「大眾化」。其結果不僅沒有把西方基督教的精義介紹到中國來，反而造成了社會的破壞和思想的「退化」。（參照馮友蘭《中國哲學史新編第七冊》1992）

例 2．若把慧能和熟讀古書的毛澤東相比，毛澤東和其黨人試圖把西方的馬列主義強銷到尚未進步到工業社會的中國來，也是由於有限的理解和私心，以無限上綱的鬥爭，再度造成中國社會的破壞和「退

步」。（參照馮友蘭《中國哲學史新編第七冊》1992）

例3·留學美國，學習農業和杜威實驗哲學的胡適，回國以後，提倡「全
盤西化」，想用「矯枉過正」的方法，達到最大的結果。但胡適在
去世之前兩年，於《中國傳統與將來1960》的演講時說：「慢慢地、
悄悄地，可又是非常明顯地，中國的「文藝復興」已經漸漸成了一
件事實了。這個再生的結晶品看起來似乎使人覺得是帶著西方的色
彩，但是試把表面剝掉，……材料在本質上，正是那個飽經風雨侵
蝕，而更可以看得明白透徹的中國根底，——正是那個因為接觸新
世界的科學民主文明，而復活起來的「人本主義」與「理智主義」
的中國。」和慧能自我探索，不假外求，精要地吸收了「西方文化」，
又給予舊傳統新意義的和平轉化相比，似乎「成就」還在「舊學商
量加邃密，新知培養轉深沉」（朱熹詩）的胡適之上。（參照李敖編
《胡適語粹》2002）

　　一個「生在邊方，語音不正」（契嵩本《六祖壇經》），又不識字的
獦獠柴子慧能，竟然能夠突破學術和文字的限制，消化了中西文化思
想，並和平地賦予新生命，強烈影響中國數百年，至今不衰。而且禪宗
傳到韓國和日本，甚至影響了「俳句」❷等文藝的形式和內涵。從「本
土化」推進到「全球化」。這個範例讓我對中華文化和西方文明的新結
合產生相當的信心，希望不久的將來，又能看到中國文化和思想界的慧
能。

---

❷　日本俳句詩人松尾芭蕉的俳句就曾受到杜甫和禪宗的影響和啟發。

十四、追求專業成績，不求政治光環⑥

　　弘忍在傳法慧能之後，告誡慧能：「汝去，努力將法向南，三年勿弘此法」。近代學者傅斯年也曾告誡可成大器的學生們，你們應該先認眞作研究，三年不得發表論文。這都是中國故有「追求專業成績，不求公眾名聲」的優良傳統。這和許多矽谷高科技創業者，埋頭在自家「車庫」裏開發新產品的事跡相彷彿。與此平行的另一個中國儒家傳統，則持「學而優則仕」的思想，類似今日美國的學者和企業家，事業有成，則出入政壇。其結果是政、學、商、軍、宗教全體掛鉤，而學術獨立、商業道德、軍事超然和宗教神聖都成了「歷史故事」。與此對照，慧能不僅高于當時在朝廷「服政治役」的一些法師，也高于許多近代的學者和企業家。追求專業成績，也追求政治光環，如果同時能夠做到，那是高明的「政治和尚」和「紅頂商人」。不過古諺有云「逐二兔者，不得其一」，所以專一和精進，還是最簡單的「高明原則」。

十五、從「傳法」和「傳衣」到「永續經營」

　　培根說：知識即權力。所以慧能得到弘忍的傳法和信物「袈裟衣、

---

⑥　神龍元年上元日，則天中宗詔云：「朕請安秀二師，宮中供養，萬幾之暇，每究一乘。二師推讓云：『南方有能禪師，密授忍大師衣法，傳佛心印，可請彼問。』今遣內侍薛簡，馳詔迎請。願師慈念，速赴上京。」師上表辭疾，願終林麓。其年九月三日，有詔獎諭師曰：「師辭老疾，爲朕修道，國之福田，師若淨名，托疾毗耶，闡揚大乘，傳諸佛心，談不二法，薛簡傳師指授如來知見，朕積善餘慶，宿種善根，值師出世，頓悟上乘。感荷師恩，頂戴無已，並奉磨納袈裟，及水晶缽，敕韶州刺史修寺宇，賜師舊居，爲國恩寺焉。」（見契嵩本《六祖壇經》，法海本無此段。）

缽」之後，因爲爭權者眾，命若懸絲。類似西方 Sword of Damocles 懸劍於頂的故事。慧能雖然在曹溪建立寺院，但是來爭權、取命、鬥法的事情層出不窮。慧能後來毀衣藏缽，才消去了這個奇異著相的「衣缽」之爭。他把禪宗的思想傳給許多覺悟得法的門徒，「大道之行也，選賢與能」，解決了權位虛名之爭。永續企業的概念和領導人的選拔，也應當「選賢與能，不傳衣缽」。但是中國文化影響下的企業家，很難跳出家庭企業所習慣的「父子相傳」、父傳女，或傳位女婿的「私心」。在美國，王安博士「拼命」要把公司傳給兒子，一再地排除可能對公司更適合的「競爭者」。其結果是身死業敗，爲天下笑。希望臺灣的企業家能記取慧能的榜樣，和王安公司的教訓，傳位「選賢與能」，用人「唯材是問」。這樣才能保證「永續經營」的一部份可能性。

柒、結　語

　　希望這一篇藉討論中國有史以來，最偉大的平民思想和教育家——禪宗的六祖慧能，和他對企業管理和科技創新的啓發，能爲新世紀的臺灣企業和文化帶來新的角度和思維，并有益於臺灣和中華社會的進步，而且對中西文化的融合也有指標性的作用。因爲討論範圍較廣，錯誤百出勢恐難免。還敬請學者能人、大德前修多加指正是幸。謝謝。

捌、《六祖慧能贊》

高原厚土植新木，如何栽培費商量。

須知橘逾淮爲枳，曾見蕉遇雪而亡。

洪門秀全不太平，毛幫澤東無限綱。

大智無私釋慧能，中外古今一體光。

【後記】

本文初稿原刊於 2003 年 6 月 28 日臺灣·華梵大學工管研究所第五屆《禪與管理》研討會論文集，《臺灣綜合展望 雙月刊·2003.5·專論》，及用於 2003 年 7 月「中國生產力中心」臺北、臺中、高雄專題講座。一些增改的地方，還要向三所研究教育機構及聽眾們的鼓勵和回授致謝。

圖上　〈見道〉空者自空，闊者自闊 2003.7

圖下　〈大龍湫之悟〉2002.7

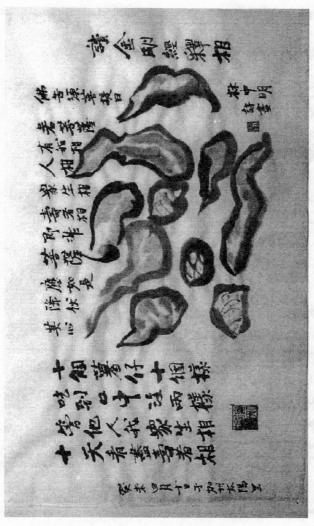

〈讀《金剛經》釋相〉2003.5

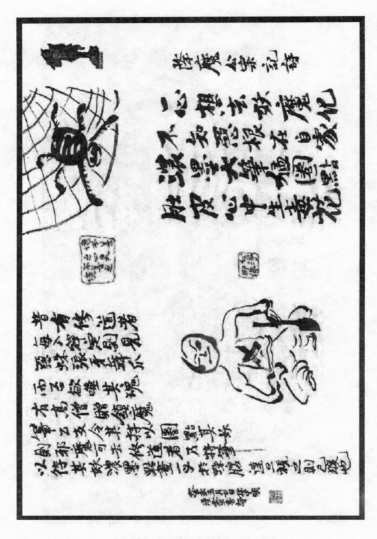

〈降魔公案記詩漫畫〉2003.5

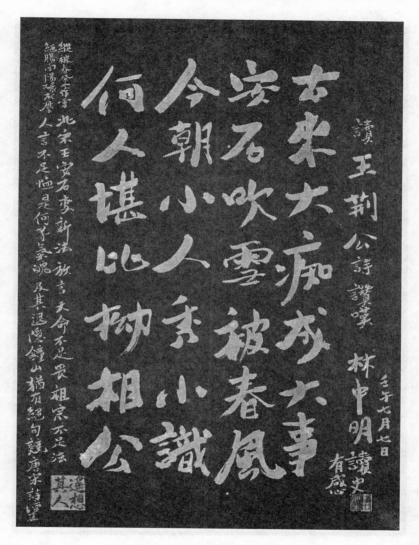

〈讀王荊公詩讚嘆〉2002.8

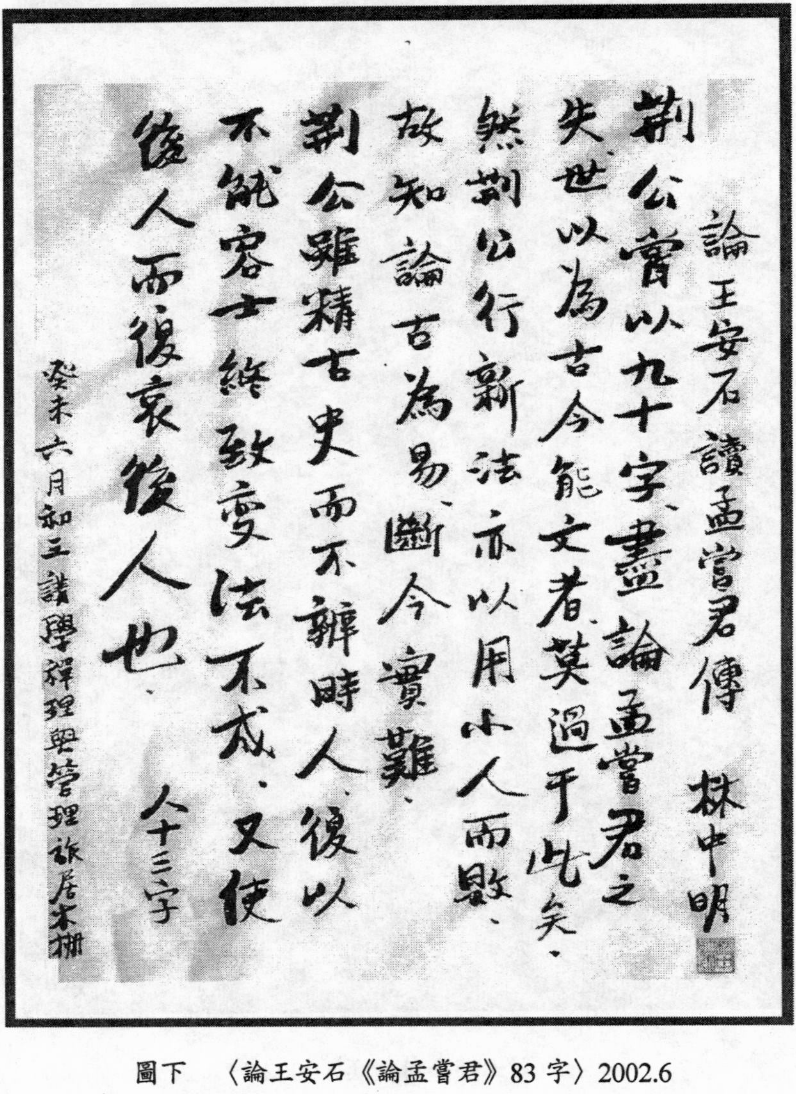
論王安石讀孟嘗君傳 林中明
荊公嘗以九十字盡論孟嘗君之
失世以為古今能文者莫過于此矣
然荊公行新法亦以用小人而敗
故知論古為易斷今實難
荊公雖精古史而不辨時人復以
不能容士終致變法不成又使
後人而復哀後人也
八十三字
癸未六月初三

圖下　〈論王安石《論孟嘗君》83 字〉2002.6

全書後記：一代有一代之學

百餘年來，中國屢經戰亂，政、軍、經固然隨外力和內爭而幾經喪亂，而經典國學也隨外戰和內鬥的摧殘而每下愈況。物質的破壞，可以眼見，可以修復和建新；核心文化的損傷，卻像內傷，雖然外面的創傷癒合了，可是身體裏面，筋脈倒轉，氣血亂流。於是一舉一動，總是心虛，空有祖宗留下的骨架，和買來的新衣，可以坐飛機飛出去，但是自己卻站不起來。想要換心，嫌太貴，又有排斥性，相當困擾。想找本國醫生，不幸大家都同病相憐。找外國醫生，他們對我們的病情和體質也不太瞭解。吃了有副作用的貴藥，醫了腳，醫不了頭。最後只好怪祖宗的基因有問題，遷地、移民，改名、換姓，染髮、拉皮，換血、換心，可是就是沒辦法換腦和換基因。找誰抗爭？非常無奈。

類似的苦惱，《莊子・大宗師》的末段也有一個寓言。記載子桑踫到十天大雨，在家裏餓得半死，有氣無力，鼓琴怨天地、怨父母曰：「父邪！母邪！天乎！地乎！」可就是不罵自己，也不會拾起父親打他的木杖去高地挖地瓜；使用母親留下的紡線趁下雨天去湖裏釣魚。釣魚怕皮膚泡爛，可以買宋人銷售的「不龜手」油膏（見《莊子・逍遙遊》），然後乘上惠子五石大瓠做的船，不僅釣魚方便，還能趁江上水如海勢，一舉突破地方小湖之困，順流而出，浮於江湖！可惜子桑計不出此，大概終於餓死了。自困而亡，這是自取，而不是父母天地不仁。這也非『命也』，應該是怨他自己『文、武不諰，謀、戰不力』。沒有「活智慧」，

不能怪老祖宗和「舊經典」。

　　中華民族的動亂，和其他各洲各族類同，但是雖五落而能五起，其中必有緣故。天下大亂，梟雄得以先竊鉤再盜國，由無而有，所以撫掌叫好。文化則不然。所謂欲亡其國，先亡其史；欲亡其族，先亂其文。文化大亂，自世界史來看，多半國亡族亡。然而如果文化的僵化，若經此一亂，雖餓其體膚，但鬆動筋骨，反而能除去肥油，強健身心，增益其前所未能，也屢見於中華文明。周室衰，學官散至民間，所以出了諸子百家，文藝反而大興。佛教『入侵』中國，打亂了僵化的儒道勢力，又給不識字的慧能帶來振興中國哲學思想的機會。20世紀中華大亂，也讓所有的舊學在破壞之餘，又有了重新思考和振興的大好機會。

　　因為舊的系統打散了，新的職業興起。這就造成了用新的「知識平台」來提昇和現代化「舊經典」成「活智慧」的機會。全民參與的結果，更擴大了能量和活力的來源，使得新舊文化結合，爛泥中開出荷花。這個說法有實證嗎？本書就試圖把一些『實驗報告』，分組整理起來，給有心的人和有志之士作參考。並且指出，如果一個在美國的高科技工程師，也能在業餘的研討中發掘出一些問題和提出一些解釋，和動筆攝影繪印點睛，用現代言語工具，探討詩書畫三絕六藝，與人同樂。那麼人人都能參與文化復興的活動，和享受其中的樂趣。看到兩歲的嬰兒都能爬、能半蹲半站，那麼大人誰不能站、能走、能跑、能跳呢？

　　陶淵明在《飲酒二十首詩》之『後』有序曰：「既醉之後，輒題數句自娛，紙墨遂多，辭無詮次，聊命故人書之，以為歡笑爾」。其實陶公行文寫詩，都是千錘百煉。哪兒像我窮八年游擊戰之力，才拼出一十六篇文字，辭無詮次，謬誤多有，居然也請梓人排印，不自量力之愚，恐為識者所大笑矣。是為記。

對聯　春山不老，水自成文　2002.6

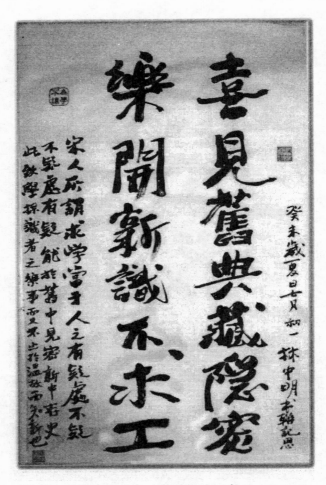

對聯　喜見舊典隱密，樂聞新識不求工　2003.8

致　謝

此書之能出版問世，有其遠啓和近助。作者在此向他們致謝。

　　首先是要向北大歷史系的張寄謙教授致謝，因爲沒有她的歷史眼光，和於無聲處聽雷，就不會有這些文章的撰寫和成集。近助則要向軍事科學研究學者廖文中教授致謝。因爲沒有他的倡議和不懈的催促，和代爲安排編印和出版事宜，這些文字仍將是散見於不同類的論文集和學術期刊。還值得一提的就是幾位劉姓學者、高人，他們竟能預見這樣一本『展孫吳之秘』和有助於中華文藝復興的雜書將於今年出版。這些超乎常理的『逸事』，也不能不記於書末，以見天下之大，和個人之小。此外國際關係和戰略學者林中斌教授對兵略研究的建議及中英文詩稿的校正翻譯，《文心雕龍》及國學研究前輩王更生教授的鼓勵和冶學示範，黃雅純老師的校稿和編書意見，以及其他許多老友和學者的鼓勵，在此一併致謝。

　　最後要向編排打字的王俊賢先生，和學生書局的編輯曾雅雯女士及鮑邦瑞總經理致謝，感謝他們的協助和總領此書的出版和發行。

　　至於將給予本書建設性的批評和正誤的讀者和學者，作者也先此致謝。希望能有機會在出第二版時，改正第一版的各類錯誤。　　諸位的高見請寄至作者電子郵箱，以便答復和聯繫。

Email：lcm20001@comcast.net

《斌心雕龍》 英文目錄
CONTENTS

國家圖書館出版品預行編目資料

斌心雕龍

林中明著. – 初版. – 臺北市：臺灣學生，
2003[民 92]
面；公分

ISBN 957-15-1201-X(精裝)
ISBN 957-15-1202-8 (平裝)

1. 中國文學 – 論文，講詞等

820.7   92021334

斌　心　雕　龍 (全一冊)

著　作　者：林　　　中　　　明
出　版　者：臺　灣　學　生　書　局　有　限　公　司
發　行　人：盧　　　保　　　宏
發　行　所：臺　灣　學　生　書　局　有　限　公　司
　　　　　　臺 北 市 和 平 東 路 一 段 一 九 八 號
　　　　　　郵 政 劃 撥 帳 號：00024668
　　　　　　電　話：(02)23634156
　　　　　　傳　眞：(02)23636334
　　　　　　E-mail：student.book@msa.hinet.net
　　　　　　http://www.studentbooks.com.tw
本書局登
記證字號：行政院新聞局局版北市業字第玖捌壹號
印　刷　所：宏　輝　彩　色　印　刷　公　司
　　　　　　中 和 市 永 和 路 三 六 三 巷 四 二 號
　　　　　　電　話：(02)22268853

精裝新臺幣七二〇元
定價：平裝新臺幣六四〇元

西 元 二 〇 〇 三 年 十 二 月 初 版

82073